VISIONI

Giuseppe Manfridi

# Anja
## la segretaria di Dostoevskij

Prima ristampa: febbraio 2022


Via delle Fornaci, 425 – 00165
Roma
info@lalepreedizioni.com
www.lalepreedizioni.com
Progetto grafico/Francesca Schiavoni

Coordinamento editoriale/Plan.ed
www.plan-ed.it

ISBN 978-88-99389-59-8

In copertina/Nikolaj Aleksandrovič Jarošenko,
*La studentessa (Kursistka)*
(1883, Museo nazionale di arte russa di Kiev)

In retrocopertina/La scrivania di Dostoevskij
nell'ultima casa da lui abitata con Anna Dostoevskaja

# Anja
la segretaria di Dostoevskij

*A Maria Luisa Restivo*
*e Giovanni Manfridi,*
*mia madre e mio padre,*
*di cui ho conosciuto il bene*
*pur nel loro non essere uniti,*
*e che desidero avere insieme qui,*
*in questa dedica.*

*Disegno di Giuseppe Russo.*

*Sovente le avveniva di chiedersi perché non si può mangiar qualcosa di poetico come rose e violette.*

James Joyce, *Ulysses*

# I

# Prima della scrittura

# *Svaghi dell'Imperatore*

Tutto sta avvenendo adesso, all'aurora, senza scampo. Nel minimo tempo che avanza prima dell'esecuzione.

*22 dicembre 1849. Fortezza di Pietro e Paolo, a Pietroburgo.*

*Lui*, con le mani ancora sporche di inchiostro, già presumendo il carico di piombo che fra pochi minuti gli riempirà il torace, si ostina a non trascurare nulla del margine di esistenza residuo che tuttora lo trattiene nel mondo dei vivi.

I suoi compagni di malasorte gli si ammassano addosso assorbendolo bovini in un vano compianto che ha il sapore arrendevole dello sperpero. Indulgervi significherebbe un abbozzo di suicidio in anticipo sulla fine. No.

Le dita stropicciano i polpastrelli anneriti. Ah, poter mettere ancora tutto ciò per scritto!

Un nervoso scalpiccìo di zoccoli tenuti a bada si mescola ai maldestri passi stivalati del plotone che si va assemblando e al tamburellare prodotto dalle bandoliere su cui picchia sonoro l'acciaio delle armi in avvicinamento.

La spianata terrosa ha la vastità inumana dei luoghi militari concepiti non a misura d'uomo ma di moltitudini, ed è pervasa da un sentore di ferro affine a quello del mare reso grigio dal cielo quando è grigio. Il suo perimetro è cinto da alte mura, non sufficienti, però, ad arginare il vento che scortica le pelli di chi vi è esposto.

Siamo sull'isola delle Lepri, nel cuore della cittadella che fece da culla a una capitale ancora nuova di zecca di cui questa roccaforte rappresenta la pietra madre, dacché l'arguzia di un'intelligenza superiore giudicò la sua collocazione mirabilmente strategica sia per la visuale che consente di tenere sotto controllo il territorio a trecentosessanta gradi, sia perché circondata dalla Nevà in un tratto dove il delta del fiume può avere tumulti da mare aperto, dissuadendo sia dagli assalti che dalle fughe.

In questa data e in questo luogo, nell'ora che va scoccando dopo quella più tardiva della notte, la cronaca pura e semplice dichiara: gelo. Come di consueto a Pietroburgo, sotto Natale.

Qui, nel gelo, è in procinto di compiersi tra pochissimo un'orrenda cerimonia. Sopravvivendole, gli insetti destinati a morire stecchiti col sorgere del sole avrebbero il tempo di testimoniarne la conclusione.

Da una cella dell'abnorme edificio – costituito da torrioni, da fortilizi e casematte – nel pomeriggio di questo stesso giorno, l'uomo dalle mani inchiostrate descriverà in una lettera al fratello, con referenziale sobrietà di toni, di una spregevole spoliazione, di una cesta colma di tuniche bianche offerte a mo' di sudario, di una spada infranta per spregio, di tre patiboli, di una Croce passata di volto in volto, e di come si possano estendere anche i minuti terminali della propria vita sino a una tensione tale da comporre per intero *una seconda vita*. Nella sua lettera, l'uomo non farà invece menzione di una misteriosa goccia colata lungo la guancia di un soldato a cavallo. Quello che scriverà, lo scriverà come di ritorno dall'oltremondo, col fardello di quanto accaduto su quella spianata poche ore addietro. Ossia, adesso. Nello spandersi umido della prima luce mattutina.

Nubi sfilacciate attraversano la volta celeste contro cui si stagliano, come appunto verrà scritto, due possenti braccia da fabbroferraio che sollevano una sciabola la cui punta è stretta nella morsa di una tenaglia pronta a spaccarla. Così vuole il protocollo prima di un'esecuzione capitale, in questo caso collettiva. Distante e quasi impercepibile, si ode una voce che legge un monotono elenco di nomi come se si trattasse di una filastrocca intonata quotidianamente, sempre simile a sé stessa, ma con sillabe ogni volta diverse.

Quelle di oggi recitano: «... ufficiale degradato Plesceev, ufficiale degradato Durov, ufficiale degradato Grigor'ev, ufficiale degradato Pal'm, ufficiale degradato Filippov...».

Ogni nome identifica un complesso di emozioni, di sogni, di giuste o ingiuste cause, di cadute e di successi, ma chi quei nomi li sta pronunciando, li pronuncia e basta. Li ammucchia, li sgrana, li sbriciola, li elimina. Inerti, già con una croce sopra, disintegrati in un'indegna sepoltura comune, in attesa solo di una gittata di calce viva. Dirli e cancellarli equivale a un tutt'uno.

L'addetto al rito della sciabola da infrangere, ringhiando per lo sforzo, dà uno strappo di tenaglia e spezza la lama in due. Sino a pochi istanti prima aveva ostentato l'arma sopra le teste di tanti individui derelitti, circa un centinaio, spersi in questa vastità che appare a ciascuno di essi come l'ultimo paesaggio messo a sua disposizione; l'ultimo colpo d'occhio per chi voglia approfittarne; gli ultimi battiti di ciglia. Ma in pochi ci riescono, per lo più voltano in giro le pupille scialbe alla ricerca di qualcosa che neanche sanno cosa possa essere, poi d'improvviso le fanno guizzare a scatti, come falene impazzite, ma senza mai concentrarsi su nulla. L'insieme è un carnaio taciturno di creature nude. Spogliate. Larve sconvolte da brividi. Cadaveri già pronti per la fossa ma ancora trafitti dal respiro. Alcuni di questi miserabili tengono le mani riunite per decenza tra le gambe, altri non ci pensano e se le stringono al petto inutilmente, lasciando in mostra i sessi raggrinziti.

Il fabbro getta le schegge della sciabola ai loro piedi, significando sprezzo e vilipendio. È la metafora della più disdicevole degradazione. Tre pali sono infissi al centro del piazzale, come le crune di altrettanti aghi. I patiboli di cui dirà la lettera. Son lì! Ecco l'*explicit*. Il transito. L'uscita dal mondo. A gruppi di tre, dovranno passarvi tutti. Tra costoro che si affollano confusi e raggelati – nemmeno in catene, tanto è scontata l'impossibilità di fuggire (le guardie, le mura, la Nevà) – ce n'è uno, *uno solo*, che, con intenzione, scansa lo sguardo dal fabbro per muoverlo su facciate di scuri palazzi addossati l'uno all'altro, sporgenti oltre il bordo della muraglia. In breve, lo abbassa. I pochi varchi di accesso sono piantonati da sentinelle vestite con livree rosso fuoco. Nessuna di esse fa caso al fatto di essere osservata, e con tanta insistenza soprattutto. Lo sguardo capta quell'ottusità come potendo farne uso per qualche ispirazione. Quando? Come? Si tratta di un pensiero sfuggito d'istinto, sicché involontariamente ironico, a evocare un futuro collocato in chissà quale altrove.

«... ufficiale degradato Timkovskij... ufficiale degradato Dostoevskij...».

Dostoevskij! Nell'udire il proprio nome, colui che si stava cibando del panorama in un momento eterno, è risucchiato dall'appello come dentro un ordigno e pensa: "Sono io. Io fuori di me!" e si vede di spalle allontanarsi col proprio nome indossato come un cappotto nelle ombre di un tramonto sopraggiunto al principio del giorno, mentre il presente si disfa e il tempo, astratto ma inesorabile, riprende il proprio corso. Il tempo, che si fa premeditazione di sé stesso. Le cose insistono ad avvenire, e ad avvenire secondo dopo secondo, una dopo l'altra, tutte, *sino all'ultimo*.

Un nitrito penetrante. Lo sguardo dell'uomo è richiamato dal muso inquieto di un cavallo avvolto da folate del suo stesso fiato. L'animale è tenuto al morso dall'ufficiale di guarnigione che sta leggendo il proclama. Lo sguardo dell'altro, dell'uomo mescolato alla bolgia dei condannati, è acuto e fa caso perfino a una goccia che riga la guancia sinistra del militare ritto in sella, giovanissimo, appena ventenne, intento a stringere con una mano guantata le redini e con l'altra il documento imperiale. Ma una goccia di che? Di sudore? Con questo freddo è impossibile. Una lacrima? Altrettanto impossibile, non c'è movente, e inoltre quella lacrima cola dalla tempia. Pioggia? Non piove. Il padrone dello sguardo considera l'inesplicabile fatto come l'ultimo miracolo messo a sua disposizione. E di questo non riferirà nulla a nessuno. Dopo una breve incertezza la voce, meno a cantilena di quando sgranava la litania dei nomi, raddrizza la bestia scossa da uno scarto e riprende nitida e marcata, quasi soddisfatta dal poter finalmente sviluppare un discorso.

«Per aver disonorato la divisa e il grado, per propaganda di idee volte a suscitare disordine con stampe illecite e riunioni non consentite...».

Alcuni soldati trascinano, presso la calca, delle ceste che sobbalzano sulle croste di ghiaccio e sullo sterco congelato dei cavalli. Anche questo accade come verrà descritto nella lettera.

«... per aver tradito il giuramento di fedeltà all'esercito dello Zar e allo Zar in persona con l'intento sedizioso di agire a danno dell'Impero...».

Le ceste scoperchiate si rivelano colme di tuniche bianche *(ecco i sudari!)*. I condannati vi affondano le mani tremanti per ricoprirsi con quegli indumenti da nulla. Anche questa è liturgia, non pietà. Ognuno fiuta attorno a sé un odore diverso che ritiene essere quello del luogo e dell'ora mentre è il tanfo della sua stessa morte. Per alcuni acre, per altri dolciastro. C'è chi sprofonda nel lezzo stagnante delle proprie ascelle come in una tana e chi patisce le emulsioni di quelli attorno. C'è chi è oppresso dalle muffe della canapa che indossa, chi da quelle che fanno da pelo ai muraglioni, chi dall'asfissia prodotta dal vapore esalato dal terriccio bagnato, e chi ha le narici urticate dalla polvere da sparo ancora inesplosa; qualcuno attribuisce il sentore del muco che gli intoppa la gola alle alghe putrefatte che ingrommano gli scogli e arenate come serpi nella striscia sottile della battigia, e c'è chi è penetrato dall'odore arido del proprio scheletro senza sapere di che si tratti. "Sarà il fiume" pensa con una parte di sé che non è richiesta di ragionare su nulla. Sarà il fiume, sarà la risacca, saranno le mura!... O qualcun altro!... *Non sono io.*

Tre condannati vengono trascinati presso i pali e legati con delle cinghie. La voce si fa di nuovo lontana modulando nel fluire della condensa un respiro pesante, asmatico: «Il giudizio delle Leggi vi rimette al giudizio di Dio condannandovi a morte tramite fucilazione».

Un manipolo di soldati semplici, distribuendosi in doppia fila, gli uni inginocchiati e gli altri di dietro in piedi, prende la forma approssimativa di uno schieramento che vorrebbe apparire marziale nel mostrarsi adeguato al compito richiesto: sparare all'unisono, con la massima precisione, e senza farsi percuotere troppo la spalla dal rinculo del calcio avendone già sperimentato la possibile violenza. I meno addestrati si ripetono apprensivi a fior di labbra come e dove è stato detto loro di sistemarsi. La sonnolenza sollecita gli imbrogli. C'è chi, punto dal rischio di un possibile errore, corregge all'ultimo l'allineamento sostituendosi a un compagno poco convinto nel dargli retta. Il carosello dura poco. Assunte le giuste posizioni, ci si affretta a passare gli stoppini nelle canne affumicate dei fucili.

La pattuglia! Altra carne da macello: vecchi riservisti che in campo aperto non saprebbero più abbattere nessuno, e ragazzini chiamati a perdere la verginità guerriera cavando per la prima volta un po' di sangue umano. L'occhio che sino a poco prima mirava alla goccia, ora è determinato a inquadrare loro, e anche stavolta per fissare espressioni e movenze. Di fianco all'uomo che, con assurda curiosità, si ostina nelle sue notazioni è stipato un accumulo di facce devastate dall'ansia e dalla prostrazione fisica. Facce che hanno già ingoiato la morte per intero.

L'ufficiale a cavallo, caracollando attorno, consente con malcelata impazienza il concludersi delle fasi preparatorie. L'uomo che osserva non viene frenato dallo scrutare nemmeno quando è colto da un principio di assideramento. Al momento in cui il suo respiro si ingrossa in rantoli che gli rombano nella testa come un vento inferocito, un frate incappucciato gli impone l'immagine di una Croce *(ecco la Croce!)*. Con una mano escoriata e livida lui tenta di carezzarla ma senza averne il tempo. Il monaco è già passato oltre. I polmoni sono invasi dal bruciore dell'aria mandata giù a sorsi di fuoco. Meglio quasi trattenere il respiro.

L'ufficiale, centrando l'asse della spina dorsale in cima alla sella come una baionetta inastata, si colloca senza indugio di fianco alla sua piccola truppa che, finalmente ben composta, attende immobile, pronta all'ordine. Sguaina una sciabola lucente e fa segno al plotone di puntare le armi.

L'attenzione dell'altro si volge ai tre costretti ai pali. Uno di essi, decrepito ma artigliato a questo suo estremo lembo di vita come se avesse decenni di futuro innanzi a sé da non dilapidare, ha uno spasmo silenzioso in cui il corpo floscio, incapace di tenersi in piedi, denuncia l'implorazione di un impossibile aiuto. Lo sciagurato si abbandona all'intensità dell'occhiata da cui è raggiunto trovando, nella corresponsione, un acquietamento che gli fa perdere i sensi.

Lo sguardo si solleva a cogliere un riflesso di luce sulla lamiera di un tetto. Il resto sembra farsi remoto, inesistente.

"Razionerò il tempo. – questo si impone, con spirituale aristocrazia d'animo, il condannato che non demorde dal rimanere concentrato sul riflesso – Ora debbo pensare per non più di mezzo minuto a quella luce, poi per un po' a me; infine, quando sarà il nostro turno, mi dedicherò solo al compagno che avrò più vicino, a lui e basta, come se fosse il genere umano nella sua interezza. Tutto il genere umano dall'inizio dei tempi".

Vale la seconda metà di una vita piena un simile computo esatto dei minuti residui. Con ciò, è tutto. *Amen.* Così pensa l'uomo dalle dita sudice che ha fatto tesoro di ogni cosa accaduta sino a questo momento; e sempre fissando il riflesso ancora vivido sulla lamiera, sente giungergli alle orecchie un sussurro: "*Netočka...*", sono le sue stesse labbra a pronunciare questo nome, e a pronunciarlo più volte ancora, con tutte le risonanze dell'anima.

"*Netočka... Netočka...*".

Lo sguardo si rende conto dei fucili spianati. *Sì, lo so. Vi vedo.* Non per questo, con le ciglia vibranti, intende rinunciare a tenere sott'occhio il riflesso.

Un altro dei tre in attesa di ricevere tra pochi attimi una scarica di piombo, un ragazzo smilzo ancora mezzo bambino, se ne sta a palpebre serrate e preme forte la nuca contro il palo inarcando la schiena. Non per coraggio, sono le sue viscere che si stanno ribellando, che vorrebbero esplodere prima di essere fatte esplodere. Il terzo, un po' rachitico, è scosso da spasmi di terrore. Ha le gambe irrigate: se la sta facendo addosso. La sciabola dell'ufficiale pare debba calare da un istante all'altro, ma quel che avviene è inatteso. La punta della lama scende sì, ma con estrema lentezza, sino a toccare la canna del fucile imbracciato dal soldato più vicino. Il che induce tutti gli altri del plotone ad abbassare il tiro. Nel silenzio, nulla si spiega. Fra i morituri c'è più sgomento che speranza. L'ufficiale dà di sprone al cavallo e si accosta loro passandoli in rassegna. Li sgrana come un rosario, uno per uno. Ostenta un'espressione dura, ripugnata. Lascia scorrere parecchi secondi prima di mostrare, controvoglia, un'altra carta che sfila dall'interno della giubba, ed esclama: «Bestiame!», così esclama.

«Bestiame!... Ecco cosa siete! Bestiame!... Avete assaggiato la morte? Risputatela!».

Ancora un silenzio e l'ufficiale dispiega la carta con un colpo secco del polso mostrandola ben alta, a che tutti la vedano.

«Sua Maestà Imperiale vi fa grazia della vita, cani!... Cani!... Cani scabbiosi!... Rivedrete l'alba, sì... mangerete, sì... rumінerete, respirerete, pregherete ancora, e dovrete benedire ogni giorno, ogni istante del giorno, le catene che porterete ai piedi! – il cavallo quasi ringhia torcendo il collo con violenza da una parte all'altra – Baciarle! Leccarle! – per alcuni secondi l'ufficiale in arcione deve badare più al cavallo che a quel che dice e con la bocca stretta a cuore gli parla con dolcezza carezzandolo sul fianco, poi, sollevando di nuovo il capo, si rinveste di tutta la sua ira – Quelle catene reclameranno la vostra gratitudine eterna. Ogni rantolo, ogni sbotto di sangue, ogni spurgo delle vostre budella, vi ricorderà che siete ancora più o meno vivi. Carcasse di bestie costrette alla pastura, ma più o meno vive come può esserlo chi sa di non meritare d'essere vivo! Che possiate almeno capire da voi di quale melma, di quale fango, di quale putredine siete fatti! – potrebbe chiuderla ma non gli basta, vuole dire di più, e sbandierando il foglio – Eccolo qui! Questo è l'uomo, *questo!*, a cui volevate camminare sulla testa! Il Signore che avreste voluto impalare, sbranare, assassinare, annichilire, con la vostra fame di distruzione!... Questo l'uomo, e questa la sua misericordia! Questa la sua sapienza!... Insetti! Pidocchi! Non valete i tafani che vi roderanno le carni!... Vomito di sciacalli! Rogne di bestie! Cani! Cani scabbiosi!... Cancrene umane! Sbratti di fogna!... Cani! Cani! – le urla si torcono in raucedine – E ora glorificate il magnanimo Egemone! – e strizzando le corde vocali sin quasi a stracciarle – *Glorificatelo!*».

Nel susseguente affanno dei polmoni squassati dallo sforzo il silenzio dell'accozzaglia stordita ricasca più forte; solo vento a strappi e colpi d'ala di corbacci assuefatti all'ora e al luogo; un silenzio che non vale a difesa. L'ufficiale urla ancora, stavolta con maggior dominio: «Glorificatelo!... Glorificatelo!» e sovrapponendo il labbro inferiore all'altro per meglio ostentare il mento vibrante, attende d'essere obbedito. Ma è un ordine vero? Pare di sì. Smarrita, qualche risposta sgretolata arriva, in forma di ottusi mormorii che altro non biascicano se non questa parola strana: «Egemone... Egemone... Egemone...». Che sia il ripeterne il suono l'equivalente del riconoscerne il senso? È questo che chiede l'ufficiale di guarnigione a cavallo? E tanto basterà a glorificare qualcuno? E tanto basterà a salvarsi la vita? Ma servirà davvero?.... La torma, maciullata dall'oltretomba già messa in circolo, è ridotta a vilipendersi mugolando una parola pasticciata che non si sa che voglia dire, ma lo fa ugualmente. *Egemone... Egemone... Egemone...*

Il graduato a cavallo ridacchia senza darlo a vedere come se lo facesse con contrazioni sottocutanee dei muscoli godendosi la graticola a cui è sottoposta la dignità umana. Ancora gli residua una manciata di parole.

«Avete schivato il piombo, ma non la crocifissione agli anni che vi aspettano!... Cani scabbiosi! – e sputa – *Cani scabbiosi!*».

E ora che non ha più altro da dire, ridacchia, infine, *dandolo a vedere*. Ma perché? Insultando e strepitando, e finanche ridacchiando a questo modo, sembra recitare una parte, come se su quel foglio non vi siano scritte le formule della grazia bensì le frasi che gli è stato chiesto di interpretare con tanta furia calcolata. Forse quello è un copione, e magari ha addirittura preteso delle prove, chissà. Il che spiegherebbe come mai l'ufficiale nel recitarlo non abbia mai guardato in faccia nessuno di quei pusillanimi. Come, d'altronde, nessuno di loro si è azzardato a guardare lui. Nessuno *tranne uno solo*, che si è accorto di tutto. Anche di questo. Infatti, non è nostra ma sua l'ipotesi della finzione. Il giovane milite a cavallo avverte finalmente solo nel silenzio della propria voce il peso di quello sguardo e per un attimo lo incrocia intenzionato a capire di chi sia, come sentendosi schiacciato dall'incombere di uno spettatore in platea assai più carismatico di lui, dell'attore sulla scena.

Eccolo chi è! Il volto dell'uomo che osserva è quello prosciugato di un trentenne dalle guance scarne sino all'evanescenza e ombreggiate da una barba rada e filamentosa, di un biondo al tempo citrino, ormai smorto, quasi privo di pimento, che ha assunto il tono dello zolfo. Gli zigomi sono alti e larghi. Da tartaro. Adesso, però, a costui non interessa più osservare con tanta dedizione il panorama attorno. Solleva il volto richiudendo le palpebre. È il suo modo di riporre la penna. Di riposarsi. Le labbra, tremando, modellano un suono impastato che di nuovo si esprime in un segreto e intimo sussurro due volte ribadito: «*Netočka... Netočka...*». Poi, egualmente sommesse, fluiscono le parole: «*Bambina mia adorata*». E tace.

Basta così. *Consummatum est.* La farsa è giunta a termine. L'ufficiale si allontana al trotto. I soldati badano adesso a ricondurre all'interno delle mura quel branco di salme istupidite e ancora in vita.

Tutta questa messa in scena verrà rubricata nei registri amministrativi dello Stato sotto la voce: *Svaghi dell'Imperatore.*

## *Due strade*

Fu un architetto italiano di nome Bartolomeo Rastrelli, approdato quindicenne in questi paraggi, ad avere avuto la visione di Pietroburgo nei suoi tratti di opulenza, ma non a lui si deve lo spirito profondo che, lievitando sin dall'origine, a poco più di un secolo e mezzo dalla sua fondazione, caratterizza la metropoli nell'anno corrente, *il 1866*: quello spirito che urge nel reticolo delle strade, nei grandi viali, negli emicicli di colonne in pieno centro e negli intarsi a perpendicolo dei canali d'acqua all'interno dei quartieri. Dei più loschi e dei più altolocati, egualmente. La città non è Roma, non è Atene: è stata concepita da subito compatta, senza dover fare i conti con nessuna forma pregressa, e perciò capace di avventurarsi smaniosa in ogni possibile futuro prossimo. Una città in cui il domani è a disposizione dappertutto, a portata di mano di chiunque. Non c'è luogo che non la identifichi. La sua natura è esplicita, e pure dove non appare la si annusa, la si coglie a colpo d'occhio. La si patisce, a volte, come negli spurghi delle grondaie che annaffiano a gettiti implacabili i marciapiedi inzuppando gonne, ghette, scarpine di seta e stivali d'ordinanza. Gridolini, imprecazioni e saltelli: così si passeggia per tante strade di questa città. Poi vi sono le zone della pensosità, dove anche le anime solitarie trovano una loro consonanza col panorama di cui fan parte definendone l'immagine. Certi ponti della Sennaja non sarebbero come sono se non venissero attraversati a passi inquieti, senza mai uno sguardo diretto all'acqua, ma solo in terra, innanzi a sé, a fissare le punte delle scarpe perché l'anima non sia distratta dal suo essere carceriera di sé stessa. *Qui*, i portatori di delitti hanno il temperamento acceso dei poeti e si confondono con essi. Poetando si matura un crimine, compiendolo se ne redige la narrazione. Avviene. Ogni città ha la sua particolare razza di fantasmi, quelli di Pietroburgo sanno essere più vivi dei vivi. La morte transitata ne ha maturato la coscienza e li ha resi più esperti. Qui, i morti hanno una dignità particolare. E soprattutto, *non se ne vanno*. Restano, avidi di futuro. Non fa per loro l'accumularsi nei cimiteri in via definitiva trasformandosi in passato e basta. Tra essi, chi amava, continua ad amare, ma di più. Chi combatteva, continua a combattere, ma di più. Chi odiava insiste a odiare, ma con rinnovata intelligenza. Tutti quanti, i morti insieme ai vivi, contribuiscono al movimento collettivo. Le ombre, *qui*, hanno il rilievo dei corpi, e anch'esse covano le loro ambizioni e portano avanti i loro progetti. Perciò questa è una metropoli febbrile: quanto mostra di sé, è solo una minima parte di quel che è. *Qui*, non fa meraviglia che anche l'invisibile possa offrire la sua quota al caos, e ne partecipi.

Pietroburgo ha inventato il traffico moderno, un traffico che nulla ha a che fare coi sovraffollamenti infetti di Londra e di Parigi. È il traffico di chi va costantemente da qualche altra parte, di chi ha fretta, di chi si muove di continuo, senza troppe distinzioni di censo. Questo di giorno. La notte è un'altra cosa. Lo vedremo poi in che modo ci si possa inabissare e perdere nelle notti di qui, ma il vero traffico è sempre diurno. Tutto ciò, anche questo, fu già previsto dal padre fondatore. Sì, va detto. Pietroburgo, nella sua compiutezza, comprensiva anche delle ombre e degli spettri, è stata il frutto di un uomo solo. A lui si deve tutto, come a certi poemi e al loro autore si deve l'intero canone di una lingua. Non per nulla la città ha per nome un patronimico. Pietro, su questa pietra, eccetera. Se Rastrelli ha fatto le regge, i conventi e le cattedrali, Pietro il Grande ha creato una specie umana, un modo d'essere, una forma di vita.

Guardatela dall'alto Pietroburgo, come sospesi nel cielo che la sovrasta, e poi immaginate di calarvi sino a un soffio dalla sua superficie liquida risplendente di brina. La lastra di ghiaccio si apre in fessure da cui gorgogliano polle d'acqua irruente nella luce del sole. Percorrendo a volo raso il manto ondulato del fiume riemerso dal disgelo covandone di prossimi, insinuatevi, invisibili, nei chiassosi *boulevard* oltre la cattedrale di Sant'Isacco. Questa è la città pulsante. Ma zitti! Restate in ascolto! Di che? Arrivano!... Vocii. Passi. Risate. Risatine. Queste ci interessano: le risatine. Per la strada passa un gruppo di ragazzette a ritmo di marcia intonate a un mezzogiorno di schianto solare, la luce esatta per acuire certi turchesi e certi gialli. Saranno in quattro o cinque a sgambettare allegre e seriose al tempo stesso. Nell'effervescenza del piccolo drappello spicca la voluminosa treccia bionda di un'adolescente, la più giovane di tutte. Porta un vestitino di flanella celeste. È possibile coglierne il trequarti, non di più. La fanciulla tiene stretta al petto una cartella rigonfia e con la cinghia rotta (stringere a croce le braccia al petto: lo abbiamo visto fare ai condannati nella Fortezza di Pietro e Paolo, ma questo è stato *diciassette anni fa*). Una compagna, senza rallentare il passo, procede a fianco della fanciulla dalla treccia lucente aiutandola ad annodare la tracolla come si deve. Tutto ciò avviene con malizia, dal momento che le quattro o cinque sanno benissimo di essere seguite da alcuni giovanotti un po' più grandi di qualche anno, quanto basta per accendere il giusto fervore. Quattro o cinque pure loro, e pure loro con cartelle da studenti. Chiassosi, come una piccola masnada. Uno di questi è preso di mira dagli altri che gli danno di gomito per indurlo a esporsi con la biondina. Chiunque, non visto, si accorgesse della scena casualmente, lo capirebbe al volo che la situazione è questa. Monellerie. Primavere ormonali. Minuscole indecenze. È l'amore che inizia a comporre il proprio alfabeto. L'amore che cinguetta, che raspa. Che ancora non è, ma che potrebbe sia fallire che vincere, entusiasmando comunque. Scontrosità e richiami giocano a nascondino.

Uno dei maschi lancia impertinente la voce alla ragazza della tracolla.

«Netočka!... Perché non ti fai aiutare da Nikolaj?... Sta qui che non vede l'ora!».

«Ma smettila!» fa scorbutico Nikolaj che non apprezza affatto questo modo brutale di essere spinto a rompere gli indugi. Scherziamo?... È come se l'amico avesse rovinato per sempre qualsiasi possibilità di approccio. Maledetto lui! Vorrebbe picchiarlo ma il suo impeto dura poco. Meglio sarebbe scomparire nel fiume, piuttosto. Il tipo è un animo romantico e il suicidio ce l'ha sempre a portata di pensiero.

Su una scia di altre risate e risatine mescolate le une alle altre, maschi (loro le risate) e femmine (loro le risatine), svoltano tutti assieme al primo incrocio scomparendo svelti dal viavai cittadino che fa da amalgama a percorsi contigui, a una strada con l'altra e a differenti mete. È una corrente che vale la pena di assecondare. Sta per condurci a un altro incontro indispensabile.

Non troppo lontano dalla via di prima, per una stradina più angusta e più tranquilla, dalle porte dipinte a lacca di diversi colori e con vari negozi di buona qualità, un tizio procede grave, a capo reclino, con le mani callose intrecciate dietro la schiena. Si direbbero mani da zappa. Un'impressione fuorviante. Quelle mani impugnano per oltre dieci ore al giorno la penna. Una penna evidentemente solida e pesante al pari di una zappa. L'uomo si guarda attorno. Non ha fretta, semmai ha premura. Una distinzione che va facendo egli stesso, rimuginando a fior di labbra: «La mia non è fretta, è premura», dandosi per motto questa succinta diagnosi di sé, imbocca un vicolo laterale. Nessuno che gli venga incontro. Chi volesse accorgersi di lui, potrebbe vederlo per adesso solo di spalle, che sanno di groppa, ampia e prominente. Se poi questo eventuale passante gli andasse di fronte, e se per caso avesse spartito con l'altro il giorno della tragica farsa di diciassette anni addietro, potrebbe riconoscerlo, è Fëdor Michajlovič Dostoevskij, divenuto oggi il noto scrittore di romanzi di appendice, ma sempre quello di allora: il compagno di pena, parte del bestiame, un altro cane scabbioso. «Cane e melma come me. – penserebbe quello – Dostoevskij, il fourierista. Io non lo ero, ma lui sì, e la condanna fu per entrambi la stessa. Finta fucilazione, e Siberia. Sì, mi sembra davvero lui. Per esserne certo dovrei vederlo bene in viso. Il suo sguardo mi direbbe tutto. Ricordo come mi teneva sott'occhio mentre aspettavamo che ci legassero ai pali!».

A fatica, ma lo riconoscerebbe, anche se la mole dell'uomo si è fatta negli anni notevolmente massiccia e afflitta da una lieve gibbosità. L'aspetto è senile, malgrado i cinquant'anni non ancora compiuti. La capigliatura, già a suo tempo in crisi, è ancor più malridotta. Lo scrittore indossa un soprabito color rame di stoffa grossa e screpolata, inadeguato al tenore del quartiere in cui si trova. Di questo è ben consapevole e la cosa non gli fa piacere. Per il rispetto che ha di sé, la considera una parziale messa al bando della propria identità. Giunge in vista di una bottega libraria dalle ampie vetrate incastonate tra stipiti verniciati di un bianco immacolato, rinnovato da poco, e sormontate da un architrave scuro su cui è inchiodata una lunga insegna di ferro verde. Lui, dal marciapiede opposto, rimane a osservare quanto vi è scritto come se si trattasse di cosa che gli sia ignota, e non è vero. I caratteri sono d'un rosso squillante, ben torniti, con tutti i tratti raddoppiati secondo una calligrafia di sapore gotico, quasi medioevale, dice: *Edizioni Stellovskij, stampe d'arte, partiture e libri.*

L'uomo emette un piccolo mugolio di assenso e stringendo le labbra annuisce per trasmettere a sé stesso l'ordine di fare quanto deve. Lo fa. Si decide ad attraversare la strada come perforando una coltre di materia resistente. Si sofferma di nuovo. Fronteggia i vetri al di là dei quali, sui ripiani da esposizione, dilagano cataste di volumi messi in mostra con poca cura. Molti, forse i migliori, sono nascosti da altri di minor conto. L'uomo valuta il fatto come un indizio poco confortante. Indugia nel passare in rassegna i vari titoli. Alcuni suoi, altri di colleghi più o meno stimati. Appare perplesso. Di dietro una finestra in alto c'è chi lo sta sbirciando, senza apprensione, quasi incoraggiante nel caso quello sollevasse gli occhi e a propria volta si accorgesse di lui, ma non succede. Così per diversi secondi. Chi sta dietro la finestra ha una testa calva, sfocata dall'opacità del vetro.

Ci siamo. Fëdor Michajlovič si accosta alla porta del negozio e venendo a capo di un'ulteriore incertezza picchia un paio di colpi con un piccolo batacchio di ottone, non più di una noce, modellato a forma di un muso che ride. Quindi, intrecciando di nuovo le mani dietro la schiena, china il capo e rimane in attesa. La faccia oltre la finestra scompare ritraendosi con un gesto repentino.

# *"Guardami, sono io!"*

All'interno della bottega lo scrittore è accolto da un essere minuscolo, nerovestito, che con maniere forbitissime gli tiene aperta la porta per farlo passare e reverente lo chiama Maestro. «Maestro, se per cortesia vuol farci la compiacenza di pulirsi le suole sullo zerbino!... Capirà, Maestro, il legno del pavimento è stato lucidato giusto ieri».

«Non c'era fango lungo la strada» pensa lo scrittore. Nemmeno poltiglia nevosa, per quella c'è tempo. Le strade sono asciutte, le suole pure. Per scrupolo, e a ricordo di antiche vergogne patite dal suo corpo, si annusa petto e ascelle chinando il capo all'ingiù temendo qualche proprio lezzo. No, niente, se non lo stantio della lana raggricciata che si porta addosso. Poi non è zona per cui passino carrozze, almeno questo conviene chiarirlo.

«Non ho sterco sotto le scarpe!».

«Mi perdoni, Maestro. *Il faut!*».

«Bisogna?».

«Bisogna, Maestro, bisogna».

«Santo cielo, eccole qui!».

E mostra la pianta di uno scarponcino sollevando a fatica un ginocchio col rischio di sbilanciarsi e di cadere all'indietro. Ma per chi lo fa? A chi lo dice? A una testa china, gonfia come una palla e corta di collo, di cui peraltro, al momento, può solo vedere la calotta cranica foderata in modo uniforme da una cotenna untuosa e corvina che ha lo spessore infimo di un brandello di stoffa. La piaggeria molesta che ha preso forma di subalterno! Il tuttofare non dà mostra di essersi nemmeno accorto di quella plateale richiesta di verifica. La gamba sollevata fa piombare il piede in terra con la pesantezza di un maglio. Uff!... Fëdor Michajlovič si rimette in sesto sbuffando.

«Lo sporco delle mie suole è quello di chiunque!».

«E a chiunque, Maestro, verrebbe richiesto lo stesso» sibila un po' vergognoso il tipo rimanendo come stava. E, dopo una breve pausa, a sigillo: «Mi creda».

D'accordo, esclama tra sé Fëdor Michajlovič, non sono qui per spendere parole con gente di servizio, tanto vale! Reprimendo il disappunto sta per tornare sull'uscio a strofinare le scarpe sullo zerbino ma altolà, qualcosa lo frena. «Purché questo non significhi l'annuncio di una mia disponibilità a cedere, – pensa – e a cedere su tutto. Ci vuol poco. No! Decisamente no!».

Richiude secco la porta sottraendola all'altro che insisteva a tenerla spalancata e prende deciso il centro dello spazio.

«Ripeto: le suole delle mie scarpe non potrei renderle più pulite di quanto già non siano, e io detesto i gesti inutili».

«Ah!» fa l'altro, sempre a testa bassa, reverente. La mano a cui è stata sottratta la porta gli è rimasta sospesa a mezz'aria e così per un po' la tiene, a ostentare la mortificazione subìta con il contegno di un povero martire.

«La questione è filosofica, non posso derogare».

La specifica dello scrittore ha un'eco gentile che intende smorzare i toni polemici. L'inserviente ne prende atto: «Comprendo, Maestro» e solleva finalmente il volto. Mentre lo fa, tende le labbra in un sorriso artefatto. Con tono esortativo cambia discorso inducendo l'ospite a dargli il cappotto. E sempre chiamandolo Maestro. Date le circostanze, l'uomo d'età e corpulento avverte in quell'appellativo reverenziale, ribadito a ogni pie' sospinto, la vibrazione di una nota sinistra. Ha già incontrato un paio di volte il tirapiedi di Stellovskij e non ricorda di aver mai scambiato con lui nemmeno un saluto. Per cui, la cosa non lo convince. Reputa che l'epiteto "Maestro"sia il modo più scaltro per mascherare la volontà di abolire la quintessenza di un nome proprio, il suo: Fëdor Michajlovič Dostoevskij. Ma forse è troppo presumere tanto eccesso di tendenziosità in quello gnomo che ha le guance imporporate ad arte, il mento spolverato di cipria, e una chioma piatta che brilla come la tomaia di una scarpa lucidata con vigore. Un pupazzo meccanico, lo si direbbe. Invece cos'è? Uno sguattero? Un segretario? Un portaborse? Forse il tesoriere. Il *factotum* che, sotto padrone, maneggia le chiavi del padrone con più dimestichezza del padrone stesso. In più, odora di fritto. Il negozio no. Da dove se lo porta quell'odore?

«Maestro, e allora?» e l'omino che sa di fritto se ne sta con le braccia protese e un po' divaricate come se invece di quel cappotto indecoroso aspettasse di vedervi deposto un manto regale, una stola d'ermellino.

«Credo che lo terrò».

«Con un temperatura così mite?».

«Lo terrò».

L'inserviente accondiscende a questo terzo diniego con un cenno umilissimo del capo che significa: «Se preferisce» e induce l'ospite a seguirlo, sia pure così com'è, incappottato malgrado il calore della stagione, e senza essersi pulito le scarpe sullo zerbino malgrado le suole di chiunque arrivi dalla strada siano da ritenersi contaminate. Quelle di chiunque, Maestro o non Maestro. Un doppio disappunto che trapela vivissimo. Niente male, considera Fëdor Michajlovič! Avviare una trattativa iniziando con due *no*, niente male davvero, e affronta una rampa di scale in salita tenendo dietro a quello scivoloso pusillanime che gli fa strada. Diamine, come scricchiola il legno dei gradini sotto l'aggravio della sua mole di cinquantenne che conobbe tempi di mostruosa magrezza, e che da anni patisce l'orpello di chili in eccesso prodotti da una vita tremendamente laboriosa ma sedentaria! Non invece risuonano né si flettono al passaggio dell'omuncolo che lo precede.

Il cappotto in effetti aggiunge peso al peso, l'avesse consegnato al nano sarebbe stato meglio, ma no, Fëdor Michajlovič non rimpiange di esserselo tenuto. La questione non è solo filosofica, in questo caso è anche politica.

Raggiunto il pianerottolo i due si fermano. D'istinto, l'ospite fa per accedere ai locali interni.

«No, la prego! – si affretta a dire l'altro – Ora, Maestro, dovrebbe avere la pazienza di aspettarmi solo alcuni minuti. Se vuole favorire, lì» e gli addita un piccolo sofà collocato stranamente nel transetto fra le rampe, vale a dire in un classico punto di passaggio dove, secondo logica, chi mai volesse sostare lo farebbe per pochi secondi e rimanendo in piedi. In più, due grandi piante di *hibiscus* sistemate a fianco dei braccioli, con le loro tormentate ramificazioni prive di fiori ma fitte di un fogliame sciupato, sprovvisto dell'usuale lucentezza, creano una sorta di doppia barriera tale da impedire a chi intenda sedersi di vedere alcunché sia da una parte che dall'altra. Stavolta Fëdor Michajlovič non ha motivo per dissentire e si accomoda dovendo ammettere che, in fin dei conti, quella nicchia è piacevole, quasi ipnotica. Ha la sensazione di ritrovarsi come imbalsamato all'interno di una selva in miniatura. Senonché, tra le foglie alla sua destra si apre una fessura attraverso cui gli giunge netta la sensazione di essere sotto il tiro di uno sguardo altrui. Prova a capire di chi. Perlustra la scheggia di visione che gli è consentita al di là di quella palpebra dischiusa dall'assieparsi delle foglie che si addensano oblunghe. Non vuol farsi notare che guarda, quindi non smuove nulla, com'è tentato di fare, con la punta d'una mano, e cerca di flettere il raggio della visione come se gli fosse possibile incurvarlo per aggirare gli ostacoli che gli impediscono di capire bene. Si tiene di profilo spingendo le pupille più che può verso l'angolo destro dell'occhio ma contraendo le palpebre in modo da non disvelare nemmeno quest'intenzione. Cosa c'è all'interno dell'appartamento? Quanta oscurità! Ma nessuna finestra? Possibile?

Nel giro di qualche secondo l'occhio dell'uomo si adatta e comincia a decifrare le sagome che scorge delineate. Sembrerebbe un magazzino. E sì! Pile e pile di faldoni addossati alle pareti rimontano pericolanti verso il soffitto sorreggendosi l'un con l'altro e cataste di pacchi legati alla bell'e meglio si assommano per ogni dove sommergendo sedie e scrivanie. Verso il fondo, d'un lato, la fiamma di una lampada a petrolio getta una luce poco fervida sulla tavola nera di una lavagna fitta di somme e sottrazioni. Numeri e numeri. Presso la lavagna, ai margini dell'alone luminoso, sta affossato in mezzo alle scartoffie un uomo di almeno sessant'anni, ma forse oltre i settanta, che ora ha smesso di guardare chi lo guarda ma che sino a qualche istante prima sì, lo stava facendo eccome. Era senz'altro lui, non c'è dubbio. Fëdor Michajlovič crede di individuare nei tratti di quella fisionomia nascosta dalle carte e velata dalla penombra qualcuno che in altre circostanze deve aver già visto. Il tizio calza una visiera traslucida fissata con una vilissima cordicella alla nuca e fa scorrere veloce la destra su un quaderno di grandi dimensioni. Un movimento indiscutibile. Il tizio è impegnato a scrivere, questo appare ovvio. Sì, è uno scrittore, infatti! Quello, santiddio, è Pisemskij. Un collega. *Pisemskij, guardami! Salutami! Lo so che mi hai riconosciuto.* Ma Fëdor Michajlovič, bloccato com'è tra gli *hibiscus*, non se la sente di lanciare ad alta voce il richiamo che gli urge dentro. Se l'altro, a sua volta, l'ha già riconosciuto, e la cosa è assodata, e se non gli ha detto nulla, avrà certo i suoi motivi. Le spalle sono ampie, da uomo di grossa mole come è sempre stato, ma sembrano collassate in ragione di un probabile cedimento interno. È tutto bianco, Pisemskij. Ma di un bianco terribile. Gli scheletri sono bianchi così. Anche la sua capigliatura ha il bianco delle ossa e non quello argenteo che dovrebbero avere i capelli quando si fanno bianchi. E gli occhi sono arrossati dal tracoma. «Ma li vedo o me li sto immaginando?» si domanda Dostoevskij. Non importa. Fosse pure un'immaginazione, non c'è dubbio che quegli occhi siano davvero iniettati di sangue coagulato. E poi quel gesto ripetuto dice tutto. È il gesto bovino di un amanuense. Pisemskij non sta per niente scrivendo. Macché! Lui sta *trascrivendo*. E di sicuro non pagine sue. Forse non sono nemmeno parole quelle che sta copiando, ma cifre. Conti. Roba da sottoposto, da funzionario di basso grado. Un simulacro di ragioniere.

Da dietro la pianta, Fëdor Michajlovič si rende conto di essere testimone di una caduta irreversibile. Una caduta già avvenuta, e chissà da quanto. Pisemskij, l'autore amato da tanti, gratificato anni addietro da messi di lodi unanimi, è divenuto la sepoltura di sé stesso. Quello scrittore ha smesso di essere chi era, per forza. Non è più uno scrittore, o non starebbe lì. O forse no, è tutto un equivoco!

*Pisemskij, sei davvero tu? Pisemskij, guardami, sono io, Fëdor Michajlovič! Mi vedi?...* Ovviamente, sì, lo vede. Da tempo lo ha visto. Forse da tempo Pisemskij sapeva di quella visita.

«So chi sei, certo che lo so. Ti ho riconosciuto benissimo, Fëdor Michajlovič Dostoevskij, ma serve ribadirlo?... Dostoevskij!... Ah, come suona bene. Ci tieni tanto a essere vezzeggiato sentendoti chiamare per nome? Ti capisco, però. È bello riconoscersi nel proprio nome, è bellissimo. Ci si sente padroni di sé. Un possesso che vale il mondo. Ma fermiamoci qui. Se adesso mi alzassi da dietro questo tavolo di contenzione e venissi ad abbracciarti, servirebbe? Cambierebbe qualcosa? No. Anzi! Forse la peggiorerebbe. E mi farebbe perdere tempo. Mi spiace, è cosa che non mi posso permettere e non ne varrebbe la pena. No, non ne vale più la pena» e si rifugia al riparo della sua visiera dietro cui scompare una volta per sempre. Pisemskij ha molto lavoro da sbrigare. Un'immane quantità di lavoro. Non è davvero nella situazione di chi possa gingillarsi in svenevolezze. Ha da sfacchinare, lui.

## *"Non sente che caldo?"*

«Maestro!».

Il tirapiedi è ben dritto a metà della rampa che sale. L'ospite solleva di scatto lo sguardo sbarrato per reagire al richiamo.

«Il signor Stellovskij la sta aspettando. Di qua».

Vista da vicino e non di sotto, di dietro una finestra, la testa calva dell'editore, col suo emisfero circolare che pare fatto col compasso senza la minima impurità, è decisamente bella. La cute, ben lustra, ha la qualità di un'epidermide giovane. Nel complesso, il fascino di una simile calvizie dà valore a tutta la testa, che il vetro offuscato faceva invece immaginare sgradevole, ma quasi per principio, solo per il fatto di essere calva e basta. Altrettanto bello è il viso: stretto e lungo, magro ma sano. Sottili e magre le labbra, sottili e lunghe le sopracciglia, larghi e verdi gli occhi. La fronte è rilassata. Nessuna ruga. Sulle guance sfinate, le fedine erompono a semiluna in due folti e soffici grovigli di riccioli castani e il labbro superiore adombra un accenno di baffetti in crescita. L'uomo, dal portamento sinuoso e dai gesti armonici, veste di scuro, con un bel panciotto di velluto trapunto da una fitta serie di piccole pietre preziose a bottoncino, ciascuna provvista di una sua scintilla. Stellovskij, che ha accolto il visitatore aspettandolo in piedi sulla soglia della stanza, è alto e deferente. Entrambe le cose per natura. Lo si vede da come stringe la mano, da come invita l'altro a sedersi e da come sembra scusarsi per il fatto che a lui tocca, volente o nolente, di andare a collocarsi dietro la scrivania, a un piccolo scranno, modesto simbolo di immeritata autorità. D'altra parte, che fare? La sua poltroncina di lavoro è quella e va accettata, con tutti gli oneri che comporta.

Questa immagine *de visu* del personaggio ci costringe a revisionare la prima impressione che ne abbiamo ricevuto in ragione di un aspetto apparso infelice dacché alterato da un vetro deformante. Un aspetto che Fëdor Michajlovič conosce da qualche tempo, visto che Stellovskij è il suo editore. Non conosceva però quell'ufficio dove non era mai salito, né il negozio sotto, inaugurato da poco e verniciato di fresco. Comprensibile che il padrone di casa, non appena preso posto dinanzi alla penna più prestigiosa del suo catalogo, induca vanitosamente l'esimio artista a soppesare la qualità dell'ambiente, gli spazi, gli arredi. Tutto, insomma. Ci tiene. Anche certe stampe alle pareti. E in quell'ufficio ce n'è da vedere! Mille cose, ninnoli, oggetti più o meno bislacchi che sanno di trofei. È un po' un *bazar* lì dentro, come i depositi di certi *casinò* dove si accumula di tutto: dal tappeto orientale alla moneta africana, dalla scimitarra circassa all'elmetto samurai. Quadri di pregio, e croste da rigattiere. Proprio! *Come i depositi di certi casinò.* Così pensa Fëdor Michajlovič che certe situazioni le conosce sin troppo bene. Il tutto odora di pegni requisiti a man bassa, non di amore per il collezionismo. All'erta! All'erta! C'è anche un pianoforte verticale presso la finestra. Sul leggio, lo spartito del *Notturno in Fa minore* di Michail Glinka. Se c'era bisogno di un ulteriore monito, è lì. Su quel leggio. L'illustre Michail Glinka.

Nella zona del pianoforte, su un paio di tavolinetti di mogano istoriati, fatti perché il più piccolo possa scivolare nel più grande richiudendosi a incastro come un cassetto, un mucchio di altri strumenti musicali: dei flauti d'osso, una *balalajka* con le sue consuete scene agresti dipinte ai lati dell'incordatura, un organetto richiuso e mancante di alcuni pulsanti, delle custodie sbrecciate, un liuto reso opaco dalla lunga giacenza, un corno d'ottone con visibili ammaccature lungo la serpentina... tutti superstiti di lungo corso, ora affastellati alla rinfusa, forse in attesa di essere periziati, e forse eliminati, ma al momento esibiti senza reticenze, come su un banchetto da mercato all'aperto. Quegli aggeggi hanno l'aria di essere tutti vendibili trattandone il valore lì per lì.

Con istinto indagatore, senza quasi porvi pensiero, Fëdor Michajlovič scruta meglio in quella zona della stanza sicuro di scovarvi il terzo tavolino. E sì, perché solitamente mobiletti del genere vanno a gruppi di tre, non a coppie. Infatti! Seminascosto dal pianoforte, lo individua mezzo metro al di là degli altri due. A occhio, il più piccolo dell'*ensemble*. Vi sta poggiato sopra un violino con la cassa armonica visibilmente scalfita in diversi punti. Da una chiavetta per regolare la trazione delle corde pende uno spago a cui è attaccato un ritaglio di cartoncino rosa con una cifra segnata a caratteri minuti. A Fëdor Michajlovič non riesce di metterla a fuoco. Sa di prezzo. E sì, guardando attorno, cartoncini così ne vede parecchi. Lui conosce bene quel genere di cartellini. Li usano alle aste dei bisognosi istruite dalle autorità cittadine. Quelli sono dunque prezzi d'acquisto e non di vendita. Tutta roba rastrellata all'incanto e riproposta probabilmente al dettaglio. Congetture che non vengono fatte in termini tanto doviziosi, ma solo intuite.

«Insomma, che gliene pare?», sviando di qua e di là con gli occhi affinché nulla sfugga al censimento dello sguardo, è questo che, silenziosamente, domanda l'impresario, il facitore dell'altrui creatività (come ama definirsi da sé stesso), allo scrittore che gli sta seduto davanti. Altrettanto silenziosamente questi gli trasmette il suo convenzionale apprezzamento. Stellovskij si aspettava di meglio ma ha la sensibilità di comprendere che quell'uomo appesantito e severo non è forse nello stato d'animo più adatto per abbandonarsi a un'esperienza estetica. Conviene entrare subito in argomento.

«Dunque, parliamone! – è il suo sbrigativo *incipit* – Il caso è cogente. Presumo di averne intuito la gravità e non intendo sminuirla».

«Le ragioni della gravità non meritano d'essere discusse» mormora più sbrigativo ancora e con una certa afonia lo scrittore.

«Non ho sentito bene, mi perdoni».

«Parlare della mia crisi – replica sforzando le corde vocali Fëdor Michajlovič – mi sembra inutile».

«Crede?».

«Lo ritengo superfluo, sì».

«E come mai? Sentiamo».

«Per il semplice fatto che hanno poco a che fare con quanto dobbiamo dirci», la fronte gli brucia. Le arterie delle tempie sono piene, e il loro gonfiore pulsante lo manifesta.

«Ah, – sospira Stellovskij fiutando un suo punto di vantaggio – intende significarmi che la cosa esula?».

È una partita, questo è fuori discussione. L'ospite sapeva che gli sarebbe toccato sedersi a un tavolo verde quella mattina, ma senza poter dire quando sarebbe iniziato il primo giro di carte. Ci siamo. Tocca a lui.

«Voglio essere chiaro, Stellovskij. L'incontro attuale lo considero la conseguenza di vicende che riguardano solo il sottoscritto, e di quelle non mette conto dir nulla. Andiamo oltre, se possibile».

L'editore allarga le braccia voltando le palme all'insù per indurlo a chiarire meglio.

«Sarà un cavillo, – sottolinea l'ospite che sente il sangue spandersi sulla faccia, e teme anche negli occhi, e dunque che lo si veda – ma era solo per ribadire che i dati di fatto... che, sì... diciamo i danni a cui debbo mettere riparo trascendono ciò che dovremo concordare tra noi. E, comunque, lei la faccenda la conosce: non c'entra il gioco, non c'entrano mie mancanze particolari, il guaio c'è, e di cosa si tratti gliel'ho già comunicato».

«Mai a voce! – puntualizza l'altro. – Per lettera. E per filo e per segno. Direi, un articolato *cahier de doléances*».

«Ahimè, sì, e me ne scuso. La mia solita inclinazione a dire poco quando parlo, e troppo scrivendo».

«Macché. L'ho apprezzato, moltissimo. Il suo è stato un accalorato esprimersi di slancio, senza ritegno, ma con ponderazione. E vero sentimento. Con vero sentimento. Come a un amico a cui la legano anche, e non poche, ragioni professionali. Questo solo per chiarire. – con affettazione sospetta allarga morbidamente le braccia come per accogliere l'altro nella più cordiale delle udienze – Ora mi dica».

«Non ricordo esattamente in che termini le ho scritto, ma le assicuro che la mia voleva essere solo la lettera a un editore».

«E no! Qui sbaglia. Si è confuso nel valutare il suo pubblico. Un errore che di solito non commette. Ma se parliamo di sentimento, tutto si spiega da sé. Diciamo le cose come stanno: la sua intenzione, contraddetta poi dall'irruenza della penna, era di rivolgersi a un finanziatore, che, *pour cause*, lei ha pensato di individuare in me, nel suo editore».

«Colpa mia, senz'altro. – e si passa l'interno di un polso sulla fronte, che pensava sudata, ma è solo arida e calda – Mi sarò fatto prendere la mano dalla smania di raccontare. Gli epistolari, soprattutto quelli di carattere tecnico, lo ammetto... non sono la mia materia».

«Di sicuro, non la stipendierei per questo. So cosa ha senso chiederle e cosa no» osserva Stellovskij sorridendo come solo un vero padrone di casa ha diritto a fare. Quindi, annuisce concessivo per indurre il suo ospite a non limitarsi, a dire ancora, a sfogarsi se lo ritiene necessario. Intanto, si diverte a giocherellare con un sottile tagliacarte d'acciaio che tiene stretto tra i pollici e gli indici per le estremità della punta e del manico facendolo ruotare ora di qua, ora di là.

«Temo di aver mescolato l'essenziale con un pasticcio di astrusità inutili, – prosegue Fëdor Michajlovič come obbedendo a un ordine trasmesso per ipnosi – mi conosco, lo so. In tal caso rettifico e glielo dico in modo da non correre il rischio di malintesi, direttamente: la mia non voleva essere la richiesta di un prestito ma la proposta di... di un'intesa. Sì, di un'intesa. – l'altro aspetta la parola più pertinente, che arriva – Di un accordo, insomma».

«Era chiarissimo, invece! – e il tagliacarte viene abbandonato con disinvoltura tra pile di documenti sulla scrivania – La sua lettera non lasciava adito al dubbio. È ora, semmai, che mi ha un po' confuso le idee. In sintesi, mi corregga se sbaglio: lei è qui, stamane, per intavolare una trattativa. Sbaglio?».

C'è fanghiglia in questa replica. Fëdor Michajlovič soprassiede dall'aggiungere altro limitandosi a distendere un angolo delle labbra quanto basta per annunciare un pallido *sì*. Conviene. Se nel colloquio comincia a intromettersi del sarcasmo è la fine. L'editore tira a sé con una mano a rastrello, inanellata, un fascicolo che inizia a sfogliare con perizia, come se andasse scoprendo solo ora ciò di cui trattano quei fogli.

«Io, purtroppo... ah, ecco la sua lettera, vede!... Compendiosa, in effetti... un vero romanzetto! – la scansa e sfoglia ancora – Dicevo... purtroppo non sono nelle condizioni di trattare. Come non lo è neppure lei, d'altronde. Nessuno di noi due, per un motivo o per l'altro, lo è. Non si stupisca, è un dato acclarato. Lei non può perché chiede soldi... no, meglio: una cifra precisa. O quella o niente. Quindi, ne converrà, non trattabile. Io da parte mia non posso perché, a fronte di un versamento che non sia per beneficenza, chiedo l'esatto equivalente di quanto lei può darmi come scrittore. Un bene che potremmo quantificare al pari di una cifra altrettanto precisa. Quindi: non trattabile. Come vede, sarà sufficiente *non trattare* e l'accordo è fatto. Nulla osta» e fa scivolare via la mano dal fascicolo iniziando a tamburellare con le dita sul bordo della scrivania. E sorride, ma non offensivo: compiacente. Come a comunicare: tutto a posto, tutto risolto. Potremmo anche salutarci.

«A me, però, non sembra che le cose stiano esattamente così. Cioè... no... nel senso che cose da definire meglio, io credo... – Fëdor Michajlovič si divincola tra i braccioli della seggiola alla ricerca di una postura che gli faccia dolere meno la schiena – Intendo dire che... sì, c'è una differenza di scopi, motivo per cui, diciamo, anche di opportunità. Sia per me che per lei».

«Scopi, opportunità... mi sto perdendo. Io non volevo certo sminuirla, anzi!... Ci tenevo a chiarire che noi due siamo sullo stesso identico piano. Non capisco perché tutta questa soggezione. Con me, poi!».

«Ma non è soggezione! Che c'entra la soggezione?».

È il cuore che urla, più il cuore dei nervi, e va calmato. Fëdor Michajlovič si porta una mano al petto. Stellovskij, premuroso, accenna a una brocca d'acqua nel caso il suo ospite senta il bisogno di bere un goccio. Qui sta.

Tutto bene! Tutto bene! E torna al punto.

«Come possiamo far finta che non sia così?... Io la mia cifra non posso diminuirla. Lei, invece, potrebbe benissimo valutare...», si trattiene appena in tempo, sul ciglio. Le parole a questo punto vanno soppesate una per una o la testa è già nel cappio.

«Valutare?», lo istiga Stellovskij.

«... penso a una maggiore convenienza reciproca circa le modalità con cui mi impegno a darle quanto dovuto».

«Ma di cosa mi sta parlando? Di un accomodamento?»

«Le sto parlando di un impegno che io possa affrontare in piena coscienza e non perché travolto da... da... da un atto di disperazione. – come a scacciare una mosca – Sì, lo so, l'espressione è eccessiva, la dimentichi, ma l'ho usata per dare un senso. – allargando le braccia – Non mi sento di essere arrivato a tanto, neanche per idea. Ciò non toglie che questo calcolo non sta a me farlo, tocca a lei».

«Eccomi. Siam qui per questo».

«Allora, vede, che la parola "trattativa" non è poi così stonata!».

«No, ma è inutile. Il calcolo l'ho già fatto».

«Certo, lo so. Ma secondo una valutazione che, nel suo caso, può avere dei margini molto ma molto meno ristretti di quelli a cui sono obbligato io. Questo volevo dire».

«Ah, capisco. Io potrei, mentre lei no. Meno ristretti, già... – e si pizzica con due dita il setto nasale come per chiamare a raccolta tutti i dati della questione – Prima diceva, se ricordo bene... reciproca. La convenienza. Sia mia che sua, è così?».

«Perché no?... – nessuna risposta, solo uno sguardo perplesso – Voglio ritenere che tutta questa discussione non stia avvenendo tra due nemici, tra due che debbano farsi la guerra».

«Oh, nemici... *noi*?».

«Per cui sì, naturalmente sì: di tutti e due».

«Vede?... Il sentimento che torna. Quanto ha bisogno di metterci il sentimento, lei!... Eh, ormai mi ci vuol poco a capirla!... – schiocca le dita – Che animo pio! Misericordioso! Una risposta degna dei suoi più fulgidi eroi. Oh... attenzione!... Non si senta preso in giro! Io sono fermamente convinto della sua perfetta buonafede, Maestro, ma purtroppo non posso permettermi di adeguare le mie finanze alla sua letteratura. E lo dico proprio perché concordo al mille per mille col suo concetto di convenienza reciproca, che mi piace tantissimo, altroché! E non potrebbe essere altrimenti. Sono o non sono il suo editore? E dunque, ragioni. Che convenienza avrebbe, *lei*, nel ritrovarsi con un editore sul lastrico?... No, no, no! Per carità! Personalmente, una cosa sola posso decidere in alternativa a questo accordo, ed è quello che le dicevo prima: fare beneficenza. Allora mi chieda di farle beneficenza. Chissà, può essere che accetti. Vuole che le faccia della beneficenza?».

Fëdor Michajlovič ha chiaro in testa che se solo potesse replicare da scrittore, sulla carta, di sicuro ne caverebbe una sfida all'arma bianca e ora sarebbe in grado di mettersi in bocca la risposta con cui abbattere il suo avversario (di questo si tratta!), ma Stellovskij ha giocato d'anticipo supponendo lui per primo che tutto ciò non può essere uno sfoggio di stucchevole idealismo. Questo è il reale che urge, né più né meno, con tutto il carico delle sue pretese.

«Tremila rubli di questi tempi, caro Maestro, sono una notevole esposizione per chiunque, ne converrà. Tanto più per un povero editore come il sottoscritto. Ma trattandosi di lei, il purosangue della mia scuderia, eccomi pronto a dirle di sì. Prontissimo. Però, ne convenga: sono io quello che dà! È lei quello che prende! – e di sotto un incartamento tira fuori una mazzetta di banconote che deposita tra sé e il suo adesso taciturno interlocutore. – Che sarà mai, per una penna come la sua, concepire un romanzetto in un mese e mezzo?... Come chiedere a un titano di sollevare una pietruzza».

Fëdor Michajlovič si impone di non guardare quei soldi, se si fa accorgere che li nota non ha scampo.

«Ho visto Pisemskij di sotto».

«Oh, sì... è triste quando un poeta perde l'ispirazione. Molto triste».

«O quando perde di che vivere».

Il padrone di casa, stirando i muscoli del collo, si appoggia comodo allo schienale della poltrona assecondando con insidiosa mitezza l'argomento introdotto dall'altro senza alcun preavviso.

«Pisemskij. Peccato per lui quella messa al bando dello Zar che gli ha tagliato le gambe con una montagna di multe da pagare! Buon per lui che c'ero io. È bastato acquisire l'intero elenco dei suoi titoli, salvarlo dalla bancarotta, accordarsi con la censura, apportare qualche necessaria modifica e riavviare il mercato di una certa narrativa realista, ma non più sobillatrice. Il tutto anche a giovamento della sua arte, Maestro, che, diciamolo, è infinitamente superiore. Ma intanto il buon Pisemskij ho ricominciato a venderlo. Lui non scrive, ma io lo vendo. Poi, ha visto?... Si guadagna da vivere lo stesso. È stato fortunato. Anni di fedeltà alla mia agenzia gli hanno perlomeno guadagnato il compenso di un dignitoso impiego».

Fëdor Michajlovič accenna con un gesto del capo alla partitura che sta chiusa sul leggio del pianoforte.

«Come Glinka».

«C'è Glinka, lì? – aguzzando lo sguardo, un po' svagato – Ah, il *Notturno in Fa minore*, quello!... Un brano delizioso, niente epica folkloristica, come al suo solito. Eh, il nostro Glinka! Non che non la apprezzi, l'epica folkloristica!... Da buon russo di solide radici, ci mancherebbe. Ma gioielli così li sento più alla mia portata, se posso dire. Potrei suonarglielo. Sono un suo ottimo interprete, sa!... Chi lo direbbe, vero?... Glielo garantisco. – e accostandosi – Senza presunzione, detto in confidenza, c'è nella sua musica qualcosa per cui so capirlo, tra parentesi: come so capire lei, e so capirlo assai meglio di chi avrebbe ben altra autorevolezza per farlo. Mai sottovalutare i dilettanti appassionati! – mostrando le dieci dita – Quando vuole...».

«Non oggi».

«Ovvio, non oggi. – e solleva le sopracciglia in modo quasi innaturale abbassando la voce che si fa flautata, come a intonare un motivetto – Sparlano di me per via del suo lascito, lo so. Questioni di inadempienze, dicono. – e il motivetto sfuma – Ebbene sì, ci furono. Ma sue, non mie. Io una cosa posso dirle. Se quel colosso della musica, l'amatissimo Glinka, *da me* amatissimo, ha potuto permettersi sino all'ultimo una brava donna che lo imboccasse e lo pulisse... be', mi prendo i miei meriti. Non avrebbe certo avuto di che pagarsela, sennò. – e spinge i fogli verso l'altro. – Ma via! Lei sta facendo l'elenco dei miei beneficati, Maestro, non quello delle mie vittime. Io non le abbandono le mie creature. Mai! Importante... – e stringe una mano a pugno – è vincolare i nostri interessi. Ha visto giù di sotto quante carte ci sono? E qui pure. Dappertutto. Gli armadi ne traboccano. Anche questi cassetti, sono gonfi di carte! La mia casa rischia di esplodere per sovraccarico di carte. C'è poco da fare. *Id est*. Il mio mondo è di carta, *come il suo*, Fëdor Michajlovič. Carta, tutta carta. Di carta i contratti... di carta le partiture... di carta i romanzi... –

stropicciando le banconote – di carta i rubli!... – e mollemente spinge anch'essi a fianco del contratto – Cos'è? Teme la carta?».

«No. Casomai, di deluderla».

«Me? Mi lusinga».

«Non c'è vergogna peggiore che deludere il proprio nemico».

Stellovskij accusa il colpo: «*Touché*!» e si alza.

Le sue gambe infinite lo fanno riemergere da oltre il bordo della scrivania come un demone lunghissimo, interminabile.

Fëdor Michajlovič, da dove sta seduto, ne tiene sotto controllo la figura con uno sguardo che si illude di usare a mo' di briglia.

E l'altro: «Se questo può servire a fare di me la sua musa, eccellente, accetto il ruolo. Mi deluda e avrò vinto. Formidabile controsenso, non le pare?».

Stranamente, nel parlare Stellovskij matura un affanno che lo blocca, tanto da doversi sostenere con le braccia messe a puntello sul ripiano davanti a sé. Dopo aver recuperato il giusto ritmo respiratorio, si riscuote e va a una scansia. Ne preleva una bottiglia e due bicchieri. Soffia via la polvere dai vetri e versa. Impone al suo ospite di prendere e, accennando a un brindisi, ingolla. Lui solo.

«Spero abbia gradito. Non ho voluto brindare a un accordo che lei ritiene sforzato, ma semplicemente, tra me e me, senza chiederle per rispetto di accomunarsi ai miei *desiderata*, ho brindato al persistere del nostro connubio. Dostoevskij scrive, Stellovskij pubblica. – e recuperando il suo posto di comando dietro la scrivania – Ora, passiamo al resto. Alla certificazione del solo accordo possibile tra chi ha necessità di tremila rubli, *lei*, e chi si aspetta il corrispondente in prosa di tremila rubli, *io*. Ci riconosce?»

Nessuna risposta, solo due occhi tanto vasti da accogliere due immense lacrime che non si azzarderanno mai a traboccare. Fëdor Michajlovič pensa a come in talune lingue la parola “debito” significhi anche “colpa”. O sarà più grave l’inverso? Che dicendo “colpa” si intenda anche la parola “debito”?

«Ci riconosce, Maestro caro?»

Dostoevskij quella mattina, alzandosi dal letto, sapeva benissimo che sarebbe andato incontro al proprio destino entrando *per una certa ragione* nella casa in cui si trova e, soprattutto, sapeva che avrebbe dovuto mercanteggiare i termini del proprio orgoglio e della propria schiavitù sedendosi, com’è seduto adesso, di fronte alla carta che regola la compravendita di ciò che per altri è poco ma che per lui corrisponde alla sua stessa anima: lo sapeva benissimo. Qui, per tremila rubli che valgono il mondo, è in gioco la sopravvivenza delle sua parole, della sua immaginazione, della sua fede. Della sua lingua russa. Della lingua in cui ha cercato inutilmente le risorse per mitigare la durezza di quel contratto, pur esso scritto come? In russo. Lo sciagurato non riesce a staccarne gli occhi. I bordi dei fogli che l’altro ha girato verso di lui sono i bordi di un cratere. I caratteri delle lettere, in cirillico, sono le bolle del magma in cui si annuncia il punto critico di un passo senza ritorno.

«Pesa. – mormora Fëdor Michajlovič con un filo di voce a malapena udibile – Pesa troppo».

«Cosa?».

L’altro replica come potrebbe farlo un bimbo alla madre perché lo abbracci e lo soccorra, e non come invece tocca adesso a lui nel corrispondere a chi sta opponendo i propri interessi ai suoi.

«La penale. Quel che mi chiede. La messa a rischio, pesa troppo».

«La penale?... Ma è solo un incentivo. Rispetti i tempi e non mi dovrà un bel nulla».

«Avrà il libro, e per la data stabilita, – implora lui col tono di uno sconfitto che chieda almeno l’onore delle armi – ma levi quella clausola. Mi sconvolge solo pensarci».

«Vede che serve! Vede che serve!... Lo sapevo io!... Già la sta accendendo di un bel fuoco vivo. – additando un punto del contratto – Questa stupidaggine sarà il suo pungolo, mi creda. Un'eventuale, improbabilissima sovrattassa. Ma cosa vuole che significhi?... È più che altro la parola... – con una smorfia da attore di quart'ordine – *penale*. Sa di pena, sofferenza, castigo, mentre è un'astrazione. Una stupidaggine!... Senta me!... Questa carta se la porti a casa e la metta via, la chiuda al fondo di un cassetto e se ne dimentichi. Poi, nei momenti di fiacca, quando le sembrerà che l'ispirazione le stia venendo meno, allora apra il cassettino, le butti un'occhiata e vedrà come tutto si rimetterà in marcia – e fa il segno del tre con l'avambraccio mosso a metronomo – Lei trecento, io tremila. Le sue centinaia in fogli, le mie migliaia in rubli. Sinceramente: chi il più prodigo tra noi due?».

La mano che si divertiva a fare il segno del tre si protende ora a offrire uno stilo che se impugnato a rovescio potrebbe essere un punteruolo. Il pennino con cui termina è lungo e arcuato come un uncino nero, e sboccia in una minuscola sfera già intinta di inchiostro.

«Nella piena consapevolezza di non farle correre alcun rischio, le dico: si goda il rischio».

Fëdor Michajlovič sa che lo farà. E sa che lo farà non agendo contro la propria volontà, ma *senza* di essa. Che ruolo potrebbe mai avere la sua volontà nell'impossibilità di diminuire il debito di tremila rubli che ha con il mondo?

«Noi non siamo due, Maestro. Noi siamo *uno*. Metta in altre parole i suoi desideri e si imbatterà nei miei. – protende di nuovo la mano – Ah, mi formicola il braccio!... Sia gentile...».

La penna, gonfia di una bolla di inchiostro trattenuta dall'artiglio del pennino, è lì, con la sua capocchia nera a tenere sotto mira il naso dello scrittore che tra breve la userà, ma non per comporre. Visto però che ancora non si decide a impugnarla,

Stellovskj la abbassa, senza tuttavia deporla, e chiama a raccolta tutte le sue forze per l'attacco decisivo. Sa quel che deve fare: ragionare come se egli stesso fosse un personaggio di colui che ha definito il purosangue della sua scuderia.

«Lei, Maestro, consideri solo questo: in fondo, noi tutti proveniamo sempre da qualche contratto. Appena firmato, oppure no. Sempre! Ogni giorno e tante volte al giorno. Baratti, messe in discussione, prese di responsabilità. Roba quotidiana. Tutti contratti, a destra e a sinistra. Che li si firmi oppure no è secondario. Pure chi non ha ragione, se determinato, una qualche ragione se la farà dare comunque. Non solo! Qualsiasi intoppo aggiungerà impeto alla sua determinazione a ottenerla. E l'impeto, quando è vero impeto, vale cento, mille firme. Nondimeno, la norma esige il suo giusto tributo agli archivi, e gli archivi, capirà, finché vogliamo far parte di un consesso civile, vanno contentati. Ah, sapesse quanto vorrei vivere di sotto, io, mica qui! Ma proprio giù, al piano terra. Sul banco da esposizione, lì, tra le vere carte, che di sicuro non sono queste! Tra i libri, sì. Tra i versi. Tra le favole. Tra le belle opere della fantasia. Tra le liriche, tra le rime. Tutti i tesori della mia vetrina. Ah, che gioia sarebbe! E non tra questi scartafacci. Al diavolo!... Carte di legno, le chiamo io!... Eppure, faccia caso, scritte come?... A inchiostro, su filigrane di qualità, in bella calligrafia, con pennini sottili, senza errori di sintassi. Come le sue novelle. Come i suoi racconti. Quasi un'eresia, non le pare? Ma dobbiamo, e si fa. Non c'è scampo».

E inclina la fronte lucida, piana, verso l'altro sino a invaderne l'aura vitale. Per sembrare più convincente assume poi un tono lamentoso come a significare: quel che le sto chiedendo, io in realtà lo subisco. Mi tocca. Come tocca a lei. Sicché, diamo consumazione al fatto e riprendiamo a vivere. Lei creando, io vendendo. Non lo dice. Il tutto è riassunto in una piatta ripetizione, a sillabe scandite: «Dobbiamo... e si fa».

Fëdor Michajlovič Dostoevskij solleva i suoi vasti occhi umidi, sconfortati, verso quelli dell'editore, che appaiono doppiamente di smeraldo: poiché verdi e poiché duri.

«Lo aveva già preparato, dunque?».

«Il contratto?... *Ça va sans dire*, logico. Per il suo bene. *Tempus fugit*. Ma per quanto possa fuggire, firmando ora ne avrà sempre in abbondanza».

«Pochissimo, invece».

«Ma che dice? Va bene che è un poeta, ma basta un rapido calcolo, lo faccia. Le resta fino al 31 di ottobre per evitarmi questo effimero successo. Vincere perdendo! Dio mi salvi!... Creda, non me lo auguro davvero. Io non voglio lucrare: voglio pubblicare. E voglio pubblicare chi? *Lei*. Poi sente che caldo?... Quasi siamo ancora in piena estate».

«Non direi. Metà settembre».

«Giustappunto. Piena estate!» fa Stellovskij allargando le braccia che hanno l'ampiezza di un'apertura alare.

«Non ha pratica di questa città?... Sta covando un inverno precocissimo!»

«Perfetto! Motivo di più per non farsi distrarre dalla strada. Un foglio, una penna e una stufa... non è la beatitudine?».

«Parliamo di settimane».

«Di *molte* settimane».

«Senza la clausola, forse. – mormora lo scrittore chinando il capo – La tolga e potrebbero bastare».

«Ma a chi parlo, santo cielo? A chi parlo?... A Fëdor Dostoevskij o a qualcun altro?... In fondo, a me bastano cinquanta fogli a stampa. Né di meno, né di più. Come, d'altronde, abbiamo chiarito qui, nel nostro contrattino. Cinquanta, non di più.

«Sì, ma *a stampa*!» puntualizza con un accenno di bizzosità Fëdor Michajlovič che sa ben misurare il distinguo tra fogli a stampa e fogli manoscritti..

«Il minimo. Ma entro fine ottobre, mi pare. – fingendo di controllare su una pagina – Sì, fine ottobre».

E resta con la penna sospesa a mezz'aria. L'ospite poggia il suo bicchiere ancora pieno sulla scrivania. Impugna, e, mentre Stellovskij si massaggia il braccio intorpidito, quel che va fatto, infine Dostoevskij *lo fa*.

La firma è completata. C'è. Ecco il debitore. Ecco il colpevole.

«Non sente che caldo?».

No, non lo sente per niente. Altro che caldo, si gela!

Una volta fuori dal negozio, Fëdor Michajlovič rabbrividisce. Si stringe forte le braccia ai gomiti e si avvia per la strada senza riuscire a spiegarsi il perché di tutto questo freddo esagerato, insopportabile. Lo scrittore pensa a due cose: al freddo che inspiegabilmente lo penetra sino alle ossa, e alla sgradevole avvenenza di Stellovskij, altrettanto inspiegabile. Un uomo così, capace di dire e di far fare certe cose, non dovrebbe essere dotato al punto da vedersi obbedito senza bisogno né di comandare né di convincere. Il suo successo con le donne, quando mai gli interessasse ottenerlo, è fuori discussione. È calvo, d'accordo, ma è bello proprio perché calvo così. E gli occhi verdi: cosa ha fatto per meritarseli? Per non dire che quando un altro, sudaticcio mettiamo per l'afa, darebbe l'idea di essere unto, Stellovskij, nelle stesse condizioni, *luccica*. E neanche lo si potrebbe definire magro, ma snello, il che fa tutta la differenza del mondo. E quell'altezza spropositata, sin quasi alla deformità? Alle fanciulle piace, le fa sentire protette, la adorano. Inutile negarlo, è un seduttore! Mai la cosa è apparsa a Fëdor Michajlovič con tanta preclara evidenza. I pensieri che gli rimordono il fegato sono intrisi di acido e vanno da sé mentre i denti battono a più non posso.

«Dio santo, mi sono rimesso tra le mani di uno che, con uno schiocco di dita, potrebbe avere tutte le donne che vuole. Io per sedurre debbo innamorarmi, lui no, per lui si tratta addirittura di un dettaglio superfluo. Ma non solo! Un bellimbusto del genere, non amando, avrebbe mille possibilità più di me di averla vinta su una donna che potrebbe essere follemente amata dal sottoscritto! E quanto gli piace farlo capire!... È odioso. Odioso».

Forse Fëdor Michajlovič penetra in maniera tanto testarda tra le sevizie dell'ipocondria per distrarsi da una sofferenza ben più pressante: quella del gelo che lo attanaglia. Ma perché tutto questo freddo?

«Maestro! Maestro!», una zaffata di fritto anticipa lo gnomo che è corso fuori per raggiungerlo stringendo tra le braccia un ammasso di stoffa maltrattata. Tutto congestionato, il nanerottolo parla a singhiozzi: «Il suo cappotto, Maestro! Si è dimenticato il suo cappotto!... Ma come? Prima non voleva darlo, ora non vuole riprenderselo?».

Il cappotto?... L'altro discioglie l'abbraccio in cui si teneva stretto e guardandosi il panciotto e la giacca con sopra nient'altro è obbligato a rendersi conto che ha ragione quello. E sì, è uscito senza cappotto. E i tremila rubli? Si smanaccia addosso. Sulle prime non trova nulla e gli si ferma il cuore, poi, grazie a Dio, avverte la tasca del pantalone rigonfia e può rifiatare. I soldi stanno lì, a conferma, dunque, che al momento di mettere via la cifra il cappotto non ce lo aveva, altrimenti non avrebbe mai fatto il movimento innaturale e complicato di infilarsi la mazzetta delle banconote in una tasca laterale e sepolta dalle falde del soprabito chiuso.

Ma dove poteva averlo messo? A chi lo aveva dato?... E da quant'è che non ce l'ha?... Quand'è che se l'è tolto?

Folle lui, o folle la cosa in sé?

E subito queste domande sono aggredite da un'altra domanda a cui si impastano: «Quanto dovrò scrivere al giorno?» e fa i suoi calcoli. Le dita gli si rattrappiscono nel farli. Sono calcoli assurdi, disumani. 31 di ottobre. Non un giorno oltre. Cinquanta fogli a stampa. Che scritti di suo pugno sarebbero più o meno cinquecento. E al netto di correzioni, ripensamenti, tagli. Sente già la mano che gli duole, e, al pari, sente l'odore dell'impossibile. Sarà ridotto a scrivere senza nemmeno sapere cosa. Scrivere scacciando da sé la testa, il giudizio, l'analisi, il governo delle cose. Ah! Per forza, senza alternative.

«E la penale! – mugola tra sé, ma forse ad alta voce – Tutti i diritti di tutte le mie opere! Tutte! Per nove anni futuri e per tutti quelli passati. Questo vuol dire: più di me stesso, molto più di quello che sono. Più di tutta la mia vita!... Ma ci sarà una maniera per farcela! Un'idea! Qualcosa! Qualsiasi cosa!... Dovrà pur esserci un metodo!»

«C'erano mille cose da fare nella mia città nuova di zecca».

Nuova di zecca: anche noi l'abbiamo definita così, Pietroburgo. Limpida. Pulita. Intonsa. Un motore alla sua prima accensione, quando ancora la fuliggine, le polveri tossiche e i vapori incandescenti non lo hanno insozzato come è normale che avvenga. Una sala macchine destinata ad annerirsi ma al momento sfavillante, bella da vedere come può risultare piacevole al tatto la suola di una buona scarpa che abbia percorso appena qualche metro.

Una mano femminile corre veloce sulle pagine di un quaderno a tracciare segni svolazzanti. È questa mano che, scrivendo, parla delle mille cose che c'erano da fare nella città nuova di zecca. Per l'esattezza, ne parlerà in un futuro che dista ancora un paio di decenni dall'epoca in cui siamo, ma interessante è sapere che questa mano esiste, e valga come una promessa reciproca il dichiarare che quando saremo giunti assai più in là nel procedere degli eventi noi le consentiremo di intromettersi di nuovo, e lei non si sottrarrà all'invito. Il nostro racconto, tutto sommato, è da questa mano che deriva.

Torniamo al quaderno. Il corsivo della calligrafia non ha voce, difficile dunque dargli un'età, ma le lettere tracciate in modo marcato hanno un carattere adulto. Potessimo veder meglio la mano, il suo aspetto ce ne darebbe conferma. Una mano, per l'appunto, adulta. La pelle è una pellicola trasparente, non tesa: il tocco di un'unghia la graffierebbe, e con qualche sparsa efelide che sa di macchiolina. Accenni di un corpo che inizia a perdere di densità.

«La stenografia, ad esempio. – scrive la mano – Quasi ancora nessuno sapeva che fosse, ma l'epoca che incalzava già si preparava a renderla indispensabile».

Pian piano, alla calligrafia che insiste a redigere questo garbato memoriale, e che comunque ci trasmette la sensazione di un suono cadenzato dalla necessità di accordarsi ai tempi della stesura, si sovrappone in modo sempre più percepibile una voce maschile, monocorde, che, giungendo da un passato remoto di almeno due decenni, emerge a trapano nel ricordo di colei che scrive. Una robusta voce maschile, sempre più chiara e netta, che scandisce, puntigliosa, sillabe e parole in modo arido e a tambur battente, senza inflessioni né pause, con asettica e quasi inumana regolarità.

«Sicché il carico di storioni proveniente dalla Svezia ha dovuto evitare lo scalo previsto causando l'ammanco che ha portato al fallimento della ditta Bulov *punto a capo*».

A scrivere, adesso, non è più una mano sola, ma sono tante, e sfarfallano lestissime. A tambur battente: come quello detta, le mani scrivono. È un balletto di polsi all'opera, nello scricchio di pennini che guizzano senza posa. Carnagioni fresche, dove l'età è quasi dichiarata. L'adolescenza. Al massimo, la prima giovinezza. Le mani scrivono tutte con pari rapidità e di concerto le une assieme alle altre.

«Motivo per cui *virgola* il mercato del pesce è ora nell'esigenza di valutare il rischio di simili incidenti che potrebbero esporlo a una condizione di estrema vulnerabilità *punto* d'altronde *virgola* il ridursi della fauna ittica nel Caspio ha fatto registrare nell'ultimo anno un carico di pescato assai inferiore al previsto *punto e a capo*».

L'estate agli sgoccioli, oggi, è avara di sé. Il cielo è strapazzato da nuvole che si infittiscono a gregge. Vuol dire vento, e tanto. Siberiano e inatteso. Con minaccia di scrosci improvvisi. È l'inverno precoce profetizzato da parecchi. Sebbene da quelle molteplici e unanimi previsioni siano passate due settimane appena. Ora, però, un palpito di luce invade l'aula. È la dissipazione del grigio. Un aprirsi di anime all'unisono. Torna il bello, torna uno scampolo di estate. Evviva!... Se gli occhi dei ragazzi non fossero obbligati a restare inchiodati sui fogli (il metodo lo pretende) vorrebbero saperne di più.

Ma altro che estate! Nessuno della scolaresca ha tempo né modo di comunicarsi a voce lo stupore per ciò che di sottecchi si accorge sta avvenendo oltre la finestra dell'aula. Dopo un fulgore di madreperla lucente che aveva simulato l'azzurro, è l'agglutinarsi del cielo in un ammasso d'ombre che in breve si fanno pallide, setose. Ha iniziato a nevicare. E fittamente. Di questo periodo ha dell'incredibile.

Ma via, non bisogna farci caso! È vietatissimo rallentare il ritmo della trascrizione: nessun incidente, nessun imprevisto, nessun cataclisma può consentirlo in alcun modo mai. Compreso l'incredibile. Compresa una nevicata all'inizio di ottobre, e quandanche lo stesso insegnante rischi di esserne distratto!

La fanciulla, scrivendo, pensa: «Meno male che *Maman* ha insistito a farmi prendere almeno lo scialle. O forse no, non l'ho preso. – e scrive – O sì? – e scrive – Ma sì, sì che l'ho preso!» e senza fermarsi dal redigere quanto ascolta (mai farlo! Mai fermarsi!) si volta all'indietro per confermare che sì, l'ha preso. E invece no, a una prima occhiata all'attaccapanni sulla parete di fondo lo scialle non lo vede. Ma possibile?...

«Anečka!», il richiamo dell'insegnante le fa riprendere posizione in un attimo. Obbediente, si rimette in asse governando la mano che non aveva comunque smesso di scorrere sul foglio. Sa che adesso dovrà scrivere anche questo: *Anečka*. Lei come tutti gli altri. Per forza: è stato pronunciato. All'intera scolaresca, perciò, toccherà interporre nel brano quella parola che è un nome: *Anečka*, e col punto esclamativo reso esplicito dal tono. Il metodo Gabelsberger sotto questo aspetto è categorico: «Durante la dettatura tutto ciò che viene ascoltato va scritto». Tutto. Anche *Anečka*, dunque. E Anečka pensa al fatto che all'unisono tutti i suoi compagni, nessuno escluso, nessuna esclusa, stanno adesso scrivendo il suo nome nel tempo esatto in cui lo sta scrivendo lei. Buffo.

Ciò non toglie che lo scialle non lo ha visto. Continua ad ascoltare e a scrivere, a scrivere, a scrivere, senza cessare di domandarsi dove possa essere finito. Sicuramente, sotto qualche soprabito. Le altre, beate loro, hanno pensato bene di venire incappottate. Naturale, chi più chi meno abitano tutte a due passi dalla scuola ed essendo potute uscire almeno mezz'ora dopo di lei avranno avuto il tempo di accorgersi del cielo che si guastava. Alle sette, invece, era ancora talmente limpido! Meno male *Maman*! Meno male lo scialle! Che comunque da qualche parte sarà. Anečka pensa alla montagna di mantelli accumulati dai maschi senza criterio. Starà là sotto. Mantelli e pellicce, addirittura. I freddolosi. Quelli che fanno sempre i gradassi. Ma basta! Sta pensando troppo. Altra regola fondamentale del metodo Gabelsberger, il più aggiornato al mondo (così garantisce la pubblicità della scuola): se nella testa si intromette inevitabile il disturbo di un pensiero (la questione è neurologica, questo è dimostrato), bisogna addestrarsi a renderlo il più possibile succinto. Una fosforescenza. Questo si può. Con adeguati esercizi si può. *Pensare per impulsi*, dice il manuale; è nientemeno il titolo di un capitolo. L'efficacia della mano che trascrive risulterà così essere una logica espansione della stenografia psichica con cui l'allievo si abitua a percepire i segnali dell'esterno. Fatto sta che ha perso il filo. E qui scatta un altro precetto aureo suggerito dal metodo: prestare orecchio solo a quanto viene detto, anche prescindendo dalle parole perse. Se il contesto è salvo, i vuoti si colmeranno da sé per effetto logico. Nessun miracolo. La natura, è notorio, detesta il vuoto, e questo vale anche per il linguaggio. Le spore mancanti verranno integrate da altre spore perfettamente analoghe. Purché di volta in volta la spora sia una, non di più. Sennò ci si troverà costretti ad inventare. Lavoro da romanzieri, e qui non è questo quello che si insegna. Inventare? L'ultima cosa al mondo. Scrivere è un diletto, trascrivere una professione.

«Se poi si pensa che dall'estate scorsa l'aumento dei prezzi ha di molto ridotto la presenza sulle tavole non solo degli storioni ma anche delle loro uova che da sempre sono largamente consumate *virgola* al di là dei pasti consueti *virgola* anche in varie circostanze mondane del tipo...».

L'aula, nella sua nudità, riesce a non essere spartana. Sarà forse per l'alito della giovinezza che la scalda. Nell'insieme si coglie un senso di disciplina imposta senza troppo sforzo. Comprensibile: chi sta qui, ci sta per scelta. Alle pareti sono appesi cartelli stampati con simboli analoghi a quelli che vengono trascritti. Ai banchi di fondo si sono acquartierati i maschi. Dalla metà fin verso la prima fila, le femmine, che degradano di età man mano che ci si avvicina alla cattedra.

A un banco di mezzo, quasi al centro esatto della stanza, diciamo nella fila delle diciannovenni, ai piedi di una sedia è appoggiata la borsa che ha la cinghia della tracolla rotta. È il posto di Anečka, quello. Adesso che è seduta e che l'abbiamo bene in vista, e che non sta passando a volo per strada, possiamo convincerci meglio del suo aspetto. Ah, ma perché le parole possono solo descriverla senza riuscire ad essere materialmente lei? Ora, dovendole usare per raffigurarla, avvertiamo tutta la loro petulanza nel depositarsi come un pulviscolo sulla materia che vorrebbero incarnare. Ma forse, in tal modo, esse confermano quanto Anja sia per natura intangibile e intatta. In sintesi, il dagherrotipo puro e semplice questo ci dice: minuta. Nasino dalla punta un po' tonda, come una pallottolina. Boccuccia carnosa. Mento gentile. Mani abbastanza sproporzionate rispetto al resto del corpo e arrossate dalla densità della circolazione, come l'età pretende. Occhioni. Azzurri, ma in modo prepotente. Se il blu è la prepotenza dell'azzurro, allora blu. E un seno minuscolo che la flanella tesa a fasciarle il busto come un corpetto costipa rassodandolo e che in molti soppesano prima di dire: «Piccolo però!», per poi ricordarsene cercando di immaginarselo non costipato ma libero, nel chiarore della pelle lucente e florida come i dorsi di quelle mani robuste e mai distratte, pur quando è distratta lei, preoccupata com'è per lo scialle che non vede.

Veste *à la russe*, come direbbero in Francia, mentre qui in Russia dicono *à la française*. Cioè, alla moda. In realtà, Anja non ha il guardaroba che ci vorrebbe, ma il talento per vestire alla moda quello sì che ce l'ha, sia pure indossando più volte lo stesso abito senza quasi farsi accorgere che è lo stesso abito, o facendolo dimenticare, o facendo in ogni caso preferire d'essere vestita in quel dato modo e non diversamente, anche se l'abito è lo stesso del giorno prima e sarà quello del giorno dopo. Questo è talento. L'importante è che lei vesta attillato, il che già è sufficiente per fare moda *à la française*. Tutto ciò che è attillato esalta la sua taglia astringendola ulteriormente sino a rivelare soffici polpe rubate alla magrezza. Insomma, Anečka piace, ma senza suscitare attrazioni spettacolari. Escludendo Nikolaj, di cui tutti sanno, compresa lei. E Nikolaj eccolo lì: mezzo sommerso dai mantelli e dalle pellicce, in un banco all'ultima fila, di dove le lancia quando può sguardi zuccherosi destinati a cadere nel vuoto.

L'insegnante dalla voce arida per obbligo di professione passeggia tra i banchi leggendo da un giornale ripiegato. Con l'altra mano tiene una tazza di tè da cui sugge rapidi sorsi a seguito dei rari *punto e a capo* consentiti dall'articolo usato come esercizio. Il *samovàr* sulla cattedra esala un fumo che diffonde una tiepida essenza di menta tutt'attorno. La scuola è a carattere privato e stabilisce da sé i propri regolamenti. Certe licenze – come il *samovàr* sulla cattedra, e a volte dei vassoi di pasticcini – sono consentite. Accade addirittura che in certi casi speciali pure gli allievi ne possano approfittare. Si sta bene lì. *Qui*. Molto bene. Sempre, come detto, nello scricchio dei pennini che guizzano senza posa.

«E neppure è peregrino sottolineare che la penuria di pesce idoneo a essere cucinato comporta *virgola* per derivato logico *virgola* una minore richiesta di vini adatti ad accompagnarlo *punto* valga perciò il senso della richiesta...», quale richiesta possa provenire da questa attuale penuria di pesce commestibile nel mar Caspio noi non lo sapremo mai; forse il resto della scolaresca sì, noi di sicuro no. E non lo saprà nemmeno Anja.

La porta dell'aula viene aperta all'improvviso da un bel signore di mezza età che si presenta sull'uscio ben dritto e altezzoso, come è giusto che sia un Direttore, quale che sia l'istituto che dirige. In questo caso, poi, si tratta di un Direttore che è al contempo proprietario dell'immobile in cui siamo e fondatore della scuola frequentata dalla fanciulla e dai suoi compagni di corso. Ol'chin. Direttore della scuola di stenografia chiamata *Istituto Ol'chin*. Semplicemente, o vanitosamente, così.

L'insegnante interrompe all'istante la lettura e raggiunge con aria ossequiosa il nuovo arrivato. I due parlottano per alcuni secondi a bassa voce. Forse per un minuto intero. Gli studenti restano immobili in attesa di sapere cosa stia accadendo. Disordini in città? Ultimamente ne sono capitati: con una bomba a sfera che ha dilaniato parte di un monumento al Granduca dalle parti della Fontanka. Sembrava trattarsi di un atto terroristico, ma in un secondo tempo, con maggiore cognizione di causa, i giornali lo hanno convertito nel gesto isterico di uno scultore che si sarebbe giocato la carriera puntando sulla commissione di quella statua, commissione poi assegnata ad altri. Almeno così l'hanno raccontata, forse per non infondere allarme nella cittadinanza o, chissà, per non pubblicizzare troppo il fatto, soprattutto se di natura politica. Certo è che uno scultore è finito in galera e ancora ci sta.

L'insegnante si volta a indicare Anja che, d'istinto, si alza in piedi. Ol'chin va da lei. «Seduta, cara, seduta», Anja obbedisce. Ol'chin nota la curiosità collettiva e, schioccando le dita, si rivolge perentorio al gruppo dei maschi. «Una sedia, per cortesia!». È Nikolaj che si affretta ad alzarsi per far passare la propria sulle teste dei compagni di modo che il Direttore possa sistemarsi a un passo da Anja e parlarle quasi in un orecchio: «Anna Grigor'evna, dunque... mi hanno incaricato di segnalare il migliore tra i nostri allievi. Il suo insegnante, che sembra stimarla molto, mi suggerisce lei, e io stesso, in tutta sincerità, da quanto mi risulta, mi sento di avallare la sua indicazione. In buona sostanza, per caso le interessa un lavoro ben remunerato?», lei indugia qualche secondo prima di annuire con poca convinzione.

«*Well!*... Stabilito questo, veniamo allo stipendio, da devolversi in una rata secca. Il guadagno, in considerazione del tipo di specialità richiesta sarebbe... – si corregge – è, di cinquanta rubli per cinquanta fogli a stampa. Come dire, circa trecento pagine tradotte in libro. Lei mi comprende, vero? Sa che vuol dire?», la fanciulla annuisce con uno scatto del mento, anche se fatica a connettere l'insieme del discorso, pur così ovvio.

«Oh, non escludo qualche generico impegno segretariale, tipo corrispondenza, lavoretti d'archivio, eccetera... *in camera caritatis*, questo aspetto più d'ufficio non mi è stato chiesto espressamente, ma può essere. – e quasi a trasmetterle un trucco del mestiere – Lo prenda più come un mio consiglio: tenda a dimostrare che, semmai ci fosse bisogno, lei potrebbe. Conviene. – spaziando con lo sguardo sull'intera scolaresca – Lo dico a tutti! L'efficienza non conosce avarizia, mostrate di esserne provvisti in esubero e ne avrete sempre un tornaconto. – a lei, più pragmatico e diretto – ma il succo sono le trecento pagine da tirar giù. Un lavoro, dico la verità, che avrei assunto con vivissimo piacere io stesso o che avrei affidato a qualcuno dei nostri professori, ma purtroppo non posso assumermi altri impegni, né ridurre il corpo docente, sicché...» e qui s'interrompe notando Anja lanciare un'occhiata rovente a un'allieva più indiscreta delle altre che si agita al suo posto ridacchiando e confabulando con chi le sta vicino. Una mora dall'incarnato turgido e olivastro, di grande appariscenza, che ha il dono e la dannazione di farsi notare qualsiasi cosa faccia, pur se minima. Il Direttore coglie la situazione per quel che è, un vero e proprio moto di bile, e s'affretta a sollevare la voce sbrigativo: «*Mad'moiselle Varvara, s'il vous plaît*... vuole spostarsi al banco presso la finestra?... Lì, dove non c'è nessuno!».

«Da sola?» ribatte stupefatta la bella fanciulla dalla potente capigliatura nera, che non riesce a dare un senso ammissibile a questa che le pare una prepotenza bella e buona.

«Ha capito benissimo. Sì, da sola. – ma quella ancora non può credere che Ol'chin faccia sul serio – Vorrei favorire la sua concentrazione. Me la fa questa cortesia? Gradirei».

Sì, fa sul serio. La ragazza, punta a sangue nell'orgoglio, cambia di banco per sedersi altezzosa con un gomito puntato sul ginocchio messo a cavallo dell'altro e col mento affondato nella mano di modo che quattro dita contratte possano tenere stretto il labbro superiore. Così, rigida, inattaccabile, col busto inclinato da una parte, se ne sta a guardare fuori dalla finestra con gli occhi fissi, inquieti e inviperiti. Sistemata la questione, il Direttore torna a occuparsi di Anja, che si è fatta di nuovo attenta o che si sforza di esserlo a ogni costo mentre la sua immaginazione in palpiti già vola per ogni dove. Lui arretra col capo in modo da poterla indagare ben bene in viso.

«Mi risulta che lei ami leggere, è vero?».

«Sì, molto», la risposta è immediata, quasi in anticipo sulla domanda.

«Oh!» esclama Ol'chin tra sé, ben soddisfatto di quanto gli sia parso veridico questo "*Sì, molto*", e si rilassa. Con gesto molle tira fuori dei *pince-nez* dal taschino esterno della giacca dove lo teneva avvoltolato in un fazzoletto in maniera alquanto maldestra e lo inforca dopo aver stropicciato le lenti con un lembo della giacca, poco fidandosi del fazzoletto. Ah, che luce! Ora sì che il mondo si è rimesso in sesto. Squadra meglio la fanciulla soppesandone l'età.

«Mi dicono che lei sia infaticabile».

«Io?... – esclama la fanciulla avvampando – Oh, non lo so. Be', stancarsi, qui, è anche un po' doveroso, ma una si deve sforzare lo stesso, credo... anche quando... anche quando...».

A distanza, Varvara, l'esiliata, tenendo il trequarti accostato contro il vetro, fa il verso alla compagna cinguettando a fior di labbra tutto quello che dice. Qualche amica la nota e se la gode dando di gomito a chi le sta vicino.

«Non è infaticabile?» fa Ol'chin voltando la grossa testa da bisonte verso l'insegnante. Sì, da bisonte. Vista dall'uscio sembrava più proporzionata quella testa, pensa Anja, che non aveva mai fronteggiato Ol'chin così da vicino. È grossissima. Una gran bella testa senza dubbio, che però le ricorda il muso di un bisonte. Lo ha visto allo zoo di Mosca un bisonte. Sa di che si tratta.

«Instancabile, sì. – conferma l'insegnante – Nel senso che riesce a sostenere un giusto ritmo senza troppe flessioni rimarcabili».

«Per?».

«Ah, be', direi... per oltre un paio d'ore almeno».

L'informazione viene data a mezza bocca. Si può capire. L'insegnante è a disagio, teme che queste referenze possano suonare al resto della classe come una predilezione sospetta e preferisce che la cosa non venga recepita, ma Ol'chin è duro d'orecchio e ha bisogno di farselo ripetere, sicché quello, per forza di cose, è obbligato a farlo.

«Dicevo, un paio d'ore», la replica è di nuovo non timbrata ma stavolta sostenuta quanto basta a essere intesa. Tuttavia, la discrezione dell'insegnante è resa vana dalla voce tonante di Ol'chin che erompe soddisfatto.

«Oltre un paio d'ore! Eccellente. Davvero eccellente. E recupera in quanto?».

Stesso patema di prima, stessa premura.

«Ehm... dieci, quindici minuti al massimo».

«Esattamente quanto ci necessita. Magnifico! Eccellente! Quindici minuti ogni due ore... quel che ci vuole».

Benché la cifra fatta dei cinquanta rubli non sia sfuggita a nessuno, come non è sfuggito il dato delle pagine da scrivere, l'intera scolaresca fatica a raccapezzarsi sull'effettiva consistenza della vicenda di cui si sta ragionando. Una cosa è certa: è in ballo un'occasione che, per decreto dell'insegnante, riguarda Anja e basta. Però, accidenti, almeno una qualche forma di messa a confronto avrebbe potuto essere presa in considerazione! Invece no: risposta secca. "*Chi?*", "*Lei*". Fatto sta che a tutti gli altri e a tutte le altre tocca fare da platea e niente di più. Sconfortante. D'accordo, l'Istituto Ol'chin è una scuola, non è un ufficio di collocamento, ma il comune sentire dei ragazzi, anche tra i remissivi, inclina di necessità a un senso di ingiustizia difficile da contenere. La più trafitta da questo malanimo è la ragazza spedita al banco presso la finestra. Lo si capisce al volo: la mora si ostina a guardare fuori come a ostentare il suo: «Non mi meritate!» e si riempie testardamente gli occhi col bianco che va rapprendendo ovunque. La sua è una tecnica. Più guarda fuori, più sente tutto. Nulla le sfugge. O quasi. Quando infine, durante un prolungato silenzio che non sa interpretare, si decide a controllare cosa in effetti stia accadendo, ha un soprassalto: vede Anja bere del tè da una tazza che con buona probabilità le è stata offerta dall'insegnante, il suo mentore. O dal Direttore. Ma è mai possibile? Davvero siamo a tanto? Servita e riverita. Un'allieva trattata come un'altolocata in visita! Questa davvero non si era mai vista. E come se lo sta godendo, quel tè! A questo punto, *Mad'moiselle* Varvara, decide che non è il caso di mollare la presa e aguzzando le orecchie sente la fanciulla pigolare qualcosa, ma tanto flebilmente che è impossibile capire cosa. Che diamine, non è mezzo sordo, quello? E allora se lo faccia ripetere, no!... Anja, infatti, tra un sorso e l'altro, qualcosa la ripete. Ma niente, troppo distante, la ragazza accanto alla finestra non l'ha capita neanche adesso. Ol'chin invece sì, tanto che replica, testuale: «A maggior ragione, piccola cara. A maggior ragione».

A maggior ragione?... A maggior ragione *cosa*?

E con ciò, pare che il colloquio sia finito. Ol'chin, facendo pressione sulle mani puntate contro le ginocchia, si solleva beato. Issandosi, torna a essere quel bel signore apparso sulla soglia, e la grossa testa da bisonte si disfa per ricomporre una piacevole e confortante faccia di rappresentanza, senza più nulla di zoomorfo, ma ormai Anja lo sa; ormai ha colto il suo segreto: vista da vicino quella faccia gli ricorda il bisonte che le venne incontro quando, da bambina, mamma e papà la portarono in gita una bella domenica di giugno al parco degli animali di Mosca, città di cui non ricorda altro se non quel bisonte dall'odore muschioso che scorgendola mangiare un gallo di zucchero caramellato infilato nel suo bel bastoncino si fece largo tra massi e sterpaglie per venirla a smusare da dietro il recinto con grande accoramento di sua madre. «Magari è lui! Un trapasso di anime» si diverte a pensare la fanciulla, anche se a scuoterla dentro è tutt'altro. I rubli, il lavoro, cinquanta pagine a stampa, e dover affrontare questa peripezia da sola!... Ma poi, avrà detto l'assoluta verità rispondendo alle domande che le ha rivolto Ol'chin? Ci pensa. Forse no. Non proprio, non a tutte. E neanche saprebbe dire in cosa avrebbe mentito. Forse un'ombra di inganno se la imputa per il suo modo di fare, tanto compiacente nel confermare all'altro l'immagine che quello e l'insegnante volevano a tutti i costi avere di lei.

Il Direttore, guardandola dall'alto in basso, le gratta lieve il mento con la punta dell'indice come farebbe a un gattino. Chissà la ragazza relegata alla periferia della classe che potrà mai pensare nell'assistere a questa bella scenetta tutto miele! E cosa potrà mai pensare Nikolaj, soprattutto!... «Starà friggendo» immagina quella. Lo spasimante che se ne sta sempre con la lingua penzoloni, figurarsi!... Tanto che lo cerca con lo sguardo per lanciargli un'espressione mista di complicità e disgusto, un'espressione mortificata però dal disinteresse più totale. Il ragazzone non manifesta un bel nulla: solo lo zelo di chi si mantiene ligio alle consegne osservando da bravo subalterno quanto gli si chiede di testimoniare, cosa che lui fa con le mani intrecciate sul banco e con l'aria compunta di un sottoufficiale all'alzabandiera.

Ol'chin, senza staccare la punta dell'indice dal mento della fanciulla, aggiunge rassicurante: «Meglio parlarne nel mio ufficio durante la pausa al cambio d'ora. Questione di poco, *mon bijoux*. Potrà dirmi di sì o di no in tutta serenità. Passi da me e le spiegherò con esattezza di che si tratta. – via la mano, e via i *pince-nez* – Confido naturalmente nel sì. – poi, smorzando il tono – E non arrossisca. Sono un uomo sposato che non sa cosa sia la malizia. L'aspetto», uno scambio sommesso con l'insegnante ed esce.

*Mon bijoux!...* Addirittura a questi livelli!... E c'è nulla di più malizioso che dire: "*Non so cosa sia la malizia*"?... Ma per carità, non scherziamo!

*Mad'moiselle* Varvara di una cosa è certa: se fosse stata lei seduta lì, al centro dell'attenzione, rifornita di tè come adesso la Grigor'evna Snitkina, be'... il padrone della scuola e del palazzo, un tipo di bella stazza, non avrebbe avuto bisogno di tanti sotterfugi. Poche sillabe e tutto sarebbe stato dato per inteso in un batter d'occhio! Non per questo accettato, ci mancherebbe, ma inteso in un batter d'occhio sì. Dato questo per assodato, la ragazza ingoia un sorriso acre di riprovazione. Dio, che rabbia! E che onta!... Sbattuta di lato, alla finestra, da sola come una reproba alla gogna!... *Si metta lì!...* Svillaneggiata davanti a tutti. D'altronde, inutile stupirsi. Certe cose non possono che capitare a lei: una che da quel dì ha capito come gira il mondo. Destino! Le è andata così e non può farci nulla. Piaccia o no, essere attraente impone una grande precocità di esperienze su mille fronti, non si scappa. Un maschio, con lei, più si fa adulto e più impiccolisce. Un granello diventa. La giovane donna si preme con decisione un capezzolo per darsi piacere e, dandosi quel piacere, per ricordarsi chi è, e quali le differenze tra lei e le altre, tra lei *e quella.*

Ma c'è quel maledetto spino che non le dà pace: *a maggior ragione*. Ma *cosa* a maggior ragione?

Gli studenti, terminate le lezioni, rifluiscono pimpanti sulla strada. Si divertono a fare gli idioti spingendosi l'un l'altro, slittando e cadendo. Naturalmente, i maschi in prima fila. Chi si fa male, e a qualcuno prima o poi succede, si atteggia a fare tutto a un tratto l'adulto dando degli idioti ai suoi compagni che gli ridono dietro.

Appena fuori, Anja, isolandosi dal gruppo, si appoggia alla parete della scuola per regolare il ritmo del respiro. Reclina all'indietro la nuca bionda e scarmigliata sino a poggiarla sulla muratura color rosso mattone e si porta una mano al petto mordendosi un labbro. La corposa condensa di un avventato e prepotente inverno, del tutto ignaro dell'incipiente autunno divorato in un sol boccone, le scontorna il profilo raschiato dal vento siberiano.

Varvara, superandola, la occhieggia con lampante inimicizia. Le sibila contro: «L'uccellino prende il volo!» e prosegue dandole le spalle. La fanciulla, riscuotendosi, le lancia addosso, proprio nel bel mezzo della schiena, un grumo di neve tanto molle e farinosa da non riuscire ad agglomerarsi in un accenno di palla. Quantomeno è simbolica quella neve: la prima di una stagione fuori sesto. E per di più ha la violenza metaforica di una pietra da lapidazione. Lo si capisce senza ombra di dubbio dal ringhio a denti stretti che accompagna il lancio, e dalle guance della fanciulla che, nella smorfia, si fanno viola di collera più di quanto fossero illividite per il freddo.

L'altra si volta stizzita e bellissima, come Anja non sarà mai. «Brava, fa' così pure al lavoro e sai quanto duri!».

# *La figlia*

La dimora che ci voleva adesso per Anečka: *la sua*! L'unica. Finalmente se l'è riguadagnata. Ah! Tutti abbiamo una patria, e che meraviglia quando ci è data la possibilità di raggiungerla! Che meraviglia allontanarsene nella certezza di tornarvi! Che momento ineffabile! Anche un ubriacone potrebbe dirvi cosa sia l'autentica felicità spirituale descrivendovi l'istante preciso in cui fa ritorno alla sua bettola. Chiamato a definire la parola "gioia" non vi parlerebbe della bottiglia, no, ma della bettola. Del passo soddisfatto che gli fa varcare quella soglia.

È con questo stato d'animo che Anja si chiude la porta alle spalle e sprofonda nell'odore della sua minuscola terra d'approdo in cui l'aroma dell'olio di lino usato per tener vivo il legno dei mobili si mescola al fiato caldo dei legumi messi a cuocere. La stufa accesa, che per quel giorno non era stata ancora considerata ma che il gelo imprevisto ha reso necessaria, addensa oltremodo l'odore della casa rendendola vieppiù sé stessa: la piccola patria che accoglie e conforta. Dalla cucina che affaccia su un lato del vestibolo, una donna dalla voce spigliata, avendo colto l'ingresso della ragazza, annuncia il menù della cena che consiste nel pollame arrostito rimasto dalla sera prima – è ancora buonissimo, assicura – anticipando un tritato di pesce per il giorno dopo. E aggiunge che non ci vuol molto, che è quasi pronto, e che si aspetta il resoconto della giornata a tavola, mangiando. «Non vedo l'ora! – dice – Non vedo l'ora!».

Anja la avverte che ha bisogno di qualche minuto. Lo fa con un timbro arrochito dal cuore che le batte forte. Il respiro è grosso. Colpa dello slancio smisurato con cui ha affrontato i pochi gradini davanti alla porta, come un gran salto che poteva evitarsi. Ma tutta la strada l'ha percorsa in affanno. Niente *omnibus*. Aveva bisogno di dare sfogo alle sue falcate per domare il pandemonio che ancora le si muove dentro. Mille cose l'hanno abbagliata tutte in un colpo solo nel momento esatto in cui ha scagliato quella palla di neve addosso alla schiena della compagna con una violenza per lei inaudita. Mille cose!... Stabilisce tra sé che è un giorno, questo, da cerchiare sul calendario per celebrarlo in futuro alla stregua di un compleanno, se lo merita. Come se oggi avesse visto la luce una gran parte di lei per la prima volta. Grazie a quella palla di neve, sì. Non era solo con Varvara che ce l'aveva, macché! Quel lancio è stato come il colpo di fucile sparato da un cacciatore non tanto contro un lupo nella selva, ma contro la selva tutta, dacché è la selva tutta che la piccola Anja, da un istante all'altro, si è trovata a fronteggiare. Mai si sarebbe detta capace di tanto, eppure è avvenuto, ci è riuscita.

In quanti l'hanno aggredita! E per tramite di una sola che ha avuto la spudoratezza di andarle contro. In quanti le hanno fatto capire di essere pronti ad aggredirla da adesso in poi! In quanti!

Non bastasse questa scoperta di sé a scompigliarla, ci si aggiunga quello che si è sentita dire nel colloquio a tu per tu con Ol'chin, in privato, quando le è stato chiesto un *sì* che lei ha pronunciato in modo talmente soffocato per il convulso da averlo dovuto confermare con un gesto enfatico del capo. Un *sì* tutto maiuscolo come nella sua vita di ragazza non ne ha mai dati!... Per convincerla il Direttore non ha fatto che battere su quelle cifre... cinquanta rubli, cinquanta pagine a stampa... è poco? È molto?... Ma il nome, ci voleva quel nome a sconvolgerla, mentre per Ol'chin tutta la sostanza era soprattutto nelle cifre.

«Una ragazzetta giovane come lei... cinquanta rubli, e consideri, *ma cherie*, che se la prova darà buoni frutti potranno anche esserci delle prospettive, perché no?... Insomma, una risorsa!... Cinquanta pagine a stampa... – parole rimarcate dal gesto delle cinque dita divaricate della mano, come già fatto in questa storia da qualcun altro con il numero *tre* – ... per adesso, lo capisce da sé, son già qualcosa, ma in futuro?... Non mettiamo limiti, in futuro tutto può essere. L'impegno momentaneo potrebbe essere confermato. Farsi stabile per un periodo indeterminato. Ma non voglio dir nulla... senza voli!... Senza voli!».

E di nuovo le tornano in mente le espressioni fredde delle sue colleghe tra le quali Varvara, in fondo, si è dimostrata la più audace. Peggio le altre che, negandole la loro complicità in quella lite non messa in conto, le hanno fatto addirittura più male. E a tutto ciò, all'intera selva dove il lupo può rivelarsi meno minaccioso del serpente, l'infante Anečka cosa potrà mai contrapporre? La sua mitezza? Certo, non ha altro. E allora facciamo in modo che la mitezza non sia sinonimo di debolezza. D'altronde, non è scritto da nessuna parte che debba essere così. Anche a questo ha pensato la fanciulla facendosi a piedi l'intero tragitto dall'Istituto Ol'chin sino a qui. Con la borsa in spalla, afflitta dalla tracolla annodata in maniera da formare una grossa pigna di cuoio, durissima, che le ha stampato vicino alla scapola destra un largo ematoma di cui la poveretta si accorgerà solo a tarda notte, quando infine proverà a concedersi qualche ora di sonno. Ma troppo ci manca, adesso non può, non se ne parla nemmeno. Si tocca il petto e le spalle sguarnite. E lo scialle?... Guarda in giro, non lo trova. Smuove vanamente i cuscini del divanetto dell'ingresso come se, animato di vita propria, quello scialle che le è tanto caro avesse potuto rifugiarsi lì in mezzo. Niente è più illogico di certe ricerche illogiche. Fatto sta che non c'è. L'avrà lasciato a scuola, senza dubbio. Neanche il gelo della sera è servito a farglielo ricordare. E sia, la giornata ha preso questa piega e tanto vale tenerle dietro. La piega del mutamento. Del passaggio di età. O non sarà forse che mi tocca scontare un peccato di *hỳbris*, pensa lei, facendo affiorare ricordi di tragedie greche lette a mo' di favole quando le favole le erano consuete e, grazie a suo padre, anche Eschilo, Euripide e Sofocle le erano consueti: *hỳbris*, peccato di ambizione, di orgoglio, di tracotanza. Se ne è reso colpevole Edipo, ma anche Oreste, perseguitato dalle Furie. In fondo, non è stato il passo fuggitivo di Oreste a spedirla dritta a casa per cercarvi rifugio come se questo odore di lino e di legumi cotti fosse quello di una sua privatissima Atene?... Ma poi, rifugio da che? Dal giorno che va declinando o da quello che l'aspetta?

Lo scialle! Dimenticarsi lo scialle è stato imperdonabile e significativo al tempo stesso. Un dono di sua mamma e suo papà fatto all'ultimo Natale. Da loro due insieme. Senza dire del rischio di una congestione. Proprio ora! Alla vigilia del suo gran debutto nella vita vera, e che la fanciulla è in procinto di affrontare come una sprovveduta. Pensa all'attrezzatura di cui ha bisogno. Almeno per darsi un contegno, per dimostrare a tutti e a tutte che chi ha puntato sull'allieva Anna Grigor'evna Snitkina, fra le più giovani del corso, ci ha visto bene. A cominciare dal suo insegnante, così timoroso di compromettersi eppure tanto sfacciato nel dichiarare che il migliore della classe è una femmina. Lei. *Io. Debbo.*

«A Oreste poi che succede? Qualcosa gli succede. Ah sì, viene processato. Ma lui aveva ammazzato sua madre, come poteva sperare di farla franca? No, la faccenda non è confrontabile. O sì? È una tragedia, quella. Mica è necessario essere dei matricidi perché ci si possa rispecchiare. Basta molto meno perché le Furie ci becchino a sangue sulla testa scaricandoci addosso i loro escrementi, e qualcosa di molto meno io forse l'ho fatto. Come che sia, un peccato, una mezza colpa ma l'ho commessa. Sì, ho mentito. Non ad arte, ma ho mentito. Ho consentito a quelli di credere a ciò che volevano credere. Che sono in gamba. La migliore. Migliore anche dei migliori. E se Varvara avesse ragione? Forse meritava più lei di me. No, ragioniamo. È tutta la strada che ragiono ma ancora non mi riesce di venirne a capo. Ricapitolando: cosa mi hanno chiesto per davvero?... Ol'chin, cosa mi ha chiesto?... La mia disponibilità. I miei giorni. Un po' di quello che sono. *Mademoiselle*... come Varvara, ora anch'io sono diventata una *Mademoiselle*!... *Sarà per lei un tempo di crescita*, mi ha detto. Testuale. La mia crescita. Un po' della mia crescita, questo mi è stato chiesto. Cinquanta rubli. Cinquanta fogli a stampa. Scritti, saranno centinaia. E quel nome! Quel nome è stato fatto, altroché se è stato fatto!... Me lo son dovuto far ripetere due volte, ma me lo sarei fatto ripetere altre cento. Più lo capivo, più non lo sentivo. Sarà un omonimo, per forza! Uno che si chiama così, *come lui*, allo stesso modo, ma non lui. Com'è possibile? Da non credere!... E questo mi sa che l'ho detto proprio a voce alta, visto che Ol'chin mi ha sorriso chiamandomi "Figliola". Eccolo qui, ho anche l'indirizzo. Cioè, no... come sarebbe?... Ce l'avevo!... Oddio, dove l'ho messo?» e si avventa sulla borsa affondando la mano in un convolvolo di stoffa che non si aspettava di trovare.

«Che è? Ah, lo scialle. Qui!... Tu guarda!», lo aveva ficcato lì. Ma quando? Non ricorda nemmeno il tempo che, secondo logica, dovrebbe aver impiegato a cercarlo tra le montagne di cappotti, mantelli e pellicce. Tant'è. Non è andato perso, e almeno questa è risolta, meno male. Lo tira fuori e lo dispiega. Prova a sgrullarlo, fa bene. Ne cade in terra un coriandolo che vale una pepita d'oro. Una cartuccella. Se l'era ingoiata la stoffa. Evviva! L'indirizzo! Zona della città non troppo remota rispetto a casa, e ancor meno rispetto alla scuola. Zona acquea. Tutta ponti e canali. E casermoni che sono mastodonti cupi e tetri, messi a scafandro di cortili che si inanellano, all'interno, uno appresso all'altro, tanto che il lungofiume potresti fiancheggiarlo per intero senza mai dover mettere il naso per strada una sola volta. Certe carceri a labirinto sono concepite così: impossibile capire quando, per ogni lato, sei arrivato davvero in fondo, sia scendendo che salendo. Impossibile.

E allora devi per forza tornare indietro. Si sa: i veri labirinti ti fanno sempre tornare indietro, al punto di partenza. Ti muovi, ti agiti, e nulla accade tranne la vita che diminuisce, tranne le forze che se ne vanno. Lo spazio risucchia lo spazio, il tempo si mangia il tempo. Tipo certe frasi che si possono rovesciare e si rivelano uguali a sé stesse. Ecco, quel quartiere è simile a una pagina fatta di tante frasi che rovesciate ripetono sé stesse. «Mica me l'invento io! – le diceva suo padre nel raccontarglielo – Un quartiere che vale la Firenze di Dante, la Ilio di Omero. E qui, a pochi isolati da casa nostra, ci pensi? Tutta la zona della Sennaja è opera sua. La gente che ci abita, opera sua. Ci pensi?... Ormai nessuno potrà più vederla com'era un tempo, ma solo pochi anni fa, prima che ci pensasse lui a farcela vedere così com'è».

No, Anečka non ci ha mai pensato, o non in questi termini, perlomeno non come ci pensava suo padre, un autentico idolatra; dei suoi scrittori amava esaltare tutto ciò che faceva da alimento alle loro invenzioni.

«Ci pensi, Anečka? Questo vuol dire creare, cos'altro, sennò?... Allestire a nome nostro il mondo in cui viviamo, e consentirci, purché lo si voglia, di vivere lì assieme tutti quanti: trapiantati, invulnerabili, nella visione di un poeta. Capisci?... Capisci, Anečka?... Io mi aggiro per quelle strade e mi sento un suo personaggio! Non è magnifico?... E se mi ci sento *lo sono*. Vivo o morto non fa differenza. Un personaggio che fa su e giù per un ponte reale, perché è reale... posso toccare il parapetto, pestare la pietra su cui cammino... ma allo stesso tempo pensato da un altro. Questo è creare! Questo è creare!... ma mi capisci, Anečka?... Netočka mia, mi capisci?».

Lei faceva di sì, ma soprattutto per compiacerlo. È solo ora, stasera, che ci pensa per davvero. E domattina dovrà recarsi di buon'ora là: dove vive colui che quel luogo lo sta fabbricando, parola dopo parola, battuta dopo battuta, pagina dopo pagina, in un romanzo che la piccola Anja ha smesso di leggere da quando suo padre è morto e di cui ora sente una fame improvvisa. Le viene in mente che da poco è andato alle stampe l'ultimo capitolo. È fondamentale procurarselo al più presto! Al più presto!... Stira il foglietto sgualcito tra le palme premute l'una contro l'altra e poi, non soddisfatta, sul ventre contratto come se ciò servisse a rendere l'indirizzo più veritiero di quanto già non sia. Da qualche secondo, forse da un minuto, tutta questa sua congestione ha un pubblico a cui la fanciulla non ha fatto caso. O forse sì, ma cosa importa?

Anečka non intende farsi distrarre dalla presenza della donna comparsa su una soglia interna e che non si azzarda a dire nulla tanto è folgorata dal vedere sua figlia muoversi dissennata entro pochi metri quadri con lo sguardo che fa razzia di tutto senza fermarsi su nulla. Ci sono ancora un bel po' di cose che aspettano di essere messe in ordine in quella testolina. L'una scaccia l'altra. Bisogna, ma è faticoso. Appuntare! Debbo appuntare!

«Qualcosa non va?» domanda la donna sulla soglia, eretta, con un grembiale macchiato d'olio e tenendo in una mano un mazzo di barbabietole e nell'altra una mannaia da cucina. Su un abitino frusto, casalingo, la donna indossa una pesante giacca di *barguzin* dal manto di oro morbido e con linee argentate che guizzano al minimo movimento del busto e delle braccia. L'orgoglio del guardaroba paterno. Un indumento che ancora mantiene il suo pregio ma che di battaglie ne ha vissute, e si vede!

«Che ci fate con la giacca di papà?» le domanda sgarbata la ragazza che si è appena accorta di quella bizzarria. Ci voleva questo per farla pensare ad altro, o sarà forse che quella giacca fa parte dello stesso grumo di emozioni da cui si sente invasa. L'altra non fa caso alla ruvidezza della domanda. Anzi, sorride. «Oggi, stando sempre a casa, il freddo non si sopportava e mi è venuto in mente di tirarla fuori dall'armadio. Bell'idea, no?».

«Sì, bella» consente Anja che già, senza motivo, si sentiva pronta a un rimprovero del tutto fuori luogo. Pensava a suo padre, ed ecco che suo padre si presenta da lei a scaldare la moglie amata con la sua giacca.

«Anečka, tesoro... qualcosa non va?», la ragazza la zittisce senza guardarla.

«*Maman*, vi prego, sto ragionando!».

Essere screanzata è un'abitudine che la piccola non ha mai avuto. «Sì, c'è qualcosa che non va». Si risponde da sé Anna Nikolaevna, una vestale provvida e aristocratica malgrado l'abbigliamento sommario e l'oppressione di quella giacca che spegne impietosamente le grazie di una *silhouette* tuttora notevole. Anna Nikolaevna è una finnica di cui la ragazza ha ereditato lo stampo, forse un po' diluendolo in generale ma esaltandolo almeno in un punto: nel fulgore eclatante della treccia che la chioma fulva e un po' crespa dell'altra non riesce ad eguagliare. Quanto al resto, è doveroso riconoscere che la bellezza quarantenne della madre appare più spiccata rispetto a quella adolescenziale della figlia.

«Per cominciare, – pensa Anja – penne e cartellina!».

Fa mente locale: le prime le ha, la seconda pure ma indegna di un debutto tanto importante. Va considerato! Uscire mezz'ora prima e procurarsene una nuova, su questo non si discute. E d'improvviso, alla madre: «Mi serviranno dei copechi, me li potete dare?».

La richiesta suona così irruente e stonata che la Nikolaevna nota per prima cosa l'alterazione usata nel formularla.

«Netočka, ma cos'hai?... Sei tutta rossa e accaldata. Non avrai la febbre, per caso?... Te l'avevo detto che solo lo scialle non bastava, ci voleva anche il *manteau*. Domani, mi raccomando!».

«Qualche copeco. So dove le vendono a poco».

«Cosa?».

«Una cartella da lavoro».

«E la tua?».

«Quella è da studentessa. Io dico da lavoro».

E c'è anche il problema della sacca! Ha la tracolla rotta. Sì, ma sua mamma lavora le pelli. Perciò la casa è sempre impregnata del sapore dolciastro delle colle che le servono. Per cucire il cuoio usa aghi che sembrano pugnali. Tutta la sua attrezzatura è in un laboratorio dove ha in fitto uno stanzino per quando riceve delle commissioni, ma in casa qualcuno di quegli aghi gira sempre e la sua sacca non pretende granché, basta un intervento di emergenza. Con un ago del genere, forse, potrebbe ripararglìela; se non del tutto, almeno quanto basta a nascondere la bruttura di quel nodo. E fissa la madre come avendoglielo già chiesto, in realtà non ha proferito parola, tutto le è solo ronzato dentro la testa in fiamme che cuoce e le fa male. Si sente carezzata. Lo è. Dal dorso della mano che stringe la barbabietola. Per alcuni secondi la fanciulla, malgrado si senta tutta sottosopra, accompagna la suadenza del movimento con un oscillare lento del capo.

Non importa il senso delle cose dette, non importa nulla. Importa l'ansia, ecco cosa. Importa quest'inquietudine. Fosse pure esaltazione, che cambia? Anna Nikolaevna la conosce sua figlia, e così non l'ha davvero mai vista.

«Domani. Dipende tutto da domani!» esclama Anja sottraendosi infine alla carezza e andando veloce nel salottino che è possibile intravedere dal vestibolo. Con un gesto scoordinato alza il fuoco in una lampada a petrolio poggiata su un *trumeau* lasciandola traballante col rischio che cada sul tappeto, infiammabile, come tutto lì dentro. Urta contro una pianola i cui tasti non vedono la luce da anni ma che assolve al meglio il suo compito vicario di portaoggetti. Raggiunge spedita una cassapanca il cui ripiano è ingombro di ritratti ad acquerello incastonati dentro cornicette di peltro schierate a comporre una sintetica cronistoria familiare. La fanciulla, evitando l'aiuto confuso che l'altra vorrebbe offrirle dopo essersi soffermata a posizionare bene la lampada, si sbriga a tirar via tutto quell'appassito retaggio di defunti che, ginocchioni, aggruppa a lato del mobile e, tossendo per lo sbuffo di polvere eruttato dal coperchio tirato su, spazia bramosa con lo sguardo su quanto è contenuto nell'antro del baule. Un giacimento di cose; tra le più diverse, spiccano le carte. Di ogni formato e natura. Sfuse, riunite in blocchi, in forma di quaderni, di diari, di agende, e libri, giornali, riviste, e poi pacchi, tanti pacchi che a loro volta (e lei lo sa) contengono altre buste, altri documenti e di nuovo altre carte. È a questi che bisogna dedicarsi. Ai pacchi ben catalogati e ammonticchiati con precisione uno sull'altro, a onta del caos di tutto il resto. Sono pacchi confezionati con perizia quasi artigiana. Stretti con spaghi grossi come funicelle e tutti etichettati con targhette su cui sono scritti i numeri di pubblicazione e le date corrispondenti. La ragazza rovista svelta, quasi con furore ma allo stesso tempo con una sua *ratio*. Controlla le targhette e disloca i vari pacchi posizionandoli secondo quanto le detta l'istinto. Alcuni che stavano sopra li mette sotto e viceversa, altri invece li ignora e altri si riserva di controllarli in un secondo tempo. Crea dei vuoti e forma dei pieni come a scavare tane e a formare scorte. Sembra che stia disossando uno spicchio di terra da cui cavare qualche tesoro che lei è certa al mille per mille debba esservi nascosto. Sta lì. Lo sa che sta lì.

«Io non capisco che smania ti ha preso!... Per cosa poi?».

«*Maman*, lo so io!».

«E non potresti degnarti di...?».

«Sì. No. Magari dopo!» ma neanche l'ha sentita, né sa quello che le ha farfugliato come risposta.

«Dopo *cosa*?».

«Vi ho pregato!» e insiste, avida, a passare in rassegna un plico dopo l'altro martirizzata dalla raucedine che le grattugia la gola e coi globi oculari arrossati che cominciano a prudere e a lacrimare.

«Fosse per me, capirai!... Solo ciarpame... un bel falò e via! Ma tuo padre, no... lui doveva conservare anche gli spilli...».

«*Mamouška*, d'accordo, sì... – non si capisce se sia più scorbutica lei o più cocciuta l'altra – ora però, ve lo chiedo a mani giunte, lasciatemi fare!» ma quella niente, continua imperterrita, eppure è una brava donna Anna Nikolaevna, peccato che la pedanteria ne sminuisca a volte la bellezza, e la sua è bisognosa di una certa alterigia per mostrarsi al meglio di sé, mentre tanto ardore esalta i tratti della ragazza che nella circostanza si è fatta assai più bella della madre.

«Tutto è memoria! Tutto è memoria! – riprende a tiritera la Nikolaevna – Le grandi frasi!... Ci si riempiva la bocca col risultato che non si buttava mai niente! Nemmeno i mozziconi di candela».

«Non sono quelli che mi servono!» taglia corto Anja senza voltarsi.

«E cosa? Me lo vuoi spiegare?».

La figlia vorrebbe dirle: «Capiscilo da te. Se lo amavi, cosa vuoi che cerchi qui dentro? Davvero moccoli di candela? Oppure vecchie ciabatte? Pettini sdentati? Inalatori col tubo rotto? Toh, eccone qua uno!» lo scansa e procede. Come a scuola, fissa inappuntabile le proprie mani al lavoro. Durante le esercitazioni in classe le fissa mentre scrivono, qui mentre raspano e cercano. D'un tratto, lo sguardo le si accende nell'atto di recuperare un plico che forse è quello giusto. Diciamo solo *forse*. Per quanto!... Si volta rapida a strappare dalle mani della madre la mannaia e fa saltare il laccio che, reciso, esplode con uno schiocco. Lacera con le unghie l'involto, tira fuori i fascicoli che vi stavano rinchiusi e li squaderna a ventaglio di modo da avere sott'occhio le copertine tutte insieme. Sì, ci siamo! Sfila via una rivista tra le altre, la compulsa voracemente. Alle sue spalle, la Nikolaevna non sa che pensare. Si accosta di più alla figlia che sembra aver trovato la pietra filosofale. Le si china a fianco e guarda quello che guarda lei. Sul frontespizio di un fascicolo quasi intonso spiccano una scritta e un'immagine: il nome del noto scrittore Fëdor Dostoesvkij (così definito a pie' di pagina: "noto"), e un ritrattino che lo raffigura.

«Leggete, *Maman*!... Leggete la data! – e punta l'indice sulla parte alta della copertina – 30 marzo di quest'anno. 30 marzo!», la donna prende atto ma non sa che rispondere. La questione le suona come un indovinello privo di senso e la conseguente vuotezza del suo sguardo è fonte di delusione per la figlia che non se ne capacita. «Ma come? 30 marzo! Il giorno prima che papà si mettesse a letto». Non basta. L'enigma è ben lungi dall'essere risolto. Poi, insomma, se si parla della malattia del marito inutile girarci troppo attorno, mica è un gioco!

«Lo so da me quando si è ammalato tuo padre, ma cosa c'entra questo?».

«C'entra perché è l'inizio di *Delitto e castigo*. Guardate... capitolo primo. L'ultimo numero che ha comprato. Quattro mesi fa. Quando ancora stava bene. Ve lo ricordate?... Mi faceva sedere qui, in questo salottino, e me lo leggeva. Tutte le sere».

«Sì, ma perché ci pensi adesso?». Giusto. Ora sì che la donna ha formulato l'unica domanda meritevole di essere fatta.

«Ol'chin, il Direttore, mi ha proposto un impiego, *Maman*. Debbo presentarmi domani alle 11. Dov'è la piazza del Mercato. Abita lì!».

«Ol'chin?... E come mai avrebbe bisogno di te?».

«Ma non Ol'chin. – esibendo la rivista – Dostoevskij! È lui che m'aspetta».

La Nikolaevna si porta la mano sul cuore quasi a trattenervi uno strillo.

«Ci pensi, *Maman*... neanche sapevo che fosse ancora vivo!... Voi sì?... Dostoevskij vivo, e io dovrei andare da lui. A lavorare per lui!... Mi sono detta: parleranno di un altro. No, neanche per sogno. Allora?».

«Ma per fare cosa?».

«Dice Ol'chin un po' da segretaria, curargli in generale le carte, ma soprattutto *scrivere*».

«Ma non è quello che fa da sé?».

«Eh, sì... io dovrei scrivere quello che scrive lui, cioè, insomma, lui detta e io trascrivo. Come dice Ol'chin: la mia specialità. Secondo voi che mi conviene fare?... Accetto?... Dico di sì?».

«Io... oh... ma sei sicura?... Lui proprio?».

«Santo cielo, sì. Così mi ha detto».

«Dostoevskij?».

«Ol'chin».

«Bambina mia, facciamo una bella cosa, senti me. Innanzitutto un bel respiro, poi... parliamone a tavola, è meglio. È una decisione importante, non è roba che si possa risolvere con troppa disinvoltura, in quattro e quattr'otto. Meglio a tavola... parliamone a tavola».

«*Maman!...*».

«Che c'è?».

«Possiamo anche parlarne a tavola, ma io ho già accettato».

«Accettato come?».

«Semplice. Firmando».

*Prestuplénie i nakazànie. Delitto e castigo.* Così in russo, ma non in cirillico. In lettere nostre ma in parole loro. La letteratura è una lingua composta di tante lingue che a ogni istante possono divenire una sola lingua, capace di alludere a tutte le altre. Basta il vezzo di una parola che faccia da fessura per passare da qui a lì. È tanto, ma ci vuol poco. Il paginone doppio della rivista letteraria che Anna Nikolaevna ha tra le mani e da cui legge con dizione un po' goffa e con espressione il più possibile neutra, è stampata, per l'appunto, in caratteri cirillici.

La donna è adagiata su un canapè di antica data che ha le zampe malamente avvinte tra loro da fettucce di vimini assai allentate e si tiene stretta addosso la giacca del marito a farle da coperta. Le sue mani spuntano da oltre il bordo del bavero sorreggendo in modo precario l'ampia dispensa. La postura sdraiata non la facilita. A tratti il lembo superiore del foglio cede alla gravità e si inclina in avanti ricascandole sulla fronte. Lei sbircia la pagina alla luce della stessa lampada che appena un paio d'ore prima stava per provocare un'ecatombe incendiaria. Altra luce a gas giunge da una porta socchiusa al di là della quale la madre, volendo, può scorgere sua figlia, vestita come l'abbiamo vista e con lo scialle a proteggerle il petto mentre, a uno scrittoio, è intenta a redigere solerte quanto l'altra va leggendo in uno stato di palese torpore.

«A quel punto la colpì con violenza una volta ancora, sempre col dorso dell'accetta e sempre lì, alla sommità del capo...».

«La punteggiatura, *Maman*!... Per cortesia, vi ho spiegato, mi dovete dettare anche la punteggiatura!».

«Capito, capito... – c'è noia e stanchezza in questa replica, e forse anche un'implorazione di requie che non trova udienza – Il sangue sgorgò come da un bicchiere rovesciato inzuppando lo sciallетto di cotonina verde *virgola* e il corpo di Alëna Ivanovna stramazzò bocconi *punto*».

«Più veloce! Più veloce!» comanda l'altra che sembra essere divenuta la padrona assoluta della casa. La padrona dell'ora, della notte e di tutto il buio attorno. La padrona della luna è diventata, del cielo e della neve. E sia! Più veloce!

«Raskòl'nikov si ritrasse *virgola* lasciò che la vecchia cadesse *virgola*».

Man mano che la lettura incalza, alle parole si sovrappongono i caratteri stenografici nello svelto procedere della stesura a mano e all'immagine del foglio che dispare si sostituisce quella della stanzetta dove sta Anja, ancora ingombra di segni infantili. Fagotti a foggia di pupazzi sono sparsi sulle mensole intorno, e allegri disegni di paesaggi e bestioline varie sono fissati al muro con dei semplici nastrini inchiodati, senza cornice. È di qui, dall'interno della camera della fanciulla non più bambina, che scorgiamo adesso, attraverso il taglio della porta, Anna Nikolaevna, sdraiata che legge a macchinetta. Il suo ritmo, di fiato in fiato, tende a declinare nella sonnolenza ma la figlia, implacabile, la richiama costantemente all'ordine.

«Andiamo avanti! Andiamo avanti!».

«... e poi subito si chinò a guardare *due punti* – e sbadiglia – oh, scusa!», Anja scrive, scrive tutto, come quella mattina ha dovuto scrivere anche il proprio nome nel mezzo di un articolo sui pesci del mar Caspio. «Però non ti interrompere!... "*Oh, scusa*"... poi?».

«Sì... dunque... – e Anja infallibilmente scrive: "*sì tre puntini dunque*" – era già morta *punto* gli occhi erano sbarrati *virgola* come se volessero schizzare fuori *virgola* e la fronte e tutta la faccia erano deformate dallo spasimo *punto*».

«Ferma, rileggo!» le intima secca la ragazza lanciando la voce senza distogliere l'occhio dal quaderno.

«A quel punto la colpì con violenza una volta ancora *virgola* sempre col dorso dell'accetta e sempre lì *virgola* alla sommità del capo *punto* il sangue sgorgò come da un bicchiere rovesciato inzuppando lo scialletto di cotonina verde *virgola* e il corpo stramazzò bocconi *puntini di sospensione* e poi subito si chinò a guardare *due punti* era già morta *punto.* – smette di leggere e tende l'orecchio – Giusto fino a qui?», silenzio. La fanciulla butta l'occhio oltre la porta e vede sua madre che si è assopita. La rivista è scivolata in terra a fianco alla giacca, pur essa in terra. Anja poggia la penna. Riordina gli strumenti di lavoro per il giorno dopo: la sua stilografica, penne a stecco come scorta, pennini, carte e capsule di inchiostro. E qualche libro, uno in particolare, da cui non si separa mai. Ah, sì... le garze per detergere gli sbaffi!... Quindi, prima di riporlo, prende il quaderno e va nel salottino. Recupera il giornale e si siede in pizzo a una poltroncina controllando a bassa voce quello che ha trascritto. Per quanto la figlia si limiti a bisbigliare, Anna Nikolaevna avverte la sua presenza e si tira su un po' sconnessa, con l'ovvio istinto di orientarsi. Si stropiccia il viso.

«Scusa, tesoro, ma non capisco più niente. – e muove lo sguardo in giro – Sistemi tu, per cortesia?... Io non ce la faccio proprio. Grazie, eh».

Barcollando si solleva faticosamente in piedi e poggiandosi con una mano alla parete si avvia quasi a occhi chiusi fuori dal salottino dove la fiammella della lampada s'è ormai ridotta a una falangetta azzurra baluginante. La fanciulla accenna a un saluto lieve, quasi un bacio, di cui l'altra, già scomparsa, non può essersi accorta. Ora Anja, rimasta sola, si interessa al suo quaderno in modo diverso da prima, trattandolo come fosse un libro. Legge, ma non per controllare se l'esercizio sia stato fatto come si doveva. Legge per capire bene quanto ha scritto.

«... Il sangue sgorgò come da un bicchiere rovesciato...».

Una seconda voce, nella stanza, prosegue: «... inzuppando lo scialletto di cotonina verde, e il corpo stramazzò bocconi».

Lo scialletto! Lei si stringe con più forza il suo alle spalle e, senza neanche stupirsi per l'intrusione di quest'altra voce, dapprima socchiude le palpebre, poi le riapre e solleva lo sguardo per puntarlo nel buio innanzi a sé. Il giaccone di *barguzin*, che sa di boschi della taiga, non sta più per terra dove lo aveva lasciato sua madre, no: adesso è ben composto sul canapè. Beninteso, non è stata lei a distenderlo così. È da quella zona della casa, del mondo, dello spazio, di qualsiasi spazio contenuto nello spazio, che l'altra voce si è fatta ascoltare prendendo il posto della sua.

«*Batyuška*» mormora lei. Nulla accade. «*Batyuška*». Di nuovo silenzio. La fanciulla richiude allora le palpebre, forte forte. Conta una cifra che con ogni probabilità per lei ha un senso ben preciso ma noi questo senso non lo conosciamo, nemmeno la cifra conosciamo. Dieci, venti, cento. Forse più di cento. Forse è una cifra di cui Anečka ha avuto percezione solo adesso, chi lo sa. Una volta terminata la conta riapre gli occhi nel momento esatto in cui la fiammella sul *trumeau* dà il suo ultimo palpito e si spegne, come già si è spenta quella della cameretta. Tutto, ora, dovrebbe sprofondare nel buio, ma solo il buio umano può essere totale, non quello del paesaggio. Il buio, talune notti, è una spezia. Le cose possono venirne accese come non accadrebbe mai nel bagliore della luce piena. Ecco, è in questo genere di buio che un uomo di notevole statura se ne sta seduto sul canapè, con la giacca di *barguzin* marrone chiaro addosso, la sua, e di lì fronteggia la figlia in quel salottino che fa da centro alla loro piccola patria comune. L'ascolta e le parla. Anche Anečka in questo buio ha una lucentezza particolare. Come ce l'hanno le sue parole.

«È merito tuo – dice – se oggi sono stata scelta io. So di non essere la migliore, ma di sicuro con te ho imparato cose per cui hanno pensato che io fossi *la più giusta*».

«Purché lui sia orgoglioso di te» risponde l'uomo.

«Il mio sogno è che possa esserlo tu, papà».

Sono due sagome buie che si fronteggiano. Due figure pietroburghesi degne della loro città. *Qui*, fra vivi e morti non si dà gerarchia. O, se la si dà, è un dettaglio. Ogni dialogo è perciò possibile, fra chiunque. L'uomo della Sennaja, lui, ha contribuito non poco a creare i caratteri di questa singolare e straordinaria specie umana dove ogni apparizione è consentita. Ogni interferenza.

La sagoma più poderosa si alza per accostarsi all'altra, dalla chioma rilucente. Giunta a un passo da quella, muove in avanti il braccio e sfiora la guancia della fanciulla con una carezza che lei avverte per davvero. Per davvero!

«La tua vita, Netočka, ti sta spingendo al largo. Da domani, può essere che a ogni istante ti chieda di darle tutto».

«Non abbandonarmi» mormora lei, quasi rivolgendosi alla mano rimasta ferma nell'atto di toccarle il viso e sulla quale ora preme la sua. L'uomo, altissimo, le dice: «Sarò lì. Sarò lì. A leggere quello che scriverai. Ad ascoltare quello che ti dirà».

Anečka non avverte in queste parole la promessa che vi è contenuta, ma vi coglie il saluto, forse l'addio, il che la spinge ad aggrapparsi alla mano immensa del padre con ambo le sue. «Non andare via!... Papà, ti supplico... non andare via di nuovo! Non andare via! Non andare via!... Ti prego! Ti prego!».

Non lo dice ma lo esprime. L'uomo si china. Ha un messaggio da trasmetterle. Per questo è venuto.

«Ricordi cosa ti dissi un giorno, Netočka?... Un buon libro, a saperlo interrogare, può offrirti tutte le risposte che cerchi».

Lei rovescia all'indietro il capo per scovare a ogni costo il colore degli occhi, quello dei capelli, in quella clamorosa figura buia che si è sollevata gigantesca nel cuore della casa, innanzi a lei. Prova gli spasimi delle creature innamorate. Si ripete quanto le è stato appena detto, del buon libro, delle risposte di cui andiamo in cerca, come dovendolo mettere per scritto con lo stesso zelo di quando fa i suoi compiti in classe. Eppure, sembra non capire. Sente una spalla che le brucia. Se la sfiora con la punta delle dita. L'ultima cosa che le manca di fare prima di andare a letto è controllarsi allo specchio. Quando tra pochi minuti lo farà, le toccherà scoprire un vasto livido violaceo nell'incavo della scapola destra.

A quel punto, si ricorderà della borsa e della tracolla che non è stata aggiustata.

## *La cartellina*

Per quanto il sole sia radioso, la temperatura fa rabbrividire. La neve deposta ha iniziato a ghiacciare. Le baracche del mercato sono talmente fitte che sembrano incastrarsi l'una nell'altra. Il quartiere, in quel punto, è un semicerchio di tuguri e capanni colmi di merce multicolore. Il tanfo della poltiglia ingrommata presso le fessure dei rigagnoli è penetrante ma la brillantezza dell'aria redime tutto.

La giovinetta, con la sua borsa a tracolla, al riparo di un *manteau* rosso opaco posseduto da parecchio ma usato pochissimo e in cui ha affondato il mento lasciando libere le labbra, se ne sta immobile a osservare la facciata scomposta della casa in cui si prepara ad avventurarsi. La condensa del respiro produce pennacchi innaturali.

Di fronte al portone sta ferma una carrozza col vetturale. Anja la nota, e senza avere alcun motivo per farlo la collega al suo impegno di quella mattina. Teme di essere arrivata con troppo anticipo. E pensare che sino a poco prima il suo timore – il suo terrore, addirittura! – era quello di fare tardi, ma ora è lì e può gestirsi a suo piacere il momento in cui muovere il passo fatale che le farà varcare la soglia di quel portone. Si dà il tempo di rovesciare il collo del *manteau* il più che può sulla spalla in modo da coprire il bernoccolo della tracolla annodata come il giorno avanti. Una sciatteria che la fa soffrire. A compenso, ostenta sotto il braccio sinistro una cartella foderata di tela verde acquamarina nuova fiammante. Questo oggetto sì che la completa come deve facendo passare in second'ordine l'imbarazzo della tracolla.

L'acquisto della cartellina è avvenuto poc'anzi ed è stato frutto di una vera peripezia. Dopo una serie di delusioni patite in vari negozi dove non aveva trovato nulla che la soddisfacesse, quella cartellina l'ha adocchiata nientemeno che lungo la strada in un mercatino attraversato per accorciare il percorso a rischio di imbrattarsi. Ad attrarla, benché andasse di fretta, i globi rossi e gialli di alcune dalie, rigogliose a onta della temperatura siderale, gettate a fasci su un panchetto tra mucchi di rape e di carote. Coi fiori e gli ortaggi, la cartellina. Questa. Le è parsa nuovissima. Rallentando il passo, ha fatto caso che doveva essere vuota, poi, accostandosi, ha avuto conferma di ambedue le cose. Nuova e inutilizzata. Ne ha chiesto ragione a un ragazzo che con le mani e il viso sporchi di terra stava invasando delle piante a stelo lungo, fragilissime, e non con molta maestria a dire il vero.

«Ah, quella!... L'ha dimenticata qualcuno un paio di giorni fa, forse tre, e non è più tornato a riprendersela. Ormai...», forse sta per dire: «Ormai sarà il caso di buttarla» ma lei fulminea: «Se è in vendita la compro!».

Il ragazzo tentenna. La proposta l'ha colto di sorpresa. Riassesta in fretta le idee e fa capire, poiché non può evitarlo, che lì il padrone del panchetto non è lui, e che il padrone vero adesso è a trattare derrate di patate e che, tutto sommato, quella cartella per il padrone non significa granché, mentre lui forse, anzi non "forse": sicuro, quella sera contava proprio di portarsela a casa. Ebbè, sì. Dopo tre giorni che nessuno si è più fatto vivo, tanto vale. Ah... il ragazzo ci tiene a sottolineare, ma un po' a mezza bocca, da ladruncolo, il riguardo con cui l'ha tenuta da parte ben conservata durante quei tre giorni. Vorrebbe dire: «Con amore»; si trattiene, ma lo fa capire.

«Controlli! Controlli pure come l'ho tenuta bene!».

«Bene? – fa lei – Qui di fuori? In mezzo alle rape?».

«Eh, ma stando attento a non bagnarla! Questo è importante. Se si bagna è finita, si accartoccia tutta. Invece guardi com'è!».

Furbo il tipo. In poche parole, la cosa si può fare, perché no?, ma bisogna sbrigarsi!... Nemmeno si tratta di stabilire un prezzo, giusto una mancia. Lei gli propone i copechi stanziati per una cartella che potrebbe acquistare regolarmente in un negozio, l'altro replica con l'espressione sacrificale di chi si adegui a subire un sopruso ma fa niente, e roteando gli occhi attorno suggerisce che conviene fare in fretta!... In fretta perché?... Come "perché?"... Non si sa mai e potrebbe ripensarci, per questo bisogna fare in fretta! Molto in fretta!... D'accordo, andata!... Lei prende e l'altro incassa. *In finis*, la cartella di tela verde acquamarina, abbandonata in un mercatino da chissacchì, da qualcuno che non ha più inteso cercarla e dunque immeritevole di averla, ha trovato dove stare: sotto il braccio di Anja come il destino ha voluto che fosse. La spesa più importante che la fanciulla abbia mai fatto in tutta la sua vita. E non ci voleva che qualche copeco! Questo piccolo esborso l'ha trasformata. Sino a ieri studiava, oggi, con la cartella sotto il braccio, lavora. Chi l'avrebbe detto? Anja sa che ormai sarà costretta a cambiare molte cose, di sé e della sua vita in generale. Anche il modo di camminare, ad esempio. Assolutamente. C'è un tipo di camminata con cui si va ad imparare, e uno con cui si va a guadagnare. Ebbene, da poche ore a questa parte lei è entrata nelle schiera di coloro che camminano per andare, che so, in uno studio legale a preparare un'arringa da tenere in un processo, o in un cantiere a mescolare la malta per tirare su un muro, o in un ospedale ad accudire dei malati, o in un teatro per fare delle prove, o in un circo per domare dei leoni, o, come lei, in un palazzo che si chiama palazzo Alonkin per fare da segretaria al più importante autore russo vivente. Lo scrittore preferito da suo papà. Dunque, per forza di cose, anche da lei. E dire che tutto avviene ancora sotto l'effetto di una grossa palla di neve lanciata con quanta forza aveva in corpo addosso a una compagna che, tra l'altro, a pensarci, non è più una sua compagna. Neanche per idea! Prova ne sia che quella adesso sta a lezione, lei no. *Io no!*

Pronuncia in un sussurro il proprio nome nella forma che le è più cara: «Netočka». Un modo per sentirsi accresciuta, ancora più certa di quel che è, e soprattutto per recuperare il massimo dominio su sé stessa. La giornata è raggiante, come lei. Via, è tempo. Andiamo. *Andiamo, Netočka, andiamo!*

# *In cima alla rampa*

«Quella lontana mattina del 4 ottobre entrare lì, in quel palazzo, fu come avventurarmi in uno dei suoi libri. Per le scale un viavai di fantasmi: preti con l'imponenza di giudici, figure sensuali e sinistre, studenti dagli occhi fiammeggianti, profili adunchi di usurai, femmine carnali sino all'indecenza. Poi, tutte quelle figure scomparvero d'un soffio. Ne rimase solo una a fissarmi dall'alto d'una rampa. Poco più di una serva e meno di una governante. Giovane. Astuta. Quasi proterva. Aveva una mantiglia verde... una mantiglia verde stretta alle spalle. "E *donc*?... chi sta cercando, *mamosèl*?", così mi disse».

Non è vero! Questo è quanto Anja, col passare degli anni, ricorderà in futuro, e questo è ciò che andrà raccontando in giro, ma non bisognerà crederle. Sì, fu così che le disse quella donna, ma gran parte di tutto il resto non è affatto vero. Soprattutto, colei che la chiamò "*mamosèl*" non era giovane ma vecchia, un'inesattezza che la dice lunga su qualcosa di percepito in maniera indistinta già da Anečka fanciulla, la quale vide in quella figura spigolosa e respingente uno strano miscuglio femminile di inverecondia e senilità.

Fedosija (intanto, il nome!) era decisamente vecchia. Più di quanto non dicessero i suoi anni. Per andare al nocciolo della questione, nessun maschio l'avrebbe più desiderata. È implicito che, secondo l'immaginazione di una Anja ormai matura, volta col pensiero ai ricordi della propria adolescenza, dire "giovane" vorrebbe suonare sinonimo di "attraente", e questo non è davvero il caso della vecchia Fedosija, che la sua vita senza dubbio l'ha vissuta e che un po' oscena lo è, ad esempio nel lasciare in vista i seni rugosi attraverso scollature troppo ampie per lei, ma giovane e ancora attraente no di certo.

Non che Anja intenda mentire, ci mancherebbe!, ma certe cose se le inventerà per slancio di immedesimazione in un linguaggio che, nel corso del tempo, la giovane fattasi moglie si darà sempre più il diritto di sentire anche suo. Quale linguaggio? Quello di Dostoevskij, naturalmente. Una maniera che la donna userà per rimodellare fatti e cose da compartecipe della stessa fucina, di un medesimo stile; da creatura dedita a una pratica che, di anno in anno, l'addestrerà a filtrare le cose del mondo con un certo istinto alla trasfigurazione. Ma ciò si verificherà nel futuro, non è cosa di adesso. E soprattutto è importante sapere che nessuna delle sue trasfigurazioni verrà mai messa su carta.

Nel farvi ascoltare una Anja già quasi quarantenne, intenta a riferire del suo ingresso in un mondo intriso di letteratura in azione, in un libro addirittura, non abbiamo citato, infatti, nulla che lei penserà mai di scrivere, bensì quanto solitamente racconterà (con minime varianti) quando le verrà chiesto di evocare il suo primo ingresso a palazzo Alonkin.

Benché ricco di dettagli all'apparenza fasulli (ma sentiti da lei come veri al cento per cento, siccome veri nella loro essenza), è all'incirca questo lo scenario che Anja, già da tempo non più Snitkina ma Dostoevskaja, tenderà ad allestire per descrivere ciò che avvenne quella mattina di inizio autunno e per annunciare, con spiccata sincerità, le conseguenze che ne sarebbero poi scaturite nei mesi successivi.

L'avvio del suo racconto, conversando con persone più o meno intime, sarà dunque sempre il solito e ormai noto a parecchi, al punto che a volte ci sarà chi oserà spingersi sino a farle il controcanto a tiritera, come quando si intona un motivetto conosciuto quasi senza rendersene conto, ma usando, nel suo caso, il garbo di evitare il tono di una sgradevole presa in giro. Sarebbe una cattiveria bella e buona vista la profonda tenerezza che userà Anja nel sostenere quella sua verità proprio col desiderio di renderla più intensa ricamandovi attorno.

La signora matura (moglie dapprima, e poi vedova) in cui andrà trasformandosi l'adolescente appena diciottenne che abbiamo conosciuto, si farà sempre più convinta che la semplice cronaca non potrà mai e poi mai rendere giustizia all'autentica natura dei fatti, quantomeno non nei termini in cui, secondo lei, quei fatti sono avvenuti per davvero. È la necessità, umanissima, di dare a taluni episodi che reputiamo decisivi nelle nostre vite i contorni del mito. E per Anna Dostoevskaja il suo ingresso a palazzo Alonkin la mattina del 4 ottobre 1866, quando era ancora poco più di un'adolescente, meriterà senza dubbio di essere tradotto in mito. Quando invece le capiterà di riferire la cosa per lettera o redigendo i suoi ricordi, allora sì che si imporrà d'essere precisa al massimo. Una vera memorialista. Nessuna fantasia, ma solo pagine che risultino agli occhi di tutti come dei documenti inoppugnabili. Testimonianze scrupolose e oggettive sino all'impersonalità.

Per paradosso, Anja la scrittrice *in pectore*, la romanziera potenziale, potrebbe esistere solo a patto di non scrivere, tanto meno romanzi, e men che meno quello della sua vita. Tant'è che la giovane *astuta e proterva* in cima alla rampa è un chiaro esempio di un allettante spunto narrativo spartito, come detto, solo in confidenza, in cerchie assai ristrette, e che non verrà mai messo agli atti.

Sulla carta, viceversa, la Dostoevskaja, doverosamente rispettosa della realtà, parlerà di una vecchia: ci racconterà che la *vecchia* Fedosija la incrociò lungo le scale, e che aveva sulle spalle uno sciallettto di cotonina verde, quello sì. Uno scialletto, non una mantiglia, che è parola simile ma con una nota spagnoleggiante e per questo un po' frivola, che sa di discinto.

Ma lo scialletto! Quello scialletto di cotonina verde, come non notarlo?... La ragazza che si è sottoposta di propria volontà a una dettatura di verifica per l'appuntamento fatidico della mattina appresso, in pratica ha trascorso la notte a fantasticare attorno a quello scialletto verde, di cotonina, portato da una vecchia su cui sarebbe calato un colpo d'ascia a fracassarle il cranio. E il suo fantasticare le ha lasciato un'impressione acutissima. Le è sembrato di averlo davanti a lei quello scialletto verde impregnato di sangue. Ebbene, poche ore dopo, eccolo lì. Per davvero davanti a lei. Reale. Tangibile. Sbrindellato. Sudicio. Addosso a un'altra vecchia, sennonché viva, in carne e ossa. Una vecchia che avrebbe potuto somigliare sotto ogni aspetto a quella del romanzo. Lo stesso identico scialletto verde, trapiantato dal delirio dell'immaginazione alla concretezza della realtà.

Ma non sarà che a Pietroburgo anche le cose inanimate possono farsi spettro di sé stesse e alterarsi nel proprio doppio? C'è di che esserne storditi. E la fanciulla lo fu. Di qui, c'è da supporre, il sovrapporsi allucinato della giovane Fedosija alla Fedosija vecchia, fuse l'una all'altra mercé uno scialle dalle qualità ultraterrene. D'altra parte, sono certi sviamenti della fantasia a comporre l'identità di un'anima. È presumibile che Anja abbia intuito nella donna che realmente ha incontrato, per quanto vecchia e gravata dall'età, una forte irruenza carnale, forse il clamore di un'antica amante (amante di chi?... Di pochi o di molti?... Addirittura di Fëdor Michajlovič Dostoevskij? Del suo padrone?... Non è dato saperlo), e per questo poi se l'è rivista giovane, senz'altro rapace, e per di più astuta.

Nel nucleo dell'invisibile che è al centro di ogni coscienza, tutto può apparire, e tutto scomparire.

A parte lo scialle, corrisponde al vero anche la figura di un prete da cui la ragazza fu rasentata lungo l'ampio scalone del palazzo mentre si avventurava su, al terzo piano, come scritto sul foglietto. Per il resto, non è vero il viavai, non sono veri gli studenti dagli occhi fiammeggianti, non sono vere le figure genericamente sensuali, e men che meno i profili adunchi da usurai.

# *Il giovane o il vecchio?*

L'interno del palazzo è un dedalo in cui la piccola rischia di smarrirsi. Nel percorrere rampe sconnesse e vertiginose, Anja è colpita da un'immagine che la inchioda: si tratta, c'è da dirlo?, dello scialletto di cotonina verde avvinto con ambo le mani alle spalle striminzite di una creatura contorta, dalle movenze quasi cigolanti, che le viene incontro e che, osservandola di rimando, a propria volta si blocca. Dà l'idea di essere poco più di una serva e meno di una governante. Forse perché in passato, e magari proprio lì, nei meandri di quel palazzo, è stata qualcos'altro. L'immagine che Anja maturerà di Fedosija nel tempo a venire corrisponderà al progressivo distillarsi di questa prima impressione che, inconsapevolmente, le fa intuire nella donna, vecchia o giovane che sia, innanzitutto l'urgenza fisica, uterina. Poi l'età vera, quindi la trasfigurazione. Giovane e astuta, come senz'altro fu.

Trovandosi faccia a faccia con la fanciulla, Fedosija mostra un'espressione carica di sospetto.

«*E donc*?... Chi sta cercando, *mamosèl*?».

La domanda ha un'eco talmente inquisitoria da mozzare il fiato alla ragazza che, senza motivo, si sente come smascherata. No, invece, forse un motivo c'è: rispondere significa per Anečka battezzare ad alta voce, pubblicamente quasi, il nuovo corso che sta prendendo la sua vita. E la risposta viene pronunciata svelta e poco timbrata. Ma questo è comprensibile, non è facile specchiarsi totalmente nel fiato di poche sillabe senza qualche tremore.

«Il suo padrone».

«Il giovane o il vecchio?».

Anja esita: «Credo... il vecchio».

Fedosija muove stancamente la testa all'indietro e, guardando su, fissa angosciata una porta chiusa. L'idea di dover risalire sembra affliggerla. Quindi, dopo averci pensato qualche secondo, porge all'altra un mazzo di chiavi.

«Lasci socchiuso e aspetti nello studio. È la prima stanza che vede» e resta con la mano protesa. Al momento in cui la fanciulla ne sfiora non volendo la palma grinzosa, la vecchia con uno scatto da aspide le serra il polso quasi a ficcare, come piccoli uncini, le creste dei suoi calli nella morbidezza di quelle carni integre e lisce. Le stringe le vene pulsanti; poco più forte e ne spillerebbe del sangue. È uno scontro di ceti sociali e di privilegi. E di anagrafi. La fanciulla può già intuirlo, ma ancora non capirlo. Una palla di neve l'ha spinta nella selva, e da quel momento nessun incontro è più garantito dai criteri della logica. Lupi e serpi. Intanto, ha imparato che sono preferibili i primi. La vecchia ha poche energie in circolo ma le fa sentire tutte. Alcuni istanti così, con lo sguardo fisso in quello della ragazza che tende a sviarlo, poi molla la presa e riprende a scendere. Anja, massaggiandosi il polso, si sofferma a vederla andar via; solo quando quella è scomparsa riprende cognizione delle cose e raggiunge il pianerottolo su cui si affaccia la porta indicata dalla donna. Infila con cautela la chiave nella toppa. Apre. Entra. Richiude. Rifiata. Ma cos'è che doveva...? Ah, sì!... Nel giro di pochi secondi si ricorda quanto le è stato chiesto e si affretta a riaprire lasciando l'anta discosta. Tutto a posto. Benvenuta, Netočka. Qui comincia il mondo. Ora, però, non fermarti. Prosegui. Importante, da questo momento in poi, è non fare mai nessun passo indietro. No. Non ne farò. Non ne farò.

# *L'uomo della Sennaja*

Anja è nel vestibolo, un ambiente spoglio e segnato dall'incuria. Grava nell'aria un forte odore di tè affumicato, molto carico. Se ne deve fare un grande uso per avere impregnato anche il vestibolo, privo di *samovàr*. Tutto le appare un po' smunto. Sarà per l'assenza di una luce diretta e perché le *applique*, sistemate molto in alto, quasi a sfiorare il soffitto, si limitano a spandere un alito fiacco e cremoso.

Sono giallognole le stoffe alle pareti, e incartapecorite sotto vetri polverosi le poche stampe appese. Fra le immagini disadorne di due velieri incisi con perizia calligrafica, alla ragazza non può sfuggire la presenza incongrua di un calendario di diciassette anni prima. La data lo dice: 1849. Che senso ha?

La domanda è ben presto scansata da un parlottio distante, proveniente da una stanza interna. Una delle ultime del corridoio, di cui Anja non può misurare la profondità poiché del tutto in ombra. Due voci maschili. Lei non ritiene opportuno farci caso e se ne distrae. Una lama di sole le segnala la soglia dello studio. Ben più luminoso poiché si capisce che è dotato di un'importante apertura sull'esterno, al contrario del punto cieco in cui sta adesso lei. Le è stato detto: la prima stanza che vede. Cioè, la prima porta. Corrisponde. Quella. Quale altra, sennò? Decide di andare. Brava, Anja... non fermarti... prosegui!... Solo entrando nel pieno della selva non le sarai estranea.

Nello studio, l'ampia finestra da cui si riversa dentro la luce è ritagliata nella parete che fronteggia la porta. Tutto, pure qui, è spartano, come il vestibolo. Appena oltre l'uscio, sulla sinistra, si trova una ribaltina in legno sufficiente a contenere tre o quattro bottiglie e un paio di bicchieri rovesciati; nelle scansie di una credenza di foggia contadina è assemblata in modo incongruo della chincaglieria (una minuscola icona, tabacchiere in peltro, e poco altro); accostato alla parete di destra c'è un divano ricoperto di marocchino verde, e su quella in cui è campita la porta è appesa una copia della Madonna Sistina di Raffaello, ovvero alle spalle della scrivania dietro cui siede, a schiena dritta, una donna bruna, sui trentacinque anni, che sta scaldando alla fiamma di una lampada priva della sua polla una certa quantità di liquido sieroso contenuto in un bicchiere. Ne viene un odore che la fanciulla fiuta riconoscendovi qualcosa di intimo che le si spande nella coscienza. Un sentore della sua piccola patria che la raggiunge, che non la abbandona. Colla. Colla in infusione. Oltre l'odore della colla, ancora quello del tè. In un angolo distante dalla scrivania, presso il bordo del quadro, su un tripode di mogano lucido dalle zampe sottili e arcuate come gambi di tulipani, ecco il *samovàr* a urna, ornato da una finissima cesellatura. Vedendolo, Anja pregusta in un attimo il piacere di cui già si sente debitrice a quell'oggetto rassicurante, ma deve ricredersi. Il *samovàr* è bello ma visibilmente ammaccato, e in cima, sul punto di diffusione del vapore, non c'è nessuna teiera e non si vedono tazze. Lo si direbbe in disuso. L'odore di tè è forte, sì, ma non più di quanto lo fosse nel vestibolo. Provenendo da altrove, ha invaso la casa. E no, quel bollitore è spento, non ha nulla a che farci. Con immaginazione fisica, Anja avverte il freddo delle pareti metalliche e se ne sconforta.

La donna che sta armeggiando alla scrivania indossa una mantellina da passeggio scarlatta con lunghe frange nere e la si direbbe pronta per andar via. Tra le due intercorre un contegnoso cenno di saluto. «Attenta, Anja! – pensa Anja tra sé -il tuo è stato un saluto da studentessa, cosa che da ieri tu non sei più. Sì, non lo sono più» e perciò saluta una seconda volta, meglio di prima, con maggior compunzione. Di rimando, viene salutata una seconda volta anche lei. Volendo, si potrebbe cogliere nell'insieme di questo ulteriore scambio un po' lezioso l'avviso di una piccola ma cruciale novità: stavolta si è trattato di un saluto fra signore, questa la differenza. Fra due giovani signore, di cui una assai più giovane dell'altra.

Pur col rischio di eccedere nelle pignolerie del protocollo, Anja china il capo reverente, con atteggiamento un po' cortigiano d'altri tempi, senonché lei intende farlo per educazione, non per ossequio. «Giusto. Così, con misura» insiste a pensare la fanciulla che si è autopromossa a maestra di sé stessa mentre bada a tenere sotto controllo ogni fiato, ogni più piccolo gesto che possa sfuggire alle sue mani, alle sue dita, alle sue ciglia. Nuova al mondo, nuova a sé per prima. In verità, pensa a tante cose insieme la piccola Anja. Son tutti guizzi. Tutte fiammelle che si accendono una via l'altra. Chissà se il suo banco lo avranno lasciato vuoto! E se sì, chissà per quanto. Un banco centrale, dovrebbe essere discretamente ambito. Si domanda cosa sia da preferire. Ragiona. Se verrà lasciato vuoto significherà che in classe continueranno ad aspettarla facendo conto sulla sua reintegrazione da studentessa di lì a poco, sicché alla fine di un'avventura destinata a sfumare nel nulla. Triste. Se invece sarà occupato da qualcun altro – da Varvara, magari – significherà che l'hanno data per esclusa in men che non si dica, e là dove ha vissuto parte della sua crescita non rimarrà che un'ombra, il soffio di un sembiante utile solo a fomentare una scia di calunnie. E certo, quella palla di neve non verrà dimenticata tanto facilmente, c'è da giurarci! Mi immagino quante ne diranno!... Anche questo è triste. *O forse no*. Sarebbe la conferma che con la scuola ha davvero chiuso, che non tornerà più a essere una studentessa, mai più, e vorrà dire che questo suo lavoro sarà per sempre. Di conseguenza, a rifletterci, pure l'inverso dell'altra possibilità potrebbe valere un *forse no*: ancora sperano di rivederla, ancora le vogliono bene. Anche Varvara, in fondo. Tutto sommato sarebbe bello e le piace pensarlo.

In tutto ciò, questione di pochi secondi appena, la donna intenta a pratiche da alchimista si comporta come se fossero entrambe svanite l'una al cospetto dell'altra. Anja ne prende coscienza, si schiarisce la voce e si decide a rompere il silenzio.

«Anna Grigor'evna Snitkina. Ho un appuntamento col maestro Dostoevskij».

L'altra le risponde senza distrarsi da quanto sta facendo.

«Aglaja Vassil'evna» e basta.

La fanciulla, incerta sull'atteggiamento da assumere, depone su uno sgabello le chiavi e la sacca piena di cose rimboccandovi sotto la tracolla attorcigliata in modo che vi resti nascosta, si sfila la mantella stringendola tra le braccia insieme alla cartellina e va a sedersi sul sofà. Scruta la donna, scruta lo spazio. Nota un tavolinetto e una seggiolina con la foderina stinta. La loro collocazione alquanto improvvisata fa supporre che gli oggetti siano stati portati lì da poco. Sul tavolo, una brocca e alcuni quinterni di fogli bianchi. Non sentendosi osservata, Anja cautamente si alza e va a controllarsi la clavicola destra in uno specchio appeso tra la porta e il mobiletto coi bicchieri rovesciati, sulla parete opposta a quella che affaccia sulla strada. Teme di veder sporgere l'ematoma oltre il merletto della scollatura, che se fosse stata appena più castigata l'avrebbe garantita meglio. Questo no, ma un piccolo colpo al cuore ce l'ha lo stesso. La crema che prima di uscire la mamma le ha suggerito come farmaco per far riassorbire il coagulo, lei in realtà l'ha usata più come cosmetico per stemperare l'intensità del livido, e tanta se ne è messa che le ha unto un po' il vestito. Una gora minuscola, però si vede. Che orrore! La ragazza non fa in tempo a dolersene che d'improvviso, riflesso sulla soglia, compare un giovane irsuto, tutt'altro che brutto ma dall'aspetto trasandato. Lei si volta, quasi di scatto. La donna alla scrivania non bada per niente alla scena. Il giovane si è bloccato impietrito nell'atto di tenere sott'occhio la fanciulla, colta, ora sì, da un senso di vera inquietudine. Tutto ciò sa di imprevisto. Pure questo va considerato: dovrà abituarsi agli imprevisti, che non saranno più quelli di una studentessa ma ben altri. Richiesta di esprimersi, di dire qualcosa da quella postura marmorizzata che la fronteggia, lei parla con voce balbettante.

«La signora che sta qui... è lei che, fuori... per le scale...».

La Vassil'evna solleva su Anja uno sguardo interrogativo.

«No, *Madame*, dicevo... la donna anziana che penso lavori qui!... È lei che mi ha dato le chiavi per entrare».

Il tipo nota il mazzo sul tavolo, con mossa scontata va a recuperarlo e si rimette come stava.

Lei, di nuovo, a cantilena quasi, battendo sugli accenti come il suo insegnante quando detta: «Anna Grigor'evna Snitkina. Ho un appuntamento col maestro Fëdor Dostoevskij».

Il giovane, stemperando la protervia in una sorta di presa in giro, replica con uno scatto militaresco del capo.

«Pavel Aleksandrovič. Suo figlio. – e la indaga meglio – Ma la vedo spaventata. È spaventata? Perché?».

Il giovane parla col mento premuto sul petto, quasi a nascondere la bocca da cui la voce esce sibilante, e la guarda con occhi contratti, di sotto in su. La sua sembra una postura ossequiosa, ma assunta con spirito caustico.

La fanciulla, impacciatissima, non sa che controbattere, la qual cosa sembra soddisfare il giovanotto che commenta quel disagio con uno strano sorriso a labbra strette, e senza dire altro gira i tacchi e se ne va. Anja, scossa, torna a sedere. Ma non più sul sofà: sulla seggiolina. Con istinto femminile, quandanche i suoi pensieri siano adesso altri, sversa il merletto della scollatura sul punto del vestito mortificato dalla piccola macchia per limitarne la percezione a colpo d'occhio. Quanto alla Vassil'evna, non ne vuol proprio sapere di distrarsi dalle sue incomprensibili distillazioni, ma questo, bontà sua, non le impedisce di soccorrere la poveretta che deve essere impallidita oltremisura.

«Non mi dica che si è messa paura sul serio, *ma cherie*!... Di lui?... Oh, non ci pensi. Pavel ha domandato la stessa cosa anche a me la prima volta che mi ha vista: "*Spaventata?... Perché?*" e ti spaventa. Si comporta così con tutti. In particolare, con le donne. Si illude possano essere le sue prede. Io ho imparato a riderne. Tutto sta a ignorarlo. Lo faccia anche lei e non le darà problemi. Lo faccia, però».

Anja la ascolta abbacinata. La donna le lancia uno sguardo fugace, a squadrarla.

«Tornerà anche in futuro, ritengo. O no? – silenzio – O no?».

La fanciulla, riscuotendosi: «Io... forse... penso. Son qui per saperlo».

«Me lo auguro. Lei è la nostra speranza. – e torna a occuparsi del liquido – A ogni modo, quello non è il figlio, ma il figliastro».

Intanto, dal corridoio si odono dei passi in avvicinamento. Anja, immaginando ciò che può essere stia per accadere, avvampa all'estremo dell'emozione. Un passo risoluto, e nello studio si presenta un uomo incappottato, aitante, sui quarant'anni. La fanciulla, alzandosi in atto di deferenza, ne indaga la fisionomia come per ravvisarne un'altra che però non riconosce. Il nuovo arrivato coglie la ragione di quella perplessità e si sbriga a tranquillizzarla: «No, non sono io», Anja con una scossa ammiccante del mento gli segnala la propria gratitudine. Aveva proprio bisogno di qualche garbo dopo il brusco avvento dell'altro. Si rimette seduta portando una mano all'altezza del petto che vorrebbe comprimere per darsi pace e recuperare il giusto *esprit*, ma si trattiene facendo in modo che il suo respiro si regolarizzi da sé. L'uomo, infilandosi un paio di guanti gonfi di pelliccia, si rivolge spiccio ma cortese alla Vassil'evna.

«Ho giù la carrozza. Posso esserle utile?».

La donna poggia il bicchiere e si alza spedita.

«Oh, *avec plaisir*! – e altrettanto sveltamente, ad Anja – Buon lavoro, *ma mignonne*!».

Prima "cara" e poi "piccola", ma in francese. Sono i suoni della selva, non sempre oscuri e minacciosi. La giovinetta si intona al vezzeggiativo, per lei inedito, esalando un "*Merci*" che è meno di un soffio. L'uomo, presso la porta, si congeda a sua volta dalla ragazza lasciando il passo alla Vassil'evna per uscire appresso a lei e richiudendo. O meglio, pensando di farlo, ma il blocco della serratura non si aggancia nel fermo della toppa e l'anta, rimasta libera, sfiata leggermente come di rimbalzo rimanendo scostata quanto basta per non arginare il chiacchiericcio che giunge dal vestibolo: un fugace conciliabolo che la giovane non può fare a meno di ascoltare. Alla voce di colui che è appena venuto via dalla stanza risponderà un'altra che noi già conosciamo, ma la ragazza ancora no. Quella di un uomo reduce dalla firma di un contratto fatale. In fin dei conti, come Anja, che per essere lì quella mattina un impegno con la scuola l'ha dovuto sottoscrivere; un impegno, sia chiaro, che al momento coinvolge solo lei senza obblighi per nessun altro. Adesso sarà importante verificare l'esito della sua messa alla prova. Ancora siamo alla fase della candidatura. La giovane dovrà essere esaminata e giudicata, ma di questo è ben consapevole. E l'uomo a cui spetta di emettere il verdetto decisivo circa la sorte del banco che la fanciulla ha lasciato libero in classe, si trova in questo momento appena fuori da quella porta, lì a un passo da lei.

*Cuore mio, puoi scatenarti!... Batti! Batti forte!... Ora sì che ci siamo! Ora sì che ci siamo! Ora sì!*

«Caro Fëdor, ti ripeto: pensa a Pisemskij. Noi siamo tutti pronti ad aiutarti, basta che lo dici».

«Ti ringrazio, ci ho pensato, ma è impossibile, non vedo come!».

«Oh, ma una maniera si trova, te l'ho detto! Tu imposta il lavoro, stabilisci le linee guida e poi ce lo dividiamo tra di noi.

– l'altro brontola un diniego accidioso, fatto di parole masticate e incomprensibili – Te compreso, ovviamente. Alla fine, ovvio, dovrai dare una certa unità all'insieme, ma a far questo che ti ci vuole? È mestiere».

«Assolutamente no. Debbo cavarmela da solo, non c'è alternativa. E voi... quando partirete?».

La domanda è rivolta con tutta evidenza alla donna.

«Oh, abbiamo ancora tempo. Io comunque credo che la proposta di Majkov non sia poi tanto folle. Non la escluderei. Pensateci davvero».

«Già fatto, già fatto».

«Datevi almeno qualche giorno!».

«Già fatto pure questo. Sin troppi me ne sono dati di giorni. Non ho più margine».

«E allora, che dirvi?... Buona fortuna, amico mio!».

Un breve tramestio, il battito della porta di fuori che viene richiusa, poi un altro colpo, soffice, dato forse col gomito, a questa che viene aperta, ed ecco lui: Dostoevskij, con una tazza fumante in mano che vibra sul suo piattino, tenuto saldo ma non abbastanza. La tazza è colma di tè e un po' di liquido deborda. Anja intuisce che sarà questo in futuro (qualunque debba essere il suo futuro in quella casa) il dettaglio che le richiamerà alla mente la prima immagine di lui: quel liquido scuro che deborda e qualche goccia che cade giù. L'uomo, mirando alla tazza, beve una lunga sorsata a risucchio per limitare lo spreco. C'è da meravigliarsi, il liquido lo si direbbe bollente. Ha il viso stanco; capelli al tempo chiari, ora incolori, tranne qualche sgradevole spunto rossiccio, e spiumati, tesi sul cranio e con ritorti riccioli sul collo impomatati al punto da avere la consistenza di ranuncoli; la barba, rugginosa, è rifilata a dovere. Gli occhi sono talmente infossati nella vastità degli zigomi da apparire più larghi di quanto in realtà non siano. Le sopracciglia li aggravano di una forza pesante. Il raggio del loro sguardo, finalmente sollevato su di lei, sembra avere il peso di una sbarra. Lo scrittore indossa una giacca di panno bruno lucida ai gomiti, e un panciotto pieno di taschini come fossero cassetti, in ognuno c'è qualcosa che spunta formando al contempo piccole abbombature: un fazzoletto, un orologio a cipolla, cartoncini, penne, una pipetta di radica e quant'altro; ma di sotto la giaccia e il panciotto, la camicia ha una bianchezza di neve.

Anja è di nuovo in piedi. Lui succhia un'altra robusta sorsata di tè, stavolta quasi da assetato. Lei lo tiene sott'occhio con uno sguardo teso. Non di sfida, ci mancherebbe. Il suo è lo sguardo di chi dica: «Ditemi, son qui». In verità, chi sta guardando? Chi è l'uomo che le sta davanti con aria febbricitante, con gli occhi, a propria volta, ben fissi sulla sua figura ma pensando a chissà cosa?

Come ha potuto, Anja, ritenere che quell'uomo fosse morto e vivere la stessa vita che ha vissuto mentre lui era invece vivo, e che per lei sarebbe stata la stessa anche se lui fosse per davvero morto? Come se il nostro pianeta con il mare fosse la stessa cosa del nostro pianeta senza il mare. Ma che bambina era? E per quanto sarebbe ancora rimasta quella sciocca bambina lì se il suo insegnante, se Ol'chin, se suo papà... per quanto ancora?... Ecco la sofferenza del mutamento!... È pure di queste repentine rivelazioni che si nutre. Da adesso in poi la differenza tra un mondo futuro con Dostoevskij e uno senza, sarà la premessa di tutto ciò che potrà avere valore oppure no. Lo sente come un abbaglio che le abbia inciso la retina in modo definitivo, con tale vigore da non consentire nessuna cicatrice. Anja già lo sa: quell'abbaglio dispenserà nel tempo il rilascio progressivo della luce che contiene compressa dentro di sé, e sa che questo avverrà a prescindere dal fatto se il giorno dopo le sarà consentito di tornare in quella casa o meno. Accada quel che accada, se pure dovesse rivelarsi un'esperienza morta sul nascere, già è valsa tutto questo cataclisma dell'anima; e se le diranno: «Ti tocca di nuovo il banco al centro della classe», d'accordo. Tanto, non sarà mai più lo stesso banco.

Anche un esame non superato è un esame fatto. Non che lei non ci tenga a superarlo, per carità, ma Anečka vuole convincersi di una conquista già ottenuta comunque, e non lo fa certo per consolarsi in anticipo di una possibile disfatta. La ragazza è pervasa da una fede cieca e assoluta nelle emozioni che sta provando in questo momento esatto. Ora sì che è avanzata di parecchi passi all'interno della selva. Non può ancora dirsene esperta, ma neppure si sente troppo disorientata.

Guarda chi hai di fronte! Guarda chi hai di fronte!... Guarda da chi sei guardata, Anečka!... Ma ti rendi conto?... Hai l'uomo della Sennaja dinanzi a te. Lui è entrato in questa stanza *per te*. Sta facendo i gesti che fa *per te*. Ti parlerà in un certo modo poiché tu in un certo modo gli risponderai. E in un certo modo, tu e nessun'altra, ti muoverai nello spazio o starai ferma, seduta o in piedi, e lui ne prenderà atto, lo testimonierà. Tutto questo, per un'ora almeno, forse di più, e forse anche domani, finirà col condizionare le sensazioni e i pensieri di quest'uomo qui, costretto a dedicarsi a te, a capire qualcosa di te. Ti ha chiamata per conoscerti, ciò vuol dire che gli hai già modificato la vita. Ecco cosa importa: affrontare prove di per sé meritevoli. A non tutti è consentito. Io sono qui. Sono io a essere qui! Io!

Vive un'età famelica che la fa essere famelica, Anečka, ma è nel ribadire a sé stessa questo *io*, così ostinato a martellarle dentro, che alla ragazza si mostra con chiarezza di quale fame si tratti: fame di sé. Ansia di sé. Della donna che intende divenire e che comincia a presumere, a prevedere. Probabilmente, la notte scorsa non avrebbe potuto salutare un'altra volta, forse l'ultima, suo papà se non fosse stato per quest'uomo che ora, dopo averla degnata di un avaro saluto espresso da una rapida contrazione delle labbra, poggia sul tavolino sistemato al centro della stanza un paio di occhialetti dalla montatura riparata parecchie volte. Non la tazza, da cui non si separa. Con la mano libera, l'uomo fa scivolare uno sull'altro, per spargerli in modo da averli tutti a vista, dei fogli che stavano poggiati sul pianale foderato in pelle scura. Indugia a controllare quanto vi è scritto, ma con l'attenzione umbratile e sommaria che un letterato potrebbe dedicare più a dei conti da saldare che a delle frasi su cui riflettere.

Perché sembra interessarsi ancora così poco a lei? Sa bene che quell'incontro potrebbe dare un indirizzo diverso alla deriva che ha intrapreso, alla strada per cui sta andando, che bordeggia da un lato la salvezza e dall'altro la dannazione, mentre egli stesso è nella corrente che scorre tra gli argini, e infine, senza scampo, dovrà dirottare di qui o di là. Essere questo o quello. Risalire la sponda di destra o quella di sinistra. Una delle due conduce al precipizio. La più a portata di mano, su questo non c'è dubbio, la più facile a cui approdare. I crolli hanno questo di malefico, che sono facili e pure comodi. Basta dirsi: «Io vado».

Chi lo ama, lo vede perso. Per questo, ci si adopera a gridargli: «Non di là! Non di là!», ma adesso che lei è arrivata, santo cielo, adesso che c'è, perché rifuggire dal guardarla in viso? Quella ragazzetta si aspetta qualcosa. Niente di che. Un saluto decoroso. Magari un ringraziamento. L'invito a fare un piccolo brindisi benaugurale. Può essere che stia per avere inizio qualcosa di importante per entrambi, sarebbe un'idea gentile. Butta un'occhiata all'angolo delle bottiglie. La vodka c'è ma i bicchieri sembrano impolverati, tanto basta a dissuaderlo. Niente brindisi, dunque niente di niente. Non gli viene da fare niente. Forse la teme perché, come è umano che sia, teme le cose difficili e scomode e lei, la ragazza consigliata da Ol'chin, la fuoriclasse dell'Istituto, potrebbe essere la soluzione. Definizione di Ol'chin: *la soluzione*. Potrebbe. La spinta verso la sponda più complicata da raggiungere, ma la stanchezza è tanta, tantissima.

Con uno scatto del capo, l'uomo della Sennaja ricaccia all'indietro una grama ciocca di capelli pendula come un laccetto, e col dito indice la comprime dietro l'orecchio destro a farla stare ferma. Beve il suo tè, non più da assetato, ma da malato che assuma una medicina. Dopo ogni sorso il suo petto è percorso da un tremito che certifica la messa in circolo del farmaco. Tutte azioni che compie tenendo sott'occhio la fanciulla quasi senza darlo a vedere, e badando soprattutto a non abbassare troppo lo sguardo sulle sue forme per evitare reciproci imbarazzi e malintesi. Mai sia! Poi cosa gli importa delle caviglie? Non sta cercando una modella, ma una collaboratrice. Importante è l'efficienza, e una figura analizzata a dovere, indagata con ponderazione, può segnalarla. Conviene perciò far uso delle lenti, che dunque non sono da lettura come aveva supposto lei. Una stanghetta un po' contorta s'impiglia alla ciocca appena sistemata. L'uomo, irritato, è costretto a poggiare la tazza per strapazzare stanghetta e ciocca con tanta foga da rischiare di spaccare l'una e di strappare l'altra, finché gli occhiali, senza danni, vengono inforcati. Così può guardare meglio la ragazza, e in un modo, all'apparenza, meno rapace. Lei lo lascia fare. Tutto tempo di attesa che non va sprecato. L'uomo nota la macchiolina presso il margine della scollatura, e nota l'umile tentativo di occultarlo. Un anelito di efficienza, sia pure irrisolta. A ogni modo, la buona intenzione significa che quello sporco non è usuale e che la ragazza tende a correggere le imperfezioni. Ammirevole. La macchiolina lo induce ad aguzzare meglio lo sguardo e passa all'incarnato scorgendo il bordo sanguigno del livido che emerge di pochissimo di sotto il bordo della stoffa. Un livido sull'osso tra la scapola e l'incavo del collo!... L'occhio, per deduzione, va alla borsa, di cui nota la pesantezza.

«Non sarà che vi caricate di troppe cose?». Le parla col voi. *À la française*, come la fanciulla usa con sua madre. O altrimenti, alla moda. A parte ciò, strano modo di inaugurare il loro colloquio. A lei non viene da replicare con troppa scioltezza, risulterebbe quasi aspra, preferisce perciò esprimersi d'istinto, alla rinfusa, per sentirsi più a suo agio e più sé stessa.

«Troppe?... Non so. L'indispensabile, direi!... Le cose che lavorando possono servire sono tante... quaderni, ricariche per le penne, le penne, un righello, qualche pezzetta, e anche una tavoletta di legno per quando, può succedere, non ho un buon punto d'appoggio. Ma ci sono abituata».

«Lo dico per voi. Rischiate di rovinarvi la spalla così. Guardate la cinghia come ve la sega!» e beve il suo tè.

Anja ritrae la nuca all'indietro incassando il mento nel collo in maniera da poter controllare quella sgradevole efflorescenza sanguigna che in effetti, secondo come lei si muove, tende a rendersi visibile. Si adopera per tirare su alla meglio la stoffa mentre si sente punta dal fastidio di essere stata scoperta. Fëdor Michajlovič trova tutto ciò molto opportuno, molto funzionale, ma al contempo ha bisogno che anche lei si dia il tempo di percepire con chi ha a che fare. Sicché la guarda e allo stesso tempo si mostra, come proclamando silenziosamente, con ritegno: «Eccomi, cara signorina, son tutto qui. No, che dico? Magari fossi tutto qui. Vorrei, ma vi direi una colossale bugia. Il resto che non si vede sarò costretto a confessarvelo col rischio di vedervi scappare a gambe levate. Ma sì, ormai è stabilito, ve lo confesserò. Non tutto insieme, magari, ma poco alla volta mi toccherà farlo, a cominciare da oggi» e considera le varie cose che si ripromette di dirle a tempo e luogo, quando sarà il caso. Troppe volte, nella sua vita, ha già fallito il tempo giusto delle sue confessioni. È il caso di verificare se tanta triste esperienza abbia prodotto qualche risultato apprezzabile. Questa ragazzetta (giovane, accidenti!) potrebbe essere una buona cavia. Ma è per altro che mi serve! Per altro!... La soluzione, dice Ol'chin. Ma attenti al suo ottimismo! Tipico dei temperamenti padronali, e Ol'chin lo è. L'uomo controlla l'ora in un orologio a pendolo inchiodato al muro.

«Né in ritardo, né in anticipo. Mi compiaccio».

La risposta di Anja è nello sguardo che si abbassa a voler dire "certo", ma pure "grazie". Lui le porge uno strano cartoccio che si cava da una tasca della giacca e che potrebbe contenere dei *bombon*, ma nessun *bombon*, l'offerta è di altro tipo, più adulta.

«Fumate?».

Anja fa di no col capo, imbarazzata. Nessuno le aveva mai offerto da fumare. Sarebbe stato più normale proporle del tè. No, sigarette. E poi, in una busta spiegazzata... mai viste messe così. Forse a lui non va di far sapere che le tiene lì nascoste. Dunque, un segreto. Fëdor Michajlovič pesca con due dita a pinza nel cartoccio, si ficca un ritorto mozzicone tra le labbra e indugia nell'accenderlo. Ha bisogno di più fiammiferi perché il tabacco prenda come si deve. Quando a un terzo o quarto tentativo riesce nell'impresa, inala con vigore e con altrettanto vigore espira annuvolando l'ambiente esattamente dove è seduta Anja. Investita dalla folata densa di aroma, la fanciulla non fa in tempo a bloccare due secchi colpi di tosse in sequenza, lui si immobilizza sollevando a mezz'aria il pugno che stringe la cicca, lei con la mano gli fa capire che non è nulla e usa il lampo di un sorriso remissivo addirittura per scusarsi di quei piccoli tracolli. A questo punto, Fëdor Michajlovič va a prendere posto dietro la scrivania, poggia la sigaretta su un piattino lasciando che per la massima parte si consumi da sé, spegne la lampada lasciata accesa dalla Vassil'evna e rimette la polla al suo posto. Fatto ciò, tira fuori da un cassetto uno strano festoncino di carta ripiegato a fisarmonica. Lo stende aperto sul ripiano. Ne controlla la fattura. È una lunga teoria di striscioline ritagliate in modo da rimanere allineate una a fianco all'altra, come fossero dei segnalibri da staccare. Quindi, cacciando la mano a frugare più a fondo nello stesso cassetto, recupera un pennello di cui saggia la morbidezza della setola e lo intinge nel barattolo a smuovere il liquido colloso che la donna ha lasciato nel bicchiere. Sul bordo che tiene unite a frangia le tante striscioline, stende per lungo un velo di mastice e appiccica il lungo serto di ritagli al bordo della scrivania.

Anja segue queste operazioni come ipnotizzata. Senza capire, ma anche divertita dal proprio non capire. Fëdor Michajlovič, con uno zelo da scolaro, impugna una penna recuperata da un barattolo di avorio sulla scrivania, la intinge nell'inchiostro e prova a tracciare sulla parte alta della striscia una scritta che però, per l'umido, si traduce in uno sgorbio acquoso. Deluso, peggiora le cose tentando una tamponatura estemporanea e rinuncia a fare di più. Infine, sedendosi alla scrivania, si ricorda di lei.

«Mi sento in dovere di informarvi che sono epilettico. Non vorrei che la cosa dovesse coglervi di sorpresa. Per cui, se intendete rinunciare... intendete rinunciare?».

Che rispondere? Lei è spaesata. Già questo potrebbe far parte della messa a giudizio: chiederle un parere e quindi soppesarlo. È ovvio che delle due risposte a sua disposizione, una è quella giusta e l'altra no. Senza vie di mezzo. (Precipizio, salvazione. Come le sponde tra cui viaggia Fëdor Michajlovič, ma lei questo non lo sa). Se dicessi che non intendo rinunciare, pensa, potrebbe ritenermi avventata, mentre nell'altro caso potrei sollecitare il suo desiderio di convincermi e, quindi, di istruirmi.

«Intendete rinunciare?» ripete Fëdor Michajlovič.

«Mi direte voi se vi andrà di tenermi oppure no», ecco la risposta.

«Sicché preferite essere giudicata più che giudicare. È raro. – additando il tavolinetto – Vi ho preparato lì».

Anja, sotto lo sguardo attento dell'uomo, va all'angolo predisposto per lei e inizia a tirar fuori i suoi astucci e le fiale di inchiostro. Facendolo, controlla il raggio di luce che, mettendosi seduta, la colpirebbe alle spalle.

«Qualcosa non va?».

Come sua mamma la sera prima, pensa Anja. «Qualcosa non va?». Una domanda che lei tende ad attirarsi con frequenza da più parti e per ragioni diverse sin da bambina.

«Sì. Cioè, no... va benissimo. Il punto è buono, ma se il sole potessi averlo più di lato...».

«Sicuramente. Giratevi» fa lui con disarmante ovvietà, come a dirimere il più semplice dei nodi.

Giusto. Anja sposta la sedia modificando di converso pure la posizione del tavolino. Così facendo finisce col sistemarsi di trequarti alla scrivania.

«Meglio?».

Lei si siede. Verifica. Annuisce.

«E non vi distrarrà non potermi vedere?».

«No, anzi».

«Anzi, cosa?».

«Sarebbe peggio. A trascrivere bisogna concentrarsi su quello che si sente».

«Capisco. Un lavoro da ciechi» e si alza muovendosi alle sue spalle mentre lei, senza accennare a voltarsi, prosegue nel sistemare le proprie cose sul ripiano. L'uomo si leva da un taschino del *gilè* un foglietto, e strizzando gli occhi... «Anna, dico bene?».

«Sì. Grigor'evna Snitkina».

«Mi eviterete, spero, di farvi chiamare per cognome».

Dal momento che fissa il trequarti della ragazza standole alle spalle, Fëdor Michajlovič non può percepire quanto lei sia arrossita, quel che nota, casomai, è che tarda a rispondere. Invero, la sua non era una domanda ma una risposta se l'aspetta lo stesso, è nell'aria. E Anja, infatti, qualcosa aggiunge.

«Oppure... – quasi azzardando – *Netočka*».

L'uomo annuisce. Indugia a bere il suo tè. Deglutendo, raggruma pensieri vagolanti. Contrae le labbra. La precisazione che è in procinto di chiederle suonerà quasi di prammatica, espressa con una parte del tutto laterale di sé.

«Come mai Netočka?».

Lei esita e questa esitazione si fa notare, allora la domanda è ripetuta in maniera più consapevole e diretta: «Come mai?» e beve l'ultimo sorso dalla sua tazza.

«Sono in molti a chiamarmi così».

A questo punto accade qualcosa. Il clima dello studiolo viene d'improvviso turbato da una specie di piccolo sisma prodottosi a profondità estreme. A causarlo, un senso di impudicizia sfiorata a cui Fëdor Michajlovič si sottrae bruscamente, quasi con violenza. Non è davvero questo che si aspettava da quella ragazza tanto pudibonda, ma in qualche modo ardita. L'uomo non saprebbe dire cos'è che si aspettasse, ma non questo. Non l'ambiguità. "Come mai?"... "Sono in molti". Questa non è una risposta, questa è ambiguità. Ambiguità voluta, bella e buona.

In breve: «Se vi hanno battezzata Anna, preferisco Anna».

La ragazza pure sta rimuginando su qualcosa che a lui non è dato di capire. Nel replicare, la giovane si volta di slancio in modo che le sue parole siano viste oltre che ascoltate.

«Ma quello è il nome di quando sono nata! Poi però, data la mia passione per la lettura, gli amici, e anche mia mamma, mio papà, lui soprattutto...».

«A maggior ragione!».

Fëdor Michajlovič non ammette repliche. Con le mani allacciate dietro la schiena ha raggiunto la parete opposta a quella della finestra. Fissa lo sguardo impertinente del puttino di destra, alla base del dipinto di Raffaello.

«A maggior ragione, *Mademoiselle*... Anna!... A maggior ragione. Quandomai vi chiamerò Netočka sarà perché me lo sarò meritato».

Anja, tacitata, si mette nuovamente di profilo. Appare delusa e lascia che Fëdor Michajlovič, voltandosi e con toni più moderati, cerchi di spiegarsi meglio.

«La confidenza è un bene che non va smerciato a buon mercato. Oh, non prendetela in termini personali. Io dico in assoluto. Dosiamoci. Ma tutti. Dosiamoci. – il suo discorso va sempre più maturando un'inclinazione oratoria – Solo così potremo essere occasione l'un per l'altro di novità preziose. Non rovesciamoci subito addosso al primo venuto come se la nostra vita fosse una lezione di cui quello abbia bisogno per vivere. Come di un cibo, come dell'acqua. – e succhia con aggressività l'ultima boccata residua dal mozzicone abbandonato nel piattino, ispira sino a bruciarsi i polpastrelli – *Ecoutez-moi!...* Da parte mia, sentite che vi dico, mi dichiaro prontissimo a incuriosirmi per chiunque, ma a patto di essere io a raggiungerlo. Io... quando posso, e quando me la sento. Va accettato. C'è chi è porto, c'è chi è nave. Se la metafora non vi pare troppo rozza, io sono nave. Fatto per andare verso, e non per allargare le braccia esclamando: *Venite, parvulos.* Non che Cristo non me lo insegni. Ma credere in ciò che insegna Cristo non vuol dire parteciparne senza prima doversi manomettere, piegare, dissaldare. E io mi piego a Cristo. Mi genufletto. Chi mi conosce lo sa. Credo nell'accoglienza della misericordia, sì, ma non in quella scabrosa, torbida, delle privatezze spartite per costrizione. Lo so, mi rendo conto... vi sto confondendo le idee e noi siamo qui per altro. Non discuto e vi chiedo scusa, ma quel che va detto lo dico. Spero che tra noi si giunga a un'intesa... ma questo, attenzione, ancora non lo so, questo davvero non lo so... dicevo... cosa?... Sì... spero che si giunga a un'intesa e che vi sia quindi occasione di misurare le giuste distanze tra noi, se capite che intendo, distanze tali da consentirci di divenire, senza affanni, una buona opportunità l'uno per l'altra. Con disinvoltura, se preferite. Che dire? Speriamolo! Non lo so. Ve l'ho dichiarato: sono un epilettico. Ecco, per spiegarvi: questa non è una crisi di epilessia, ma un altro aspetto di me che prima o poi avrei dovuto denunciare. L'ipocondria. Levatemela, e crollo. Ci sono malattie che fanno parte della nostra anima. Provare a curarsene, a liberarsene, è una forma di suicidio. Ma non corriamo. Può essere che ci si veda oggi e mai più. A dirla franca, quel che voglio, *Mademoiselle*, non lo so nemmeno io. Quel che mi tocca fare invece sì! Quello lo so. E forse potrei anche dirvi che più o meno so quello che mi serve. – squadrandola bene in viso – Forse voi? Mi servite voi?...

Non lo so, non lo so. Vedremo! – qualcuno bussa alla porta – Un istante! – grida lui lanciando la voce fuori e poi tornando alla fanciulla – Se non sempre Anna, potrei ogni tanto, sempre che me ne diate il permesso... – quasi con timidezza – Anja. Potrei chiamarvi Anja. – lei fa di sì – E allora, quando mi verrà di farlo, e se non vi dispiacerà... Anja».

Ancora qualcuno che bussa.

«Che c'è?» fa lui spazientito.

Fedosija, dischiudendo, si affaccia sulla soglia.

«Le chiavi che ho dato a *Mamosèl*?».

«Quali chiavi?».

Anja, sinora bloccata ad ascoltare il discorso torrentizio di Fëdor Michajlovič, realizza quanto appena berciato da Fedosija e scatta per difendersi.

«Ma le ha prese il ragazzo! È entrato, le ha viste e se le è prese».

La vecchia arde come un tizzo a sentirsi dire così, sembra che non aspetti altro per rimproverare quella ragazzetta di qualcosa, di qualsiasi cosa. Ebbene, eccolo il qualcosa!

«Che c'entra quello? Sapeva che erano le mie, perché glielo ha permesso?».

«Mi dice che è il figliolo del Maestro, che diritto avevo di...?».

«E io a fidarmi! Ah, la ringrazio molto!».

«Fedosija, basta così!» prorompe Fëdor Michajlovič picchiando un pugno sulla scrivania. Lo sguardo della vecchia si annerisce, si fa lugubre, come dando per inteso un carico di antichi rancori di cui la fanciulla non può sapere, ma sembra che adesso vengano rovesciati addosso a lei tutti in una volta. La scena è colta da paralisi. La vecchia si stringe un seno come per darsi calma, ma è un gesto comunque inadeguato, indecente. Lo scrittore è dritto in piedi, tra Fedosija e la ragazza, che sa di non avere torto ma questo non basta a non farla sentire sconvolta come se avesse commesso la più grave delle colpe.

L'altra, da parte sua, aspetta solo che venga emessa una sentenza. Impossibile che non sia così, sembra che la sua pretesa urli. Aveva dei diritti lì, aveva dei crediti. Possibile che la sua voce non abbia più alcun peso tra quelle mura?

«Per trenta giorni qui dentro non deve entrare un fiato! – scandisce con forza Fëdor Michajlovič – Niente di niente!».

Fedosija sopporta questo comando come un taglio di coltello, annuisce, arretra e richiude. Lui si volta a inchiodare il suo sguardo in quello atterrito di Anja.

«Dunque... in cosa consiste quello che fate?».

«Io... stenografo».

«Vale a dire?».

«Che voi dite e io trascrivo».

«Il che può farlo qualsiasi segretaria».

Anja appare spiazzata. Forse, addirittura offesa.

«So di essere qui anche per questo».

«Ho detto *qualsiasi* segretaria. Non fate la permalosa».

Lei ha capito che a parole non la risolve.

«Avete un giornale?».

«Sì, ritagli».

«Posso chiedervi di prenderne uno?».

Fëdor Michajlovič si porta dietro la scrivania e si mette a scartabellare un plico colmo di fogli sforbiciati. Sulle prime, prova a scegliere qualcosa da sé, ma, ripensandoci, desiste e lascia le carte a disposizione della fanciulla invitandola ad avvicinarsi. Le mormora con un timbro scurito dal tabacco: «Sceglilete».

Lei si alza, va a sfilare un ritaglio, il primo che le capita tra le mani, e glielo passa. Torna al tavolinetto, scansa i fogli, vi depone la cartella color verde acquamarina, ne scioglie con premura i nastrini e ne tira fuori un quaderno di grande formato, del tutto vergine. Lui, incuriosito, si accosta alle sue spalle per buttare l'occhio su quella specie di registro e nota che le pagine sono righettate con un sistema di barre alquanto bizzarro. Sopravanzando, nell'inchinarsi, il dorso di lei che si scansa di poco per evitare una pressione eccessiva, Fëdor Michajlovič allunga una mano a recuperare dal cartoccio rimasto sul tavolino un'altra sigaretta che accende al primo lampo di fiamma. Anja di nuovo tossisce per il fumo esalato senza moderazione, ma stavolta la cosa passa del tutto inosservata, come se ormai fosse scontato che per quei colpi di tosse debba semmai scusarsi lei e non lui, che accenna al registro.

«Strana scelta per una ragazza».

«La debbo a mio padre».

«E a lui cos'è stato a suggerirla?».

«L'idea di farmi imparare qualcosa che sapessero fare in pochi. Così diceva».

«L'avete perso?».

Lei fa di sì. Lui aspetta che prosegua. D'accordo, sì, e poi?... Ma nient'altro viene detto a questo proposito. Solo un composto ma rigoroso richiamo all'ordine.

«Per cortesia, leggete».

«Non dovevo?».

«Cosa?».

«Niente in particolare. Ma questo vostro cambio di tono... così un po' brusco...».

«Concentrazione».

«La risposta che speravo di sentire».

Si schiarisce la voce, posiziona il foglio alla giusta distanza dagli occhiali che fa un po' scendere sul setto nasale, e con accento leggermente atteggiato...

«... Due agenti, con le spade ben saldate alla cintura, e tenendo l'imputata per la catena delle manette che le hanno messo ai polsi, la fanno entrare all'interno del suo recinto. Tutti si voltano all'unisono verso...».

Lei, senza desistere dal suo scrivere: «Non recitate, leggete».

«Quel che stavo facendo».

«Ma recitando. Non c'è bisogno».

«Non stavo affatto recitando!».

«Un po'».

«Si chiama: espressività».

«Per una buona trascrittura, in fase di ascolto, è condizionante».

Ah, una maestrina, pensa lui. Accusato il colpo, riprende.

«... nel suo recinto... avete scritto?».

«Leggete, leggete. – fa lei senza distrarsi né scostando il viso dalla pagina – Tutti si voltano all'unisono verso...».

«Già, sì... tutti si voltano all'unisono verso di lei, con una specie di calma pietà. – aspetta, ripete – Di calma... pietà».

«Vi prego: non dettate, leggete».

Fëdor Michajlovič serra le mascelle a bloccare una maschera facciale che è l'effige della sopportazione. Lei, di spalle, non può saperlo. Una breve pausa, e si ricomincia.

«La donna è piccola, magra, con le guance di cera e gli occhi cupi, ma dolci e profondi... – con una smorfia sdegnata – Questi cronisti che vogliono fare poesia... ridicoli!».

«Perdonatemi, se commentate mi confondo».

«Pure!».

«Sì, Maestro. Ho bisogno di capire cosa volete che scriva. Noi in classe, per obbligo, dobbiamo riportare tutto quello che viene detto, ma lì è per il tipo di esercizio. Forse, nel nostro caso, vale la pena di comportarsi in modo diverso».

«Be', perché? Cosa stiamo facendo?... Dovete scrivere quello che leggo. Non capisco».

«Appunto. Voi non mi avete detto solo quello che sta nell'articolo. In questo modo io non so se debbo scrivere anche dei giornalisti che vogliono fare poesia. Magari non è cosa che v'interessi mettere su carta. O forse sì. Ditemi voi».

«Chiaramente quello era un commento».

«Quindi, no?».

«E no».

«Vedete... non dovete commentare».

«E allora?».

«Semplice. Limitatevi a leggere quello che c'è».

«Per il resto ammutolire».

«La tecnica è questa».

«Già. La tecnica... semplice».

«Comprensibile, tocca abituarsi».

«Cioè? Io a voi o voi a me?».

La risposta, non si scappa, se sincera risulterà impertinente. A meno di non usare un certo buon senso dialettico. Cosa che Anja si prova a fare.

«Abituarsi tutti e due. L'uno all'altra vicendevolmente, direi. In questo caso, Maestro... be', più voi a me».

E prova di sfuggita a cogliere l'espressione dell'uomo che la sovrasta da dietro la scrivania. Alla ragazza basta un attimo per rendersi conto che Fëdor Michajlovič non sembra risentito: c'è davvero qualcosa che gli sfugge, o che si ostina a non capire. Da perfetto ipocondriaco, come lui stesso ha dichiarato di essere. O sarà che, forse, il più grande scrittore russo vivente è addirittura curioso di capire meglio, capendo meglio il metodo, quella ragazzina incapace di mollare la presa quando ritiene di aver ragione, e che ora intende venirgli in soccorso come una tutrice.

«Permettete un esempio, Maestro. Quando scrivete normalmente a penna, immagino quanti commenti vi verranno in testa, ma solo tra voi. O li mettete tutti sulla carta insieme al resto?... Non lo so. Io non penso».

No, non li mette. È vero, succede così. Lui vorrebbe reagire, dire qualcosa, puntualizzare. Evita. Osserva Anja, che gli dà le spalle facendo presumere di non essersi mai mossa da come l'altro la vede. La fanciulla se ne sta immobile, con la treccia acciambellata in una gonfia crocchia immersa dentro un raggio di luce. Ha la mano che impugna la penna, la destra, scostata lievemente d'un lato, con grazia, pronta a calare sul foglio alle prime parole che verranno lette.

Reagire!... Ma poi reagire perché? Per l'amor proprio offeso? Non è questo a dargli fastidio, e allora?... Sì, l'ha capito. Gli andrebbe di parlare, di discutere... di fare conversazione con quella signorina tanto a modo, che sa il fatto suo, e che di qualcosa si intende, e molto bene. Di come funziona una testa pensante, ad esempio. Ma non è il momento. Fëdor Michajlovič riposiziona le lenti scivolate sin troppo sulla punta del naso, e torna al ritaglio di giornale.

«L'accusa è di aver tagliato la gola al marito mentre dormiva. Con furia barbarica e d'un sol colpo recidendola di netto. Durante l'istruttoria la donna ha dichiarato che egli la batteva, e che già più volte lui per primo e in vari modi aveva tentato di ucciderla. – ancora una pausa, e ancora sillabando – Tentato... di ucciderla».

Inizia a percepirsi, in sottofondo, un confuso alterco di voci.

«Di ucciderla... ci siamo?».

«Non so come dirvelo, – si azzarda Anja – ma...».

«Ma?».

«Insomma, ecco... posso tenere il ritmo di 150 parole al minuto».

«Nientemeno!».

«Anche 170, 180. È il metodo».

«Ottimo. 180. Se è il metodo, allora approfittiamone... – e quasi a sfida, con sadismo, aumenta decisamente di ritmo – Segue poi l'appello dei giurati e la registrazione degli assenti. Quindi, avanza un prete in abito talare che va al leggio sotto l'icona. A ciascuno dei giurati, censito con patronimico e data di nascita dall'assistente d'aula, vien chiesto di pronunciare con la massima chiarezza la formula di rito... – frenandosi – Via, scherzavo! Forse esagero».

«Prego?».

«Ditelo... corro troppo?».

Lei, con leggerezza: «Troppo poco».

Lui è perplesso. Non si capacita che possa essere davvero così. O almeno questo è quel che pensa lei sentendolo brontolare qualcosa a mezza bocca. In realtà Fëdor Michajlovič sta pensando ad altro.

«Vittima della sua vittima, praticamente».

«Chi?».

«Quella donna. Non vi sembra?».

«Debbo scriverlo?».

La risposta non è immediata.

«Ma sì, appuntatelo».

Intanto, la lite dal corridoio si è fatta vieppiù concitata e furente. Le voci che si sentono sono quelle di Pavel e di Fedosija.

«La ragazzina dice di sì, che le avete prese voi!».

«Anche fosse, allora?!...» ruggisce il ragazzo quasi col gusto di infierire.

«Ma sono le mie!» piagnucola l'altra, cigolante come una porta poco oleata.

«E la casa di chi è? Mia o tua?...», questa voce invece gracchia.

No, così è impossibile andare avanti!

Lo scrittore sbatte il pezzo di giornale sulla scrivania e si avventa fuori. Vede il ragazzo tutto impettito davanti a uno specchio, alle prese con una logora cravatta che annoda e rianno-da come fosse un laccio mentre la vecchia lo incalza di fianco assillandolo con le sue lagne. Il sopraggiungere del padrone di casa la zittisce, senza turbare più di tanto il giovane che tende il collo nel vano tentativo di averla vinta su quello straccetto a cui vorrebbe dare una parvenza di cosa fine. Fëdor Michajlovič erompe fluviale...

«Bravi! Continuate a non farmi lavorare e questa casa ve lo dico io di chi sarà: di nessuno. Prima ci toglieranno la roba, poi le mura. E per chi è che mi sono ridotto così? Per i lussi di chi? Per i bisogni di chi? Accuso qualcuno? No, mai! Però una cosa la pretendo: il rispetto dei mei gesti. Non ho altro e non vi chiedo altro. Sto scrivendo, e quando scrivo è come se qui fosse un tempio. – A Fedosija – E tu non provarti più ad affrontare la ragazza come hai fatto prima! – A Pavel – Quanto a te, lo stesso! E sia chiaro che non transigo! Troppe te ne ho perdonate, ma siamo al limite. Voglio, anzi pretendo per lei la stessa devozione che usi per i miei libri, per le mie penne. Punto!».

I due, annichiliti, non pronunciano sillaba. Fëdor Michajlovič, ancora sulla spinta dell'eccitazione, va nella stanza in fondo al corridoio, ne viene fuori dopo alcuni istanti con una seconda tazza di tè tra le mani e ritorna nel salottino. Si frena. Rivolge ad Anja uno sguardo mortificato per manifestarle una richiesta di comprensione. Beve. Si richiude con un colpo di tallone la porta alle spalle e va a riprendere lo stralcio da cui stava leggendo. Dominando l'affanno del respiro cerca di ridarsi tono e misura.

«Dove eravamo?».

Per tutta risposta, la ragazza, inamidata nel suo contegno da studentessa modello, legge con ritmo piatto e uniforme dal quaderno che ora tiene stretto tra le mani...

«Bravi *punto esclamativo* Non ho altro e non vi chiedo altro *punto* Sto scrivendo e quando scrivo è come se qui fosse un tempio *punto* E tu non provarti più ad affrontare la ragazza come hai fatto prima... – e mentre continua implacabile a esibire la propria efficienza, lui le va di fronte per guardarla dritta in viso, ma non c'è verso di distrarla – ... quanto a te lo stesso *punto* E sia chiaro che non transigo *punto esclamativo* Troppe te ne ho perdonate *virgola* ma siamo al limite *punto* Voglio *virgola* anzi pretendo per lei la stessa devozione che usi per i miei libri *virgola* per le mie penne *punto esclamativo*».

Dopo aver calcato sulle ultime parole, depone il quaderno certa di aver colto una vittoria. Dopodiché, con un eccesso di zelo aggiunge: «La punteggiatura l'ho improvvisata secondo il senso. Quella sarete voi a dirmi come preferite: se dettarmela, o metterla da voi in un secondo tempo».

«Potete andare!» e beve.

«Di già?».

«Oggi non intendevo affatto iniziare, ma solo farmi un'idea».

«E domani?... Che debbo fare? Torno?».

La pausa che segue è attesa, questa sì, di una sentenza.

«Sempre alle undici. Vi aspetto».

Dunque sì, pensa Anečka.

«Ah! – esclama Fëdor Michajlovič con un sussulto improvviso – Vi avranno offerto qualcosa, spero!».

Lei fa mille congetture nel giro di un istante, poi: «Sì, del tè. Mentre vi aspettavo».

«Meno male, meno male».

«Sono io che non mi sentivo di prender nulla» specifica la ragazza per dare più decenza alla sua bugia.

È tutto? Può andare? Lui sembra che abbia ancora qualcosa da aggiungere. O forse solo perché è lei che si aspetta dell'altro.

«Ripeto... oggi era un *pour parler.* Debbo capire, debbo capire. – guardandola – Non fatemi dir nulla. Domani decideremo».

Sì, ora è davvero tutto. La fanciulla in silenzio si ricompone la gonna sgualcita, si alza, indossa il *manteau* e mette a posto una per una le sue cose con qualche disagio per via della tracolla malmessa che evita di mostrare impugnandola proprio nel punto in cui la cinghia si mostra annodata. Invia un cenno di saluto col capo, indugia ancora un istante, ed esce.

Lui crolla a sedere. Poggia la tazza vuotata a metà a fianco di quella vuotata del tutto. Si accende un'altra sigaretta. La fuma dapprima quasi controvoglia, poi gustandola man mano sempre di più. Butta la cenere all'interno della tazza vuota. È quasi arrivato alla cicca quando sull'uscio, come se sino a quel momento se ne fosse stata dietro la porta in agguato, compare Fedosija. Lui, quantunque la senta fare irruzione, beve il suo tè.

«Spiegatemi perché le avrei mancato di rispetto! Se ne è andata via di corsa, e non credo per colpa mia».

Lui non la guarda. Si gode le ultime boccate ed elabora piani di lavoro, ritmi, scansioni di tempi. Pensa che sì, forse potrà funzionare. Forse. Un affastellarsi di considerazioni che non gli ha impedito di sentire le proteste di Fedosija. Si decide a lanciarle un'occhiata. La nota coi capelli acconciati per uscire. E con lo scialletto verde. Ma non ha motivo di uscire. Perché dovrebbe uscire? E perché dovrebbe essere colpa sua se la fanciulla se ne è andata via in tutta fretta? Un modo di mettersi in competizione?... Con lei?... Quell'acconciatura ormai infeltrita e stopposa in competizione con una treccia d'oro zecchino?... Grottesco.

No, colpa mia, pensa Fëdor Michajlovič. Una ragazzina così andrebbe fatta ridere. Darebbe il meglio di sé. Se non dà il meglio di sé vale poco. Farla ridere, già!... Ma per riuscirci dovrei essere io a dare il meglio di me, e invece... si picchia un pugno sulla fronte... no!... Non sono davvero questi i momenti in cui conoscere gente nuova con la speranza di fare bella figura.

«*Messiè*... mi avete sentito?».

«Dovrebbe essere un mio dovere starti a sentire?... O risponderti?».

«Be', mi si accusa! Come posso difendermi se non mi si dice: Hai fatto questo e quello, e non dovevi?».

«Hai fatto questo e quello, sì, e non dovevi. Le hai mancato di rispetto, e non c'è bisogno che debba spiegarti io perché. L'hai fatta scappare. Una figura orribile. Mi sono dovuto vergognare per colpa tua. E non è la prima volta che accade! Tu lo sai che non è la prima volta che accade!... Certo che l'hai fatta scappare. Ti meraviglia tanto?».

La vecchia è tramortita. Era venuta tutto sommato per spettegolare e quanto aveva espresso a mo' di paradosso le viene ributtato in faccia come la realtà. Ora davvero sarebbe colpa sua se la pupa è scappata così! Davvero colpa sua!

«E dove esci? Dove te ne vai?» le grida lui, che pensa: hai voluto venire per farti masticare come un boccone, e io ti mastico, bella mia! Quindi, senza aspettare una risposta, soppesandola da capo a piedi: «Non c'è di che!... Bella quella pettinatura! Fa notare meglio la vecchia che ci sta sotto. Va'! Va'!... Va' dove ti pare!».

Lei si segna con la Croce. Ha occhi gonfi di lacrime e la voce tremolante.

«In chiesa vado, Fëdor Michajlovič... in chiesa... a pregare per mio nipote che oggi gli debbono togliere un bubbone dalla coscia. Ha sette anni quel bambino... sette!... E piange per tutto, mi figuro lo spavento che avrà, povero tesorino mio!... Ma pregherò anche per voi, sa il cielo quanto ne avete bisogno! – fa un passo oltre la soglia, poi si riaffaccia per aggiungere altro – Per tutti pregherò, anche per *mamosèl*, e per me, per me!... Pregherò che Domineddio mi faccia smettere di essere tanto cattiva come dite voi. Bravo, ridete, ridete... sapeste quanto sono brutte le vostre risate! Bruttissime!» e scompare.

Lui si passa una mano sul volto per sentire com'è la sua faccia contratta nell'effige di una risata che non pensava di mostrare. Eppure ha ragione lei: gli angoli delle labbra sono davvero all'insù e le guance contratte. Sta ridendo. Ma no, questa non è una risata vera, questa è una smorfia. È un sorriso stralunato di autoironia. E l'autoironia, per lui, non rappresenta mai la migliore premessa per una risata autentica.

Vuol dire che impareremo a ridere, pensa. Se questo potrà servire a farci scrivere più svelti, impareremo a farlo per forza!

Nel tempo di questo dialogo un po' bieco e un po' patetico, sostanzialmente inutile, Anja, ammantellata, è fuoriuscita dal portone del palazzo Alonkin e cammina veloce nella penombra di un vicolo che la conduce verso un canale. Tutto è rimandato. Tutto è rimandato. Né vinto né perso. A metà del vicolo la tracolla cede di colpo facendo cascare la borsa in terra. Alcune boccette si riversano fuori spargendo del liquido ma evitando di rompersi. Lei subisce l'incidente come cosa ovvia, senza reagire con la minima espressione del volto. Chinandosi, valuta che non è stato il nodo a provocare il guaio, quello ha retto, ma un altro punto logoro della cinghia. Recupera carte e penne, controlla che il libro con le poesie di Puškin non si sia macchiato (lo porta sempre con sé: il volume con tutte le poesie di Puškin), stringe bene i tappi a capsula delle boccette, rimette ogni cosa dentro, imbraccia la sacca come fosse un fagotto e si riavvia veloce lasciandosi alle spalle una piccola pozza di neve annerita.

# *Vittima della sua vittima*

La luce della stanzetta è accesa dagli scintillii di una coppia di lucerne poggiate a destra e a sinistra di due quaderni affiancati l'uno all'altro e di due mani dal colorito smorzato rispetto al loro consueto rossore diurno, tanto da essere quasi diafane adesso, intente l'una a scorrere con l'indice ciò che è contenuto nel quaderno di sinistra, e l'altra a trasferire il tutto in bei caratteri su quello di destra. Si tratta di redigere in corsivo quanto appuntato in simboli. Anja lo fa con puntuale costanza, da più di un anno, di ritorno dalle lezioni, prima di cena. Regolarmente sempre.

Stasera, al contrario del solito, non ne avrà per molto. Assai peggio quando, già stanca per le ore passate all'Istituto Ol'chin, le tocca volgere in russo i brani scritti sotto dettatura in classe. A maggior ragione, questo "non molto" andrà fatto come si deve, a regola d'arte, affinché il risultato appaia ancora più eclatante di quanto sia in realtà. A conti fatti, nemmeno una paginetta. Ma mica è colpa sua se le è stato chiesto tanto poco. Mica è colpa sua l'impazienza altrui e quel modo brusco di troncare in anticipo una messa alla prova che lei contava di risolvere quel giorno stesso. *Oggi stesso*. Come che sia, facciamolo!... Legge e trasferisce, da un alfabeto all'altro. Da lì a qui. Con perizia quasi amorosa.

Gli argomenti a cui deve prestare attenzione, generalmente insulsi, bene o male finiscono sempre col trasmetterle un loro particolare odore, pur quando si tratta di redigere aridi referti sui pesci in estinzione nel mar Caspio. C'è poco da fare, prima o poi un qualche sentore di cosa vera le arriva sempre. Figuriamoci in questo caso!... L'imputata in manette, l'elenco dei testimoni, la gola segata... sì, ma meglio non fantasticare troppo. Lei può usare tutta la premura che vuole, il rischio è che non serva a niente. La questione, a ben vedere, è un'altra, e in buona parte ne prescinde: chi o cosa dovrà essere esaminato domattina? L'allieva Anna Grigor'evna Snitkina, o *la stenografia* come materia in sé e per sé?... Lei oppure il metodo?... E perché non Dostoevskij in persona? Perché non lui e la sua incerta capacità di sfruttare al meglio un nuovo aggiornatissimo modo di fare letteratura celermente?

Fëdor Michajlovič!... Già!... Che uomo insopportabile! E anche villano. A volte sembra non voler capire apposta, e le cose che non capisce, siccome non le capisce, pretende che non abbiano senso, ecco come ragiona. Fëdor Michajlovič!... Dio, quanto è testardo! E quant'è viziato! Viziatissimo. A vederlo – volendosi basare solo sulla vita che fa, sulla casa in cui abita, sulla gente di cui si circonda – uno stenterebbe a crederlo, ma come scrittore sì che è viziato. Da sé stesso. Dalla sua abitudine a non dover rendere conto a nessuno di quel che scrive *mentre scrive*, per poi, naturalmente, doverne rendere conto a tutti. Ai suoi lettori. Ai giornali che pubblicano a puntate i suoi romanzi. Ai critici. Ai detrattori inveterati. Ma questo dopo, a cose fatte. Quando l'opera a quel punto già esiste. Così ha funzionato fino ad oggi, ma con lei tra i piedi tutto potrebbe cambiare, e questo aspetto della vicenda Anja non avrebbe mai potuto figurarselo con tanta evidenza prima di entrare lì dentro. È solo adesso che comincia a farsene un'idea. Quell'uomo è un viziato e un solitario, e riesce a essere una cosa in ragione dell'altra. Viziato *poiché* solitario. Quand'anche dovesse soffrire come un cane per la sua solitudine e gli venisse offerta la possibilità di evitarla, una cosa è sicura: non la eviterebbe. Pure gli oggetti del suo studio raccontano la vita di un solitario.

«Non lo sarà stato in passato, io questo non lo so, ma ora sì» pensa Anečka senza interrompere di fare quello che sta facendo.

Ci vuol nulla a capirlo!... Fuma le sigarette di un solitario, usa gli occhiali di un solitario, veste gli abiti di un solitario, e parla, e pensa come un solitario. Uno che i suoi fantasmi se li porta tutti appresso e che del resto sembra non aver bisogno. Anche perché sono tanti, sono tantissimi i suoi fantasmi.

«E come potrei mai, io, accomodarmi in tutto ciò? In mezzo a loro!... Prender posto in una corte di fantasmi!... Come potrei riuscire a trovarvi un minimo spazio senza disturbare le abitudini di chi ha a cuore una cosa sola: tenersi ben stretto il privilegio di poter fare letteratura in solitudine?»

Per un istante lo sguardo della fanciulla scivola di lato, sul suo lettuccio arruffato. Controlla che il prezioso acquisto mattutino sia sempre lì dove l'ha messo appena entrata. C'è.

«Ah, povera la mia cartellina verde!... Mi servirai?... Per qualcosa di importante, dico. Lo passeremo questo esame o no?».

Vuole essere lucida, Anja. Vedere la realtà impietosamente, a costo di deformarla. E farlo adesso, nel tempo in cui trascrive. Non c'è pericolo che ne venga distratta. Anzi!... Spesso, pensare ad altro le consente di fare meglio il suo lavoro.

«No, non potrà mai succedere! – questo pensa – Mi dirà di no! Mi dirà di no!... Con me lì, piazzata al centro del suo mondo come un'intrusa, in uno studio fatto a misura di una persona e basta, del più importante autore russo vivente e basta, no!... Con me lì è impossibile! Impossibile!... Uno come lui non potrebbe mai resistere. Ma è ovvio! Con me lì, sempre addosso... ma me ne rendo conto da sola... la scrittura dovrebbe nascere nel più innaturale, nel più improbabile dei modi: a vista. Senza pudore. Elaborata sotto un occhio estraneo. Spogliata, e proprio nell'atto di darsi un decoro, con tutti i suoi difetti in bella mostra: le ripetizioni, le cadute di ritmo, la sintassi contorta e sbilenca, la fiacchezza di un personaggio che ancora deve delinearsi... insomma, nuda. E la nudità fa vergogna. Solo un vero solitario non ha motivo di temerla. C'è poco da fare! Anche non volendo, il dominio assoluto che lui, – e se lo ripete a scolpirselo bene in testa – *il più grande scrittore russo vivente*, su questo non c'è dubbio... il dominio assoluto che lui ha sempre dato per scontato su ogni frase, su ogni pausa, su ogni parola, verrebbe messo in discussione di continuo, non dico per colpa mia, eppure *a causa mia*!... Sarebbe un dato di fatto. Anche questa mattina, ecco... leggendo un articolo di cronaca nera sembrava che inventasse, e lo faceva dimenticandosi di me, ma questo è potuto succedere oggi e per pochi istanti, perché è stata la prima volta. Diventasse la norma, tutto il suo sistema di lavoro verrebbe rovesciato da cima a fondo senza speranza. E se lo capisco io, come posso pensare che non lo capisca da sé?... Per forza!... Mi dirà di no. Mi dirà di no. Quella donna, ad esempio! L'assassina del marito... vittima della sua vittima, come l'ha chiamata lui!... Vittima della sua vittima!... Non se l'è inventata, ma già sembrava che lo stesse facendo. E quando lo farà sul serio?... Non avrà repulsione di chi starà lì a dirgli: *bello, brutto, e poi? E poi? E poi?*».

Anja queste cose le tiene tutte in considerazione, ma al contempo le rinnega. Non vuole ascoltarsi per non mollare e andare avanti in ogni caso fin dove le è consentito. Umana contraddizione: non riesce a darsi piena fiducia in questa sua smania di disilludersi, e allora si bistratta. Discredita il proprio intuito e si rimprovera una palese inesperienza dovuta all'età, come potrebbe aspettarsi che le venga rinfacciata da un adulto.

«Ma che ne potrò mai sapere io di certe cose? Niente. – spronandosi da sola a non aggiungere nulla di troppo al ruolo che potrebbe avere in questa storia – E allora forza! Trascriviamo, come se niente fosse! Trascriviamo e basta!».

Ride della propria scaramanzia, ma per poco, dopo un attimo se ne spaventa scorgendovi la chiarezza di ragionamenti che invece, hai voglia a dire, non hanno nulla di astratto. Dipendesse solo da lei, ma non dipende solo da lei!... Le toglie il fiato fare la conta di quanti fattori potrebbero entrare in gioco a decidere del suo destino!... E sia! Le toglierà pure il fiato, ma non la convinzione di proseguire. Non sarà lei ad arrendersi, non sarà lei ad essere bocciata. Alla peggio, a essere bocciata sarà la stenografia, ma non lei. «Non funziona... non fa per me», questo potrebbe sentirsi dire. Se così sarà, dovrà accettarlo. Intanto, è un continuo addensarsi di nuvole e di draghi. Tranne la volontà, niente la sorregge. Conforto e sconforto hanno un profilo solo.

La fanciulla, stracciando fogli e ricopiando di nuovo perché il risultato sia sempre migliore, si immagina una scena che la sconvolge. Si immagina che quella sera stessa, mentre lei se ne sta inchiodata a tradurre in chiaro gli svolazzi grafici del metodo Gabelsberger, a Palazzo Alonkin stia per essere allestito un tribunale destinato a processarla. Sì, proprio come quella donna dell'articolo! Come la vittima della sua vittima! Come lei!... Con tanto di manette. Alla sbarra, come lei. E allora Anja non può sottrarsi dal passare in rassegna i singoli membri della corte, a cominciare da quella vecchia che le è parsa tanto più lasciva quanto più fa capire di esserlo stata in passato, e magari anche lì, in quella casa; e che ha tutta l'aria di una spodestata oppressa dall'idea di non potersi più riprendere ciò che le apparteneva. Come sperare che una così metta una buona parola in suo favore? E il ragazzo pure. Un carattere storto, si vede. Violento, tracotante. Uno che non parteggia per principio. Un demolitore, un distruttore.

«Poi chi altri?... – si domanda corrugando la fronte per richiamare tutti all'appello, che non ne sfugga nessuno – Ah, l'amico pronto a dare il suo aiuto, quello coi guanti di pelliccia!... Garbato, sì, ma se richiesto di un voto che farà? No, inutile contarci. Lui ha in testa tutt'altro: spartirsi le pagine, metterci becco, l'ho sentito. Sì, c'è sempre la signora bruna con la mantellina rossa, quella forse... – riflettendo – mi ha sorriso, mi ha guardata con gentilezza... mh... – più riflette, più è perplessa – non credo, però, che l'abbia fatto tanto per fiducia in me, me l'ha pur detto: "*Lei è la nostra unica speranza!*", ma perché convinta che si tratti di un'emergenza grave, che ci si debba sbrigare e che una soluzione vada trovata, tipo assumere una collaboratrice, e se non ci sono altre candidate, l'opinione di una donna che tra loro ha un certo peso, questo lo si coglie al volo, potrebbe rappresentare un voto a mio vantaggio. L'unico, però».

Lo stralcio dell'articolo è stato nel frattempo copiato un'altra volta ancora. L'ultima. Non uno sbaffo. Non la più piccola imprecisione nelle linee dritte e in quelle tonde. Una gioia per gli occhi. *Calligrafia che canta*, come adora esclamare Ol'chin dinanzi a una pagina ben restituita. Un complimento che tocca quasi sempre a lei. Alla piccola Anečka. La migliore. Domattina Fëdor Michajlovič potrà constatare quanto fedelmente il suo dettato sia stato tradotto in una stesura leggibile da lui e da tutti, allora vedremo se questo vorrà dire qualcosa o no.

A fianco al quaderno siglato come numero 2, vi è un ingombro di altre carte, e tra le carte pure una cesta per il cucito, con aghi grossi, da pellame. Come quello che sta usando altrove Anna Nikolaevna per rabberciare la tracolla, visto che il tempo per l'acquisto di una nuova sacca non c'è. Anja posiziona le lampade sullo scrittoio in modo che sui fogli si stenda un alone di luce viva. Sì, il suo piccolo manufatto la soddisfa, tuttavia la fanciulla ha un'espressione cupa, quasi addolorata. Viene chiamata per la cena.

«E la borsa?» domanda lei rilanciando la voce in direzione della cucina.

«Guarda se ti va bene. Ho fatto quello che potevo».

Anja si stacca dalle carte e rilassa i muscoli appoggiandosi allo schienale della sedia. Fissa i due quaderni che collimano tra loro. Il numero 1, più grande, il numero 2, normale: a sinistra, quello a barre vergato dai simboli stenografici; a destra, quello su cui è stesa, in cirillico, come miniata, la calligrafia che canta. Odore di pesce. Il tritato promesso la sera prima. E c'è anche del *boršč*.

La sacca, *voilà*... Anna Nikolaevna la ostenta con evidente fierezza alla figlia che l'ha raggiunta.

«Non sembra nuova?».

«*Mamouška*, ma come avete fatto?».

«Come coi finimenti dei cavalli quando li conciavamo per le fiere. Mi dicevano: "*Falli belli!*". E li facevo belli. Qui lo stesso. Dove prima era rotta, adesso è decorata. *Voilà!*».

La fanciulla, per il freddo, indossa due vestaglie una sull'altra, una pesante, giallo oro, su una più scivolosa nera, quasi una sottoveste, e ai piedi pantofole di camoscio con cuciture a vista. Dà un'occhiata all'abitino azzurro indossato durante il giorno e che ora è steso presso la stufa dopo che sua madre, sempre lei, ha tentato di smacchiarlo con un tocco di composto detergente grattugiato e diluito in un bricco di acqua calda secondo una ricetta di sua ideazione. Ma a questo punto bisogna che si asciughi per sapere se il problema è risolto. Per l'indomani Anja ha già deciso quale mettere. Un grembiule a righini bianchi e rossi. Da allieva del primo anno. «Meglio... mi renderà meno presente, quasi invisibile» pensa.

Le due donne, sedute al tavolo della cucina, mangiano in silenzio. La Nikolaevna scruta la figlia aspettando che si decida a parlare.

«Mi racconterai nulla?».

La ragazza le risponde non rispondendo e restando col capo chino sul piatto: «Di cosa?», nemmeno la resurrezione della borsa è servita a darle un po' di sollievo duraturo.

«Non lo so, fa' tu... dimmi ad esempio com'è».

«Non l'ho guardato quasi mai».

«Be', strano» .

«Perché?... Pensavo a scrivere. Lui mi dettava da dietro, alle mie spalle. Come in classe».

«Ma il tuo insegnante ogni tanto lo guardi, lo sai che faccia ha».

«Lui lo incontro tutti i giorni».

«Ah. Ma almeno quando vi siete salutati...».

«Sì, lì un po', ma non mi andava di avere l'aria di una che spia».

«Non dico che dovevi farlo da un buco della serratura».

L'indagine non ha prosecuzione: d'improvviso Anja si illumina in volto sollevando gli occhi innanzi a sé.

«Sergej!».

Oltre al vetro della finestra si staglia la fisionomia di un giovane che lancia all'interno un saluto con la mano. La ragazza va di slancio ad aprirgli scomparendo per alcuni istanti mentre la Nikolaevna continua a mangiare nient'affatto sorpresa da quell'apparizione. Come sente la porta richiudersi e i due ragazzi parlottare dal vestibolo, la donna, con un'ombra di scortesia, lancia una voce impastata dal cibo che sta masticando e che fatica a ingoiare.

«Non scaricarmi troppo fango in casa, Sergej! Fa' il favore, levati gli stivali. Ma lì, però! Prima che entri».

L'operazione, tra sbuffi e sospiri affannati, dura non poco e impegna sia lui che Anečka.

È lei a portare dentro gli stivali del ragazzo per andarli a sistemare vicino al fuoco della stufa, accanto al suo abitino con la scollatura imbiancata da una strana polvere (altro prodotto alchemico della Nikolaevna) che rapprendendosi dovrebbe erodere la macchia in via definitiva.

Sergej, alto e dinoccolato, venticinquenne, si presenta sulla soglia con le dita dei piedi rattrappite e completamente nude. Obbediente sino all'estremo, si è infatti tolto anche le calze di lana, zuppe non meno degli stivali. Anja si sbriga a farsele dare per metterle ad asciugare insieme al resto.

«Mi spiace, per strada è tutta una pozzanghera – dice lui, come a giustificarsi – Non si può evitare».

«Lì, mettiti quelle babbucce» gli propone con neutra generosità la Nikolaevna additando delle ciabatte senza calcagno che sono due piccoli ammassi di stoffa rossiccia trapunta di perline d'argento. Lui le scorge cacciate in un angolo presso il lavello col disdegno riservato alle cose in procinto di essere eliminate. Se le immagina ai piedi e si domanda se sia il caso, poi considera che la ridicolaggine di calzare quegli affari potrà pur sempre tenerla nascosta sotto il tavolo e il freddo è tanto. Ringrazia e approfitta delle babbucce, ma bastano i pochi passi che deve percorrere dall'angolo in cui se le infila alla sedia su cui si accomoda per fare la parte del buffone; a umiliarlo non è tanto la risata di Anja quanto l'espressione impassibile della madre, quasi che quel suo modo di mostrarsi debba essere considerato normale per un giovanotto come lui. Oltretutto quelle orrende babbucce gli vanno piccole, e i talloni, orfani d'appoggio, lo fanno sembrare un patetico guitto. Impressione amplificata dall'eleganza della giubba lustra, e dallo sparato impeccabile.

Per quanto disarticolato, è un bel ragazzo, Sergej, coi capelli scuri sversati d'un lato, baffetti minuscoli, viso lungo e sguardo vivissimo. In più, rasato a dovere malgrado l'ora tarda. Segno di una pelle che tarderà a invecchiare. Anja gli indica dei piatti sul tavolo.

«C'è del pesce, o, se vuoi, del *boršč*».

Lui, contegnoso, vorrebbe servirsi ma non ha posate. Fa presente la cosa con uno sguardo di implorazione alla ragazza che gliele va a prendere. La Nikolaevna, ancora di malumore per la poca confidenza ricevuta da sua figlia, capisce di essere stata forse troppo scortese con un ospite che in genere le è gradito.

«Non stai leggero, Sergej? Fuori si gela».

Anja, scherzando: «Oh, lui ama l'eleganza».

«Bugie, *Madame*... bugie. Tenuta di lavoro».

«Dio ti benedica! Gente seria. Questo ci vuole per mia figlia».

«*Maman*, per piacere!» .

«La verità».

Anja, tornando a sedere si sporge verso il giovane a raccontargli con una certa trepidazione: «Sai che oggi ho dovuto occuparmi di una cosa che ti riguarda?... Quello da cui vado mi ha fatto trascrivere la cronaca di un processo».

«Ci volevi tu per rianimarla! – e di nuovo nella Nikolaevna punge il risentimento di una gelosia sincera camuffata da battutina – Con me neanche una parola».

«Lo dico a lui perché è avvocato».

«Certo. Ovvio», di nuovo il risentimento, di nuovo la gelosia.

Sergej, prono verso il cucchiaio di *boršč* fumante per non rischiare di sbrodolarsi, lancia un'occhiata ad Anja di sotto in su: «E come mai un processo?».

«Per vedere se è una maniera di scrivere che può andargli bene o no. Attento a non macchiarti!».

«A questo proposito, non per anticipare i tempi, – si risolve a dire Sergej con un certo fervore – si stanno aprendo prospettive davvero interessanti».

«Sulle macchie?».

«Eh?» fa lui costernato.

«Ti ho detto: non macchiarti, e tu mi hai detto: *a questo proposito*!».

«Ma no, no... a proposito di quello che studi. Ora con... – risucchiando una goccia di brodo che gli stava colando sul mento – dicevo ora con l'obbligo di legge che avranno i tribunali di verbalizzare gli interrogatori, certe specialità vedrai quanto saranno richieste».

«Ma è già norma? – domanda la Nikolaevna, stavolta davvero incuriosita da qualcosa uscito dalla bocca di Sergej – So che finora non è un obbligo... che in alcuni casi sono attrezzati, in altri no».

«No, no, tutti i tribunali ne dovranno essere provvisti. Anche nelle province. Ormai ci siamo. Un mese, massimo due. – asserisce il giovanotto asciugandosi sveltamente le labbra col dorso della mano che peraltro impugna il tovagliolo, ma questo per la fretta di dare alimento a una conversazione in cui lui sente di poter dire la sua suscitando il vivo interesse della Nikolaevna – Si prevede una piccola rivoluzione, e sarà un po' tutto l'intero apparato processuale a essere modificato. Anche perché poi i verbali dovranno essere pubblicati nelle gazzette della Corte di Giustizia così come sono: stenografati, senza bisogno di cambiare i caratteri».

«E chi li capirebbe?» domanda Anja che ha seguito il discorso con un certo distacco.

«Non importa, – spiega lui – la cosa non verrà fatta per essere messa a disposizione della gente, ma è per un'esigenza burocratica. Già così basterà a farli valere come documento».

«Quindi?» domanda la ragazza con un piglio quasi provocatorio.

«Per dire che io intanto sto con le orecchie aperte – e le si accosta a carezzarle una mano – cominciano a circolare voci di concorsi per diplomati in stenografia. Appena ho notizie...»

«Oh, – fa lei a deprimere la buona volontà del ragazzo – grazie, non c'è bisogno, all'Istituto queste cose ce le fanno sapere subito. Intanto, l'esperienza che sto facendo me la voglio vivere bene, senza metterci altre storie in mezzo».

«Sì, ma diciamo che questa è una cosa particolare, – fa lui – che può capitare così, ogni tanto».

«Naturale, lo so. Ora è capitata» ribatte Anja con una certa fermezza e sempre più guardinga.

«In effetti, a parere mio, la stenografia mi sembra più adatta a un'azienda che a farci poemi» commenta la Nikolaevna.

«Ma se era per questo che papà voleva farmela studiare!».

«Certo. La vedeva come una cosa pratica».

La ragazza, nel replicare, si fa rossa in viso: «No, perché lo entusiasmava che si potesse scrivere una frase nel tempo in cui ti nasce nella testa!».

«Io ricordo che pensava soprattutto a qualcosa che ti servisse nel futuro. E ora, ad esempio, pure questa cosa dei processi...».

«A me, però, diceva anche così!» e incupita riprende a mangiare.

La madre e Sergej si scambiano uno sguardo perplesso, quello di lui è soprattutto un atto di ossequio nei confronti della Nikolaevna, che non intende contraddire. Anche loro riprendono a mangiare. Un breve silenzio.

«E tu, – dice la Nikolaevna al giovane nel tentativo di restaurare la conversazione – questa famosa arringa?».

«Per carità, – si schermisce lui – una causa da poco. Però, insomma, essendo la prima... comunque, a fine mese. Penso il 27. – ad Anja – Verrai, sì?».

«Certo che verrò. Te l'ho promesso».

Lui forse vorrebbe aggiungere qualcosa ma è bloccato dalla presenza al tavolo della Nikolaevna che, colto il clima di imbarazzo, si allontana fingendo di avere altro da fare. Solo a questo punto Sergej si decide a proseguire tenendo un tono di voce molto basso.

«Temevo avessi cambiato idea».

«Sei matto? Perché avrei dovuto?».

«Mi sembri così arrabbiata».

«Mica con te. Poi non sono arrabbiata. Casomai un po' triste».

«Ma per cosa?».

«La giornata è stata abbastanza pesante».

«Oh, se si comporta male, dimmelo».

«Se si comporta male chi?».

«Quello da cui vai».

La cosa la diverte: «E cosa gli faresti? Sentiamo».

«Semplice. Andrei e gli direi: Caro poeta... trattate i vostri versi come vi pare e piace, ma non la mia Netočka!, e paff... giù uno schiaffo».

La battuta si rivela efficace. Lei esplode in una grande risata.

«Guarda che io lo faccio sul serio!».

«Ah, sul serio, come no!... Ma lo sai quanti anni ha?».

«E che m'importa? Se vuole che rispetti la sua vecchiaia, cominci lui col rispettare te».

Anja, ammorbidita, si sporge a baciarlo su una guancia inducendo Sergej a dirle ciò per cui forse l'ha raggiunta inaspettatamente questa sera.

«Comunque, se può farti piacere, domenica pensavamo di andare nei boschi di Tosno con Ivan e Mitja. In *trojka.* Presa apposta. Per tutto il giorno. Tre bei cavallini. Prima ci eravamo detti: "Prendiamo una carrozza", ma sembra che debba venir giù una gran nevicata. Da godersela! Chi l'avrebbe immaginato, eh?... Di questi giorni. L'ultima a inizio ottobre, leggevo, è stata, uh... non ricordo quando, ma un'eternità. – lei ascolta, ascolta e basta – Se penso che l'anno scorso giravo ancora con la giacchetta. Con la giacchetta e, toh, con una mantellina al massimo!... Anečka... ma mi senti?».

«Sì, sì... la giacchetta» ripete lei sprofondata in un pensiero che la induce a mangiare con gesti lentissimi.

«Insomma, il programma è arrivare alla locanda che sta dalle parti della cascata. Ti va? – silenzio – Ti va?».

«La gita?... Ah, sì, molto!... – risponde Anja, tornando svelta alla sua cena – Vorrei. Certo che vorrei. – altra cucchiaiata – Ma non farmelo dire subito».

«E quando?».

«Non lo so, non subito».

«Ma perché?».

«Niente. Non so se posso».

«La serata dovrebbe essere magnifica, si annuncia il plenilunio. Neve e plenilunio!... In *trojka.* – Sergej è disorientato, certe perplessità lo hanno colto di sorpresa, non gli resta che insistere – E la locanda *Apollinariya* da quando l'hanno rimessa a nuovo va vista. Si mangia e beve benissimo, dicono, e hanno rifatto tutto, e il *buffet...*»

«Non ne dubito e, te l'ho detto, mi piacerebbe. – lo calma lei – T'ho spiegato: non è che non voglio, ma non so se posso».

La Nikolaevna, malgrado il suo essersi tenuta distante a esibire una discrezione fittizia, non ha perso nulla di quello che i due si sono detti, tanto meno l'ultima parte del dialogo. Nel riprendere il proprio posto a tavola domanda alla figlia: «Cos'è?... Non ti va di rivedere quei due? So che ogni tanto bisticciate!».

«Figurati se è questo!» esclama la ragazza.

«Perché? Quando? Non lo sapevo. – si preoccupa Sergej – Loro mi sono sembrati molto contenti all'idea di rivederti».

«Ma pur io, sì, che c'entra?».

«E allora? – insiste la madre – Non capisco».

«Prima devo ancora capire se la domenica ce l'avrò libera».

«Da che?» domanda lui.

«Come *da che*?... Dal lavoro».

*Non è che posso mettermi nei panni del Signore, ma l'esperienza*
*mi porta a credere che lui parla a quelli che lo ascoltano.*
*E non c'entra un accidente se sono virtuosi o no.*

Cormac McCarthy, *Sunset Limited*

# II

# Durante la scrittura

C'è un appendiabiti nello studio in aggiunta al mobilio che era già presente ieri mattina. È stato sistemato presso la parete della porta ma al di là del dipinto della Madonna di Raffaello, dove arriva meno luce, che peraltro oggi è scialba. Presso lo stesso angolo, sul tripode, il *samovàr* è sempre quello fuori uso. Anche stavolta si capisce a colpo d'occhio che il metallo è freddo, benché sulla scrivania vi siano ben tre tazze vuote con rimasugli di tè nero sul fondo, più quella da cui Fëdor Michajlovič sta bevendo adesso. Oltre le finestre le nuvole sono stratificate e gonfie, a tritare i raggi che vorrebbero penetrarle, e così li restituiscono: lividi e brumosi, in una gamma di grigi che si espandono all'interno della casa suggerendo stati d'animo melanconici.

L'appendiabiti consiste in un tronco di legno a cilindro non del tutto liscio, quasi a simulare la consistenza di un tronco vero, con dei pomelli innestati a raggiera in cima e un cerchio in ferro battuto che lo circonda nella parte bassa a fare da scomparto per eventuali ombrelli e bastoni, che ora non ci sono. L'anello è sostenuto da quattro sottili stanghe, sempre in ferro, inchiodate alla base, tonda e piatta.

A un pomello è appesa la mantellina di Anja color rosso cremisi un po' slavato, e, a un altro, un cappellino, senza meno suo anche questo, che è una novità rispetto allo sparuto guardaroba che le conoscevamo. È un cappellino schiacciato a dovere, come lo si vedrebbe in vetrina, di velluto vivido e floscio, rosso cupo, con una nappa di guarnizione attorno alla falda ridottissima a cui è applicata la veletta scura, a trama fitta. Quel rosso è forse un tentativo di richiamare il cremisi della mantella, il che va bene, mentre si abbina malissimo alle righe del grembiule, rosse sì, ma fini fini e d'un vermiglio tenero, come tracciate con una matita a pastello sul fondo chiaro della stoffa, che è di panno un po' rigido e perciò quando lei, *come adesso*, sta seduta rimane gonfia, sgraziata, senza adattarsi minimamente alle linee del corpo da cui è indossata. In pratica, a quell'appendiabiti vi sono le spoglie di una *Madame* non estranea a frequentazioni sociali; per contro, sulla seggiola dalla foderina stinta siede una giovinetta tra poco ventenne ma abbigliata alla maniera di una ragazzina non ancora sedicenne. Anna e Anja. Due in una, una in due. Così dislocate nello spazio, ma consonanti l'una all'altra. Amiche tra loro, e complici. E poiché sappiamo che la giovane, d'istinto, sa essere alla moda, questo conflitto di immagini non possiamo non considerarlo strategico. Frutto di certo del turbinio vissuto trascrivendo la sera prima, quando alla fanciulla è parsa chiara la necessità di darsi qualche *chance* in più presentandosi il giorno appresso, ossia oggi, all'auspicata possibilità di essere assunta, in tutt'altro modo da come avrebbe fatto una qualsiasi altra ragazza quasi ventenne, tanto più se consapevole di essere graziosa, e quindi sforzandosi di sembrarlo ancor di più. No, al contrario: castigatissima! E non per mortificarsi, non per pudicizia, ma per astuzia. O meglio: per condiscendere alle reali necessità del suo possibile datore di lavoro, che è un grande scrittore, e che proprio in quanto scrittore, forse il più grande di tutti, ha bisogno del giusto zelo di una segretaria specializzata. È solo allo scrittore che pensa Anja, non ad altro né ad altri. Sarà suo compito convincere quel gigante della parola a fidarsi, a voler credere nel contributo della loro eventuale collaborazione. Sarà suo compito convincerlo, così come, per un colpo di fulmine, ama credere di essersene convinta sin da subito lei.

E dire che ancora pochissimo sa dei cinquanta fogli a stampa da affrontare. Praticamente nulla, tranne che dovranno essere cinquanta, e che cinquanta così, secondo i calcoli che ha già azzardato, sono all'incirca l'equivalente di oltre centocinquanta da stenografare, ossia più di quattrocento pagine di buon corsivo, e che queste pagine bisognerà riempirle di gran carriera.

No anzi, ma cosa sta dicendo? Se sa che i fogli dovranno essere cinquanta a stampa, ne sa già molto. Sa, ad esempio, cosa di sicuro non potranno contenere. Non un articolo, non un discorso, non un saggio: sarebbero troppi per scritti del genere. La quantità di carta risultante allude senza meno a un'opera di fantasia. Sa di letteratura. E, se coniugata al nome che le firmerà, sa di letteratura immortale! Una deduzione che si snoda da sé e da cui la ragazza si sente infervorata. Motivo di più per convincere Fëdor Dostoeveskij, proprio lui, che il loro collaborare varrà la pena di essere tentato. Che la stenografia varrà la pena. Che il metodo Gabelsberger varrà la pena. E che varrà la pena aver ascoltato il consiglio di Ol'chin e che è valsa la pena aver scelto lei al posto di chiunque altro. Al posto di Varvara, ad esempio.

*Ma sì, è vero!...* Ecco chi le ricorda Fedosija! Un po' Varvara. La vecchia quand'era ragazza doveva somigliarle. L'occhio cupo, di pece, a volte sembra lo stesso. E anche un certo modo di stendere all'insù le sopracciglia corrugando la fronte.

Ma via, questo non c'entra! La necessità che lui dica di sì, ecco quello che c'entra. Che si decida una volta per tutte a volere ciò che gli è necessario volere.

Sempre che poi, alla fin fine, si decida a volerlo anche lei: questione che la ragazza ancora non si è posta, ma che si porrà.

In breve, altro che busti rigidi e vitini stretti! L'imperativo deve essere quello di abolire da subito ogni segno di distinzione. O più precisamente: di seduzione. Sì, di seduzione, in ossequio all'etimo latino che ci spiega bene cosa significhi il termine "sedurre" in tutte le sue varie declinazioni. *Sedùcere*. Condurre a sé. Far sì che qualcun altro ci traduca nel suo obiettivo. Rendersi presenti, alla fin fine. Che errore sarebbe! Lei, lì, deve essere solo uno strumento in azione. Una mano silenziosa chiamata prima a scrivere e poi a trascrivere, nient'altro. Provvida e alacre. Mestiere suo. Come a scuola, ma con la differenza che qui avrebbe a che fare con lo scrittore più amato da suo padre. Un amore che per contagio sentimentale, il che è acclarato, si è esteso sino a lei.

E niente confronti con Puškin, per piacere! Sì, la giovane appassionata di letteratura, di grande letteratura – sempre quella immortale, per intenderci – ha un po' sofferto nel dover fare l'inevitabile confronto, ma alla fine la questione l'ha risolta decidendosi a prediligere Puškin come poeta e Dostoevskij come romanziere. Che si contentino, l'uno e l'altro! In fondo, neanche è da ritenersi una trovata un po' furbetta per aggiustare le cose con spirito diplomatico: lo porta sempre con sé Puškin. È vero o no? Sempre, da più di un anno. Tutte le sue poesie. Splendida scelta. Le poesie va bene, ma il resto?... *Eugene Onegin?... La figlia del Capitano?...* Oh, fa spallucce, Anečka.

«Basta, è deciso. Che il buon Aleksandr Sergeevič si contenti d'essere il mio poeta prediletto. Poi, non è Puškin ad aver bisogno di me. È Dostoevskij», o almeno potrebbe. E lei vuole che lui questo bisogno, il significato di questo bisogno, lo penetri a fondo sino a reputarlo davvero cruciale, indispensabile.

D'improvviso, Anna Grigor'evna Snitkina, lei in persona, vuole sentirsi indispensabile per Fëdor Michajlovič Dostoevskij. Ma ancora di più! Vuole sentirsi indispensabile per suo padre, per la letteratura russa, per la Russia intera. E all'atto pratico, tutta questa enormità dovrebbe tradursi in cosa? In un semplice impiego. Non è incredibile? La salvezza della Russia e della sua letteratura sotto forma di una possibile assunzione!

Così funzionano le cose nella testolina della nostra Anečka. Ma quel che vi è di veramente straordinario in questo moto dell'anima illimitato e al contempo impalpabile come un pulviscolo, è la sincera assenza di presunzione. È la sua paradossale umiltà, dovuta all'idea purissima che il richiamo di Dostoevskij a Ol'chin e quello conseguente di Ol'chin a lei siano il frutto di un intuito divino prossimo alla verità. E la verità la si può intuire come si può intuire il futuro. La si può addirittura profetizzare. Cosa che lei, ancora sostanzialmente ignara di quale dovrà essere il suo compito preciso in quella casa, in questo momento sta facendo.

«Secondo me, però, lui ancora non l'ha capito» pensa Anja. E pensa, altresì, che sarebbe insopportabile fallire la possibilità di questo impiego (non osa definirlo diversamente) solo per il rischio di fraintendere l'utile che potrebbe derivarne. Cioè, per il rischio che lo fraintenda *lui*. E si preoccupa. E vacilla. E poi di nuovo si dà coraggio ripetendosi: «Però l'ha detto! L'ha detto chiaro e tondo: dovremo valutarlo insieme come trovare un punto d'incontro. Sì che l'ha detto, per cui è logico che intenda provarci, altrimenti perché sarei qui? Perché mi avrebbe fatta tornare una seconda volta? Evidentemente sì, ci conta. Magari è stato Ol'chin a convincerlo anche in questo senso. A dirgli: ti mando qualcuno che possa convincerti. Qualcuna. E ha mandato me».

Certo, c'è sempre l'incognita della scrittura condivisa, chiamiamola così. Di uno scrittore solitario che da un giorno all'altro si trova costretto a lavorare in coppia. Con una presenza a fianco. È questo che soprattutto spaventa la ragazza. È qui che lei teme di aver intravisto un pericolo grave ma poco apparente, e la disorienta non sapere quanto la cosa sia già stata soppesata con la giusta attenzione dal diretto interessato. Nel caso lui questa incognita non l'abbia ancora messa a fuoco, l'impatto con una novità talmente mozzafiato potrebbe rivelarsi devastante sin dalla prima verifica, sin da oggi dunque, e sin da oggi tutto rischierebbe di tracollare sul nascere. Il senso dell'ingombro, dell'intrusione: sì, è questo che va sventato innanzitutto. Anja ha passato l'intera notte a pensarci. Due notti fa è stato il turno dello scialletto di cotonina verde, quella scorsa, invece, dell'angoscia dovuta a una simile minaccia. E meno male quella macchia d'unto, altrimenti, senza rifletterci troppo, come niente si sarebbe ripresentata vestita così anche stamane, allo stesso modo. Sfacciatamente carina, al di là delle sue intenzioni. E una ragazza sfacciatamente carina è ingombrante per forza. Soprattutto, crea disordine.

No!... Vestitino a righe! Vestitino a righe!

«Più rarefatta mi farò, più trasparente, più inconsistente, e più possibilità avrò che lui si tranquillizzi, e tanto più sarà possibile che *non io*, ma la stenografia stessa passi indenne l'esame a cui ancora deve essere sottoposta. La dettatura di ieri non significa nulla, un *pour parler* è stato definito, per quanto lui adesso è quelle carte lì che sta controllando, *le mie*».

Ritaglio del giornale da una parte, trascrittura dall'altra.

«L'ho fatto mettere per voi» ha sentenziato con eccessiva stringatezza Fëdor Michajlovič con un cenno all'appendiabiti e facendosi già trovare seduto allo scrittoio quando l'ha vista entrare. Alle undici esatte di stamattina.

«Né in anticipo né in ritardo. – si è poi limitato a constatare – Come ieri».

Come ieri, già, ma stavolta complimentarsi è stato reputato inutile. Ormai s'è capito che la ragazza è così, farlo sarebbe come complimentarsi ogni giorno per la sua treccia bionda. Sdolcinatezze. Più conveniente è segnalarle la presenza dell'appendiabiti e sottolineare il fatto che quell'attrezzo sia stato portato lì per lei. Parole dette senza distogliere lo sguardo dalla corrispondenza a cui lo scrittore, bevendo un tè che oggi diffonde un aroma dolce di lampone, si stava dedicando quando Anja è apparsa sull'uscio dello studio. La giovane, pronunciando un "*Bonjour*" inascoltato, ha valutato al volo che uso fare di quella cortesia pensata appunto per lei decidendo di sistemarci mantella e cappellino. La borsa no, la borsa preferisce averla accanto. Anche perché la cinghia della tracolla, che oggi può essere esibita senza imbarazzi, non si sa mai che scherzi potrebbe combinarle. Sì, sembra decorata, ma sempre di una riparazione si tratta. Dovesse cedere una volta appesa... meglio non rischiare. E poi, d'abitudine, le sue cose lei ama tenersele vicine. Come a scuola: in terra accanto alla sedia, tipo un cagnolino accoccolato ai propri piedi. E sì, noi ogni tanto per schivare le ripetizioni la chiamiamo borsa, anche poche righe sopra l'abbiamo chiamata borsa, ma la sua è una vera e propria sacca da lavoro, e in fin dei conti può sopportare di essere poggiata sul pavimento. Prova ne sia che ripararla è roba da conciatori.

Saranno almeno cinque minuti che il grigio del clima di fuori si è mescolato al silenzio di dentro. Occorre precisare che il vero silenzio, come il buio della notte che non è mai il buio assoluto, non è mai il silenzio assoluto. Il vero silenzio è fatto di piccoli suoni, che in questo caso corrispondono al ticchettio delle penne deposte sul tavolino, a qualche raschietto per grattarsi la gola, al tappo di una boccetta di inchiostro che viene svitato, al frusciare dei quaderni aperti e posizionati come si deve, allo strofinarsi di una schiena un po' gibbosa contro lo schienale a cui si appoggia. Suoni che a un certo punto cessano, ma che anche prima di cessare fanno già parte di quel particolare silenzio susseguente ad essi. Il vero silenzio, il silenzio umano e non quello dell'universo, è il silenzio di quando alcune voci potrebbero farsi udire e invece tacciono. Il vero silenzio è questo: Anja seduta che aspetta dopo aver sistemato i suoi vari strumenti sul ripiano dinnanzi a sé, e lui che, alla sua scrivania, accantonata la corrispondenza, analizza in silenzio ritaglio e trascrittura passando di continuo da questo a quella, e viceversa.

Ma quanto gli ci vuole? Saranno una ventina di righe al massimo! Niente, non smette, insiste ancora. A tratti, lo fa rileggendo a fior di labbra. Il perché, non si sa. O forse sì. Forse Fëdor Michajlovič non sta esaminando, o meglio: avendo affrontato quella lettura per esaminarla, ha continuato con lo sfruttarla. Sì, pensa Anja, lui sta pensando *a quella donna.* Alla vittima della sua vittima.

Dostoevskij non è Ol'chin. Non è un insegnante, lui è uno scrittore. Per lui le parole non sono ferme in sé stesse, ma foriere d'altre parole. Meccanismi in funzione.

«E appunto perché forse sta già inventando, e se sta inventando vuol dire che sta già scrivendo, io, se voglio che non si accorga di me, non debbo in alcun modo farmi accorgere che me ne accorgo. Meglio ancora sarebbe impormi di non accorgermi di nulla per davvero, e non solo far vedere che non lo faccio. No! Non debbo farlo proprio!... Né adesso, né mai in futuro. Apparire un po' distratta, per essere pronta. Oh, sempre che mi sia data l'opportunità di mettere in pratica domani ciò di cui sto iniziando a fare esperienza oggi! Ossia, di lui. – fa un gran sospiro di cui lui non si accorge – Mah!... Ci riuscirò?».

E per addestrarsi a divenire così, Anja che fa? Fissa l'appendiabiti. Fissa testarda l'appendiabiti. Ne misura la consistenza stabilendo che quell'affare, tutto legno e ferro, non c'è dubbio che debba pesare davvero parecchio.

«Ma chi l'avrà portato di qua?... – si domanda – Il ragazzo non credo. Mi meraviglierebbe. Giusto se pagato può essere che l'abbia fatto, il tipo è così, ma pagare uno di casa per sistemare una faccenducola di casa mi sembrerebbe davvero ridicolo. Dunque, Fedosija. Ma è vecchia, Fedosija».

Solita storia. Vecchia e giovane allo stesso tempo. Probabilmente lui e lei insieme. Lui nel senso di lui: il suo giudice. Ecco, forse così. Anja prova allora a immaginarsi quei due corpi poco agili, uno imbolsito e l'altro macilento, coinvolti in uno sforzo comune. In uno sforzo *fisico* comune, e, quasi sfidandosi nell'affrontare la scabrosità della visione, cerca di figurarseli che sfacchinano, che si congiungono con le braccia, con le mani, con le gambe schiacciate l'una contro l'altra, strascicando i piedi per terra e calpestandoseli a vicenda come due pessimi ballerini, e premendo tra loro i fianchi indolenziti, sbuffando e tossendo con aliti acri, roventi; e che sfiatano entrambi per la congestione mentre cercano di far avanzare, spintonandolo in ogni modo e facendolo oscillare di qua e di là, quel tronco massiccio impossibile da sollevare.

Il padrone vecchio, che tale è da qualche anno appena, e che se non fosse per l'esigenza di distinguerlo dall'altro nessuno si azzarderebbe a chiamarlo a questo modo, eccolo adesso così ridotto, assieme alla vecchissima Fedosija, compromesso con lo sfascio di un corpo vizzo e sfranto ma pur sempre di femmina, a rantolare di concerto con la raucedine di lei: "*Avanti! Forza! Di più! Sì, ancora così! Ancora così! Ancora così!*".

Questo continua a immaginarsi Anja, impassibile e irresoluta, seduta bene in asse sulla seggioletta dalla foderina stinta. E, insistendo a immaginare, se lo figura tutto intero dall'inizio alla fine il percorso fatto da quei due corpi contorti e avviticchiati che vengono fuori boccheggiando dal vestibolo dove hanno recuperato l'appendiabiti (sì, nel vestibolo, ora se lo ricorda: era accanto alla porta d'ingresso, è lì che l'ha visto ieri!), per rasentare tutta la parete col dipinto, e in più dovendo superare l'impaccio della scrivania, sino a raggiungere l'angolo opposto a quello dove sta campita la porta.

«Già, come mai sino a lì? Non sarebbe stato più comodo fermarsi appena oltre la soglia?... No, hanno preferito ansimare e spaccarsi la schiena per altri sei/sette metri almeno, che sono tantissimi sei/sette metri fatti in quelle condizioni».

E insiste a immaginare tutto senza posa, Anja, spingendo la propria immaginazione al punto da farla collassare appena toccato il limite della vera ripugnanza. Senza darlo a vedere, lancia quindi una rapida occhiata di sbieco alle sue spalle. Visto?... Come volevasi dimostrare! Fëdor Michajlovič è accaldato. Tant'è vero che, leggendo, tiene stretto in un pugno un fazzoletto. Di sicuro gli sarà servito per detergersi il sudore.

O non sarà che pure lei, contaminata dall'ambiente, ha cominciato a inventarsi una storia tutta sua? E dunque, in qualche modo, *a scrivere*. Sorride di sé. Aspetta.

Uno starnuto. A seguire, un suono espulsivo, alquanto sgradevole ma inevitabile. Il più grande scrittore russo vivente si è appena soffiato sonoramente il naso. A questo serviva il fazzoletto. Problema risolto. Fëdor Michajlovič è un po' raffreddato, e chi è raffreddato bada sempre a tenersi un fazzoletto a portata di mano. Ciò non toglie che le cose possano davvero essere andate come ha saputo inventarsele lei.

Anja sente il picchiettare tinnulo della tazza poggiata sul piattino.

«Le parole ci stanno tutte. – dice lui senza sollevare lo sguardo dai fogli – Il problema è la punteggiatura».

La reazione della ragazza è talmente immediata da apparire sfrontata: «Ma quella non posso inventarmela da me!... Io per questo ieri vi dicevo che se volete la posso intanto appuntare così a senso, per rimarcare i toni, le pause... a scuola facciamo degli esercizi proprio per abituarci a distinguere quando ipotizzare una virgola, quando i due punti...».

Lui si leva gli occhialetti e la osserva con cura.

«Ve ne ho fatto una colpa? Mi limitavo a osservarlo».

Ma Anja, ulteriormente sollecitata da questa concessione, non può frenarsi: «Era per spiegarmi! Io ora ad esempio lì l'ho improvvisata, ma tanto per darvi un'idea. Speravo che si fosse capito. Certo, lo so da me che la punteggiatura già fa parte di uno stile, non mi permetterei mai, ma a questo potrete pensarci da voi in un secondo tempo!».

«Calma, figliola, calma. Ho detto solo che il problema è la punteggiatura. Nient'altro. Tutto qui. Mi riferivo alla questione in linea di massima, in generale. Quello che mi avete portato non c'entra affatto. Curiosamente, anzi, sia pure improvvisando come dite, avete messo virgole, trattini e punti fermi in modo ugualissimo a come si trovano nell'articolo. – porgendo il ritaglio – Potete controllare, eccolo. Avete orecchio, non c'è che dire. Ma trattandosi di dover mantenere una certa linea d'arte, e sì, il problema va tenuto presente. Comporre è un'altra cosa. Lo dicevo per avviso. Comunque, alle strette, direi che è un impiccio per cui non vale la pena preoccuparsi prima del tempo. Voi capite... per me è tutto nuovo, ho bisogno di orientarmi».

«E io son qui per questo!».

«Come scattate, però!».

«Per spiegarmi, solo per spiegarmi».

«Non c'è proprio niente da spiegare. Avete colto un rimprovero dove, vi garantisco, non intendeva esserci».

«E... la calligrafia?».

«Ah, be'... leggibile».

«Solo leggibile?» fa lei rimanendo a labbra socchiuse per lo stupore.

«Leggibile, sì. Cosa c'è da chiedere di più a una buona calligrafia?».

Come cosa? Ma che suoni, avrebbe voluto e dovuto replicare lei. Che suoni e che canti e che sia una gioia per gli occhi, ecco cosa va chiesto a una buona calligrafia. Che vuol dire "leggibile"?... Se per questo, anche le targhe delle strade sono leggibili. Anche gli editti governativi affissi alle mura sono leggibili. Anche una brutta calligrafia, sentite che vi dico, può essere leggibile!

Ma tutta questa risposta Anja se la tiene dentro, sepolta nell'incarnato vibrante delle guance. Non le riesce di proferire parola. E nel suo starsene così, a subire ciò che non può dire, la ragazza vede alzarsi di dietro lo scrittoio colui che potrebbe spodestare Puškin come il più grande fra i romanzieri russi. Viventi e non.

«Torno subito. – le dice Fëdor Michajlovič – Preparatevi a cominciare» recupera un paio di tazze vuote ed esce.

Sul volto di lei la delusione si mischia al disappunto. Poco le serve dare sfogo a un moto di rabbia in cui comprime un insulto che non si azzarda nemmeno a pensare. E che comunque suonerebbe assai meno volgare di quel "leggibile" che ha dovuto sopportare lei.

A distrarla, c'è qualcosa che aveva già notato ma senza aver avuto modo di saperne di più e che ora torna ad attirare la sua attenzione. Lungo il bordo della scrivania sono state incollate, tipo una frangia, le striscioline di carta messe a festone che ha visto il giorno prima.

Appena entrata non ha avuto né tempo né modo di farci caso essendosi subito diretta al tavolino per organizzare le sue cose, poi è venuta fuori la grande novità dell'appendiabiti, e poi, a seguire, il lungo tempo dell'attesa durante il quale se ne è rimasta seduta dando le spalle a Fëdor Michajlovič mentre questi passava al vaglio la sua *leggibile* trascrittura, ma ora può vederle per bene, tutte allineate con cura millimetrica e ritagliate a colpi di forbice perfetti.

E quest'altro lavoro di precisione manuale a chi lo si dovrebbe? Di nuovo a Fedosija, con quelle sue dita callose fatte per strappare tutto ciò che toccano? O a lui, che non dà proprio l'idea di essere uno portato per certe pratiche da orefice? E qui di questo si tratta, di pratiche da orefice, da esperto in materia. O magari alla donna bruna? Alla Vissil'evna, che dunque sarebbe tornata. Ma non doveva partire?

Anja si sporge per osservare meglio quella lunga sequenza di striscioline: su ciascuna di esse, nella parte libera, non incollata al legno, è trascritto a caratteri *neri* un numero a scalare da 26 sino allo zero, per terminare alla sinistra del bordo. Lei vorrebbe capirne di più. Passa in rassegna tutta quella sorta di piccole cedole. Addirittura le conta, come se il colpo d'occhio non le bastasse. E sì. Sono proprio ventisei. Sulla prima a partire da destra, nello scacco incollato alla scrivania, è segnato *in rosso* uno zero che sta agli antipodi dell'altro. Lui rientra. Lei storna immediatamente lo sguardo temendo di essere stata colta in fallo. L'uomo ha con sé due tazze di tè fumante che porta con qualche disagio stringendo sotto il braccio alcuni fascicoli. Fa segno ad Anja di venirsi a prendere il suo tè.

«Se aspetto che siate voi a chiederlo!».

Anja ringraziando si serve e torna solerte al proprio tavolino di lavoro. Lui, con estrema *nonchalance*, depone i fascicoli a schiera dinanzi a sé, sul pianale della scrivania e dà una robusta sorsata delle sue, gettando la testa all'indietro, incurante del calore, come a ingollare un bicchiere di vodka. «Ma come fa?» pensa Anja, che a malapena riesce ad accostare le labbra al bordo rovente della tazza. Fëdor Michajlovič attacca a parlare spiccio, con la praticità inedita di chi, d'un tratto, sia entrato in un clima ben preciso, che non ammette deroghe. Potremmo definirlo il clima dell'efficienza *tout court*.

«Quanto alla punteggiatura, allora siamo d'accordo... in prima istanza abbozzatela voi. Poi a suo tempo l'aggiusterò da me in considerazione dell'insieme. Ma intanto ritenetelo affare vostro, poi semmai ci daremo dei princìpi comuni».

Nel sentirsi dire così Anja non tradisce alcuna reazione emotiva. Questo attestato di fiducia le è gradito, certo, ma niente che compensi il "leggibile" di prima, una grossolanità di cui lui non si è reso conto neanche un po'. Basta guardarlo. Ha tutt'altro per la testa che badare a lei. «Ma sì, tanto meglio, – pensa la ragazza. – Non è quello che volevo?... Invisibilità! Invisibilità!».

«Ebbene, – esclama Fëdor Michajlovič stropicciandosi le tempie – cara... cara...?».

«Anna Grigor'evna».

«Già. – e con un sonoro schiocco di dita – Snitkina?».

«Snitkina» consente lei.

«Bei nomi. Ebbene, cara Anna Grigor'evna Snitkina, avrei un dilemma. Debbo affrettarmi a consegnare un libro che neppure ho iniziato ma sono indeciso sulla trama da affrontare. Ho preso appunti per diverse storie. Dopo varie notti passate a domandarmi "Quale?", lo domando a voi... – con gesto brusco si siede, e muovendo lo sguardo a fissarla – *Quale?*».

Deve intercorrere un tempo ciclopico, sia pure stipato in pochi secondi, prima che lei replichi: «A me?... Ma neanche so di che cosa...».

Lui, con un gesto ostensivo della mano, illustra i blocchi che ha davanti: «Sceglietene uno e partiremo da lì».

La fanciulla si accosta a osservare i fascicoli.

Infine, di slancio: «Questo!... Va bene questo?».

Fëdor Michajlovič recupera il prescelto. Lo individua. Serra le labbra quasi a mordicchiarsele. Mugola un assenso generico, non del tutto convinto. No, avrebbe preferito diversamente. D'altra parte, se il gioco doveva funzionare così, se era questo l'azzardo che egli stesso si è imposto come necessario per rompere gli indugi, non può sottrarsi.

«E sia! Faremo i melensi. Se amate gli intrighi amorosi sarete soddisfatta. – sfogliando – Dunque, Anna... Anna...?».

Di nuovo?... D'accordo, di nuovo. Invisibilità! Invisibilità! Sembra che lei ci stia davvero riuscendo a diventare quel che deve: invisibile e senza identità.

«Grigor'evna».

E ha la padronanza di dirglielo come fosse la prima volta, senza rimarcare in alcun modo la sciatteria di quella sesquipedale smemoratezza.

«Già, sì. Grigor'evna...?».

Fai lo spiritoso? Va bene, anch'io farò la spiritosa, così mi noterai sempre di meno. E piattamente sillaba: «Snitkina».

«Snitkina, certo, come no. – e giù due sorsi in fila di tè – Dunque, questo il programma, Anna Grigor'evna... Snitkina... ma intanto per cortesia sedetevi che cominciamo!...Grazioso questo vostro abitino un po' da bimba! Salta agli occhi».

Come sarebbe a dire "salta agli occhi"?... Sta' a vedere che l'invisibilità, quando è eccessiva, finisce col farsi notare più del visibile! Ci mancherebbe solo questo!

Lei sorride, non replica, e va al tavolo. Lui, per contro, si accende una sigaretta recuperata dal solito cartoccio che da ieri a oggi è stato chiaramente riempito, tanto sembra voluminoso e pesante. Anja considera che stamane, per fortuna, pericoli di intossicazione non ce ne stanno. La distanza fra loro è tale che gli sbuffi di fumo non dovrebbero raggiungerla. Purché, naturalmente, lo scrittore resti al suo posto, fermo dov'è.

«Di giorno, quando stiamo insieme, vi detto, – fa lui con piglio legiferante – poi di notte, separati, io prendo appunti e voi trascrivete. Mi raccomando: fogli di quaranta righe con non meno di quindici parole a rigo.

«Ma risulteranno molto fitte!» Osserva lei.

«Non è una mia fisima: per regolarmi. Se non farete così non saprei come tenere il passo dei cinquanta fogli formato stampa che, rispettando questo criterio, dovrebbero corrispondere con buona approssimazione a trecento pagine di calligrafia vostra. Stanotte mi sono preso la briga di esaminarla alla luce di questa esigenza e le proporzioni tornano, fidatevi. Per l'orario, dalle undici alle diciassette. Sempre, ovvio, che siate d'accordo. – Anja fa di sì col capo – Bene!... Vediamo, allora, cosa riusciamo a fare».

Lei, sforzandosi: «Ma... per le domeniche?».

«Che c'entrano le domeniche?».

«Be', ci sono». Abito da bimba, osservazioni da bimba. Vale a dire, concretissime.

«È troppo chiedervi di tenerle a disposizione in caso di necessità?».

«Già dalla prossima?».

«Oggi è venerdì. Abbiamo due giorni per guadagnarcela. – alzandosi – Coraggio, *allons-nous*!... Anja».

Lei avvampa. Già in molti la chiamano così, ma questo è l'esordio ufficiale di quel vezzeggiativo sulle labbra di lui. Varrà la pena di ricordarsene. E beve del tè. Un sorso appena. Controlla che tazza e piattino non siano troppo sul bordo e si predispone a iniziare.

Fëdor Michajlovič resta in piedi. Sembra più alto di quel che è. Forse per la gobba che si direbbe meno pronunciata, quasi riassorbita nelle spalle tese. Poi lo scrittore si volta di profilo e di nuovo si immobilizza. Non si sa che guardi. Tiene le mani dietro la schiena, con la cicca ardente che esala fumo bianco dalle palme a coppa. Inspira a pieni polmoni. Raccoglie le idee. Le compulsa. Le seleziona. Facendolo, va all'appendiabiti, gli si piazza di fronte e lo scruta fisso, ben dritto negli occhi come fosse una persona. In questo caso, gli occhi corrisponderebbero al cappellino di Anja. Dalle mani congiunte all'altezza delle natiche si sprigiona il palpito di un minuscolo falò. La sigaretta che brucia invisibile. Infine (o "finalmente", come dirà tra poco), con uno scarto secco, quasi con un batter di tacchi militaresco, l'uomo si volta spalle al dipinto, sposta il suo interesse sulla ragazza, si dirige a passi marziali verso lei, e, caricato del giusto fomento, attacca.

«Finalmente... finalmente dopo un lungo girovagare ero di ritorno. I nostri comuni amici già da tre giorni si trovavano... a... mah... – con altro tono, più diretto – questo "*mah*" non scrivetelo!».

«Sì, avevo capito».

«Il resto?».

«C'è tutto» lo tranquillizza lei.

«D'accordo, ma sarebbe?».

«Volete che legga?».

«Avanti!» e va a prendere la sua tazza. Beve a svuotarla.

«Con la punteggiatura che ho messo?».

«Dite! Dite!» e beve.

«Io però vi avverto, è pochissimo».

«Mi avvertite di cosa? Non crederete che vi abbia dettato in uno stato di sonnambulismo! *Lo so*».

«Per dire anche la punteggiatura... giusto il minimo».

A tagliar corto: «Per cortesia, leggete!».

Ed è quello che lei fa.

«Finalmente *tre puntini* Finalmente *virgola* dopo un lungo girovagare *virgola* ero di ritorno *punto* I nostri comuni amici già da tre giorni si trovavano a».

«Togliete il primo *finalmente*, era solo per darmi l'avvio. E togliete pure *dopo un lungo girovagare*, è inutile».

Lei esegue. Ahimè, ecco il fumo che arriva. Anja tossisce e si rimette in posizione.

«Sì... ehm, cioè, no... non scrivete il "*sì*"... anche questo era giusto solo per... per...».

«L'avvio, certo... difatti non l'avevo scritto».

«Bene, giusto. Cominciate a seguirmi».

Ma il pensiero si è presto impantanato.

Lui butta l'occhio sui fogli. Garbugli incomprensibili.

La fanciulla resta immobile. Schiena come sempre ben dritta e mano destra pronta, col pollice e l'indice a stringere la penna, e le altre dita un po' divaricate come nella leggerezza di un volo. Lo sguardo dell'uomo si sposta di poco a sfiorarle il collo. Se ne sarà accorta? Anja tossisce ancora. Lui si ritrae tornando svelto verso la scrivania e questa volta con la decenza di rivolgerle un fugace: «Scusate». Lei avrebbe una gran voglia di incalzarlo: «Si trovavano a...? Si trovavano a...?».

Santiddio, dov'è che si trovano i nostri comuni amici?... Ma è proprio a questo che deve addestrarsi! Mai cedere all'istinto in momenti simili. L'istinto ti rivela, ti manifesta. Ti rende ingombrante. C'è poco da fare, l'invisibilità pretende un tirocinio complesso; nonché, una grande disciplina. Nessuno che gliel'abbia mai insegnata. Avrà il talento per fare tutto da sé?

«A Roulettenburg» esclama finalmente lui.

Roulettenburg?... Ma che razza di nome è?... Anja può consentirsi di domandarselo, a patto però di farlo mentre lo scrive, allora d'accordo, se lo domandi pure. E lo scrive. A Roulettenburg.

«Sì... a Roulettenburg. – conferma lui come se la ragazza avesse espresso qualche perplessità, cosa per niente vera – Oh, questa era una conferma. Non va scritta».

Chiaro che no! Lei infatti non l'aveva scritta. Vorrebbe farglielo notare per tranquillizzarlo circa il fatto che certe cose è benissimo in grado di risolverle da sola, automaticamente. Ma così, non facendoglielo notare, la ragazza confida di ottenere un risultato ancora più importante, più raffinato. Ossia, renderlo convinto di come lei possa divenire per lui tanto preziosa quanto invisibile. Invisibile sì, ma pur sempre costretta a tossire due o tre volte a raffica per colpa del fumo che le si addensa attorno.

«Scacciatelo via! – le intima lui senza troppe premure. – Con le mani, che vi ci vuole?... Se vi disturba, cacciatelo via!».

Evidentemente, Fëdor Michajlovič ha superato in fretta la fase delle scuse e ha solo una gran voglia di riprendere a dettare. Lei si trattiene. Non scaccia un bel nulla e si sforza di ingoiare il prurito che la tormenta. Meglio non fargli credere che è per quello che tossisce. Meglio mentire.

«No, per carità, non è la sigaretta, ve lo direi».

«Ah, non è la sigaretta?... E cosa allora?... State male?».

«No, è... niente, una sciocchezza... è per un pizzico alla gola che già avevo, per questo! Un po' il freddo mattutino, tutto qui».

Dovesse sentirsi limitato nel fumare! Dovesse saltare tutto perché con me non si sente libero di farlo! Per carità!... Meno male che lui se ne sta lì in fondo e non può vederle gli occhi. Sono irritati da far spavento. Bruciano.

«Roulettenbourg può andar bene. Sì... mi piace. A voi non piace?».

Anja, contenendosi, annuisce nel modo più invisibile che può.

Incessante è l'affrettarsi smarrito dei camerieri, che forse però è parola sproporzionata. Stiamo parlando piuttosto di sguatteri improvvisati, mano d'opera assoldata con spirito da ciurma per far fronte al sovraccarico di gente nei fine settimana, e da come svolgono le loro mansioni si capisce. Sono gleba al servizio d'altra gleba, trasandati e sudici, urlanti pure loro per farsi ricordare le ordinazioni e per raggiungere i tavoli giusti da individuare nel pandemonio generale, tra sventagliate di fumo che miscelano molteplici vapori. D'alcol, d'arrosto, di sigari, di neve. E anche di polvere da sparo, visto che c'è chi si diverte a comparare su cartuccelle aperte tra le stoviglie la propria con quella di un altro per darsi informazioni su quale sia la migliore e a miglior prezzo. Taluni più esperti, o per vantarsi d'esserlo, la assaggiano a pizzichi come prese di tabacco facendone scricchiare qualche grano tra i canini. Oppure la pestano col dorso di un cucchiaio. Non sono escluse piccole ustioni e scoppiettii. Una pratica ormai consueta. I pulviscoli ardenti schizzano frizzando tra posate e bicchieri come pulci in fiamme. Straordinario che nessuno, nemmeno il proprietario, un impulsivo che ama prendere la scena, venga fuori preoccupato a dire: «Siete matti?». No, è un mercato consentito, malgrado il fuoco in quella casa abbia già fatto la sua parte. Mezzo edificio ha distrutto, costringendo l'esercizio a una drastica riduzione del carico di lavoro, ma sul fatto sarà indispensabile ritornarci appresso.

Olezzanti di miasmi come se fossero usciti loro stessi da pignatte di sbobbe dove ogni ingrediente è consentito, gli inservienti vanno e vengono da dietro un paravento affumicato su cui è riprodotta la sinuosa immagine di un melo che diffonde i suoi rami lungo i tre pannelli della struttura a fisarmonica. A ogni passaggio di chi vien fuori dalla cucina o di chi vi torna, il paravento traballa percosso da inevitabili spallate nel giubilo di quelli più vicini che a volte si divertono a scommettere «Cade, non cade? Cade, non cade?» e quando crolla i clienti più prossimi saltano su come se si fosse aperta una voragine in mezzo a loro col rischio che se li inghiotta tutti, ma pure questo, *ça va sans dire*, fa parte dello spirito del posto.

Incessante è anche il viavai di chi, facendo stridere le sedie sul pavimento laddove è lastricato da scacchi di ardesia inseriti come strambi rattoppi tra le doghe di legno, perfora crudelmente i timpani delle ragazzine che squillano: «Ah, ti prego no!», e chiudendo strette le palpebre digrignano i denti e si turano forte le orecchie con manine dalle unghie appuntite, ma niente che freni il continuo alzarsi e sedersi, e il su e giù irrefrenabile soprattutto dei maschi chiassosamente propensi ad abbracciarsi l'un con l'altro, a darsi pacche sulle spalle, finti pugni nello stomaco, inondandosi di accalorate cerimonie cameratesche, "*Ti ho letto qui, ti ho saputo là!... Ci hai dato dentro, mi dicono!... Vecchio porco!... Senti chi parla!... ecc. ecc.*", e a lanciarsi la voce da un cantone all'altro, a vuotarsi la vescica, a recuperare le palle da biliardo volate via da un tavolo ormai adoperato per metterci di tutto, piatti, bottiglie, rimasugli. Ora in particolare, su una stoffaccia lisa d'un verde sbiancato e forellata da bruciacchiature dappertutto, ci stanno duellando due oche da combattimento, una macchiata di giallo e una di blu. Sarebbe stato più caritatevole, per distinguerle, usare dei fiocchetti o dei nastrini, ma la mozione delle vernici l'ha avuta vinta perché fiocchi e nastri i due pennuti se li strappavano l'un l'altro a colpi di becco, e a colpi di becco, le oche, si cavano sangue dai colli flessibili e armoniosi scacazzando a più non posso, mentre attorno, chi seduto sul bordo del tavolo e chi in piedi su una sedia, o addirittura montato sul bancone, aizza, strillando, l'una o l'altra bestia a seconda della puntata fatta. Questo il destino di quel biliardo, quando non serve o come pulpito o come palcoscenico. Il baccano, va da sé, è infernale.

Non uno che sappia in quei paraggi cosa significhi suonare a dovere uno strumento, ma musica a modo loro la fanno tutti quanti pestando mani e piedi diciamo a ritmo, fischiettando e improvvisando canzonacce e, massimo dei massimi, motivetti da ballo che uno si domanda: «Ma a che pro? A che pro?», neanche le mosche troverebbero lo spazio per fare un minuetto in quella bolgia, e a proposito di insetti ce ne stanno: sparpagliati, impazziti, spiritati... basta vedere le libellule dai lunghi steli inarticolati sbattute di qua e di là a ogni turbine sputato dentro dalla porta quando viene spalancata e che si schiantano sui globi roventi delle lampade pencolanti dalle travi muffite del soffitto. E dàgli tutti a battere coi boccali sui tavoli come fossero grancasse, e raschiando un violino sgangherato strappato via a una mensola del muro e poi passato di mano in mano, malgrado le reiterate proteste del padrone che inizia a baccagliare tempestoso: «Rimettetelo dov'era, *cani scabbiosi*!... Rimettetelo dov'era!... È del locale, mica vostro! Vale un patrimonio quel violino!... *Memorabilia! Memorabilia!*».

Oh-oh... *Memorabilia*... la parola piace, diverte. Quelli di Tosno, i clienti abituali della trattoria, hanno addirittura inventato una canzonetta apposta che ormai è diventata popolarissima e che come *refrain* ripete appunto: "*Memorabilia! Memorabilia!*", e in tanti, pure i neofiti che non ne sanno nulla, quando la sentono, già al primo giro di ritornello si mettono a fare pure loro: "*Memorabilia! Memorabilia!*", ma così, a traino, senza neppure domandarsi che significhi. Risate su risate. È un vezzo di quel posto prendere il violino, sentire il padrone che urla per riaverlo e ridere per questo a crepapelle, anche ridendo d'altro.

"*Memorabilia! Memorabilia! Memorabilia!*" e zum e zum e zum!

Forza, vecchio Yurij, raccontalo di nuovo! Raccontalo di nuovo!

I più addentro alla vicenda non hanno remore a trattare il vecchio Yurij come un mentecatto, e a quello non dispiace, come non gli dispiace essere chiamato "vecchio" a dispetto dei suoi trentaquattro anni (pur se il corpo franato ne infinge almeno quaranta). Anzi, essere sollecitato come un derelitto orso da circo è cosa che si aspetta e a cui anela, fa parte di un gioco a cui tutti sono avvezzi. C'è addirittura chi ci viene apposta. E tante volte nemmeno c'è bisogno che Yurij se lo senta chiedere: prende e racconta, dritto per dritto. Tanto, qualcuno che lo ascolta lo rimedia in ogni caso. È tutto contemplato nel prezzo della gita. «Ma lo sapete da dove viene questo violino? Lo sapete da che mani fu suonato? Cani scabbiosi, lo sapete?» e tutti in coro, secondo una prassi abituale, pure quelli che lo sanno, anzi quelli più degli altri ad alta voce, a fare: «No Yurij, diccelo tu! Da dove viene?» e Yurij è questo che voleva. Sembra un demente ma non lo è. Fa gli affari del locale in questo modo, e lui lo sa. Ma dire che è per questo che lo fa, o perlomeno solo per questo, non è rendergli giustizia. Yurij è un uomo come tanti, famelico di appagare il suo bisogno, e il suo bisogno è ripetere la storia del violino. La sua ossessione, la sua mania. Sa che tutti o quasi tutti lì la sanno, ma l'unico che possa raccontarla da assoluto protagonista è solo lui. Il sacerdote della fola è lui. Il depositario del fatto, ecco, non è che lui. È lui il proprietario del violino e sta a lui di dirlo. Situazione non poi tanto peregrina. Gente così ce n'è parecchia: gente che ha in serbo racconti, sempre quelli, e che a non ripeterli il più possibile, ciclicamente, si sente come di non esistere, che la sua vita non ha senso, come se fosse tutt'intera racchiusa in quell'unico racconto tipo dentro una scatoletta, e la scatoletta, alla minima occasione, va mostrata, va aperta, o equivarrebbe a non averla, a non esistere, a non esserci.

L'omaccione in cui è presto degenerato il corpo atletico d'un giovane di nervosissima fibra si chiama Yurij. Eccolo all'opera!

Stringendo per i fianchi sagomati quel violino ormai decrepito lo ostenta bene in alto, sulla testa di tutti i suoi clienti che applaudono forsennati, e ruotando a braccia tese da una parte all'altra, lo mostra in giro come un erede al trono che sia stato appena tirato fuori dalla pancia della Regina, e protendendolo proclama: «Lo vedete? Lo vedete tutti?» e tutti a muggire: "*Sì, no, dove, boh, ohhh, no io non lo vedo, scànsati!*", e lui, tonante: «Era di Glinka. Del grande Glinka. Michail Ivanovič Glinka. Vi dice niente?... – e se lo stringe al petto – Un suo regalo. E che regalo! L'ha suonato davanti allo Zar, questo violino! Davanti allo Zar!... *Vis à vis*. Lui qui, e quello, *il glorioso Egemone*, seduto lì a due metri da lui, forse meno, meno di due metri. A un palmo di distanza ce l'aveva, che se il Maestro non stava bene attento, con l'archetto... tà... rischiava di cavargli un occhio!» e ride mentre lo dice, ride per far intendere che l'ha detto apposta per far ridere, che mai e poi mai il grande Glinka, col suo archetto, avrebbe fatto correre allo Zar di questi rischi, e infatti quelli ridono; e subito lui si rifà serissimo.

«L'ha suonato nella camera d'ambra a *Carskoe Selo*. Lui. Senza spartito. Improvvisando. – a questo punto brandisce con accresciuta enfasi il violino come uno che ora innalzi sulle barricate una bandiera per andare alla riscossa – Lo vedete? Lo vedete bene tutti? – e riprende a ruotare da destra a sinistra, da sinistra a destra – *Di Glinka!*».

È un bis perenne. Non fa che raccontarlo, Yurij. Nato per questo, si potrebbe dire. E quando a farlo non è lui, lo fanno gli altri.

«Questa, considerate, era come casa sua. E non a dire che ci sia capitato una volta e basta. Ci alloggiava. Due volte l'anno. Due! *Zwei*. Per un mese intero, due volte l'anno. Lo serviva mio padre, Michail Ivanovič. Perché lui lo conosceva a puntino, Michail Ivanovič! Sapeva com'era fatto. Quello ormai non doveva nemmeno chiedere. Il caffè?... Ecco il caffè, Michail Ivanovič!... *Patisserie?... Patisserie,* Michail Ivanovič!».

E qualcuno, dalla platea, a dargli l'imbeccata: «L'acquavite, Yurij, aggiungi dell'acquavite!».

«L'acquavite, certo!... Una bottiglia di acquavite a sera. Fruttatissima. Oca e patate. Mai le rape! Mai le rape!... E pure *Matuška* lo serviva. – e ammicca – Ah-ah.... personalmente. – sillabando – Per-so-nal-men-te».

Le ultime due sillabe sono dette in coro dall'intera assemblea che non aspettava altro. Finito di sillabare, Yurij strizza l'occhio. Il perché lo sanno tutti. Quando arriva il momento della madre che serviva il grande Glinka *personalmente*, uh... a dirlo non ci si crede, è un delirio. Applausi! Applausi a più non posso! E fischi! Fischi con le dita ficcate in bocca a tendere le labbra! Denti spaccati in bella vista e gesti infoiati per una donna che ai tempi se la sarebbero pappata in parecchi, e perché non pure il vecchio Glinka, che il gusto per il popolo ce l'aveva eccome, la sua arte lo rivela? Perché no?

E bravo Yurij, al diavolo la reticenza! Sarebbe da stupidi vergognarsi per qualcosa di cui vale la pena andare fieri! Giusto?... Così si fa!... E bravo *Batyuška,* che hai servito la musica incarnata! E brava mamma Apollinariya, il cui nome battezza la casa che li accoglie tutti. Sapeva badarci, lei, agli affari dell'azienda! Se non al suo buon nome personale (ma in fondo, perché no? *Perché no?...* Signori, parliamo di Glinka!), agli affari di sicuro. E giù fischi e ancora applausi!

Balle, direte voi. D'accordo, ammettiamo pure che sia tutto un cumulo di balle (Glinka, il violino, lo Zar, la mamma di Yurij e l'oca affettata per il grande musicista dal papà cornuto), sarebbe comunque un cumulo di balle che ormai fa parte consustanziale della taverna dove qualcuno (Glinka?) avrebbe lasciato in omaggio il suo violino: quel violino. Questo. Eccolo qui. Sarà vero, non sarà vero?... Se vogliamo ragionarne, padronissimi, facciamolo!... Che il vecchio Glinka, il grande Glinka, venisse qui a Tosno per villeggiare è un fatto, nessuno può negarlo, si sa, la zona trabocca di dicerie al riguardo. E dunque, ammesso e non concesso che questo almeno è fuori discussione, dobbiamo domandarci che credito vada poi dato a tutto il resto. Sarà vero che ha alloggiato abitualmente qui, alla taverna *Apollinariya*, quando in modo più pomposo si chiamava *Maison Apollinariya* (nome voluto dal marito), prendendovi quartiere due volte l'anno, e ogni volta per un mese, ai tempi in cui questa trattoria s'era trasformata da semplice punto di posta in un alberghetto (*Maison Apollinariya*, appunto) che come uno ci entrava diceva: «Qui per sempre!»?... Tutto vero?

A proposito! Era il padrone di allora a ripetere con enfasi la storia di quelli che dicevano: «Qui per sempre!», lo faceva per farsi propaganda. Quella frasetta gli piaceva moltissimo e la esclamava a più non posso baciandosi con la boccuccia a cuore le punte delle dita che poi staccava di scatto con un formidabile schiocco. «Qui per sempre!»... Bacio!

Come che sia, questo è il punto: in una di quelle stanze, che adesso son distrutte (colpa del fuoco, appunto: ne vennero smangiate e convenne demolirle), il vecchio Glinka, si è capito, avrebbe avuto una tresca decisamente *osé* con la madre di Yurij, il proprietario attuale, questo a cui piace insultare chicchessia dandogli del "Cane scabbioso".

«Conti alla mano – sostiene Yurij – potrei essere suo figlio. La matematica del calendario non si discute. C'è bisogno di altre prove? Ho il sangue rosso scuro, sembra inchiostro. E lui com'è che ce l'aveva? Ve lo dico io, è provato: rosso scuro ce l'aveva, sembrava inchiostro! Uguale al mio. E le misure dell'uccello, identiche, le stesse. Come lo so? ... Non state a preoccuparvi, lo so, lo so... qualcuno me l'ha detto. – e tutti a ridere all'idea che c'è chi possa svergognare sino a tal punto la propria genitrice – E poi, per dio, il talento!... Ah, be'... Il talento vale come un articolo di fede!... Guardacaso, questo dono l'ha fatto lui a mio padre, ma per chi? Per me. E sapete quando?».

E tutti: «No, Yurij, diccelo tu! Quando?».

«Il giorno che sono nato io. Guardacaso!».

E qui il tripudio. Pure chi, appena entrato, non capisce di che si tratti è travolto dal giubilo collettivo e vi si aggrega. Impossibile sottrarsi. Yurij, pelatissimo, col ventre che gli esplode, vacillando su una sedia, si fa più alto di quel che è, e riprende a sbandierare lo strumento come a dire: «A lui questi applausi! A lui, non a me! A Glinka! *A mio papà*!» e c'è chi, nell'ebbrezza dell'entusiasmo collettivo, si fa un altro giro di acquavite brindando all'Arte, alla musica, alle grandi sinfonie e alla progenie di Michail Ivanovič Glinka. Dopodiché, quando gli capita di aver voglia (ultimamente, appesantito com'è, non tanto spesso), Yurij salta giù dalla sedia con qualcuno lì pronto per sorreggerlo. Ha le ginocchia molli ma che, se è preso dalla frenesia, gli tornano elastiche come un tempo. Al che, con moltiplicate energie, quel tozzo maciste da circo equestre balza sul tavolo da biliardo (a piedi uniti, tra gli applausi scroscianti del suo pubblico!), scalcia da parte il ciarpame che ci sta su, spiaccica gli escrementi delle oche quando ve ne sono, e fa sentire *urbi et orbi* cosa intende parlando di talento e suona quel violino come nel pieno di un baccanale. Una goccia gli cola lungo il viso stillata dal cranio a rigargli prima la tempia e poi la guancia carnosa sino a svanire presso l'angolo della bocca. Una lacrima non di sudore e non versata dagli occhi, ma dal centro del cranio. Gli si scatena un demone dentro nel suonare il suo violino, un demone dentro! Cava voci da quelle corde, e contrappunti retrogradi per cui ogni voce imita l'antecedente proseguendo all'indietro per terminare con quella iniziale. Giochi sulfurei che alcuni musicisti, come Glinka, amano. E che i virtuosi adorano eseguire. Così Yurij.

C'è chi dice che mentre lui è intento a piroettare trascinato dai fendenti dell'archetto, tutti i lacerti delle tappezzerie, e la calcina sbreccata che vi compare sotto, si facciano fulgidi, color miele, come fossero d'ambra. Dicono. O meglio, questo lo dice lui di alcuni che l'han detto.

«Yurij, amico mio, sembravi circondato da lastre fatte di purissima ambra, come quella della stanza a *Carskoe Selo*! Sembravi lui! Sembravi lui! E davanti a te mi è parso, credimi, di vedere in estasi l'Imperatore in carne e ossa, col tuo archetto che gli passava a filo di qua e di là dall'occhio come una lama, ma lui fermo, te lo giuro: in estasi!».

E infatti accade che in tanti vadano in quella taverna solo per farsi ripetere questa storia. Non solo: ci vanno sperando di capitarci la sera in cui, per buona sorte, c'è possibilità che il padrone del posto salti sul tavolo da biliardo (d'un sol balzo, a piedi uniti) e si scateni con quello strumento vieppiù sgangherato ma indistruttibile. I fortunati potranno così dire: «Ho assistito a un concerto del grande Glinka, tenuto da lui in persona». Accade. O perlomeno, accade che questo sia quanto poi viene detto in giro divulgando una cronaca *sub specie* di leggenda. E chi se lo sente raccontare lo ripete a propria volta ad altri ancora. La cosa straordinaria è che la chiacchiera, propalata di bocca in bocca, trovi poche resistenze, ma c'è un motivo: quasi nessuno sa che fine abbia fatto il grande Glinka, forse nessuno. E allora? Chi potrebbe mai negare che tutto questo, a prescindere dal fatto che sia vero oppure no, faccia comunque parte della storia di Michail Ivanovič Glinka? Della sua autentica biografia. Della sua creatività. E che ne faccia parte quand'anche si trattasse di un cumulo di balle, per di più supponendo che il grande artista di tale cumulo non abbia mai saputo un accidenti di niente. Pure in questo caso, cambierebbe qualcosa?

Tutte balle? Ben vengano!... Ciò non toglie che, seppure balle, esse siano legate al suo tribolato e sublime passaggio in questa valle di lacrime, al suo tragitto terreno, aumentandone la scia e amplificandone gli effetti. Tanto che noi, in ragione di queste probabili balle, di chi è che stiamo parlando adesso? Del vecchio Glinka, che da un giorno all'altro è scomparso senza lasciare tracce. Sarà ormai da qualche anno. Una decina, forse meno. Pare in un pozzo. Ma chi può dirlo? Lo sa il diavolo, lo sa!

«Per cui, – proclama il padrone che ha sempre meno voglia di esibirsi – se dovete suonare, suonate Glinka, cani scabbiosi! Suonate Glinka!.... Magari da fare schifo, ma suonate Glinka! Canzoni ne ha scritte, ne conoscerete, no?».

Questo, in sintesi, soprattutto nei fine settimana, è il clima che si respira in una certa taverna a Tosno, a poche centinaia di metri, nemmeno a un chilometro, dalla cascata in cui si rovesciano le acque del fiume chiamato Tosna.

Stasera più che mai la nube montagnosa di gelida condensa vomitata all'interno da una porta continuamente aperta e chiusa, si mischia al calore del fumo bollente che grava su tutto a smorzare, nei lezzi, le dispute più accese e gli improperi.

Immaginiamoci adunati in questa taverna, dunque, un po' arsi dal fuoco della stufa e un po' ghiacciati dalla bufera che prende d'assedio le mura facendo vibrare i vetri delle finestre col rischio di spaccarli. Questo all'interno. Di fuori, di secondo in secondo sempre meno distante, una *trojka* di legno di tiglio scuro, poco addobbata e dall'aspetto rustico, procede al gran galoppo, come inseguita, tra filari di betulle. La *trojka* sguscia via di curva in curva coi lunghi pattini ben pilotati dall'argine dei solchi lasciati a residuo dalle slitte passate appena prima, ma che la neve, ripresa a scendere da poco, rischia adesso di colmare velocemente.

## *"Uaahhhhhh!!!"*

A bordo, oltre Anja avvolta in una pelle di pecora, due ragazzi sui vent'anni che le stanno premuti addosso, uno da un lato e uno dall'altro, infreddoliti. Seduto davanti, alle briglie, c'è Sergej, totalmente concentrato a indagare il poco che, tra gli sbuffi a vortice delle folate siberiane, riesce a scorgere della pista in cui, caracollando, si tuffano i cavalli con un concerto di sonagliere.

«Roulettenburg... che idiozia!» dice con voce sibilante uno dei due alle spalle di Sergej. Il tipo, tutto imbacuccato, mostra di sé nient'altro che due occhi strizzati, cilestrini e umidi, e delle ciglia chiarissime visibili attraverso il sottile spiraglio dischiuso tra il bavero imbottito di lana tirato su a coprire naso e bocca, e il colbacco calato sino all'arco delle palpebre.

«Zitto, Ivan!» lo apostrofa l'altro, che può almeno approfittare di un risicato lembo della pelliccia sotto cui è seppellita Anja. Ed è a lei che si rivolge costui inducendola a proseguire.

«Dài, vai avanti!».

«Per farmi insultare? – replica la giovanetta dal fondo del suo bozzolo – No, grazie!».

«Dico solo che il nome è scemo. Come hai detto che è?».

«Roulettenburg. – lo soccorre l'altro – Non fare lo scemo tu, che l'hai capito benissimo».

E Anja, sporgendo coraggiosamente con mezza testa di sotto la coltre: «Non è scemo per niente!».

«Oh, grazie» fa Ivan, reverente.

«Il nome! – esclama lei, con una gran voglia di dirgli "*scemo*" per davvero – Rende perfettamente l'idea».

Ciò detto, giù di nuovo, scomparendo.

«L'idea? – insiste a stuzzicarla quello – L'idea di che?».

E Sergej, senza voltarsi, con le guance che sono due tizzi: «Ma come ti va di parlare tanto?».

«È lei che provoca! Domandalo a Mitja... la tua *fiancée* si è messa a provocare da quando siamo partiti!».

E l'altro, cioè Mitja: «Stava solo raccontando. Sei tu, ammettilo, dài... hai cominciato a beccarla per tutto quello che diceva».

«Ma se continua a insistere che rende l'idea, vorrei solo capire di cosa. Mi fanno ridere questi dottoroni che sembrano gli inventori della verità e tutto quello che dicono è sacrosanto».

Lei, rispuntando incollerita di sotto la pelle di pecora: «Casomai giusto! Che c'entra dire "i padroni della verità"! E chiamare "dottorone" uno scrittore... – questo mentre sotto la pelliccia gli assesta un raffica di pugni nel costato – sei patetico!».

«Ahia, Anečka!... Ma sei matta! Mi fai male!».

«Vuoi sapere che senso ha?... Che è giusto! Roulettenburg è giusto. Giustissimo! Mille volte giusto! – a Mitja, strappandogli via quel poco di pelliccia che il poveretto si era conquistato – Per te non lo è?».

«Aiuto!» geme il povero Mitja, che vorrebbe chiamarsi fuori e pensare solo ad arrivare il prima possibile.

«Visto? – ghigna l'altro – Se non te lo dice avrà i suoi motivi».

«I miei motivi – piagnucola Mitja – si chiamano freddo, neve e fame, questi sono i miei motivi. Ti bastano?».

«Se dico che rende l'idea, – incalza Anja, tornando a fronteggiare il suo avversario in questa disputa – intendo dire che ti suggerisce la sensazione di un posto dove si va per giocare. Roulettenburg, *casinò*, *croupier*. È tanto difficile capirlo? A me non sembra!».

Sergej, preoccupato, senza voltarsi: «Anečka, tesoro, copriti, però. Su, che siano quasi arrivati, glielo spieghi lì perché si chiama Roulettenburg!».

E la ragazza: «Ma perché? Non si è capito?».

«Sì, sì, benissimo, non ti preoccupare, si è capito benissimo» fa quasi implorante Mitja, ormai tutto accartocciato in sé stesso con le braccia conserte, il dorso chinato sulle ginocchia e i gomiti premuti contro le tempie a far da guscio.

«Poi che c'entra? – continua lei – I personaggi sono tutti molto veri!».

E Ivan: «Gente del popolo?».

«Ah, eccolo il punto – reagisce la ragazza, che quasi non aspettava altro – Vuoi l'enfasi sociale, se non c'è quella ti smarrisci... – d'un colpo, sbarrando gli occhi – aaahhhh!!!».

Un urlo... di lei, e, subito appresso, degli altri due. Non di Sergej che, a mascelle serrate, tende al massimo una briglia tirando a sé i cavalli per evitare la catastrofe. Pochi secondi, ma lunghissimi.

Uaahhhhhhh!!!

Una curva più stretta e il piccolo equipaggio è spinto dalla forza centrifuga della corsa a ruzzolare addosso a una fiancata interna della *trojka*. Mitja sta quasi per volare fuori, non fosse che la ragazza riesce a trattenerlo per una manica. Sergej, a cassetta, superato l'attimo più critico, fatica non poco per rimettere la slitta in carreggiata. «Un ramo basso!», avverte gli altri di restare giù. Via, è alle spalle!... E si riprende, col cuore in gola ma veloci come prima. La luna, in cielo, corre appresso a loro. Una moneta di ghiaccio, in una notte di ghiaccio. Nessuno scroscio.

«Eppure la zona è questa, – considera Sergej – riconosco lo steccato, e quella stalla. No, impossibile che mi sia sbagliato. Ma allora come mai il fiume non si sente? E nemmeno la cascata».

Ancora un paio di curve, un dosso da superare, poi le luci della taverna dovrebbero apparire. Tende l'orecchio. Sì, il vento fischia forte, ma, per quanto sia, il rombo del fiume Tosna in caduta libera tra gli abeti non è facile coprirlo.

I tre di dietro, riemersi dopo lo spavento, hanno intanto ricomposto la formazione di prima. Di conseguenza, anche gli schieramenti di opinione vengono subito ripristinati.

«Cuginetta, non approfittare del fatto che stavamo per morire e rispondi a tono. Sì o no. Gente del popolo?».

"*Cuginetta*"! Ecco svelato quanto era facilmente intuibile: i due maschi seduti a fianco della ragazza, tra loro fratelli, sono cugini di Anja, e lo sono poiché figli di una sorella del papà. Ma la cuginetta tace, a imporre il proprio personale gelo nel gelo che punge.

«Gente del popolo?» ripete Ivan con fastidiosa petulanza.

«Ma se ti ho detto che siamo in un Grand Hotel!» sbotta lei.

«In un Grand Hotel... che fantasia!»

«Insomma, all'incirca».

«All'incirca...» la sfotte Ivan, irriducibile nel farle il verso.

«Oh, poi basta! Aspetta che venga pubblicato il libro e te lo compri!».

La pista procede ora incassata tra due pareti scure di conifere.

Davanti, Sergej scioglie le briglie per aumentare l'andatura. Non ci sono più curve in vista e il dosso è superato. Il giovane lancia la voce alle sue spalle: «Ehi, Mitja... quelli della slitta li vedi ancora?».

E Mitja, di controvoglia, si sporge all'indietro esponendosi ai pizzichi roventi del nevischio turbinante.

«Ce li siamo mangiati!».

«Nato per vincere! – esulta Sergej – Nato per vincere!».

Anja, sollevandosi sulla schiena, gli si fa quasi addosso con un rimprovero un po' edulcorato e di maniera che in realtà manifesta un'improvvisa spensieratezza.

«Bel tipo, pure tu!... Prima vieni da mia madre che fai tutto quello a modo, poi con loro ti trasformi!».

E lui, a onta delle intemperie, approfitta del fatto di sentirsela vicina alle sue spalle per girarsi sveltamente a darle un bacio.

«Perché io vivo, cuore mio! Ti dispiace?».

«Sì!... Giusto quand'è giorno di paga!» blatera Ivan, il provocatore.

«E allora?... – replica Sergej – La spendo con voi e non siete contenti?» e sferza furiosamente i cavalli fiutando la meta.

«Oi, socio, ti ricordo che questi vanno riportati vivi!» fa preoccupato Mitja.

«Ecco le luci! – esclama il ragazzo seduto a cassetta additando un punto innanzi a sé, in un buio non totalmente buio – Ci siamo!».

«Ma la storia del violino?» domanda Mitja, non rivolgendosi a nessuno dei tre in particolare.

«Quale violino?» gli domanda a sua volta Anja.

«Ma no, forse mi sbaglio... non è qui, è da un'altra parte».

«Quale violino?» ripete lei.

«Sì, sì, la conosco la storia. Era qui, invece, non ti sbagli, – spiega Sergej mandando al passo i cavalli in vista della taverna ormai prossima – ma il proprietario da quel dì che è morto. – e fa schioccare due tre volte la lingua per assecondare l'andatura dei cavalli fumiganti – Il violino era di Glinka. E comunque quello che ce l'aveva credo che se lo sia venduto all'asta per una questione di debiti».

I cavalli sbuffano scuotendo muso e criniere. I quattro possono finalmente saltare giù.

«Non mi pare ci sia un gran movimento stasera» osserva Ivan buttando l'occhio oltre una delle finestre da cui si può scorgere l'interno del locale.

# *La luna*

La sala è illuminata in modo totale, quasi piatto, grazie a una distribuzione geometrica delle fiamme che non consentono punti d'ombra. A vederla da fuori chi l'avrebbe detto? Dai vetri trapelavano delle luci tremule, e invece le lampade a petrolio tirano al massimo creando un clima di calore uniforme, proporzionato allo splendore irradiato. E per essere domenica, ha visto giusto Ivan, c'è molta meno gente di quanto sarebbe stato logico supporre. I tavoli sono pochi ma molto grandi e concepiti apposta per potercisi sedere in più gruppi senza disturbarsi a vicenda. È un posto per studenti, va benissimo così. Si chiama raziocinio. Prova ne sia che questa organizzazione dello spazio consente alle due cameriere che si aggirano solerti per il locale di non essere mai disorientate nel consegnare cibi e bevande ai clienti giusti. Non devono far altro che ricordarsi la tavolata (e se son poche, che ci vuole?), spaziare con un'occhiata su tutti quelli che vi hanno preso posto, domandare: «Questi di chi?» e passare i piatti a chi risponde. Un meccanismo che funziona. Anche per questo ci si viene. Poco caos. Efficienza. Pulizia.

Chi sta seduto a mangiare può sentire a distanza, senza esserne disturbato più di tanto, i colpi attutiti delle biglie d'avorio che picchiano soffici sulle sponde di un biliardo sistemato all'altro cantone della sala, provvista, alla parete di fondo, di una rastrelliera per le stecche rifornita di tutto punto. Il panno del biliardo è rosso acceso, e gli avventori che al momento si stanno cimentando in una partita con spirito allegro e compassato, rinnovano a ogni colpo i loro complimenti alla finezza del tessuto che consente le traiettorie più precise garantendo che nessuna casualità possa intervenire a condizionare il gioco. I fumatori, per miracolo, sono pochi e dall'ingresso non c'è rischio che entri alcunché della nevicata che sta imperversando fuori: la porta è provvista di una controporta, con una zona di transito intermedia ampia non più di mezzo metro, dunque sufficiente a vietare qualsiasi repentino scompenso climatico e a far sì che le suole vengano sgombrate della poltiglia aggregata agli stivali. Non solo, a ridosso di quell'interstizio strategico è collocata una sorta di cassettone con delle galosce di fortuna, da restituirsi uscendo. Le galosce sono state messe lì a uso della clientela per essere calzate da chi entra, come è toccato fare a Sergej con le babbucce che gli sono state imposte dalla Nikolaevna. Il bello è che in genere quelle galosce vengono restituite per davvero. Quest'idea, semplice ma risolutiva, spiega il senso d'asciutto che si nota appena superata la porta d'ingresso.

Bicchieri e caraffe sono già a disposizione dei quattro che ancora raggricciati si sono messi a sedere senza aver placato la polemica iniziata sin da prima di salire sulla slitta.

«Ti fa paura la parola "popolo"? – domanda con piglio retorico Ivan, che non ci pensa nemmeno lontanamente a mollare la presa – O fa paura a qualcun altro?».

Sergej è esausto di questo battibecco: «Ti prego, basta! Almeno fuori con la tormenta eri sopportabile, ma così no!».

«Perché? Non mi sembra di aver detto niente di scandaloso. Chiedo ragione d'una parola: popolo. Si può? Vorrei capire da lei perché ne scappa. – quindi, alla ragazza – Ti chiedo solo una definizione più precisa».

«Di che? Del popolo o della parola "popolo"? – lo punge Anja stringendo il bicchiere che Sergej le sta riempendo di *vin brulé* – C'è differenza. Se dici la parola è una parola un po' goffa, tutto qui».

«Goffa?» inorridisce Ivan.

Lei, a frenare sul nascere stupefazione e orrore: «Specifico: non la parola, ma il senso che le dai!».

«Vale a dire?».

«Nessuno. La dici come una parola vuota, come una cosa che ti serva a pensare: ho ragione io e basta! Come sono bravo! Come sono bravo!».

«Cioè, fammi capire!... – sbotta quello – La parola "popolo" adesso sarebbe diventata cosa? Una finezza stilistica, uno stratagemma?».

«In bocca tua sì, è per questo che mi fa venire il prurito!».

«Ma siamo venuti qui per questo?» sbuffa Sergej, che non si aspettava una simile puntigliosità da nessuno dei due.

«Sono io? – protesta la ragazza – Sono io, secondo te?... È quello lì che pretende risposte a domande talmente grottesche che è già offensivo doverci ragionare».

«Fammi il favore di non rigirartela come ti pare e piace! – la aggredisce Ivan – Perché tra l'altro io non ho detto "popolo" così, tanto per dire, come una cosa buttata lì, popolo e basta. Questo adesso te lo stai inventando tu. Ho detto *gente* del popolo. Mi ascolti quando parlo?... Gente».

«Ah, e questa non sarebbe una finezza stilistica?».

«Neanche un po'! La differenza è abissale. Se non lo capisci da te, io che cosa ti posso dire?».

«Sono qui, illuminami!».

«Il mio pensiero da cima a fondo era...».

Mitja, scorato: «No, da cima a fondo no!» e si getta nella peripezia dell'accensione di un sigaro mastodontico.

«Da cima a fondo sì, per forza!».

«E spostati più in là!» fa Sergej a Mitja che lo sta sommergendo di fumo, mentre Anja, come da Fëdor Michajlovič, inizia a tossire, ma il cugino non se ne dà per inteso. Ha deciso di fumare e fuma.

«Oh, mi state a sentire o no?... – protesta il fratello – Tu pure! Non è che parlo solo a lei!... Ho tutto un filo, fatemi la cortesia di... sì, allora... Il mio pensiero dunque era...» e sembra andare in confusione, questo mentre Mitja scompare completamente dietro al suo sigaro che pompa a ciminiera e mentre gli altri due sono impegnati a farsi aria. Tanto basta al ragazzo per superare la sua *impasse.*

«Ah, sì... – e puntando il dito contro la cugina – partiva da te il discorso, mica da me. Quando hai detto: personaggi molto veri. È questo che hai detto, no?».

Lei consente: «Verissimi» e tossisce.

«Oh... domanda: veri come? Per questo ho detto "gente del popolo"! Hanno odore? Sapore? Impulsi?... – accendendosi nel pregustare la parola che ci voleva – *Verità*, ecco! Hanno *verità*? Mi spiego meglio...».

E il fratello: «Ma bevi! Se ti si fredda non serve a niente» e giù a bere. Anche lei beve reprimendosi nel tossire e lasciando che Ivan annaspi nella matassa del suo filo abbastanza aggrovigliato.

«Dunque... tu sta' zitto per piacere!... – a lei – Sì, certo, come no... ora mi dirai che messa così anche la parola "verità" ti pare vuota, per cui chiarisco. Uno del popolo come lo intendo io...»

La ragazza, un po' canzonatoria: «Con odore, sapore e impulsi!».

«Esattamente! Inutile che prendi in giro, bella mia. *Uno così*. Ma domandalo a chiunque! Secondo te, *uno così*, cosa potrebbe mai pensare di un posto che si chiama... come hai detto?... Rudenburg?».

Anja fa un gesto di rabbia con le mani ad artiglio che stanno a significare: «Ti caverei gli occhi!» e Mitja, già un po' alticcio: «Mica è Rudenburg... ma qui da mangiare non portano niente?».

Ivan, tenendo Anja sotto mira: «No, davvero!... come hai detto che si chiama?».

È lampante che lui lo sa benissimo quel nome e che vuole svilirlo proprio così: negandogli la possibilità di essere solo pronunciato, come a sottintendere: impronunciabile. Quindi, ridicolo. E se è ridicolo il nome, sarà ridicolo chi l'ha pensato. Eccolo il filo, finalmente bello teso, senza il più piccolo nodo. Lei, da come le fiammeggiano le guance e gli occhi, sembra trattenersi a stento dal rovesciargli addosso il suo bicchiere di vino fumante da cui si spande l'odore intenso dei chiodi di garofano. Sergej vorrebbe sprofondare per l'imbarazzo.

«Te lo chiedo per cortesia, Ivan, basta! Se non le va...».

Al che, con generosa degnazione, Ivan alza le mani nell'atto di chi chieda ammenda, ma facendo capire che lo fa solo in ossequio alla buona pace del gruppo, perché lui è così, ha uno spirito sportivo e certe cose le capisce.

Mitja, che è già a due bicchieri di *vin brulé* preceduti da una birra bevuta al banco prima ancora di sedersi, e ormai ritemprato al calore della stufa di maiolica a cui si tiene accostato sino a cuocersi un fianco, quasi comincia a divertirsi nel dar manforte a suo fratello, che è il maggiore, e del quale ha sempre invidiato l'arguzia dialettica e lo spirito polemico.

«Andiamo, cuginetta... ne parliamo perché ci interessa».

E Sergej: «Be', non interessa a noi!».

Stavolta l'esclamazione del giovanotto ha il vigore di un ordine, tanto più perché sparata in faccia a quello che della coppia è senz'altro il meno strutturato a sostenere una tenzone (dialettica e non), ma la cosa valga a monito anche per l'altro, che infatti tace. Ci voleva che scendesse in campo lui. Una presa di posizione che dà sollievo ad Anja, mortificata da un colloquio che reputa di bassissimo livello.

Nel frattempo hanno portato dei pasticcini all'anice. Lei nemmeno ci aveva fatto caso. Quando se ne accorge, se vuole approfittarne deve sbrigarsi: Mitja ha già vuotato metà piatto. Un breve silenzio e Ivan, dando voce a un pensiero che sembra gli stia davvero a cuore, non si trattiene dal tirare di nuovo in ballo la ragazza, ma è a Sergej che si rivolge, non ad Anja.

«Il fatto è che lei ancora non l'ha capito quanto posso essere serio anche quando non lo sembro!».

Ma non è tipo, Anja, da accettare conversazioni per interposta persona. «Oh, capirai!... – esclama – per quello che importa a te dei libri!».

Ivan, sempre a Sergej: «La senti? Ti sembra che stavolta volessi darle addosso? Non direi proprio!... E allora perché se la deve prendere in questo modo. Ma che carattere ha?».

Sergej: «Se dici "stavolta", vorrà dire che prima sì!».

E Anja, al cugino, strattonandolo per una spalla della giacca, a scuoterlo tutto: «Perché parli con lui? Parla con me! – pur sopraffatta dalla tosse, con gli occhi che sprizzano lacrime, non la si frena – Il problema è che tu ragioni come uno che non abbia bisogno di conoscere niente per sapere tutto. Nato con la sapienza infusa. Chi prova a capire per te è un idiota, un mantenuto dalla società. – Sergej prova a trattenerla, è peggio, nemmeno gli riesce di aprire bocca – Fammi finire! Fammi finire!... – nuovamente a Ivan – Per te, si è capito, la parola "popolo" va presa così com'è. La verità, *idem*: così com'è. A blocchi. A macigni. Bum, bum, bum. Niente dubbi. Niente immaginazione. Niente di niente! Ma in quanti modi la puoi dire una parola? In quanti?... Santiddio, ma che te lo domando a fare? Dovrei ricominciare tutto da capo! Tanto il tuo credo è questo e nessuno te lo cambia: il niente di niente, perché il tutto l'hai già dato per scontato. Vuoi essere così? Benissimo! Ma allora perché mi costringi a parlare con te?».

L'altro, ormai liberato dal giogo di Sergej che non può più nulla per frenare questa resa dei conti fra parenti stretti (va' a sapere che altre cose possono esserci di mezzo!), le si fa addosso puntandola dritta negli occhi.

«Ma "niente di niente" cosa? Tu credi che a me non importi *niente di niente* della letteratura, della filosofia, della poesia? E invece sì! Moltissimo m'importa. Ma solo fin dove sono vere e reali. E questo vale per la tua amata letteratura, per la filosofia, e per coso, lì... per il tuo Puškin! Altrimenti, per il resto... *niente di niente*, sì, proprio come dici tu, confermo! Se ne vadano all'inferno!».

«Accidenti, Ivan!... Te lo tenevi proprio dentro, eh!... – dice Mitja, a cui Sergej ha sottratto di forza il sigaro per spiaccicarne quel che resta in un piattino di peltro – Ringrazia che nostro zio è morto, sennò sai quanto ci avresti litigato!» e manda giù il suo terzo bicchiere.

«No-no-no-no, bello di casa!... – lo frena l'altro con l'aria reboante di un saltimbanco – Lascia stare chi si merita di non essere messo in mezzo.»

«Giusto! – consente Mitja a mani giunte – Chiedo perdono. Quelli non si toccano!»

«Quelli chi?» grida Anja con timbro soffocato.

Sempre Mitja: «Come chi?... Quelli che non si possono più difendere. Per i morti solo preghiere e rispetto!» e si segna con gesto rude, quasi per scherzo.

«Ma che vuol dire? – pensa Anja – Ce l'ha con mio padre?... Come si permette? Come osa?... Sì, per forza!... Poi, quel segno della Croce!... E perché dire "*quelli che non si possono più difendere*"?... Che insulto è?».

La fanciulla non vuole interrogarsi troppo sulla grossolanità della cosa. È materia talmente infima, talmente bassa e piatta da sembrare il letto di un fiume limaccioso. A ficcarci le mani si insozzerebbe comunque. Meglio alzarsi e uscire! C'è la neve? Meglio la neve!... C'è anche la luna, però.

Ecco, la luna!... Vuole la luna, Anja. Quella non impossibile. Non la luna che vorrebbero i bambini. Vuole la luna che li ha seguiti mentre correvano a bordo della slitta. Che li stava guardando. La luna di questa notte qui.

Sente una musica adesso, mentre attorno il mondo si immobilizza. L'intero mondo, tranne lei che con un balzo, ma lentissima, si alza muovendosi all'interno di uno scenario che si è fatto completamente fermo. Sono fermi tutti. Tutti, d'improvviso, fermi *per lei*. E chi non la guarda, la pensa. Un altro mondo sta penetrando in questo. Fermo è Sergej, il suo amato. Ferme le cameriere sollecite coi piatti da portare a quelli che li stanno aspettando, e fermi pure loro. E soprattutto sono fermi gli uomini con le stecche in mano attorno al biliardo dal panno rosso. Ora sono tutti fissi, pietrificati in posture divertite e compassate, e tutti rivolti a guardarla mentre si alza e se ne va. Si ode solo un violino nella cui musica il tempo sembra essere ingabbiato. Un tempo che procede e si riavvia senza mai esaurirsi, o questo è ciò che sente lei: una melodia diffusa dal centro di quel tavolo dove il colore dissipa e il panno rosso si fa prato, un prato lercio con escrementi d'oca sparpagliati come sassolini, e con un mentecatto, con un omone cresciuto a piroettarci sopra. Un violino... un violino e nient'altro. Il fuoco s'è mangiato anni addietro metà di quella casa. In quella metà, qualcuno pensò la musica che Anja sta sentendo adesso, *in un attimo*. Nell'attimo del suo scatto in direzione della porta. Lei non capisce e non le importa di non capire. Non le importa di non rendersi conto di dove realmente sia, né di quanto tempo stia realmente passando nel tempo che passa.

Un'eternità che brucia nel volgere di pochi istanti, poi la musica cessa e tutto si ravviva tornando a coincidere col mondo di prima che all'unisono riprende a muoversi e a funzionare.

La musica dov'è? C'era. Sente qualcuno che grida: «Punto!» e fugacemente vede qualcun altro che con un gessetto segna il punto. Andando, dapprima inciampa in qualcosa che spunta in terra di sotto al bancone. Lei sente torcersi la caviglia ma fa nulla, se la massaggia chinandosi al volo stringendo i denti e senza interrompere il passo. Non può vedere, perciò, che a farla inciampare è stata la stecca di legno residua di un telaio a cui era infissa una stoffa di broccato col disegno di un albero di melo. Un vecchio paravento inutilizzato che proprio quel giorno le cameriere, su richiesta della proprietà, avevano portato su dalla rimessa per gettarlo via, cosa che ancora non hanno avuto occasione di fare per cui nel frattempo l'hanno sistemato lì.

Giunta alla porta, Anja incrocia un paio di signore dall'aria sguaiata che stanno facendo il loro ingresso. In contemporanea, Sergej le lancia una voce per trattenerla.

«Ma torna qui, dove vai? C'è la bufera lì fuori!».

E Mitja, acido come sinora non è stato mai: «Fa l'orgogliosa, capito?... Perché adesso, in famiglia, è quella che porta i soldi a casa».

«Ma va' là, ubriacone!» gli urla contro Sergej scivolando fuori dalla panca.

Di slancio, il ragazzo si ritrova a fiato mozzo nel piazzale che fronteggia la taverna, dove le *trojke* di chi sta dentro sono state legate a recinzioni che fino a un anno prima andavano ancora fatte. I cavalli impastoiati sono coperti da pellame e da tele di sacco. Nevica meno. La luna splende signoreggiando sulle forme della notte donando a ogni cosa il suo giusto colore nell'oscurità, ma Anja non si vede. Eppure è uscita pochi secondi prima che lui le corresse dietro. Dov'è? Il ragazzo è smarrito. Trema per il freddo e per l'apprensione. Per qualcosa che non può comprendere e che si aggiunge a quanto è accaduto, a quella specie di stupido litigio, alla storta alla caviglia che lui non ha fatto in tempo a impedire pur essendosi accorto di quel legno un attimo prima che lei vi inciampasse. La folta cortina cupa degli abeti palpitante nel vento è parecchie decine di metri più in giù, non può essere che la ragazza sia già arrivata sino a lì per scomparirvi dentro. Teme tutto. Teme l'assurdo. Crepacci in terra non ce ne stanno, eppure li cerca, né dirupi, né frane, né fenditure, ma lui non si frena lo stesso dal pestare il suolo come per infrangerlo e rivelare l'accesso ad anfratti e a cunicoli che possano averla risucchiata; poi guarda in alto, dove lo spazio non si dà limiti, dubitando finanche della forza di gravità. Sergej è costretto a sperimentare il proprio demone resosi manifesto nella spaventosa possibilità che Anja sia scomparsa per sempre. Corre da una parte all'altra a sincerarsi che tutto sia piatto, e che la crosta di ghiaccio non sia quella di un lago capace di spaccarsi. Pesta di nuovo, impreca. C'è terra lì sotto, solida terra dormiente sotto il gelo. Non può essersela inghiottita. In pochi secondi (per lui, di una durata abissale), rovista da cima a fondo un'intera porzione del paesaggio millimetro a millimetro. Non vi è un solo punto che possa contenerla.

Ma cosa spera? Non si ricorda neppure se le ha gridato: «Attenta!» quando stava per picchiare contro quel legno che spuntava di sotto il bancone, e ora si reputa in grado di strapparla all'immensa vastità del creato? Con quali mani?... E come prima non le ha gridato «Attenta!», adesso, stranamente, una cosa non fa: non la chiama. Chiunque cerchi qualcuno, la prima cosa che fa è chiamarlo. Lui no. Ma c'è un motivo. Il fatto di non vederla da nessuna parte è di per sé talmente abnorme che al ragazzo pare grottesco il pensiero di poter risolvere la cosa in maniera tanto sciocca, lanciando ad alta voce un nome nell'immensità del cosmo per averne in ritorno un pigolante: "*Eccomi*", per cui non la chiama, se non con le pupille roteanti che lanciano sguardi lunghissimi ovunque. Sguardi che perforano le cose, che sondano il visibile sino all'orizzonte, ma non basta. Guardare così rende ciechi e lui deve coprirsi il volto cereo con una mano rabbrividita e chinarlo, schiacciato dall'impossibilità di comprendere. Sta congelando.

Sergej, che mai prima d'ora ha patito un simile spossessamento di sé, non pensa nemmeno a rientrare per prendere il suo pesante *tulup* di montone, e questa sì che è una vera idiozia. Nell'arco di pochi minuti potrebbe venirgli un colpo apoplettico col rischio di morire assiderato in questo mondo assurdo, disabitato da lei, che è come dire: morire nel deserto.

Uno splendido cavallo Orlov si aggira senza sella, con limpidi riverberi di platino, tra i fusti delle betulle dal lato che costeggia, o così dovrebbe, l'ansa del fiume. Un'onda bianca tra linee bianche.

«Possibile? – pensa il ragazzo – Vedo quell'improbabile cavallo e non vedo lei?»

Non gli resta che correre a macinare lo spazio che prosegue al di là del visibile. La *trojka*! Si precipita allo steccato per slegare le briglie della sua slitta, ma per farlo deve voltarsi e tornare verso l'ingresso della taverna, *e così la vede*. Dietro una finestrella ritagliata a rombo nella porta del locale. Il viso di lei, appannato come il vetro, scialbo, di grana quasi trasparente, una nuvoletta pallida, vibrante, ha l'irrealtà di un'immagine riflessa. Quel viso lo sta guardando intenerita, commossa.

Tutta la scena del ragazzo che dà in smanie sul piazzale sarà durata quanto? Mezzo minuto? Meno, e questo spiega perché Anja sia rimasta a guardarlo senza manifestarsi. Ma lo spiega solo in parte, non del tutto. Nel suo starsene così, senza dare segnali di sé, c'entra pure una sottilissima perfidia. A lei, reduce da un fardello di incertezze, di inquietudini, di messe in discussione, non è dispiaciuto affatto vedere un uomo dannarsi tanto nell'immaginare con terrore che avrebbe potuto non vederla mai più. È la vanità che tutti proviamo al pensiero delle lacrime che altri sarebbero disposti a versare per noi.

Ora che Sergej può tornare alla vita nella certezza che lei esiste, che c'è, tutto è legittimato a riprendere il proprio corso naturale. Anja solleva le dita della mano destra oltre lo spigolo basso della finestrella, forse picchiettando sul vetro. Un modo per dirgli ciò che è evidente: «Sono qui», ma altrettanto evidente è che quel gesto significa pure: «Raggiungimi». Forse ancor di più: «Sono venuta qui per aspettarti».

Lui rifiatando entra nel tramezzo. Picchia i piedi sull'assito ma non come prima, sul piazzale, quando l'ha fatto con l'angoscia scriteriata di pestare il soffitto dell'Inferno. Prova a pronunciare qualcosa, ma dalla gola gli esce solo un verso rauco. Fa un gesto a dire: «Fra un momento, scusami» e ingoia saliva che è piombo fuso. Lì di fuori ha respirato autentici tizzoni. Ha i bronchi in fiamme. Si frega le mani con vigore, vi alita dentro e si appoggia con le spalle all'asse che fa da paretina laterale a quel ritaglio di spazio. La guarda provando un po' di vergogna per i suoi eccessi d'ansia che di sicuro lei si sarà divertita a spiare.

Si va bene, mi sono preoccupato, e allora?

Gli basterebbe sollevare di poco la mano senza scostare il braccio dal fianco per arrivare a carezzarle il mento. Il piccolo, tondo, mento di Anja. Liscio e chiaro come un ovetto sodo, diceva suo papà. Un ovetto sodo. Ah, che godimento per i polpastrelli!... E che godimento i gridolini di lei. Sin da quando era piccola quel mento suggerisce a tutti la voglia di carezzarlo. Pure adesso che non è più una bimba. Facile carezzare il mento a una ragazza, si può dare la sensazione di non essere mai troppo impudichi nel farlo, anche se lo si è.

Mai stati così vicini, così addosso, e, al contempo, così esclusi da tutti gli altri, Anja e Sergej! Mai come adesso, in questo abitacolo che sembra una scatoletta. In questa minuscola ipotesi di stanzino, di pianerottolo rovesciato, con le porte inserite nei lati più lunghi, e coi due a fronteggiarsi di modo che ai loro fianchi i varchi rimangano accessibili. Terra di nessuno e transito di tutti. Non c'è il caldo di dentro, non c'è il freddo di fuori. È un guscio solo loro, finché altri non verranno a sfaldarlo.

«Ho qualche colpa in tutto questo? – pensa Sergej – È anche da me che sei fuggita?».

«No, – risponde lei *senza dire niente*, ma solo vibrando d'un nonnulla il capo – non sarei venuta qui ad aspettarti, sennò. Ragiona. Sarei corsa fuori, mi sarei data le arie di una che fuggisse con la voglia di essere inseguita. Ma in questo caso chiunque avrebbe potuto inseguirmi, non solo tu. Qui, invece, si trattava di aspettare solo te». Questo pensa Anja.

Se vogliono parlarsi debbono farlo in fretta. Nel posto dove si trovano, in un luogo che avrebbe potuto anche essere non contemplato dallo spazio, in questa sorta di soglia espansa, le soste non possono che essere brevissime.

Sergej, a furia di tener tese le labbra violacee in un sorriso spettrale che vorrebbe annunciare una restaurata serenità, inizia un po' stonato accennando all'interno della sala, dove sono rimasti a bere *vin brulé* e a trangugiare biscotti all'anice Ivan e Mitja, del tutto estranei al convulso che si è scatenato appena adesso a pochi metri da loro.

«Quei due, dammi retta, hanno bisogno di fidanzarsi, tu non credi?... – e forse per smuoverle un sorriso – Dovresti presentare loro qualche tua amica».

«Le conosci le mie amiche?».

Lui ci pensa. «In effetti, poche».

«Per forza, non ne ho».

«Magari una del corso».

«Non ci sto più andando, lo sai».

«Ma finirà questo lavoro, no?... – silenzio – Dicevi a fine mese».

«Forse anche prima».

Non basta l'espressione enigmatica di lui a far sì che lei si spieghi meglio.

«Netočka... ti prego, racconta. A me interessa».

«*Netočka*!... – ripete lei, con amarezza, increspando le labbra per qualcosa che non può essere spiegato sino in fondo – Speravo che almeno me lo domandasse perché mi chiamano così».

«Di chi parli?».

«Di quello. Dostoevskij. Neanche è riuscito a immaginarselo» e nient'altro. Si azzittisce. Guarda fuori, oltre la finestrella. Vede spuntare lontano, da dietro una betulla, il muso del cavallo bianco. Lui guarda lei che guarda fuori. Valuta che parlare della stranezza di quel cavallo lasciato libero, e che farebbe la fortuna di chi riuscisse a domarlo e a diventarne il padrone, sarebbe la cosa più logica, tanto logica che potrebbe farlo con chiunque, sicché, ora con lei, sarebbe solo una perdita di tempo. Perciò, ignora il cavallo e le dice altro. Le dice, compitando parola per parola, a sottolineare la giustezza della citazione: «*Pensa a ciò che è scritto, non a chi l'ha scritto*».

Anja ne è scossa. Ardente di ammirazione, si volta verso di lui. Tanto poco è bastato per ridarle colore. E ancora Sergej: «Non sei la sola a ricordarti le parole di tuo padre».

«Com'è vero!» esclama Anja, e rianimata dalla certezza di trovare nel ragazzo la giusta confidenza, quella che le è stata negata pochi minuti fa al tavolo dalla cocciuta protervia ideologica di Ivan e dall'ottusità acquiescente di Mitja, parla con veemenza, approfittandone per rivelare a sé stessa il senso di ciò che comunica a lui.

«Quell'uomo non fa che prendermi in giro. Ma anche su cose che per lui dovrebbero essere serissime. Parlo del suo lavoro, parlo della ragione per cui mi ha chiamata e per cui dovrebbe pagarmi. Prima, ad esempio, mi fa scegliere a caso la storia su cui lavorare. Dice che è una storia d'amore, poi se ne inventa un'altra dove c'è solo gente ossessionata dal gioco».

«Ah!... Come lui» commenta secco Sergej.

«Perché?».

«Be', si sa. Anche il nostro studio si è dovuto occupare spesso delle sue cambiali. – e per far cadere il discorso che potrebbe suonare fastidioso, con altro tono – Oh, ma poi sarete appena all'inizio. Magari la storia d'amore deve ancora cominciare».

«Ehi, *petruška*!».

Qualcuno picchia con le nocche sul vetro della finestrella della porta esterna, alla destra di Sergej, che, voltandosi, si trova a un palmo dal naso un muso vasto e butterato, spruzzato, a chiazze, da setole irsute di una barba malfatta, color carota. Sotto un berretto di pelo corto tanto rude da sembrare uno scalpo calzato sul cranio tipo una calotta, bruciano due occhi marroni e ridenti, come a pregustare o una vendetta o un divertimento. E quella faccia selvaggia sta lì, a pochi centimetri dal ragazzo, alonando col suo alito fumante il vetro che li divide. Poi un gesto del capo che è un invito a uscire, e la faccia scompare.

In attesa sul piazzale c'è una slitta col castello di guida tanto alto da farla sembrare un carro. A bordo, un gigante tiene a bada i cavalli. Costui viene scansato di forza dal compagno che, con un balzo, sale su e gli sottrae di prepotenza le redini che quello teneva tra la mani.

«Prima sei stato fortunato! – urla a Sergej, comparso sulla soglia, il tipo che si è appena issato al comando della slitta – Avevamo con noi delle dame che se la facevano sotto, ma a Dio piacendo le abbiamo scaricate e siamo tutti per te. – scappellandosi – Quando vuoi!» e butta giù la testa a picchiarla contro il petto con reverenza enfatica di modo che il suo occipite, fatto vuoto da un'alopecia, si macchi per un istante di bianco nella luce della luna. Al contempo, il suo compagno, tanto disponibile a farsi spodestare senza colpo ferire, brandisce in alto un fascio di banconote strette in pugno e grida a squarciagola: «Trenta rubli, signori! Chi punta trenta rubli su Stepan e Vassilij?».

Dapprima Sergej rimane interdetto, poi, quando già è sul punto di corrispondere d'impeto alla sfida, si frena.

«Mi darete il tempo di prendere il mio giaccone, signori?».

«Fuggi e ti scanno!» è la risposta che gli giunge dalla sagoma nera della slitta pronta alla corsa, e che, con quei due molossi a cassetta, vista di fronte, pare un pinnacolo bicefalo provvisto di molte zampe di cui si sentono gli zoccoli raspare sulla neve. Sergej fa tutto di volata. Corre al tavolo, urta uno dei cugini che bestemmia, e si ripresenta fuori con la pelliccia tra le mani. Nel tempo di infilarsi la prima manica scioglie il laccio dallo steccato, nel tempo di infilarsi la seconda sale a impugnare le briglie. Di lì getta un'occhiata ad Anja che non si è mossa da dove stava.

«Be'?... – le grida – Non sarai anche tu come quelle che hanno fatto scendere!... Avanti! Fammi credere che fra te e loro c'è qualche differenza!».

Infine, Anja, strappandosi a quel punto di passaggio che per un tempo minimo è stata la loro casa e che pare fatto apposta per prendere decisioni irreversibili, tra l'entrare e l'andar fuori fa la sua scelta: corre fuori e sale a fianco di Sergej.

Uno sfiato di alito rovente fuoriesce dalle froge dei cavalli impastoiati che sgrullano i dorsi liberati dalle stuoie di renna e su cui stilla l'umido della notte. Sergej, cacciando un urlo, dà una violenta frustata con le redini ai suoi biondi sauri e la *trojka* parte al galoppo sventagliando un'onda di neve fresca sull'uscio della taverna. Non passa un istante che la slitta dei giganti fa altrettanto. Richiamati dalle strilla si affacciano fuori i giocatori di biliardo, alcuni ancora con le stecche in mano. In mezzo a loro, incuriosita, si intrufola una cameriera con un vassoio vuoto spingendosi un po' china, col dorso in avanti, tra due di quelli per capire che succede.

Ivan e Mitja fanno valere a gomitate i loro diritti di parentela per sopravanzare il piccolo assembramento che si è stipato fra le due porte invadendo l'interstizio che pochi minuti prima ha fatto da dimora alla più intensa intimità. Dietro di loro, uno sparuto beccheggiare di altra gente incuriosita. Ivan li sopravanza tutti correndo a scia delle due slitte. Ora è lui a stringere un colossale sigaro fra i denti. Applaude come un dissennato: «Sì! Trenta rubli! Trenta rubli!».

Nell'ombra algida della sera i cavalli sfrecciano a briglie sciolte. Una bassa infilata di rami sporgenti scudiscia i fianchi delle bestie. I veicoli traballano scossi dal ritmo implacabile dei colpi e dei contraccolpi. Anja tiene gli occhi spalancati impugnando con forza la stanga che fa da poggiamano. A ogni sobbalzo vi urta forte con l'avambraccio e stringe i denti per il dolore. Il carro dei giganti, scartando tra gli abeti nella neve fresca, e poi schivando dei massi e rimettendosi in pista a sorpasso compiuto, prende la testa, ma di poco e questo è peggio. I detriti scaraventati all'indietro, i rami soprattutto, si infilano sotto i pattini della slitta che segue sbalestrandone la rotta e costringendo Sergej a continue sterzate anche quando la *trojka* potrebbe filare dritta senza perdere velocità.

Un dosso. Nel superarlo, la slitta dei giganti si solleva completamente con la parte posteriore e ricasca con un gran frastuono poco oltre, in discesa, lanciando un'onda di neve che schiaffeggia il ragazzo, costretto d'istinto a serrare le palpebre. È un attimo. Una virata improvvisa evita alla *trojka* di decollare oltre il ciglio ghiacciato del dosso ma la fa vacillare da un pattino all'altro tanto da torcere il telaio e sbilanciare paurosamente lo scafo. Il bolide struscia con violenza il tronco di un abete lungo la fiancata opposta a quella a cui si tiene artigliata Anja che ruzzola di fuori come una bambola di pezza per poi finire aggomitolata in una cuccia di neve, tra un serpaio di radici contorte e a un soffio da una grossa pietra che le avrebbe sicuramente frantumato il cranio al pari di un'ascia calata su quello di una vecchia.

Sergej salta giù, si precipita presso di lei. Ha paura a stringerla al petto come vorrebbe. Esclama: «In nome del cielo, Netočka!».

La fanciulla inala brevi sorsi di aria gelida, e pur battendo i denti agghiacciata dalla temperatura di molti gradi sotto lo zero e ancor più dallo spavento, riesce a fargli un cenno rassicurante col capo. Lui le comprime premuroso con un pugno di neve la fronte a reprimere sul nascere il segno di un colpo ricevuto picchiando, probabilmente, contro il bordo della slitta.

Lei allunga le braccia d'un lato e dall'altro a stringere la schiena del ragazzo, e, attirandolo a sé, vede brillare oltre la sua spalla una luminescenza di madreperla tra il fogliame del bosco. Nulla, attorno, che abbia il nitore di quella bianca luce. Una luce eretta e vasta, con vari punti di maggiore intensità dovuti forse all'incidenza della luna. Ella stessa ne viene rischiarata. Ne viene rischiarata la schiena del giovane che lei cinge; ne vengono rischiarati i dorsi delle mani e delle dita morbidamente premute su di lui. Quel pilastro di luce è come una certa stele che le torna alla memoria, più viva che mai.

Come la stele pulsante che Anja vide in sogno, ma *sentendosi ben sveglia*, attorno ai sedici anni, quando quella stele, che era un filamento di fuoco tenero, roseo, come graffito nell'aria ad alludere il passaggio verso qualche altra cosa, la sedusse con un sogno immesso in quel sereno deliquio che la fanciulla non visse da dormiente (di questo è sempre stata certa). E fu il sogno di prendere i voti. Di una vita consacrata a qualcosa che esuberasse dall'essere solo sé stessa. Il sogno di trovare compimento in quella pienezza che è data unicamente dall'essere sprovvisti di vanità, dal prosciugamento dell'io in omaggio a qualcosa che sia meritevole di una devozione entusiasta e febbrile. Più concretamente di così, Anečka non avrebbe potuto dire per cosa o per chi avrebbe dovuto essere questa sua devozione. Nel vedere ciò che adesso vede – di nuovo come in sogno, e di nuovo da sveglia –, si ricorda però perfettamente (e così, da allora, non le era mai più accaduto) cosa provò per tutta quell'età durante la quale fu certa che avrebbe trascorso l'intera sua esistenza tra le mura di un monastero. E ricorda il senso della presagita castità come una tensione erotica sfinente, poiché attesa irresoluta di un compimento da cui il sacrificio sarebbe stato escluso (il sacrificio non è un valore: suo padre gliel'ha ripetuto infinite volte. "*Non è un valore, Anečka, non lo cercare il sacrificio. Non è un valore*").

Tanti segni si riuniscono, ma non ancora si compongono a farne uno. Prima, lì dentro, una musica non suonata, ma sentita. Ora, qui fuori, una luce splendente che si fa vedere. Anja, rischiarata, capisce che quella musica era in assoluta contraddizione con chi la suonava. C'era una lotta fra la musica e il musicante. Non esattamente tra bene e male, ma tra salvezza e dannazione. Il violinista cadeva, il violino lo sorreggeva. E ancor più il violinista cadeva, ancor più il violino lo sorreggeva.

Poi la corsa, la morte sfiorata, e l'approdo in quel punto esatto, da cui vedere una cosa vera. Che sta lì, oltre questa macchia, oltre questo velario di tronchi, di rami e di cumuli bianchi. Chiudere gli occhi e riaprirli non la fa svanire. Quella cosa esiste. È una concrezione petrosa, di ghiaccio, arpionata alla crosta massiccia che corrisponde alla balza della parete per cui si riversa giù a valle l'acqua del fiume Tosna quand'è fluida. Ora, ghiacciata, quella statua di gelo è la paralisi del rombo che Sergej, giungendo di galoppo alla taverna, si aspettava inutilmente di sentire.

Anja sta per sussurrare qualcosa all'orecchio del ragazzo che, esausto, ha spinto il proprio viso nell'incavo del suo collo. Forse sta per dirgli questo: «Voltati, guarda» ma non lo fa.

Il disastro della slitta è avvenuto quasi subito, a poche centinaia di metri dalla partenza. Il fragore dell'incidente è stato percepito chiaramente dal gruppo dei curiosi che ancora sostava, sfidando i rigori del clima, presso la doppia porta della taverna. E infatti stanno già accorrendo in tanti.

Lungo il sentiero, Mitja e Ivan si soffermano a periziare le condizioni della *trojka* arenata in un ammasso nevoso.

«Qua c'è un pattino da rifare nuovo. Questo non si aggiusta, non si aggiusta!... – commenta accorato il primo – figurati il padrone quando la vede!».

Suo fratello, invece, è preoccupato per il cavallo che, fra i tre messi al tiro, sembra quello più malridotto, ma, dopo un'analisi sommaria, si conforta considerando che perlomeno la povera bestia non si è azzoppata.

Nel loro piccolo fosso Anja e Sergej se ne stanno avvinghiati l'uno all'altra pochi metri più avanti.

«E voi?... Come va?».

Mitja e Ivan (birra, *vin brulé* e acquavite possono solo in parte giustificare la distrazione) si ricordano finalmente di avere non solo la slitta e i cavalli a cui badare, ma anche una cugina e un caro amico che avrebbero potuto tranquillamente essere morti.

# *Tutto è sottomesso*

Da ore sono passate le undici. Fëdor Michajlovič questa mattina non ha avuto tempo né voglia di fare, come d'abitudine, quel che in genere fa per prima cosa dopo il "*Bonjour*" che annuncia l'inizio della giornata di lavoro. Questa di oggi è la quarta vissuta all'insegna del nuovo metodo (quattro: per quanto poche, già sufficienti a definire abitudini che sembrano antiche). E la prima cosa che fa è aggiornare il calendario, ma stamattina no. Stamattina aveva fretta di aggredire il prosieguo del racconto senza indugiare nel pregresso, dal momento che ogni volta avviene puntualmente la stessa cosa data sempre per imprevista, ma che Anja ha capito essere sempre inevitabile. Ovvero, il fatto che passare al vaglio il numero di pagine dettate da lui e poi riscritte da lei, una faccenda che in sé per sé dovrebbe consistere in una mera operazione di calcolo, immancabilmente implica una moltitudine di ripensamenti ("*No, fatemi rivedere! Dov'era il punto esatto?... Ma questo è inutile, è di troppo! ecc. ecc.*"), da cui una ridda di riletture, integrazioni e soppressioni; di correzioni, insomma, che il più delle volte poi, nel giro di pochi, soffertissimi minuti, vengono punto a punto revisionate e abolite a ritroso una per una, *in toto*, con il ripristino dello stato originale. In sintesi, per Anja, una perdita di tempo. E se si azzarda a farglielo notare, mai *flatus vocis*, per carità, ma con una prossemica elementare atta a trasmettere incitamenti a proseguire tramite assensi trattenuti che sono la chiara maschera della perplessità, o di "*Come volete voi!*" lanciati dagli occhi che si abbassano, lui la fulmina con editti e sermoni parimenti non pronunciati ma chiarissimi.

«Bisogna! – è come se le dicesse – Bisogna e basta!... Non sono io, non sono mie fissazioni personali, bambina mia, è la scrittura che lo chiede. E la scrittura signoreggia su tutto, anche sul tempo, anche sulla fatica. E se in un suo dato punto, mettiamo, la scrittura duole, ha tutto il diritto di gemere e noi abbiamo il dovere di soccorrerla. Se non va, non va! Non avere tempo non è mai una scusa, sennò, tanto per dire, bello sarebbe... montiamo in carrozza e ci diamo il diritto di travolgere chiunque ci traversi la strada solo così, per il semplice fatto che abbiamo fretta. No, tocca fermarsi, anche se poi quello ci dice: "*Ma io non stavo attraversando, vada pure, vada pure*", capita. Rimandiamo la vita, se ci tocca farlo, ma mai, mai, di controllare!».

Se parlasse ad alta voce, e per tutto il tempo necessario a pronunciare le parole che sta pensando, Fëdor Michajlovič darebbe l'idea di voler convincere soprattutto sé stesso. E il sermone procede.

«Facciamolo in fretta, ma facciamolo! – è come se dicesse – Sì, lo so benissimo cosa voglia dire dover fare una cosa per bene dovendola fare in fretta: faticare di più, vuol dire. Anche il doppio, anche il triplo. La scrittura lo impone e non consente dialettica, non tratta, non cerca punti di accordo. Prescinde dalla misura con la quale, umanamente, noi indulgiamo nel valutare il limite della nostra fatica e della nostra possibilità di sopportazione. Sia pure della nostra miseria. Tutto le è sottomesso. D'altronde, signorinella cara, in natura non è forse così? In natura, *la natura* non agisce allo stesso modo? Non fa quello che deve fare, totalmente disinteressata al fatto che siamo le creature che siamo, coi nostri limitatissimi cinque sensi, e tutti più o meno provvisti di certe energie e non oltre? Alti, chi più e chi meno. Robusti, chi più e chi meno. Coraggiosi o vigliacchi, chi più e chi meno. Ma tutti più o meno fatti allo stesso modo. Omuncoli. Secondo voi, riflettete, la natura ce l'ha così a cuore il nostro essere nient'altro che dei poveri omuncoli?... Se siamo in mare e deve scatenarsi un uragano, pensate che l'uragano si dia come criterio del proprio scatenarsi la nostra capacità di contrastarlo?... No. *Fa!* E una valanga che debba cadere, si cura forse della *promenade* che ci ha spinto da gitanti senza pretese alle pendici della montagna? Quandomai!... Tutta la neve di cui è provvista, la butta giù. Fine! E se è destinata a seppellirci, ci seppellirà. Non è uno scontro tra intelligenze. Perciò, se io mi accingo a scrivere, debbo accettare l'entità della valanga. Fuor di metafora: debbo accettare, volente o nolente, di rifare all'infinito da cima a fondo quel che la scrittura mi chiede. Mi chiede di ripercorrere tutto? Debbo, lo faccio, ripercorro tutto. Frase per frase, parola per parola, sillaba per sillaba. Inutile domandarsi per quanto e quante volte. Se il tutto è molto, vorrà dire molto. Se rifarlo cento volte è inumano, che sia inumano. E poiché voi siete qui per questo, lo rifaremo insieme. E voi non meno di me. Siete fasciame dello scafo *come me*! Fasciame dello scafo calato in mare e che non può modificare la propria rotta!... Accettate d'esserlo, oppure scappate dalla mia metafora, che è tanto vera, andatevene. Deludetemi, ma non pretendete che io possa diminuire le richieste della scrittura. *Qui dentro*, il vostro percorso non potrà essere mai, mai, ridotto rispetto al mio, o non servirebbe a nulla. Poco importa se ne verremo via convinti che non ne sia valsa la pena, che avremmo potuto anche non farlo. La scrittura chiedeva: "Tu controllami! Ne ho bisogno. Così *non mi sento sicura.* E questa insicurezza la farò capire quando verrò letta non da te, ma da chi non mi sa. Mi mostrerò incerta, titubante, *anche se tutto è a posto.* L'idea ti piace?...Vuoi abbandonarmi così?"... Anja! Anja!... Cielo santissimo... voi siete volenterosa, lo vedo, una brava ragazza... ma ho l'atroce timore che anche la vostra capacità di sopportazione abbia un limite. Io sto per mettervi alla prova in una maniera che, sino a tal punto, non avevo considerato. Non vorrei, ma debbo. Che il Signore Gesù Cristo vi aiuti! E che aiuti me!... Voi, passerotto implume, col vostro grembiulino da scolara, dovrete apprendere appieno il significato della parola *potenza*. Che è quella della valanga e quella dell'uragano. La potenza della natura. La potenza *della scrittura*. Non è la nostra, ma può divenirlo se sappiamo assecondarla. Impossibile con l'uragano, ma possibile con la scrittura. Perciò facciamolo. È la scrittura stessa a dircelo. Quel che ci chiede in realtà ce lo offre. Ce lo consente. Adeguiamoci al suo livello, partecipiamo della sua potenza. Obbediamole, e andiamo, santiddio, a vedere se quell'accidenti di parola l'ho usata troppe volte oppure no; e se si capisce che nella scena al ristorante a parlare è lui e non è lei. E se a inizio del secondo capitolo la *consecutio* funziona come prima mi sembrava, ma ora, che posso farci?, non ne sono più tanto sicuro. E lì non ci sarà qualche lungaggine? E nella descrizione dei caratteri non sarà che un po' di significati ci sono rimasti nella penna, e non sarà che il senso dell'insieme risulta abbastanza oscuro?... Noi moriremo, Anna Grigor'evna Snitkina, ma l'esperienza di questa potenza *non tradita* ci procurerà qualcosa di impagabile: il pieno rispetto per noi stessi quando saremo giunti al momento estremo. In quell'attimo, tutto verrà ripagato, e allora saremo in grado di sopportare anche la più triste delle verità: che nulla finisce, ma tutto si interrompe».

Tante parole danno forma a uno stato d'animo *privo di durata*, ma, come ogni stato d'animo narrabile, anch'esso, perché possa essere appreso, ha bisogno di venire elaborato in questa sorta di monologo che, nella realtà, si traduce in un banale aggrottarsi delle ciglia e basta; un aggrottarsi a cui segue un lieve massaggio alle tempie accaldate, il che è dovuto alla temperie della creatività vissuta nel corso della mattinata. Nessuna alterazione innaturale. Prova ne sia che fronte e tempie si vanno presto stiepidendo.

Fëdor Michajlovič fiuta l'odore di lavanda che la fanciulla ha portato nella stanza e tira via una sigaretta dal cartoccio dimenticandosi di accenderla, quando si risolverà a farlo dovrà accorgersi di averla sfarinata tra le dita, che tutte impolverate di tabacco sgrullerà senza cura sulla scrivania.

Per lui, in definitiva, al netto di qualche minuscolo intervento, questo ossessivo dover rianalizzare in fretta tutto quanto (e non sempre così per bene come vorrebbe far credere) significa lo scandaglio totale della materia al fine di convincersi che quanto fatto non andasse rifatto, e che andava davvero già bene così. In sintesi, nel suo intimo anche lui non può non dirselo, si tratta davvero di una perdita di tempo.

«Temo che abbiamo voluto essere un po' generosi con noi stessi, *savez-vous*?» dice Fëdor Michajlovič dedicandosi alla pratica del calendario da aggiornare, rimandata di almeno tre ore rispetto al solito. Non udendo repliche, ritiene sia il caso di spiegarsi meglio: «Mi domandavo se non ci siamo dati un orario troppo comodo per iniziare. Alle undici è già il crepuscolo».

Anja ha il collo e i polsi lucidi di sudore. Le sue dita hanno i crampi. La colonna vertebrale la impala come una spina di fuoco, ma nulla che lo dia a vedere. Ha scritto senza interruzione da quando è arrivata sino a adesso. Giusto il tempo di sistemare *manteau*, cappellino e tracolla all'appendiabiti, poi quello di tirar fuori le penne dall'astuccio, la stilografica dalla custodia d'osso – «*Vite! Vite!*» insisteva a dire lui –, di sistemare la seggiola per ricevere la luce al meglio – «*Vite! Vite!*» –, di svitare i cappucci delle capsule – «*Vite! Vite!*» –, di aprire il quaderno e sistemarlo sul tavolino – "Insomma, per quanto ne abbiamo ancora?" –, di tirarsi su una manica del grembiule, *e via*!

Nemmeno il tè le è stato offerto, e da quando hanno iniziato a collaborare, a parte l'incuria del primo giorno, una simile dimenticanza non si era mai verificata.

Due giorni prima, quando si sono visti l'ultima volta, Fëdor Michajlovič ha preteso addirittura che lei si scaldasse con un fumante *ponce* all'arancio, quanta grazia! E neanche a dire che rispetto a sabato la temperatura sia migliorata. Ma il romanziere dei romanzieri, forse perché nel frattempo ha avuto a disposizione un giorno pieno per accumulare idee, stamattina aveva la testa che traboccava, ogni parola era un'urgenza; impossibile dilazionare la dettatura. «Faremo i conti dopo!» le ha detto, e, «*Vite! Vite!*», subito al lavoro. Brutalmente, quasi.

«Faremo i conti dopo!».

Frase dal triplice senso. Si riferisce a cosa?... Alla paga? Ha qualcosa da rimproverarle? O si tratta di quanto scritto? Di quanto scritto, naturalmente. Si tratta dei conti che rimandano alle scadenze del calendario. Al computo dei giorni che estinguono verso lo zero e delle pagine che, per contro, aumentano e crescono auspicando di farsi trecento prima che si configuri quel maledetto zero. O maledetto è piuttosto il numero trecento?... Siano maledetti entrambi, nell'attesa che si facciano entrambi benedetti coincidendo l'un con l'altro, lo zero col trecento. Una sola cosa. Ma sono tante, tantissime trecento pagine, ancora ce ne vuole! Tutto è appena agli inizi. Questo il tumulto che sta martellando nel petto di Fëdor Michajlovič. Per lei, gli antipodi numerici che si chiamano *zero* e *trecento* rappresentano invece i termini di un impiego a scadenza, ma che se svolto a dovere, come le ha prefigurato Ol'chin, chissà!

Lungo il bordo della scrivania le linguette delle prime quattro strisce sono state strappate, mentre la prima ancora integra porta il numero 22. Sullo scampolo delle precedenti è stato scritto *in rosso*: 5, 12, 24, 24. Fëdor Michajlovič, penna in mano, è pronto ad aggiornare lo stato delle cose aspettandosi, alla domanda che sta per fare, una risposta gloriosa, che gli apra il cuore alla speranza. Ci conta. Forse, l'impeto creativo delle ultime ore gli fa passare in second'ordine la penuria dei giorni precedenti, che non ha consentito all'impresa di partire con una buona media.

«Quante sarebbero, insomma, quelle che mi avete portato stamattina?» e in sofferenza per la postura che lo fa stare chinato, aspetta.

«Ma escluse quelle che dovrei trascrivere stasera?».

«Che c'entrano quelle di stasera?» fa lui spazientito.

«Intendevo, facendo più o meno un calcolo con quelle che mi avete dettato oggi?».

La domanda è parecchio sciocca, e lei lo sa, ma forse è stata fatta apposta. Più esattamente, Anja, con garbo acuminato, vorrebbe suggerire al suo principale (parola che, per polemica, ha volutamente pensato) la richiesta, forse il consiglio, di rimanere fedeli a un certo metodo di lavoro, altrimenti sarà difficile regolarsi. Lui nel replicarle torce rabbioso la testa verso la seggiola dove sta seduta la ragazza, ma, cocciutamente, lo fa senza sollevarsi di un centimetro col busto per alludere al patimento che quell'idiozia, quella suprema idiozia gli impone. E questo mentre, a peggiorare le cose, si sentono giungere dall'interno dei pesanti colpi di martello.

«Gradirei sapere come pensate che io possa calcolare qualcosa che ho solo improvvisato e che non ho potuto nemmeno sentirmi rileggere?».

«Appunto parlavo di un calcolo sommario».

«*S'il vous plaît! S'il vous plaît!...* Ditemi quante! Ho i lombi a pezzi».

Non mente. Stare genuflesso in quel modo non solo gli procura un reale patimento fisico, ma in più lo umilia. Fëdor Michajlovič, stirando gli angoli delle labbra per tenere in tensione i muscoli della schiena, abbassa la faccia contratta verso il pavimento costringendosi a vedere con repulsa il ricascare del suo ventre all'ingiù, flaccido, inutile, e contenuto a stento dal panciotto che farà meglio a tenere un po' slacciato. Così l'indumento è troppo scomposto, e il fatto che tiri mettendo in tensione le asole dei bottoni sin quasi a lacerarle non offre davvero un grande spettacolo. Per non dire della giacca maleodorante, con le falde allentate, che gli sfiata sulla faccia l'afrore condensato nella stoffa. D'accordo, quei taschini dove lui, santo cielo, ficca di tutto – la pipetta mal pulita, il flaconcino del *brandy*, le buste del tabacco, qualche pastiglia di farmacia – hanno in parte le loro colpe, non c'è dubbio, ma le ascelle che trasudano è impossibile ignorarle. Oh, ma poi cosa pretendere?... Dettare in quel modo, senza soste, spremendo tutto di sé, è un impegno fisico, selvatico, e il corpo reagisce come sa. Espellendo liquidi. Con differenze, però. In lei il sudore è traspirazione, in lui è desquamazione. Quello è un corpicino, questa è una carcassa.

Forza, figliola, forza!... Per quanto ne abbiamo ancora?

Lei si dà fretta, ma ciò non vuol dire che si sbrighi. E stavolta non è dispetto, la sua è attenzione. Separa quanto ha appena scritto in caratteri stenografici dai fogli che recupera di dentro la cartella verde acquamarina. Non vuole confondere le cose tra loro. Certe parole con altre parole. Le già nate con le nasciture. Calligrafia con calligrafia. Se poi non bada a richiudere per bene le boccette rischia di fare un bel pasticcio con l'inchiostro. Il *tour de force* mattutino già ha fatto i suoi bei danni impiastricciandole l'indice e il pollice della mano destra. Meno male, non il grembiule (sono tre giorni che lo porta, ed è sempre intatto). Inconvenienti che le erano accaduti solo al primo anno di corso, quando all'Istituto Ol'chin era ancora una principiante.

«Sette. Sono sette».

Ah, e ci voleva tanto?... Lui, muggendo per la fatica protratta in aggiunta all'insoddisfazione, scrive, con grafia incerta, un 31 *in rosso* sullo scacco della striscia 22. Riflette un attimo, poi, sull'ultima siglata *zero*, appunta, *sempre in rosso*, il numero 300: la loro lontanissima meta che li attende al di là di infinite cedole bianche. Passa le dita come ad arpeggiare la trafila di scacchi con la fronte aggrondata.

«Poche!... Decisamente poche!».

«Ma domani, appunto vi dicevo, quando vi porterò quelle di oggi...», si prova a confortarlo lei, con sincerità.

Fëdor Michajlovič, raddrizzandosi, flette la schiena all'indietro premendo ambo le mani contro le reni. Ahhhh... rifiata. Come un giovanotto. Si rifiata sempre come dei giovanotti. Un po' di sollievo. Anche quella replica gli dà sollievo, ma dura poco. L'ipocondria si affretta a prendere in lui il sopravvento. Sollievo è una parola svigorita, gelatinosa. Vale solo per le vie di mezzo, che di norma si rivelano vicoli ciechi. Non bisogna mai dargliela troppo vinta al sollievo; non serve, smorza le energie. Meglio lamentarsi. Meglio il peggio. Sollecita di più.

«Domani, quando mi riporterete quelle di oggi, già ve lo annuncio, sarà un'apocalisse».

«Apocalisse?», che mondo da scoprire è questo? Non si usano certe parole a vanvera.

L'ipocondriaco quasi se la gode nel vedere la faccetta sgomenta della bimba travolta da un vaticinio tanto catastrofico quanto incomprensibile. Ce n'era bisogno, ha dovuto farlo, al bando la letizia! E non ci è voluto molto: gli è bastato alzare il tiro della scelta semantica per far vacillare le fondamenta di quella piccola, fervida anima. E questa parola che a lei appare strepitante, spropositata, farà meglio ad assumerla come la verità.

«Apocalisse, sì!... Ve ne stupite? Strano, eravate con me, mi avete visto. Sono andato troppo a rotta di collo».

«Ma per l'ispirazione! – protesta lei – le parole venivano fuori una dall'altra».

«Oh, *ma cherie*, non fatevi abbagliare! Senza governo, senza freno: ecco come venivano fuori le parole. L'ispirazione è una megera con un canestro pieno di mele avvelenate. Uno ci si ingozzerebbe. Va bene mangiarle, ma bisogna essere provvisti dell'antidoto. – lei non pare convinta, e lui glielo dice – Cos'è? Non mi sembrate troppo convinta».

«Niente di peggio che somministrare medicine a chi non ne ha bisogno».

«Ah, se il medico è incapace, senz'altro, ma spero che abbiate una migliore considerazione del sottoscritto. So di che parlo».

«Non era certo riferito a voi».

Sottomissione sospetta. Lui fatica a crederle e il tono della replica, infatti, suona come se si fosse sentito dire: "*Era proprio riferito a voi!*".

«Non credo che certe massime buone per tutte le stagioni si addicano al nostro caso!... – lei accenna a un vago movimento delle labbra – E fatemi finire!... Ma non ve ne siete resa conto?... E no! Certo!... Voi redigete, non sentite. – Anja tiene chinato il mento sul petto per consentirsi di esprimere, senza mostrarlo, il fastidio che prova nell'essere trattata così – Era tutto orgasmo, solo orgasmo. Conosco questi tranelli dell'immaginazione. Ve la raccomando l'immaginazione!... Uno strapazzo continuo. Può essere devastante l'immaginazione, che pensando di costruire si limita a spurgare, risultato? Poi mi costringe a un lavoro doppio. E non solo a me: a tutti e due, a me e a voi. Dovreste mettermi sull'avviso invece di applaudire. Non ho bisogno di essere incitato. Se mi vedete che sto andando a sfracellarmi alla cieca contro un muro, be', fareste molto meglio a dirmelo».

Non vorrebbe repliche, e invece una replica arriva, imprevista.

«State andando a sfracellarvi contro un muro! – esclama quasi di strappo Anja sollevando lo sguardo su di lui – Alla cieca!».

«Facile, ve l'ho appena detto io!».

«E io ve lo confermo».

«Per piacere, non fatemi l'animaletto ammaestrato. E tanto meno, evitatemi i contentini!».

«*Ora*. Io dico *ora*: con questo che dite. È parlando così che state andando a sfracellarvi. Più lo ripetete e più lo farete diventare vero».

«Non vi piacciono i miei comportamenti? Peccato! Ma toglietevi dalla testa che siano opinioni, o riflessioni generiche sulla vita. Se vi aspettate della filosofia, qui non ce n'è. Io vi metto a parte di fatti precisi, che do per certi, ed è su questi che vi chiedo di basarvi. – e ancora una volta frena sul nascere con un gesto imperioso della mano qualcosa, sicuramente di sciocco, che lei vorrebbe dire – Inutile tergiversare, Anna Grigor'evna! Oggi è stata una pessima giornata di lavoro che a voi, invece, piace vedere come prospera e fruttifera. Mi rallegro per il vostro carattere giocondo, dove l'entusiasmo è il solo moto dello spirito concepibile, ma io sto da ben altra parte. A dirla tutta, anche voi adesso, che vi piaccia o no, vi trovate da ben altra parte, dove mi trovo io, a casa mia, in questo studio dove d'abitudine, da anni, tutti i giorni e per molte ore della notte, se permettete, scrivo, *anche senza di voi*, e dove mi arrovello sapendo da me cosa significhi scrivere in un modo oppure in un altro» e smaneggia nervoso alcuni volumi poggiati sulla sua scrivania, lo fa con mosse incongrue, come a comporli in un ordine di cui essi non hanno il minimo bisogno.

Anja potrebbe ripetere a memoria, con tanto di virgole, tutto il discorso che ha appena sopportato di ascoltare. È stato meglio che lui l'abbia in qualche modo azzittita. Altrimenti, non avrebbe pensato di dovergli far capire quello che cerca di fargli capire ora, vedendolo tormentare quei poveri libri.

«Mi spiace, io non sto qui a dirvi quello che il vostro mal di fegato vorrebbe vi dicessi. Vi dico quello che a sentirvi parlare così realmente penso. Se dite che oggi è stata una pessima giornata, anche se a me sembrava di no, *vi credo*. Ne sapete più di me, perciò mi preoccupo. Ora che ve l'ho detto, vi suggerisco di credere pure voi a me, e di non perdere tempo a godervi il fatto che avete ragione a lamentarvi».

Tutte frasi pronunciate senza punti esclamativi, in maniera molto piana e semplice. Col visino all'insù.

Nel caso Fëdor Michajlovič non se ne fosse già accorto prima, non può non notarlo adesso: al posto della treccia, la fanciulla esibisce un'ampia frangia che le copre la fronte sino alle sopracciglia.

«*Mademoiselle*, una cosa vi chiedo: fra le mie mille colpe non mettete pure i miei tormenti. Tutto ciò che deriva da loro, vi prego: non traducetelo in un capo d'accusa. – scrolla il capo – Ma come fate? Come fate alla vostra età a capire certe cose?... – e la guarda – Sì, è vero. Io funziono a questo modo. Debbo. Rivendico per godere il mio diritto a soffrire. Sono così e non mi nascondo. Ma perlomeno ogni tanto funziono. – e finalmente i poveri libri trovano pace; impilati uno sull'altro, vengono scansati in un angolo della scrivania vicino a un calamaio – La mia tetraggine l'ho dichiarata da subito. È una croce a cui sto inchiodato e voi non siete chiamata a nessuna deposizione, se rendo l'idea. Stavo rimproverando me, non voi. Lasciatemi questa libertà. Forse mi serve per poi riprendere la corsa più veloce e sicuro, non credete?... Debbo trattarmi male, non so evitarlo. Magari è una mia risorsa. Non ci ho mai ragionato abbastanza, con voi potrei, ma certo non oggi. Ho questa condanna perenne a volermi togliere merito e fiducia. Ma ci sarà un motivo, no?... Avessi la vocazione del suicida ne avrei già dato prova tirandomi un colpo, ma a quanto pare non l'ho fatto e in questa casa, vi garantisco, non ci sono pistole, né ho intenzione di farvene entrare. Mai. – lo dice come se la cosa dovesse spandere l'eco di una promessa di felicità – Allora, ragionandone serenamente: c'è caso che, lanciando con una metà di me la sfida all'altra metà di me, mi seguite?, le mie due metà partano tutt'e due al galoppo, e, in questo caso, quella che taglierà il traguardo per prima, dal momento che l'una o l'altra dovrà farlo per forza, può essere che *almeno quella* arrivi entro il tempo consentito. Una almeno. Vi confondo?».

«No, ma se mi spiegaste meglio di quale traguardo si tratta...».

«Quello è il traguardo!» e mostra la trafila di linguette incollate al bordo della scrivania.

«Allora non si tratta di traguardi. Forse è più una questione di pegni messi in gioco».

Lui tace. La fissa, non corrisposto. Anja, detto quel che doveva, si attrezza per riprendere a scrivere nel caso le venga richiesto. Volta una pagina del quaderno, la alliscia per bene stirandola per lungo con le nocche di una mano, ricarica il serbatoio della sua penna prediletta (l'unica che non vada intinta, ma giustappunto ricaricata) e si mostra pronta per quanto va fatto.

«A parte questo, un po' di vero in quello che ho detto c'è. – riprende lui, ma con voce più ammansita, sgombra della vanità che ogni vittimismo solitamente comporta – Dico a parte l'apocalisse, il succo resta. Non mi illudo, già lo so. E non illudetevi nemmeno voi. Di quanto mi porterete domattina, potrò salvare a malapena la metà».

«Lo dite spesso ma poi non accade mai».

«È un rammarico?».

Forse questa di lui è una battuta che vorrebbe smuovere un sorriso, ma il tono è opaco. Probabile che, concepita come battuta, la domanda, facendosi voce, abbia preso tutte le risonanze della sincerità.

«Sto cominciando a capire come lavorate» lo informa nuovamente rassicurante Anja.

«E io di come lavorate voi».

Un'affermazione priva di accenti che non vuole essere né concessiva né sentenziosa. Un complimento? Anja si tiene la sua risposta per sé. Aspetta. Ma il racconto non riprende.

«E dunque?... Che mi dite dei nostri orari?... Valutavo che forse cominciare alle undici è un po' tardi. Ci sono giornate, come questa, in cui, lo vedete, le ore... uff, volano».

Lei annuisce, ma dovrebbe dirgli: «E quando lo trovo il tempo per trascrivere? E quello per copiare? Sì, perché non si tratta solo di trasporre da un codice all'altro, ma poi bisogna stendere tutto in bella calligrafia. In una calligrafia *che canti*.

Che sia una gioia per gli occhi. Va bene che voi a queste cose non fate caso, ma non ci fate caso perché ve le ritrovate belle e fatte. Se non vi riportassi i fogli copiati così... oh, ci fareste caso eccome!» ma si limita ad annuire.

«Dunque, alle nove?» propone lui.

Lei annuisce ancora, già valutando tutte le ore che dovrà rubare al sonno. Tuttavia, a lui quel cenno del capo non basta e insiste a pungolarla. Anche il sadismo può non essere un'intenzione ma un banale prodotto di comportamenti logici.

«Se non siete d'accordo, ditelo».

«Ve l'ho detto».

«No, per niente».

«Vi ho fatto sì».

«Ma ditelo».

«Alle nove, sì».

«Vi rubo tempo per altro?».

«Nel caso, mi rubate tempo per voi».

Fëdor Michajlovič non coglie, o non vuol cogliere, la sottigliezza del rimprovero, prende la battuta come un motto di spirito a cui replicare sorridendo.

«Magnifico, vorrà dire che dovrò essere geloso di me stesso».

Lei dentro di sé lo insulta: «Vorrà dire che dormirò giusto il tempo per sognarvi come in un incubo».

Lui raggiunge l'angolo del *samovàr* ammaccato e che la ragazza non ha mai visto in funzione. Oggi invece sì, pare che lo sia. Parte del calore della stanza è merito di quell'attrezzo che di punto in bianco ha deciso di farsi bollente. Ma quand'è che è stato acceso? Anja è stata sempre di spalle e in effetti non può dirlo e nemmeno ha di che stupirsene. Quante cose possono avvenire a sua insaputa in quello studio!... Il suo panorama, lì dentro, è per lo più iscritto tra i quattro bordi di un'ampia pagina di quaderno. Con la coda dell'occhio intuisce filamenti di nuvolette biancastre diffondersi nell'ambiente. A richiamarla è stato l'aroma del tè alle infiorescenze di tiglio che la sta raggiungendo.

C'è da domandarsi perché mai le altre volte Fëdor Michajolivič sia andato sempre a rifornirsi fuori dallo studio.

«E sì, – pensa Anja – se non sbaglio sta armeggiando con delle tazze. Ma dove stavano le tazze? Lì in quell'angolo non le ho mai viste. – il tempo di rifletterci e si risponde da sé – Non le avrò viste quando sono arrivata stamattina poiché non le ho mai viste le altre volte, quindi avrò dato per scontato che non ci fossero neanche oggi, ma ci sono. Così sembra. Dai rumori almeno» e si diverte di nuovo a ragionare di invisibilità. Di come sia talvolta difficile alle persone rendersi invisibili, mentre può essere virtù connaturata a molti oggetti. Si era quasi dimenticata di quel *samovàr* dopo che il primo giorno le si era aperto il cuore nel vederlo appena entrata, e invece niente. Come se fosse un oggetto morto. Messo lì per semplice estetica e basta. Perlomeno sinora, quando, bontà sua, ha deciso di iniziare a vivere, e ci voleva! Finalmente una sosta nel corso del lavoro massacrante andato avanti dalla mattina al primo pomeriggio per tre ore di filato, se non di più.

Il gorgoglio sottile di un liquido versato. La chiavetta richiusa. Un tinnire di porcellane. E altro liquido versato. Ancora la chiavetta, e un altro tintinnio. E la fragranza del tiglio. Il più medicamentoso dei tè. Ah, ci voleva!

Tirando via le tazze di sotto il beccuccio, Fëdor Michajlovič assume un tono mondano che ad Anja suona del tutto inedito.

«Non mi azzardo a domandarvi nulla. Direste cose che avrei paura di ascoltare».

«Domandarmi cosa?».

«Del nostro lavoro. – e poggia una tazza sul tavolino di lei – Ogni tanto mi sembra che siate lì lì sul punto di dire la vostra e quasi lo vorrei».

«La dico spesso la mia. Anche poco fa» e senza mostrare il desiderio che la spinge, porta con garbo la tazza alle labbra.

«Parlavate di me, è un'altra cosa. Io non oso pensare che non abbiate... – si corregge – che non stiate maturando una vostra opinione. Ve l'ho detto. Vi spio. Più penso a quello che vi detto, e più vi spio. – beve anche lui, Anja lo capisce dalla pausa che fa, e poi dal suono della tazza poggiata sul piattino – Le cose sono strettamente legate. – lui tossisce, si porta una mano all'orecchio per schermarlo da altri colpi che giungono da oltre la parete di fondo – Quasi mi aggrappo a questo mio spiarvi. A volte, penso... è un azzardo e mettetelo in conto per quel che vale... a volte ho idea che possiate essere voi quella metà a cui lancio la sfida. O che siate voi quella metà che lancia la sua sfida all'altra mia metà. Cioè a me. All'altra mia metà che sarei io. Buffo, no?».

E beve un altro sorso di tè, più prolungato del precedente, a costo di bruciarsi. Un po' di liquido gli va di traverso. Si schiarisce la voce ridacchiando per farle capire che nulla di quanto ha detto allude a cose che vadano oltre il recinto della scrittura condivisa tra loro; a nulla di troppo intimo, per capirci.

«Io, mia cara, – "mia cara" lo dice in russo, non in francese – cerco di far sì che, spiandovi, la vostra andatura non possa mai sopraffare la mia, e questo in qualche modo mi aiuta a procedere con una certa speditezza. Se ora volete considerare la cosa come un modo truffaldino di sfruttarvi, valga almeno a mio discarico il fatto che ve lo sto dichiarando *apertis verbis*».

«Sarebbe a dire come? Correndo? – a specificare, preoccupata – No, non correndo per come adesso mi state dicendo queste cose, ma correndo nel senso che sarei io a farvi correre?»

«Sì, a procedere con una certa speditezza».

«Quindi, non va?».

«Niente affatto, altroché se va!».

«Ma se poi dite che andate a rotta di collo e va tutto buttato?».

«Piagnucolo. Non l'avete ancora capito quanto mi piace piagnucolare?... Mi debbo ripetere? – è quel che fa: ripete quanto di sé ha già detto ma facendolo stavolta con tono compiacente, da focolare – Io rivendico per godere il mio diritto a soffrire. Cos'altro è l'ipocondria se non questo?».

Ancora rumori dall'interno della casa. Per quanto fastidiosi, sono pur sempre gli unici da quando i due si sono visti alle undici della mattina. Nulla finora li ha disturbati. Così non era mai successo. Nessuna intromissione umana, nessun alterco né la minima voce esterna in assoluto. Il che ha del miracoloso.

«Non vengono da qui, non dall'appartamento. – chiarisce lui nell'impossibilità di ignorarli – È nel palazzo. Hanno iniziato dei lavori, non domandatemi perché. Pitture, restauri, va' a sapere. Tutte spese che pagherò, ma non so quando. – tornato dietro la scrivania, si versa del *brandy* dalla smilza borraccetta d'acciaio che tiene infilata in una tasca più comoda del panciotto – Sì, davvero... me ne accorgo benissimo quando, tutta concentrata a scrivere, vi fate la vostra storia che attorcigliate alla mia. Quante volte vorrei interrompermi e domandarvi: "*Perché, voi che fareste? Che le fareste dire? Che le fareste fare?*"... O magari molto meno. "*Vi piace? Non vi piace?*"... Oh, sia chiaro! Non mi azzarderei nemmeno a pensarlo se non intuissi il palpito del vostro giudizio trattenuto a stento dietro quella fronte di velina che avete. Sì, di velina, tanto mi pare trasparente. Sbaglio?».

Dio mio, esclama Anja tra sé e sé, ecco che siamo al punto. La mia visibilità messa in gioco. Ma se è lui a volerlo, e mi pare senza la minima angoscia, senza esserne sconvolto, come tirarmene fuori?... Ecco l'inganno a un passo da me, quello che, oltretutto, avevo pure messo in conto. Se ora mi ostinassi a fare l'invisibile a tutti i costi si noterebbe troppo, e allora sì che mi farei ingombrante, e con quale rischio? Di scombinare i suoi piani, senza dubbio... di fargli da inciampo nel lavoro. E addio, perderei il posto!

A culmine di tutto questo rimuginare afferma decisa: «No, non vi sbagliate».

«Dunque?».

«Debbo?».

Fino a pochi istanti prima Fëdor Michajlovič avrebbe senz'altro detto di sì, ma quei pochi secondi in cui lei ha indugiato gli fanno rispondere in un modo per lui imprevisto, forse non voluto.

«Non lo so. No... meglio di no. – e si accanisce nei suoi dinieghi dando l'idea di volersi autoconvincere – No! No! No!... – scuote il capo sbuffando sordamente come un bue al tiro o come un cavallo indomito che debba liberarsi dalla cavezza, ma lei, terminando il suo tè, questo non può saperlo – Siamo ancora nella fase in cui un autore chiederebbe scusa ai fogli per le sciocchezze con cui le imbratta, figuriamoci se è il caso di pretendere pareri altrui!... Lasciamo perdere!».

E succhia, ma di furia, quanto gli restava nella tazza che quasi fa volare sul piattino a rischio di spaccare questo e quella. Poi, come venendo a capo di un suo rovello: «E sia!... ditela. – Un silenzio – Suvvia, ve lo chiedo: dite la vostra».

Dopo un'ulteriore esitazione, deglutendo: «*Delitto e castigo* lo capivo meglio» confessa Anja.

«*Delitto e castigo*?», Fëdor Michajlovič ribadisce il titolo come fosse quello di un'opera a firma di un autore detestato.

Lei si limita ad assentire col capo. Altro silenzio, ma diverso. Questo è un silenzio nuovo e improvviso. È il silenzio della contrarietà più cupa e profonda. Lui si alza, attraversa a passi pesanti lo studio in su e in giù. Insiste a scuotere la testa come per delle vampe che gli salgano dal ventre e che vorrebbe sfogare dai globi degli occhi, dai pori della pelle. Quest'uomo non sta sulla graticola, ma la graticola ce l'ha dentro di sé. A tratti si ferma tenendo avvinghiate le mani dietro la schiena, a cacciarsi le unghie nelle carni dei polsi, a tormentarsi le dita, quasi a slogarsele, e ridacchia, ma acre, assai diversamente da come ha ridacchiato prima. Ripete ancora: "*Delitto e castigo*". Ci manca solo che lo faccia sputando in terra. La sua frenesia contratta sembra la risposta a qualcosa tipo: «Lo sapevo! Lo sapevo io!... Non avrei mai dovuto! Non avrei mai dovuto!» e si maledice per questo. Fëdor Michajlovič se la prende a lungo e duramente con sé stesso prima di virare altrove la sua ira e di prendersela con lei. Quello che fa ora, puntandola senza reticenze.

«No! E no!... Così è disonesto. Molto disonesto. Voi mi parlate di un romanzo già nato, non di uno che a malapena, *a malapena*, inizia a cercare la propria forma. Siete in grado di cogliere la differenza?».

«Ma certo, io...» prova a ribadire lei, inutilmente.

«A essere franchi, – e le punta il dito contro, altra cosa di cui la fanciulla, girata, non può avvedersi – ritenevo che aveste più criterio nel soppesare le cose. Quasi che io abbia chiesto il parere di una lettrice. Non mi sarei mai azzardato! Mai!... Una lettrice che potrei trovare ovunque, quando qui tutto è ancora sparso a brani sul tavolo operatorio!... Poi, lettrice di che?... Di che? – La domanda, pur se retorica, sembra esigere una risposta con traboccante prepotenza – Ve lo dico io di che! Di nervature da connettere le une con le altre, particella con particella, di tessuti che vanno composti e resi uniformi, coesi con premura, accesi di energia, e poi forse vivi!... *Poi forse*!... Mi capite?... Poi... forse. O volete questo? Che vi tratti alla stregua di chi? Di chi?... Di una sartina?... Di un'impiegatuccia qualsiasi che si diletti a correre smaniosa da una puntata all'altra del suo romanzetto d'appendice per scoprire se la bella storia d'amore andrà a finire bene oppure no?... Non vi farei mai questo torto! Mai! – non può trascurare le chiazze di rossore che vede accendersi sulle guance della fanciulla – Non fate così, Anna Grigor'evna! Non fate così!... Se siete sul punto di lacrimare, ditelo e non se ne parla più. Volevo discutere, non scendere in campo per prenderci a schiaffi. Qui nessuno vuole seviziare nessuno!».

«Oh no... vi confondete, Fëdor Michajlovič – quante poche volte l'ha chiamato così! E ora lo fa voltandosi a fissarlo, vibrante, ma non di sconforto – Non sono affatto sul punto di piangere. Sono solo intenta a capire. Anche questa è concentrazione. Lavoro, se me lo permettete. Voi non mi state facendo nessun torto, né credo di averlo fatto io a me stessa. Ma se dite di sartine e impiegatucce, se vi immaginate che possa mettermi a piangere, è chiaro che siete molto lontano da quello che sul serio vi interessa e di cui vorreste discutere con me, o con chi volete voi, ma diciamo con me, visto che ora nel vostro studio ci sono io, e state continuando, come d'abitudine, a fare quello che fate sempre: a scrivere. Non il vostro romanzo, però. Forse un abbozzo di racconto che vi tornerà utile per un progetto futuro. So bene che qui ancora è tutto da sistemare, certo... da rendere uniforme e vivo... ma io, che come ci tenete a farmi sapere non sono chiamata in causa come lettrice, perdonatemi ma non sono nemmeno una scrittrice, e posso dirvi solamente quello che in questo momento vedo. Nulla mi leva dalla testa che *Delitto e castigo* mi fosse più chiaro. Mi rendo conto, però, comunque... – e si frena, scostando gli occhi – No, va bene, lasciamo stare. Penso che mi abbiate capita abbastanza» e si accinge a mettere via frettolosa le sue penne nell'astuccio.

«No, non va bene per niente, non la passate liscia così. Su, vi ascolto! – silenzio, lei continua a mettere in ordine le varie cose che ha sparse sul tavolino – Che debbo fare?... Chiedervi scusa per le lacrime che stavo ingiustamente per attribuirvi?... A vostra disposizione, lo faccio. Scusatemi. Ora vi ascolto».

«Insomma... quello raccontava di noi, mentre questo... – e annoda i nastrini della cartella – di gente che fatico a riconoscere».

«Ah!».

Lui va alla finestra. Guarda fuori: insegne di botteghe, merce che viene scaricata e falò in cui bruciano cumuli di rifiuti.

«Quando dite "*noi*", a chi vi riferite?».

«In generale. A noi russi».

«Capisco. Ne avete chiacchierato in giro».

«No, perché?».

«Perché sono idee che vi ha messo in testa qualcun altro».

«È quello che penso».

«Per delega!».

La ragazza si trattiene dal replicare. Lui si volta.

«E ditemi... quali sarebbero i russi che conoscete voi?».

«Quelli che incontrerò uscendo di qui».

Fëdor Michajlovič per tutta risposta va con passo deciso a sollevarle impudicamente la frangia mettendole a nudo un ematoma violastro in cima alla fronte.

«Quelli che dovete ringraziare per certe botte in testa?... Perché questa volta dubito che sia stata la borsa».

Anja tace. Il suo non rispondere ostenta ciò che in quell'istante le viene fatto subire. Quasi è orgoglio per la pena che le tocca. E che la identifica. Lascia che scorrano secondi inerti durante i quali a parlare, dentro di lei, è il suo silenzio impenetrabile.

Sì, questa botta sulla fronte sono io. Così come pure quell'altro livido sulla spalla ero io, sempre io. Nessun'altra all'infuori di me ha mai avuto un livido così, stampato da un nodo alla cinghia della sacca con cui mi sono presentata qui da voi sperando di ottenere un buon posto di lavoro. Un lavoro che mi ero già guadagnata sin da prima di venire, quantunque non l'avessi mai dato per scontato e sapendo di dovermelo meritare soprattutto per questo: perché mi era stato dato, non ad altre ma a me. Altrimenti non avrei fatto in modo di comprarmi una cartellina apposta che mi facesse sembrare all'altezza di tutte queste responsabilità: essere stata scelta dal mio insegnante, confermata da Ol'chin e chiamata da voi.

Fëdor Michajlovič si ritrae. È difficile replicare a un simile silenzio.

«Giusto. Non sta a me farmi competente della vostra vita. Riprendiamo?».

Nel domandarglielo, la vede sistemarsi la frangia come stava prima che lui andasse a scompigliargliela.

«So che pensate, Anna Grigor'evna. "*Dice a me disonesta?*", questo pensate, "*Ma il disonesto è lui! Mi chiama a esprimermi e poi mi flagella*", è vero o no?».

A parer suo è un atto di clemenza. Una maniera addirittura galante per consentirle di accedere nuovamente al colloquio, ma non c'è verso.

«Sbagliate. – le dice, allora, con accresciuta serietà, da adulto deluso – Meglio la sgradevolezza delle parole che il peso di certi mutismi. Riprendiamo?».

Anja ingoia sofferenza. Vorrebbe aggiungere altro ma non ce la fa. Fissa il tavolino che ha appena svuotato. Lui si sente punto dall'impalpabile sensazione di essere in debito con quella creatura ostinata e d'improvviso taciturna.

«Mi rendo conto solo adesso che saranno... quante?... Non meno di quattro ore che non vi alzate da quella seggiola?... Fatelo. Muovete un po' le gambe, fatevi una passeggiata... – e insiste come se avesse qualcosa di serio da farsi perdonare – Volete uscire?... – Niente, silenzio – Smettere?... – Niente, silenzio – Non ricordo nemmeno se abbiamo mangiato qualcosa. Lo abbiamo fatto?».

Non rispondere a questa domanda sarebbe, da parte della ragazza, un atteggiamento di generica strafottenza e non un messaggio ben preciso, come invece lo è stato il suo tacere sino adesso. Per cui, pur se in modo incongruo, conviene rispondere.

«Prima, il tè».

«Senza nemmeno dei biscotti?».

«Senza».

«Ma ne volevate?».

«Forse».

«Li vado a prendere?».

«Ora no».

«Qualcosa di più sostanzioso? Magari del formaggio? Del pane? Del...».

«Fëdor Michajlovič!... Dal momento che mi avete chiesto di farlo, mi prendo il diritto di avvertirvi che state davvero andando a rotta di collo».

Lui, che si è allontanato dalla finestra ed è nuovamente alle spalle della ragazza, senza darlo troppo a vedere vorrebbe sporgersi per capire se lei stia per caso sorridendo. La battuta lo consentirebbe. Vale la pena crederlo. Ma quel che accade ha il peso di una risposta ancora più esaustiva. Anja, irreprensibile, si poggia sulle ginocchia la cartella verde acquamarina e vi sistema sopra il quaderno aperto per la dettatura dopo averlo recuperato dalla sacca. Il perché di questa posizione è comprensibile: la schiena le duole, e anche solo doverla tenere lievemente inclinata in avanti per approfittare del tavolino, come sarebbe più logico, la farebbe soffrire oltremisura. Lo scrittore, che sa cosa significhi passare ore e ore a riempire fogli su fogli, questa maniera di mettersi la interpreta al volo, come lei al volo, sia pure non vedendolo, sa che cosa stia pensando lui, e per evitare ulteriori dilazioni dice: «Riprendiamo?».

Fëdor Michajlovič raccoglie le idee, poi inizia a dettare.

«Sebbene avessi deciso di giocare, non ero disposto a cominciare per conto di un altro... tantomeno di una donna».

Ma che succede? La ragazza ha scritto due parole al massimo, poi ha subito sospeso la penna che tiene a mezz'aria, ma non come di consueto, da stenografa, nell'attesa di riprendere. Inaspettatamente, come nell'impossibilità di trattenersi, gli domanda: «E se fossi io a voler sapere di voi?».

Lui congela l'espressione tesa del volto che, se visto di profilo, mostrerebbe l'efficacia di questa immobilità accigliata intenta a vagliare un ribaltamento di ruoli in cui Fëdor Michajlovič ha timore di smarrirsi.

«Eccellente. Detestavo essere io il solo legislatore qui dentro».

«Mi sconcerta».

«Cosa?».

«Ignorarvi mi sconcerta. Entro in questa casa con una sensazione... che non so spiegarmi».

«Ed è tanto necessario per voi spiegarvela?».

«Debbo dirmi di sì visto che non posso evitare di pensarci».

«Una domanda che state facendo a voi, non a me».

«Ma che io una sensazione così la provi per davvero, a voi non importa nulla?».

«Sto cercando di improvvisare un romanzo, Anna Grigor'evna! Mi sembra sia già abbastanza. Ora, costringermi a improvvisare anche certe risposte, non credo che sia il modo migliore per darmi una mano».

Lei è misera nel rispondere, e piagnucolosa.

«Non vi sto costringendo».

«Peggio, mi state confondendo le idee! – silenzio – È questo che debbo aspettarmi da voi?... – silenzio – Una preoccupazione in più di cui davvero non sentivo il bisogno! Grazie».

Anja è annichilita. Ecco finiti a gambe all'aria tutti i propositi della vigilia. Quella sua autoeducazione alla trasparenza, quel richiamo all'evanescenza, al non essere percepibile per essergli preziosa!... Bene, è fatta. Quanto meno vorrà dire che se non verrà scacciata seduta stante, il suo azzardo avrà avuto un senso.

Ancora una volta Anečka è in attesa di una sentenza. Lui stringe le labbra dopo averne tirato via il sigaro che stava per accendere. Lei questo può intuirlo dalla sagoma riflessa per accenni dal vetro della finestra che ha di fronte. Sente un forte giramento di testa ma non le è dato il tempo di perdersi d'animo, tanto meno quello di svenire.

«Ritmo, signorina! L'ispirazione è una questione di ritmo» proclama brusco lui riattaccando a fare su e giù. Infine, con un gesto perentorio del dito le impone di scrivere.

«*Questo mi sconcertava*, ed entrai nelle sale da gioco pervaso... pervaso *da una sensazione impossibile da spiegare*. Ma era *una sensazione a cui dovevo pensare per forza*, e perciò *spiegarmela mi era necessario*».

Lo sguardo reclino di Anja, accendendosi, si stacca disorientato dal foglio. Basta questo a esprimere lo sgomento provato dalla ragazza nel sentirsi dettare da lui le medesime parole appena dette da lei. Ancora colpi di martello, ignorati da entrambi.

«In primo luogo, tutto mi parve così sporco... moralmente sporco!».

La fanciulla, imponendosi un repentino richiamo all'ordine, si affretta a redigere. Fëdor Michajlovič, a fatica, riprende.

«Non parlo affatto delle facce avide e inquiete che a centinaia affollano le tavole del *casinò*. Tutt'altro! Ma che ogni forma di lucro e di guadagno possa in genere apparire sporca... – ripensandoci – Ho detto "lucro"?... No, solo "guadagno"... che ogni guadagno... che ogni.. – e si blocca – Ah!... È difficile, troppo difficile scrivere così! Difficilissimo!... Voi-voi che... non mi date un attimo di tregua!...».

«Faccio quello che posso».

«Per niente! – e mena un pugno sconsiderato e improvviso contro la parete – A tratti mi sembrate velocissima. A tratti, invece, lentissima, lentissima. Ora, ad esempio... troppo veloce... troppo veloce!... No, non ce la faccio... così non ce la faccio!».

E crolla a sedere dietro la scrivania.

Lei, smarrita, sta sempre a capo chino, la sua postura prediletta. Eppure, non è tanto umile, Anja. Ma ora quel che pensa è: «Avevo frainteso. La sentenza è stata emessa» e quando già sta mettendo via un'altra volta i quaderni e le penne, tra cui la migliore, quella che va riposta con più cura (guai ad affrettarsi nel farlo!), e mentre lo fa convinta che in quella casa non tornerà mai più, sente la voce del suo giudice dirle: «Rivedrò mai la vostra bella treccia?».

Anja sa che dovrà cerchiare questa data nell'elenco dei suoi giorni come quella in cui per la prima volta la violenza l'ha colta alla sprovvista. Non la violenza di un colpo alla caviglia per un asse di traverso che ci fa lo sgambetto, o alla testa, finendo fuori dalla slitta ribaltata, bensì la violenza perniciosa di pensieri oscuri che non si mostrano compiuti alla coscienza, ma per schegge. La violenza del buio in cui ogni singola scheggia completa la propria forma a nostra insaputa. Questa è la vera invisibilità, che è impossibile da fingere o da amministrare. Non la violenza di qualcuno che ci aggredisca, ma della materia nascosta del mondo, da cui tutto può provenire.

Da ora in poi, Anja dovrà calibrare tante altre cose dentro di sé, poiché nell'epifania di questa violenza è compresa, tra le altre, la scoperta di certi silenzi, anche nostri, che non sappiamo né manomettere né piegare alla normalità del linguaggio, e che più li facciamo durare, tanto più maturano effetti molto difficili da tenere a bada. Altra cosa che Anja ha testé dovuto apprendere: il pericolo di come si possa provare pena per qualcuno che di quella pena potrebbe fare la propria risorsa.

"*Rivedrò mai la vostra bella treccia?*". Questa domanda, ad esempio, riassume molte delle tante considerazioni repentine che le si affollano tutte assieme nella testa, ciascuna collegata alle altre. Fino a ieri sera, ma fino alle prime ore di stamane, di sicuro fino alle 11, non l'avrebbe mai detto, ma ora, a turno di lavoro concluso, prima di andar via, al momento di pettinarsi dolcemente con le dita la sua frangia davanti allo specchio della *toilette*, la ragazza soppesa nell'implorazione di Fëdor Michajlovič la giusta quota di buio che vi è contenuta. È una scheggia quella frase. E a ben vedere ha una sua violenza. Come pure una sua lusinga. Niente è semplice, ma tutto è.

Forza, Anečka, ora è il tuo turno! Non ti sottrarre!... Prova a immaginare una risposta. *La rivedrà?...* Lascia perdere il fatto che non è possibile prendere una decisione simile così alla svelta, su due piedi, e che è meglio pensarci con calma, sì, questo lo sappiamo e magari lo farai, ma *intanto* prova a dartela adesso. Guarda in faccia la tua risposta di adesso, a pochi minuti da quando te lo sei sentita chiedere.

Rivedrò mai?... *Rivedrà mai* la tua bella treccia, Anečka?... Forse, se non me l'avesse chiesto, avrei dato per scontato di sì, ma in questo modo è diverso. È stato lui, *lui*, che ha voluto, per ragioni che non so, mettere a rischio la mia volontà, i miei desideri. Chiedendomene conto. Supponendo che io potessi, e che io possa, dire di no. Mi ha rimesso tra le mani la biglia del voto decisivo. Come a Pallade Atena. Eschilo. Le Eumenidi. E si ricorda di suo padre che le racconta del primo tribunale democratico mai narrato da un poeta. Oreste, il matricida, ebbe salva la vita grazie al voto di Atena che spezzò con la sua biglia bianca l'equilibrio tra chi aveva votato la salvezza e chi la dannazione, e si rinnovò. Tornò innocente.

Lui, Fëdor Michajlovič, facendole quella domanda estrema le ha comunicato proprio questo: «Aspettavi da me una sentenza? Ma sei tu il giudice! L'ora che scoccherà domattina alle nove, porterà il tuo *imprimatur*, non il mio».

La ragazza si sciacqua il viso nel lavabo in cui ha svuotato una caraffa d'acqua. Un po' ne beve. Solleva di slancio il volto gettando la nuca all'indietro. Si asciuga con un panno non immacolato. Controlla ancora una volta l'ematoma sotto la frangia. Quanta parte sta avendo nella sua vita quel livido, di cui l'altro, in via di estinzione sulla spalla, fu solo un vago annuncio! Si riassesta il grembiule a righine rosse e bianche. Sorride pensando che Fëdor Michajlovič avrebbe potuto anche domandarle: «Rivedrò più il vostro bel grembiule?».

Esce nel vestibolo dove aveva già preparate le proprie cose. Il *manteau* e il cappellino sono poggiati su una seggiola foderata in raso giallo sistemata presso uno stipite della porta d'ingresso a doppia anta; cartella e sacca stanno sulla seggiola gemella messa a fare da *pendant* presso lo stipite opposto. Lei indossa sulle spalle il *manteau*, poi calza il cappellino controllandone al tatto la centratura e abbassa la veletta a cui, col dorso della mano infilato all'interno, dà un po' di aria perché resti discosta alla giusta distanza dal viso, come farebbe una vera *Madame*, e con gesto automatico si china verso l'altra sedia per recuperare cartella e tracolla ma il gesto rimane monco, bloccato dalla sorpresa nello scoprire che quest'ultima è scomparsa. Al suo posto, una borsa color *beige* che lei non sa di chi sia, che non conosce; sembra nuova di negozio, ma già vissuta. È rigonfia di cose, lo si vede bene. La sfiora, ne palpa la pelle liscia al punto di far venire un brivido ai polpastrelli tanto pare cosparsa di cipria. E quanto è soffice! E malleabile. Solo a premerla con un dito si rimodella tutta come mossa da vita propria.

Anja se ne distrae, cerca attorno la sua... macché, nulla. Poi, ha un ripensamento, riflette, va alla borsa *beige*, la apre e le basta un colpo d'occhio per venire a capo del mistero. Lì dentro stanno tutte le sue cose: quaderni, taccuini, penne, i contenitori dei pennini, le capsule d'inchiostro... sì, insomma, tutte le sue cose, tra le quali, floscia e ripiegata, è infilata pure la sacca rotta.

Si affaccia sulla soglia dello studio. Lo trova vuoto. L'occhio le cade su quelle minacciose strisce di carta. Se ne ritrae. Depone veloce la vecchia sacca sulla sedia foderata con un ritaglio di tela scolorita e se ne va.

Avventurandosi per i meandri di Palazzo Alonkin, che sono tanti e tortuosi prima di giungere all'ampia scalinata per uscire, Anja pensa sul momento con qualche disagio, poi invece quasi con un certo gusto, che tra le cose passate da Fëdor Michajlovič Dostoevskij nella borsa nuova vi è anche il libro con tutte le poesie di Aleksandr Sergeevič Puškin. Il suo poeta più amato.

Sì, ne sorride. Le poesie di Puškin e non le prose di Dostoevskij. Se ne sarà accorto? Di sicuro. Socchiude gli occhi divertita. Come un'alga sinuosa nell'acqua, un sentimento le danza dentro. È una quieta allegria. Pensa al lavoro fatto e a quello da fare. Si convince che il nuovo orario in fondo è sopportabile e che porterà i suoi benefici. Tutto sta ad organizzarsi. Pensa a Pallade Atena dagli occhi glauchi. Azzurri. Come i suoi.

E pensa che Puškin la sua bella treccia non ha mai potuto vederla, e mai la vedrà.

# “*Tout droit! Tout droit!*”

È il tramonto. Anja, allontanandosi dall’appartamento tra raffiche di spifferi, col pensiero rivolto sia a Dostoevskij che a Puškin (che duello ha scatenato tra di loro in nome suo! Ne sarà degna?) rovista nella borsa ricevuta in dono che ha calzato alla spalla ormai guarita, ma siccome questa nuova non le pende sino all’anca come l’altra, il gesto le risulta inconsueto. Deve farlo con l’avambraccio un po’ tirato all’insù. In tal modo, pur non essendolo, si sente goffa.

Dapprima il suo rimestare procede scioltamente, senza attenzione, poi annaspando. Cerca invano qualcosa che era certa avrebbe pescato a colpo sicuro, non appena immersa la mano per adescare con la punta delle dita la sua piccola preda; qualcosa che tra il vetro delle boccette, i dorsi dei fascicoli, il mazzetto dei taccuini ha sempre riconosciuto già solo frugando, non le è mai servito fare altro, tipo buttare uno sguardo, tirar fuori il resto, niente. La mano non aveva neanche bisogno di comunicare al cervello cosa stesse facendo, lo avrebbe fatto e basta. Questa volta no, il pensiero viene avvertito: non trovo nulla, e così quello se ne preoccupa.

Ma è pur vero che la mano non ha dimestichezza con le varie risorse interne di questa borsa ancora tutta da scoprire. Una borsa luminosa di pelle *beige* che a vederla, per carità, è bellissima, di classe, ma il suo interno non ammette il comodo ammasso consentito dalla vecchia sacca, atta a contenere e basta, dove le cose si disponevano sempre allo stesso modo, come avendovi ciascuna la propria cuccia naturale. Questa, dentro, è diversa: pretende ordine e organizzazione. È tutto un insieme di scomparti, di opportunità, di obblighi. Vi sono alcune tasche non percepibili solamente al tatto, che per avvertirle è sufficiente carezzarle, ma bisogna proprio saperle, poiché sono ricavate da un risvolto immesso all'interno della fodera; poi ve ne sono altre a *pochette*, con abbombature grinzose fornite di laccetti e nappine per tenerle chiuse; l'ideale per metterci dei bastoncini cosmetici, un flaconcino di profumo o la scatoletta della cipria. La stoffa di queste delicate toppe è azzurrina come un lembo di cielo, tutta picchiettata di minuscoli uccellini tessuti a fili d'oro, ma chi potrebbe mai accorgersi di una simile raffinatezza esclusa da qualsiasi sguardo che non voglia essere indiscreto? E non è tutto, vi sono doppi fondi, fessurine, asole, concepite per infilarci le monetine sfuse, eventuali monili, ma pure, a volerlo, indiscrezioni, bigliettini segreti. Esplorata nel buio del suo interno, per eccesso di possibilità, questa magnifica borsa è un piccolo caos di anditi, pertugi e nascondigli. Certo, a vederla non ci vuol molto a capire che sia stata scelta per far fare bella figura alla sua proprietaria, ma per altri versi si tratta di una borsa assai meno pratica della vecchia sacca con la tracolla riparata come un finimento per i cavalli da fiera. Questa, a proposito, ha la cinghia sottile e corta. Lo abbiamo già notato: portata alla spalla rimane alta, a ridosso dell'ascella, e va trattenuta contro il costato dalla pressione di un braccio che, in tal caso, sarebbe buona norma guarnire con un guanto a manica, lungo sin oltre il gomito, come è possibile vedere sulle pagine dell'*Illustrazione femminile*. *À la française*. Ma anche, perché no, all'inglese e all'italiana. In definitiva, parliamo di una borsa adatta a una vera *Mademoiselle*; lavoratrice, sì, ma che un oggetto simile se lo dovrebbe godere dopo il lavoro, e non durante.

«Già, ma in fondo può essere che Fëdor Michajlovič proprio per questo me l'abbia regalata, no!... – ragiona la giovinetta – Diciamo come un piccolo lusso, un'induzione allo svago. Tanto che l'altra me l'ha lasciata a disposizione facendomela trovare ficcata qui dentro, non è che l'abbia eliminata. Ah! Ma che sciocca, è vero!... Magari le cose stanno proprio così. Lui mi fa avere una borsa di capretto che è uno splendore in omaggio a me, alla mia persona (la parola "eleganza" le pare fuori luogo), e io per tutta risposta che faccio? Gli lascio l'altra sulla sedia come a dire: eliminatela pure, adesso ho questa al posto di quella, non mi serve più! Ma *questa non mi è stata data al posto di quella*! Mi è stata data per godermela, non per utilizzarla. Stupida io che non riesco a vedermi vista da lui, ma pure dagli altri, se non in un solo modo e basta, vale a dire come una segretaria dal grembiulino a righine che sa fare i suoi compiti a dovere, punto e a capo! Ma va' là!».

A termine della disamina, Anja si conforta gratificandosi: «A ogni modo, non è una sciocchezza saper fare i propri compiti a dovere! Poi, dire "segretaria" è riduttivo. Segretaria con una qualifica particolare, non da tutte. *Specializzata*».

Parola che le piace, le è stata annunciata il primo giorno di lezioni all'istituto come un titolo che sarebbe stato suo: «Qualsiasi impiego vi verrà offerto, voi potrete mostrare un biglietto da visita arricchito di questo dettaglio, che è di pochi: *specializzato*», declinato al femminile: *specializzata*. Da allora è una parola che tiene sempre a mente come qualcosa in grado di distinguerla. Quest'impeto di autostima è tuttavia inadeguato a chiudere la faccenda della sacca lasciata nello studio. La fanciulla si divincola tra opinioni contrapposte. No, va risolta!... E si blocca risoluta sollevandosi sui talloni per una spinta che le parte dalla punta dei piedi facendola esclamare ad alta voce: «Ma che dico?... Che dico?... Ho fatto benissimo, invece! Altroché, se ho fatto benissimo!».

Certo che ha fatto bene! Hanno fatto bene entrambi. Comportarsi in altro modo da parte di lui, ossia far sparire la sacca, avrebbe significato: «Da oggi voglio vedere in voi anche la donna e non solo la signorinella», mentre, da parte di lei, il non lasciarla sarebbe stato interpretato come: «Vi ho capito, Maestro, non volete più solo la signorinella ma anche la donna».

No, no! Meglio non prendere troppe distanze dal ruolo per cui ogni mattina le tocca recarsi puntuale a casa sua. E da domani, va ricordato, nemmeno più alle undici, ma alle nove. Cosa che farà presentandosi con la borsa nuova al posto della sacca vecchia, proprio così. Con questa al posto di quella: piena di penne, boccette e quaderni, e senza nessun cenno di mondanità. Poi ha un soprassalto. Ah, come no! La vecchia sacca! Può essere che siano rimaste lì. Ma senza dubbio. Dovrà tornare indietro e recuperarle. Già prima, al lavoro, ha avuto un pericoloso annuncio dei suoi soliti capogiri serali che potrebbero presentarsi da un momento all'altro, e le dà ansia il pensiero di dover affrontare la sera, la notte e il risveglio senza l'aiuto delle pasticche al ferro che da quando le sono state prescritte le stanno dando un gran conforto. Sì, meglio tornare indietro, ci vorrà poco. Non è ancora uscita dal palazzo, qualcuno le aprirà. Fedosija è tutto il giorno che sta fuori (a quanto pare, da un nipotino che ha dovuto affrontare una dolorosa asportazione dalla coscia), ma Fëdor Michajlovič deve esserci per forza, l'ha lasciato in casa, e considerando che lei sarà uscita da non più di due o tre minuti... "*per quanto sia un po' sordo, mi farò sentire!*". Sì, le aprirà lui, così la cerimonia dei ringraziamenti verrà sbrigata lì per lì, e questo, a dire il vero, un poco la disturba.

C'è caso che il più grande scrittore russo vivente (ma fosse stato ancora vivo Puškin, chissà!) possa pensare che con la scusa delle pasticche lei sia tornata solo per dirgli grazie, cosa che ovviamente la ragazza conta di fare ma a tempo e a luogo. Ora, così, corre il rischio di alimentare due equivoci in un colpo solo. Prima cosa che verrebbe fraintesa: l'urgenza di voler manifestare da brava soldatina sempre sull'attenti un ossequio che le sarebbe parso maleducazione rimandare. Il che non è affatto vero, non è questo il suo modo di comportarsi. Da soldatina sull'attenti, proprio no. Altro possibile fraintendimento, quasi in contrasto col primo, è nel poter suggerire la sgradevolissima sensazione di essere tornata per liberarsi di questo "grazie" il prima possibile, come di un peso. Ma quelle pasticche le servono, sente di averne bisogno. E sia, glielo spiegherà chiaro e tondo: «Fëdor Michajlovič, permettetemi di dare una controllata a quella sacca che ormai non mi serve più. Può essere che vi sia rimasto qualcosa dentro (poi colpa vostra che non le avete tolte, dovrei dirgli, ma lasciamo stare!). Ecco, ero venuta qui per queste, ora la saluto, scappo. Ah... quanto alla borsa, è cosa troppo bella e preziosa per spicciarmela con un "grazie" che voi stesso, avendomela fatta trovare in vostra assenza, non volevate ricevere stasera, ma sperando, presumo, di vedermi domattina».

Pare quasi una lettera, e come tale lei l'ha compitata frase per frase nella sua testolina, al riparo della frangia e della veletta da *Madame*, e quindi correggendola tra sé in vari punti, soprattutto levando quel "*cosa troppo bella e preziosa*" che le è parso quasi smanceroso. In breve, torna sui suoi passi, ma appena fatti pochi metri, tutto cambia.

Prima di girarsi stava andando ben dritta, questo è fuori discussione... e sì, stava percorrendo la trafila di corridoi che, uno via l'altro, l'avrebbero come al solito condotta alle scale e di lì sulla strada, verso il fiume, e ora come mai, voltandosi, si trova davanti a un percorso biforcato? A un'alternativa tra destra e sinistra. Da quale direzione stava provenendo? E perché entrambe le diramazioni sono così in penombra? Non si era accorta di tutta quella penombra uscendo dall'appartamento. È il tramonto, d'accordo, ma in quel punto del palazzo che sia giorno o notte non fa molta differenza. Le uniche luci, lì, sono quelle diffuse da lanterne a petrolio collocate lungo le pareti e che vengono tenute sempre accese. Sarà stato forse per via del fatto che ha camminato pensando ad altro?... Le pasticche. La borsa... ma a prescindere da tutto, *adesso*?... Dove andare?

Di qua o di là?... Anja è fronteggiata da uno spigolo acuto che è una richiesta sfacciata, non meno della domanda: «Rivedrò mai la vostra bella treccia?».

Lo spigolo la guata come il muso affilato di una bestia irridente. Di qua o di là? Di qua o di là?... Lei sceglie *di là*. In ossequio a cosa? Al caso? Alla sensazione che sia davvero giusto *di là*? All'intuito?... E quale intuito ci vuole per decidersi se fidarsi del proprio intuito oppure no?

È la fosforescenza di un attimo che consente agli altri attimi di proseguire in sequenza, di tradursi nuovamente in secondi che scorrono, quindi in metri, quindi in passi. Perciò, *di là*.

È una strettoia quella per cui procede. Le mura sono edificate a crudo, di pietra viva, senza calcina, come a Micene. O come la muraglia di un fortilizio medioevale. Se avesse già percorso un budello simile se lo ricorderebbe. No, le pare di no. O forse sì. Un masso più prospiciente degli altri le struscia contro la borsa, lei d'istinto la palpa temendo l'onta della prima screpolatura. Sembra sia intatta. Scorge una fuga di architravi che sormontano delle porte inchiavardate. Tranne una che pare socchiusa. La ragazza la raggiunge barcollando sul fondo sconnesso della strettoia. La porta, è vero, lascia uno spiraglio aperto ma l'anta è incassata in terra, impossibile smuoverla. Ne viene un odore pesante di pece e di oli da pittura. Un odore spinto fuori a folate, come un vento. Forse lì dentro c'è una rimessa, e nella rimessa una finestra, ma a che le serve indagare?

Dalle pareti attorno promana l'eco dei colpi di martello. Anja realizza che anche prima, mentre ragionava del regalo ricevuto, quei colpi li stava già sentendo, ma molto più vicini. E se prima le giungevano altrettanto forti come nell'appartamento durante la dettatura, ciò significa che ora si sta allontanando dal percorso giusto, da quello che dovrebbe farle trovare l'uscita. Sicché, era *di qua* che avrebbe dovuto dirigersi, e non scegliere invece questo *di là* che la sta conducendo chissà dove.

Una bava di luce opalina che bagna il massicciato qualche metro avanti a lei annuncia una svolta. Vale la vita quella bava di luce. La testa tramortita patisce l'assenza del ferro contenuto nelle pasticche che sono all'origine del suo smarrirsi. Anja ha la sensazione di avere in circolo del sangue impallidito. Infine trova delle scale, le imbocca appoggiandosi tentennante alle mura. Scende una rampa, scende una seconda rampa, e si perde di nuovo tra nubi di polvere. I colpi di piccone le giungono adesso sfiatati, quasi fievoli, dall'alto. Sempre più lontani. In un angolo semibuio nota un segno umano. Un sacco pieno di spazzatura. Lo capisce dal puzzo di marcito. Alla sua destra, sul fondo, una nicchia, nella nicchia una porta con un battente che la invita a farsi usare. Bussa. Nessuno le risponde. Altra nicchia, altra porta. Bussa pure a questa, trattenendosi dal chiamare. Una donna con l'aria annoiata e con le ciabatte apre e la squadra.

«Sei da sola?» le domanda.

«Dovrei uscire, sa dirmi dove...?».

«Donne sole qui non entrano. Uomini soli sì, donne no».

«Non voglio entrare, voglio uscire!» geme lei cercando di trattenere l'anta che l'altra sta per sbatterle in faccia.

«E per uscire vieni da me?».

«Ma mi sono persa!», c'è più improntitudine che preghiera nella sua esclamazione.

La donna si sofferma a osservarla. Anja si sottopone di buon grado all'esame spegnendo ogni espressione, come a dire: «Sono innocua».

Quella sembra una zingara, è avvolta da stoffe buttate addosso come paludamenti che vanno dal viola al rosso. Ha pendagli d'oro e una gonfia parrucca nera.

«Ti sei persa.... mh. – nota la borsa, sorride, mentre la ragazza, ancor più atteggiata, mantiene ben fermo il suo aspetto di giovinetta da cui non si debba temere nulla – Ma guarda un po'!» fa l'altra traducendo il suo sorriso in un piccolo sbuffo, e richiude la porta.

Anja ha potuto cogliere, dell'interno, il pulsare di una luce fiochissima da un moccolo ridotto a un piccolo lago di cera davanti a un'icona annerita, con un mazzetto di fiori messo lì a languire. Quell'icona e quei fiori le danno la forza di bussare ancora, e lo fa con insistenza, con forza, decidendosi a gridare, ma ne riceve solo delle urlate perché se ne vada e non c'è più verso.

Dal fondo del palazzo le giunge un ronzare di voci. Ascolta meglio. Sì, non si sbaglia, sono voci. Vanno raggiunte, ma le mura non possono essere perforate, le tocca rasentarle tutte attorno dandosi come riferimento la distanza da quel vociare, una distanza che, malgrado qualsiasi giravolta, lei deve fare assolutamente in modo che diminuisca, sarà la sua bussola. L'impresa è difficile, la cinta delle pareti è come il dorso di un cetaceo gigantesco: la fanciulla vi sta addossata, e il dorso a tratti la avvicina e a tratti la allontana dalla meta che, se lei potesse grattare la pietra, se potesse scavarla, verrebbe raggiunta in pochi passi, le ci vorrebbe nulla. È lì. La sua meta sono le voci che ancora sente e che si prefigura come la propria salvezza. Fa attenzione che la borsa non urti più contro le pareti, né che le scivoli giù dalla spalla e frani in terra, sarebbe la rovina: le capsule di inchiostro si spaccherebbero, esploderebbero, e non ci sarebbe limite al disastro. A quel punto vede devastati pure i suoi stivaletti sfoderati e la balza del grembiule.

Sente urlare: «*Tout droit! Tout droit!*».

Da sotto? Da sopra? Da dove?... È a me che dice? Lei grida a sua volta: «Sono qui!», e ancora: «*Tout droit! Tout droit!*».

Ora la voce, di poco, ma le pare più vicina. Più dritto dove?... Solo colpi di martello. Non se ne rende conto ma sta correndo. La mano destra comprime contro l'anca la borsa di capretto che ha tirato via dalla spalla; le è inevitabile, nel contatto col palmo della mano, avvertire qualche graffio che sulle prime le era sfuggito, sicuramente colpa della strusciata contro il masso che dunque i suoi danni li ha prodotti (e le torna in mente la *trojka*, l'abete, il volo!). Ci penserà, ci penserà. Ma che rabbia! Nuova! Bellissima! Così delicata!

Corre dritta, per quanto le è possibile correre dritta. Verrà detto da qualcuno in futuro che non esiste labirinto più intricato di una linea retta. Una linea che per lei corrisponde a questo dannato *di là* che ha voluto prediligere nonostante il suo secondo intuito le avesse suggerito di non fidarsi del suo primo intuito (non può negarlo, adesso se ne ricorda).

Qualcosa che pende dall'alto le strappa il cappellino dalla testa, lei si china all'indietro per recuperarlo e solo quando ha percorso veloce almeno un'altra decina di metri si volta per capire cosa sia stato a sfiorarle pericolosamente la tempia. Un gancio. Un pesante gancio ad artiglio appeso a una catena che viene giù dal soffitto, ingombro di traverse e di carrucole. Una goccia da quell'altezza le cade lenta, gonfia e gelida su uno zigomo. Lei ha una reazione convulsa come per scacciare un insetto. Un lampeggiare di visioni le esplodono negli occhi mentre riprende a correre *tout droit, tout droit.* Neanche fosse in un palazzo spagnolo, in un santuario della Santa Inquisizione!... È a Palazzo Alonkin, si chiama Palazzo Alonkin, e sta a Pietroburgo, nella sua città. Se lo ripete come se ripetesse il proprio nome. Eppure non tutto le è sconosciuto di ciò che non riconosce. Più o meno i segni alle mura sono quelli che ha già visto altre volte, certi graffiti, certe travi messe in verticale a fare da rinforzo. E riconosce anche certi cubicoli che si incastrano gli uni negli altri nel palazzo di Raskòl'nikov in *Delitto e castigo.* È stato come entrare in uno dei suoi libri, in uno dei suoi di libri... *ecco in quale libro!*

*"Tout droit! Tout droit!"*, la voce adesso è vicinissima.

«Eccomi – strilla Anja – È di qui?... Dritta così? Vado bene? Per cortesia, ditemi qualcosa!».

«Sì, sì!... *Tout droit! Tout droit!*».

Ancora dei gradini in discesa, lei li supera con un salto che, nel ricascare, le fa dolere la caviglia storta la sera prima. È costretta a rimanere china su un ginocchio a massaggiarsi l'articolazione del piede. I colpi risuonano davvero a un passo, questo la tranquillizza e perciò aspetta quanto serve a far sì che la fitta smaltisca il più possibile. Lo fa restando a occhi chiusi in un tempo immemore. Le mani che, sfregando, le scaldano la caviglia riassumono ogni percezione del suo corpo. Quella voce, tanto, non la abbandonerà, di questo è sicura, e le darà modo di riprendersi, dopodiché saprà dirle dove andare. La sosta che si sta permettendo è lecita, non la sta mettendo a rischio di nulla. Ormai lo sa: c'è qualcuno che si cura di lei, che la accudisce e che vuole tirarla fuori da quell'impiccio. «Se continua a battere col suo martello lo fa per me, – pensa Anja – per tranquillizzarmi, per dirmi: io ci sono».

Le macchie luminose che trapuntano il buio accolto nel cavo della cornea si compongono in figure allegoriche, mostruose, non figlie della sua fantasia consueta. Da dove le vengono? Perché la assalgono così? La fanciulla fatica a comporre un filo logico tra lampi di memoria che potrebbero, forse, farle da bussola. Poi qualcosa in quella selva di ectoplasmi fluorescenti inizia a fissarsi. Un libro. Un libro di figure sfogliato un giorno con suo padre. Rivede un'acquaforte di un incisore italiano intitolata *Le Carceri*. Mai dimenticato, al pari dell'immagine, quel titolo impressionante. Un vespaio di luoghi mescolati ad altri luoghi. Come lì! *E come nel palazzo di Raskòl'nikov!...* Un ordigno di saliscendi, dove ogni direzione vale il suo inverso. Non c'è alcun punto di fuga in uno spazio così. Tutto è spinto dentro, all'interno, nel risucchio di ogni cosa in ogni cosa. Dovunque tu vada, ritorni. Come le parole palindrome che ripetono perennemente sé stesse. Come certi nomi. Come il suo. Anna. Il canone inverso. Quella musica. L'andare avanti che diventa un arretrare. Quel violino. Rovesciare il percorso è rovesciare il tempo. Futuro e passato sovrapposti nella stessa porzione di spazio. Il due in uno. Il doppio. Il diavolo. Andando sempre dritti ecco dove si va: all'Inferno. Lo pensa e si reprime. La sua coscienza geme.

Ha pensato l'inconcepibile, ma lei non è così! Anche il suo catechismo erompe in frantumi nel corso di questo fugace delirio che la invade e la spossessa della propria identità. Da dove le proviene tanta energia visionaria capace di farle trasfigurare il reale con una forza che prima di oggi non aveva mai sperimentato? Oh, non c'entra la stele che le si mostrò come un'annunciazione adolescenziale in una tenebra carezzevole a segnalare una soglia tra due universi contigui e inconciliabili, la stessa opalescente fessura poi riapparsa nella colata di ghiaccio presso la locanda a Tosno. Quella fu vera. Anche il violino e il violinista lei sa che erano veri, mentre non comprende come possa essere vero questo: il suo essersi persa qui dentro. No, non è vero, né vero né possibile, come invece la sua inesplorata immaginazione le vorrebbe a tutti i costi far credere.

Solleva lo sguardo e realizza con più chiarezza che specie di luogo sia quello in cui al momento, dopo tanto insulso girovagare, è capitata: un ampio e vertiginoso cornicione che recinge uno sprofondo in cui stanno erigendo delle impalcature. Su una di esse, a qualche decina di metri da lei, due uomini la stanno osservando. Sembrano sospesi nel vuoto. Entrambi hanno dei pesanti martelli che pendono loro dalle mani, col maglio di pietra che arriva sin quasi a sfiorare le tibie rischiando di percuoterle. Lei può scorgere, di quegli uomini, solo le sagome scure in controluce. C'è una vetrata, altissima, sul fondo alle spalle dei due. L'azzurro cupo dell'ora ne accoglie i profili senza che nulla si possa vedere dei loro visi.

«*Ma che dico? Ma che dico?... ho fatto benissimo, invece! Benissimo!*» bercia uno dei due e scoppia a ridere. Le fa il verso. Doveva essere vicino quando lei si è lasciata sfuggire quelle esclamazioni che non ricordava di aver espresso ad alta voce. Ad altissima voce, evidentemente.

«Era lei, no... a cinguettare così?... *Ma che dico? Ma che dico?*».

Non serve commentare, serve solo ciò che serve: trovare la maniera per andarsene.

«Sì, mi sono persa!».

«*Tout droit! Tout droit!*» grida l'altro, e questa volta l'indicazione è supportata dal braccio che, prolungato dal pesante martello, viene ben steso a indicare la strada. *Di qua*, non *di là*. Non si va dritti da nessuna parte, *di là*. E lei, sforzando la voce e massaggiandosi la caviglia ancora sofferente, geme un po' stridula: «Ma di qui vado giusta per le scale?». Quello dei due che si è preso la briga di soccorrerla, gridando ancora più forte, le dice: «Niente scale. *Pas d'tout*. Oggi da quella parte è sbarrato. Domani».

Ha la *erre* ingolata dei francesi. Dunque, il tizio parla così non per maniera, *alla russa*, ma poiché *è* francese.

Anja vorrebbe saperne di più sul posto, sul *di là*, sulle svolte che potrebbero mettere a repentaglio il suo andar dritta, ma al contempo, per purissimo amor proprio, non sopporta di mostrarsi troppo smarrita e si fa bastare quanto le è stato detto. Dei due, quello rimasto per lo più in silenzio ha ripreso a battere col martello sull'asse che ha sotto i propri piedi, ed esattamente nel tratto in cui l'asse è collegato al resto della struttura, con lui che invece sta dalla parte del ciglio, a un passo dal baratro. Un'azione assurda ma reale, Anja non se la sta affatto immaginando, è quel che davvero vede. Sembra che l'uomo, con la piena compiacenza dell'altro, del tutto indifferente a questa sorta di follia, voglia abbattere il sostegno su cui si trova e che ancora gli impedisce di precipitare nello sprofondo.

«Mah, sono lavoratori, – valuta lei – avranno le loro competenze, non sta a me intromettermi in quello che fanno» e si avvia a passo normale, dritta lungo il cornicione che adduce a un ballatoio, il che la porta a rasentare il punto dell'impalcatura dove si trovano i due. Giunta a pochi metri da quello che le ha parlato, per lei un angelo, il galateo da *Madame* con la veletta sul viso (solo ora però si rende conto di non essersela riabbassata da quando le è volato via il capellino) la trattiene dal manifestare esagerate effusioni di gratitudine e si limita a inviare un trattenuto cenno di riconoscenza col capo. Col mento. Col suo piccolo mento che tutti notano. Così appetibile, così pudico. A disposizione di chiunque, da sempre, da quand'era bambina.

Il volto del suo angelo le si mostra rischiarato dalla vicinanza. Non bene: è solo un fluttuare di riverberi. Per comprenderlo va ricomposto. Sembra di un giovane, ma l'impressione dell'insieme sottostà all'alterazione di una guancia deturpata dalle cicatrici del vaiolo. O non sarà, pensa lei, quella malattia che chiamano il *mal francese*?

Che sia ingenuità o malizia, fatto sta che tutto è simbolo e analogia.

Quando i due sono stati ormai superati da tempo, la ragazza è raggiunta ancora dal grido starnazzante: "*Tu druà! Tu druà!*", ma questa è la voce di un vecchio. A gridare adesso è stato l'altro. Non si capisce costui chi voglia prendere in giro, se il proprio compagno o lei. L'ultima parola in questo colloquio, però, vuole averla a ogni costo il suo angelo protettore: "*Tout droit! P'tit mignonne... ecoutez-moi... cooon-vienè*".

Ma se non verso le scale, quale dovrà essere il suo traguardo? Il cantiere si espande per tutto il cuore del palazzo. Ah, l'intrico della linea retta!

Anja si infila in mezzo a una selva di trabeazioni. Già la prima svolta la disorienta. Scende e sale da un pianerottolo all'altro attraversando un ginepraio di angusti corridoi. Affronta cambi di rotta aggirandosi in una suburra dove tutto è fomento di inquietudini oniriche alimentate dalla fuliggine. Ombre, suoni... sensazioni di minacce incorporee. Si addentra in un cunicolo dalla volta bassa e dal pavimento fangoso dove ristagna un odore di cavolo e di brodo. È vicina a degli appartamenti, dunque... ma no, non si direbbe, porte qui non se ne vedono. Scorge in terra dei fogli accartocciati. Ne raccoglie uno. È fresco di inchiostro a ciclostile. Se ne sporca le mani. L'intestazione, *in russo* ma non in caratteri cirillici, recita: *Fronte del Nuovo Sole Popolare*. Non le interessa capire di che si tratti e insiste a svoltare da una parte all'altra sino a perdersi nuovamente del tutto. Ora che addirittura l'avvento di un angelo subitaneo si è rivelato fallace, il nodo alla gola diventa terrore autentico. Anja si impone di ragionare. È un palazzo, non una galassia. Avrà i suoi limiti, i suoi confini. La mano che preme a protezione della borsa suggerisce al cervello una bizzarria: "*Proprio come qui dentro! Come dentro questa borsa!*". Sì, proprio come il caos di lì dentro. Tutto è simbolo e analogia. Dei passi che salgono per lo strombo delle scale.

«Chi c'è laggiù?... Chi c'è?» strilla la ragazza con voce più lacerata di prima. Ormai non ha remore nel dichiarare l'angoscia che l'assale.

Una figura un po' storta avanza da oltre la breccia di un muro in via di restauro e si ferma a una decina di metri da lei. Per terra ci sono dei secchi. In un secchio, spatole e pennelli. Il tizio, quasi fosse scaturito dalle viscere del luogo, le parla usando toni morbidi, falsi.

«Ma come?... È casa sua e ci si perde?».

Il lampo di un fiammifero fa avvampare nella penombra la faccia irsuta di Pavel Aleksandrovič. Un giovanotto che ha circa la stessa età di Anja e che sembra tenere in dispregio la propria avvenenza bruna, di maschio che potrebbe attrarre ma non se ne cura, e che a seconda dei casi può dare l'idea di essere o troppo ardente o troppo malsano. Lei deve attraversare oceani di stati d'animo in un batter d'occhio per approdare a una risposta da opporre a quella sua smaccata provocazione.

«Perché casa mia?... Non lo è per niente».

«Lo dico per gentilezza, non deve prenderla a male. – e scuote con forza la mano che tiene il fiammifero usato per darsi luce – A noi piace che la senta un poco sua».

Pavel Aleksandrovič indossa una vecchia giubba militare infeltrita e nera, sicuramente non fatta per lui ma raccattata da qualche parte; la tiene slacciata e ha pantaloni di lana grigia rigonfi alle cosce, calzati in stivali marroni da cavallerizzo. Vecchi e scorticati alle punte. Sotto la giubba, una blusa bianchiccia con degli sbaffi rossi. O di vino o di sangue. Sembra vestire in un modo rabbioso, per ostentare la propria volontaria messa al bando da qualsiasi consorzio sociale. È intonatissimo alla penombra che lo avvolge. Attorno, echi di voci, come ululati, risate, e non si capisce bene che altro ancora. *Ecco!...* Queste, *queste* sono le voci che lei aveva sentito prima. I due operai non c'entravano affatto. E con queste voci che dileguano, si odono dei passi in fuga. E guaiti. Anche dei guaiti. Chiunque stia scappando, ha un cane con sé. Uno o più di uno.

«Oi, aspettatemi, arrivo!» grida all'indirizzo delle voci il ragazzo. Nel farlo si sporge di scatto con tutto il busto oltre una malmessa balaustra che lei non aveva visto, per cui le è impossibile trattenere uno strillo di orrore nell'attimo in cui si immagina quello sciagurato volare di sotto.

«Ah, mi lusinga! – esclama lui tirandosi via dalla balaustra che, sollecitata, insiste a vibrare per parecchi secondi ancora – Gridare così, per me!... Vivaddio! Sicché, le sto a cuore, a quanto pare. Direi che è una buona notizia».

«Non amo veder morire nessuno».

«Oilà, oilà! E questa come possiamo definirla? Una bella sentenza da eroina tragica. Fiuto odore di ottime letture. Deve essere un piacere scambiare due chiacchiere con lei».

«Possibile. Almeno potrete aiutarmi» ribatte Anja, senza troppi complimenti.

«Perché? Che le è successo?».

«Sul pianerottolo c'erano degli operai, mi hanno detto che le scale oggi non sono accessibili e mi hanno fatto passare di qui, ma non mi sembra che si veda nessuna via d'uscita».

«Pittori!» e dà un calcio ai due secchi che si trova tra i piedi, uno vola di sotto dando la misura di quanto sia pericoloso affacciarsi a quella ringhiera pericolante: il volo dura parecchi secondi prima che si oda dal fondo il clangore lontano dell'impatto.

«È pieno di pittori qui dentro, – la informa con fastidio Pavel Aleksandrovič – dipingono e scrostano, scrostano e dipingono. Gli operai uguale. Ricostruiscono e abbattono. L'inverso di quello che si dovrebbe fare. Non trova?».

Anja non ha risposte, ma solo una necessità.

«Insomma, niente, mi sono persa».

«E quel foglio?» domanda lui adocchiando la mano della ragazza che, senza neanche farci caso, ha insistito a tenere stretto in pugno il pezzo di carta recuperato da terra.

«*Nuovo fronte del sole popolare*... ne sapete nulla?».

Pavel prende il foglio e lo intasca con gesto ruvido.

«Chi l'ha lasciato in giro è un idiota».

«Sarei curiosa di sapere se ne sapete nulla».

«Le interessa aggregarsi?».

«Se non so a cosa!».

«Allora, taccio. Chi non sa, non saprà. Almeno da me. Non faccio da balia agli svezzamenti del pensiero altrui. Si presenti più edotta e ne discuteremo» ma quel che dice lo dice con l'evidente voglia di aggiungere altro.

«Qui è buio, e quando ho trovato quel foglietto stavo solo pensando a come uscire. Non ho letto che l'intestazione».

Pavel Aleksandrovič rimugina qualcosa prima di offrirle una *chance* che la dimostri abbastanza degna di quel colloquio.

«Giudizio!».

«Giudizio?... Su che?».

«Su quello. Le chiedo un suo giudizio. Che le sembra?».

«Ma ho letto solo...».

«Tanto basta. A naso».

«Quindi, l'intestazione?... – l'altro strizza le labbra, è il suo "*sì*"; lei fa di tutto per ricordarsela, uno sforzo impossibile da mascherare – Ah... bella. Poetica. Una vostra idea?».

«*Vostra*».

«Mia?».

«No, le facevo da eco. "*Vostra*". – Pavel Aleksandrovič ripete la parola come tenendo per la punta delle dita uno straccetto lercio – Sa che le dico?... Che discuterò di politica *con lei* quando avrò capito chi è. – un editto proclamato contraendo le palpebre a scatti, come afflitto da uno spasmo nervoso che, acutizzandosi, gli fa anche arricciare il naso – Per certe cose la cautela è d'obbligo. Ma per il resto... – e china il capo, più sfrontato che cortese – so cos'è la galanteria. Mi è toccato apprenderla. Di qualsiasi cosa necessiti, non si faccia scrupoli. Sia qui, che fuori di qui. *Ubicumque*».

Che balletto dialettico pieno di tranelli! Ogni replica è una messa a giudizio.

«Fuori di qui sarebbe meglio» è la mossa di Anja.

«Un cavalier servente. – fa lui esprimendo una compitezza estrema – *Voilà*. Penso che ne abbia bisogno» e allarga di poco le braccia a confermare la sua messa a disposizione. Svenevole. Esagerata. Sicché, melliflua. E attende.

«Sapete, per caso... – fa Anja, ma frenandosi all'istante; visto che il tipo lì presente preferisce una forma intermedia di confidenza, tanto vale adeguarsi – *Lei*... lei conosce, per caso, la maniera più facile per venir fuori da questo palazzo?».

«L'unica, conosco. Che sia facile è un altro paio di maniche, *n'est-ce pas*?... Doveva fidarsi. Quella brava gente le aveva detto giusto. Mano d'opera straniera, ha fatto caso?... *Tout droit! Tout droit!*... Accogliamo chicchessia. *Vive la France*!... Ormai ne sanno quanto noi, e ci rubano le donne e gli amici. Ma dobbiamo accettarlo. Noi, d'altronde, abbiamo razziato in casa loro tonnellate di idee, meglio starsi zitti. A ben vedere, va' a capire chi ci ha guadagnato di più!... Alle giuste copule, le giuste sentenze. Dico male?», nel postillare un motto tanto strampalato, si strofina ghignando le nocche tra loro come pietre focaie e se le fiuta quasi a inebriarsene. L'incongruità di questo gesto impedisce ad Anja di badare troppo all'irriverenza altrettanto incongrua della parola "copule".

«Anch'io – riprende lui – le avrei detto lo stesso. Dritta! Dritta!... – e le preme addosso uno sguardo pesante che solleva lento, da sotto in sopra, a sezionarla – Ma lei poi si è messa a girare in tondo, ed eccoci qua. Dritta da me. Come dire che girare in tondo è pur sempre un modo per tirare dritti. Da rifletterci. – e fa per darsi un contegno, ma da buffone, picchiando sonoramente i talloni l'uno contro l'altro (gesto che ama scimmiottare) e abbottonandosi svelto la metà bassa della giubba per poi sbrigarsi a stirarla col palmo di una mano, il che mette in evidenza due macchie scure di grasso che la stoffa sgualcita riusciva perlomeno a confondere tra le pieghe – Se vuole favorire... – ora che si sente adeguato a farlo, o fingendo di esserlo, le porge platealmente la destra – Qui è pieno di fosse e fenditure, una storta ci vuol niente. Si stringa a me. Non è questo che mi stava chiedendo?».

Sì, è questo. Tutto pur di uscire di lì. Anja si sottomette al proprio stato di necessità e corrisponde all'invito.

I due, sottobraccio, procedono a passo sicuro. A dettare legge è la camminata soldatesca di lui. Sembra che quegli anfratti gli siano ben noti. A tratti la ragazza sbircia il profilo del suo accompagnatore. Lui è da un po' che le sta parlando con lo sguardo ben dritto innanzi a sé, tormentato a ritmo costante da quel tremito delle palpebre che sbattono come ali di falena e che poi s'acquietano e poi riprendono. E col naso che si aggrinza tipo quello di un bambino. Lei, sforzandosi di non darlo a vedere, fatica a concentrarsi su quanto le viene detto dandone per scontata l'assoluta vuotezza.

«Ah, se un popolo potesse, come qualsiasi individuo, ritirarsi ogni tanto in solitudine e meditare su sé stesso! – prorompe lui, proseguendo un monologo articolato e contorto come le complicate budella del palazzo che stanno attraversando – Non mi dispiace, sa, che prima abbia detto: *poetica*. Ha a che fare col nostro discorso. Consideri la parola "popolo": quanto è diversa se pronunciata da un poeta piuttosto che da un politico!... C'è un abisso. Dovremmo domandarci chi fra i due abbia più diritto a usarla. Pensiamo, ad esempio, a noi... – con un soprassalto repentino del dorso e con altro tono, secco, accigliandosi – Anna, vero? – lei fa di sì – Pensiamo a noi, Anna, in quanto russi. Non basta affatto essere nati qui per esserlo! Per diventare russi bisogna diventare sé stessi. Ma le dirò di più: *violentemente* sé stessi. Solo allora tutti coloro che ci riusciranno potranno insorgere insieme venendo fuori con la potenza devastante di una detonazione dalla fase teorica, che è quella della stasi e dell'inerzia, per accingersi finalmente all'opera! Alla grande opera!».

Questo allucinato proclama guerriero, farcito di una forza cieca, quasi irrazionale e compressa, sollecita d'improvviso l'interesse di Anja con un senso di allerta che sinora era del tutto languente.

«Detonazione... accingersi all'opera... – ripete lei – la sentisse parlare così qualcun altro!...».

«La polizia?... Mi ha già sentito, altroché!».

«No, a esser franca non pensavo alla polizia».

«Ah, capisco. A lui. Si tranquillizzi, è il primo a dirle certe cose. L'inventore delle formule magiche!... *Accingersi all'opera.* Sa solo dirlo, però. Quanto ad agire, non c'è rischio. Mai visto!».

«E quale sarebbe l'opera?»

«Niente di scritto, *mon amie.* Perciò, nulla che il mio signor padre abbia mai fatto».

«A maggior ragione mi piacerebbe saperlo: quale?».

«Ma il compimento dell'unione universale, cos'altro sennò?».

L'astrazione della replica quasi la tranquillizza facendole di nuovo presumere la prossima piena del più ridondante e insulso degli sproloqui, al che, sopportando la pressione del fianco di lui che le spinge addosso il peso voluttuoso del suo corpo ossuto, si limita a sbriciarlo di sbieco, senza più troppa attenzione, a parte quella esibita per finta.

Pavel Alksandrovič, ripetendo un proprio vezzo, tramite le narici dilatate al massimo, annusa con una forte e sonora inalazione le punte della mano sinistra raggrumata a pigna come fosse un mazzetto di essenze a cui attingere per acuire l'intensità del suo ragionamento, e riattacca a dissertare.

«L'idea nazionale russa è, alla fin fine, l'unione mondiale di tutta l'umanità. E intendo davvero tutta!... Le pare esagerato?... Neanche un po', è solo scienza. Una banale cognizione antropologica, ci pensi. Anche un pigmeo dell'Africa equatoriale anela a essere sé stesso e a potersi identificare in ogni membro della propria confraternita sentendosi parte viva di quella comunità in cui sogna di vedere racchiuso il mondo intero. Chiamiamola anche razza, in fondo di questo si tratta. E le parlo di un pigmeo!... Figuriamoci noi!... – lei, risoluta, tenta di scostarlo un po' da sé con grazia femminea limitandosi a un percepibile fremito del busto; lui, recepito il messaggio, fa un piccolo balzo di lato a ostentare le sue scuse per quella forse inconsapevole arditezza e in men che non si dica riassume la giusta distinzione per riproporsi come il più composto dei cavalieri ma atteggiando una risata sarcastica – Ah!... *Giustiza, castità, povertà*, dice lui! Grande parafrasi rivoluzionaria!... Gliel'ha già detto?... Se non gliel'ha ancora detto, glielo dirà, non dubiti, o la costringerà a pensarlo. Bla-bla-bla. Splendido, sottoscrivo. Ma ci serve? Sì, solo però se queste parole ce le facciamo esplodere dentro, ma mica per scherzo, per davvero. Sino a lacerarci ogni brandello di carne avendo poi la forza, così dilaniati, così ridotti a poltiglia, di andare oltre, sempre più oltre!... Mi dia retta, signorina cara, si può!... Annichilirsi per andare oltre, si può! – e lanciandole una svelta occhiata subito ritratta – La stupisce, vero, che prima le abbia detto *"Non le parlo"* e ora magari le sembra che mi sia messo addirittura a concionare senza freno!... Perché? Non trova naturale che un giovane, pronto ad attribuirsi *lui per primo* poca esperienza di vita, nasconda dentro di sé il sogno di diventare un eroe?... – trattenendola con uno spasmo muscolare del braccio che le offre – Attenta a quel gradino!... È lì in fondo, quasi ci siamo. – e riprende sull'onda della sua sghimbescia foga oratoria – Mi creda, una tale fede in sé non è immorale, e men che meno una volgare autoesaltazione. È quel che avviene anche nei popoli, identico. Non ce n'è uno che non ambisca a essere l'eroe di sé stesso. – su questa affermazione la strattona imperativo affinché, inchiodandola sul posto insieme a lui, la ragazza resti più che mai concentrata su quanto sta per dirle – Mi ascolti bene!... – e resta bloccato di profilo, con l'indice della mano che la tiene sottobraccio a scandire il tempo della citazione – *Ogni grande popolo, se vuole restare a lungo in vita, deve credere che soltanto in lui sia racchiusa la salvezza del mondo!...* Ripeto: *soltanto in lui... e deve credere di vivere...* – recuperando la giusta memoria – *sì... deve credere di vivere per essere alla testa dei popoli... per attrarli a sé e portarli tutti insieme...* badi: *tutti insieme... per portarli tutti insieme in un coro armonico a uno scopo definitivo... uno scopo che sia a tutti loro...* questo è importantissimo: *a tutti loro... a tutti loro predestinato.* Così. Predestinato. Mi capisce? – rilassa i muscoli del viso, solo le palpebre che sbattono denunciano il suo perdurante dissesto nervoso; insiste a non guardarla – Non me lo sono inventato io. Qualcosa del genere era più o meno scritta in una sua lettera a me. Non spedita. Me l'ha fatta trovare sotto al cuscino, come a un bimbo, nemmeno un anno fa. Il latte paterno dato da bere all'anarchico che in questo momento le sta dando il braccio. Si fidi, Anečka!... – soffermandosi titubante – Immagino che sia abituata a sentirsi chiamare così. – e fissa le ciglia vibranti in direzione di un punto lontano, perso nel buio, senza attendere conferma – Sono stato del tutto sincero: non le ho parlato di politica, mai. Le ho parlato da amico, in assoluta confidenza. E apprezzerà, mi auguro, il fatto di averle usato il garbo di non fumare mai. So che non gradisce. Ma procediamo! – e i due riprendono la loro eccentrica *promenade* – A proposito di amicizia, se posso permettermi un consiglio... – a questo punto Pavel cambia sottilmente tono, come se tutto il suo sproloquio precedente non fosse stato che un preambolo a quanto sta per dirle – Ma non vorrei azzardarmi... me lo dica lei, posso? – Anja, costretta a incuriosirsi, annuisce – *Non si fidi*» e tace.

«Di chi?».

«Sa benissimo di chi. Non si fidi. Lui il fuoco lo sa fingere solo scrivendo».

«Prego?... – ora sì che lo guarda; Pavel Aleksandrovič se ne accorge e fa capire di non gradire per niente la cosa scostando quasi di scatto il volto dall'altra parte – Non capisco».

«Mi ripeto. Ma per cortesia, non rallenti. Anch'io avrei fretta. – e si raschia la gola – Dicevo?... Sì, le ripeto. Lui... il fuoco... lo sa fingere... solo... scrivendo. Se conosce il senso delle parole "fuoco", "fingere" e "scrivendo" non dovrebbe esserle difficile. O c'è bisogno che le specifichi a chi mi riferisco dicendo "lui"?».

«Discorso inopportuno. Forse mi sta confondendo».

«E con chi?».

«Con qualcuno che potrebbe dare il giusto valore a questa informazione».

«Semmai, con qualcuna. C'è differenza. E poi non mi interessava affatto essere opportuno. Volevo solo esserle di qualche utilità. – ostentando il braccio che le fa da sostegno – Potrebbe divenire una nostra abitudine. O pensa che abbia qualche mio tornaconto a dirle "Non si fidi"?».

«Ho poco da fidarmi. Sono qui per lavorare».

Il ragazzo rovescia secco il capo all'insù come a ricacciarsi in gola lo sgorgare di una risatina sconveniente.

«Ah!... Come no!... – e si rimette in asse, torce il collo per addomesticare il colletto della camicia che lo stringe più del dovuto e riassume un'aria forzatamente impettita – E intanto quello succhia, succhia. Lo vedrà! Lo vedrà!... Quando uno se ne accorge, è già spolpato».

Su questa maldicenza Anja vorrebbe impuntarsi e svincolare il suo braccio da quello del ragazzo, subito, all'istante. Evita, ma sentendosi al limite della sopportazione.

«Lei mi sta parlando di esperienze che non mi riguardano affatto».

Poi, in nome di Dio, pensa lei, perché ha la pelle così giallastra? La luce non c'entra. È unto. Sembra che se la sia impomatata apposta. Anche le mani, sono lisce e unte. E di chi è figlio, si può sapere?

Solo il contatto che le circostanze le impongono con quel ragazzo repellente e odioso, e tanto più perché così vuole apparirle, le crea un senso di fastidio urticante, come di infezione. Che almeno quello sciagurato se ne renda conto! E lui se ne rende conto, eccome. Tanto peggio. La morsa della pressione che le impone si fa proprio perciò più energica.

«È arido. – afferma Pavel, a trafiggerla – Dia retta, è arido».

«Lo dice per scandalizzarmi? Non ci riesce».

«Da amico! Siccome ci frequenta, mi sentirei responsabile se poi, sia mai, domani...».

«Non si preoccupi. Domani il mio impiego in questa casa sarà già terminato o quasi».

E la marcia prosegue. Fianco a fianco. Senza guardarsi.

«Mia madre l'ha fatta morire di crepacuore, – riprende Pavel, implacabile – e a me farebbe morire di fame. Fosse per lui!... Crede di non saper uccidere, ma io le dico di sì. – Anja tace – È al corrente del fatto che intende risposarsi? – Anja tace – No?... Be', glielo dico io. Sta per risposarsi. Con Aglaja Vassil'evna. Gli piacerebbe!... Carne ricca. In tutti i sensi».

«Non m'interessa».

«Spero bene. Dicevo solo per chiacchierare. La conosce Aglaja Vassil'evna?».

«Sì, ho avuto il piacere», la risposta viene mormorata a labbra serrate, come subendo un'estorsione.

«Ucciderà anche quella poveretta, può giurarci. – asserisce Pavel – O magari si farà uccidere. Dipenderà dall'ispirazione, sta' a vedere. Conosco la procedura».

E abbranca l'esile polso di Anja sempre più vigorosamente con l'aria di volerla sorreggere meglio e non per procurarle del dolore, ma così è. Lei ne soffre. Strizza gli occhi. Vorrebbe ordinargli di lasciarla andare, ma sarebbe la vera resa e non una prova di forza. Meglio farsi guidare come una cieca. Possibilmente senza dirsi altro, nessuno dei due. Quel che avviene, in un silenzio terreo. Giunti alla luce smorta dell'esterno, il giovanotto, con istrionica galanteria, scioglie morbidamente la presa e, accorgendosi della borsa, esclama stendendo le labbra sottili in una smorfia tagliente, col viso riverso all'ingiù: «Ah, ecco per chi era!».

Detto ciò, le impone un bacio prolungato sul dorso della mano sussurrandole: «Non ho fumato. Mai» e rifluisce nell'ombra delle scale. Anja, come liberata da una prigionia peggiore di quella vissuta nelle tortuosità del palazzo, riprende fiato raggiungendo il centro del marciapiede dove gli spalatori hanno lavorato per tutto il giorno e, accendendosi in volto per un'improvvisata in grado di redimerla da ogni pallore, vede Sergej che, intirizzito da una lunga attesa e poco protetto dal suo soprabito più mondano, la fissa sconcertato.

«E quello?» fa lui.

La fanciulla gli vola tra le braccia.

«Oh, tesoro mio, grazie di essere venuto!».

Ma Sergej non può distrarsi dal pensare all'altro.

«Già l'ho visto. Non lo conosco di persona, ma già l'ho visto».

«Sì, abita qui, – si sbriga a dire lei – ora andiamo!».

«Da Besnikov. Uno che beve forte».

«Lo so, ne ha l'aria. – santo cielo, è davvero tanto difficile capire che non ne vuol parlare? – Su, andiamo via!» lo implora lei tirandolo per una mano.

«Come va la fronte?... Ero così preoccupato! Fammi vedere».

«Il problema, casomai, è la frangia. Non so come tenerla, è insopportabile. Andiamo!».

Allontanandosi, la ragazza lancia d'istinto un'occhiata in alto, alle sue spalle. Sergej se ne accorge e, a propria volta, solleva lo sguardo verso il punto osservato da lei.

«E quel vecchio lassù?... Cos'ha da guardare?».

«È da lui che lavoro – strattonandolo – Ti prego, andiamo!».

Una volta che i due sono scomparsi, dal buio dell'androne fuoriesce nuovamente Pavel Aleksandrovič che fissa la coppia ormai distante, poi la finestra in alto. Sorride facendo lampeggiare nella luce della sera un canino di metallo di cui Anja, a furia di non volerlo mai guardare troppo in faccia, non si è potuta accorgere. Il ragazzo si ficca tra le labbra un sigaro lungo e nodoso, e grida con timbro strozzato, disperando di poter essere inteso: «Bel duello!... E non mi dire che questa te l'aspettavi, eh!... Io sì. La verginella ha fretta. Molta fretta. Meglio che ti sbrighi, *Batyuška*.... c'è la fila!».

Pavel Aleksandrovič tira fuori dalla tasca il foglio recuperato dalle mani di Anja, e, con lo stesso fiammifero che usa per accendersi il sigaro, gli dà fuoco. Il lacerto abbrustolito si deposita con la leggerezza di un'ala sulla pietra da cui è stata spazzata via la neve del giorno prima e della notte. La falda smangiucchiata dalla fiamma rimane contorta lì, alla mercé del primo soffio di vento, mostrando residui di parole. Un investigatore provvisto di particolare acume, da questi pochi rimasugli caverebbe l'ipotesi di un confuso progetto rivoluzionario dove anche il delitto è contemplato con un fervore prossimo alla poesia.

## *La madre*

Per il particolare corso che, nell'arco di poche settimane, prenderanno gli eventi messi al centro del racconto, Anna Nikolaevna non verrà mai vista uscire dall'appartamento al piano terra dove dorme, dove mangia e dove si confida con la seconda delle sue figlie (la più grande, Marija, è sposata, e non vive con loro). Al più, in una certa scena, di sera, si affaccerà sulla soglia di casa arrivando a muovere un passo sulla strada, ma niente di più, il che potrebbe offrire di lei un'immagine ingannevole e limitativa: di solito esce. E molto. La sua pelle è abituata all'aria gelida dei fiordi sin da quand'è nata, e poi a quella ancor più gelida dei venti asiatici. Non si è mai risparmiata, sia da ragazzetta che da giovane donna, Anna Nikolaevna. Si è data e si dà da fare. La sua vita è solo marginalmente contenuta nell'ordito della vicenda che ha come protagonista sua figlia Anja, un ordito che per conseguenza la tratteggia appena. Pertanto, è opportuno renderle giustizia dicendo di lei qualcosa a prescindere da ciò che la riguarda solo in quanto madre della giovane segretaria di un grande letterato.

Anna Nikolaevna cura la casa, e questo, d'accordo, glielo si vede fare. Sa elaborare manicaretti di carne e di pesce, prepara il *boršč* (lei, finnica svedese, già lo sapeva cucinare prima di stabilirsi nell'Impero russo), ma soprattutto cerca di preservare al meglio quanto lasciato dal marito, Grigorij Ivanovič Snitkin, di origini ucraine, lettore appassionato e fomentatore di letture (Eschilo, Sofocle, Shakespeare, Puškin, Dostoevskij). Tornando a lei, ha imparato come amministrare un capitaletto non irrisorio ma di cui, a non occuparsene con oculatezza, si potrebbe vedere il fondo più prima che poi. Diciamo, bastante all'oggi, ma non a darsi una granitica sicurezza per il domani. Ebbene, malgrado tutte le difficoltà del caso (*in primis*, essere due donne, senza più la tutela di un capofamiglia), grazie a questo capitaletto ben gestito ci sono ottime possibilità che nell'anno in corso vengano messe le basi per affrontare senza angoscia non solo la prossima stagione, ma anche quella dopo ancora. E non che la retta dell'Istituto Ol'chin sia roba da poco, ma quell'impegno, voluto da Grigorij Ivanovič con tutte le sue forze, non va neppure messo in discussione. Nella quasi certezza di non poter coltivare nella sua progenie uno scrittore, il buon uomo si è voluto regalare almeno quella di avere una figlia coinvolta nella scrittura in un modo o nell'altro. «Purché viva di parole!», questo il suo innocente delirio tradotto in un'esclamazione che, per quanto segreta e muta, veniva trasmessa da ogni poro della sua anima. E perciò ha voluto fare affidamento sulla secondogenita e sul progresso. Dunque, sulla stenografia. Sulle parole del pensiero rese simultanee a quelle della penna. *Scrivere parlando*, diceva lui. Come gli antichi aedi che giravano per il Peloponneso e che navigavano lungo le rotte del mare Egeo così facendo. Di qui, la scelta dell'oneroso Istituto Ol'chin.

Malgrado il conseguente peso economico che si aggiunse all'aggravio delle mille altre incombenze quotidiane, il bilancio complessivo della casa rimase comunque sostenibile anche dopo la scomparsa precoce di un padre di famiglia tanto premuroso e preveggente. Ma come avrebbe fatto Anna Nikolaevna a operare questo piccolo prodigio finanziario e a far sì che perseverasse? Nessun miracolo, un'ovvietà. Da manovale della vita. Reintegrandolo costantemente, così ha fatto. Avendo mantenuto memoria di tutto quello che le hanno insegnato sin da quando era bambina. Mille mestieri le hanno insegnato, ma senza che i suoi mentori si rendessero conto che quanto la piccina apprendeva da ciascuno di loro si andava aggiungendo a mille altre cose apprese altrove, e nessuna che sia mai stata dimenticata. Una, ad esempio, l'abbiamo già verificata: lavorare il cuoio.

Quando Anna aveva nove anni, un mastro sellaio che aveva bottega vicino alla casa della piccola, capì che gli aghi lunghi come pugnali usati per forare le conce non le facevano affatto paura, allora per gioco si divertì a farglieli maneggiare. Con attenzione, per carità! Come si potrebbe fare con un bimbetto a malapena zampettante che venga issato su un cavallino per la prima volta. Facendo tanto d'occhi nel controllarlo, ma questo è logico. Tuttavia, quando la madre lo seppe se ne uscì con una sfuriata solenne, ma quello, con un candore da far cascare le braccia, le disse quasi afflitto e rassegnato che ormai i giochi erano fatti e che la piccina era diventata più che esperta, una professionista praticamente, e che avrebbe rischiato di ferirsi con gli aghi meno di quanto un capitano di lungo corso avrebbe potuto rischiare di affogare in un metro d'acqua. Poi era simpatica la bimba, e nei giorni della fioritura, finiti i compiti, si metteva d'abitudine a ronzare dalle parti della bottega del sellaio richiamata dall'odore grasso dei mastici e da quello acido e acre delle pelli affumicate che la deliziavano. Nonché, dalla semplice ragione per cui ognuno di noi è naturalmente attratto dai quei luoghi dove gli è consentito dare sfogo al proprio talento.

E così, quando il suddetto mastro sellaio si vide deposta su un panchetto della bottega, ricucita a regola d'arte da quella signorinella con la chioma ardente come una macchia solare, una cavezza ricavata da uno scarto di cuoio tanto duro da incidere che lui stesso vi aveva rinunciato, be' quello si fece i suoi conti e pensando ai preziosissimi rotoli di pellami mandati abitualmente sprecati dai suoi addestratissimi garzoni, cominciò a bussare con imbarazzata regolarità alla porta dei vicini per informarsi semmai alla piccina, tra un lavoretto di casa e l'altro, avanzasse, hai visto mai, la fantasia di guadagnarsi qualche soldino; in tal caso qualcosa da fare lui gliel'avrebbe trovata, ma soprattutto per lei lo avrebbe fatto: per dare sostegno e alimento a un'attitudine meritevole d'essere coltivata e accudita.

Sì, le avanzava! A trattare fu la piccola Anna in persona e i soldini si tramutarono in soldoni. Abbastanza per lei e, di ritorno, molti per il buon sellaio che aveva avuto l'occhio lungo.

Impara l'arte, e aggiungila alle altre.

Caratteristica fondamentale di Anna Nikolaevna è l'efficacia delle sue azioni. La sua straordinaria forza produttiva espressa al minimo della vanagloria. Tutt'oggi, tanto per capirci, il fatto che sua mamma lavori le pelli, Anja se lo deve ricordare a bella posta sennò quasi le passa di mente, non ci pensa.

Altra cosa che crescendo Anna Nikolaevna imparò in un lampo fu il saper riconoscere al tatto il sesso dei pulcini appena usciti dall'uovo. Due ossicine in croce e una spruzzata di piumaggio appiccicoso da sembrare del pelame, tutto qui: indistinguibili per chiunque, tranne per lei, che le bastava un tocco e sapeva dirti: gallo, gallina. Le davano una sedia e le mettevano a fianco due ceste: in una finivano i futuri polli da mangiare, nell'altra le future chiocce da mettere alla cova. E non sbagliava un colpo. O maschi o femmine. Saper operare nel minor tempo e il prima possibile questa selezione (cruenta, dacché i maschi per la gran parte passavano dalla cesta in un sacco e dal sacco al fiume) è fondamentale per il buon funzionamento di un'azienda ovipara. Cosicché, la ragazzetta, quando ancora stava in Finlandia, si trovò reclamata da tutte le fattorie della regione. E non ha smesso. È un lavoro che continua a praticare anche in città, qui a Pietroburgo, spostandosi nelle campagne circostanti con carrozze di cui gode i servizi offrendo in contraccambio le attrezzature manufatte per impastoiare i cavalli da calesse. E tutto questo, secondo i ritmi del suo calendario quotidiano, la impegna non oltre le prime ore del pomeriggio, le altre le dedica alla pulizia delle stanze, al bucato, a preparare il tritato di pesce, a imbastire gli orli delle vesti e a sistemare le cinghie delle tracolle rotte. Non c'è da stupirsi se la poveretta, esausta (ma mai mostrando d'esserlo più di tanto), possa essere inopinatamente colta da una certa sonnolenza dovendo, dopo tutto ciò, anche mettersi a dettare alla figlia bisognosa di esercitarsi. E a dettare che? *Delitto e castigo*.

Ma il vero colpo d'artista di Anna Nikolaevna è consistito, poco più di un anno fa, nell'acquisto di quote di una società artigiana presso la quale si era recata un giorno per valutare il telaio di una carrozza di cui avrebbe dovuto curare la bardatura. In quel frangente, qualcosa origliò e ne fece tesoro. Il marito era ancora vivo e il suo consenso era indispensabile, ma a lei non ci volle molto per convincerlo.

«Basterà stanziare una piccola fetta dei risparmi accantonati. – gli disse – Piccolissima. Fidati».

Lui sapeva che sarebbe morto presto e che il futuro delle figlie avrebbe avuto l'egida di quella moglie provvida e alacre oltre ogni dire. Invisibilmente, quasi. Forse è qui che si fonda il culto dell'evanescenza tanto caro ad Anja, che ha finito col farne un'indicazione di comportamento. Non mostrarsi per esserci. Era poetico, il marito di Anna Nikolaevna. Non più di questo, ma già questo è molto. Per essere poetici, non è necessario essere poeti.

«Amor mio, – le disse lui – sarebbe ben triste se non mi fidassi. Sei tu la loro mamma. E sarai tu il loro papà. – poi, allargando le dita e volgendo le palme all'insù, come per liberare in volo un uccellino – Ti passo il mio turno».

Si fidò, così lei ebbe carta bianca per acquistare una piccola parte di quella società approfittando di un anziano consocio dimissionario che aveva in animo di trascorrere i suoi ultimi anni al caldo del Mediterraneo. Di lì a un paio di mesi la società fu richiesta di approvvigionare le ferrovie dell'Impero con traversine in rovere trattate con oli di resistenza per temperature glaciali, e in quantità necessaria a coprire una tratta di trecento chilometri. Trecento. Come trecento pagine. Migliaia e migliaia di pezzi di legno rifilati a dovere e pronti per essere imbullonati, tutti perfettamente uguali. E solo quella ditta aveva la speciale pressa a sega che avrebbe potuto garantire un simile lavoro, come voluto dallo Zar in persona. Queste due cose aveva origliato la donna il giorno che capitò in quell'azienda: l'acquisto già fatto della pressa, e che le ferrovie avrebbero avuto bisogno di traversine in quantità industriale. Congiunse i dati e ne trasse le sue conclusioni.

Oggi, quella minima parte di soldi sottratta al capitale risparmiato per essere investita in grossi tasselli di legno, sta iniziando a mostrare i suoi frutti a garanzia del presente, e già quasi di un futuro non solo prossimo.

È una solida massaia, Anna Nikolaevna, che, non per nulla, dovendo sminuzzare le barbabietole usa la scure. Ha le mani piene di calli, che però sono, per chissà quale benedizione, soffici e rosei come tenera polpa. A carezzarli, danno un fremito. Sia detto *en passant*, la madre di Anja (diminutivo che tra le mura di casa è d'obbligo per distinguere una Anna dall'altra) fu, ed è ancora, una donna bellissima.

Stasera è di malumore, qualcosa la contraria. Il suo è un malumore che non era messo in conto, prodotto per contagio.

Il ritorno della figlia, che solitamente è motivo di festa, questa volta si è annunciato in altro modo, con un immediato: «Io lì non ci torno!» senza nemmeno un saluto; dopodiché la fanciulla è filata dritta in camera a disfarsi delle sue cose affidando a gesti scomposti il compito di sgrondare via un po' della collera che si è riportata con sé, come la fanghiglia che poche sere prima sua madre ha temuto di vedere sparsa sul pavimento dagli stivali inzaccherati di Sergej.

Già, Sergej! Ecco il responsabile! È con lui che se la piglia la donna lanciando una voce alla ragazza, del tutto determinata a non voler dare spiegazioni.

«So chi ti ha convinta. Quello!».

«No, nessuno! – replica di slancio Anja insistendo nel suo andirivieni senza pace oltre lo specchio della porta, poi tempo un secondo e si sporge sulla soglia a domandare invelenita – Quello chi?».

«Quello chi!... Sergej!».

Una risposta che sembra calmare la fanciulla, tanto che, senza alcuna foga esclamativa, la sentiamo ripetere: «No, nessuno».

E via, di nuovo dentro. Il suono di una seggiola spostata, il raschio delle zampe sul legno del pavimento, un rumore che si fa d'improvviso sordo, come inceppato.

«Domineddio, starà arricciando tutto il tappeto!» pensa la Nikolaevna, sempre attenta alle cose spicce, immediate, che fanno di una casa una buona casa; segue il piccolo botto della messa in posizione della sedia («Rovinerà tutto il legno!») e uno svelto frusciare di fogli. La donna, prima di fomentare un possibile alterco, vuole capirci meglio. Ascolta. Tende l'orecchio corrugando la fronte mentre si asciuga le mani col grembiale. Solo suoni. Qualche gemito... qualche risatina di commiserazione... un paio di volte le mani sbattute sul ripiano dello scrittoio a sistemare chissà cosa. E così di nuovo. Risatine, fogli, urti. Troppo poco per farsi chiaro in una crisi di nervi in piena regola.

Trattenuta, ma una crisi di nervi. La Nikolaevna aveva già notato la borsa che, entrando, la fanciulla ha gettato di malagrazia sulla cassapanca dell'ingresso. E quella da dove spunta?... Si sfrega ben bene le mani, va a prenderla e con fare esperto ne stropiccia tra i pollici e gli indici la concia di cui sa intendere al volo la qualità. Protende il capo per direzionare meglio la voce.

«Ma almeno di questa borsa si potrà sapere qualcosa o no? – silenzio – non mi pare di averla mai vista!».

La risposta che riceve è arrochita, scostante.

«Niente, un regalo. A proposito!...».

A falcate rapide la ragazza fuoriesce dalla stanza, con un piccolo grugnito che sa di: «Per piacere, grazie!», afferra la borsa e scompare di nuovo.

«Mi sembra un bel regalo!» azzarda la madre.

Dopo un tempo: «Probabilmente gli girava per casa da un po'».

L'altra prova a immettere un diverso spirito in quello scambio, e di rimando, senza avviarsi di un passo: «Posso dirlo?... Se con lo stesso principio mi regalassero un bel *collier*, ringrazierei lo stesso».

Un'uscita fatta per smorzare la tensione ma che forse ha qualcosa di improprio. Dall'interno della cameretta, né repliche né cenni di aver colto il senso della *boutade*. Ulteriori fruscii, rumori di oggetti che vengono accatastati e un picchiettare di vetri. Decifrabile: la ragazza sta sistemando gli inchiostri.

La Nikolaevna si affaccia sull'uscio della stanza e vede Anja intenta a contare compulsivamente le pagine trascritte. Ne segue i movimenti con apprensione. Niente, per sua figlia è come se lei non ci fosse.

«Invece sì, Sergej, per forza! – nessuna risposta – Era evidente dall'ultima volta qui che questa vicenda lo disturba. Solo il fatto che rischiavi di scombinargli una domenica l'ha completamente disorientato, si vedeva benissimo. E anche, guardacaso, che oggi ti sia venuto a prendere! Per me sono segni. – silenzio, nell'assenza di obiezioni (come se quel silenzio non fosse di per sé un'obiezione) procede – Forse un po' la gelosia di non essere il solo con un lavoro tra le mani, può essere. Ma d'altronde, amore mio, peggio per lui, lo sapeva che in questa casa non è abitudine mettersi a ricasco di nessuno. Non funzionava così quando c'era tuo padre, figuriamoci adesso. Solo che, adesso, senza più un uomo piazzato a fissa dimora tra le mura, sembra che ci sia spazio vacante per chiunque, col bel risultato che prima si fanno sotto e poi non capiscono».

Ma per chi parla? Per me o per sé?, pensa Anja, che insiste a non degnarla di uno sguardo, trovandosi, però, costretta a passare in rassegna, con orrore, i possibili pretendenti di sua madre. Ipotesi mai considerata. E perché no? Ce l'ha a due passi, sua madre, lì sulla soglia, ma non ha certo bisogno di voltarsi a guardarla per farsi venire in mente quel suo petto robusto in grado di dilatare la stoffa di ogni camicetta, il vitino ancora stretto, quell'andatura che sembra dividere ogni strada in due, e infatti... un'onda di maschi da una parte e un'onda dall'altra, e tutti, signori o meno, con quel modo di guardarla! *Più lei che me, è sicuro.* E ora pare lo sappiano che qualche diritto un po' più di prima se lo possono permettere. Per forza!... *Non ha marito.* Poco importa che non abbia più marito. Non ce l'ha e basta. E non può essere che sia proprio lei a farglielo capire?... Magari per l'ansia che quelle due onde si stiano facendo sempre meno considerevoli?... Anja non deve pensare a questo, ma pensa anche a questo. E come non pensarlo? A sentirla dire certe cose che non stanno né in cielo né in terra, di uomini che si vorrebbero piazzare *a fissa dimora* tra le loro mura (non certo Sergej!), non riesce davvero a impedirselo, e ci pensa. E anche la battuta sul *collier*, oggetto che di norma si regala a una donna con la quale si è implicati per certi scopi e non per le ragioni a cui lei deve la sua borsa, ma da quali sottofondi viene fuori?... Da quant'è che sua madre ragiona così?... Un pensieraccio su cui, Anja lo sa, le toccherà tornare! Ma un pensieraccio troppo complicato e morboso, che ha bisogno dei suoi tempi per essere ponderato senza eccessivi trasalimenti, e adesso non è davvero il caso.

«Mi rendo conto benissimo, – continua a dire colei che in questo momento, nella fantasia della fanciulla, ha assunto le fattezze di una patetica seduttrice dalle polveri bagnate – per certi versi è una reazione umana, non è una cosa facile da accettare, ma non sta a noi spiegare agli altri come siamo abituati in questa casa».

«Lui non c'entra!» fa la ragazza, alquanto screanzata, per chiuderla lì, senza tirare via gli occhi dalle sue carte. Ma niente, l'incantatrice di serpenti vuol dire la sua a tutti i costi.

«Amorino, non c'è bisogno che lo difendi. – e si azzarda ad avanzare di un passo nella stanza, un'invasione avvertita dall'altra a fior di pelle – Tu sei sempre stata convinta che io ce l'abbia con quel ragazzo, ma non è vero. Sì, va bene, gli faccio togliere gli stivali quando ci entra in casa, ma se non lo capisce da sé e nessuno gliel'ha insegnato, qualcuno dovrà pur farlo. Anzi, vedi, è perché ci tengo. Ma anche adesso. Sembra che io voglia farti litigare con lui. Ma va'! Casomai l'opposto. Tanto che ti dico: posso capirlo».

«Ma capire cosa? – domanda la giovinetta voltandosi brusca verso la madre, che... ah... adesso sì, è di nuovo lei: una giovanile e vitale casalinga piena di temperamento. Pensieraccio, va' all'inferno!... Anja decide di provare a spiegarsi con un certo senno – Lui mi ha detto solo di fare come voglio e io preferisco così! Nessunissima litigata, puoi stare tranquilla» e la testa torna ai fogli, ma con un gesto di stizza; quel voltarsi repentino le ha fatto perdere di vista il punto su cui si stava concentrando.

«E allora davvero non capisco. Cominciare rinunciando lo trovo sciocco».

«Sono io a non capire perché ve la prendiate tanto a cuore, *Mamouška*. – dice la figlia poggiando cautamente sulle carte le mani, con la sinistra che stringe il dorso della destra per dedicarsi meglio a quel colloquio che forse conviene affrontare in modo serio e senza troppi sbalzi di umore – Anche questa storia di mettere in mezzo Sergej! Cosa c'entra dire che non vorrebbe?... Lui si preoccupa per me, ma in generale, non per la sua reputazione. Che motivo avrebbe?... Non ha mai ritenuto che le mie giornate all'Istituto io le passassi così, per passatempo, e che un lavoro potesse prima o poi arrivare era più che prevedibile. Forse era meno prevedibile che fosse questo, ma tuttavia che cambia?... Per lui, intendo, che cambia?... Lo sento molto vicino, invece. Molto partecipe. Casomai, a me sembrava che la cosa non entusiasmasse soprattutto voi, non lui».

La Nikolaevna, in segno di resa, ma in realtà consapevole di aver aperto una breccia nella comunicazione, va a sedersi sul bordo del letto.

«Difatti non ti parlo per me, ma sento il dovere di pensare a quello che avrebbe voluto tuo padre, e vederti abbandonare tutto l'avrebbe fatto soffrire. Quel che penso io, riguardo certe cose, non va tenuto nella minima considerazione. Lasciali perdere i miei entusiasmi e i miei non entusiasmi! Quelli non contano nulla. Lui ne sapeva più di me. E io voglio limitarmi a quello che sapeva lui, e che sai tu. – spingendosi a dire il più che possa dire – O santo cielo, Netočka, è come vederti perdere la Fede».

Anja le va a fianco a stringerle le mani, a carezzargliele.

«Ma io lo faccio proprio per difendere il ricordo di quello che mi ha insegnato lui. Credetemi. Se continuassi, lo rovinerei».

«Eppure vedo che questo signore sa essere gentile, che ti fa dei regali».

«Oh, questo signore!», vorrebbe dirle: santa ingenuità!

«Dostoevskij, sì. Cos'è? Un signore. Se pensi di dover entrare ogni giorno in un tempio, forse sarà per questo che poi ti vengono dei dubbi, è troppo. Sì, *questo signore*. Non credo che abbia delle stimmate alle mani».

«E allora sappiate che questo signore i suoi regali me li fa... – a precisare – poi uno solo me ne ha fatto, mica infiniti... me li fa per il bisogno di chiedermi scusa. Ma se cambiassi idea e riprendessi ad andare da lui, sì... posso darvi ragione, me ne farebbe ancora, è la sua strategia. Anzi, sapete come andrebbe a finire?... Che me ne farebbe di continuo, succederebbe mille volte, e io ogni volta starei peggio di come mi vedete adesso».

Difficile dire se la Nikolaevna abbia capito ciò che ha inteso dirle la figlia o se, equivocando, abbia capito qualcosa d'altro, di ben più torbido. Si morde lievemente il labbro inferiore come a ingoiare una piccola fitta alla schiena e non commenta. Scuote le spalle percorse da un brivido. Dopo essersi premurata di aver scalciato via dai talloni con la punta dei piedi le sue folte pantofole di pelo, induce la ragazza a scostarsi un po' di lato e si corica tirando le gambe sul copriletto turchino imbottito di piume d'oca. Anja le stende sopra una coperta rossa di lana molto sottile, di poca consistenza, che stava poggiata su una poltroncina d'angolo. Teme possa servire a poco.

«Volete la giacca di papà?».

L'altra fa di no. «Stasera è più stanchezza che freddo. Ma anche oggi dopo che sei uscita, aspettando che la stufa cominciasse a tirare per benino, un po' l'ho usata. Per quanto... che la stufa fosse ancora tiepida, mhhh... – strizzando le labbra, in confidenza, con tono addolcito – forse era una scusa. Per l'odore. Mi piaceva sentirlo».

«E se ogni tanto volessi usarla anch'io?».

«Perché, non lo fai?».

Anja si tiene la sua risposta per sé. Come un segreto tra lei e il suo papà.

«Abbasso il lume?».

«Sto poco. Devo finire di preparare la cena. Tu lavora, se vuoi».

La ragazza torna allo scrittoio. Sfila dalla cartella verde acquamarina un foglio bianco, svita la capsula di una boccettina di inchiostro e vi intinge la punta di un pennino. Pur dicendo quel che dice, con una parte di sé già sta pensando a quello che scriverà.

«Ora che avrò di nuovo un po' di tempo, andremo sull'isola. *Batyuška* ci aspetta».

«Anche le zie. – biascica sorridendo Anna Nikolaevna, con le palpebre che iniziano ad appesantirsi – È un mese che hai promesso di andarle a trovare».

Anja cova una battuta che non trattiene.

«Be', loro non al cimitero, però».

Stessa battuta che aveva fatto capolino anche nella testa intorpidita della madre, visto che le zie godono entrambe di ottima salute. A questo punto la donna non resiste dal mugugnare fra i denti un velenoso: «Ci piacerebbe!»

«*Mamouška*, parla per te!» salta su la ragazza con l'aria divertita della finta scandalizzata.

«E sia! – farfuglia la Nikolaevna stringendo le spalle con l'aria del *mea culpa* – Unica peccatrice!... Ah, che godimento ogni tanto sentirsi un po' cattive!» e stempera la gravità dell'affermazione impastando le ultime parole nel risucchio di un generoso sbadiglio.

Anja, lasciando dileguare dal filo delle labbra una schietta risata di complicità, si azzittisce. Coi gomiti puntati sullo scrittoio e, penna tra le dita, coi pugni stretti alle tempie, si dedica solo al foglio che ha dinnanzi a sé. Stavolta non si tratta di trascrivere, ma di scrivere. Per alcuni istanti rimane in attesa di qualcosa che infine arriva. L'inizio. E scrive. Poche parole che rilegge a bassa voce, è tentata da una correzione ma preferisce andare avanti. Alle sue spalle la Nikolaevna si riscuote dal torpore che la stava invadendo e si tira in piedi con uno slancio forse eccessivo, che le conosciamo. Vacillante, si porta la mano alla fronte, si riequilibra per assumere la giusta postura, poi uscendo: «Non possiamo andare a letto digiune».

Sulla tavola della cucina, nei piatti di entrambe, residuano i resti di uno stufato di renna cucinato alla finlandese. D'altronde, come sostiene Anna Nikolaevna, è notorio: lo stufato di renna non può essere cucinato che alla finlandese!...

Su un vassoietto di porcellana collocato ai margini del tavolo, traballa a ogni scossa del ripiano il cocuzzolo liscio di un lustro budino bianco che verrà mangiato fra poco. Prima, c'è da passare al vaglio la lettera. Il *dessert*, appresso.

«Insomma, gli avrei scritto più o meno così...» esordisce Anja predisponendosi a leggere quanto ha scritto in attesa che lo stufato fosse pronto.

«Ti ascolto» la esorta zelante la madre, che sulle spalle si è decisa a mettersi la giacca dal pelo un po' sfiorito ma sempre morbido e biondo, con palpiti argentei, che fu di Grigorij Ivanovič, il suo amato sposo.

«Allora... – e subito a puntualizzare, secondo il retaggio delle lezioni ricevute all'istituto Ol'chin – "*allora*" non l'ho scritto... era per...».

«Sono tutta orecchie. Forza!».

«Gentile Maestro... – e si dà una piccola schiarita alla voce – Gentile Maestro... consentitemi di ritirarmi dal nostro accordo. Lo ammetto, ho ancora molto da studiare prima di affrontare incarichi che evidentemente sono troppo al di sopra delle mie capacità. – un controtempo, e ripete meno velocemente le ultime parole per restituire al meglio l'idea della chiusa – ... sì... *al di sopra delle mie capacità*. Punto».

Basta, non c'è altro. Anja, col batticuore, alza lo sguardo su sua madre in attesa di un responso.

«Mhhh... bella letterina».

«Troppo *ina*, dite?».

«Bah... è uno scrittore, ci penserà lui a cavarne tutto ciò che qua e là è ben nascosto, ma contenuto. Il detto e il non detto. Sì, garbata. Molto garbata. Il giusto. – con un battito di mani – Bene!... Passiamo al budino!».

La luce della lampada nella stanza di Anja è stata spenta. Madre e figlia si tengono strette l'una all'altra rannicchiate nel lettuccio della fanciulla. Terminato di mangiare il budino si sono dette: «Dormiamo insieme stanotte?».

Chi l'ha domandato a chi? Nessuna delle due saprebbe dirlo. Forse neanche se lo sono domandato. L'hanno deciso facendolo.

«*Mamouška*...» mormora in un soffio Anja all'orecchio della Nikolaevna, assonnolita.

«Amore mio...» farfuglia l'altra a occhi chiusi.

La fanciulla stenta a dire quanto le viene dal cuore, le costa farlo ma infine vi riesce.

«La cosa che più mi ferisce... è capire che non gli servo a nulla».

L'altra, già quasi dormiente, stringe sotto le coperte la destra della figlia, se la porta alle labbra, oltre il bordo delle lenzuola, e la bacia. Anečka fa altrettanto, baciando la mano di lei che stringe la sua.

## *La visita*

C'è fermento nello studio, e non sono che le nove del mattino. Meno cinque, a dire la verità. La neve è scomparsa dalle strade, ma l'ora non ha disperso i rigori dell'alba. Fuori si trema e il vento taglia. Tutti chiodi che entrano nella carne. A distanza di una notte palazzo Alonkin sembra essere rinsavito rispetto al dissesto della sera prima. Tanto per cominciare, la scala di ingresso è tornata ad essere accessibile (per quanto, il sospetto è che lo sia sempre stata), ma non c'è niente da fare, tra le mura dell'edificio bastano gli spifferi che filtrano nelle zone comuni per far battere i denti. Chi si aggira per i pianerottoli lo fa circonfuso di condensa come quelli per le strade. Stare a un passo dal calore di un interno e non poterne godere è una crudeltà. Ebbene, questo è esattamente quanto tocca ad Anna Grigor'evna che, col suo *manteau* cremisi vieppiù sbiadito, quasi rosa, col suo cappellino dalla veletta arricciata sul capo, ma senza il grembiule, bensì col vestitino di flanella celeste emendato dalla macchietta d'unto, ha sveltamente percorso e senza intoppi la via più rapida per raggiungere la porta di Dostoevskij, sennonché ora, sulla soglia, è bloccata da Fedosija con gesti tremuli, al pari della voce, e niente affatto arcigna, come la conosciamo. "*Ohi! Ohi!*", geme la vecchia, come una nutrice da tragedia greca.

«*Ohi! Ohi!...* Sapesse, Anna Grigor'evna! Sapesse!».

Poco ci manca che si metta a lacrimare. La fanciulla non l'ha mai vista così deferente e gracile. Uno scheletrino senza morte. Una vera nonnina. Quasi vorrebbe carezzarle con tenerezza quelle guance increspate come fossero piaghe di cui avere pena.

«Curioso! – nota tra sé Anja – Nulla traspare da questa vecchiarella così malconcia della sua consueta oscenità».

Niente, cioè, che le ricordi la violenta spudoratezza di Varvara, nessuna indecenza, nessuna carne nuda né occhi di carbone. Una creaturina opaca e impaurita che non sa starsi ferma, sconvolta dalle palpitazioni, questa è la Fedosija che ha dischiuso apprensiva la porta e che però, Dio sa perché, non si decide a fare entrare quella giovanetta tutta brividi, agghiacciata dal freddo.

«*Ne vedrete delle belle! Ne vedrete delle belle!*» urla una voce acuta di donna dal centro della casa. E Fedosija, fronteggiando la fanciulla a cui sbarra il passo, bisbiglia veloce, timorosa d'essere sentita dalla tizia che sta sfuriando nello studio: «Mi capisce o no, *mamosèl*?... C'è altro da aggiungere?... Senta! Senta!... Meglio che se ne vada, tesorino mio!... Meglio che se ne vada! Il Maestro è in discussioni! Non può! Assolutamente!».

La poveretta parla veloce e male, con la bocca impastata per la dentatura carente, piena di carie e di vuoti. La saliva le produce filamenti di bava. Ma questa è la consueta repellenza dei vecchi, va accettata. Sono altre le cose che alla ragazza hanno inorridito in quella vecchia con fulgori di carnalità. Il senso del declino è un'altra storia, lei lo capisce e ne ha compassione.

Ammiccando alle proprie spalle, Fedosija azzarda una goffa strizzata d'occhi che le storce tutte le grinze della faccia. L'intento è chiaro: alludere a una catastrofe in atto.

«Ascolti, da sé! Dico, senta che roba!».

«Ma che succede?».

«Ah, questa è una rata che ci tocca, e mai meno di così. Mai meno! Se possibile, pure peggio!... – spingendosi di mezza testa oltre lo spiraglio, un po' clandestina, come una delatrice – La cognata... Emilija Fëdorovna... – insinua svelta tra il pettegolo e il terrorizzato – ogni volta che arriva quella è il putiferio. – e tirando via il capo dalla fessura, con una mano a pugno spinge l'anta per sollecitare Anja a retrocedere – Ora via!... Si sbrighi ad andarsene, senta me! Vada! Vada!».

«Andarmene?... Non ci penso proprio!».

«Amoruccio, glielo chiedo in ginocchio... a rimanere non ci guadagnerebbe nulla!».

«È importante. Importantissimo! Mai come oggi!».

«Oggi o domani, non c'è differenza. Arrivederci!».

«C'è tutta la differenza del mondo, invece! Come fra tutto e niente. Le dico che è importante!».

«Sì, non dubito, sarà importantissimo, non deve spiegarmelo, lo so da me che è importantissimo. Scrivere, fare tutto in tempo... importante, per carità... chi ci vive con lui? Io!... Lo so, lo so!... Ma ora c'è qualcosa che... oh, Anna Grigor'evna... ora c'è qualcosa, *in nomine Patrii*... qualcosa... – la povera vecchia è in confusione totale – oh, insomma, cerchi di capirmi... meglio che se ne vada via al più presto, *mamosèl*!».

«Ma meglio perché?».

«*Mamosèl! Mamosèl!*... Mano sul cuore, lo dico per lei. Non ci si immischi, non è giornata!».

Stranamente, nel ricacciare la ragazza, Fedosija dà la sensazione di farlo davvero più per proteggerla che per liberarsene. Ma non c'è verso, Anja non demorde, sia per quel che è venuta a fare, sia perché sa che di qualsiasi cosa si tratti, è qualcosa che la riguarda. E poi è aggricciata dal freddo.

«Fedosija, non sono qui per immischiarmi ma perché ho preso un impegno e vorrei parlarne col Maestro. Subito!».

«E le pare il momento?».

«È urgentissimo! Urgentissimo e necessario!».

E l'altra, alludendo alla sfuriata che non accenna a diminuire: «Ma non sente? Non capisce?».

«Cosa? Solo del gran baccano sento. Cosa dovrei capire?».

Appunto! Cosa?... Lei proprio questo vorrebbe fare: decifrare quelle urla. Vederci chiaro nel cataclisma che si è scatenato.

«Quando comincia così, uff... potrebbe andare avanti chissà per quanto!... Gliel'ho detto chi?... Emilija Fëdorovna, la cognata. Mi ascolti, ritorni domani. Stamattina ci rinunci» e spinge.

«Col Maestro abbiamo stabilito alle nove. – e spinge – Sono le nove passate, faccia la cortesia, si scansi!» e spinge.

«Ma lei non si deve preoccupare! – e spinge – Dirò al padrone che è venuta come doveva, puntualissima, e che si è guadagnata comunque la sua giornata di lavoro, arrivederci!» e spinge.

«Fedosija, basta! Ho freddo!».

«Insomma, se ne vada!» e con tutto che sembra sorreggersi sugli stecchini, Fedosija caccia un grugnito e si dà lo slancio per chiudere la porta con una spallata, ma l'altra la fa rimbalzare all'indietro dando a intendere che non avrebbe nessuno scrupolo a scaraventarla per terra, anche a costo di fracassarla tutta quella stupida isterica che si agita come un botolo impazzito.

«Non se ne parla! – protesta Anja – Mi ci sono alzata apposta, e anche due ore prima degli altri giorni. Ora lei si toglie di mezzo e mi fa entrare!».

La sparuta vecchietta, stremata dallo sforzo che le stava per spaccare la spalla, non sa più come opporsi, quasi piagnucola.

«La prego... gliela faccia risolvere tra loro, se ne tenga fuori, questo sì che è davvero necessario, questo sì. Una giornata di lavoro si recupera. Lei non può sapere. Poi domani, vedrà, potrete riprendere, ma oggi lasci perdere. Per una volta si fidi!... So come vanno a finire queste cose!».

«E come?».

«Oh, la vedo nera! Nerissima!... Domani, bambina mia! Domani!».

*Per una volta si fidi*. E soprattutto, *bambina mia*. E prima *tesorino*. Malgrado l'impeto dello scontro, Anja deve ammettere che questa Fedosija ha davvero poco a che spartire con la sordida vecchia incrociata la prima volta sulle scale e d'istinto il suo tono si fa più conciliante.

«Da brava, Fedosija... domani è impossibile, non ho che oggi!».

«Mi dia retta, *mamosèl*! – e come se glielo dicesse a un orecchio – È proprio da quello che si stanno dicendo ora, lì dentro, che dipende tutto il resto».

La ragazza è respinta da una zaffata di alito rancido. Puah! Arretrando la squadra meglio. Ma come si è vestita? Di primo acchito non ci aveva fatto caso, ma ora sì. Fedosija indossa una tunica di lana ruvida e scura, da penitente, con un girocollo castigatissimo, oltre il quale, di un nonnulla, sporgono all'insù le punte risicate di una camiciola bianca che fa pensare a una seconda tunica più leggera indossata sotto l'altra. Ai piedi porta quel genere di babbucce di feltro alte alla caviglia da qualche copeco chiamate *velenky*. Fatte per l'inverno ma incapaci di resistere all'acqua. Nell'insieme, una tenuta da clausura. Forse Fedosija sapeva di quella visita e si è vestita di conseguenza. Ma se lo sapeva lei, lui no? E in tal caso perché non l'avrebbe avvertita? Non può essere che la cognata abbia dato notizia del suo arrivo nel cuore della notte.

La vecchia, artigliata alla maniglia, non sa starsi ferma. Si piega sul dorso, stringe le gambe. Zufola stonata a occhi stretti. Anja immagina che abbia bisogno di andare al bagno, che tanto nervosismo le abbia smosso la vescica e debba orinare, altrimenti come spiegare tutto quel parossismo? Vorrebbe proporle una tregua, tipo: «Su, tranquilla, vai a fare quello che devi, io ti prometto che intanto me ne resto qui fuori, non entro, poi torni e troviamo un accordo».

Dall'interno altre grida, sempre di quella.

«*Farabutti, tutti farabutti!... Sembra che me li cerco! E voi certo non siete da meno!... Ma beati loro! Beato voi!... Che bella comodità nascere farabutti!*».

Questo mentre l'altra ha già ricominciato a macinare le sue querimonie.

«Poi si infurierà con me, lo so! – geme – Sempre così va a finire. Quella donna dove si gira schiaffeggia, e c'è pure chi ne parla bene. Mica pochi! Fosse una bellezza! Neanche!».

«Fedosija, nonnina cara, – prova a intromettersi la ragazza battendo i denti – sto gelando...», niente, inascoltata.

«E invece, li sentisse!... Ah, che bei coretti!... *Oh-oh... quella sì che sa tenere una casa.... e guardatela... così giovane e già vedova, poveretta, senza un sostegno, senza risorse... e blablà, e blablà...* – facendosi più presente – Ah, io questo posso dire: che, sia merito o non merito, è la sola che sappia metterlo in riga, questo è poco ma sicuro! La sola! Come lei nessun altro!... Ma non è bello, me lo faccia dire, vedere come il signore si fa trattare... uh!... E il cielo m'è testimone: riuscissi a capire perché! Stregato, mi creda. Sa che significa?... Se ne fa dire di tutti i colori, il grand'uomo! Zitto, giù seduto a farsi massacrare. Se ne sta lì, come uno legato al palo. Lo conosce il dipinto del santo con tutte le frecce addosso?... Be', quello!».

E dalle sue spalle straripa un'altra impennata della voce che imperversa tempestosa nello studio: «*Non vi sto insultando, vi sto solo elencando i dati di fatto! Cose che sapete benissimo!... E voi che, al solito, fate finta di non sentire!*».

«Visto! Che le dicevo? – prorompe Fedosija usando questa ennesima strillata a comprova delle sue ragioni – Che senso avrebbe entrare?... Può farci nulla? Non credo proprio!... E se anche quella smettesse, ma in che condizioni lo troverebbe?... Lei ancora deve imparare a conoscerlo, bella mia. La mattinata è persa, può giurarci!».

«Ma se le giuro che mi siedo lì buona buona?... – replica la giovane, più testarda della vecchia – Aspetto e basta. Ha la mia parola, non mi muovo. Non entro nello studio. Solo lì» e allunga il braccio nello spiraglio per accennare alla sedia dove il giorno prima ha trovato la borsa nuova che adesso ha con sé. Solo quella ha con sé. Niente cartella verde acquamarina.

L'altra non la guarda più, fa solo di no col capo, sconsolata. Sembra vittima di un cedimento. Piange. Anja a questo punto ha la delicatezza (o la geniale idea) di accostarle una mano alla guancia rinsecchita per asciugarle una lacrima. Chi avrebbe mai potuto immaginare una simile cordialità fra quelle due che sino a ieri sembrava volessero incenerirsi solo guardandosi? E una cordialità reciproca, a quanto pare, dal momento che la vecchia annuisce ritrosa in forma di ringraziamento.

«Fedosija cara, ascolti lei me. Io credo che il Maestro non sopporterebbe di sapere *domani* ciò che è fondamentale per lui sapere oggi. Ritardassimo, non ce lo perdonerebbe».

E altro non dice mantenendo gli occhi fissi su quella fitta ragnatela di rughe che sembrano tutte incise col temperino. La vecchia è combattuta, ma infine molla la presa. Difficile dire cosa sia stato a convincerla. Forse quest'ultima frase. Forse il grado di verità che vi si percepiva. Ma non è escluso che anche quella lacrima asciugata abbia fatto la sua parte. O forse quel "*cara*". O forse quel livido sulla fronte di Anja, che i capelli nuovamente sistemati a formare una bella treccia hanno lasciato in bella vista. Quel livido avrà significato al minimo un gemito, un danno, un'offesa, uno spavento. Un piccolo dolore. Forse è a quel piccolo dolore ostentato senza vergogna che Fedosija, in virtù di qualche piccolo e segreto dolore tutto suo, si risolve a dare accoglienza.

O forse perché a una certa età le energie a un bel punto crollano, e accada quel che accada.

«E va bene, sieda! – consente la vecchietta mollando la presa, ma senza volerla dare del tutto vinta a quella ragazzina così cocciuta – Se le sembra però questo il modo di ficcarsi in mezzo alle cose private della povera gente! Oh, è di lui che dico, mica di me. Dio mi preservi, non ho niente a che spartirci. Io parlo di quella povera gente che sta di là. Ma contenta lei!... Vuole accomodarsi? Si accomodi!... Che c'entro io?» e sbuffando lascia il passo alla fanciulla che va a sistemarsi, come promesso, sulla prima sedia che trova appena entrata.

«Soddisfatta?» domanda con tono punitivo Fedosija chiudendo la porta d'ingresso.

«Per niente. Di che dovrei essere soddisfatta? Non era una gara. – la gratifica Anja con gentilezza, a rintuzzare l'asperità di quel mugugno – Poi sembra che io pretenda qualcosa. Sono stata chiamata, non ci sono venuta da me».

«Questo non le dà tutti i diritti, sa!».

«No, ma molte responsabilità sì».

L'altra si limita a uno spregiativo "*Bah!*" rivolto forse più a sé stessa che ad altri e, in un convulso di brontolii, con le gambe pesanti, fa per andar via strusciando sul pavimento i suoi sudici stivaletti flosci di feltro grigio.

«E suo nipote?» ha la premura di chiederle tutto a un tratto la ragazza quando quella, rimpicciolita dal suo starsene reclinata come per un accartocciarsi delle ossa, è già di spalle. Fedosija fa un gesto riluttante con la mano a scansare la cosa come se non la riguardasse.

«Abbiamo ben altro per la testa adesso!».

Poi però si ferma, il tempo di sentir erompere qualche altro improperio dalla donna che sta dentro, e come dovendo ammettere che anche il suo piccolo nipotino di sette anni merita il riguardo di un pensiero, senza voltarsi aggiunge: «Ma quanto ha pianto! Quanto ha pianto, povero bimbo, quanto ha pianto! – facendosi il segno della Croce – Almeno pare che si salverà la gamba» e scompare nella penombra del corridoio.

# *Nel taglio della porta*

Le nove sono passate da dieci minuti. Anja, seduta lì su quella sedia, che altro può fare se non starsene ad ascoltare? Volente o nolente, le tocca. Poi non le si venga a dire che origlia! Tapparsi le orecchie sarebbe ridicolo, per cui non ha scelta. Nella fattispecie, dopo tanti strepiti, quella che ascolta è la voce di lui. La porta, lievemente socchiusa, consente e impone di connettere alcune frasi. Quantomeno, di farsi un'idea. Fëdor Michajlovič parla con tono sottile, oppresso, un tono di cui lei in alcune circostanze ha già fatto esperienza.

«Non posso. Se è da farabutti non potere, mi tengo il titolo. Sarò un farabutto ma non posso. E poi, che io debba giustificarmi se dico *non posso* mi pare il colmo. Vi basti questo. Non posso» e si azzittisce.

«Chiuso il discorso?» controbatte basita la donna.

«Volete denunciarmi? Il commissariato non è lontano».

«Molto spiritoso!».

«Per niente. Uscite, girate l'angolo e lo trovate. Nulla cambierà le cose. È quel che è. Non posso».

«*Non posso!...* Bella epigrafe! – starnazza bisbetica l'altra – Se invece vuole essere una frase a effetto la rispedisco al mittente».

«Tutt'e due: epigrafe e frase a effetto. Serissima in un senso e nell'altro».

«Quando mi farete la cortesia di essere meno ovvio?... Più vi ritenete ingegnoso e più sprofondate nel vuoto cosmico».

«Vi ho dato un'indicazione. Molto concreta. Il commissariato è a cento metri da qui!».

«Ma non fatemi ridere!... Voi e il vostro "*Non posso*"! Lo dite come se fosse un articolo di fede. Be', siete voi che dovete farvene carico».

«Se stamane non aveste fatto *d'amblais* irruzione in casa mia è quello che già avrei cominciato a fare, potete scommetterci».

«Non ci provate, Fëdor Michajlovič! Non date a me la colpa anche di questo, come di tutto. Vi prego almeno di avere un minimo di decenza! Non sono certo io il vostro "*Non posso*". Quella è roba che sapete voi e ve la lascio tutta! In pancia ce l'avete, in pancia!... Ma non solo! Ah, questa sì che è divertente!... Come non bastasse, avete anche la spudoratezza di approfittarne usandolo come scusa! Ma vi rendete conto?... Che pena! Che pena!» e continua a rotta di collo, mentre Anja, cautamente, decide di accostarsi allo spiraglio. Non per sentire di più (se per questo, sente già tutto), ma per vedere qualcosa. Sì, quella donna. Ma anche lui vorrebbe vedere: dove si è messo, che gesti fa, se la guarda o no.

Quando è giunta a circa mezzo metro dalla soglia dello studio si sente però raschiare la gola e deve immediatamente tirarsi via per il rischio che le scappi qualche colpo di tosse. Esce fumo da quella fessura.

All'interno, il piattino sulla scrivania è colmo di cicche, almeno una decina. A fumare sono tutti e due. L'uomo e la donna. A boccate lunghe e rarefatte lui; stizzosamente lei, con la sigaretta stretta tra le punte dell'indice e del medio destri ben tesi e avvolta dalle ampie volute di fumo galleggianti nella luce di un sole splendente. Questo è tutto quello che, nell'attimo in cui ha potuto sbirciare, la fanciulla è riuscita a scorgere. Come pure che la sigaretta della donna è tenuta da una mano nuda, mentre l'altra è guantata. Il resto, al massimo, l'avrà presunto. Ad esempio, l'immagine di lui che inspira a boccate lente e rarefatte fa parte della scena che sta avvenendo all'interno dello studio ma non di ciò che ha visto lei.

Anja, tornata lesta e silenziosa a sedere, dilata il petto inspirando forte per reprimere la raucedine che denuncerebbe la sua presenza; recupera un fazzoletto dalla borsa nuova, se lo comprime sul viso e, ingoiando le espettorazioni inesplose, si predispone a ritentare di lì a poco l'azzardo di accostarsi alla porta, che ora fissa come un sipario tirato su una scena madre. Quanto sta avvenendo lì dietro lei non intende spiarlo di straforo. Niente affatto. Circa quella scena madre Anja si dà dei diritti che nessuno le può togliere. Ha una lettera da consegnare e la consegnerà, su questo non ci sono dubbi, e perciò è bene che il Maestro sia informato oggi e non domani di una decisione a cui dovrà porre rimedio quanto prima, ma a parte ciò la ragazza vuole capire in cosa è stata implicata e quale reputazione gliene verrà dall'aver lambito un *affaire* che le è stato illustrato in modo a malapena sommario. Una scadenza, una quantità di pagine, un abbozzo di trama, tutto qui. Infine, se anche la curiosità vuole avere una sua parte, ma chi potrà fargliene una colpa? Non sarà certo lei a divulgare malignità su quella casa, quand'anche qualcosa di maligno dovesse venirlo a scoprire. Suo papà amava Dostoevskij, e il tesoro di questo amore le è stato trasmesso con affetto e intelligenza. Le pagine di quell'uomo impongono una religione di cui la fanciulla si è fatta discepola sin da prima di conoscerlo, Dostoevskij. D'altronde, in questo ha avuto un buon maestro. Con la *emme* minuscola, non maiuscola. Forse per questo, un ottimo maestro, tutto suo. Grigorij Ivanovič Snitkin, suo padre: il lettore accanito. L'antitesi stessa della vanità. E *Letteratura* è il nome della religione che le ha insegnato. Confidare in essa significa partecipare di quelle meravigliose devianze dal mondo che aumentano il mondo. Tutt'al più, dovesse sentire le cose peggiori, le userà per proteggere e non per infierire. Ecco, questo sì sarebbe davvero un buon compito adatto a lei.

Forte della sua convinzione, accingendosi di nuovo alla porta col fazzoletto premuto forte sul viso, Anja ha già tramutato i propri diritti in doveri. Ciò che prima si era consentita di fare, ora se lo impone. Va alla porta non perché lo voglia, ma perché lo deve. Gli darò la lettera, mi dimetterò, e continuerò comunque a parlare bene di lui. La differenza rispetto a un tempo è che da ora in poi potrò farlo *con totale cognizione di causa.*

Ma di sicuro, se vorrà parlare bene di lui *con totale cognizione di causa*, non dovrà avere mai più nulla a che fare con lui.

Anja sorride tra sé pensando alla mano che ora strizza forte il fazzoletto contro il naso a proteggerlo dal fumo e che sino a qualche secondo prima premeva il dorso delle poesie di Aleksandr Puškin contenute nella borsa di capretto regalatale da Fëdor Dostoevskij. La Letteratura la avvolge e la compenetra. Anche i dettagli della vita le si offrono trasfigurati. Da ragazzetta si sognò col velo: anche questo ricordo di sé le viene riproposto trasfigurato. L'immagine del velo la seduce ancora, mentre ha smesso di sedurla il pensiero di prendere i voti.

Presso il dipinto della Madonna Sistina, irraggiungibile dallo sguardo di Anja, il padrone di casa, con l'aria di un detronizzato, è seduto sulla seggiola della sua scrivania, ma non è seduto precisamente alla sua scrivania: di fianco. Come se nello scegliere il punto in cui collocarsi Fëdor Michajlovič abbia ceduto alla debolezza di non voler porre fra sé e la sua veemente interlocutrice nessuna barriera. Debolezza, sì. Quella che potrebbe sembrare una forma di riguardo, lui stesso sa bene che merita d'essere chiamata in altro modo: soggezione. Non avesse fatto così, non avesse tirato la seggiola di lato, quella mancanza di tatto gli sarebbe stata bellamente rimproverata. "*Sempre dietro qualcosa, voi! Dietro la cattedra dell'Autorità! L'amministratore del potere! M'inchino a Vostra Signoria! ecc. ecc.*".

Fëdor Michajlovič li conosce bene questi veleni, e altrettanto bene conosce le formule in cui si esprimono. Davanti a lui, fa su e giù quella donna in cui tutto è espressione di una collera irrefrenabile. La sue parole picchiano con snervante ostinazione sempre sugli stessi tasti. Perforano le orecchie sino a rodere la cute dei nervi. Intere frasi sono ripetute a blocchi, pressoché identiche e odiose. Sono strofe, ritornelli, forconi.

«Non sono io il vostro "*Non posso*". Quello ce l'avete dentro, vi appartiene... in pancia ce l'avete, ve lo siete costruito da voi, e vi permettete pure il gusto perverso di usarlo a vostra difesa, ma se non fate altro che ripeterlo come un pupazzo meccanico il vostro "*Non posso*"!... Mi fate ridere! Che vuol dire "*Non posso*"? Sono io che non posso! Mantenere tre bambini e me stessa col mensile che ci passate!... È infame! Vergognoso! Da voi non c'è chi non venga e non prenda, poi, alla vostra famiglia, meno che zero!».

Nel vestibolo, Anja, tornata a ridosso della porta, ha preso una posizione da cui non si sposta. Deve restare immobile. Anche le stoffe, frusciando, possono essere intese. Defilata com'è, a un metro dalla soglia, badando a mantenere tutto il corpo al riparo dell'anta per non farsi scoprire, può intravedere al massimo la *silhouette* segaligna di una donna con un abito di velluto viola magenta che appare e scompare in quella feritoia assunta a buco della serratura. Nel lampo di ogni passaggio la ragazza riesce ad aggiungere un piccolo dettaglio in più. In tinta col vestito, nota la sottile cintura a cordicella con due nappine irrequiete scosse di qua e di là... poi i pendenti che sfiorano le spalle... poi i riccioli tizianeschi acconciati sulla fronte. A fare da mastice coesivo, il trapano di quella voce.

Nel suo sbirciare, Anja è distratta da una presenza che avverte di lato, a pochi metri da lei, grigia nella penombra. Si volta. È Fedosija. La vecchia si è ripresentata sull'uscio del corridoio ma senza azzardarsi a fare un passo verso il centro del vestibolo. La fanciulla arrossisce di vergogna. Non è rimasta seduta come le aveva promesso. Prima ha tanto implorato «Si fidi», e poi niente, si è alzata. Ma quella non ha affatto l'aria di volerla rimproverare. Trema ancora, con le mani incrociate sul petto a stringersi i lembi dello scialletto di cotonina verde come a massima difesa dalle insidie del mondo. Il suo muso sgorbiato di solchi trasmette il fervore degli occhi minuti che scongiurano di sapere qualcosa. Ma la mutezza disperata non ottiene udienza. Bisogna esporsi di più.

«Che dice?» domanda alla ragazza in un fiato a malapena udibile. Anja le risponde esaltando il labiale, senza timbrare per niente la voce. E quel che mima con la bocca dilatata al massimo è più o meno: «Il mensile... – quindi, facendo con la mano il segno del tre – tre bambini», Fedosija annuisce sconfortata. Tutte cose che lei conosce sin troppo bene.

Dentro, la ruga che taglia a metà, in verticale, la fronte di Fëdor Michajlovič è più marcata che mai. Ci si potrebbe tenere stretta una moneta senza rischio che cada in terra. I suoi vasti occhi bruni, che hanno abbassato la forte sbarra dello sguardo su un punto imprecisato del pavimento, sembrano dire al resto del corpo senziente: «Tanto, lo sai. Nulla, come sempre, ti verrà evitato», e nulla gli è evitato.

«... Non siete giustificabile in assoluto, – sbraita la Fëdorovna – perché se mi parlate di altri doveri è come dire: "*Sono in colpa con voi perché sono in colpa pure con altri!*", con la differenza che qui c'è la vostra famiglia, altrove no!... E anche in questo caso niente vi giustificherebbe, la deduzione viene da sé come cosa ovvia, non ci vuole molto. Debbo dirvelo?... – facendogli il verso – "*Ho la mia lista e voi non siete certo la mia priorità! Voi siete in fondo, cara mia, molto in fondo!*". E questo a prescindere dalle tasche vuote o meno, visto che allo stato attuale le finanze non vi mancano e potreste permettervi, eccome, di assolvere a parecchi dei vostri debiti!... Inutile che fate di no! – ma lui non sta facendo di no – So benissimo che avete avuto anche l'anticipo sul libro che state scrivendo! E un robusto anticipo».

Questo, sì, impone a Fëdor Michajlovič una reazione.

«E voi com'è che lo sapete?».

«Il vostro editore! Ne ha dato notizia. Siete nel catalogo delle prossime uscite. Vi era sfuggito?... Tutto annunciato: anticipo e romanzo. Non li leggete i giornali? Dovreste. Chiacchierano, sapete?... Di voi, poi, tantissimo. Scrivono che sono previste richieste di prenotazioni più numerose del solito. Evviva, mi complimento. Lì c'è tutto. Tranne il titolo, che è ancora segreto, posso dirvi di quante pagine sarà, e quanto sarete pagato a pagina. È pure scritto quanto avete già incassato. Per questo so dell'anticipo. Nessun'indagine particolare. Chiunque si interessi a voi sa dell'anticipo. L'editore! L'ha dichiarato lui. Che voi l'avete chiesto, e lui ve l'ha dato».

«Già! Chiesto per cosa? Per saldare i vostri conti. I vostri, non i miei!».

«Non i vostri?» urla la Fëdorovna. Nel bloccarsi trasecolata, urta il tavolino usato da Anja e lo rovescia in terra. Non se ne cura.

La ragazza, dal suo striminzito punto di osservazione, vede le zampe del mobile sversate di lato. Teme si sia rotto, ma il suo faticoso tentativo di capire meglio è subito cancellato dalla visione degli occhiali di Fëdor Michajlovič, anch'essi in terra. Volati via chissà quando.

«Ma i vostri debiti sono i miei! – incalza la donna con strida da arpia – E voi, ve lo ripeto, siete un autentico farabutto se insistete a negare una verità che conoscete quanto me!... Vergogna! Vergogna!... E comunque, se vi attaccate tanto a questi debiti perenni che vi assillerebbero da sempre, gradirei sapere secondo quale logica, allora, vi siete regalato il lusso di assumere una segretaria!... Anche questo, inutile negare, lo sanno tutti».

«Sempre i giornali?».

«La gente. Tutti».

«Tutti disinformati, allora. Gente e giornali».

«Ve li debbo portare? Nemmeno i soldi per una gazzetta avete?».

«Non una segretaria: una stenografa».

«Una segretaria! Così leggo».

«Se necessario anche segretaria, ma soprattutto stenografa».

«Tanto meglio! Di lusso in lusso».

«Un lusso senza il quale fra pochi giorni avrei la corda al collo».

«Ah, come vi piacciono le grandi sparate! La corda al collo!».

«Per i vostri vostri *vostri* debiti, sì!» e ogni ripetizione lo picchia nel petto come uno stantuffo che gli schiaccia il cuore.

«Se solo la vostra coscienza vi sentisse dire certe cose!» proclama la Fëdorovna all'apice del disgusto.

Per tutta risposta lui, scosso da una rabbia che non sa sfogare appieno, allunga una mano ad aprire un cassetto della scrivania, vi annaspa dentro e ne tira fuori il contratto firmato nella stanza dove misteriosamente, in un momento imprecisato, il suo soprabito gli scomparì di dosso. Poggia i fogli tra le altre cose sul ripiano lasciandoli lì a disposizione.

«Controllate da voi!... Questi i termini. Come ne abbiano parlato i giornali non lo so, ma non credo che abbiano riportato davvero tutto. Ho tempo sino al 31 di questo mese, non di un altro, per consegnare un romanzo di minimo trecento pagine di cui non sono arrivato neppure a un quarto. Venti giorni! Venti giorni!».

«E allora?... È il vostro lavoro, fatelo!».

«E perciò la stenografa!».

«Oh, e da quando questa novità di scrivere in un modo che non sapete neppure come funzioni?».

«Sto imparando».

«Altra perdita di tempo. – con una piega della bocca che sa di disdegno e commiserazione – Che presa in giro, Fëdor Michajlovič! Che bella presa in giro!... A sentir voi, siete a corto di giorni e di minuti e andate in cerca di novità!».

«Non è una novità, è un tentativo».

«Quella la pagate però!».

«La pagherò, certo!».

«E prima di pensare ad altri, immagino».

«Sì, immaginate bene. Se non pagassi lei non potrei poi pagare nessun altro».

«Ecco la dimostrazione! Che vi stavo dicendo?... – e sfracella quanto restava della sua sigaretta nel piattino a un passo da lui, tanto da inzaccherargli il panciotto di cenere – Pagate solo chi vi fa comodo, non chi dovete!... – silenzio – Concordate? Solo chi vi fa comodo! *Solo chi vi fa comodo!*».

Lo scrittore solleva uno sguardo bovino, accasciato, dal basso verso l'alto, come un faro a dardeggiare di chiaroscuri il volto di sua cognata dal di sotto.

«Se volete che io faccia comodo a voi, sì... chi mi fa comodo!».

«Fëdor Michajlovič, – fa lei simulando un contegno vieppiù allarmante – vi informo che non state componendo un vostro dialogo. Vi rendete conto?... Rispondete in rima, siete patetico».

A fatica lui si alza in piedi per fronteggiarla dritta negli occhi, ma questo dover entrare giocoforza nel terreno di una sfida dichiarata gli procura una straordinaria sofferenza.

«Rispondo a cose a cui non sento la minima necessità di dover rispondere. Voi, *Madame*, mi state rubando tempo, tempo, e ancora tempo!».

«Di grazia... che vuol dire questo "*voi mi state rubando*"? – replica la Fëdorovna sostenendo altezzosa quello sguardo aggravato da macigni – Dite solo di me o anche dei vostri nipoti? Magari anche di vostro fratello? Siamo tutti legati. Quando la rivista venne fondata, anzi: quando ancora pensavate di farlo, veniste tutti e due insieme a chiedermi cosa ne pensassi e io vi dissi: "*No!*". No, vi dissi! Vi ricordate qualche esitazione? Non credo. Anche per voi lo dissi: portavate il disastro dipinto in faccia».

«Fu lui a chiedermi di stargli a fianco. Non era un mio progetto, quello».

«Ma ci entraste!».

«Corrisposi ai suoi bisogni! La storia la sapete».

«Voi pure!... Che veniste da me lo sapete».

«Perché fu mia l'idea di coinvolgervi».

«Molte grazie! E poi? Che ne avete fatto del mio *no*? È servito che ve lo abbia detto? – sostenendo il *vis à vis* con più risolutezza di quanta ne abbia lui – Quel *no* aveva un fondamento, Fëdor! L'avete considerato questo?... Che il mio *no* potesse avere un fondamento l'avete considerato, o vi serviva solo per dirmi: "*Bene, ora che abbiamo avuto anche il vostro parere, lo faremo lo stesso?*"».

«Parlate di Michail, non di me. – replica con affanno lui, e ogni parola vorrebbe che fosse l'ultima – Glielo feci capire: se andrai avanti, tua moglie non ti sarà complice. Era suo dovere saperlo».

«E voi parlavate così a vostro fratello? Non posso crederci!... Come a uno che avesse la testa di chiunque?... Ma non lo conoscevate? Non sapevate che razza di idealista fosse?... Io per questo dissi *no*. Gli dissi: *non con voi*. Per lui, da solo, sarebbe stato troppo; per voi, con lui, troppo poco. E così è stato. L'avete abbandonato. Bravo!... Ora continuate ad abbandonarlo abbandonando pure noi!».

«Se è un'arringa d'accusa vi informo che la pena è già in corso».

«Scrivete scrivendo, Fëdor Michajlovič, sarà meglio! A voce le vostre improvvisazioni suonano stonate. Ma vi ascoltate? Dite parole che come vi escono di bocca cascano per terra. Scrivete scrivendo!... E senza troppe gonnelle tra i piedi, se possibile. Non pagate chi vi va, pagate chi dovete. Questo sì che vi darà pace, e forse troverete lo spirito giusto per riempire altro che trecento pagine... tremila! Coi demoni dentro non si combina nulla. Ci si diverte, forse, ma non si combina nulla! – tirando il fiato, impettita – Vorrei fumare, *s'il vous plaît!*».

Lui, obbedendo, pesca una sigaretta dalla busta poggiata a fianco al contratto e gliel'accende con un fiammifero che recupera da una scatolina sfilata da una tasca del panciotto. La Fëdorovna col capo riverso all'indietro espira il fumo in alto, verso il soffitto e riprende il suo esagitato andirivieni. All'improvviso si ferma, spalle alla scrivania. Si dà il tempo di raccapezzarsi per chiamare all'appello altri capi d'accusa.

Anja ora può vederla inquadrata di profilo. Rigida, vibrante, con la sigaretta fumata a ritmo concitato. Una spina viva, viola magenta, pronta a saettare. La ragazza ha l'impressione di cominciare a conoscerla. Quel che evita di dirsi, invece, è quanto stia imparando a conoscere meglio lui. Ma a tutela di sé stessa, la fanciulla stringe ora nel pugno qualcosa che vale più di un'armatura. Una busta con una letterina dentro che nel frattempo lei ha voluto impugnare sentendo l'esigenza di averla a portata di mano, pronta a essere esibita come una sorta di salvacondotto. Ma ecco che tutto si rimette in moto!

«Ah, come vi piace sbandierare quel contratto! – e d'impeto la Fëdorovna si volta per riandare addosso a Fëdor Michajlovič, scomparendo quindi dallo sguardo della ragazza – Come vi sentite personaggio, vero?... La vostra impresa epica! Il giro di danza sul ciglio del burrone!».

«Non lo dite per scherzo, *lo è*! – trovandosela a un passo, lui la arpiona con violenza a un braccio e, tirandola con uno strappo a sé, le schiaccia la propria bocca contro un orecchio per versarci dentro, inverecondo, parole insalivate che grondano una disperazione cieca – Il fondo del mio abisso si chiama Satana, il bordo del mio abisso si chiama Cristo. Dove mi volete, Emilija Fëdorovna?... *Con chi* mi volete?».

«Per carità, uff... – fa lei staccandosi di forza e subito massaggiandosi il braccio offeso – datevi un po' di tempo prima di impazzire! Oggi come oggi sarebbe una diserzione inaccettabile».

E mentre continua a massaggiarsi, con una spalla sollevata tenta di asciugarsi il collo inumidito dalla bava sprizzata fuori dalla bocca di lui che arraffa dalla scrivania il contratto e glielo sventaglia davanti alla faccia.

«Ma perché non volete leggere?... – quasi la schiaffeggia con quel contratto – Se non terminerò questo maledetto libro nei pochi giorni, nelle poche ore che ho, perderò i diritti di tutto quello che ho scritto e che scriverò nei prossimi nove anni. Tutti i miei diritti, *da qui a nove anni*!... Vi soddisfa?... Leggete!... Tutti i miei diritti passati e futuri, per nove anni! Leggete!... Ma non i giornali, leggete questo!... Dare l'anima sarebbe meno!».

«E firmando non lo sapevate?».

«Certo che lo sapevo! Come pure che servivano tremila rubli per pagare la tipografia di mio fratello».

«Allora non dite che l'avete fatto per me, ma per lui!».

«Ma era vostro marito! Sarebbe stata la bancarotta per tutti».

«Ah, la parola che vi difende sempre: "bancarotta"!»

«Mi difende? – fa inorridito Fëdor Michajlovič – La parola che mi sgozza!»

«*Je m'en fous!...* Sperimentatelo voi il mestiere d'essere vedova!... – e richiamata da quel che vede oltre il taglio della porta – e quella chi è?».

Lui si volta e scorge Anja in ascolto. Si precipita fuori e la tira via afferrandola per un polso mentre l'altra, rimasta sola, con più agio, prende dalla sua borsetta nera poggiata sulla scrivania un fazzoletto di pizzo, si guarda attorno, va a sedersi a quello che di solito è il posto occupato dalla fanciulla e inizia a detergersi l'orecchio che le è stato aggredito con tanta sconvenienza da quel miserevole cognato.

Anja e Fëdor Michajlovič sono premuti uno addosso all'altra in uno spogliatoio attrezzato con scansie stracolme di scarpe malridotte. Lui, sconvolto dall'angoscia, continua a serrarle il polso della mano che tiene stretta la busta. Una feritoia in alto fa filtrare uno stretto raggio di luce. Siamo in pieno giorno, ma la si direbbe la luce di un chiaro cielo stellato.

«Ora certo penserete che non avrò di che pagarvi! – le dice lui in un convulso d'ansia – Ve lo giuro, Anna Grigor'evna, i vostri soldi sono al sicuro, tutti messi da parte! – con gesti nervosi si cava dalla tasca alcune banconote appallottolate – Intanto, ecco, sono per voi: venti rubli, prendeteli!».

Anja ha le guance umide, tutto le sembra brutto in questo momento... l'incombere dell'uomo, le traspirazioni del suo corpo, il suo alito, l'odore di raffermo che c'è lì dentro, quel mezzo buio, la pipetta nel panciotto di lui che le preme contro le costole, e l'essere così schiacciata, e quel che ha sentito. Ma la cosa peggiore, la più crudele, è quel fascio volgare di banconote sgualcite, strette con insensato vigore tra dita tremanti, dalla pelle macchiata... e quelle nocche livide!... Potrebbero colpirla, quelle nocche, come prima la Fëdorovna stava per essere schiaffeggiata col fascicolo del contratto. Anja sa che lui avrebbe potuto farlo con quella donna, e ora potrebbe con lei.

«Prendeteli! Prendeteli! In ginocchio ve lo chiedo!» insiste a sbrodolare melenso il più grande scrittore russo vivente. Ah, ma quanto può essere più grande del più grande scrittore russo vivente, uno scrittore russo non più vivente!... Anečka pensa al suo adorato Puśkin lasciato nella borsa, di là. Troppo lontano! Troppo lontano! Non potrebbe mai proteggerla. Poi da chi? Da Dostoevskij.

La giovinetta sposta il suo piccolo mento di qua e di là, come i bambini quando scansano a labbra serrate un boccone di qualcosa che non intendono mangiare a nessun costo.

«Perché fate così?... – piatisce lei – Non me lo merito».

«Ma ve li state guadagnando, prendeteli!».

E nel tentativo di imporle quei soldi a forza, Fëdor Michajlovič urta col suo corpaccione maldestro una mensola che cede facendo franare su entrambi una slavina di scarpe.

«Dio, che bestia! In tutto quello che faccio sono una bestia!... Non volevo offendervi... era solo un anticipo! – con grande pena lui cerca nell'oscurità gli occhi smarriti di lei – Anečka... non ho mai avuto paura di non farcela. Solo adesso, se ve ne andate. È tutto me stesso che ho accettato di mettere in vendita... i libri di oggi, quelli di domani, ma dovevo! Mio fratello è morto pieno di debiti, e io ho nipotini piccoli... poi c'è anche Pavel, e le sorelle di mia moglie».

Ma a questo punto il suo sguardo dissennato, che si muoveva all'intorno senza criterio, si fa più attento e l'elenco della *Via Crucis* estingue. La luce della feritoia consente a Fëdor Michajlovič di notare qualcosa che gli distende i nervi e gli ammorbidisce la voce.

«Oh... grazie di quel che vedo» mormora commosso fissando la bionda treccia di lei che si impone col palpito del suo chiarore nell'ombra dello stanzino, dove ora si ode solo il respiro greve e affaticato dell'uomo.

Anja si è portata le mani sul viso, una a fianco all'altra, con le punte delle dita sugli zigomi, a lasciar liberi a malapena gli occhi, che lui cerca nell'oscurità. L'uomo ha la sensazione che a consentirgli di vederli sia lo splendore lunare diffuso dalla chioma avviluppata di lei. La fanciulla ha le ciglia abbassate, ma l'azzurro delle sue pupille è lì. Vivo. Impossibile da velare. Le palpebre, gentili, sembrano dire: «Siamo i sigilli di questo azzurro, lo proteggiamo, non lo nascondiamo» e lui lo vede quell'azzurro. Ne ha bisogno. Vede le piccole mani che comprimono le guance. Quelle mani solerti, così capaci. Un formicolio di creature vive le percorre irradiandosi dai polsi alle dita. Parole, personaggi, virgole, silenzi, paesaggi. Un'intera specie umana è riversata nel mondo da quelle mani. Lui ne ha bisogno. Un gran bisogno.

«Vi ho detto la verità, credetemi. – un po' rifiata. Ha l'aria di uno scolaro che, pur sentendosi in colpa, avverta il perdono ormai vicino – non ho mai avuto paura di non farcela. Solo adesso, se ve ne andate. So quanto sia difficile. Per tutti e due. La vostra difficoltà è pari alla mia. La stessa. Non c'è nulla in cui io possa ritenermi più esperto di voi. La mia immaginazione non c'entra. Fate conto che nemmeno mi appartenga. – muovendo a un sorriso – Sì, fate conto che sia lei la nostra vera datrice di lavoro. Dobbiamo starle appresso, e in questo avete già dimostrato di saperne quanto me. Più di me. – rabbuiandosi – Sì, avreste tutto il diritto di arrabbiarvi. Lo capirei. Vi ho chiamata a danze sul ciglio di un baratro e ve l'ho taciuto, ma siete voi la soluzione a ogni cosa. Non abbandonatemi, Anečka! La vostra forza è tutto. La sento! *Mi serve*!... Il resto è niente... solo voi!».

Sono due ombre nel buio, ma in un buio a cui si stanno addestrando entrambi. Lei si infila in una tasca della gonna la busta accartocciata, quel salvacondotto che non le servirà a superare nessuna frontiera di ritorno, e mostrando nel buio l'azzurro profondo dei suoi occhi a cui le palpebre hanno tolto i loro sigilli, gli sussurra: «Forse, ci serviranno anche le domeniche».

La Fëdorovna, sdegnosa come una statua della sopportazione, siede rigida presso il tavolino che ha avuto la buona creanza di tirare su e che ora, si vede, è un po' sbilenco ma perlomeno sta in piedi. La donna tiene le gambe accavallate e forbitamente oblique rispetto all'asse della schiena eretta. Controlla coi polpastrelli l'ordito del suo ventaglio per darsi qualcosa da fare, del tutto consapevole che il proprio disappunto non potrebbe essere esibito in maniera più composta e indiscutibile. È su tutte le furie ma sa contenersi. Che lo si veda e lo si sappia. Ha indossato anche il guanto alla mano destra. Nessuno la caccerà da quella casa, se ne andrà di propria volontà e lascerà un cumulo di rimorsi, questa è la sua convinzione e la vuole rendere ben visibile.

Eccolo! Eccoli tutti e due!... Emilija Fëdorovna avverte qualcuno che arriva, la sua postura di donna risentita e colpita nel giusto è in procinto di entrare in scena. La mano sfrega con più decisione il ventaglio. La spina dorsale aderisce del tutto allo schienale della sedia e le gambe si avvitano con eleganza l'una all'altra a formarne una sola con la punta di una scarpina che fa perno sul pavimento.

Entra per primo Dostoevskij, che appena superata la soglia dello studio lascia il passo ad Anja. La Fëdorovna ostenta il proprio occuparsi del ventaglio senza dare per inteso il ritorno del cognato che ricolloca la sedia della scrivania dove di norma dovrebbe stare e vi si accomoda. La ragazza, vedendo il suo posto occupato, prende tempo iniziando a slacciarsi il nastro del *manteau*, come a dire: «Sto aspettando». Butta un occhio al tripode. Ha la netta sensazione che il *samovàr* sia freddo. D'altronde, nessuna tazza in giro. No, non è normale.

L'altra, con una lieve torsione del busto, si volta di trequarti per meglio captare le fattezze della giovinetta che, a quanto pare, si è conquistata qualche ruolo in quella casa, e forse a scapito suo. Le due si scrutano a distanza per pochi istanti, poi l'interesse per il ventaglio riprende il sopravvento. Anja nota che gli occhiali di lui sono rimasti in terra e col *manteau* slacciato ma ancora sulle spalle va a raccoglierli. Nel tempo che si solleva incrocia lo sguardo di quell'usurpatrice intenta, con apparente disinteresse, a esaminarla punto a punto: come si muove, che tinte usa, quanto sottili le caviglie, e tanto altro che viene passato a setaccio con formidabile sveltezza. Nel farlo, la donna dilata lievemente i bordi delle narici senza produrre il minimo sorriso. Il verdetto, per quanto la riguarda, è già emesso. La giovinetta va a poggiare gli occhiali sulla scrivania e finisce di levarsi *manteau* e cappellino che attacca all'appendiabiti su cui la Fëdorovna aveva già sistemato un lucente e setoso mefisto nero. Costei, nell'accorgersi di quella mocciosetta che sta piazzando le proprie cose praticamente addosso alle sue, di slancio si alza e va spedita a prendere quanto le appartiene, quasi a evitare contaminazioni per un possibile contatto con quell'impiastro di ragazzina di cui ha chiaramente soppesato la natura perniciosa. E nel tempo che l'una mette e l'altra prende, le due si trovano fianco a fianco. Anja si soddisfa nel notare di essere più alta dell'altra, che a sua volta non può evitare di farci caso: una valutazione dalla quale la Fëdorovna cava un ulteriore motivo di pungente fastidio. Dopodiché, con dichiarata avversione, si mette spalle a tutti, e, con le movenze che userebbe dietro una tenda o dietro un paravento, si dà il tempo per sistemarsi il mantello drappeggiandolo a dovere e di calzarsi sul capo l'ampio cappuccio del suo tenebroso mefisto. Ben dritta, espira, si alliscia le falde sul davanti come guardandosi in uno specchio che non c'è, si volta imperiosa, va a prendere la borsetta che aveva lasciato sulla scrivania, e passando davanti al cognato gli sibila contro: «Vergognatevi!» con un'alzata di sopracciglia senza degnarlo di uno sguardo. Quindi, a passo deciso, con la solennità di una Regina strapazzata dai rovesci della sorte, infila l'uscita e se ne va sbattendo la porta dello studio con gesto all'improvviso villano. Pochi secondi, e si ode un'altra botta; un altro gesto villano, più ancora del primo. Stavolta a essere stata sbattuta è la porta di casa.

Fëdor Michajlovič ha lasciato che tutto accadesse senza interferire. Nulla è più ostinato di un fatto compiuto. E il fatto è compiuto. Le sopracciglia gli crollano congiunte sulle fosse degli occhi. Appare notevolmente provato. Il suo colorito si è fatto terreo. I globi oculari, scossi da fremiti, lampeggiano come una luce che pulsi intermittente prima di spegnersi. Smanaccia dei fogli stentando ad appuntarvi la sua attenzione raminga, incapace di aggrapparsi ad alcunché. Sembra quasi che lui abbia paura. Anja pulisce con delle salviette le punte dei pennini che porta sempre con sé raccolti in una scatoletta. Considera che quella mattina è venuta sprovvista del necessario. Fa dei rapidi calcoli. L'inchiostro, fingendo di aver terminato il suo, lo recupererà dalla scrivania del Maestro, e come fogli su cui scrivere ha pur sempre il quaderno dei suoi appunti personali da cui non si separa mai. Userà quello. Chissà se lui se ne accorgerà. Oggi sembra talmente perso in un suo altrove, può essere di no! A ogni modo le basterà fare da schermo con la schiena e difficilmente verrà notata la differenza con le altre volte. In fondo è molto raro che Fëdor Michajlovič le venga vicino mentre è impegnato nella dettatura. La fanciulla si ingegna comunque a trovare una scusa semmai lui dovesse chiederle conto di quell'attrezzatura di fortuna.

«Dirò che la sveglia anticipata di due ore mi ha messo in confusione, e poi che... e poi che la disabitudine alla nuova borsa... ma sì, non sarà un problema, qualcosa me la invento. Ma perché se ne sta zitto?... Che sta facendo adesso?».

Prova a capirlo. Sbirciandolo, lo vede che analizza le condizioni degli occhiali.

«Tutto a posto? – gli domanda – Non mi sembravano rotti».

«La cecità non mi farebbe male».

Anja è traversata da un senso immediato di disfacimento. Un brivido così non lo aveva mai avvertito. Come un serpente viscido che le sia guizzato dalla punta dei piedi alla sommità del capo. Quella risposta aveva il sapore fetido del baratro di cui lui le ha parlato nello sgabuzzino delle scarpe crollate.

Lo sente respirare a mantice, con l'inquietudine di un asmatico. Poi lo sente fermarsi, e poi riprendere. Anja avverte la gravità del momento e cerca una deviazione che possa stemperarla.

«Stavo considerando... il fatto che il protagonista parli in prima persona – s'interrompe, lo osserva ancora di sottecchi, capisce che è il caso di insistere – Insomma, a me pare che nel ruolo del Precettore stiate quasi ritraendo voi stesso, può essere?».

Lui fatica a distrarsi dai propri pensieri ma trova il modo di replicarle comunque a tono. Lei forse non può intenderlo, ma per come stanno le cose è un grande atto di generosità nei suoi confronti.

«Un autore fa così, Anečka... – e soffia tra le labbra socchiuse per mantenere il governo della frase – si mescola un po' a tutte le sue creature. È normale».

Stende la mano sulla scrivania, la spinge in avanti con la pesantezza di un piombo, infine, come se la cosa gli costasse uno sforzo fisico straordinario, si accende una sigaretta che gli trema tra le dita. Dopo la prima boccata ripete: «È normale, Anečka. Molto normale».

«Ma mi domandavo... lui... Polina l'ama davvero?».

«Perché? – e soffia ancora, non per il fumo, ma sempre per darsi regolarità nel dire – Messo così non vi sembra... chiaro?».

«Forse mi piacerebbe capire che specie di amore sia. Va al *casinò* e gioca per lei, d'accordo. Ma perché lo fa?».

Nessuna risposta. La ragazza, col braccio teso, puntando una mano contro il bordo della sedia, si volta in modo deciso. Non pretende di avviare un colloquio, ma di capire come stiano le cose sì. Che mattinata l'aspetta?

Fëdor Michajlovič ora è grigio come l'argilla e la grande testa, che pare di ghisa, gli ricasca sul petto. Non l'ha sentita. È evidente che non l'ha sentita.

«Fëdor Michajlovič!» lo chiama allarmata lei.

«Sì... – sfiata lui sprizzando goccioline di saliva ma senza sollevare affatto il capo – L'ama davvero. Certo che l'ama. – brontola qualcosa, forse quello che in ultimo dirà, risolutivo, con una sillabazione scandita e percepibile – *Per me... sì.*»

«Per voi?... Ma siete voi l'autore».

«Date un po' di legna al fuoco, per piacere».

Anja è colta alla sprovvista. Non ha mai badato alla stufa. In verità, non ha mai visto nemmeno una volta aprire lo sportello. L'ha sempre trovata già in funzione e in quello studio non ha mai sofferto il freddo, un po' negli altri locali di transito forse, ma lì mai. In effetti, è vero, oggi non c'è il solito tepore. Cerca di arrangiarsi da sé. Lui, atono e immobile, non si volta nemmeno a osservarla. Chiaramente, non c'è da aspettarsi la minima indicazione. Con uno straccetto che trova già pronto sulla maniglia dello sportello, Anja apre. Dentro, poche braci rosseggiano inefficaci. Le basta guardare in terra da un lato per individuare un canestro pieno di piccoli ceppi, ne infila uno bene a fondo. Aspetta che prenda, poi altri appresso. Attizza con un ferro, e quando le pare che la fiamma si sia ravvivata richiude. Torna al suo posto sentendosi dire: «Sostiene che è sempre una fornace qui dentro, e quando c'è lei mi tocca stare in una ghiacciaia».

Malgrado la temperatura non possa essere aumentata tutta d'un colpo, lui sembra già beneficiarne. Inspira dilatando al massimo i canali respiratori come per l'appagamento che potrebbe dargli, da assetato, un abbondante sorso d'acqua.

«Sì... sono l'autore, certo. – riprende Fëdor Michajlovič collegandosi al discorso precedente, cosa che la ragazza non si sarebbe più aspettata – Ma anche il lettore. Vi meraviglia?... – e scrolla lui per primo il capo a segnalare l'ovvietà della cosa – Chi scrive, lo fa per leggere ciò che scrive. Per leggere il proprio sogno. Io ve lo dico, ma so... – il tono con cui prosegue è quello di chi sorrida con tenerezza, ma non si vede alcun sorriso – via che lo sapete quello che so».

«No... cos'è che sapete?».

«Che non ci sarebbe nessun bisogno di spiegarvelo».

Assurdo dialogo! Con una rupe. Questo sembra adesso lui: una rupe. Non si muove. Le sue mani sono due grosse zolle poggiate sul ripiano della scrivania. In una di esse è ficcata una sigaretta che insiste ad ardere. Anja se ne accorge e corre a sfilargliela prima che lo bruci, sta per spegnerla nel piattino, poi ci ripensa. Senza chiedergli il permesso, gliela accosta alle labbra consentendogli di tirare un paio di boccate. Il che la fa tossire.

«Spegnetela. Spegnetela», le chiede lui con un gesto a scacciare quel fumo importuno che dà tanto fastidio alla sua provvida segretaria. Inghiotte con forza aria dal naso. Poi, mentre lei continuando a tossicchiare obbedisce, le dice: «Ricordo che non vi piaceva il nome Roulettenburg, vero?... Ma tornate pure a sedere. E ditemi... non vi piaceva, vero?».

Tranquillizzata, Anja si riavvia alla seggiola.

«Più che non piacermi, Maestro, – e si siede – diciamo che non mi convinceva. Sembra un po' da favoletta per bimbi. Troppo di fantasia. Perché non pensare, che so... a Venezia... Parigi...?».

«Perché avrei dovuto organizzarmi di più. Prendere notizie. Parigi e Venezia esistono. Non si può mentire troppo. E non avevo tempo per fare ricerche».

Un lento sorriso emerge finalmente, ben largo, a illuminare quel volto ricollocato a dovere su un collo che sino a poco fa non sembrava in grado di sostenere nulla, come se l'osso ioide, dentro, si fosse spaccato alla base del cranio.

«Io non sono un cultore delle esattezze, sappiatelo... se una cosa mi serve che sia in un certo modo, la faccio in un certo modo. Mi vengano poi a dire: ma in quella città quel fiume non si chiama così! Quella cattedrale non c'è!... Vero. Facciamo conto che non ci sia, ma se a me serve che ci sia, è giusto che ci sia. Però non tutto può essere inesatto. – con mani traballanti – Diciamo... così e così. Con Roma, Parigi, Venezia, Montecarlo, dovrei fare i conti con un mucchio di cose che non potrei buttare lì a casaccio. L'inesattezza clamorosa disturba la lettura. Chi le cose le sa, la rifiuta e dice: "*Brutto, è tutto brutto*". Bisogna trovare... – di nuovo la mano traballante – *il così e così*. Alcune cose no, ma... parecchie sì, devono essere come sono. Tocca stare attenti, ci sono fatti su cui non hai il diritto, che... devi dirli giusti, e... – di nuovo il mantice che gli enfia la cassa toracica, lui deve aspettare che si calmi prima di continuare – ... e non ho tempo. Non ho tempo. Non lo avevo e non ce lo avrò».

Parlare, però, gli serve. Lo aiuta a dare una metrica al respiro. Le curiosità della fanciulla hanno il grande vantaggio di favorire il riavviarsi del corpo e della testa.

«Però, scusate... – mormora Anja – quello che dicevate prima è un po' strano. Sarebbe come inventarsi la Storia, la geografia: dire le cose precise solo per non disturbare la lettura, e non perché sia doveroso farlo, e poi, quando non disturba, fare invece come ci pare e piace... ma si può?... Ecco, io... non so se riesco a esprimere quello che fatico a capire bene... – lui annuisce con dei piccoli mugolii, dà quasi l'idea che si stia divertendo; sì, la petulanza di Anja sembra davvero benefica, la ragazza lo percepisce e non si frena – in pratica... voi dite che è corretto? Che l'inesattezza può essere una cosa corretta?».

«Per il racconto, se serve a farlo vivere, sì. – lei lo fissa con uno sguardo inesaudito – Mh... Anna Grigor'evna, voi amate Shakespeare, immagino... – lei fa di sì con scatti gioiosi del suo piccolo mento che è un tenero petalo di rosa. I numi di suo padre: Shakespeare, Eschilo, Puškin. E Dostoevskij – E allora... lo amerete di meno sapendo che in una commedia fa andare i suoi protagonisti da Verona a Milano, *per mare*?».

«Perché, non si può?».

«E no. Distano un giorno di carrozza Verona e Milano. Secondo la geografia, per mare, ci vorrebbero più di due settimane di navigazione. Secondo il racconto immaginato da Shakespeare, il viaggio dura comunque un giorno solo, ma non in carrozza: *per mare*. Ignoranza? No, disinteresse per la cosa esatta, che non deve mai farla troppo da padrona. – una fitta, si direbbe al petto – Al racconto conveniva che i suoi protagonisti andassero per mare, e Shakespeare li ha fatti andare per mare. Poteva anche essere esatto. Non lo era, ma era giusto così. Non ha perso tempo a informarsi. La commedia l'avrebbe presentata a Londra. Nessuno l'avrebbe trovata brutta per quell'inesattezza».

«Sì, ma gli italiani?».

«Mah... una volta che è piaciuta a Londra... poi, Shakespeare... si saranno convinti che in un giorno si possa andare da Verona a Milano anche per mare. – Anja ride, è quel che lui sperava – Era un altro che aveva sempre fretta, Shakespeare. Molta. – e dopo aver represso una nuova fitta, o facendo in modo che lei non se ne accorga – Con Roulettenburg... non rischio nessuna inesattezza. Ci metto quello che voglio, e lo chiamo come voglio. Che dire?... – serra le palpebre, inghiotte un sorso d'aria bollente, porta avanti lo sterno per dare più spazio ai polmoni e recupera una posizione acconcia – proviamo ad andare avanti?».

«Francamente, vorrei essere certa che stiate bene, però».

«Io?... Voi piuttosto?».

«Perché io?».

Con minore pena di quando ha preso la sigaretta, Fëdor Michajlovič apre il cassetto da cui ha tirato fuori il contratto che ora rimette dentro, ma prima di richiudere tira fuori un barattolino di metallo con un'etichetta di farmacia e lo poggia davanti a sé.

«Non sono vostre?».

La ragazza ha un soprassalto. Se n'era dimenticata. Il suo ferro in pasticche. Il barattolino per cui non più tardi di qualche ora fa, tornando imprevedutamente indietro, è stata costretta a vivere l'epifania di incontri fatali. Si trattiene dall'affrettarsi a recuperarle pensando che quelle pasticche avrebbero dovuto essere nella sua borsa nuova, quella che ha con sé e per cui ancora non gli ha detto nulla. Arrossisce per questo.

«Come mai ne avete bisogno?» le domanda lui.

«Oh... stupidaggini».

«Di che tipo?».

«Giramenti di testa che ogni tanto mi assalgono e...».

«Assalgono?... Vuol dire che sono forti».

«Ogni tanto. Solo ogni tanto».

«Allora?... Eccole qui, riprendetele. Mi auguro che ieri sera e stanotte non vi siano state necessarie. È brutto non poter disporre delle proprie medicine».

Cosa potrebbe mai dirgli lei di ieri sera?... E di Pavel Aleksandrovič?... Anja solo adesso, tornando al ricordo di quei momenti, fa mente locale che Fëdor Michajlovič l'ha vista andare via con Sergej. Si domanda se ora lui per caso ci stia pensando. Da quando li ha visti insieme, ci avrà mai pensato? Non sa venirne a capo. Non sa nemmeno perché se lo stia domandando. Si alza per andare a prendere il barattolino. Nell'istante in cui la sua mano è nell'atto di tirarlo via dalla scrivania, la giovane ha l'ardire di fermarsi in quella posizione, col dorso proteso un po' in avanti, per scrutare nella sua interezza la faccia di quell'uomo in cui la catastrofe e la vertigine sembrano mescolarsi di continuo. La scruta in tutta la vastità del paesaggio che vi è raffigurato e, determinata a tenere gli occhi ben fissi, insiste a riproporre una domanda che non le dà pace ben oltre ogni spiegazione logica.

«Perché il Precettore fa tutto questo per lei?».

Per risposta riceve un urlo soffocato che le ferma il cuore.

«Vi supplico, basta!».

Un breve, orribile silenzio, e di nuovo, con più forza: «*Basta!*».

Lei si stacca dalla scrivania impallidendo. Fëdor Michajlovič si rende conto da sé di quanto il suo tono sia stato eccessivo e sgangherato e prova ad attutirlo, ma l'effetto è limitato.

«Vi imploro... – digrigna ancora masticando le parole – non mettetemi in crisi!».

Anja è raggelata. Lo vede passarsi, smaniando, un dito nel colletto ad alleggerirne la pressione. Lo vede sudare.

«Forse, – pensa – ho dato troppa legna alla stufa, ma io tutto questo caldo non lo sento», considerazioni miti, normali. Stupide.

Lui cerca di resistere all'affanno che lo ha preso, poi, con un moto di energia sorprendente, va a spalancare la finestra sporgendosi fuori per rifiatare a bocca aperta. Con lo sguardo versato nel panorama della città stillante luce, dice scolpendo ogni accento del suo discorso: «Non ho tempo neanche per correggere, dovessi capire di essermi sbagliato sarebbe la fine!».

Si volta. Vede che lei si stringe nelle spalle intirizzita. Richiude.

«La mia forza è solo questa: di non esigere mai troppo da quello che faccio».

Attenzione! Che succede?... È ancora difficile da percepire ma c'è qualcosa di inarginabile che sta avvenendo in quello studio. Qualcosa di spaventoso. È l'avanzare di un tremito dal fondo della terra, un tremito già dichiarato dall'impeto che scuote Fëdor Michajlovič, come preso da un raptus. È una scossa che palpita da qualche recesso dello spazio attorno. Ci fosse un animale nella stanza, gli si rizzerebbe il pelo sulla schiena.

«Sapete che vuol dire?... Che mi tocca non dare valore a ciò che vorrei ne avesse! Non vi pare una condanna? Lo è! Buttar fuori le cose pregando Dio che nascano già formate, e se non sarà così, che restino deformi! Io di più non posso fare!».

Ha le labbra tumide e il viso infiammato, ma non di passione: di rabbia, e quasi contro di lei, mentre quel tremito avanza. Lo si fiuta, lo si coglie, ma al contempo si preferisce ignorarlo.

«Tutto mi costringe! – esclama smisurato Fëdor Michajlovič – Anche voi!... Sì, anche voi, che come una parola non vi suona, o vi sembra un po' stramba... – quasi a deriderla – poco consona, dico giusto?... Allora fate una smorfia che oramai so riconoscere al volo. Le vostre smorfiette, ah!... Me ne accorgo, sapete?... Ma non debbo farci caso! Non posso permettermelo!... Quella smorfia, se volete saperlo, la faccio anch'io, dentro di me, sapendo che tanto mi tocca andare avanti lo stesso!... Non posso, in nessun modo non posso, permettermi la parte di quello che si sforza di scrivere bene. Inutile, non posso!... Vi pare troppo smodato sentirvelo dire così? Perdonate, non ho alternative!».

Le vene delle tempie pulsano sangue in eccesso, la gola è affaticata. Tutto è stato detto come in apnea, perché il tremito, intanto, sta facendo il suo percorso, e ogni cosa va espulsa in fretta, prima che la scossa emerga. Forse Fëdor Michajlovič ha voluto scandalizzarla, spaventarla, ma è sincero al momento in cui, senza placare il proprio impeto, la prega: «Anja!... Consentitemi di scrivere anche quello che non vi piace e che non piace neanche a me. Non fateci caso. Mi serve a sopravvivere e mi ci sono rassegnato!».

La forza della fanciulla, invece, è quella di saper rispondere con dolcezza: «Lo dite ma non ci credete».

«E perché non dovrei? – piatisce lui – Ma cosa pensate? Che non sia il mio sogno scrivere come-come... *come Tolstoj*? Tante pagine in tanto tempo!... Mi spiace, non posso. Fossi ricco, ma non lo sono. Eppure, l'avete visto... mi tocca spendere come se lo fossi!».

«E allora smettetela di usare quello che vi serve per consentire il superfluo di chiunque!» reagisce lei con audacia imprevista. Lui la investe daccapo con un ringhio di belva.

«Il superfluo di chi?».

«Mio, ad esempio, quella borsa... perché?».

La borsa!... Fëdor Michajlovič vacilla al pensiero di quante segrete implicazioni si stiano ammassando nel sottosuolo di questo loro scambio di battute. Ne è turbato. Sa che lei gli ha detto qualcosa che pesa. A questo punto, decide di risponderle con qualcosa di vero.

«Un modo per pagarmi la vostra bella treccia».

Le sue guance tutto hanno tranne il colore della carne. Sono di terra e di marmo. Sugli occhi è scesa un'opacità che nasconde le pupille dilatate al massimo. La sclerotica è giallastra. Di sotto, le occhiaie sono violacee e marcate come due tumefazioni, al pari delle labbra. Quale cadavere si è issato dentro di lui con la pretesa di tornare in vita?... Il tremito sta per squarciare l'esile membrana che fatica a contenerlo. Il poveretto tenta di smorzare la fulminante scarica degli spasmi alle mani tenendole avvinghiate l'una all'altra.

Lo scatto di una serratura e il cigolio di una maniglia. La porta viene dischiusa. Anja sottrae lo sguardo a quell'orrore che ha dinanzi per accorgersi di Fedosija che si tiene nascosta oltre lo stipite stringendo tra le braccia un asciugamano e un cuscino. Ha un'espressione imperterrita e dura che la giovane non sa spiegarsi. Tutto nell'aria configura l'aspettativa di una catastrofe imminente.

«Ah, beato Tolstoj, – grugnisce lui – che può scrivere cinque pagine per salvarne una! Se poi non vuol vendere un racconto non lo vende, gli editori lo sanno e gli offrono il triplo. Mentre a me, un terzo. Lo invidio. Vi sembra assurdo? Beh, è così. Se vi piacciono i suoi libri mi duole per voi, Anna Grigor'evna, gli servireste a poco: lui non avrà mai bisogno di completare un romanzo in ventisei giorni. Mai!».

Si porta la mano allo sterno. È il mantice che riprende, feroce, come una bestia dentro. Non più dominato, ma subìto. Fëdor Michajlovič fatica a regolare il respiro. Anja, colta da paralisi, può solo abbassare gli occhi annientata dalla commozione. Sente un cuore che batte all'impazzata. È talmente stordita da non capire di chi sia questo cuore che batte così, senza controllo, come un bolide sul punto di deragliare da un istante all'altro. Come la *trojka* volata oltre il dosso per infilarsi a capofitto in un cumulo di neve. È quello di lui o quello di lei?

Fedosija è sempre lì: nell'ombra, ma presente.

Una breve stasi, poi, con voce raschiosa: «*E ancora una volta... ancora una volta mi chiesi se l'amavo*».

La fanciulla stenta a connettere, pigola uno sciocco: «Prego?».

«*Ancora una vo...*», è in compulsione, non riesce a proseguire.

«Ma state parlando a me? A chi?».

La vecchia la guarda con sprezzo. Lei ha ben altro a cui badare.

«Su, scrivete! – fa lui detergendosi con un fazzoletto il sudore dalla fronte – *E ancora una volta mi chiesi se l'amavo. E ancora una volta non seppi rispondermi*».

La ragazza, macchinalmente, si affretta a stenografare. Lui, al suo solito, si mette a misurare la stanza ad ampi passi.

Un redivivo, dunque. Tutto passato? Niente è avvenuto?... *Pensare a questo scrivendo quello. Pensare a questo scrivendo quello. Pensare a questo scrivendo quello.* Il metodo Gabelsberger è un codice di vita. E Anja pensa a quello scrivendo questo. Lei scrive e lui dice.

«O meglio, di nuovo mi risposi che la odiavo. Se fosse stato possibile penetrare nel suo petto un coltello affilato, l'avrei impugnato con piacere. Eppure... – Si ferma, cerca le parole. Fedosija non si scosta da dove sta, poi lui riprende la sua marcia, il cuore che pulsa violento sembra essere il cuore stesso di quella stanza – ... eppure, se in cima a un burrone Polina mi avesse detto "*Buttatevi giù*", mi sarei buttato di slancio, e persino... *con gioia.* – Si ferma di nuovo. Inspira. Stira le labbra abbozzando un sorriso mortale – Sì, avete ragione... è tempo di sondare più a fondo l'anima di questo sciagurato».

E trema. Anja arrossisce e si china nuovamente sui fogli con la penna sospesa a mezz'aria in attesa di farla scattare sulla carta. Poi il raschio di un mobile urtato con violenza la fa saltare su. Dostoevskij, scosso da tremiti, è crollato a terra assalito da un accesso epilettico. Il tempo di realizzare la drammaticità della situazione e già Fedosija è accorsa a mettere il cuscino sotto il capo del suo padrone. Anja non sa che fare. Osserva i gesti esperti della serva che divarica con forza la mascella dell'uomo mentre, con l'altra mano, fruga nella cavità orale che trabocca di schiuma.

«Presto, mi dia una penna!» urla la vecchia alla ragazza.

Anja corre alla scrivania. Tramesta sul ripiano, non trova nulla.

«Una qualsiasi! La prima che trova! – quasi la insulterebbe – non le sto chiedendo una bella penna, santiddio! Un penna!... Presto!».

La fanciulla è sconnessa, si impone lucidità, si precipita al tavolino, non vede penne, le dà la sua. Come ha fatto a non pensarci subito? La serva, furente, quasi gliela strappa di mano per infilarla in bocca all'uomo comprimendola contro la lingua che stringe per la punta con le dita dell'altra mano. Lui batte i denti a raffica mordendo a sangue, e Fedosija infatti sanguina. Ma sapeva che sarebbe accaduto e non ci bada.

«Se ne vada a casa! Ne soffrirebbe a sapere che l'ha visto così. – ma Anja non si muove – Dobbiamo discutere anche stavolta, piccola idiota?... Fili via!».

Eccola Fedosija! Sciamannata, volgare, con una gamba che le spunta nuda sino alla coscia, a cavalcioni di quel cetaceo umano che, tirato a secco sulla spiaggia che lo uccide, pare scudisciato da sé stesso, costretto fra i tormenti a flettersi da una parte all'altra.

«No! – urla Anja – No!... Voglio imparare come si fa!».

La vecchia, con le mani addosso alla faccia di lui, la scruta di sotto in su scatenando fulmini. Le sue rughe sono quasi svanite a contrasto con la potenza infiammata di quegli occhi. È dallo sguardo violento di una femmina pestifera che Anja viene trafitta adesso.

«Lo faccia! Allora lo faccia!» urla Fedosija.

Quel che c'è di orrendo nel suo grido è la sensazione che significhi: «Avanti, puttanella! Visto che hai tanta voglia, forza!... Fallo *anche a costo di farlo morire*!».

Vecchia schifosa! Perché me lo dici così? Per rabbia? O davvero vuoi insegnarmi? Però nel frattempo sta ferma, Anja, non si muove di un passo. Lei non è questo che ha chiesto. Lei ha detto che vuole imparare, non fare. Ora ha ripugnanza di sé, perciò questo suo sentirsi inadeguata. Fosse rimasta zitta, o meglio ancora se se ne fosse andata, sarebbe stato diverso, ma ha voluto atteggiarsi, vantarsi, prendersi un ruolo. A costo di rubarlo, magari! E intanto quello è crocifisso. Forse muore. Lì, sotto i suoi occhi, come non ha visto morire suo padre. Tutto quel liquido cos'è? Bave, orina, sangue. Mescolate, il loro puzzo sa di ruggine e putrefazione. Dio, la pena di quel corpo miserabile che sta diventando latrina di sé stesso! Fra breve non sarà che un ingombro nello spazio. Una flaccida cosa, un oggetto.

«Lo faccia! – grida la donna prona in terra – Serve anche a me che impari al più presto! Si sbrighi, venga! Lo faccia!».

Il cuscino, come strappato dal diavolo, è finito al capo opposto della stanza. È addirittura scomparso. Dissolto. Nello spaziare con lo sguardo attorno per capire dove possa essere finito, Anja deve incamerare un dettaglio sconclusionato. All'appendiabiti è attaccato il cappotto color rame di Fëdor Michajlovič. Ma quando ce l'ha messo? Prima non c'era?

«Vuole imparare o no?» rantola Fedosija con una voce che sembra uscita dal petto di lui. La mano della vecchia è sommersa da una schiuma pastosa. La penna è premuta fino alla gola a respingere in giù la lingua che guizza ispessita e nera. Il cranio dell'uomo sbatte rimbalzando a destra e sinistra, difeso dalla mano che lo stringe alla nuca e che a propria volta picchia ripetutamente a martello contro il pavimento laddove a sbattere dovrebbe essere proprio quella povera testa fradicia di tutto, e che vi sbatterebbe sino a fracassarsi. Ecco perché quell'altro sangue a sbaffi per terra: a lasciarlo sono le nocche ferite di Fedosija. Ecco perché le sue mani sembrano sempre lacerate dalle stimmate. Ma non sono le sue quelle che adesso sorreggono il capo di Fëdor Michajlovič. No. Sono altre. Sono *le mani di Anja* che ha preso il posto della vecchia serva. Sono loro gli sbaffi di sangue stampati sul legno. La vecchia, rimasta incurvata sulle spalle della ragazza, le urla che fare, e lei lo fa. Ma è un ronzio quello che sente. Non importa. Tanto le basta per capire e per fare. Occhi negli occhi. Quelli malati in quelli sani. Lo strazio di ciò che sta avvenendo accomuna il maturo scrittore e la sua giovane stenografa. Tali rimangono l'uno per l'altra. Ma non più solo questo. Come sarà più possibile solo questo? O forse sì. Ma che importa? Sono affari del tempo futuro, ora vale solo l'attimo presente. Quello in cui morire o sopravvivere. Anja stringe quel viso che si è fatto livido, bluastro. La vera fornace. Nel cavo della bocca divaricata la lingua, non più nera, rosseggia come un orripilante fiore carnoso. E le mille idee, i mille progetti, i mille sogni contenuti in quella fronte martirizzata può essere che siano rifuggiti altrove, immuni da tanta sofferenza. O vi sono rimasti invischiati? La giovane donna sente che qualcosa, per merito suo, comincia ad acquietarsi. Le sue morbide mani escoriate stringono quel volto disfatto quasi a preservarne integre le fattezze. Quando tra breve risorgerà, dovrà essere uguale a come era. Lo stringono come stringerebbero un calice.

Mai più mi distrarrò da te, pensa Anja. Mai più.

Nel compito a cui si sta consacrando, riposa una promessa che la fanciulla fa più a sé stessa che a lui.

# *I cani*

Ombre grigie, metalliche. La giornata è uggiosa. Anja, a bordo di un battello sulla Neva, si sporge oltre il parapetto. È avviluppata da un'ampia sciarpa di lana ruvida che ha il colore acquamarina della sua cartella. Ed è proprio alla sua cartella che sta pensando adesso con le guance bagnate dal vapore acqueo che si solleva dalle onde. La riuserà? Quando? E per quanto? Si domanda se quell'oggetto la accompagnerà per tutta la vita. Non se lo è mai domandato a proposito di un uomo, nemmeno di un'amica, e ora se lo domanda pensando a un oggetto. Per tutta la vita. Un'espressione che assume risonanze nuove al fondo della sua coscienza, e Anja sa che l'immagine della cartella, per misteriose vie, ha a che fare con essa. L'ha recuperato tra i fiori quel verde acquamarina, e lei è determinata a credere che la cosa abbia un suo significato, da non sciupare. Anzi, tra i fiori e il cibo. Tra ciò che orna e ciò che nutre. Sente freddo alle mani, le cui abrasioni, già mitigate da un unguento materno, ha imputato a una stramba ruzzolata per le scale. I guanti li ha portati ma non le va di metterseli. Quando si è infilata il primo, le è tornata in mente la Fëdorovna, con una mano nuda e l'altra no. Per puro caso, i guanti di quella donna somigliano ai suoi. E il cappotto di Fëdor Michajlovič color rame?... Ma se l'è sognato?... No, stava davvero attaccato all'appendiabiti. Comparso così: dal niente e per mano di nessuno. Ah!... *Ci sono più cose fra cielo e terra, Orazio, di quante ne sogni la tua filosofia.* La fanciulla si impone di far tramontare il proprio pensiero su un enigma esagerato che rischia di rivelarsi sconvolgente.

Qualcun altro dirà con parole diverse, mezzo secolo dopo quel transito sulla Neva, ciò che ha già detto Amleto e che lei sta provando adesso: *su ciò di cui non si può parlare, conviene tacere.*

È molto umido. E tanto più durante il tragitto. Ad Anja, viaggiare sull'acqua piace. In un involucro di spazio, profondo in ogni lato. Le piace anche l'odore di questo spazio, l'odore delle onde che equivale all'odore del vento.

I passeggeri non formano né gruppi né coppie. Su quel battello non c'è mai una grande aria di festa, ma un clima così taciturno, da mormorii rarefatti e basta, è raro. Nessuno che parli con nessuno. A imperare è il rombo affaticato dei motori. La Nikolaevna, stretta in un soprabito grigio e con le mani infilate in un manicotto di pelo di martora, è seduta su un sedile dalle doghe lucide, a spalliera doppia. La sua nuca corrisponde a quella di un'altra donna, ben più anziana di lei, che sta seduta sul lato opposto dello stesso sedile. Questa donna è avvolta da un ammasso di stoffe nere e si tiene sul grembo un cartoccio di fiori gialli dal gambo spinoso. Il vento strappa loro i petali che dopo un volo di breve respiro si spargono sul ponte. Una volta che vengono calpestati, si scuriscono all'istante e sperdono ogni accenno di colore.

Sottocoperta, in uno spazio comune, Sergej, intabarrato da un manto di lana pesante blu scuro, stringe tra le gambe alcuni steli di crisantemi con le radici immerse in pallottole di terra attorno a cui è avvolta una guaina di iuta a tenerle compatte. Il ragazzo bada con cura a preservare i fiori da possibili scossoni. Dedica all'impegno il massimo zelo, per questo ha rinunciato a stare di sopra con Anja, a cui forse non dispiace di essere rimasta sola coi propri pensieri. Il ragazzo ha un suo piccolo piano da fidanzatino e punta a passare un po' di tempo a tu per tu con lei durante il ritorno. Si vedrà. Avrebbe dovuto lavorare alla sua arringa quel giorno, è un po' in ritardo, ma fa nulla; si sente molto onorato che gli sia stato proposto di venire, e gli piace credere che le due donne, a loro volta, vogliano attribuirgli, per questo almeno, un piccolo merito. Serviva un uomo che non le mandasse sole: Anja e la Nikolaevna hanno scelto lui nello stesso momento in cui lui si è offerto di accompagnarle. Il suo sguardo è adesso intento a focalizzare un pensiero che ha in testa da un po' ma che ancora è meglio tenersi per sé. Da quanto ha saputo pare che sia tramontato il progetto di un concorso per stenografe da assumere alla Corte di Giustizia, sebbene la normativa che obbligherà a verbalizzare punto per punto gli interrogatori durante i processi entrerà di sicuro in vigore. Una soluzione, in un modo o nell'altro, andrà per forza trovata. Per cui rimugina: quell'amico che ha in cassazione... forse lui qualcosa di più sul modo in cui i tribunali pensano di venirne a capo, reclutando il personale necessario, potrà dirgliela.

Un sibilo annuncia il molo che si avvicina. Anja alza lo sguardo in alto quasi attratta dall'idea di vederlo quel sibilo, come un punto preciso del panorama. Le nuvole sono vaste lamine argentee sovrapposte le une alle altre. Lei ricorda l'immagine descritta da un novellista americano di cui un compagno di corso che sa l'inglese gli ha tradotto di recente alcune pagine (è Nikolaj quel compagno, ed è stato durante quelle letture un po' truffaldine che il giovanotto si è innamorato di lei): *Il nostro battello era la piuma più leggera che avesse mai solcato le acque.*

E ripete a fior di labbra: *la piuma più leggera che avesse mai solcato le acque.* È qui, per virtù letteraria, che può dire di trovarsi lei adesso: a bordo di una piuma leggera, trasportata dalla corrente del suo amato fiume. Ma che fine triste ha poi fatto quel battello, risucchiato nel gorgo di un *Maelstrom*!

La nave è all'attracco. Sulla passerella sfilano i pochi passeggeri che erano a bordo, quasi tutti vestiti di scuro e con espressioni assorte. La signora palesemente in lutto che è stata seduta di spalle alla Nikolaevna, e sempre col volto fisso innanzi a sé, solo adesso si cura di proteggere con una mano i gambi dei suoi fiori, ormai quasi del tutto spogliati del loro colore. Le due donne camminano a fianco sino alla banchina percorrendo uno stretto transito obbligato. Molte volte hanno già fatto insieme quel tragitto senza mai salutarsi e ogni volta la Nikolaevna si è detta: «La prossima volta mi renderò presente. È anziana, è giusto che sia io la prima a farmi avanti».

L'ultima volta pure se lo è detto, sicché la prossima rispetto ad allora dovrebbe essere questa. Ma di nuovo le cammina a fianco e non le dice nulla. Ci sarà un motivo, pensa la Nikolaevna, se non mi riesce di mandarle nemmeno un cenno di saluto col capo. Eppure lei ogni tanto mi guarda. Potrei, se lo aspetta. No, deve esserci per forza un motivo, altrimenti non si giustifica. Qualche spiegazione prova a darsela, e se l'è anche data. La più convincente le fa credere che quella donna in gramaglie debba essere stata una moglie cattiva (ne esistono, perché no?), ecco il motivo per cui lei, Anna Nikolaevna, si sente d'istinto tanto frenata dal parlarle. Non vuole saperne di mogli cattive, sicché decide in via definitiva che la prossima volta non si porrà affatto il problema se salutarla o meno, la questione è bella che risolta. Mentre sta pensando a questo, vede Sergej che, con l'impaccio di dover tenere i crisantemi ben diritti con la sola sinistra, aiuta l'anziana signora a scendere gli scalini dell'imbarcadero per riceverne in cambio un gentile ringraziamento col capo un po' reclino, senza cercare il suo sguardo, e solo una volta che le due braccia si sono del tutto staccate l'una dall'altra. Strano, considera la Nikolaevna, i gradini erano pochi e bassi. C'era proprio bisogno di quella manifestazione di cavalleria?

«È cieca. – le spiega, raggiungendola, Sergej – Io avrei voluto continuare a darle il braccio ma lei dice che non serve. Questa strada la conosce metro per metro. Poverina! Ormai, mi raccontava, sono molti anni che viene qui per andare a trovare il marito, e il figlio».

Bene, ragiona tra sé la Nikolaevna riposizionando i giusti valori nell'opinione che si era fatta, la prossima volta (e non si discute!) penserò io a procurare dei fiori adeguati da farle portare sulle due tombe. Questo bel pensiero lo deve al prezzo di un figlio morto che non aveva messo in conto, ma se lo tiene comunque caro nella certezza assoluta che la vagheggiata prossima volta sarà davvero quella.

Sulla terraferma il paesaggio è tetro, di colori spenti e senza edifici visibili. Torme di cani randagi si muovono un po' ovunque. Bestie malate, ferite, scorticate.

Anja, la madre e il ragazzo procedono in mezzo a trafile di tumuli sormontati da pali a croce segnati da numeri che vengono controllati alla ricerca di quello giusto. Dopo varie giravolte, con l'aiuto di una piccola mappa disegnata a mano e affidata a Sergej, i tre riescono infine a trovare il numero per cui sono venuti lì. Quel numero che per loro è un nome. Per tutte le persone scese sull'isola, il numero da cui si recano è un nome. Cifre come lettere. Le hanno trovate, coincidono. Ci sono.

Un bastardo tignoso che è un telaio d'ossa, razzola attorno. Ha una larga ferita sul fianco. Si avvita su sé stesso per mordicchiarsi la cicatrice. Sergej, genuflesso, zappetta tra le zolle con una cazzuola. Libera dal panno le radici dei crisantemi per impiantare gli steli nella terra ancora indurita dalla recente nevicata. «Anche le zolle sotto sono un po' ghiacciate» osserva lui raspando indeciso. «Fa niente – sussurra la Nikolaevna guardandolo fare – Vivranno, vivranno».

Il ragazzo non replica, affonda con cura le radici e, a piccole cucchiaiate con le palme nude, vi riassembla attorno la terra smossa. Un lavoro ben fatto. Nel tempo che si alza per sgrullarsi il terriccio dai pantaloni, le due donne si mettono in ginocchio. Cosa che, ravvedendosi, fa subito anche lui. E così restano, a mani giunte, lungo i bordi del tumulo.

È un camposanto effimero quello in cui riposa Grigorij Ivanovič Snitkin. Effimero come il pelo dell'acqua da cui emerge. Sorto come un ricovero temporaneo di tumuli in eccesso, si è tradotto in un deposito di salme iscritto nella topografia della città quasi con vergogna, in un punto discosto del paesaggio fluviale. Pietroburgo non manterrà memoria di questa necropoli insalubre e imprevista che durerà poco. I suoi morti verranno nel tempo traslati altrove e i loro numeri si trasformeranno in nomi, ma con quale certezza che ogni nome corrisponderà al suo numero se non quella data ai figli, ai genitori e agli amici dalla Fede?

L'isola Elagin è lì vicino, per un breve tratto di navigazione dal battello la si può vedere, ma non più all'attracco. Lussureggiante come un Eden. Un architetto italiano vi ha costruito un palazzo imperiale con giardini in cui si favoleggia la presenza di daini azzurri e di liocorni. Con animo umano, Elagin sdegnerebbe questa vicinanza maleodorante, noiosamente triste, con quella che potrebbe essere chiamata *l'isola dei morti senza nome*. Anche il suo nome è un'assenza di nome. L'isola dei cani e dei numeri destinati un giorno a risorgere come lettere. L'isola delle preghiere lente. Degli approdi silenziosi. Delle meditazioni lungo il tragitto. Dei ripensamenti. Delle cecità illuminanti. Dei petali gialli mai giunti a destinazione.

Grigorij Ivanovič Snitkin riposa lì.

Strana isola: una gobba grigia sollevata dal letto del fiume nel suo delta, dove due ampie braccia della Neva sfociano vaste nel Golfo di Finlandia. Anna Nikolaevna ama pensare che proprio dove riposa suo marito, lì, in quel punto esatto, più che in qualsiasi altro della città, il vento che le spira addosso provenga dai borghi della sua adolescenza, di quando bambina imparava tutto e non dimenticava nulla.

Non passa molto perché dal molo una sirena segnali il battello in partenza. A non prenderlo, per quello successivo bisognerebbe aspettare la mattina appresso. Così, il piccolo drappello dei passeggeri sbarcati coi loro lutti da officiare si avvia per non perdere la corsa del rientro. Sergej fa un cenno di buon senso ad Anja che lo trasmette alla mamma; dopo avere indugiato in ginocchio qualche secondo ancora, la Nikolaevna si solleva e insieme alla figlia e al ragazzo si allontana da quel numero, e da quel nome. La triste Citera è abbandonata sotto il suo velo di cenere. Allora, lo sbilenco randagio torna a esserne il padrone. Ricomparendo, muove il naso attorno. In aria e per terra. Fiuta tutti quei numeri, tutti quei numeri, tutti quei numeri. Ne sceglie uno. Stasera sceglie il suo. Sceglie lui. Grigorij Ivanovič Snitkin. Struscia il fianco dolente contro il palo della sua Croce per lenire l'insopportabile prurito delle croste lasciate dalla rogna. È a quella Croce che stasera chiede sollievo. Ora l'isola è solo loro, dei cani. Dei tanti altri cani che escono da chissà dove, ciascuno a caccia della Croce presso cui quella notte deciderà di stare.

Di notte, nient'altro che tumuli e cani sull'isola che fronteggia l'isola di Elagin.

Il pomeriggio si oscura. Lungo la tratta di ritorno, Anja e Sergej sono seduti a fianco nella deserta sala passeggeri. In silenzio. Sguardi puntati in avanti. Lui allunga una mano: dapprima, stringe quella sbucciata di lei che serra le labbra, poi rimonta esitante tra le stoffe della gonna.

Da oltre gli oblò si intravede la Nikolaevna sul ponte. Cupa, sofferente.

## *Una buona penna*

Il sole è tornato a splendere e la temperatura si è alzata. La neve che ha dato un sì tanto clamoroso annuncio di sé, fa capire che adesso si è ritirata in buon ordine, ha levato le mani, e che il suo appuntamento coi pietroburghesi è da considerarsi rinviato di qualche settimana al minimo, così intanto l'autunno può riprendersi il suo giusto spazio che sembrava per quell'anno, *per quest'anno*, essergli stato sottratto. I colori bronzei e giallo oro del lungofiume lo dicono. Come lo dice quel grigiazzurro particolare che ha la Neva sotto il cielo ottobrino, in un mese che ne rende la volta altissima. I parigini che vedessero la città per la prima volta con un tempo simile direbbero: "*Chez nous c'est la même chose*". Per contro, i pietroburghesi che si trovassero per la prima volta a Parigi in condizioni climatiche analoghe, cioè queste, direbbero (in russo): "*Come da noi*".

Siamo a metà settimana. Dunque, dovrebbe essere una giornata di lavoro per Anja, ma non lo è. La crisi epilettica di Fëdor Michajlovič ha imposto già due turni di riposo, sperando che bastino. Tanto vale approfittarne per fare delle visite di cortesia. Anche piacevoli, per certi versi. Da persone che le vogliono bene, ma che vanno sapute prendere per il verso giusto. E purché non bisticcino tra di loro, per carità. Accade spesso. Ah, e purché non si intrometta troppo Ivan, sempre che (cosa che lei si augura fortemente) non sia in giro a fare danni altrove, ma dato che l'ora della visita è stata fissata per dopo pranzo il rischio di vederlo comparire c'è, inutile illudersi. Che pensiero sgradevole! L'ultima volta è stato così fastidioso!

Ivan e suo fratello sono figli della zia Maša e vivono nello stesso palazzo della zia Vasilìsa, al piano di sopra. Quest'ultima è zitella, magrolina magrolina, mentre l'altra, maggiore di tre anni, ha perso del tutto la linea in seguito ai due parti ravvicinati. Era una donna assai attraente (mentre la Vasilìsa non lo è mai stata), e non si può dire che dopo la nascita dei figli sia divenuta brutta, semmai una ben piazzata madre di famiglia incline a suggerire più reverenze che corteggiamenti, giacché era questo il modo consueto con cui gli uomini l'accostavano, adulandola. Se abbia sofferto per questo modificarsi dell'interesse maschile nei suoi confronti lo sa lei, ma non avendone mai parlato con nessuno ed essendo stato il suo cambiamento esteriore assai evidente, c'è da ritenere di sì, che ne abbia sofferto e tanto.

I tre anni di età che la separano dall'altra, l'ormai autorevole signora tende a farli pesare come se le conferissero nei confronti della minore un'autorità paterna nel senso più dispotico del termine, e la sorella non ha mai avuto l'ardire di mettere in discussione questa gerarchia. Col marito, una bella stazza di burocrate a cui l'austerità del ruolo non impedisce di essere un formidabile raccontatore di barzellette condite di locuzioni dialettali, la zia Maša ha messo su una famiglia che non fa una piega. La Vasilìsa un tipo di vita così se l'è sempre sognata, e qualche invidia deve pur provarla per quella ben strutturata e spesso ridanciana congrega domestica che celebra notte e giorno sé stessa al piano di sopra. Sarebbe inumano vederla in un altro modo. Sarebbe inumana lei. Ebbene, ma sia pure, cosa cambia? Ammettiamo che provi invidia e che sappia di provarla, sarebbe un tormento solo suo e non altrui. Mai, davanti a San Pietro, quella compunta donnina potrà sentirsi imputare di avere agito da invidiosa, *mai*. Lei i suoi nipoti li ama. Uno a uno. Una a una. Tantissimo. Come figli. Come figlie. E parla, parla, parla. Tipico di tutte coloro che non parlano mai non avendo mai con chi parlare, ma che quando possono dicono tutto. Pur sentendo poco, ed è il suo caso.

A volte (non sempre), ama presentarsi agli estranei in qualità di vedova speculando su un suo amore fanciullesco di cui ha saputo la triste fine avvenuta per causa di una difterite dopo vent'anni e oltre che i due non si vedevano più. E non è questa la sola delle sue stramberie che, nell'insieme, più che esserle perdonate non vengono troppo rimarcate onde evitare il pericolo, amplificandole, di tradurle in una piccola vergogna familiare di cui conviene non fare propaganda nemmeno tra intimi. È lei che in genere ospita nel proprio salottino quando con la sorella, di comune accordo, facendo da anfitrione entrambe, ricevono parenti in visita. Come in questo caso, Anja. Discorso a parte meritano i figli della maggiore, due nipoti che l'appartamento della Vasilìsa, abitandole sopra, lo transitano di continuo. Un po' per comodità, un po' perché richiesti di accudire la zia zitella in piccoli servizi di manutenzione quotidiana a cui non possono sottrarsi. Tanto, qualche tornaconto sanno benissimo che lo riavranno sempre. Di qui il timore della ragazza: questa non è propriamente casa loro ma quasi, e, come si è detto, lei ha poca voglia di trovarseli di fronte. Ce l'ha ancora a morte con tutti e due: non solo a Ivan, pure a Mitja certi modi di fare non riesce a perdonarli.

Il salottino pare incipriato e trabocca di vezzosità. Piccole cose ovunque, e ognuna d'esse si porta appresso un ricordo legato alla famiglia di provenienza della zia Vasilìsa, tanto povera di una vita propria. Solo in pochi casi di scarso significato, infatti, si tratta di tesorucci personali della padrona di casa, di *souvenir* indipendenti dalla sua cerchia parentale, ma questo è tipico delle zitelle votate a un'esistenza vissuta per delega, fatta di matrimoni e di gravidanze altrui, e dunque di figli e di figlie altrui. Nonché del culto dei fratelli, quando ne hanno, spesso assunti al rango di figure maritali. E la Vasilìsa ne ha avuto uno magnifico, di cui officia la memoria con più fervore della sorella, il che lo si può capire. L'altra, lo abbiamo ben detto, una famiglia acquisita ce l'ha, e dunque ha i suoi veri figli e un suo vero marito. Sicché, tutti questi oggettini messi in bella mostra si ricollegano in gran parte alla famiglia paterna di Anja, e per conseguenza a suo papà. Come, ad esempio, sull'angoliera in legno di acacia, il bastone da ufficiale di quando questi prestò servizio nell'esercito dello Zar, o un piccolo cespuglio mineralizzato di corallo nero che Grigorij Ivanovič regalò alla sorellina per i suoi venticinque anni. Quanto spesso la striminzita zietta carezza quel corallo! Come fosse un morbido *pelouche*. Eppure punge.

La Vasilìsa, non soddisfatta della sua nutrita collezione museale di memorie, ha poi voluto provvedere da sé stessa a confezionare una piccola teca per conservarci un nastro a lutto trapunto in filo d'argento col nome del fratello da poco defunto. Sempre nella teca, di fianco al nastro, la donna ha inoltre inserito un biglietto tenuto sollevato con uno stecchino di legno incollato dietro: un autografo di Grigorij Ivanovič contenente dei semplici auguri di Natale, ma resi spettacolari a colpo d'occhio da quella sua firma gioiosa che sembra librarsi in un volo di farfalla. La teca è lì: collocata su un tavolino da lavoro usato solo per cucire, mai per scrivere. Un microscopico santuario privo di enfasi che Anja, quando va dalla zia, forse perché stenta ancora ad abituarsi a tutto ciò che certifica la certezza di quella scomparsa, non può trattenersi dapprima di schivare, e poi, in procinto di andarsene, di omaggiare con un bacio. Dopo il bacio, rimanendo con le labbra a sfiorare il freddo del cristallo, pronuncia sempre la stessa frase in un soffio che spande l'alone del suo fiato sul vetro della teca: «Ci vediamo a casa, papà».

Cosa che, lo sappiamo, a volte avviene.

Anche adesso, seduta su una poltroncina mentre sta per essere servita del suo tè, la ragazza avverte la presenza di quel santuario, che ancora non intende guardare. Forse questa determinazione fa parte del sortilegio. E sa che fra breve, dopo aver salutato le zie sull'uscio di casa, dirà di aver dimenticato qualcosa, tornerà indietro, vi si accosterà e ripeterà la solita frase. E lei sa con certezza che questa frase non esprime un semplice voto dello spirito, ma annuncia un fatto che avverrà.

Una sontuosa stufa di maiolica è in attesa della prima carica pomeridiana, ma ancora conforta l'ambiente col calore di quella mattutina che mantiene roventi le pareti traslucide color avorio. Su quella frontale è disegnato ad ampi arabeschi d'un rosso vermiglione un grande vaso ad anfora, tutto istoriato di ghirigori e decorato con flessuosi motivi floreali.

Una signora minuta, che fino a un anno fa nessuno avrebbe detto anziana ma oggi sì, sta versando per l'appunto del tè. È lei la zia Vasilìsa. Sa di cipria, come il suo appartamento. E sa di ninnolo anch'essa, come quelli tra cui si muove. Ha doloretti diffusi un po' in tutte le ossa e i suoi gesti, sino ai più banali, ne sono condizionati. Porta una collana da cui pende un cornetto acustico ordinato da tempo e arrivato solo da qualche giorno. Un attrezzo vissuto dalla donnina più come un ornamento che come una protesi per il suo udito scadente.

Un'altra dama è ben collocata al centro esatto dell'unico divanetto del salottino e se lo tiene tutto per sé. Ha una tazza tra le mani e sta giusto adesso prelevando in punta di dita un pasticcino da un *plateau* offertole da Anja. La fanciulla, suggerendole di assaggiare poi anche quelli alla frutta, poggia il *plateau* (senz'altro portato da lei in omaggio) e si rimette con la schiena ben dritta sulla sua poltroncina ricordando la postura di quando sta per trascrivere. Nel farlo si rimbocca i lati della gonna sotto le cosce e si schiarisce compostamente la voce come per riprendere un discorso già avviato. Esibisce una *mise* da cerimonia. Non ha potuto evitarlo. Se non entrambe le zie in egual modo, una delle due è molto suscettibile alla cura che la gente dimostra per la propria persona, in particolare quando si tratta di signorine dalle quali ella pretende il minimo necessario a definirle *chic* (sarà forse che adora tanto dire "*Chic*"). Anche per questo la parola "dama" ben si addice alla zia Maša (certo che è lei!), e benché il suo aspetto si sia fatto matronale, questa matura *dama* (più anziana dell'altra ma che nessuno, sulle prime, definirebbe "anziana") in ogni atto, in ogni tono, ama effondere attorno a sé un generico senso del lignaggio a cui le piace credere di appartenere. Un suo tratto, questo, forse accentuato dalla volontà di far risaltare tutto ciò (ed è tanto: sia nel meglio, sia nel peggio) che può distinguerla dalla sorella, con la quale non vorrebbe mai e poi mai essere confusa.

È a lei che sta parlando con una certa trepidazione Anja, mentre l'altra zia è indaffarata al *samovàr.*

«... sì, vi stavo appunto dicendo che non ho saputo cosa rispondergli quando mi ha chiesto di questo possibile parente di cui non mi pare di aver mai sentito parlare, e che...».

«*Kvaš*?» interviene la Vasilìsa porgendo alla nipote una tazza di tè, incurante di interromperla a mezza frase.

«No, il tè va benissimo, zia, grazie» risponde Anja frastornata e prendendo al contempo la tazza fumante che le pare in piena contraddizione con l'offerta dello *kvaš*.

«È buonissimo! – insiste invadente l'altra – l'ho fatto io».

«Vasilìsa... fa' la cortesia, siediti. – la apostrofa brusca la sorella – Mi stai facendo girare la testa».

Ma quella, senza badarle, non recede smancerosa: «Davvero no? Un bicchierino solo? Uno!».

«Zia no, davvero. – mostrando ciò che è evidente – Ho il mio tè!».

«E che vuol dire? – trilla ridente la zia, quella che tra le due più diverte la giovanissima nipote ma che, al contempo, più la imbarazza – Il nostro cetriolino ha il suo tè, e quindi il *kvaš*, a sentir lei, è fuori discussione!».

«Casomai dopo» sussurra concessiva Anja per passare oltre.

«Vasilìsa, sii buona, ha il suo tè. – ribadisce spazientita l'altra zia, sottolineando la parola "tè" – sei tu che le hai dato il suo *tè*, dovresti ben saperlo».

«E io le spiego! – protesta la Vasilìsa, puntigliosa, nel mentre si siede con un gemito da mal di schiena su una poltroncina accostata a quella della ragazza – Impara, cetriolino mio! – e la picchietta con la punta delle dita su una gamba – Il *kvaš* accompagna, non sostituisce. E accompagna tutto. Ma tutto tutto. Accompagna, per dire, le carni, accompagna il pesce, accompagna il *dessert*. Figuriamoci se non accompagna il tè! – grattandole il ginocchio come fosse il pancino di un cucciolo – Uno disseta e l'altro scalda. Accompagna, ti dico, *tutto*!».

«Niente, non c'è verso! – fa la maggiore, che certe solfe le conosce a menadito – Stavamo parlando d'altro, se non ti dispiace. Sempre protagonista ovunque, il tuo *kvaš*!».

«Mai quanto il tuo *patchouli*!» e poco ci manca che faccia un gesto esplicativo col gomito a significare: *bèccati questa!*

Certo è che la replica della Vasilìsa va dritta al cuore di una ferita aperta. La zia Maša, infatti, consapevole di avere un olfatto limitato da una malattia alle mucose contratta da adolescente, vive con l'ansia assillante di dosare in modo scriteriato le essenze di cui fa uso, e questa insicurezza è uno dei pochi vantaggi che la Vasilìsa ha su di lei, tant'è che adesso, ecco la prova!, l'ha costretta a portarsi due dita dietro un orecchio per poi fiutarle con forzata *nonchalance*, ma non solo! Cercando, oltretutto, di assumere l'aria di quella che vorrebbe ostentare un falso allarme.

«Troppo? Non mi pare».

La Vasilìsa fa la boccuccia a cuore come a dire: meglio tacere. Anja, pur se afflitta dal senso di stantio misto a un effluvio dolciastro che circonfonde l'altra zia, ne echeggia il "*Non mi pare*" mentendo spudoratamente.

«Ma dicci di prima, allora!... – fa la Vasilìsa ringalluzzita da un vago senso di vittoria – Chi sarebbe, insomma, questo signore di cui vorrebbe sapere quell'altro da cui vai?».

«Ah, *Deo gratias*... finalmente abbiamo avuto il permesso!» fa la sorella rifiatando. Quantomeno, il discorso *patchouli* è messo da parte.

Ora è la Vasilìsa a pretendere silenzio: «Mi fai sentire o no?».

«Be', così, nulla... – farfuglia la ragazza per riannodare i fili di un discorso precedente – sì, stavo dicendo che mi avrebbe chiesto... ma così, una curiosità... in sostanza, lui dice che potrebbe esserci qualche legame con questo amico suo. Non so, forse... potrebbe essere uno zio o un cugino. E che, insomma, questo amico suo sarebbe uno... che fa il poeta».

«Ma chi? Non capisco» squittisce la Vasilìsa che sta per mettere mano al cornetto acustico, motivo per cui non è chiaro se il suo non capire si riferisca a quel che non sa o a quel che non sente.

«Oh, a te le cose sempre due volte! – esclama la maggiore – Dice Anja che l'artista da cui va sostiene che dovremmo essere parenti di un certo Snitkin che conosce lui».

«No, zia, non è che sostiene, ma essendo molto amico di questo Snitkin, mi chiedeva se, hai visto mai, per caso...».

«E se è molto amico, scusa, perché non lo chiede a lui?» incalza la zia Dama.

«Oh, lo farà senz'altro, ma intanto trovandomi là io, l'ha chiesto a me».

«E l'impiego è buono? – fa steccando la zia zitella – È buono, sì?».

«Eh?», l'incrocio di argomenti lascia interdetta la ragazza che non sa da cosa proseguire, né da chi.

«Ma che c'entra adesso questo? – sbuffa Maša, al limite della sopportazione. – Tu sempre a mischiare le cose!».

«Dell'impiego! Si parlava del suo impiego! – la Vasilìsa tira fuori le unghie e non vuole mollare il punto – Va bene, d'accordo, ora a parte il parente poeta, che tanto s'è capito non lo conosce nessuno, ma anche il fatto di questa cosa nuova dell'impiego, scusami sai, ma mi sembra importante. Pensa tu per Grigorij che soddisfazione sarebbe stata! Ci teneva da morire a questa scuola, e allora vogliamo riconoscerglielo qualche merito o no, dopo che ci siamo messi tutti a dirgli, io compresa, lo confesso: *Ma che gli fai fare? Ma che gli fai fare?* – direttamente ad Anja – Tu lo sai, sì, che lui ti guarda sempre. Tutto quello che fai! Tutto quello che fai!».

«Sì, zietta, sì!».

«Brava, cetriolino mio! Brava!... Importante è che lo sai».

Sfiorandole con una carezza il mento, la buffa e tenera Vasilìsa non può certo immaginarsi di ripetere così lo stesso gesto che poche notti prima ha fatto lui, il suo amato fratello.

«Invece, secondo me, – rimugina la zia Dama – questa cosa del parente scrittore, non so perché, ma un po' mi suona».

Anja, desiderosa di capire: «Mah, fosse vero, credo che papà l'avrebbe sicuramente saputo. In questo caso, pensavo, è strano che con tutta la passione che aveva per i libri non me ne...»

E si blocca interrotta dall'ingresso di Ivan che va dritto alla stufa con dei tronchetti di legno tra le mani. Passando alle spalle dell'angolo dove sono sedute le donne il ragazzo lancia un generico cenno di saluto all'intorno che ha tutta l'aria di significare: *Non saluto nessuno. Tanto meno Anja.*

«Ivan... – domanda Maša al figlio voltandosi a fatica oltre la spalliera del divano – a te per caso risulta un cugino Snitkin che fa il poeta?».

E quello, indolente, mostrandosi interessato solo alla stufa e con una gran voglia di far pesare la cortesia che sta facendo, mugugna: «Poeti in famiglia? Dubito».

«Però, strano. – interviene la Vasilìsa – Di Snitkin, a Pietroburgo, ci siamo solo noi».

«No, – specifica Anja – questo credo che sia di Mosca».

E la zia zitella: «Ah, se mi dici di Mosca può essere».

Sempre a Ivan, la madre: «Ma tuo fratello che fa?».

«Oh, *Maman*!» esclama scorbutico il ragazzo dando un colpo irritato con l'attizzatoio che usa per rimestare la legna gettata nel fuoco.

«Con Sergej, ci scommetto!... – incalza la matrona rimettendosi comoda con la schiena – Sempre per l'affare della *trojka*, bel pasticcio!».

«Ve l'ho spiegato! – fa Ivan, che questa chiacchierata non la regge proprio – era già rotta di suo» e richiude lo sportello pulendosi le mani sui pantaloni.

«Vedrai tu se quello i soldi non se li farà dare!» insiste la madre.

«E perciò stanno preparando la lettera da mandargli: per chiarire che non si aspetti un bel nulla».

Del tutto disinteressata alla cosa è la Vasilìsa che pimpante si rivolge di nuovo alla nipote, ma stavolta lo fa armandosi da subito del suo cornetto acustico tenuto già pronto all'uso, bene accostato all'orecchio.

«Su, dài, dicci ancora del romanzo... mi piace, mi piace».

Anja vorrebbe farlo, ma è trattenuta. Guarda corrucciata il cugino, quasi sentendosi frenata dalla sua presenza. Questi recepisce il messaggio e prima di uscire si ferma a fronteggiarla con l'atteggiamento di chi stia per lanciare un anatema. A conferma, brandisce l'indice destro puntato a monito.

«Tu, cara cuginetta, devi piantarla con questa mania che tutti ti vogliono prendere in giro! Cominci a essere un po' ridicola, se vuoi che te la dica tutta sino in fondo. Molto ridicola. E non sono il solo a pensarlo. Non sono il solo!».

«Ah, no? E chi altri? – silenzio – Forse Mitja?».

Ivan tentenna, poi, lapidario, proclama indiscutibile: «Altri!».

Anja tace, allunga la mano a sollevare il *plateau* dei dolci dal tavolino per offrirglielo.

«Quelli alle visciole sono buonissimi».

Un lungo silenzio interrotto dalla vocina secca della zia zitella.

«È vero, buonissimi».

Ivan non si capisce perché lo faccia, ma lo fa: va a prendere un pasticcino alle visciole e se lo porta via. Uno screzio consumato in pochi secondi di cui le due padrone di casa (nella circostanza, entrambe hanno diritto al ruolo) non sanno intendere la ragione.

«Mah... – fa la zia Dama, perplessa – cose vostre, sapete voi».

«Non c'è molto da sapere, zia. Loro non ci credono, ma per me è importante».

«Noi sì, continua!» la esorta eccitata la zia zitella tornando a picchiettarle allegramente il ginocchio. Anja si rimette in sesto e recuperando la voglia di dire, dice.

«Allora... da quel che si capisce sino adesso, perché anche lui deve farsi un po' di luce in tutta la trama, parla sostanzialmente di un vecchio Generale senza un soldo innamorato di Blanche, una francesina che però, così com'è, non se lo prenderà mai. Cioè, povero e vecchio non se lo prenderà mai, ragion per cui questo Generale spera almeno di vincere al gioco in modo da avere qualcosa da offrirle. E poi... poi c'è una donna strana, la più bella di tutte, che si chiama Polina di cui invece è innamoratissimo il Precettore, che sarebbe quello che racconta, un po' il protagonista, anzi proprio il protagonista, e che accetta di giocare al *casinò* puntando per lei. Già, non l'ho detto: la storia si svolge in un posto elegantissimo. Immaginatevi le luci dei grandi hotel, e abiti di raso, di seta e di velluto. Tutto descritto con una cura infinita che le stoffe le senti quasi frusciare e ti sembra di toccarle con le punte delle dita».

«Eh, una buona penna, si sa» commenta la zia Dama.

Anja sta per sollevare il tenore di quello stitico "*buona*" a un diapason ben più altisonante, ma è anticipata dall'altra che irrompe con una questione in cui la ragazza non può non riconoscere un'ingenuità che è stata anche la sua.

«E perché dovrebbe giocare per lei?» domanda ficcante la zia zitella.

«Ma perché è innamorato, ve l'ho detto, è per questo! L'ama! L'ama enormemente! Polina glielo chiede e lui accetta di giocare per lei».

«Buona penna, buona penna» asserisce a *refrain* la zia Dama.

«Magnifica, non buona!» sbotta incontenibile Anja, come avrebbe voluto fare già da prima.

«E che ho detto? Io questo intendevo. – è evidente che per lei non ci può essere nulla che sia più di *buono*; Anja va quasi in asfissia – Pure Turgenev, però... ah, sì... buona penna anche lui, non c'è dubbio! Diamo a Cesare quel che è di Cesare... come descrive la campagna Turgenev... – ci pensa – forse, qua e là, se non sbaglio, Tolstoj».

«Ma qui non c'entra Tolstoj! Non c'entra Turgenev!» grida Anja senza regolarsi, decisa a prendere il sopravvento su qualsiasi interruzione, come forse vorrebbe che, già nel raggio ristretto di quella chiacchierata, il suo Dostoevskij prendesse il sopravvento sui vari Turgenev e sui vari Tolstoj, quei beati riccastri a cui è permesso il lusso di scrivere tre pagine per salvarne una. Facile, molto facile fare i geni così!... Ci provassero loro a creare come tocca fare a lui!

«E come finisce? Come finisce?» pigola la zia zitella.

«Ah, questa è la cosa bellissima, zia: non lo so!... Non lo so perché nemmeno lui lo sa».

«Ah, bellissimo dici?...» contrappunta con lieve senso di allerta la zia Dama.

«Sì, bellissimo! So che arriveremo a un punto, ma non so quale. Lo stiamo scoprendo pagina dopo pagina. A dire il vero è lui che lo sta scoprendo. Lui lo scopre e io lo scrivo. – calmandosi – Ma per dirvi intanto quello che già c'è... insomma, andando avanti da dove più o meno ero arrivata, poi... – recupera le idee – ah, quant'è complicato raccontare una storia! – infine, di slancio – Sì, va spiegato, appunto, che poi ci sono le nipotine del Generale, e un giovane inglese, Astley, anche lui innamorato di Polina. Ah, e c'è anche una nonna di cui si parla. Una vecchia un po' tremenda. Questa, però, ancora non ha deciso se farla comparire o meno. Per me dovrebbe. Un personaggio che potrebbe essere molto, molto impressionante».

La zia zitella: «Non ha deciso *chi*?».

«Dostoevskij».

Sempre la zia zitella: «Che sarebbe il vecchio da cui vai?».

«Non è vecchio, zia. Ha meno della vostra età».

La zia Dama: «Come tuo padre?».

Dopo una breve pausa: «Un po' di più».

«Ma è sposato, sì?...» domanda la zia zitella calzando il cornetto sin quasi a ferirsi l'orecchio.

«Lo era».

Ne segue un "*Ah!*" colmo di perplessità da parte della zia Dama, ed è a lei che adesso si rivolge la sorella: «Che ha detto?... Sposato?».

A risponderle è la fanciulla: «Comunque, sembra che si risposi».

«Davvero?... Ottima idea» afferma la zia Dama rincuorata, non si sa perché.

Anja: «Sì, lo credo anch'io. Ottima idea».

E sorseggia il suo tè facendo morire il discorso.

Sul suo volto, uno svelto arricciarsi del naso denuncia il fastidio per tutto quel *patchouli* che è costretta a respirare.

«Non sono io, *Mamosèl.* È il figlio del padrone. Dice che prima deve guarire».

«Ma io chiedo solo di vederlo. Sono già quattro giorni che...».

«Non posso... non posso. *Pardonnmemuà*!».

E, *bum*, ha chiuso la porta. Stavolta davvero Fedosija ha chiuso la porta, con forza, senza discussioni, al primo accenno di reazione. E Anja, stavolta, se l'è fatta sbattere in faccia. Sì, la serva era intimorita, ma non allo stesso modo di quattro giorni fa. Tanto per cominciare, le sue rughe erano diverse; e anche gli occhi, perlomeno fin quando si trattò di discutere sulla soglia, pur nello spavento erano molto diversi. Erano umidi, lacrimosi, ma avevano una luce, oggi no: ad Anja sono apparsi intorbidati da un velo affiorato a nascondere pupille di uno strano colore. Nere come il carbone, sì, ma come carbone acceso. Come tizzi che ardano dietro due gocce di latte opalescente.

Tutte queste parole, tutte queste immagini e queste espressioni (opalescente, tizzi, gocce di latte) non sono un ornato della scrittura ma le sta chiamando a raccolta lei, e con grande fatica, per darsi un centro cognitivo nel marasma che, se abbandonato dal linguaggio, rischierebbe di sommergerla.

Anja vuole capire, e per capire deve far combaciare ogni pulviscolo della follia che ha intravisto attorno a sé col vocabolo adeguato a identificarlo. Nominare con scrupolo assoluto le cose perché non sguscino via, guizzanti, a essere i folletti di una realtà fuori sesto; a questo punto converrebbe essere fuori sesto anche a lei, ma non lo è, e allora cos'altro le rimane da fare se non pronunciare e dire senza reticenze tutto ciò che è sconnesso, ma che comunque avviene? Pronunciarlo a sé stessa, ad alta voce, sia pure rischiando, per non diventare pazza, di sentirsi una pazza. Deve farlo. Fissare le cose; spillarle al momento in cui assumono una parvenza di parola che le identifichi in un pensiero. E quale che sia la parola, pronunciarla comunque. Opalescente, tizzi, gocce di latte. Non c'è retorica nell'esattezza. È solo una questione di precisioni chirurgiche e, di converso, di redini che vanno imposte allo sconquasso.

Cacciata così!... Bum!... Da quegli occhi disumani! E con quella porta sbattuta con una forza inammissibile per un braccino disossato che è un filo di ragnatela!

Il colore mascherato di quell'occhio di vecchia appartiene al turbine della follia che lei, Anja, non si è affatto immaginata, ma che ha realmente visto, di fronte a sé, attorno a sé, e che ora tenta di tradurre in frasi, in definizioni. Di collocare, insomma, in quella sorta di esterno che poi, alle strette, è il preludio dello scrivere. Quindi, della Letteratura. Ha un bisogno disperato di governare i fatti battezzandoli, altrimenti i fatti si tramuteranno in fauci e la sbraneranno. E questo, appunto, è quel che prova a fare filando via balbettante (chi la vede potrebbe pensare: canticchia) tra i magazzini che si scorgono dalla finestra dello studio. Quei magazzini, quei negozietti, quei chioschi, quei cortilacci, quei *bazar*, e tutto quel ginepraio variopinto di accrocchi, di marchingegni e di creature che lei non ha visto praticamente mai di lassù, se non di sfuggita, e mai con intenzione. Li vede lui ogni tanto, le poche volte in cui, dettando – con la sua tazza di tè denso e fumigante appresso ma non con la sigaretta che ormai, quando le si accosta, evita di imporle –, la sopravanza e va a guardare fuori, dandole le spalle e invertendo la geografia dei corpi nello spazio all'interno dello studio.

Ricorda, Anja, quando, ad esempio... ma no! Non *ad esempio*!... Quando *soprattutto* l'ha fatto il giorno del crollo, appena prima di voltarsi e di inveire con un malanimo che era tutto rivolto contro di sé, e poi urlandole ciò che lei avrebbe dovuto scrivere e che infatti ha scritto. Prima, *in finis*, di sbraitare come un ossesso il racconto che gli stava esplodendo nel cervello, sino a schiantarlo. Ebbene, durante quei secondi precedenti il suo delirio narrativo e il suo immediato sfaldarsi in un crepitio di figure dissonanti, lo sguardo di Fëdor Michajlovič si era alimentato del frammento di mondo in cui si sta aggirando adesso lei, e che è questo mondo qui: lo spaccio delle spezie e dei tabacchi, le teglie acciottolate di tizzi affocati dove si accartocciano le carni strinate, il banchetto degli ortaggi, il casotto della lotteria, i magazzini giallo ocra, la cassetta del cartomante, i ganci del pollame, gli stracci dei pezzenti, l'ipnotizzatore dal cilindro sfondato e con una marsina a lunghe code tanto lucida da sembrare unta, l'affilatore di lame, lo spalmatore di bitume, il venditore di sementi! Questo spicchio di mondo che è fatto anche di ciò che non appare, ma che c'è, come dei puzzi che provengono dai canestri del pesce, della graveolenza esalata dalle sentine, dell'affumicato che traspira dalle carni cotte lì per lì, del mischiume penetrante dei condimenti, e delle voci, di tutte queste inutili voci, tutte inutili tranne la sua che tenta di ricomporre secondo logica l'illogico in cui, una a una, queste creature appaiono normali, ma che se viste tutte assieme si rendono indistinte e danno forma all'assurdo.

Anja, col suo grembiule a righini rossi (che è la sua vera divisa da lavoro), con la borsa di capretto piena di tutto, utilizzata a dovere in ogni scomparto interno, e con la sua bella cartella verde acquamarina, si allontana dalle pagine del libro in cui sta. Vi è ruzzolata dentro e adesso il libro la sta sgrullando via, la sta espellendo. Via dalla Firenze di Dante, via dalla Ilio di Omero! E via dalla Sennaja di Dostoevskij!... È per queste pagine che si è aggirata, in queste pagine si è persa e in queste pagine ha abitato, e da queste pagine adesso viene scacciata senza che le sia stato detto se a renderla immeritevole del suo compito sia qualcosa che ha fatto o qualcosa che non ha saputo fare.

Sul biglietto piegato in quattro datole da Ol'chin c'era scritto: Vicolo Stoljarnyi, angolo Malaja Meščanskaja.

Per inciso (ma non è un inciso: se le analogie sono fatti, è un fatto!), in questa strada sta per venire ad abitare insieme a suo padre la rivoluzionaria Sof'ja L'vovna Perovskaja, impiccata nel 1881. Sua colpa: aver ucciso, con quattro compagni, uno Zar. Analogie! Analogie e demoni! 1881. Cifra doppia, palindroma. Il suo inverso la ripete: è una gabbietta, non ne esci. Un labirinto in miniatura. Accadrà qualcosa di tragico e di definitivo nel 1881 a Fëdor Michajlovič. Morirà.

Anche gli anni possono essere dei demoni se incastrati nell'ordigno delle analogie.

La fanciulletta, spersa, si volta e guarda su, di dove lui poche sera fa l'ha vista andare via con Sergej, facendosi chissà quali idee! O, magari, non *chissà quali*, ma quelle giuste.

La finestra ha il vetro limaccioso, come la squama sull'occhio di Fedosija, che adesso, e questo le mozza il fiato, è lì. Non curva, ma ben dritta, con le mani incrociate sul grembo in attesa, senza fretta, di veder scomparire il più lontano possibile quell'intrusa pupattola, quella carrierista da quattro soldi che va espulsa ad ogni costo, una volta per tutte, dal quartiere, dalla casa, dalla seggiola con la fodera stinta. *Dal libro!...* Via!

Vai, figliola cara! Vattene! Vattene!... Hai saputo curare? Non mi sembra. I nostri mali te li abbiamo messi a disposizione e non ci hai fatto nulla, e allora?... Vattene! Con te il trucco sai qual è? Non esitare. Se uno esita, sei furba, mica no!... Tu subito te ne approfitti e ti intrufoli, ti ficchi dentro. Come l'altra volta. Ma ci si può cascare una volta, non due. Se ti si sbatte la porta in faccia, ah be'... allora hai paura, non ti azzardi a bussare, te ne vai! E pure a gambe levate!... Brava, hai capito l'antifona! Scappa, bella mia! Scappa! Va' a razzolare altrove! Va'! Va'!...

«Il figlio del padrone non vuole».

Mentre si allontana (sì, forse scappando, ma non lo sa; nulla sa del proprio passo: se voli o s'impantani, come nei sogni), Anja ripensa all'attimo precedente il colpo della porta sbattuta e alle parole che si è sentita dire. Lì è la risposta!... "Il figlio del padrone". L'ultima volta, quattro giorni fa, quel rimasuglio di donna che lei arrivò addirittura a chiamare "nonnina", era terrorizzata da una lite, da qualcosa di molto comprensibile. Ma sì, certo. La implorava a mani giunte di andarsene per il bene del suo padrone, e non c'è dubbio che il suo padrone in quel caso fosse lui: Fëdor Michajlovič. Oggi no. Oggi Fedosija ha parlato come la serva di un altro. Di Pavel Aleksandrovič, quasi a far intendere che lui, Pavel Aleksandrovič, non sia il figlio del suo padrone, ma il suo vero padrone.

Sì, è così! In quella casa stanno avvenendo oscuri giochi di potere, pensa Anja, ma per arrivare a che? Non c'è nulla da prendere lì dentro!... Cosa ci si potrà mai guadagnare da un pozzo di debiti e di collassi?... Per quanto possa sembrare assurdo: senz'altro qualcosa. Non c'è nulla da ottenere, ma lo si vuole ottenere comunque. Perché stupirsi? È normale. Dove c'è umanità, c'è predazione.

«Fedosija! – urla dal fondo di sé la fanciulla in fuga rasentando il fiume che la insegue – Fedosija! Orribile Fedosija!... Quale tua età mi scaraventi addosso? Quali sporcizie? Con quale sguardo? *Con quale corpo?*».

E di nuovo pensa a come le è parsa oscena, indecente, lurida, con quella camicia slabbrata dove, quando si china, due filacci di carne dissugata oscillano penduli in cerca di qualcuno che ancora li succhi. Ma al contempo le è riapparsa a immagine di quella prima volta in cui la vide in cima alla rampa delle scale, prorompente, come altre volte in futuro le accadrà di rivederla. Giovane. Astuta. Con una mantiglia verde.

## *Nel doppio*

Ora, però, la visione si storce... la scena si deforma e si rinnova. Innanzitutto la luce, e con la luce i colori.

Lei si guarda attorno. Quel che è, diviene altro. E nel suo divenire, quel che è si divincola e si strazia, poiché così vuole la sofferenza del mutamento. Il paesaggio è scuoiato e rifatto. Anja vacilla. Tutto avviene in nome suo, e lei questo lo avverte. È l'altrove che la sta raggiungendo senza essere ancora il suo dove. I colori sostituiti esplodono in bolle che aprono crateri su una visione rigenerata e ciò che esplode si sofferma a mezz'aria per resistere ancora un istante prima di dissolversi.

Anja è in quel punto mediano che nessuno scienziato, nessun sapiente potrebbe dire, indicandolo: «È questo!». Quel punto tra i due in cui: lì soffia il vento, e qui non più. Del vento, la sua mano potrebbe carezzare la guancia sentendola col palmo, ma non col dorso. *È nel due in uno*, e *il due in uno* la attraversa. Alla sua destra gli angeli, alla sua sinistra i diavoli. I diavoli dicono, con altro tono, la stessa cosa che dicono gli angeli: «Non offendete il piccolo mento di Anja, non carezzatelo troppo! Ne svanirebbe la trepida luce».

La fanciulla è nel doppio con cui si può avere confidenza pur senza averlo mai conosciuto. Tutto ciò che lei qui, ora, non saprebbe dire che sia, tuttavia le è familiare: il selciato lustro e sgombro di pozzanghere e detriti, i lampioni dorati, le giostre, le insegne fluorescenti, i magnifici tiri a quattro presso degli hotel che non ricorda di aver mai visto, ma che sa, e gli uomini in abiti preziosi di lino misto a seta color panna, e color tortora, e carta da zucchero. Allestiti per lei. Ogni loro movenza è allestita per lei. Roulettenburg!

La famiglia che ha ritratto raccontando alle zie le viene incontro, lentamente incontro. Tra le donne, Polina ha il volto nascosto dal bordo della mantella. E dietro tutti, dietro di lei, il Precettore. Azzimato, con un velo di cipria sulle guance e la capigliatura corvina. Passandole a fianco si sofferma a guardarla.

«Ci siamo già visti. – sembra dirle – Dove?... Schhh. Non c'è bisogno. Se lo tenga per sé, e abbia cura dei suoi segreti. Ma si accosti, si faccia dire una cosa all'orecchio: lei ha poca pazienza, *Mademoiselle.* Ha troppa poca pazienza».

«Io?».

«Legga i Vangeli, ascolti me. Sono ottimi libri. Hanno molte risposte. – e le sorride confidenziale – Sì, i Vangeli sono ottimi per cominciare. Poi proseguendo, vedrà... tutti i libri hanno molte risposte, *Mademoiselle.* E se saprà dimostrarsi una brava lettrice, le dirò di più, ma posso avvicinarmi?... – e facendosi ancora più d'accosto – Questo le dirò: che ogni libro ha tutte le risposte».

«Ma sei tu?... Sei tu?».

«Ogni libro è un Vangelo, piccola mia. Ogni libro è un Vangelo».

«*Batyuška!... Batyuška!*».

Ha un capogiro. Ingoia con affanno una delle sue pastiglie confidando nel prodigio di un effetto immediato. Solo un veleno potrebbe agire con tanta sveltezza, ma la sua pastiglia è docile e ha imparato dai veleni. Anja chiude gli occhi e per lungo tempo, per quattro se non addirittura cinque secondi, non si azzarda a riaprirli. Sprofonda nella tenebra perfetta. La città approfitta di questo buio lunghissimo, si sfila via dal proprio scherzo, e Pietroburgo torna a essere Pietroburgo.

## *"Ditemi di lui!"*

La strada dove abita Anja si chiama Kostromskaja. Complicata da pronunciare se non si conosce il russo, ma in tal caso questo nome basta guardarlo e fingere di averlo letto come andrebbe detto. Così funziona: guardato il nome, guardata la strada. Un nome che vale una piccola porzione di paesaggio. Quel punto in cui Pietroburgo dice alla bimba dalla bella treccia: «Sono tutta tua, sei tutta mia. Vieni a casa, Anja, vieni a casa!».

Niente Roulettenburg, ma solo ciò che è. Un luogo non doppio, in un procedere di giorni reali.

Anja, nell'alveo rassicurante e stabile della sua cameretta, sta armeggiando presso lo scrittoio. Quello delle trascritture di *Delitto e castigo*, quello su cui alcuni giorni fa ha steso il foglio tramite cui avrebbe annunciato le proprie dimissioni. Ha appena terminato di appiccicarvi lungo il bordo (la colla in casa non manca) una frangia di ventisei striscioline di carta, tipo quella usata da Fëdor Michajlovič, su cui la fanciulla ha preventivamente segnato il numero dei giorni residui, a decrescere: *in nero*, e il numero delle pagine redatte in corsivo relative alla data del giorno corrispondente, questo *in rosso*.

Ora che il festoncino risulta ben sistemato, con un gesto accurato strappa dalla frangia le prime nove strisce. Controlla. Sì. Giusto. In questo modo, il primo dei successivi ritagli integri porta scritto un 17 *nero* (diciassette giorni, non mancano che diciassette giorni!) sormontato, nello scacco incollato al bordo, da un 79 *rosso*, come nei 4 scacchi precedenti. Vale a dire che i fogli scritti sono sempre 79, *senza crescita*. Infine, a termine della serie, è iscritto il numero che segnala la meta: 300. Anche questo con inchiostro *rosso*.

Anja si siede sul bordo del letto a controllare il risultato del suo ritagliare, scrivere e incollare. Non c'è male. Con le mani raccolte tra le gambe, una sull'altra, a coppa, tenendo le palme all'insù, da vera bimbetta, e con le caviglie incrociate un po' dondolanti, increspa le labbra e rimane a osservare il suo manufatto; soddisfatta per come le è venuto, ma disperata per ciò che significa. Si domanda se ce la farà a ribadire quotidianamente il triste rito di strappare una cedolina al giorno, per diciassette volte, sino alla scadenza. Si sta ripromettendo di sì. Deve. Può essere che serva. Sarà forse un modo per fare avvenire in ogni caso ciò che al presente ha smesso di avvenire. Sì, lo farà. Magari, pensa, pure senza di me, in una maniera o nell'altra Fëdor Michajlovič andrà avanti lo stesso, magari guarirà, magari ricomincerà a scrivere, e io, strappando, sia pure a distanza, farò sì che il nero, diminuendo, faccia aumentare il rosso. Avrò una mia parte. Un gioco, d'accordo. Ma potrebbe funzionare, e tanto basta. Qui è la bambina con tutto il suo strapotere magico che sta prendendo il dominio sulla ragazza. Quanto sono necessarie, a volte, certe regressioni per progredire! Sempre con le labbra increspate e strette, Anja annuisce senza posa. Sì, sì, sì. Il suo piccolo mento, con la sua piccola luce, fa su e giù, su e giù.

«Io intanto l'ho fatto. Di più non potevo».

Ma che rabbia questi giorni sprecati! Si può scialare il poco quando si ha poco, e intanto rimanere lo stesso con qualcosa?

Sprofondata nei suoi pensieri se ne distrae quando le sembra di percepire un parlottio sommesso ma vivace. Non dal salottino, nemmeno dalla cucina. Tende l'orecchio. Non le basta. Non distingue bene chi sia a discutere né cosa venga detto. Si alza, va presso l'uscio della stanza. Accostarsi per capire è un'azione che ormai, per lei, rimarrà consacrata in eterno al ricordo sconvolgente di quella mattina a palazzo Alonkin, iniziata con le urla di una donna vestita color magenta e finita con l'immagine terribile di un titano ridotto allo stato di un povero cristo sulla graticola.

Adesso Anja ripete la stessa identica liturgia. Avanza piano piano, per sentire senza farsi sentire. Nel vano della porta di casa vede la Nikolaevna, in controluce, che sta conversando, o forse questionando, con qualcuno la cui fisionomia è schermata dalla donna di spalle. A questo punto la ragazza rompe gli indugi venendo decisa allo scoperto, raggiunge di fianco la madre e si trova di fronte Pavel Aleksandrovič che, vedendola, ha un lampo di soddisfazione. Dilata gli occhi, poi subito li strizza con le palpebre vibranti. Il suo *tic* da mostriciattolo. Per contro, la Nikolaevna arrossisce costernata.

«Ah, ma allora c'è! – esclama il ragazzo con esuberanza portandosi svelto una mano alla bocca per nascondere qualcosa – Sua mamma insisteva a ripetermi che non era in casa».

E crudelmente tace, lasciando la Nikolaevna immersa nell'imbarazzo che le tocca per la bugia appena detta, e che lui, col suo tacere, eleva al rango di menzogna, ma Pavel, facendo uso di una sinistra indulgenza, allarga di poco le mani come a significare: *Nessun problema. Non mi offendo.* Anja sfiora il braccio della madre per esortarla a tornare dentro. Quest'ultima vorrebbe forse dire qualcosa, dare un risicato sostegno di parole alla ragione che, c'è poco da fare, non ha, e mortificata rientra. La ragazza vuole subito far piazza pulita di quel penoso silenzio.

«L'avrà fatto perché sa che a lei piace dirmi cose spiacevoli».

«E non sa nient'altro?» sibila lui senza scansare la mano dal viso.

«Che altro dovrebbe sapere?».

«Glielo debbo ricordare?... Ad esempio, che l'ho tirata fuori dai guai».

La voce è attutita da quella mano, quasi che Pavel abbia timore di raggiungere la ragazza con un alito pesante, ma non è per questo.

«Ditemi di lui!» fa lei decisa, tornando istintivamente al *voi*.

«E appunto son qui. L'unico che potesse mandare. – china il capo fintamente ossequioso, il ciglio trema, è di nuovo il suo *tic* buffonesco, forse insincero; poi, ficcandosi una mano in tasca, ne cava qualcosa che fa sobbalzare sul palmo aperto: monete – Mi ha pagato pure la carrozza, andata e ritorno. Ma senza fretta, dico io... a piedi ci arrivo lo stesso. Niente da fare: ha preteso che la raggiungessi in carrozza. – e con più forza Pavel rimarca il suo modo di darle del lei – Complimenti, *Anja*. Lei è davvero una seduttrice. In genere questi sperperi li fa solo per Aglaja Vassil'evna».

«Allora?» domanda la ragazza trattenendo a stento l'impazienza.

«La vuole. Domattina. Come al solito. – ancora un tremito dell'occhio, e quella mano che non si abbassa – Ah... così, per curiosità... ha ripensato per caso a un po' delle cose che ci siamo detti?».

«No».

«Bene. Felice di non averla turbata. A volte con le persone non so regolarmi e mi accade».

Secondo inchino, più secco del precedente, e gira le spalle; dopo pochi passi lancia un'occhiata allusiva oltre lo spigolo della casa e solleva un braccio a indicare un punto nell'ombra, presso un muricciolo verniciato di bianco dal cui bordo superiore si profila contro il cielo il contorno di una vasta siepe.

«C'è un suo spasimante, là, che sta congelando. – e qui commette un piccolo errore: si volta dimenticandosi di coprirsi la bocca – Gli dica qualcosa».

Mani in tasca, fischiettando senza saperlo fare, si allontana strafottente. Dovrà passare qualche minuto prima che, d'un lampo e con vivo fastidio, a Pavel Aleksandrovič torni in mente quello sciagurato attimo di disattenzione in cui, alla luce della luna e delle stelle, la ragazza può essere abbia scorto la piccola zanna di ferro nera che gli sfregia la dentatura.

Anja, quand'anche se ne fosse accorta, sta pensando ad altro. Stupita, va ad affacciarsi sul vicolo che fiancheggia la sua abitazione. Poggiato contro il muro indicato da Pavel Aleksandrovič vede un lungagnone il cui scuro profilo è abbombato sulla fronte da un ciuffo rigonfio. Da oltre la cinta del muro si protende, nel buio, un cespuglio di lillà, spoglio di fiori ma folto di arbusti forti e rustici su cui si addensano a piccoli grappoli i semi marroni. Il ragazzo indossa un pellicciotto rossiccio che gli va un po' corto, ha il collo avvoltolato da una sciarpetta stopposa e sta a braccia conserte con lo sguardo rivolto in terra. Pellicciotto e sciarpetta non sembrano fare al meglio il loro lavoro visto che il tizio in questione trema tutto dal freddo. Probabilmente, perché sta lì ad aspettare già da parecchio.

«Nikolaj Trifomovič... come mai qui?».

Il ragazzo, nel risponderle, scatta sull'attenti.

«Anna Grigor'evna!».

Ora i due sono a un passo l'uno dall'altra nell'angustia della stradina.

«Mi fa piacere vedervi, ma come...?».

«La classe è vuota senza di voi» prorompe sovrapponendosi il ragazzo.

E Anja, con qualche malizia: «Per voi, forse!».

Sulle guance di Nikolaj esplodono chiazze di rossore che niente hanno a che fare col freddo.

«Siamo passati al metodo Gabelsberger – dice lui porgendole un libercolo tozzo ma di notevole spessore, una sorta di breviario – Vi ho portato il manuale».

Lei prende e sfoglia, non capisce.

«Ma Nikolaj... è dall'inizio dell'anno che stiamo lavorando col metodo Gabelsberger!».

Lui di slancio punta sul libro aperto l'indice della mano protetta da un guantaccio di lana.

«No, no, vi sembra lo stesso ma questo è un altro! Controllate, controllate!... Ora perché è buio, non vedete bene. – e si affanna a indicare, e indicando le si fa più dappresso – Ecco, vedete! – mostra la copertina – Manuale Due. Siamo passati dall'altroieri al livello superiore. Pensate, si può arrivare... indovinate!».

«Che?».

«A quante parole si può arrivare. Indovinate! – lei sorride per farselo dire senza tirarla troppo per le lunghe – duecentocinquanta al minuto. Duecentocinquanta!» e se avesse duecentocinquanta dita gliele mostrerebbe tutte. Il senso vero della replica della ragazza può capirlo solo lei.

«Il problema è trovarle».

Eppure, stranamente, la domanda di Nikolaj è abbastanza intonata a quanto si è sentito dire.

«È così faticoso quello che fate?».

Anja dapprima annuisce, poi dice: «Ma importante. Molto importante. – tornando al tomo che lui le ha rimesso tra le mani – Scusate, io vi ringrazio ma non capisco... questo adesso me lo avete portato perché?... Per lasciarmelo?».

Nikolaj è all'acme di un tumulto interiore, e non osando guardarla: «I compagni dicono, però, che dovrei farmelo pagare».

Una nube elettrica cade a piombo su di lei.

«Ah!... E quanto?».

Lui la fissa con un'espressione febbrile che la disorienta. Poi, fulmineo, scatta con la faccia in avanti a stamparle un ruvido bacio sulle labbra e, sempre di scatto, si ritrae, con l'espressione giuliva di chi ormai il più l'ha fatto, e ora va' a dire di no!... *Oh, più che beccarmi un rimbrotto che potrà mai succedermi?*, pensa... *Al massimo uno schiaffetto, toh!...* E per un attimo, ma solo per un attimo di comprensibile sconcerto, non succede un bel niente, poi altro che schiaffetto!... Lei lo percuote in piena faccia col libro che ha tra le mani. Una botta poderosa il cui effetto non è solo simbolico. La faccia del ragazzo ruota d'un lato sin oltre la scapola. Lui quasi non può credere alla violenza di quel colpo. Si porta le mani al collo come per riavvitarsi la testa, si comprime la guancia tumefatta e scappa via. Tutto qui. Nulla di troppo grave, in fondo: piccole disavventure che fanno parte dell'età; a meno che questo piccante malinteso non lo si consideri il prodromo dell'incidente che avverrà la mattina appresso, e in cui forse l'irritazione della ragazza per l'impudenza subìta avrà in qualche modo a che fare. Dell'ispido colloquio con Pavel Aleksandrovič, invece, c'è poco da dire, i malumori che ha prodotto possiamo immaginarli declinati sul nascere. Per quanto respingente e mellifluo, Pavel è venuto a portare la notizia che la fanciulla attendeva più di tutte: si riprende a scrivere, questo è l'importante, il resto sono problemi di quel riprovevole fauno (non perché basso, ma perché questa è l'idea che se n'è fatta lei, che così l'ha liquidato). No, la sorpresa è stata Nikolaj. La ragazza non ci dorme per i nervi che le sono venuti. Ormai li conosciamo i suoi nervi. Guizzano improvvisi e niente li frena, ma pure al loro acme sanno mantenere una particolare forma di razionalità. Anche quella violenta botta in faccia rifilata a Nikolaj è stata, in qualche modo, sorretta dal dominio della logica. Nulla di istintivo: Anja ha fatto esattamente quanto, rapidamente, ha calcolato fosse giusto fare. Non c'è mai dissennatezza in lei quando è infuriata. A invaderla, pure al colmo dell'ira, è piuttosto una differente maniera di ragionare ma che è pur sempre un ragionare, al minimo quanto basta per non farle mai perdere il rapporto con la realtà. Sebbene tra poco, per una volta almeno, questa salvifica regola verrà confermata dalla sua inevitabile eccezione.

La notte sarà un tormento. Dopo una cena risolta in modo spiccio e melanconico durante la quale ha badato più a cincischiare con la forchetta nel piatto che a mangiare qualcosa, la ragazza, insofferente a qualsiasi argomento la mamma abbia tentato di affrontare, è andata a letto molto per tempo. Sennonché, ora che si ritrova tra le lenzuola, il desiderio di un lungo dormire non la fa dormire affatto ed è costretta a voltolarsi irrequieta con pensieri malsani a rimorderle dentro.

Rubarle quel bacio così!... Un tipo così!... Ma poi, si è visto allo specchio?... Con quel ridicolo pellicciotto di quando andava al liceo, con quella sciarpetta del nonno, con quei guantacci di lana cuciti dalla mamma (tutte illazioni fatte per rabbia ma rispondenti al vero)! E più non riesce a dormire, più la irrita l'idea di non riuscire a dormire, e, peggio ancora, di non riuscirci per colpa di quel perfetto idiota. Di conseguenza, la irrita il doversi presentare in pessimo stato all'incontro delle nove il giorno dopo. E rumina nella speranza di abolire ciò che rumina. Quella faccia da pesce lesso!... Quella salivaccia!... Puah, che schifo!... E sputacchia di nuovo, un po' sulle lenzuola, un po' sul pavimento. Pronuncia con voce spampinata, da conato imminente: «Nikolaj Trifomovič!...». Anche il nome le sembra da idiota!... Specchio esatto della sua figura. E di quel grammo di cervello che si ritrova nella scatola cranica. Un povero nome che, se di altri, suonerebbe addirittura piacevole, mentre così è una patetica dissonanza che le fa sanguinare le orecchie. Il nome di un idiota. Di uno, basti dire, che le si butta addosso a quel modo solo perché istigato dai compagni! Oltretutto, a compenso di che? Di un libro. Già, di un libro, pensa Anja. "*Tutto è simbolo e analogia*", questo pensa, pur non pensandolo con queste parole esatte, e i suoi rovelli, a spirale, traforano implacabili il sonno sino a sfarinarlo del tutto, fatta salva un'oretta scarsa verso l'alba, giusto per venirne fuori, semiresuscitata, con la necessità di mandar giù non una ma due delle sue pastiglie corroboranti che le aumentano il portato di sangue alla testa con sensibili vantaggi anche per il colorito, che al momento è di un biancore impressionante.

Anja si versa sul palmo della mano le pasticche dal flaconcino tutte e due insieme. Fa mente locale a ciò che contengono. Ferro. Ed è solo a questo punto che ha la reminiscenza di un'immagine percepita la sera prima. «Ma quello ha un dente di ferro!». E sì. Il colore è lo stesso, la materia pure. Acclarata la cosa, la ragazza se ne disfa mentalmente all'istante accantonando l'annotazione senza ulteriori commenti. Fatto sta che la notte bene o male è passata, e siamo giusto alla mattina dell'incidente: *ora*, a pochi secondi dal suo impetuoso avvenire. In una bella giornata pietroburghese della prima metà di ottobre che alcuni già definiscono, anticipando i tempi, *metà ottobre*. Ma si sa, i mesi quando iniziano sono come le banconote di grosso taglio, appena spicciate sono già finite.

# *In ritardo*

D'un tratto, il fragore di un *samovàr* volato in terra si mischia all'urlo singultante di Anja che si stringe la mano destra al petto. La Nikolaevna, di concerto, salta all'indietro con un balzo che rischia di farla ruzzolare distante dal tavolo presso il quale stava facendo colazione in silenzio assieme alla figlia nel mentre la osservava a palpebre basse, assai preoccupata per quell'aspetto cereo che le pasticche non avevano avuto ancora il tempo di rinsanguare.

Testimonianze *super partes* in merito alla meccanica del fatto non esistono, ma, a detta di Anja, sarebbe stato un gesto inconsulto della madre alla base di tutto. Senza usare il condizionale, sarà meglio illustrare la disdicevole vicenda come cosa che stia avvenendo in questo momento esatto.

Il cataclisma è prodotto da una deviazione lieve e scomposta del braccio della Nikolaevna che, nel protendersi per affondare la lama del coltello nella vaschetta del ribes, urta il gomito contro il *samovàr* dal cui comignolo la teiera, messa lì a scaldarsi, crolla sul tavolo annaffiando di liquido bollente la mano della ragazza spinta, da uno scatto istintivo, a picchiare una seconda volta il *samovàr* con tanto impeto da farlo volare in terra. E, per l'appunto, con gran fragore. A seguire, arpionandosi rantolante con l'altra mano il polso di quella martoriata, Anja schizza via dalla sedia e si getta verso un angolo del salottino per scivolare poi lentamente sul pavimento a gemere. La madre, costernata, le si precipita accanto presa dall'ansia di capire la gravità del fatto, ma la figlia la ricaccia indietro scalciando come presa da convulsioni. Non solo! Trascinata dalla preannunciata eccezione alla regola che per una volta fa deragliare i suoi nervi al di là di ogni controllo, le grida contro: «Lo volevate?... Era questo che volevate?... Siete contenta?... Siete contenta?».

«O tesoro santo... perdonami, – geme quella poveretta della Nikolaevna – ma io... io... oh, sei tu che l'avevi poggiato male, io volevo solo metterlo meglio, io...».

Più parla, peggio è. Anja la vuole ferire a ogni costo. L'unico palliativo al dolore, negli istanti in cui l'ustione produce il massimo della sofferenza, sembra sia questo: ferire sua madre con una smania che la ragazza non ha mai provato, e ferirla così, accusandola, e accusandola di tutto, ossia di tutte le catastrofi che di sicuro deriveranno dalla goffaggine di un gesto maldestro a cui la fanciulla, perversamente, insiste ad attribuire un disegno ben pianificato.

«Lo volevate!... Lo volevate!... – non fa che ripetere – Era questo che volevate! – ma è il piccolo demone messo in circolo al momento di quel patetico bacio che si sta dimenando dentro di lei – Vi prego, *Maman*!... Vi prego!... Avete già fatto abbastanza!... Lasciatemi in pace! Andatevene! *Andatevene!*».

Struggendosi, Anja pensa alle cedoline di carta, ai numeri in rosso, a quelli in nero. Non può essere che sia tutto spazzato via. Proprio ora, *oggi*, mentre lui la sta aspettando!

Malgrado le accuse che le vengono lanciate contro e che lei nemmeno ascolta, la Nikolaevna non ci pensa proprio ad andarsene, vorrebbe essere utile, fare qualcosa, ma la figlia la tiene a distanza esponendo all'aria il dorso della mano da cui ancora esalano fili di fumo e mordendosi il labbro inferiore a occhi stretti per trattenere le lacrime.

«Fattela curare, resta a casa. – la scongiura la madre – Solo per oggi!... Hai aspettato tu... per una volta aspetterà lui!».

«Non serve a niente! Non ci riuscirete! Non ci riuscirete! – fa la ragazza scuotendo il capo e tirandosi di nuovo in piedi – Tanto ci vado lo stesso! L'avete capito o no che ci vado lo stesso?».

Riapre gli occhi. Dandosi un centro, controlla lo spazio che la circonda. Il suo salotto. La sedia volata via. Il tavolo. Afferra tra le stoviglie un tovagliolo e, stringendo i denti, lo depone con cautela sulla mano.

«Patate!... Qui ci vogliono fette di patate!» sussurra d'un fiato la Nikolaevna che va in cucina alla ricerca di una patata da affettare. Tra una cosa e l'altra, il tempo passa.

Anja, affrettandosi, procede verso palazzo Alonkin calzando un paio di stivaletti di antilope protetti dalle soprascarpe che vi erano rimaste applicate. Se avesse avuto tempo e lucidità, non li avrebbe mai messi, e comunque quelle soprascarpe le avrebbe certamente tolte. Ha preso gli stivaletti solo perché è stata la prima soluzione che le è capitata a tiro, ma alla fine è andata bene così. Le strade sono bagnate e le soprascarpe si rivelano preziose. Durante la notte deve aver piovuto. Ma quando? Lei, non dormendo, se ne sarebbe dovuta accorgere. Una pioggia tanto silente sa di pianto. Ma ora c'è il sole e l'aria è come uno spazio gelido che si stia progressivamente lasciando invadere dal tepore del giorno.

Grembiulino a righe, *manteau* cremisi, cappellino con veletta, borsa nuova e cartellina verde acquamarina. Anja è nella sua consueta tenuta di ordinanza. Fila a passo svelto, col cuore in tumulto, rischiando davvero di far tardi. Molto tardi.

Nel passare a fianco alla vetrata di un caffè, si regala il lusso di una fuggevole sosta per darsi una rapida sistemata ai capelli e al cappellino. Nel breve tempo in cui si guarda riflessa, senza rendersene conto, vede due cose in una. Due volti in uno. Riprendendo spedita la sua marcia e sottraendo la propria immagine al vetro, fa sì che emerga, di là da esso, l'altra immagine. *L'altro volto*. Un volto dal cranio liscio e dorato, e dagli occhi verde smeraldo. Il volto di una figura molto alta, che sta seduta dietro a un tavolo, dietro la finestra. Stellovskij. L'editore.

Anja, a ben pensarci, è per lui che sta lavorando.

## *Il nome*

Qualcosa è cambiato all'interno dello studio. La scrivania è stata spostata in modo da consentire che dietro di essa venisse collocata una *chaise longue* su cui Fëdor Michajlovič, in vestaglia, si agita impaziente. O più che altro dolente. Per alcuni giorni ha faticato a camminare a causa di un forte gonfiore ai piedi e quando è riuscito a recuperare un minimo di deambulazione, l'unico passo a lui consentito era tale da farlo sembrare alquanto ridicolo. In pratica non poteva che usare i talloni, a somiglianza dei gottosi, altrimenti le fitte si scatenavano tremende e infiltrandosi come stecchi acuminati di sotto in sopra, dalle piante sino alle ginocchia e alle cosce, per arrivare spesso sia alle natiche che all'inguine. Questo particolare retaggio della crisi non si era mai prodotto prima. Adesso Fëdor Michajlovič è perciò costretto a usare delle pantofole spelacchiate che non sarà molto onorevole esibire ma nelle quali, perlomeno, il piede può respirare con un certo agio. A parte tutto, l'idea di riprendere il lavoro si sta rivelando un farmaco benefico. Prova ne sia che il convalescente riesce ad alzarsi e a sedersi con discreta disinvoltura, cosa che fa attraversando a più riprese la stanza per mettere alla prova la sua camminata, intenzionato com'è a farsi trovare da Anna Grigor'evna in un uno stato di forma quantomeno accettabile (già il fatto di doverla accogliere in vestaglia lo disturba moltissimo). Sì, ma farsi trovare quando? Confidava di vederla comparire già la sera innanzi, e ne è rimasto deluso. Ma quella era più che altro una speranza, mentre ora il ritardo di cui è obbligato a prendere atto ha un significato ben più grave.

Controlla la pendola al muro. Le nove sono passate da venti minuti. A scuoterlo è una miscela di timore e dispetto. Se questa possibile defezione si rivelerà causata da nulla di grave, sarà un brutto segno. Vorrà dire che la sua collaboratrice non dà più molto peso a quello che stanno facendo, quindi non ci sarà più da aspettarsi granché. In quest'impresa la dedizione assoluta è cruciale o non se ne farà niente. Se invece si tratta di qualcosa di grave, tanto peggio, croce sopra e *requiescat* in pace. Non c'è scampo: o un brutto segno, che è preludio della fine, o la fine in sé stessa. A chiusura del paradigma, Fëdor Michajlovič ride, ride mordendo l'aria come non poche volte ha fatto ridere ferocemente alcuni suoi personaggi, e forse qualche risata simile l'avrebbe piazzata anche in una di quelle pagine che ancora mancano per arrivare a trecento (se commisurate alla calligrafia della fanciulla: la sua ne riempirebbe assai di più), e che forse mai riusciranno ad esserlo.

L'ultimo giorno e mezzo prima di mandare Pavel Aleksandrovič a chiamare Anja, Fëdor Michajlovič ha molto delirato, e delirando si è visto dettare a più non posso, con lei che scriveva e scriveva, poi, al momento di ridestarsi, ha provato la netta sensazione che quella dettatura fosse avvenuta per davvero. Anche perché aveva dettato cose nuove, e buone, o così gli era parso. Invece no, il numero *in nero* da cui inizia la serie dei ritagli integri che pendono dalla sua scrivania è sempre quello. 79. Come noi sappiamo essere sempre quello anche il numero scritto sulla strisciolina attaccata al bordo di un altro scrittoio. È stato insopportabile, riemergendo da quel furore creativo dilapidato in un viaggio astrale, riapprendere il proprio dolore nel doversi convincere di aver perso tutto come se quel tutto fosse davvero esistito. Il manoscritto abbandonato, rubato, bruciato. Qualcosa ne ricorda, e se quella sciocca ragazzina verrà, *sono quasi le nove e mezza, accidenti!*, magari tardi, ma se verrà, forse lui il suo qualcosa sarà più o meno in grado di recuperarlo. Implora la possibilità di potersi accingere al salvataggio di questo più o meno. Non ha mai temuto le scritture sommarie, Fëdor Michajlovič. Lui non è come quei diligenti tessitori di pastorellerie che se togli un filo alla perfezione dell'insieme si disfa tutto. Lui è il gigante della letteratura sommaria. In questo si paragona davvero a Shakespeare. Tra sé e sé, bofonchiando, con tutta l'impudicizia del caso, ma lo fa, prendendo in giro entrambi, senza remore. Capaci, l'uno e l'altro, di aver trovato il proprio segno nel proprio ammanco. Ha poche certezze estetiche, Fëdor Michajlovič, una è questa. Poco teorizzata, mai messa per scritto, ma costantemente in circolo dentro di sé.

Le strutture di ferro non hanno bisogno di minuzie e precisione, e ogni grande struttura sommaria ha un'anima di ferro. Ce ne vuole per smontarla!

Il suo esempio prediletto: «Provate a smontare Amleto! Non ce la fate. Impossibile. Tornerà in piedi sempre. Ha attraversato i secoli perdendo pezzi e sopportando protesi posticce che gli sono state lasciate infisse dentro, ma l'opera le ha fatte proprie e le ha sottomesse, come ha cicatrizzato le mutilazioni. Aggiunte e tagli, tutta epidermide. Amleto si è ricomposto sempre, o decomposto mai, *fate vobis*. Non esistono ossature che abbiano nelle loro midolla virgole e punti e virgola. E allora cosa?... Grattate!... Vi troverete il codice della resistenza. Vi troverete *il più o meno*».

La pendola avvicina la data. I minuti sono le sillabe delle ore, le ore sono le frasi dei giorni, e i giorni si fanno strisce di carta da strappare una dopo l'altra. Finiti i coriandoli, finita la scrivania, finita la scrittura.

«E se provassi a fare da solo?» si domanda Fëdor Michajlovič, avventando l'interrogativo come se fosse una rivelazione, ad alta voce, sdraiato malamente di sbieco sulla *chaise longue*.

«Se provassi a fare come ho sempre fatto?».

Da quando Anna Grigor'evna Sntikina ha messo piede nella sua casa questo pensiero non l'ha mai neppure lontanamente considerato, ma adesso vale la pena farlo. La crisi quando passa gli mantiene in circolo nel sangue un'onda irruente e brutale di sovreccitazione che se trasformata in energia può sortire effetti sorprendenti. Approfittiamone! Usiamo la crisi! Tentiamo!

«*Ah!*» urla.

Premuta dal peso del corpo, la pianta del piede pare che si laceri. Per raggiungere la scrivania Fëdor Michajlovič deve zampettare un po' grottesco sui calcagni, ma la raggiunge. Sistema dei fogli alla rinfusa. Tutti bianchi. Da dove comincio se non so neppure dove sono arrivato? Chiede aiuto al sé stesso del sogno visto che non può chiederlo a lei. «Se quella sciagurata...», l'improperio è troncato. Uno scampanellio. Remigando a denti stretti per il dolore, Fëdor Michajlovič si riporta il più veloce che può sulla *chaise longue* piombandoci sopra quasi a peso morto. Coglie dal vestibolo il rapido saluto di Anna alla serva, e appena la vede comparire la apostrofa con un acido: «Grazie, eh!».

Ma forse è poco dire del rapido saluto di Anja alla serva. Per lui non si è trattato d'altro che questo, un ovvio scambio di convenevoli, ma per le due donne? Che cosa ha significato, quel rivedersi, per le due donne?

«L'aspettava» ha pronunciato quasi in un tremulo soffio Fedosija all'indirizzo della ragazza dopo averle schiuso la porta a capo chino. L'immagine dell'umiltà negletta. Il passo di Anja nel superare la soglia è stato lento, quasi titubante, commisurato allo sguardo con cui ha inteso ispezionare quale creatura fosse mai quella che or ora è venuta ad aprirle. Tutto, in Fedosija, *in questa* Fedosija, appare normale, ma talmente normale da fare apparire normale ad Anja anche la vecchia da cui è stata cacciata pochi giorni prima. La ragazza si sforza di ricordare con la massima esattezza quanto si sentì dire. *Non potete, il figlio del padrone, finché non si rimette...* ma sì, niente di assurdo, alla fin fine. Poi, certo, le è stata chiusa la porta in faccia, ma in situazioni estreme (e quella lo era) commettere gesti scortesi, entro certi limiti, può essere giustificato e, non appena messo piede nel vestibolo, alla giovane segretaria con mansioni specifiche di stenografa è facile ritenere che quei limiti non siano stati superati più di tanto. D'altronde, anche quando una volta fuori dal palazzo l'ha vista lassù in alto che se ne stava a fissarla da dietro la finestra, ma perché ha voluto immaginarsela come un demonio? Fedosija altro non faceva se non starsene semplicemente ferma, tutto qui.

La serva, con le dita ancora strette alla maniglia a cui sembra poggiarsi per alleviare chissà quali malanni sparsi ovunque, si volta tendendo i muscoli del collo onde raccordare tutto l'insieme del suo miserabile corpicino e le dice sollecita, un po' smorta: «Mi spiace di averla dovuta mandare via così l'altra volta, *mamosèl*, ma sapesse quanto è stato male! Che pianti!».

«Mi sono molto preoccupata, infatti!» replica la ragazza, ed entra nello studio. Neanche «Buongiorno».

«Grazie, eh!» (qui eravamo) le fa lui contorto sulla *chaise longue* vedendola slacciarsi il nastro del *manteau* rosso cremisi.

«Di cosa?» gli domanda lei interdetta.

«Della vostra premura. – e temendo che il suo sarcasmo non suoni abbastanza chiaro – Ieri vi ho mandato la carrozza apposta per incontrarvi subito. Ci contavo».

«Non mi è stato detto, sarei corsa!».

Fëdor Michajlovič, reprimendosi e scongiurando la propria spina dorsale di collaborare nell'assumere un contegno, si tira a fatica un po' su e la squadra dalla testa ai piedi. Non c'è dubbio: la fanciulla non mente. Lui si predispone ad alzarsi pregando di farcela, e ce la fa. Non vuole che la ragazza lo veda troppo malato. È fondamentale. C'è caso, sennò, che si metta a fare delle storie, del genere che lei è lì per lavorare e non per accudire, tipo dama di compagnia, che se la necessità è questa non è affar suo e che se ne trovi un'altra. Inutile girarci intorno, la conoscenza tra loro è ancora quella che è, chi potrebbe giurare su una totale unità di intenti? Rimane poi sempre il fatto della mezz'ora di ritardo. Mentre Anja, secondo il protocollo di una sequenza ormai stabilita, organizza le sue cose prima sull'appendiabiti e poi sul tavolino, capi di vestiario lì e strumenti di lavoro qui, lui, con cautela, misurando ogni gesto come fossero sillabe, uno a uno, torna alla scrivania. Pesca nell'involto delle sigarette. Ne sfila una e se l'accende. Tutto in maniera assai smaccata.

«Il pegno per il vostro ritardo. Questa me la fate fumare».

«Chiedo scusa per oggi, ma quanto a ieri, credetemi...».

Con una mano lui le fa segno: va bene così.

«Già... – dice – mi rendo perfettamente conto – espira, e subendo l'inciampo di un altro pensiero interferente col discorso che era sul punto di avviare – Ah, ma voi se dovete tossire, prego... tossite pure! Non ve ne fate scrupolo».

Neanche detto e, tossicchiando, lei farfuglia un raschioso «Grazie».

«Sì, dicevo... mi rendo perfettamente conto che quel ragazzo ha avuto un'istruzione... come dire?... Molto... ma davvero molto... disordinata, ecco. Disordinata».

Non fa in tempo a terminare che la cosa gli sembra tanto stramba da fargli torcere gli angoli della bocca. Ne viene una specie di gorgoglio singultante che matura in una vera e propria risata impossibile da trattenere e che, nel suo esplodere, finisce col contagiare anche lei.

«Sì... a dir poco» consente Anja, mescolando le parole ai primi singhiozzi fatti col mento chino sul petto. E ridono, in particolare lui, che ride, forse, in ragione di quell'altra risata, esacerbata e aspra, con cui ha maledetto la solitudine in cui pensava di essere precipitato. Finché, acquietandosi, la osserva con singolare compiacimento.

«È la prima volta che vi vedo ridere così. Per davvero».

Anja, nel rispondere si asciuga delicatamente con la punta delle dita gli angoli degli occhi.

«Senz'altro la prima grazie a voi».

«Anche come lettrice?» fa lui, ammiccando tendenzioso.

«Direi soprattutto!».

Ancora un brivido di ilarità comune.

«Soprattutto?... Ma come? Malattie, miserie, stupri e mai neppure una risatina?... Diamine, mia cara, non avete proprio il senso dell'umorismo! – e giù di nuovo a ridere all'unisono, tanto che lui deve addirittura detergersi le lacrime prima di riprendere a parlare – Perdonate... guarire mi mette di buonumore. – Con altro spirito, a tagliar corto – Suvvia, *allons-nous*, fuori le carte!».

Anja, recuperata la sua consueta compostezza, va al tavolino e si siede tirando fuori il necessario dalla cartella. Fëdor Michajlovič nota che ancora non si è tolta un paio di guanti di daino che tra l'altro non le ha mai visto portare.

«E quelli?».

«Ah... – simulando di dover controllare quanto ha nella cartella – Soffro di artrite».

«Così giovane?»

«Be'... col freddo...».

Fëdor Michajlovič valuta molte cose prima di passare oltre, ma le scansa in un attimo e si concentra su quel che deve.

«Appena pronta, rileggete le ultime righe, per cortesia. È così duro riprendere il ritmo!».

La giovane compulsa le pagine, e arrivata al punto: «Sì, ecco, escludendo due o tre tagli che mi avete fatto fare, ma che io comunque ho appuntato a parte...».

«Escludendo. Leggete!».

«Allora... va bene, leggo... – e legge – Polina mi guardava con una fissità tremenda. Ho vinto, gridai gettando fuori l'ultimo rotolo. Non potevo staccarne gli occhi quasi dimentico della sua presenza. – scosta il foglio – È fino a qui».

«Fino a qui?».

«E sì».

«Nient'altro dopo che lui guarda i soldi e si dichiara dimentico della sua presenza?».

«Proprio no».

«Ma ricordo di averlo pensato!».

«Ma non dettato».

«Eppure... da qualche parte...».

«È sino a qui, credete».

Lui appare profondamente deluso. Come un risparmiatore che abbia chiesto il proprio saldo in banca e si ritrovi molto meno di quello che pensava di avere.

«Quei tagli... – biascica – poi vediamo di controllarli per bene. Si fa presto a buttare. Molto comodo. È reinserire che costa fatica. E qui credo che sia il caso. Avete detto che ci stanno, sì?».

«Ho un quaderno a parte con tutti i tagli».

«Mh... il nostro giacimento di garanzia».

Anja si complimenta da sé, visto che da lui non c'è da aspettarselo. Anche se un segreto moto di ammirazione è in atto nel profondo di Fëdor Michajlovič che, con grande sforzo, si alza per muoversi a passi strascicati tirando forti boccate di fumo. Lei lo osserva preoccupata. Il poveretto ha ripreso a camminare dovendo pigiare sui talloni. Ne è consapevole, tuttavia non può evitare di andare su e giù, gli serve, come ha di nuovo bisogno del suo tè (già troppi ne ha bevuti da quando si è svegliato), ma non può distrarsi, basta poco. C'è una fiammella dentro di lui che va tenuta in vita, è flebile ma potrebbe accendere una miccia. Deve camminare, per forza, non ci sono alternative, e la bimba dalla bella treccia pensi pure quel che vuole, al diavolo!... Sì, è malato, soffre, e allora? A lei cosa gliene importa se questo corpaccione malandato le darà comunque di che trascrivere? Ma per riuscirci deve camminare. A patire ci pensino le gambe, la testa è un'altra storia! E cammina. Per quanto può, cerca di farlo nel modo meno appariscente possibile. Niente è più straziante di un dolore che, pur essendoci, non dia una visibile manifestazione di sé, ma niente è più patetico di un dolore egualmente forte che abbia però il sembiante della buffoneria. Anja tutto ciò riesce vagamente a comprenderlo, altrimenti non avrebbe la discrezione di interessarsi solamente al quaderno che tiene aperto innanzi a sé sul tavolino, pronto per l'uso, facendo sì che Fëdor Michajlovič non si senta compatito troppo. Così, obbligandosi a non guardarlo, sente il suono cupo, attutito dei suoi passi. Le danno la triste impressione di uno che sia zoppo a entrambe le gambe. Poi, ne ode voce.

«Ieri sera avevo mille idee, ora invece!...».

La stenografa solerte, ingannata, sta per scrivere. Già ha toccato il foglio col pennino quando capisce che non c'è nulla da scrivere ma che si tratta solo di ascoltare senza domandare nulla. Il metodo Gabelsberger, nel manuale numero Due, che nottetempo lei ha un po' sbirciato, dà alcune indicazioni a tal proposito, vale a dire su come distinguere, dal tono, ciò che va scritto da quanto va tenuto *a latere*. Un paragrafo su cui la ragazza, nel corso della sua recente insonnia, ha gettato solo un distratto colpo d'occhio di commiserazione. Manuale idiota al pari di colui che gliel'ha dato (anzi, venduto)!... Come se per capire certe cose non bastasse l'intuito!

«Quel maledetto calendario!... – esclama con irritazione Fëdor Michajlovič accennando alla scrivania – a volte mi ispira, a volte mi paralizza».

E Anja, sempre col volto all'ingiù, poggiando sul quaderno la mano che impugna la penna: «Preferite che parliamo un po'?».

«Di che?» le domanda con sincera curiosità Fëdor Michajlovič, ora fermo proprio di fronte a lei, che solleva gli occhi a guardarlo. Lo vede oscillare avanti e indietro, tallone/alluce, alluce/tallone, su e giù. Ha una mano dietro la schiena e l'altra chiusa a pugno sul grembo a stringere la sigaretta, consumata sin quasi a bruciargli le dita. L'uomo contrae e distende le labbra seguendo, a ritmo, l'oscillare del corpo. Parlare *di che?...* Lui aspetta chiaramente una risposta determinato a non aprire bocca fin quando non l'avrà ricevuta.

«Delle idee che avevate ieri».

Già. Ieri e l'altroieri. Fëdor Michajlovič vorrebbe dirle del delirio che ha vissuto e di tutte le pagine oltre la 79 che avrebbero scritto lui e lei durante questo straripante giorno e mezzo trascorso oniricamente insieme. Peccato solo che il loro lavoro sia avvenuto nella fatuità di chissà quale galassia, dove però quelle pagine esistono davvero. Lì stanno, dettate e trascritte, ma irraggiungibili. È tentato di farlo, ma evita. Meglio riprendere a camminare e a fumare. Anja riabbassa lo sguardo, stavolta non per discrezione ma per disporsi a scrivere, quando, durante la stasi di quest'attesa, riconosce all'udito qualcosa che le blocca il cuore: lo stesso respiro a mantice che l'ultima volta annunciò la crisi, ma oggi è una tensione che dura poco. Lui va al *samovàr*, sistema una tazza sotto il rubinetto e apre la valvola. Al suono della bevanda versata si accompagna l'effondersi aromatico del tiglio. Ne segue l'abituale tinnire delle tazze e dei cucchiaini. Quando Fëdor Michajlovič ne sta per riempire una seconda è fermato a tempo dal diniego di lei.

«Per me no, grazie. Non ora».

Una sosta ancor prima di prendere il via non le sembra molto saggio. E lei, se vuole, può essere molto saggia.

«Le idee che avevo ieri... quante!... Quante!» mormora lui perplesso a conclusione di un fulminante giro di emozioni contrapposte.

Non c'è cosa che sia più caotica del nulla prima di iniziare. Nulla, assolutamente nulla, che sappia essere più ingombro di quel nulla. Fëdor Michajlovič va alla *chaise longue* e si accomoda con cautela emettendo un gemito costipato e sottile, senza abbandonarsi pesantemente alla gravità come ha fatto prima, quand'era solo. Questo per tre motivi: per non rovesciare il tè, per non rischiare di spaccare il mobile che già scricchiola abbastanza, e per non fare troppa brutta figura con la *Mademoiselle* lì presente, che vede tutto, sente tutto e nota tutto. Lei lo ha chiamato a confidarsi. Che astuzia! O meglio ancora: che sapienza da donna fatta! Beve un sorso di tè. Osserva che qualsiasi donna, quale che sia la sua età, può dimostrare, a lampi, una sapienza da donna fatta. Anche una scolaretta. Anche una segretaria che avrà sì e no diciotto anni. Una fanciullina.

«Dentro di me la scena era così chiara! – e geme inarcando la schiena – Mi avete distratto, colpa vostra!».

«Ah, mia!» scatta lei, come lì dentro non le è mai accaduto di fare. A volte si è rabbuiata, altre volte ha protestato, in alcuni casi ha detto la sua senza esitare, questo sì, ma uno scatto tanto repentino mai.

«Sì, vostra. – le dice lui moderandosi, forse nel tentativo di chiamare in causa una punta di ironia che in realtà non c'era – *Anche* vostra. – e per mitigare il rimprovero quasi lo aumenta, sia pure a sproposito – Per cortesia, non mettetevi sempre al centro di tutto!».

«Io?... E come pensate che possa?».

«*Io*!... Già il fatto di uscirvene così: "*Io*"!... Oh, niente di più facile che mettersi al centro, il che, attenzione, non vuol dire esserlo. Ecco, tanto per dire!... – ostentando la tazza da cui ha appena bevuto – Colpa anche del tè, che per versarlo m'ha interrotto il filo di un pensiero. Secondo voi, chi me lo ripaga quel pensiero? La tazza?... E colpa pure di questi maledetti piedi! – lo dice scalciando nel vuoto come un ragazzino recalcitrante, al punto che una delle due pantofole vola via mettendo in mostra, malgrado la calza, la deformità del gonfiore – Anche loro vorrebbero avere diritto di parola, si intromettono, dettano legge!... Guardate che roba!... I miei piedi! Che, a rigor di logica, fanno parte di me e dovrebbero essermi complici. Niente! Nemici! Degli autentici nemici!... Mi fanno un male cane e mi costringono a camminare come un pagliaccio, ve ne sarete accorta, suppongo!... – ma preferisce non guardarla, niente risposte, tanto a che gli servono? – Colpa di tutto ciò che non ha niente a che fare con quello che dovrei scrivere, e che dovrebbe restarsene fuori, zitto e mosca, e invece no, si ficca in mezzo e pretende di avere diritto di parola. Diritto di parola!... Tutto e tutti, compresi i miei piedi, *tranne me*!».

Ora si è di nuovo tirato su e se ne sta seduto sul bordo della *chaise longue*; mettersi sdraiato gli è impossibile, i lombi gli vanno in fiamme, non regge. Poggia d'un lato la tazza. Punta i gomiti sulle ginocchia per affondare il volto tra le mani che lo stringono con forza. Ed è così che riprende a parlare, nascondendosi allo spazio. Forse, a lei. La voce filtra dalla tana scavata dentro i palmi a coppa, afona, impersonale.

«Ce l'avevo in pugno, quella scena, tutta!... Come la vedessi!... So benissimo, punto per punto, cosa dovrebbe succedere... lo vedo... mi passa davanti agli occhi... ma non trovo le espressioni giuste, neanche una! Cioè, vorrei cercarle ma non ne avrei il tempo, allora eccomi zitto e muto come le mie pagine. – e snuda la faccia sommersa, come tirandola fuori dal pelo dell'acqua a rifiatare – Che bella figura, vero?... Voi lì pronta con la penna in mano e io... più grottesco di un amante impotente. – Anja si fa di fuoco – Oh, è mille volte meglio inventare piuttosto che sapere! – ora sì la scruta ben fisso – Non mi capite?... Significa che ho una paura tremenda di sprecare quello che so con delle parole sbagliate. Questo significa. Che più la scena mi è evidente e più temo di fallirla».

Finito lo sfogo?... Parrebbe di sì. Benissimo. Lei, quando ritiene che l'ultima cosa da dire sia stata detta, sistema accuratamente la penna per lungo nell'apertura del quaderno, con estrema compostezza si alza, va spedita alla ribaltina su cui si trovano bicchieri e bottiglie nell'angolo più disertato della stanza, e versa da bere per tutti e due.

«Propongo un brindisi. Non era mai successo che vi sentissi avere degli scrupoli di scrittura».

Lo raggiunge e gli porge un bicchiere. Lui la guarda stupefatto, infine accetta l'offerta. All'unisono alzano in aria la vodka, e all'unisono buttano giù. Istantaneamente, lei è scossa capo e piedi da un fremito. È il modo, questo, in cui il suo corpo l'avverte che ha recepito l'alcol. Altro piccolo sisma. La ragazza, reduce da questo doppio dissesto, sorride sollevando le sopracciglia e scuotendo tentennante il capo. Ebbra in un lampo, si potrebbe dire. Non è tutto: tornando a sedere, ha un cedimento.

«Forse ho esagerato, – balbetta – mi gira... la testa».

Fëdor Michajlovič, malgrado i suoi acciacchi, ci mette un istante a soccorrerla. Il dolore ai piedi, se c'è, è anestetizzato dalla necessità di intervenire. Ma non la tocca. Lei con le braccia gli fa segno che può benissimo reggersi in piedi da sola. A piccoli passi, con movimenti rallentati ad arte, raggiunge la sua seggiola che lui si premura di scostare dal tavolino in modo che la ragazza possa scendere a sedere con più agio.

«Forse, – suggerisce lui – le vostre pasticche...».

Lei fa di no col capo, per poi aggiungere: «Non è uno di quei giramenti, questo».

E impugna la penna. Fa un piccolo *sì* a segnalare che è pronta e resta ferma.

Fëdor Michajlovič, che non si è mosso da dove stava quando le ha sistemato la seggiola, può scrutarle la nuca, il collo, la schiena. E quei boccoli d'oro purissimo. Muove la mano a simulare una carezza. Si trattiene. Sussurra: «Siete un'autentica femmina, Anečka!... La più autentica femmina».

Parole a cui la donna corrisponde contraendo forte le palpebre, ma questo lui non può vederlo. Sono tutti e due molto furbi, poiché, in virtù di quell'ebbrezza forse esagerata con sapienza, sanno di approfittare entrambi del medesimo trucco dando per inteso che lui non abbia parlato, o che lei non abbia sentito.

«Poi d'improvviso, – esclama subitaneo lo scrittore, con altro tono – mi ricordai di lei. *Punto*».

E la stenografa, inteso il segnale, si mette rapida all'opera col suo solito zelo. Fëdor Michajlovič, di nuovo accusando quel degradante dolore da gottoso, si riavvia verso la *chaise longue* traversato da molteplici pensieri corrispondenti ad altrettanti stati d'animo che trovano tutti la loro sintesi nell'atto della dettatura. Una parte della sua testa è dedita a comporre, un'altra a catalogare le emozioni divampate nel balenio di pochi attimi, e una terza si appunta sulla babbuccia volata via. Sarà bene recuperarla prima che finisca chissà dove e non la si trovi più.

«Se ne stava sempre seduta, senza muoversi. *Punto.* Mi seguiva col suo sguardo fisso. *Punto.* Scoppiò a ridere e mi disse con disprezzo. *Due punti, virgolette.* Non lo prendo denaro da voi. *Punto esclamativo, tre puntini.* No, anzi, *errata corrige...* piccolo cambiamento. *Sic.* Io non prendo denaro, *tre puntini*, per niente. *Punto. Chiuse virgolette.* – un breve istante di esitazione, poi rilanciando vigorosamente: – *Aperte virgolette!...*».

E via così!... Con prepotenza, la scrittura, districandosi dai propri impacci, affiora e dilaga nel disinteresse totale del tempo che passa. Ore che ingoiano ore. Si combatte e si vola, le due cose assieme, fin quando, d'improvviso, a mezzo d'una frase, come a dover placare un prurito interiore, lui le domanda quasi rabbioso, due volte di fila: «A quanto siamo? A quanto siamo?»

Anja, presa in controtempo, viene strappata al suo scrivere in cui era totalmente immersa e, in palpiti, compulsa svelta all'indietro le pagine del quaderno per recuperare il punto da cui erano partiti.

«Immaginandole trascritte, sommando alle settantanove precedenti...».

«Quante? Quante?» incalza lui.

«Direi... – traducendo da un computo all'altro – direi ancora un paio e siamo a cento!».

«Bene, arriviamoci, allora!... Presto! Presto!».

E riprendono sull'abbrivio di prima, come se si trattasse di concludere una parola interrotta e proseguire con un'altra già data per implicita.

Cento! Si sta per profilare l'attacco deciso a un numero tondo, e i numeri tondi, non solo scrivendo ma in svariate circostanze della vita, inducono spesso e volentieri a una sosta, come in questo caso. Cento. Ci siamo. Va bene così. *Fermiamoci un po'*.

Fedosija sta terminando di sistemare con dita resistenti al calore alcune pigne secche nel tubo del *samovàr* per mettere a regime il tiraggio del comignolo. Anja si è accomodata sul divano di marocchino verde. Cerca di ricordare quante volte le è già capitato di sedersi lì. Una, massimo due. O forse mai. Sì, questa è la prima. A ben vedere, non sono poi tante le volte che è entrata in questo studio. Prova a contarle sollevando gli occhi in alto, ma il calcolo viene interrotto dal notare Fedosija che si sta dando da fare per lei e per il suo vero padrone, che è Fëdor Michajlovič, altro che il figlio! La vede salutare con uno stentato inchino e poi uscire richiudendosi la porta alle spalle. Fëdor Michajlovič, sdraiato sulla *chaise longue*, si accende una sigaretta che si era tenuto nella tasca della vestaglia per un mucchio di tempo e che miracolosamente è rimasta intatta. Dopo la prima boccata ha un immediato ripensamento e si volta a guardare la ragazza che fa chiara mostra del suo non tossire. Tutto a posto, pare che gli dica. Potete continuare. Ma lui, premurosamente, attende la verifica di qualche secondo ancora prima di tirare una seconda boccata. Quindi, vedendola in procinto di alzarsi, con un gesto perentorio le impedisce di occuparsi del tè. Cosa che fa lui raggiungendola sul sofà con un passo tornato discretamente fluido. Al momento di porgere la tazza, qualche goccia di liquido rovente deborda sul piattino e la giovinetta, d'impeto, ritira al seno la mano ferita. Ma è un istante. Bevono. La sigaretta è stata lasciata a bruciare per i fatti suoi nel piattino di metallo usato come portacenere e che Fëdor Michajlovič si era portato appresso sulla *chaise longue.* I due si godono il tè e il silenzio. Ma il silenzio di lei non è quello di lui. Quello di lei consente alla ragazza di andare a prendere il portacenere affinché la sigaretta non vada del tutto sprecata. Potrebbe essere, da parte sua, un piccolo sacrificio, non lo è. Grigorij Ivanovič, il maestro dalla *emme* meravigliosamente minuscola, le ha insegnato anche questo, che il sacrificio non è un valore, ma solo dispersione di sé. Anja ha portato a Fëdor Michajlovič quella sigaretta ancora accesa perché se lui ne avrà sollievo, lei pure ne sarà rinfrancata. Un irrisorio calcolo dell'anima, niente di più. Nel silenzio di lei riposa la pace del momento, nutrito dal vero ristoro di una sosta ben meritata. Viceversa, in quello di lui cova dell'altro. Qualcosa di esprimibile. Qualcosa che può essere messo in parole, e se può essere messo in parole significa che deve essere fatto. Questo è quanto pensa Fëdor Michajlovič. Vale la pena. Vale la pena. Infine, fissando la lente dorata del tè nella tazza che ha tra le mani, come a leggervi un oracolo, si decide a fare ciò che deve.

«Mio padre non me lo ricordo. Morì quando avevo due anni. Mia madre si sposò una seconda volta».

Lei, nel sentire queste parole, perde e ritrova colore nel giro di un attimo; solo adesso lui si decide a sollevare gli occhi che avevano volutamente lasciato campo libero alla voce e basta.

«No, non è la mia vita. Non vi sto raccontando di me. – lei non dice ciò che dovrebbe: "*Lo so!*"dovrebbe dire, ma non dice e non fa nulla – È l'inizio di un mio romanzo. *Netočka Nezvanova.* – una breve pausa – *Netočka...* come voi».

La ragazza si illumina mescolando alla sua gioiosa afasia il giubilo di un cuore in festa.

«Ma è per questo che mi chiamano così!... Speravo che l'aveste capito. Sin dalla prima volta... da quando ve l'ho detto!» e ammutolisce.

Lui espira verso il soffitto un anello di fumo scrutandola con un barlume di sorriso, come per esortarla a dire di più, e lei prendendo coraggio: «Io... io adoro la vostra Netočka! Non vedevo l'ora di correre da una puntata all'altra. E, Dio, quanto ho sofferto, sapeste quanto ho sofferto quando avete smesso di pubblicarla!».

Ciò detto, vorrebbe dire altro, ma ha detto tutto. Resta a fissare Fëdor Michajlovič con occhi radiosi, quegli occhi che ribadiscono il suo nome, il suo vero nome.

Lui, lentamente, poggia la tazza a fianco a sé, ed è di sé che inizia a raccontare. Non sarebbe nelle sue intenzioni, ma si accorge di farlo quando ha già cominciato, non ripetendo nulla che abbia mai detto prima.

«Mi condannarono a morte che neanche ero a metà. Davanti al plotone, ancora pensavo a qualche frase da correggere. Povera Netočka!... Lo Zar, graziando me, ha giustiziato lei. – facendo rollare il suo mozzicone consunto tra i polpastrelli ingialliti dal tabacco – Scomparsa in Siberia, vittima dei miei demoni socialisti. E della Storia. Quella vera, dei Napoleone e di Pietro il Grande. Ah... per anni, quanti personaggi ho dovuto sciogliermi nel sangue, mandarli persi così... affogati dentro di me!... Ma non si può fare poesia con le catene ai piedi. – gli occhi di lei si inumidiscono – Sono un reduce, Anja. Voi avete a che fare con un reduce. Con un sopravvissuto ai morsi degli insetti, al gelo, al digiuno, alle urla delle guardie, alla decimazione quotidiana dei suoi compagni. – si dà il tempo di una boccata, ma aspira a vuoto, la cicca è spenta da tempo – La sera ci scambiavamo sorrisi che sapevano di addii, e la mattina, svegliandoci, facevamo la conta di quelli che erano marciti nelle loro tuniche. Per cinque anni, ogni notte mi ha risputato nel mondo cavandomi intatto dall'inferno del giorno prima. Sempre a me toccava contare. E seppellire. Complimentato dai cadaveri... – finge un applauso grottesco – *E bravo quello che non molla!... Bravissimo!...* Ancora oggi non c'è istante in cui non mi dica: "*Razza di miserabile... quando ti stancherai di sopravvivere*?"– Anja è attonita – Non è alla morte che scampo, io... ma al perdono che non so darmi».

«Per cosa?».

«Forse, per essere fra quelli che hanno sofferto di meno. Altrimenti... neanche potrei raccontarvelo. – Muove le dita a sfiorarle gli zigomi. È un gesto cauto, trattenuto. – In verità, piccola Netočka... volevo solo capire se avevo immaginato la cosa giusta».

Di sera e di notte Anja trascrive febbrilmente quanto ha stenografato durante il giorno. Le albe vengono riservate a scampoli di sonno, ma a volte sono spartite pure quelle: passate per metà ancora in casa a trascrivere, e per l'altra metà già a palazzo Alonkin a scrivere.

«*Si scriveva e si contava, e si scriveva quello che si contava*» ricorderà Anja. Ma questo non lo scriverà. Bensì, *lo ricorderà*, e dunque, in qualche modo, lo fisserà nel tempo dove una scrittura altrui (la nostra) avrà modo di scovarlo, di apprenderlo e di narrarlo. E mentre lei fa ciò che ricorderà, altrove la mano di Fëdor Michajlovič traccia nello scacco del ritaglio incollato al bordo della sua scrivania il numero 185, *in rosso*, e strappa la strisciolina sotto, scritta *in nero*, che annuncia, tramite la successiva ancora da strappare, la cifra dei giorni mancanti. Una cifra che noi, qui, riportiamo in lettere. *Undici.*

Il grembiule è a lavare, pur se non ne avrebbe avuto troppo bisogno. Il bisogno, semmai, era quello, per Anja, di mostrarsi con una *toilette* diversa, e, dunque, un po' diversa ella stessa. Mania che la ragazza non ha mai provato ma da cui oggi, senza alcun motivo, si è sentita pungere, così, fatuamente, per il semplice piacere di inserire altri colori lungo le vie, lungo le viuzze e lungo i ponti del solito percorso che va facendo ogni giorno, tra le otto e mezza e le nove di mattina, da quasi una settimana, a partire, cioè, da quando lei e Fëdor Michajlovič hanno ripreso a lavorare a pieno regime.

Gli stivaletti son quelli scamosciati che non ha esitato a calzare anche sotto il grembiule a righini, benché poco vi si intonassero traducendo il loro tocco di eleganza in una piccola stramberia. Assai meglio si accordano alla gonna verde oliva di lana morbida, la cui balza fluttua vispa oltre il bordo di un cappottino di *cachemire* grigio chiaro, screziato da baluginii che a brividi lo attraversano per lungo secondo il ritmo sostenuto dell'andatura. Anche il cappellino è diverso: color prugna, con una veletta che ha la leggerezza della garza, più rigido dell'altro e fornito di una sottile visiera che lo circonda tutto in tondo.

Cappellino e cappotto sono un prestito materno. La fanciulla comincia a provare il vivo piacere di vestirsi bene, a prescindere dalla sua capacità di saper portare con disinvoltura qualsiasi cosa, e per farlo ha cercato il soccorso di un'altra età, più matura della sua. Il cappotto lo ha chiesto in prestito lei, il cappellino le è stato invece proposto, a conferma che Anna Nikolaevna, con tutto che non fosse convinta dell'accostamento cromatico, ha colto al volo qualcosa di non detto nel voler avvicendare il *cachemire* grigio di una giovane signora al rosso cremisi del *manteau* da scolara. Ma il suo non detto Anja non l'ha pronunciato nemmeno a sé stessa. *Farsi elegante per lui? Non sia mai! Ma chi ci pensa?...* Spesso, in ciò che si vede riposano intenzioni che restano segrete persino a chi le prova. Per il resto, la giovinetta ha con sé il suo immancabile armamentario. L'elenco è noto, inutile ripeterlo.

La temperatura, da un paio di giorni, si è abbassata di alcuni gradi, «Il cappotto ci vuole!» ha perciò pensato Anja, che *perciò*, e non per altro, ritiene di averlo chiesto in prestito alla mamma. Come ritiene, altresì, che il suo passo celere sia dovuto solo alla consueta preoccupazione di far tardi e non anche al fatto che per l'appunto fa freddo e che il cappotto, riparandola sicuramente più del *manteau*, non la ripara comunque del tutto, anche perché, di sotto, porta solo un giacchino combinato con la gonna, stessa stoffa e stesso colore, e una camicetta bianca con un colletto a uncinetto ricamato dalla Nikolaevna, che certe abilità con l'ago e il filo non le riserva solo al cuoio.

«*Mademoiselle*!... Per piacere, *Mademoiselle*, debbo parlarle!».

Lei si gira. A passi sobbalzanti, che affrontano sui tacchi la guazza fangosa di una pozzanghera residuata dall'ultima pioggia, un tizio bassottello, nerovestito, coi capelli spalmati sul cranio a pitturarglielo tutto come lucido da scarpe e circonfuso da un certo odore di frittura, la raggiunge boccheggiando con una mano premuta contro l'inguine. Lei non sa chi sia. Gli adepti di questa storia, sì.

«*Mademoiselle*, uff... vi chiedo un istante solo, è importante».

«Ho il borsellino vuoto» se la spiccia Anja, e tira dritta.

«Oh, no! Io non c'entro. È per lei che è importante».

«Per me?» replica la ragazza con la puntigliosa costumatezza di una signora importunata lungo la via, senza diminuire l'andatura. Ma quello dài che le tiene appresso...

«È il mio principale, ohi-ohi... – a giudicare da come se la comprime pare che il poveretto abbia la milza in fiamme – è lui che m'ha detto di dirle così».

«E chi sarebbe il vostro principale?».

«*Monsieur*... uff... Stellovskij» e si ferma a regolare il respiro.

Dopo una lunga serie di giravolte per stradicciole contorte che alla ragazza sembrano tutte uguali, come annodate su sé stesse quasi al punto di ritenere che si tratti sempre della stessa recuperata da più lati, i due arrivano dinanzi un caffè simile a quello in cui, giorni prima, lei, guardandosi riflessa nella vetrata, ha sovrapposto il proprio volto al volto di qualcun altro. Qui, però, le vetrate sono oscurate da tele di canapa marrone che impediscono di vedere dentro.

E, dentro, il caffè è spoglio e poco illuminato.

Stellovskij, seduto a un tavolo sul fondo della sala, sta consumando *delikatessen* da un vassoietto di vero argento. Le pietruzze del suo panciotto si accendono di brillii grazie a quel poco di luce riflessa dall'argento del vassoio. Con dita lunghe e prensili l'editore pizzica soffici manicaretti che addenta con gran gusto. Una goccia dorata di crema gli si addensa all'angolo della bocca. Lui la risucchia nel palato aiutandosi con la punta della lingua. Cos'è il linguaggio! A metterlo per scritto pare un gesto da rettile, mentre nella realtà è una maniera di nettarsi le labbra che, mangiando un pasticcino colmo di crema, capita spesso di fare, ci vuole un attimo, senza che nessuno ci trovi alcunché di repellente. I baffetti, sino a pochi giorni fa leggermente profilati, hanno preso consistenza e col loro rosseggiare aggiungono tenore alla singolarità di un viso che, se non fa velo l'inquietudine nel fissarlo, può apparire bellissimo.

Dietro il bancone, in uno dei punti più bui del locale, è piazzato un inserviente squadrato e massiccio che se ne sta con le braccia incrociate sul petto nell'evidente attesa che gli venga chiesto di fare qualcosa, e si può essere certi che, alla bisogna, la farebbe al meglio. Il compassato editore accompagna il cibo con voluttuosi sorsi di vodka. Innanzi a sé, tra il vassoietto d'argento e la bottiglia (trasparente il vetro, trasparente il liquore), ha un fascicolo di fogli manoscritti. La porta del locale si apre e l'assiduo suddito faccendiere introduce Anja con la deferenza dovuta a una dama di corte.

Distante dall'ingresso, inciso nella penombra del luogo, Stellovskij appare alla ragazza come una sottile lisca grigia che sorge da dietro il tavolo di cui si può decifrare la geometrica sagoma nera, e in cima alla lisca, da quanto lei può percepire strizzando gli occhi, una spettrale fosforescenza che ha la solidità ossuta di una maschera facciale. Forse a causa del contrasto con la luce di fuori, la ragazzina non riesce a distinguere altro, le sue pupille debbono ancora abituarsi. Per venirle in soccorso, il *factotum* le si accosta a premerle un fianco e senza voltarsi a guardarla le suggerisce: «Forse è meglio se si avvicina un po'».

Lei, schermandosi la fronte come se il troppo scuro equivalesse a una troppa luce, avanza di un passo, ma non di più. Stellovskij, dal suo angolo, le invia un largo sorriso con le gote piene ma non gonfie. Indugia a masticare lentamente senza far uso dei denti, come d'altra parte è logico trattandosi di pasticcini. Ingoiando, schiocca le dita per indurre l'oste ad avvicinarsi. Da uno scambio di espressioni si evince che l'ha chiamato per lei, affinché le serva quel che vuole, e il *factotum*, sempre a far da interprete, torna a fianco alla *jeune fille* per informarla: «Credo che intenda offrirle qualcosa», lei replica seccamente di no col capo. Stellovskij lancia un'occhiata all'oste per rimandarlo indietro, ma forse pure per comunicargli dell'altro. Quindi, fa cenno alla fanciullina di sedere. Abituatasi al buio, Anja non ha più bisogno di mediazioni e ostinandosi a restare in piedi con aria guardinga esclama risoluta: «Ditemi, ho fretta!».

«Oh, per carità... – fa lui, un po' cantilenante – sembra che lei, signorina, voglia accoltellarmi. Non c'è motivo».

«So chi siete. – proclama Anja, che, come già con Pavel Aleksandrovič, non vuole ridurre d'un niente le distanze dal suo interlocutore. – Il Maestro mi ha raccontato tutto di voi».

«Meglio. Così saprà pure che gli ho evitato la bancarotta».

«Sì, e so anche come».

«Altolà! Ci stiamo perdendo. Via! Via!... Non è di questo che intendevo discutere. – alludendo alle carte che ha davanti – Come vede, ho voluto rendermi conto di persona dei progressi che va facendo il nostro romanzo, e ne sono sbalordito».

Nel tempo in cui lui sugge con le labbra sollevate un altro pasticcino, l'ultimo, lei allunga il capo inclinandolo lievemente d'un lato per scrutare incuriosita le carte.

«È la mia scrittura quella».

«Ma prego!... – e di nuovo la invita ad avvicinarsi – Se vuole controllare meglio, venga, senza complimenti. Qui stanno, a sua disposizione».

Lei dice, o pensa di dire: «Non c'è bisogno, so di che si tratta», fa di no, e non si muove.

«Sì, sono proprio loro. – conferma Stellovskij, che si versa altra vodka e beve – fogli pensati da lui, e scritti da lei. – ondeggia sulla sedia come un filo di fumo – Non credo sia fuori luogo definirli *vostri*».

Quest'ultima parola ha un effetto carismatico sulla giovane donna, sfiorata da una malia che sente infiltrarsi sotto la pelle. Quell'uomo sa bene cosa significhi circuire allettando. L'opera di adescamento è raffinata, procede tanto nel reale quanto nel surreale. Oltre le cose dette, c'è pure qualcos'altro che sta avvenendo. Sinora è come se lui avesse tenuto le palpebre socchiuse, sennò come spiegare il brillare improvviso dello smeraldo degli occhi nell'oscurità della sala? Forse, un'altra spiegazione, banalmente concreta, potrebbe essere che lei, per non mostrare interesse, abbia inteso guardarlo solo di sfuggita.

«Non si deve stupire se li trova qui. – dice Stellovskij a tranquillizzarla carezzando il foglio che sta in testa al fascicolo – Il caro Fëdor mi ha gentilmente consentito di dare un'occhiata ai capitoli già scritti e debbo ammettere che è stata una vera rivelazione. Da anni sognavo di imbattermi in un lavoro di questa qualità. – enfatizzando – Da anni».

«Cosa volete farmi credere? Che il suo talento vi fosse sconosciuto?».

«Oh! – si sgomenta l'editore – Ma non è di lui che sto parlando, *è di lei*».

«Di me in che senso?».

«Calligrafia di alta scuola! – attacca l'uomo, aprendosi a un elogio sdilinquito – Trascritture impeccabili, caratteri ariosi, pagine di un lindore incantevole!... Per non dire della sua conclamata maestria nello stenografare. Si favoleggia di centinaia e centinaia di parole al minuto!».

«Che ne sapete voi di come stenografo?».

«Io nulla. È stato il Maestro che ci ha tenuto a riferirmi quanto lei gli sia utile, e dell'impulso che ha saputo dare alla sua creatività!».

«Credo, appunto, che mi stia aspettando» e vorrebbe andare, ma l'altro la incalza.

«Santo cielo! Santo cielo! Il suo interesse, *Mademoiselle*... – e sul francesismo si alza come per darle il tempo di delibarlo – il suo interesse è il mio, e non saranno pochi minuti di attesa a comprometterlo. – d'improvviso, col tono di chi non ammette altri rifiuti – Sieda!... – ma detto così non basta, serve essere ancora più decisi – Per cortesia, *sieda*, ragazzina orgogliosa! – e protende il braccio come una spada a puntare la sedia dove le impone di mettersi. La fanciulla, dopo un'ulteriore titubanza, obbedisce. Adesso è lui a restare in piedi – Voglio svelarle una cosa che forse non c'entra, ma mi viene da dirgliela e gliela dico. Una piccola regola universale, nondimeno molto opportuna nel caso di una giovane donzella come lei. – nell'urna delle pupille il verde si attenua e la voce vira verso una morbidezza poco affettata – *Non chieda mai niente*. Mai. Soprattutto a quelli che sono più forti di lei. Se non chiederà, saranno loro a proporre, questo è certo. È così che un debole può usare la propria debolezza per divenire più forte del forte. Se lo appunti. – portandosi un indice alla tempia – Intendo qui, nella sua testolina. – poi, più scivoloso, quasi mondano – Ma, vivaddio, non ho chiesto di vederla per darle lezioni di vita, ci mancherebbe!... Anche se lei è talmente giovane! Un bocciolo, come dicono gli sdolcinati!... E sia, facciamo gli sdolcinati! Ogni tanto qualche piccolo strappo, perché no?... Ah, questa sua meravigliosa età che a uno vien quasi naturale mettersi a dispensare consigli, a usare milleuno premure, ad assumere l'aria del sapientone che la sa lunga, e allora giù con le prediche!... Ne sarà assillata, immagino! Dio ce ne scampi! – la guarda con trepidazione, e ci tiene che lei, a sua volta, prenda atto del suo essere tanto scosso dall'averla così di fronte – Ah, sapesse!... Ho una tale voglia di farle una domanda, ma una tale voglia!... Posso?... dica... *posso?* – lei, col capo, fa di sì; un sì leggerissimo, ma intanto lo fa, al che lui, di slancio – Ma quanti anni ha, beata ragazza?... – lo dice e subito si porta le mani alle orecchie – No, zitta!... Silenzio! Silenzio! Silenzio!... – con aria un po' da commediante – Ma chi ha osato fare questa domanda terribile, insopportabile?... Io?... Sono stato io?... Il cielo mi fulmini! Si può essere più indelicati? Più rozzi? Più villani?... Pagherò pegno, lo prometto!... – sempre comprimendosi le orecchie – Se ha risposto, le assicuro che non ho sentito. – scostando le mani – Ma non ha risposto, vero?».

«No» si limita a proferire la fanciulla, e lo squadra per tentare di anticipare quelli che potrebbero essere i suoi intenti.

«Bene» consente Stellovskij, e le si accosta sino a far sì che le sue lunghe tibie quasi premano contro le ginocchia di lei. Quindi, si abbassa col capo e le bisbiglia in confidenza: «Capisco, sa, il disagio, per una giovincella, a sentirsi fare una domanda del genere... *Quanti anni ha?* – solleva un dito a un soffio dal suo mento – soprattutto se a fargliela è un uomo maturo. E, ahimè, io temo di esserlo. – torna su col busto, senza tuttavia scostarsi – Ma a giudicare dal suo aspetto, considerando l'età che lei comunque dimostra, questo disagio non può essere certo dovuto al timore di dire la verità. Semmai, l'opposto... diciamo... – si sofferma a cercare le parole esatte temendo di fallirle – per quel non so che di allusivo che si può cogliere in una domanda che dire importuna è poco, davvero zotica e villana».

«Non vi ho colto nulla di allusivo, francamente. Mi è sembrata una domanda molto diretta. Io ho...».

«*Schhhh!* Non lo dica. Non mi interessa più. Strano, però, che non vi abbia colto nulla. Lei così, ebbè, fa torto alla sua natura di bella femminuccia».

«Femminuccia?».

«Detto affettuosamente, *Mademoiselle* Snitkina, affettuosamente. Io mi riferisco *a quell'altra* domanda che potrebbe essere nascosta in questa un po' *tranchant* sulla sua età. Ripeto: *potrebbe*, ma non è detto che lo sia. – un silenzio inteso a misurare l'effetto delle sue insinuazioni – È curiosa?... Vuole che sia più esplicito?».

In effetti sì, la ragazza è curiosa, molto curiosa, e non può evitare di esprimerlo, il che vale, per l'uomo, come una licenza a proseguire, cosa che egli fa abbassando di molto il tono della voce, quasi le stesse parlando all'orecchio, ma non è così, visto che nel frattempo è tornato a sedere. Ben comodo dietro al brillio della bottiglia e a quello dell'argento.

«Lei, *Mademoiselle*... è vergine? – silenzio – Ecco. Questo intendevo. Domandare l'età a una pulzella *della sua età*, può essere che abbia un'eco di quest'altra domanda qui. Soprattutto se a domandarglielo non è propriamente un giovanotto. – ancora un silenzio – Ripeto. Lei è vergine?».

Se fosse in piedi, Anja forse barcollerebbe, ma così, da seduta, riesce a mantenersi del tutto impassibile. I suoi nervi, allarmatissimi, le avevano congelato per tempo ogni possibilità di reazione, ed è da questa glaciale profondità di sé che la piccola stenografa, sporgendosi di poco in avanti come una parigrado, cava la propria risposta. La voce con cui le dà fiato sembra non appartenerle.

«A volte».

Garbatamente, retrocede col dorso contro lo schienale della sedia come se nulla fosse accaduto, come se quella domanda non fosse mai stata fatta, e come se quella risposta non fosse mai stata data. Il *factotum*, in disparte, lontanissimo, si ravviva accorgendosi che colui da cui dipende lo sta cercando con lo sguardo. È una chiamata in scena a cui corrispondere con tutto il carico di responsabilità che comporta. L'omuncolo si aggiusta con un fremito del busto la giacchetta d'ordinanza, si schiaccia ancor di più la capigliatura già piatta di suo e va dal suo maggiore in tutta fretta, si fa bisbigliare qualcosa a pochi centimetri dalla guancia e, lesto, torna a rimettersi come stava. Pronto all'uso.

«Per andare dritti al sodo, – fa sbrigativo Stellovskij, di nuovo a lei – Sarei onorato di accoglierla come collaboratrice nel mio ufficio. – con fare complice – Ah, *Mademoiselle* Snitkina, sapesse di che tristi e inabili personaggi sono costretto a circondarmi! Averla con me sarebbe la soluzione se non a tutto, a quasi tutto. – conclusivo – Basta. Il più è detto. Questo è».

Tace in attesa del responso.

«Vi ringrazio, *Monsieur*. – replica non subito lei – Una proposta molto lusinghiera. Le garantisco che prenderò senz'altro in considerazione la cosa non appena mi riterrò svincolata dal presente impiego. Non le prometto nulla, ma può essere».

«No-no-no-no... è fuori discussione!... *Prenderò... non appena... presente impiego...* non se ne parla!.. Per me conta unicamente l'oggi. Il domani, uff... quello è un lusso che non mi compete. Io l'arte, purtroppo, non la creo, ma la pago. E, ahimè, il sovraccarico di lavoro da cui sono afflitto mi obbliga, proprio di questi tempi, a insistere per una decisione immediata. Confidando, va da sé, che sia quella giusta».

«Ma si tratta solo di qui a fine mese!».

«Come dire *secoli*. Ripeto, non se ne parla, bambina mia. – schiocca ancora le dita, ma stavolta alle proprie spalle, e il suo tirapiedi si affretta a depositare sul tavolo una mazzetta di banconote – La mia offerta è di cento rubli a settimana, con impegno quotidiano di mezza giornata e basta. Il che le consentirebbe, semmai lo volesse, e penso che lo voglia, di riprendere anche le sue lezioni. Cosa, tra l'altro, che tornerebbe a vantaggio della casa. Per cui, non mi faccia più generoso di quel che sono».

Anja, a cui sembra che le idee si siano chiarite all'improvviso, si alza definitivamente in piedi. Ha un piglio da sfidante.

«Mi spiace, *Monsieur*. Ruberei i vostri soldi. È lui che sta terminando quel romanzo, non io. Inutile che lo speriate. Se anche smettessi di aiutarlo, non c'è verso che si interrompa. Potrà farlo anche senza di me».

«Cielo benedetto!... Che significa: "*Inutile che lo speriate*?"... Lei vuol mettermi in testa pensieri che non ho».

«A maggior ragione mi auguro che terminato il lavoro se ne possa riparlare comunque» e fa per andarsene, ma Stellovskij la blocca sollevandosi come un'antenna guizzante nello spazio che, volendo, potrebbe agganciarla e riportarla a sé in un baleno.

«Ma dove fugge?... – porgendole i fogli – E questi?... Non glieli vuole riportare?... Erano qui in prestito, mica glieli ho estorti».

Lei a passi veloci va a recuperare il fascicolo e di nuovo si appresta ad uscire, ma non c'è niente da fare, lui le grida appresso: «Ferma!», e lei di nuovo è costretta a fermarsi, e a voltarsi. Il cranio luccicante dell'editore è sempre lì, spinto in avanti dalle braccia divaricate che, coi pugni puntellati sul tavolo, sorreggono l'intera, smisurata corporatura.

«Dio mio, quanta fretta! Quanta energia!... Dico, non sta dimenticando nulla, per caso? – lei non capisce – I soldi, piccina cara, i soldi!».

«Vi ripeto che...».

Stellovskij si sporge in avanti simulando la massima moderazione.

«Ecco che ancora una volta non ci capiamo, *Mademoiselle* Snitkina. Questi rubli sono per il nostro comune amico. Provi a darglieli... dubito che li ricuserà. Giusto ieri mi implorava per averli, e le assicuro che ne ha un gran bisogno. – lei esita – Mi creda, la ringrazierà per aver sveltito la procedura – Infine, la ragazza si decide a prendere le banconote – Bravissima. Ah, un'altra cosa. L'ultima, glielo assicuro. Ci terrei ad aggiungere al dovuto compenso un mio piccolo omaggio – scuote la mano come chi voglia evitare equivoci sul nascere – No, non tema! Non per lei. Ci mancherebbe solo di creare ulteriori ragioni di imbarazzo tra di noi. – e la mano torna, chiusa a pugno, con le nocche sul tavolo – Ognuno produce le creature che può. Il Maestro, romanzi. Io, modestamente, libri. Nel senso più pedestre del termine. Parlo dei manufatti. Oggetti. *In quarto. In folio.* Rilegature. Incunaboli. Pezzi unici e volumi di collana. Spessori. Cuciture. Inchiostro. Pelli. Filigrane della carta. Di questo le sto parlando. Di una cosa, insomma. Una semplice cosa. Ma se viene bene... ah, vale l'orgoglio che si potrebbe provare nell'aver composto il più celestiale dei poemi. – senza aver avuto bisogno di sollecitarlo, il tirapiedi onnifacente è lì, a porgergli giustappunto un libro confezionato ad arte che Stellovskij prende per passarlo direttamente ad Anja senza nemmeno sfiorarlo con lo sguardo – Glielo dia, ci tengo. La mia ultima creatura. Sarò presuntuoso, ma mi pare assai ben fatta. Noterà... non la solita *brochure* a tirar via, ma materia vera per un oggetto vero. Da oggi pomeriggio in vetrina. – un breve tempo di sospensione – Ribadisco, non abbia reticenze. È tutto per lui. Qualcosa da leggere, e soldi per cui scrivere».

Così, nel giro di un doppio passaggio, il libro approda alle mani di lei che nemmeno sbircia la copertina per vedere di cosa si tratti. Soddisfatto, Stellovskij si lascia risucchiare dalla sedia alle sue spalle. Il verde degli occhi sembra sonnecchiare. Mentre lui continua a parlarle, Anja si accorge di qualcosa deposto su uno sgabello presso il bancone. Un ammasso scuro dai riflessi ramati. Forse un gatto. Ma no. Fosse un gatto dovrebbe essere enorme. È piuttosto una specie di grosso fagotto che però non è esattamente un fagotto.

«Confido, dunque, – scandisce Stellovskij – di vederla al più presto da me. Addirittura da oggi, senta che le dico!... Ma sì. Già questo pomeriggio, perché no?... Se ne convinca, non è poi una cosa tanto fuori dal mondo. E stia tranquilla che il suo attuale datore di lavoro non avrà problemi a rimpiazzarla. Ora che vi incontrate, parlatene subito. Vedrà, sarà lui stesso a dirle: *Ma certo, accetti.* O: *Accettate.* Non so a quale grado di confidenza siate giunti. Se, come non oso dubitare, il Maestro vuole il suo bene, mi darà ragione. Dovete parlarne subito, però. Appena arriva. Prima lo farete, meglio sarà. È tutto».

Anja, reprimendo il disgusto che prova, non replica e si allontana. Passando di fianco al bancone nota distrattamente la presenza di una guardia dall'aria sordida, ma forse così le sembra perché se ne sta nel buio, non per altro, e seppure la nota distrattamente, andando via ci riflette. Che sia una guardia è fuor di dubbio, i bottoni sono quelli di un'uniforme, e le tiene gli occhi addosso come fanno solo le guardie. Da quand'è che è arrivata? E com'è che prima lei non ci ha fatto caso?

«La giustizia funziona così, va costruita in anticipo. – sentenzia Stellovskij non appena la ragazzina ha varcato la soglia per andarsene – Ottimo... ottimo lavoro... – lo dice con evidente autocompiacimento rifluendo in piedi a dominare il locale come se l'osso del suo cranio irradiasse l'autorità di una corona – Paga tutti. – intima rapido al suo sguattero – Se lo sono meritato».

E il suo sguattero è felice, essere comandato gli dà importanza.

Una volta fuori, Anja deve rendersi conto che quel viscido lacchè vestito a lutto aveva i suoi motivi per farle fare tanti avanti e indietro prima di arrivare al locale. La strada lui la conosceva benissimo, ma non voleva che lei potesse ritrovarla con facilità venendo via.

Un dispetto personale o un ordine ricevuto?

Presso il vetro della finestra, Fëdor Michajlovič, in vestaglia e con un paio di babbucce meno disdicevoli di quelle che è stato costretto a indossare da simil gottoso, ha tra le mani i rubli che la fanciulla gli ha appena consegnato. Li soppesa come se fossero duri, di latta. Lei sta ordinando le sue cose sul tavolino, secondo una prassi ormai consueta.

«Mai chiesti» fa lui, e intasca i soldi.

«Allora perché li prendete?».

«Varranno come anticipo sul prossimo romanzo che scriverò».

Va alla sua scrivania. Sedendosi, poggia una mano sul libro fresco di stampa che Stellovskij gli ha fatto avere tramite la ragazza. Le dita divaricate della destra lo artigliano ai bordi come potrebbero stringere una grossa pietra; allentano e contraggono la presa più volte, poi lo sollevano e lo sbattono sul pianale con tanta forza da far dolere la mano che per un istante lo molla, si distende e subito lo riafferra. Il motivo lo sa lui. Anja a quel gesto si è bloccata in piedi là dove stava, Fëdor Michajlovič ne esamina l'abbigliamento che, con quella gonna stretta in vita, la fa sembrare un po' più alta. Elabora articolate deduzioni di cui la stringatissima domanda che le rivolge è come una sottile esalazione.

«Poi?».

«Poi che cosa?».

«Su, forza! Non fate la timida. Che altro vi ha detto?».

«Non faccio per niente la timida, ma, capirete, è stato un incontro che avrei preferito evitare».

«Non dubito. Che altro vi ha detto?».

La fanciulla deve chiamare a raccolta vari pensieri per selezionare la cosa più opportuna da dire.

«Che quello che ha letto gli piace».

«Tutto qui?».

«Ah!... E anche "*Brava*" per la calligrafia».

Fëdor Michajlovič, con più malizia, ma intenzionato a spacciare la domanda come una spiritosaggine, ripete: «*Tutto qui?*».

«Certo. Non mi credete?».

«Altroché!... Ma quello è un compratore professionista. C'è rischio che vi siate venduta una parte di voi senza neppure esservene accorta».

«Venduta?».

«Capita, sapete!».

La parola "venduta", al di là del contesto, suona davvero pesante alle orecchie della fanciulla e annienta ogni ipotesi di ironia. Sembra ci sia qualcosa di farsesco nel più grande scrittore russo vivente che non riesce a sopportare l'idea di essersi fatto trovare in vestaglia anche oggi, per pura disinvoltura, quando avrebbe potuto benissimo evitarlo, e invece no, ha preferito mostrarsi, per pura disinvoltura, nelle condizioni in cui è: sciatto, e proprio il giorno in cui lei, ma guardatela!, si è presentata in ghingheri, col completo verde oliva, il colletto bianco a uncinetto, il cappotto di *cachemire*, e il cappellino color prugna (peraltro, non pienamente intonato al resto, nota Fëdor Michajlovič, almeno questo diciamolo). Sciatto, e forse nemmeno troppo pulito. Ma anche fosse pulito, con una vestaglia così trasandata il sospetto in ogni caso è forte. Basti dire che il bordo della manica destra è visibilmente sfilacciato e far finta di niente significherebbe farsi giudicare non solo sciatto, ma anche ridicolo. E allora, persa per persa, tanto vale accanirsi a tirare via un peluzzo che, strappato a forza, slabbra di altri due buoni centimetri la scucitura peggiorando la situazione, e tutto ciò solo per mostrare quanto la situazione, di per sé pessima, fosse addirittura peggiorabile, e lo è.

«Non faccia così, la lasci. Si può rammendare» azzarda timidamente la ragazza.

Maledizione! Se lui avesse evitato di tirare quel filo la faccenda avrebbe potuto essere tralasciata, così no. Perché l'ha fatto? Ora questa stupidina si è sentita in obbligo di parlarne. Prima aveva il diritto di ignorare, ora invece ha il dovere di dire la sua. Di rendersi utile. E se non le rispondo continuerà ad aspettare che io le risponda finché non le risponderò, e allora meglio risponderle e farla finita una volta per tutte.

«Mi piace così com'è. Questa vestaglia ha vissuto le sue battaglie, e *transeat*. Stavamo parlando d'altro, mi pare».

«Non ricordo» mormora Anja che invece ricorda, ma che sta soffrendo nell'avvertire tante ombre circa qualcosa che dovrebbe avvicinarli e non dividerli.

«Del vostro essere tornata tutta intera».

«Pare di sì».

«Ci giurereste?».

«È un gioco?».

«A vostra tutela. Giratevi un po'... – lei lo guarda senza raccapezzarsi – Vi secca?... Giratevi. Vi chiedo appena un po'. – per quanto perplessa, la fanciulla obbedisce – Adesso ruotate... *ruotate tutta*. – lei lo fa, senza ovviamente capire perché – Sì, va bene... nessun ammanco. – ammette Fëdor Michajlovič rimirandola da sotto in su con un tono giocoso che vorrebbe stemperare l'acidità che lui per primo avverte in ogni sua parola – Debbo dire che vi ritrovo tutta intera».

«Dubitavate?».

«A buon diritto. Il mio editore non ama le cose tutte intere. Le preferisce *a pezzi*. Però gli piace che non manchi nulla. I suoi acquisti gli vanno bene anche smembrati, purché ci sia tutto. Sarebbe stato penoso vedervi diminuire poco alla volta».

«Secondo voi l'avrei permesso?».

«Non potete parlare a vostro nome riferendovi *a domani*. – lei corruga la fronte, il che lo spinge a essere più chiaro – Domani potreste innamorarvi di chiunque, ma oggi, se ve lo venissero a dire, magari ridereste di questo *chiunque*».

«Non si stava parlando d'amore» obietta lei per pura logica, senza il minimo sentimentalismo.

«Non c'è dubbio. Stavamo parlando di cose che a ogni modo non c'entrano con noi. Prego, accomodatevi. Perché ancora così in piedi? Mi ricordate la vostra prima volta qui. Una statuina. – bofonchia – Ma sì... volete che ve lo dica?... Vedendovi ho pensato: ma chi mi è venuta a servizio? Una statuina?».

«Ero seduta, invece. Mi sarò alzata per salutarvi. Non avrei dovuto?».

«D'accordo. Una statuina seduta. Avrò pensato: una statuina seduta. Finché uno non vi dice: "*Alzatevi!*", allora una statuina in piedi. Poi uno vi dice: "*Seduta!*", ed ecco una statuina seduta».

«Perché mi trattate così? Ce l'avete con me?».

Sì, certo che ce l'ha con lei, ma non può dirglielo per il semplice fatto che non riuscirebbe mai a farsi capire. Il grande scrittore ipocondriaco dà per scontato che il suo pensiero sia una lama seghettata destinata ad affettargli il cervello, lo sa. Premesso, dunque, che è impossibile dire alla bimba che ce l'ha con lei, il grande scrittore ipocondriaco, in quanto ipocondriaco, se non snuda all'aria la sua piaga affinché tutti ne possano ridere, compreso lui, ma che razza di ipocondriaco sarebbe? Sicché, non può dirglielo, ma malgrado ciò glielo dice, e nel farlo stringe più che può il volume che ha tra le grinfie.

«Sì, ce l'ho con voi!».

«Perché?», la domanda esplode come un grido di aiuto.

«Ci tenete davvero tanto a farmi sapere che quell'uomo ha inteso sedurvi?».

«Io?... Ma cosa avrei detto per farvi pensare una cosa del genere?».

«Non potevate essere più chiara!».

«Ma no, impossibile!».

«Ha inteso sedurvi, e io so che lui ha il potere di farlo».

«Siete impazzito? – protesta Anja – Non ho fatto che difendervi!».

«Ha gli occhi verde smeraldo! Me lo invento, forse?».

«Con questo? Colpa mia?».

«E poi è altissimo. Me lo invento, forse?».

«Ma perché lo dite a me? Che cosa c'entro io?».

«E i baffi! Gli sono cresciuti i baffi?».

«Non stavo lì per fargli il ritratto!».

«Immagino che gli doneranno!».

«Ma perché ve la prendete con me?» gli urla quasi in lacrime.

«Perché voi lo avete visto, cara mia! Ci avete passato del tempo insieme e avete scoperto che esiste. Che il mio nemico non è solo il mio nemico, ma-ma... – e farfuglia per venir fuori da un groviglio di rovi – è quell'uomo lì, che parla in quel modo lì, che sa fare cose che io non so fare, e... e che può ottenere cose... cose che a me sarebbero vietate!».

«Ma che razza di cose?».

«Lasciate stare! Lasciate stare!».

«Uno di quei pezzi?... – prorompe Anja avventurandosi a dire quello che mai si sarebbe immaginata di dire – Secondo voi sarei *io* uno di quei pezzi?».

Lui è stupefatto. Pezzi. *Fare a pezzi.* Quell'espressione cruenta, quasi efferata, che reputava ormai tramontata nel discorso, ha dunque saputo persistere con tanta impressione nella memoria di lei malgrado il sovrapporsi d'altre questioni di diversa natura! E sino a tal punto è rimasta viva nella coscienza della ragazza da essere riproposta nel corso del dialogo più acuminata che mai, con vigore inaspettato e imbarazzante. Prendendone atto, Fëdor Michajlovič le risponde con una burbanza eccessiva, ma dandosi per avviso quanta attenzione dovrà usare d'ora in poi nel misurarsi con una femmina così, capace di non stemperare nel silenzio l'ardore delle cose dette.

«So di chi parlo, Anna Grigor'evna! – con l'impeto di un predicatore spiritato leva alto il braccio a mostrare come fosse una Bibbia il libro che tiene arpionato – *Questo*!... Lo vedete questo?... Questo è un pezzo di carne viva! Strappata via a morsi!... Questo è un frammento d'uomo, Anna Grigor'evna!... – apre con furia alle prime pagine e volta il volume verso di lei perché sia costretta a veder bene il frontespizio – Aleksej... Pisemskij!... E ora leggete il titolo, per cortesia!... Leggetelo!».

Anja, brutalmente frastornata da quanto sta avvenendo, cerca di mettere a fuoco e, quasi afona, fa quello che le viene chiesto: «*Le mille... anime*».

«Non so se quest'opera sia un capolavoro in assoluto, ma di sicuro è *il suo* capolavoro. La parte migliore di Aleksej Pisemskij. Eccola. Sta qui. Non gli appartiene più. Forse nemmeno ne avrà avuto una copia. Io sì. Crudele, non trovate? E io glielo auguro... glielo auguro di non averla avuta! Gliel'ha resa deforme, la sua opera! Deforme!... Ne ha preso i diritti, li ha arraffati. Ora sono suoi, ha potuto. *Le mille anime*. Non pensate che debba farmi qualche domanda sul senso di questo bel regalo?».

«Lui dice... che ne è molto orgoglioso».

«Ah!».

«Da editore».

«Da padrone. Da padrone del povero Pisemskij. – inspira perché i polmoni siano abbondantemente irrorati d'aria. – Se vuole essere un *memento mori* sapete come lo scongiurerò?... *Leggendolo*. È un buon libro, questo, Anna Grigor'evna, vale la pena. Mi aiuterà a rimanere concentrato sul mio. Voglio riconquistarmi un collega. E poi andarglielo a dire. A Pisemskij. Farlo anche per lui. Gliel'ha sconciato questo libro. Ha tolto, cambiato, rovesciato... ne ha fatto quello che voleva. Ma io ritroverò le vere pagine del suo romanzo e chiederò loro aiuto... – affannandosi a concludere – per farci scrivere *le nostre*».

L'onda del pathos sta acquietandosi. Il libro viene deposto daccapo sulla scrivania e la mano che prima lo strapazzava dissennatamente, ora vi resta poggiata sopra con la grazia di una carezza.

«Direi che è tempo di non perdere altro tempo. – sospira lui – Iniziamo?».

A questa domanda Fëdor Michajlovič si sente replicare con un'altra domanda che lo disorienta.

«Il vostro cappotto dov'è?... – lui la guarda stupefatto – Quello che ogni tanto vedo lì all'appendiabiti. Dov'è?».

«Che ne sapete voi del mio cappotto? Vi ha detto di riportarmelo, per caso?».

«No, infatti non ne so nulla. Ma mi è sembrato di riconoscerlo su uno sgabello nel caffè dove ci siamo incontrati».

«L'ho dimenticato alla libreria quando sono andato per... quando sono... sì, per lasciargli questi. – e indica il fascicolo dei capitoli trascritti che stanno lì, vicino al libro – Parlavamo, poi uscendo... no, anzi, tornando... non lo avevo più con me. Volete ridere?... È la seconda volta che mi succede. Non vi sembra comico?... Dimenticarsi i guanti, il cappello, be', posso capirlo, ma... – sviando col pensiero per assumere un piglio indagatore – cioè... stava lì, e lui non vi ha detto nulla?... Non vi ha detto: "*Ce l'ho io*", oppure "*Riportateglielo*"?».

«No, sono io che me ne sono accorta. Era tutto avvoltolato, non si capiva bene cosa fosse. Solo ora mi è venuto in mente che poteva trattarsi del vostro cappotto».

Fëdor Michajlovič si alza, la sopravanza, va a fissare il panorama di fuori. Lascia scorrere forse un intero minuto prima di ricominciare a parlare, sempre di spalle a lei, come prendendo ispirazione dalla sua strada e dalla piazzetta fitta di baracche e magazzini che si può vedere lì a un passo da palazzo Alonkin.

«È tutto molto semplice, Anja. Molto chiaro. Quell'uomo, da vero... – ci vogliono alcuni secondi perché si decida a selezionare la parola giusta – *ammaliatore*... conosce maniere per indurre alla distrazione che a noi sono del tutto ignote. E sì, questa del cappotto è davvero sorprendente. Un gioco di prestigio niente male. – adocchiando qualcosa fuori la finestra – Tutto sommato, – e sorride – è un mestiere come un altro quello dell'ammaliatore, guardate! – indica, da dietro il vetro, un punto giù nella piazza – Anche là ce n'è uno... eccolo... ha un baracchino dove ipnotizza le persone. Quello col cilindro... che da quassù si vede pure che è sfondato, quel cilindro. E ci vanno, eh!... Per il gusto, non lo so... di poter dire dopo: *Chissà cosa mi avrà fatto fare! Il giro attorno alla Luna! La scoperta di qualche continente misterioso!... Chissà quale avventura, una volta tanto, mi sarà accaduto di vivere!...* E lui poi gliela racconta la loro avventura e quelli se la portano via soddisfatti. – si volta dando mostra di un vigore che quasi rasenta l'entusiasmo – Volete sapere noi cosa faremo? Smetteremo di sorprenderci. Qualsiasi cosa accada. Il nostro ammaliatore faccia quello che vuole! Prosciughi il mare, annerisca il cielo, apra degli abissi qui sotto i nostri piedi, per noi non deve cambiare nulla. Come, nella realtà, non cambia nulla attorno a quelli che vanno dal tipo lì in piazza per farsi spedire in volo tra le galassie. Le nostre due anime, se andremo avanti concordi, potranno riuscire dove in mille hanno fallito. Ne sono convinto. Convintissimo. – di colpo si frena per assumere un tono supplichevole – Voi non pensate, vero, di andare da lui?».

«Sono qui, Fëdor Michajlovič».

«Ora».

«Ma sono qui».

«Non mi basta. Anzi, questa vostra affermazione di una banale evidenza mi preoccupa. Sa di astuzia. Voglio una risposta. Non ci pensate, vero?... *Sì o no*?».

«No, non ci penso. Ma preferisco... – serra i denti prima di concludere – preferisco addirittura vedervi strapazzare un libro come avete fatto prima, ma non sentirvi dire certe brutte cose».

«Già!... E non le sentirete più. – fa lui sfiorandole la guancia con la punta di una mano mentre le passa a fianco per andare ad aprire un cassetto della sua scrivania da cui tira fuori una busta – Amate la musica, Anečka?».

«Sì, molto».

«Allora, se posso permettermi... – e va a poggiare la busta sul tavolino di lei – stasera all'Istituto Smolny eseguono Mozart. Sono stato omaggiato di alcuni biglietti. Se il vostro fidanzato vorrà accompagnarvi... – lei è confusa – Perché arrossite? L'ho visto. Un bel giovanotto».

«Ma chi dite?... Quello che ogni tanto è venuto a prendermi?».

«Di sicuro una sera, sì. Un paio di settimane fa. Quando poi ci siamo dovuti fermare per qualche giorno».

«Oh no, io... lui... lui è mio cugino».

«Oh, peccato. Mi avrebbe fatto piacere conoscerlo».

«Perché?... Ci sarete anche voi?».

«Penso proprio di sì. – con altro tono, più spigliato – Con ciò, direi che possiamo cominciare. Siete pronta?».

# *"Il grazie che vi debbo"*

«Netočka... prima di andare vuoi che ti aiuti a sistemare la fasciatura?... Se hai bisogno, dillo».

«No, già fatto, sono pronta» risponde Anja a sua madre, da una stanza all'altra.

«E lo *jabot*?».

«Va benissimo» e ne ravviva le pieghe con la mano protetta da uno strato di garza così ben messa e di tale finezza da farle assumere il tono della carnagione.

Lo *jabot* in pizzo, scaltramente corto onde lasciare bene in vista i bottoncini luccicanti di madreperla che chiudono sul davanti l'abito di velluto blu scuro, è un regalo della zia Dama, che per certe cose, c'è poco da dire, ha gusto. Il dono venne fatto ad Anja proprio in ragione di quell'abito, ed è la prima volta, stasera, che la fanciulla lo indossa dal giorno che la vide damigella d'onore al matrimonio di sua sorella Marija, poi andata a vivere a Novgorod. L'abito fu occasione dello *jabot*, e le nozze di Marija furono occasione dell'abito. Così come questo concerto è l'occasione per dare nuovo lustro all'uno e all'altro dopo quasi più di un anno da quelle nozze.

Guardandosi allo specchio della stanza, Anja patisce di non potersi rimirare a figura intera. È il caso di dire che si vede *a pezzi*. Così pensa, pensando perciò a Stellovskij, e dunque a Dostoevskij. In particolare, al Dostoevskij che oggi stesso, nell'arco di poche ore, le ha fatto provare i sentimenti più contrapposti. Quell'uomo prorompente e irascibile, pensoso e scriteriato, per cui si è tanto infuriata e poi tanto commossa, e senza nemmeno poter dire se, da ultimo, l'abbia avuta vinta più la furia o la commozione.

Quanto non viene restituito dal riflesso dello specchio, la giovinetta cerca di controllarlo più con le mani che con lo sguardo, dietro ad esempio: la stoffa ben tesa sulla schiena, che non abbia grinze, l'*à plomb* della gonna, il drappeggio immacolato da lanugini e impurità... e poi strusciando dai lombi sino al grembo i palmi aperti lungo il girovita, a confermare l'aderenza del busto. Sì, se ne compiace, è come deve essere: avvitato quanto serve per rendere le linee dei fianchi intensamente arcuate.

La ragazza sente la madre darsi il suo daffare nella stanza a fianco, capisce di avere ancora qualche minuto e ne approfitta. Sentendosi pronta si regala il tempo per i giusti controlli: all'acconciatura della treccia, alle stringhe degli stivaletti di pelle nera, con piccoli tacchi, al cameo di corallo, che tutto sommato, così appuntato al centro del candido *jabot*, non sta affatto male; quindi, passa in rassegna le cose da prendere. Il cappotto è ancora quello di *cachemire* grigio, ma stavolta col suo giusto compagno: un cappellino di lana dello stesso colore con una retina di *voile* nera da calare sugli occhi. Pur esso un prestito materno, ma ribadito più e più volte, tanto da far ritenere ad Anja che quel cappellino sia diventato suo in via definitiva. Sebbene si tratti di un capo sofisticato, infatti, la ragazza adora usarlo nelle tarde uscite pomeridiane, qualche volta con Sergej, ma pure per andare all'istituto il sabato, quando si presume che poi la serata possa continuare spensieratamente altrove, anche se, per quanto la riguarda, accade molto di rado che sia così. La Nikolaevna, per contro, fatta salva qualche protesta formale sempre meno convinta, si sta ormai rassegnando ad accettare silente questo esproprio, e quando ha bisogno del suo cappellino grigio si è accorta con fastidio che, d'istinto, ha iniziato a chiedere di poterlo usare come una cortesia, e non invece come una cosa dovuta.

E la busta? Dov'è la busta dei biglietti? Ci manca solo di dimenticarsela! Anja l'aveva messa nella cartellina, dovrà starci per forza. Lo sa, non ne dubita, ma la realtà, spesso, è del tutto indifferente a ciò di cui noi non dubitiamo e fa come le pare. Nel tempo in cui si adopera a districare i nastri della cartella, la ragazza ha il cuore in gola, terrorizzata com'è, aprendo, di non trovare nulla. Impossibile, ce l'ha messa, ne è certa, ha quasi memoria della sensazione tattile. E questo nodo che non si scioglie!... Ci si danna con le unghie, che ha la sciagurata abitudine di tenere sempre così corte! Una *D'moiselle* non dovrebbe! Pensa a Varvara che con quelle sue belle dita appuntite ci avrebbe messo un attimo. Alè!... Fatta! Apre, c'è. Palpa il cartoncino dei biglietti che nemmeno ha visto. Li tira fuori. Tra i due, un'altra busta più piccola, turchina. E questa cosa c'entra?

«Io sono pronta, e tu?» le grida la madre da fuori.

«Sì, *Mamočka*, un istante e arrivo» lo dice con l'occhio sulla lettera che ha appena dispiegato. Nel leggere a fior di labbra, sussurra con la propria voce parole che assumono il suono di un'altra voce. Di colui che le ha scritte.

«Voglio dirvi, cara Anja, quanto mi siete preziosa. Voi sapete penetrare la mia timidezza con una sapienza che supera la vostra età. Se riusciremo a farcela, sarà perché con voi ogni maschera si è fatta inutile e il mio pensiero si scioglie e vola sotto il segno del grazie che vi debbo».

Rilegge, forte, con la sua propria voce, non più velata da quella di lui: «... vola sotto il segno del grazie che vi debbo», dopodiché, in tutta fretta rinfila il foglio nella busta che ripone in un cassetto dello scrittoio. Solleva lo sguardo.

«*Mamočka!*» esclama vedendo sua madre sulla soglia.

Anna Nikolaevna è una Zarina, coi suoi stivali di cuoio lucente a tacco alto e la sua pelliccia di *lapin* bianca come la neve.

## *In platea*

Le lampade a globo del *foyer* riempiono di luce dorata il grande spazio che si va lentamente svuotando. Una teoria di leziose campanelline trillano insistenti a più riprese per annunciare l'inizio del concerto. Il vociare diffuso degli spettatori si incanala fluviale nell'ampia sala del teatro e vi si disperde. Lo spazio è sontuoso, di purezza neoclassica. Il soffitto racconta una festa di Santi che alla fanciulla rievoca la parete a cui, tutte le mattine, dà consuetamente le spalle e che propone un'Assunzione in cielo. Un giorno Fëdor Michajlovič colse la sua segretaria incuriosita a fissare quel dipinto ed ebbe la cortesia di riferirle il nome del pittore, Raffaello, e quello con cui il grande quadro è noto al mondo: la Madonna Sistina.

Anja, avvolta dal brusio del pubblico in attesa, se la sta ricomponendo ora nella sua immaginazione, coi due angioletti dall'aria un po' birbantesca e quel sipario verde aperto sull'armonia celeste. Più di una volta si è ripromessa di dedicare a quel dipinto qualche minuto di godimento estetico che sinora ha sempre rimandato.

Lei e la madre siedono al centro di una platea in cui gli unici posti vuoti sono i due accanto a loro. La ragazza, distraendosi dal soffitto che l'ha occupata solo per pochi secondi, si volta di continuo per vedere se arrivi ancora qualcuno. All'ingresso dell'orchestra il vocìo si acquieta e le luci si abbassano. Uno scroscio di applausi. Entra il Direttore. Solo a questo punto la giovinetta, già rassegnata, nota una figura femminile farsi strada all'interno della fila. Sulle prime stenta a individuarla, e solo quando la donna, elegantissima, le si siede a fianco atteggiando un garbato sorriso riconosce la Vassil'evna che le si accosta sussurrando: «Il Maestro vi saluta. Purtroppo non è potuto venire, ma se avete qualcosa da comunicargli lo vedrò dopo il concerto».

Anja ringrazia con un soffio di voce per la premura, ma fa di no col capo. La Vassil'evna si predispone all'ascolto. Ecco rintoccare le prime note. Durante l'esecuzione, lo sguardo della fanciulla verrà richiamato in modo insistente da quella presenza che sembra sconvolgerla. Il profilo fermo della donna bruna nella penombra è lì, l'occhio di Anja ne è attratto e non può evitare di guizzare costantemente a spiarlo per cogliere ogni volta qualcosa in più che la aiuti a risolvere una domanda che la assilla ma che non sa mettere in parole. Infine, rinuncia al supplizio di quell'indagine rubata e cerca di interessarsi esclusivamente a Mozart.

Non è molto tardi quando la giovane stenografa, indossando lo stesso abito sfoggiato al concerto, con l'unica variante dei piedini adesso scalzi, se ne sta china sulle carte al suo tavolo di lavoro per ricopiare con piglio risoluto.

Di ritorno dalla sala Smolny, questo è il suo *dopo*. Mentre lo vive, pensa a quello di Fëdor Michajlovič e considera che per la prima volta si trova a fare supposizioni su cosa egli faccia durante le ore che non trascorrono insieme. Ritiene di ragionarci in termini generici, ma non è così. Quel che in effetti le preme è sapere (ma, al contempo, non volendolo immaginare) cosa stia facendo Fëdor Michajlovič in quel *dopo* che coincide con adesso, con quest'ora presente che lei sta dedicando alla cura delle sue parole. Quel *dopo* che le è stato annunciato con squisitezza mondana dalla Vassil'evna al momento in cui, stranamente sola, la donna le ha promesso che avrebbe portato al Maestro i suoi saluti *dopo*.

Addestrata dal metodo Gabelsberger, la ragazza tutto ciò lo pensa nel tempo in cui trascrive.

«Amore... almeno stanotte lascia stare. Capirà» le suggerisce la Nikolaevna comparendo in vestaglia presso lo stipite della porta. Anja, scostante, le risponde senza neppure guardarla.

«*Mamočka*, vi prego!» e fa scricchiolare con più forza il pennino sul foglio.

La Nikolaevna non osa insistere, va a sfiorarle la fronte con un bacio ed esce. La fanciulla, caparbia, non demorde dal lavoro, quasi vi si dedicasse per zittire un turbine di altre cose. Ma più scrive, più è costretta a pensare a ciò che non sta scrivendo. Alcune di queste sue fantasie prendono forma logica e le si impongono con la forza di una rivelazione. Su tutte, una.

È lei, pensa. Polina è lei. Tutto lo dichiara. Sono di Polina la fronte, i capelli, il nero bruciante degli occhi. Sono di Polina i gesti *e il profilo*. Al che, come rivolgendosi direttamente a lui, senza smettere di trascrivere mormora: «Dunque, è di una donna così che può innamorarsi un uomo come voi!».

# *Subito!*

Come muta l'aspetto di tutti coloro che volano verso la loro meta! Come mutano i colori, per chi mai potesse vederli, sul faccino della piccola lavoratrice che attraversa strade, stradine e ponticelli con la travolgente velocità, che è tanta, consentitale dai suoi diciotto anni! Oggi non cammina a passo spedito (quante volte l'abbiamo già vista avviarsi così!), ma corre, corre a rotta di collo, e non perché sia in ritardo, ma perché vi sono mete che vanno raggiunte in fretta, poiché vanno raggiunte *subito*. Non sta andando a palazzo Alonkin. Ne sta venendo via.

Fluisce dal sole una luce fiacca, assiderata. Un albume intride stamattina l'aria di Pietroburgo. L'opacità pittura lo spazio e lo agghiaccia. È una condensa da attraversare mescolandovi quella del proprio fiato. Umida e bianchiccia, l'intera città vi è immersa e vi rabbrividisce dentro. Le pareti della basilica di Sant'Isacco, come i tetti di palazzo Jusupov e di tutte le belle case al pari delle casupole lungo il canale che Nikolaj Gogol definì *del silenzio*, debbono sopportarla come un gravame sulle spalle, che le schiaccia e le comprime. Tanto albume, respirato, si fa arsura. Il compendio di questa luce/non luce, di questa miopia sparsa ovunque, si chiama *gelo*.

Nel gelo si cammina, nel gelo, se si deve, si corre. Si scivola e sovente si cade. Quante ossa rotte questa mattina per le strade e nelle piazze della città! Sul far dell'alba, per lo più, ossa di ubriaconi, ma poi anche di onesti lavoratori ancora un po' assonnati, infine di chiunque, giovani e vecchi, di chi corre e di chi arranca. Sì, perché i residui delle acque sgorgate dai rigagnoli si sono rapprese in ghiaccio per il tracollo della temperatura che durante la notte è finita di molto sotto lo zero; e nell'opacità si procede sbiaditi fra cose sbiadite, e quello che ti capita sotto i piedi è difficile capirlo. Difficile vederlo, il ghiaccio. La luce che dovrebbe rivelarti il paesaggio, se è questa luce qui, te lo nasconde, ma ti aiuta perlomeno a metterti in guardia, a dirti: «Attenzione!» e, pure se hai fretta, serve a importi il passo della cautela, sempre che tu te lo possa permettere, perché se le urgenze incombono e se qualcosa ti chiama con forza e t'impone di essere a una certa ora in un dato posto, a un appuntamento cruciale, pena la vita, sei costretto a prenderti i tuoi rischi e a correre lo stesso, sdrucciolando, sviando sbalestrato, urtando di qua e di là, contro cose inanimate e no; procurando probabilmente qualche danno ma, pena la vita (o la morte, *fate vobis*), devi correre lo stesso, così come sta correndo in questa luce lattiginosa, in questo albume, la piccola segretaria dal minuscolo mento rabbrividito che è un punticino d'oro in una Pietroburgo polare. Con la sua cartella sbandierata nell'affanno, che le picchia contro rimbalzandole sull'anca, sfiata come un povero puledrino dalle zampe disarticolate e bislunghe che sia costretto d'improvviso al galoppo, inelegante, e dunque struggente.

A una fanciulletta in fiore può essere consentito filare svelta, sveltissima, slanciarsi, volare addirittura, ma non correre così goffa, così greve, così ansimante, sputacchiando per le raffiche di tosse e sibilando per riprendere il respiro... no, correre in questo modo è roba da maschiacci, ma come evitarlo? È costretta e lo fa. E la cartella, Dio mio, è un vero tormento, lei la trattiene come può con la mano destra dalle dita illividite, malgrado i guanti, e dolenti non meno di quelle della sinistra, sollevata all'altezza della scapola per sorreggere sulla spalla la cintura della borsa di capretto che stamattina non le sta facendo un buon servizio ribellandosi a ogni falcata con la smania che le ha preso di cadere in terra a tutti i costi. Ma che cada! Cosa importa, se pena la vita quel che conta è correre, correre, correre, come oggi Anja non aveva certo previsto di dover fare.

In un fluire di immagini smosse la fanciulla caracolla maldestra slittando più volte sulle lastre di ghiaccio con le gambe che le sfuggono, una da una parte e una dall'altra. La cartella non regge, vola via. Lei è quasi tentata di non raccoglierla per non perdere altro tempo. Si è sbrecciata. Lo realizza mentre già ha ripreso a correre, a correre, a correre. Deve essere subito lì! Subito lì! Rispetto a *subito*, se a dettare legge è la pretesa del subito, allora siamo sempre in ritardo, e lei detesta essere in ritardo, ma ogni tanto le tocca, e quando le tocca vuol dire che è successo qualcosa di una tale gravità che dovrebbe suonare come monito per tanti.

Ma Dio volendo *è qui* che le è stato chiesto di essere da subito, immediatamente, da quando Fedosija, ancora tutta tremolante, le ha detto a mani giunte: «Il Maestro lo hanno portato via!».

Anja, che nemmeno sa come abbia fatto a trovare senza il minimo indugio la strada giusta per la caserma, è finalmente arrivata davanti a un cancello grigio campito in un muraglione bianco che stilla umidità come un corpo sudato. Con la mano sinistra preoccupata a sostenere la borsa, comprime la cartella col gomito destro, e tenendola stretta per un bordo tra il mento e il petto sporge a fatica l'avambraccio per tirare all'impazzata la corda di un sonaglio che sente risuonare all'interno dell'edificio. Urla a una delle due guardie rigide sull'attenti ai lati del portone di aprirle, che è lì per una cosa importante, che quello che ha da dire... che... e non sa più che dire... allora... allora spergiura di avere informazioni decisive, fondamentali, circa il prigioniero che hanno appena portato. È lei a usare la parola "prigioniero" e se ne pente all'istante, come se già solo il fatto di aver detto così possa far venire in mente, a quelli lì dentro, di arrestarlo per davvero. Però almeno la cosa un risultato lo produce. Qualcuno la agguanta a una spalla e l'attira al di qua del cancello, poi, con una spinta leggera, l'avvia verso il portone. «Fa freddo!» le dice. Non è una delle sentinelle a condurla, ma una guardia uscita apposta e che ora ha fretta di tornare al caldo. Solo che adesso lei si è impegnata a parlare e qualcosa dovrà dirla per forza, ma cosa? Non lo sa. Ci sta pensando seduta su una panca nel corridoio dove la guardia freddolosa l'ha fatta entrare dicendole di aspettare lì. Non lo sa, non lo sa. Intanto, quel che conta è di essersi avvicinata a lui, ecco, questo è quel che conta. Ha promesso informazioni?... Bene, la sua informazione sarà questa, nuda e cruda: «Ho bisogno di averne. Mi merito di averne. Dov'è? Che volete fargli? Per quanto lo terrete?... Sì, questo! Soprattutto! Per quanto?... Abbiamo poco tempo, gli dirò. Perderne ancora sarebbe una catastrofe. È un'informazione, no?... Ebbene sì, è questa la cosa fondamentale che vi ho promesso di dirvi, adesso scudisciatemi pure, ma vi basti sapere che Fëdor Michajlovič, oltre quello che di lui sapete, gli dirò, è anche questo e questo e questo, e che sta scrivendo un romanzo, ecco cosa gli dirò... un romanzo bellissimo, importantissimo, e non me lo sto a inventare per il fatto che gli tocca finirlo entro pochi giorni, che lo sta scrivendo perché sennò finirà come quello delle mille anime, rovinato come lui... no, non è per questo che è bellissimo, lo è in assoluto. Non lo sapevate? Be', ve lo dico io. – e si tormenta le mani – Non vi sembra fondamentale sapere che *Fëdor Michajlovič Dostoevskij* stia scrivendo un romanzo bellissimo? Ve lo dico io! Ve lo dico io!... E vi dico pure, gli dirò, che vi mancherà di averlo letto se non glielo farete mai scrivere. Ah, se vi mancherà! – e fa di sì col capo, la piccola Anečka, a confermarsi quanto sia vero ciò che sta fissando a promemoria della sua prossima deposizione – ... E poi... poi che altro?... Sì, per questo sono qui, – e deglutisce, riprende fiato – perché ne abbiamo tutti bisogno... del suo romanzo, ne abbiamo tutti bisogno... e perché lui... – smania con le mani, chi la vedesse direbbe: una mentecatta – sono qui perché... lui...» e il resto della frase le rimane intrappolato nel battere dei denti, e non può che pensarlo: «Sì, sì... perché lui... – si morde un labbro – ha bisogno di me».

Non c'è nessun altro nel corridoio, solo lei seduta sulla panca a fissare la porta chiusa che le sta dinanzi.

Si domandava dove fosse Fëdor Michajlovič? Ma è lì in quella stanza! Certo che è in quella stanza! Per forza!... La guardia non l'ha fatta sedere lì per caso. È stata addirittura premurosa. La fanciullina ha parlato tanto forte dentro di sé, così tanto ad alta voce, sia pure bisbigliando, da non aver sentito altre voci, e ben più che bisbigliate, provenienti da dietro quella porta. Incredibilmente, ciò che fino adesso a furia di pensare non ha sentito, è un autentico frastuono. Anche di grida, che avrà ritenuto, forse, essere di chiunque e nelle quali, invece, facendo attenzione, può riconoscere una voce che lei per tanti giorni ha solamente ascoltato senza mai valutare se fosse bella oppure no: quella di lui. Di Fëdor Michajlovič. E dunque sono sue anche le grida, ma che non sono le sole grida a giungere di lì. Sente grida che comandano e grida che subiscono, e che poi, per un po', tutte insieme cessano. Grida che si fanno sommesse. E poi silenzio, e poi di nuovo. Si accendono, si smorzano, e ricominciano. Se in questo momento qualcuno le chiedesse di descrivere a occhi chiusi come è vestita, è assai probabile che Anna Grigor'evna Snitkina, nello stato mentale in cui si trova, non glielo saprebbe dire, è dunque altrettanto probabile che non abbia sentito sin da prima le grida che sente nuovamente adesso. Va ad accostare l'orecchio contro l'anta. Niente. Silenzio. *Forza!...* Vorrebbe incitare quelle voci a riprendere per farle capire qualcosa. Questa cos'è? Una risata. Un parlottio. Degli ansimi. Un battere di tacchi. Un'altra risata. Un lamento. Una voce che piagnucola, ma questo non è lui... no, grazie al cielo, non è lui. Qualcuno che si avvicina. Di dove?... Si sbriga a risedersi. È la stessa guardia di prima che avanza dal fondo del corridoio a passo marziale. Ha con sé un pesante incartamento. Non le getta neanche un'occhiata, apre la porta dell'ufficio (lei lo capisce al volo: è un ufficio) ed entra senza richiudere.

La ragazza, da dove si trova, vede un ritaglio di realtà sconvolgente. Vede lui, di profilo, su una seggioletta, a testa dritta, ma in modo innaturale, come se quella testa fosse infilzata a una lancia, e lo vede che si stringe un berretto tra le mani. Non gliel'ha mai visto quel berretto. Da dove viene? Glielo avranno dato loro? Com'è che ce l'ha?... Che pallore!... Ha lo sguardo sbarrato e le labbra tumefatte.

Al di là dello stipite, dalla zona di sinistra, si ode un rumore di fogli scartabellati in tutta fretta, poi un colpo, forse un grosso quaderno, o un registro, che qualcuno ha richiuso con forza.

«Sì, la stessa! – dice una voce che non è quella di chi le ha ordinato di sedersi – Non ho la vostra fantasia, mi spiace, – insiste questa voce con rabbia inerte, ripetitiva – ragion per cui la domanda è sempre la stessa! Sempre la stessa! *Sempre la stessa!* – la reiterazione è sigillata da un pugno picchiato su un tavolo. La voce si ricompone, si schiarisce, e riprende con un tono affilato – ... *Fronte del Nuovo Sole Popolare...* e allora?... Ditemi! Vi ascolto! – le labbra enfie di Fëdor Michajlovič si schiudono come una vescica slabbrata. Pochi secondi e si richiudono – Che significa?... Mhhh?... È poesia? – silenzio – No?... Anarchia?».

Fëdor Michajlovič scuote mestamente il capo. Il gracchio di una sedia strascinata e, con incedere perentorio, un giovane alto, in uniforme marrone, col pettorale in parte sbottonato in modo da far ricascare un ampio lembo della divisa all'ingiù, entra nel taglio della porta imponendo allo scrittore di prendere un foglietto che gli viene porto col braccio teso. Lei, dalla sua panca, inclinando il volto per cercare di capire, si convince di conoscere quel genere di foglietto. Ne ha raccolto uno simile vagando da qualche parte all'interno di palazzo Alonkin.

«Spiegatemi queste invettive!» ordina la guardia.

Fëdor Michajlovič china lo sguardo sul volantino mentre l'altro, andandogli di fronte, spalle alla porta, rimane ben rigido a un passo da lui con le mani congiunte dietro la schiena. La destra tiene serrata per il polso l'altra, che stringe in pugno un fascio di duri rami di ciliegio. Con gesto brutale e improvviso l'inquisitore scalcia con la suola dello stivale contro le ginocchia della sua vittima per farla ruotare in direzione della porta, e nello slancio della gamba che ricasca giù se la si ritrova piazzata di fronte a sé, raccapricciante. Quel che voleva.

Si odono da un punto invisibile dell'ufficio dei rantoli strani, lagnosi. C'è qualcun altro lì dentro, ma Anja col cuore in gola ha animo solo per ciò che vede.

«Ci risulta che anni fa non la pensavate molto diversamente».

Fëdor Michajlovič, nascosto allo sguardo di lei dalla stazza della guardia, pronuncia a stento: «Non so come... ripetervelo... – gli è impossibile finire la frase d'un sol fiato, i polmoni filtrano l'aria del respiro a refoli sottilissimi – uff... anni fa... pensavo una cosa perché... perché mi veniva... da scriverla... e...».

«Divertentissimo! – fa la guardia – Vi veniva da scriverla e allora, a questo punto, visto che l'ho scritta, tiriamo una bomba all'Arciduca. – applaude fiaccamente – Complimenti. Davvero una brillante battuta da *vaudeville*».

«No, è... voglio dire che da giovani... ahh... aahhh...»

Fëdor Michajlovič succhia l'aria asfissiato, tanto da emettere un mostruoso stridio gutturale. L'altro dà l'idea di ridacchiare dicendogli: «Niente scene, per cortesia!... Da giovani *cosa*?».

La voce dello scrittore cigola straziante. La piccola Anečka, senza poterlo vedere, legge angosciata in questi suoni penosi tutta la tragedia di quel povero corpo.

«Capita... di essere così... – lo sciagurato spera che basti, ma ovviamente non può bastare – un po' astratti».

La risposta a questa patetica risposta è un violentissimo schiaffo in faccia che fa volare via il berretto dalle mani dell'interrogato. Ne conseguono, mischiati, il muggito lugubre di qualcuno che finora ha solo un po' grugnito e lo strillo soffocato di lei, i cui occhi traboccano di lacrime.

«Attento, Fëdor Michajlovič... attento! – sbotta la guardia, poi frenandosi – Ogni vostro giorno lo dovete alla carità di Sua Maestà Imperiale. – e con la destra sollevata come a reggere il filo di una marionetta fra il pollice e l'indice – La vostra è una vita sospesa. Sospesa. Vi suggerisco di non scordarvelo... – le dita vengono aperte – *mai!*».

La figura messa a fare da sipario sfila via rivelando nuovamente lui, ora girato di fronte a colei che vorrebbe tirarlo via da quell'inferno con un abbraccio di madre.

Dostoevskij ha le unghie di una mano ficcate nel dorso dell'altra. Dalle sue labbra schizza fuori del sangue a colpetti di tosse sparati in sequenza; sono piccoli colpi, ma ciascuno è un flagello. Il berretto è in terra. La sbarra dello sguardo è reclina, tentennante, come la testa. Un altro ruggito: "*Mai!*", e lo scrittore annuisce umiliato, facendo presumere di ribadire una sottomissione già espressa dopo il primo di questi due "*Mai*". Ancora un rumore di fogli compulsati nervosamente, poi, dalla stanza, dei passi che si avvicinano all'uscio; Anja ha un sussulto e scivola veloce sulla panca passandosi l'interno di un polso ad asciugarsi lestamente gli occhi come una bimba, e tira su col naso che si stropiccia con forza.

La guardia entrata poco prima col *dossier* esce senza richiudere e si allontana lungo il corridoio. Alcuni secondi e quella che ha fatto volare lo schiaffo si presenta sulla soglia a richiamare il collega che è appena andato via. La fanciulla è una foglia tremula, ma dall'aspetto non lo si direbbe. Tutto le scorre davanti agli occhi in modo confuso. Voci aspre, secche. Delle risatine. Le carte vengono passate in rassegna. La guardia dello schiaffo domanda all'altra col *dossier*: «Chi è quella ragazzetta?».

«Vuole sapere di lui».

«Di lui chi? Del vecchio?».

«Credo. Così ha detto».

«Ne avrà da aspettare!».

«Lo sta già facendo da ore» e se ne va.

Anja non si raccapezza, fatica a realizzare che sta aspettando seduta lì, a dirsi tutte le cose che si è detta, *già da ore*. E, dunque, quante saranno le ore andate perse?

E da quante ore lui sta vivendo tutto questo?

«Vi prego... ditele di andarsene!» geme dalla sua seggiola Fëdor Michajlovič.

Quello stesso che ha muggito prima, adesso esclama: «Ma non vedete che state parlando con un demente!».

Ma è la voce di Pavel Aleksandrovič questa!

«Se è per lui che ve ne state muto, – domanda la guardia dello schiaffo – in tutta sincerità, vi conviene davvero?».

«Io non posso parlare di cose che non so».

Stavolta la frase sgorga a Fëdor Michajlovič difilata, come un'espettorazione.

E Pavel: «Trema!... Guardatelo come trema!».

Anja vorrebbe capire meglio, ma non può. C'è di nuovo la guardia dello schiaffo che si è interposta tra di loro.

«Cos'è? – fa quest'ultima a Fëdor Michajlovič – Paura di quello che può accadervi adesso o ancora di quello che vi è successo *diciassette anni fa*?».

«No, – balbetta l'altro da dietro la mole del suo aguzzino – che io... io debbo stare... io... ho così poco tempo... così... poco tempo...».

«Poco tempo per cosa?».

«Ve lo dico io per cosa! – sbraita Pavel Aleksandrovič – Per correre a casa e farsi venire la crisi lì!».

«Quale crisi? – fa la guardia, e voltandosi all'indirizzo di Anja che senza rendersene conto si è accostata di nuovo all'uscio – Oh, *barišnya*!... Sta' seduta, tu!... Chi ti ha detto di muoverti?».

Ma lei nemmeno ci bada accorgendosi che Fëdor Michajlovič ha cominciato a tempestarsi il petto di pugni.

«E voi?... – ringhia la guardia disorientata da qualcosa che sembra sfuggire al suo controllo – che vi prende adesso?».

«Ma ve lo sto dicendo! – urla Pavel al colmo della disperazione. – Se vi ho detto che lo so, ascoltatemi!... Ora comincia! Ecco cos'è che gli prende!... *Che ora comincia!*».

E così è. Fëdor Michajlovič boccheggia come in apnea, poi un grido bestiale e crolla giù. Anja si precipita dentro.

Dostoevskij, in terra, scalcia indemoniato e inarca la schiena puntando la nuca sul pavimento. Le pupille sono rovesciate all'indietro. La guardia assiste illividita. Anche un funzionario addetto ai verbali si è alzato a osservare la scena di dietro un tavolo colmo di registri e calamai, mentre, in un angolo, Pavel Aleksandrovič si divincola furente sulla sedia a cui l'hanno legato a triplo nodo mani e piedi, e strepita: «Una stecca in bocca, fate presto! Una stecca in bocca!» ma Anja è già china sul malato. Di volo, si sfila furiosamente i guanti e poi il soprabito, lo appallottola e glielo mette sotto il capo. La mano che ha sorretto la nuca si ritrae lorda di sangue. La ragazza lancia una rapida occhiata attorno, va a recuperare una penna e, come ha visto fare a Fedosija, preme a perno le dita contro le mascelle di Dostoevskij obbligandolo ad aprire la bocca e tuffa l'altra mano in uno sbotto di bava per impedire che la lingua ricaschi in gola a soffocarlo.

«Ma liberatemi, perdio! – piagnucola Pavel – Lo farà morire! Lo farà morire!».

La faccia dell'epilettico è un profluvio di saliva e sudore. Tuttavia, per un fugacissimo istante, si direbbe che il velluto scuro dell'iride riemerga ad accorgersi di lei.

«Abbiamo fissato insieme la stessa profondità, Fedosija, mi credi? La stessa identica profondità. Io e lui».

«Sì, ma spinga, figliola mia, non mi faccia fare tutto da sola! Spinga!».

«Ma non vuoi che te lo racconti?».

«Già l'ha fatto, ora bisogna di portare di là quest'affare per quando si rialzerà dal letto».

Quest'affare è la *chaise longue*, già pesante di suo e oltretutto inquartata dall'uso, che le due donne tentano di trascinare fuori dal salotto, ma si sono arenate al punto critico di uno spigolo che pare insuperabile. Per quanto la spingano un po' avanti e un po' indietro, non riescono a trovare la giusta inclinazione per far passare la *chaise longue* attraverso il varco della porta. C'è sempre qualcosa che si incaglia.

«È stato un attimo, – continua a dire Anja senza smettere di spingere – ma in quell'attimo abbiamo visto tutto, ma proprio tutto, sino in fondo».

«Tutto che?» domanda Fedosija con scarso interesse.

«Tutto quello che vedeva lui l'ho visto anche io. È stato terribile, – ma anche...».

«Più di qua! Io tiro, lei spinga».

Obbedendole, «... ma anche – e spinge – un momento di perfetta... ahi, le mani!, di perfetta comunicazione tra noi».

«Diciamo, – e rifiata – che ha imparato bene, *Mamosèl*. Ma gliel'ho detto già dalla prima volta, questo. Uff!... Un attimo solo. – ha bisogno di tirarsi su le maniche della maglia per poi riprendere con più vigore – Giri di là!... Un po' di più!».

«Fedosija!».

«Eh? – ma la donna è troppo concentrata a manovrare quella specie di mulo che non intende muoversi di un passo – Spinga! Non così... ora più indietro, più indietro!».

«Fedosija!» insiste la fanciulla.

«Dica, che c'è?».

E solo quando è certa di avere tutta l'attenzione di cui ha bisogno, le domanda: «Tu, quanti anni hai?».

L'altra molla di colpo il bordo della *chaise longue* che si abbatte pesante sul pavimento malgrado fosse sollevata di pochissimo, e si mette dritta sulla schiena per quanto può. Anja, sorpresa, fa lo stesso, interrogandosi sul senso di quella reazione.

«Perché?» replica la vecchia con arroganza aggrondando le sopracciglia sugli occhi incattiviti.

«Per carità, se non ti va di dirlo...».

«Lei mi dica perché vuole saperlo, e io le dico la mia età».

Anja apre la bocca per accingersi a una risposta ovvia, anche la mano si atteggia a sottolineare ciò che sta per dire, ma tra le labbra non si ritrova niente, nessuna parola, il vuoto, e deve ricomporsi come battendo in ritirata. L'unica risposta che potrebbe dare è: «Così, per saperlo» e non sarebbe una risposta.

Forse, Anja le ha domandato l'età per sentire quanto possa suonare innocua, se fatta a una vecchia, la stessa domanda rivoltale da un uomo non vecchio, ma che in rapporto a lei potrebbe sembrarlo. Allora ne fa un'altra, mentre già si china per riafferrare la *chaise longue*.

«E invece, da quant'è che stai qui?».

Stessa cosa. L'altra nuovamente ringhia, e con la stessa arroganza di prima: «*Perché*?».

«Ma santo cielo, Fedosija, – fa Anja guardandola di sotto in su – davvero non ti si può chiedere nulla».

E si dispone a sollevare il suo lato della *chaise longue*.

«Questa volta le rispondo se mi fa la domanda vera».

«Quale domanda vera?».

«Quella che non mi ha fatto al posto di questa».

Anja è scossa. Si rimette in piedi per capire meglio. La serva sta parlando esattamente come l'editore quando si è messo a favoleggiare di domande annidate dentro altre domande. La scruta ancora, ma diversamente da quando la occhieggiava senza particolari intenzioni. Ora si sente di dover adeguare la serietà del proprio sguardo a quello di lei, e non vorrebbe. Non le va per niente che questo tipo di colloquio diventi così serio, così importante. Non lo è e non deve esserlo. Ma nel giro degli attimi necessari a detergersi col dorso della mano un po' di sudore dalla fronte capisce che la vecchia in fondo ha ragione. Certo che ha ragione. La domanda, la vera domanda, che inchioda quel che davvero le preme di sapere, può essere espressa in modo molto più preciso. Le parole ci stanno. Sicché, le usa.

«Quanto eri giovane quando sei venuta da lui la prima volta?».

Ora sì. *Quanto eri giovane?*

Fedosija distende le labbra filiformi e incolori in un lento sorriso.

«Vede che ha capito, bambina mia! Ero *molto* giovane. – e ridacchia aprendo a ventaglio le dita di una mano – Non di più. Cinquant'anni appena».

Orgogliosa di averlo potuto dire, si china per riprendere l'operazione di facchinaggio. Anja, corrispondendo alla stessa fatica, si ritrova con la guancia premuta contro il canapè, e un po' tirando e un po' riposando, soffia aria come se fischiasse. Intanto, fa le sue giuste valutazioni. Cerca di immaginarsi la sua compagna Varvara fra molto tempo, *cinquantenne*. Come sarà? Più o meno attraente di quanto avrà potuto esserlo Fedosija a quell'età?... E di nuovo, nella sua fantasia, le due donne coincidono, si confondono l'una con l'altra. Capaci entrambe, da cinquantenni, di trapassare ancora sette paia di pantaloni con un solo sguardo.

# *Nella borsa*

La camera di Fëdor Michajlovič più che essere una camera da letto è la camera di un infermo. Il giaciglio ha lenzuola chiazzate da schizzi di medicinale. Presso la testiera è appesa un'icona sotto cui una mensoletta accoglie un mozzicone di candela accesa. Di fianco al letto, uno sgabello con su bicchieri e flaconi. Tra essi, un piccolo messale malridotto con la copertina di metallo sbalzato. La finestra inquadra un ritaglio di cielo lattiginoso. Il malato giace sotto un cumulo di pezze. Alle sue orecchie giunge il respiro arrochito delle due donne che stanno spingendo dentro la *chaise longue*. Lui ha le pupille vaganti alla ricerca di forme umane negli aloni d'umido stampati sul soffitto. Abbassa le palpebre gonfie come avendo preso ispirazione a sufficienza. Lascia che le immagini si mettano in moto nella sua testa e facciano avvenire qualcosa. Ogni volta che espira la bocca gli si spalanca, poi lentamente si socchiude e si spalanca di nuovo. Il suo alito è acre. Se ne vergogna. Sente il canapè strusciare sul pavimento di pietra. Un lavorio che va avanti per un po'. E sente delle voci, ma non ascolta quel che si dicono. Consigli, indicazioni. Permangono ancora più forti, nelle sue orecchie, le grida della guardia, i muggiti di Pavel, il fragore dello schiaffo. Ma ora conviene approfittare della crisi passata che lo condurrà in breve a quello stato fisico corrispondente di norma alla sua migliore condizione spirituale. Ossia, quella della convalescenza. Avverte qualcuno trafficare di fianco al suo letto. Da una fessura delle palpebre schiuse scorge Anja che sta sistemando tavolino e sedia in modo da ricevere una luce ottimale. Quindi, vi ordina sopra le sue cose. Lui si adagia in questa visione domestica che lo carezza. Tenta di recuperare dell'acqua dal comodino. Muove la mano a fatica fuori dalle coperte. Lei si sbriga a porgergli il bicchiere, aspetta che beva e quando sta per recuperarlo e rimetterlo al suo posto, Fëdor Michajlovič ne approfitta per afferrarla a un polso, guantato come sempre. Le parole che pronuncia non hanno il minimo timbro.

«Ve li leverete mai più?».

«Finché non passa questo gelo...».

«Quindi, mai più».

«Bisogna avere pazienza».

La ragazza ha risposto entrambe le volte stringendo i denti ma senza farlo capire. Lui la sta premendo sul punto ustionato. Ora allenta la morsa. Fra i due si insinua Fedosija che, rudamente, va a cavare di sotto le coltri un pitale. Lo scrittore le inveisce contro.

«Non ti voglio! Vattene via!».

«Già, e se non ci sto io, eh... chi chiamate?».

«C'è lei, mi basta!».

«Anche per questo?» fa sfrontata la serva ostentando il pitale con tutta l'onta olfattiva delle deiezioni.

«Mi alzerò! Mi alzerò!».

«Allora cacciatemi dalla casa, non solo dalla stanza».

Il dialogo non riprende fin quando Fedosija non è scomparsa del tutto. Qualsiasi cosa Fëdor Michajlovič e la ragazza abbiano da dirsi, lui si porta un dito alle labbra per far cenno di aspettare. Anja, intenta a seguire l'estinguersi dei passi strascicati della serva, si meraviglia che quel nonnulla di creatura umana, spingendo la *chaise longue* col pesante schienale in canna d'India, sembrasse avere molta più forza di lei.

«Avete aggiornato di là?» le domanda lui.

«Sino a quando abbiamo potuto lavorare, sino all'altrieri, sì».

«Allora?... Quanto manca?».

«Oggi siamo alla numero 8».

«Non dico di giorni: di pagine!».

«Duecentoventi. Più o meno».

Lui serra i pugni a comprimere un moto di disappunto.

«Va sempre peggio, amica mia. Sempre peggio. I soldi di Stellovskij, gli ultimi, quelli che mi avete portato voi, mi serviranno per la cauzione di Pavel, e forse ne dovrò aggiungere. Così quella canaglia è anche riuscita a incrementare il suo debito!... – ergendosi sul cuscino per il poco che può, evitando di farsi aiutare – Da ora in poi... da ora in poi pure se dovessi rantolare per terra con gli occhi fuori dalle orbite, affogato nella mia bava... ascoltatemi bene, Anečka... dovete obbligarmi a dettare! – scorge nello sguardo di lei un'ombra di paura, allora la sua voce si affievolisce nel dirle: – No, santiddio!... Perché quello sguardo... piccina mia?»

Così, in russo, non con l'eleganza civettuola del francese. Non *ma mignonne*. Lei trasalisce spaesata.

«È a me che dite?».

«Non può offendervi. Tenace come siete, potete permettervi il lusso di farvi chiamare così. – a scansare questo brivido di imbarazzo, con altro tono – Un favore... la vostra borsa... datemi la vostra borsa».

Lei, in silenzio, si alza e va.

«Chiunque altra – pensa Fëdor Michajlovič – avrebbe voluto sapere: "*A che vi serve la mia borsa?*", lei no».

Sa che se lei glielo avesse domandato, lui glielo avrebbe detto. E mentre è intento a guardare di nuovo le macchie sul soffitto come fossero nuvole, ignaro del tempo che passa, già convinto di una possibile frase che merita di essere fissata per chiarire un certo brano un po' irrisolto del romanzo, sente qualcosa che gli viene cautamente deposto tra le braccia.

«Volevate la mia borsa.... eccola».

Nel lasciargliela, Anja si aspetta che lui le chieda il permesso di cercare qualcosa dentro. Già ha stabilito che gli risponderà di sì senza pretendere nessuna spiegazione, ma Fëdor Michajlovič non glielo chiede. Fa altro. Si stringe forte la borsa al petto. Con le dita frementi la palpa come per riconoscere, al tatto, qualcosa che avverte. Ora sì può stringere rasserenato la borsa per stringere ciò che sperava di sapervi dentro, e che c'è.

«Sapete cosa sto abbracciando, Anečka?».

Lei sta per dirgli "*No*", ma non lo dice. Non lo dice perché non è vero, e risponde: «Forse».

Lui inclina il viso sul cuscino verso di lei, e guarda oltre di lei. Fuori dalla finestra. Guarda l'azzurro glaciale della volta celeste. La luce non è più uno spento albume. La sua trama si va smagliando in un reticolo d'oro. Da tutta quella panna iridescente sempre più lieve e rarefatta, trapela la curva del sole. Pure lei si volta a fissare di nuovo, insieme a lui, la stessa lontananza, ma stavolta non sprofondata in basso. Bensì, in alto. Su in alto. Fëdor Michajlovič pensa a quanto sia terribilmente umano il fatto che quanto sta per dirle debba passare attraverso la sgradevolezza di un fiato pesante. Ma è umano. Anche questo è umano.

«*Gelo e sole; giornata mirabile... E tu sonnecchi... amica mia adorabile...*».

No, è impossibile fingere che anche questo, se detto così, sia detto in russo.

«*Мороз и солнце; день чудесный!... Еще ты дремлешь... Еще ты дремлешь...*».

Ecco, così è detto in russo.

La parola "gelo" contiene solo per allusione l'anima della parola "мороз", che aduna in sé il crepitio del ghiaccio schiacciato sotto i tacchi, la lucentezza dell'algido inverno sulle cose del mondo, e anche il pizzicore che prende al naso per quel che nella nostra lingua significa solo *gelo*. Nemmeno i caratteri ci aiutano nel restituire suoni che il nostro alfabeto non contempla.

Fëdor Michajlovič ha recitato questi versi come la formula di un sortilegio. Lei pure, da quelle parole raggiunta, distoglie lo sguardo dal cielo e lo riporta a lui.

Gli occhi della fanciulla sono polle colme di lacrime che non cadono. Verranno i giorni in cui sarà giusto versarle, oggi non è uno di quelli.

«Quando lui morì, – le racconta Fëdor Michajlovič tenendo stretta a sé la borsa, ancora più stretta – in quel tempo morì anche mia madre. Chi non lo sapeva, mi domandava per chi portassi il lutto. Per mia madre, rispondevo. *E per il nostro Puškin*».

# *Senza nessuna ragione apparente*

La luce giallastra dei lampioni punteggia lo scuro della piazza. C'è vento. Nel mercatino le insegne dei baracchini inchiavardati sbattono con rintocchi metallici contro le mura dei negozi. Non c'è nessuno, tranne chi passa, e a passare sembrano solo corpi taciturni, stretti in sé stessi, che si incrociano e non si degnano di uno sguardo. Tutto pare predisposto come una scena ad accogliere le uniche voci che stasera nella città abbia senso per noi origliare.

Anja è appena venuta via da palazzo Alonkin. Qualcuno le si fa incontro uscendo dalla veranda buia di un casottino. È un ragazzo bruno, audacemente a testa nuda, con indosso un bel pastrano blu scuro che gli scende con l'orlo sin quasi a spazzolare le punte degli stivaloni neri. Sulle prime, lei sembra che fatichi a identificarlo: è Sergej. Lui le sorride titubante, come se si limitasse a mostrarsi per dirle: «Eccomi qui!», ma senza dirlo. C'è un piccola allusione nell'immagine che il ragazzo offre ad Anja di sé. Si tratta del pastrano. Prima di comprarlo, un anno fa, volle avere l'approvazione di lei. Ogni volta che lo mette ama ricordarlo, ma, a seconda dei casi, dando un diverso significato alla cosa. Dipende dallo spirito di ogni singolo incontro. Stasera, ad esempio, per lui è importante che quel cappotto le ricordi a colpo d'occhio quanto di confidenziale, di intimo, può esserci tra loro. Pure i bottoni dorati li ha suggeriti lei.

Il ragazzo espelle aria raggelata, ha le mani sprofondate nelle tasche e nell'andarle incontro divarica i gomiti un po' ad ala stringendosi nelle spalle, a manifestare una timidezza conciliante. Il primo pensiero della fanciulla, dopo averlo riconosciuto, è di voltarsi a guardare in alto, se per caso, a una certa finestra, vi sia della luce. C'è.

«È tanto che ti aspetto» le dice lui.

Anja è ancora turbata dall'incertezza di non aver capito se qualcuno, da un piano alto del palazzo, li stia guardando o no. Vorrebbe provare a voltarsi ancora, ha il batticuore. Un po' si tranquillizza pensando che Fëdor Michajlovič ha cominciato, sì, a muoversi per casa, ma il meno possibile e come può lo evita. La fanciulla, col viso imbiancato dalla secca luce della luna, si accorge che il ragazzo è in attesa di una logica risposta, ma lei sembra non averlo sentito, o, se sì, ha già dimenticato. Corruga la fronte scuotendo il capo. Sergej, per nulla permaloso, le ripete: «Anečka... è tanto che ti aspetto».

«È tanto che non vieni» gli risponde avviandosi Anja, come per fuggire allo sguardo di chi c'è rischio che comunque possa essere dietro a un vetro, lassù in alto, a prendere atto di quel colloquio. Il ragazzo le tiene dietro.

«Me lo dici come per farmene una colpa. – lei non ribatte nulla, cammina – Se non vengo, sarà forse perché non mi è facile capire se ti fa piacere o no».

«Che sciocchezze! Ti pensavo occupato dalla tua causa. Per questo non ho più insistito».

Lui, a rischio di sdrucciolare sul ghiaccio scheggiato, fa alcuni passi quasi di corsa per non rimanerle troppo distante.

«Tu *non hai mai* insistito».

«Stiamo lavorando tutti e due, Sergej. Logico che qualcosa debba cambiare».

Entrambi stanno considerando la stessa cosa: se già hanno cominciato a camminare spediti senza essersi nemmeno sfiorati sulle labbra vuol dire che ormai, per stasera, non ci sarà nessun bacio a salutare il loro essersi rivisti dopo vari giorni di assenza, e chissà se ci sarà quando, fra breve, si separeranno. Questo pensiero percorrerà come un fiumiciattolo sotterraneo la coscienza dei due ragazzi a determinare, in modo alterno, i loro diversi stati d'animo durante il percorso che li conduce verso casa di Anja.

«E allora parliamone!» la incalza Sergej accelerando di nuovo per rimanere al fianco della ragazza, preoccupata di tenersi stretta al collo il bavero del cappottino di *cachemire* grigio che ha iniziato a usare sempre più spesso. È ingombra delle sue solite cose.

«Posso aiutarti?» le propone il ragazzo.

«Sì, grazie» e gli affida la cartellina.

A non farlo, dato il tono che *senza nessuna ragione apparente* ha assunto il loro colloquio, la cosa significherebbe una conclamata dichiarazione di ostilità. A volte, dal nulla, si inizia a parlare così, stranamente intrisi di un malumore privo di presupposti, come dando per scontato un muto risentimento che, a ben vedere, non è possibile dire da dove provenga.

Sergej ha la sensazione che quella cartella verde acquamarina, un po' sbrecciata a un angolo e che ora porta sottobraccio essendo riuscito a farsela dare, nel gioco delle forze in campo lo abbia riposizionato al livello di lei. Tant'è che azzarda: «Allora, visto che parli di lavoro... – si trattiene; poi, rompendo gli indugi – mi spieghi perché ne avresti rifiutato uno che vale cento volte quello che fai adesso?».

«Tu che ne sai?» prorompe Anja, e si blocca a fronteggiarlo.

Ora sono di faccia l'uno all'altra, come in diverse occasioni lo sono già stati, ma quando lo spazio fra i loro volti era denso di sorrisi. Perché non baciarla? Non si scatenerebbe nessun clamore se lui lo facesse. Perlomeno, non quello che ha temuto la prima volta, e che non ci fu. Se non allora, perché dovrebbe esserci adesso? Questo tipo di confidenza ormai tra loro esiste. Fino all'ultima volta lui ancora la ricorda. I loro corpi hanno una chiara consapevolezza di cosa sia la disinvoltura dello sfiorarsi l'un l'altro. Eppure, senza nessuna ragione apparente, il sentore dell'estraneità fa presagire al ragazzo qualcosa che egli preferisce allontanare da sé. Ci penserà in un altro momento, la presa di coscienza è rimandata. Perciò, non la bacia. E tutto questo lei lo comprende di dietro lo schermo della sua veletta che altre volte lui le ha sollevato, e, quando avveniva, quel sollevarla era già tutto. La messa a nudo del viso. La vicinanza di un'idea raggiungibile che ora è confusa tra mille altre.

«Ho ricevuto una visita» le dice.

«Ah, sì?» e poiché lei intuisce di cosa si tratti, la sua esclamazione esprime una messa in allarme.

«Sì. Molto sorprendente. Gente che s'interessa a te. Netočka... che diavolo sta succedendo?».

La risposta si fa attendere, e questa attesa è già un rimprovero.

«Quanto mi conosci poco!».

«Proprio perché ti conosco non riesco a spiegarmelo!».

«Ho dato la mia parola al maestro Dostoevskij. Ti basta?».

«Ma perché non parlarne insieme?».

«Per farmi convincere a commettere una scorrettezza?».

«Non sto dicendo questo».

«A me sembra invece di sì. Di cos'altro avremmo dovuto parlare, sennò?» e si riavvia.

I due attraversano un ponticello fianco a fianco, in silenzio. È lampante che non sarà mai lei a infrangerlo questo silenzio. Tocca a lui, e nel farlo il ragazzo sa di avventurarsi nel territorio scivoloso della sua collera, che teme come qualsiasi uomo può temere la collera di qualsiasi donna.

«Ma quelli, Anečka... vengono a proporti di fare proprio la cosa che ti va di più: scrivere. E non per poco tempo, ma per molto. Non solo, ma anche guadagnando centinaia di rubli».

«Cos'è? Vuoi una moglie ricca?».

«No. Capirti».

«Colpa tua se non ci riesci».

Una risposta netta che non ha bisogno di aggiunte, e via spedita. La collera di lei sembrerebbe appagata, tutto sta a non stuzzicarla oltre. Ma a questo punto, impreveduta, fa capolino quella di lui, che è di ben altro tipo. Disordinata e melanconica.

«Oh, ci riesco, eccome! – la sopravanza, vuole averla di fronte durante il suo sfogo, e se lei non intende fermarsi, non importa, vorrà dire che camminerà così, caracollando all'indietro – Prima abbiamo perso le nostre domeniche, una dopo l'altra, poi ogni ora, ogni minuto!... Cosa ci è rimasto da condividere? Niente!... Faccio di tutto per venire a prenderti e ti trovo così, allora mi domando cosa possa averti fatto arrabbiare. Che sia venuto stasera?... Il fatto che mi hai visto?... O che non sia venuto ieri o l'atroieri?... Spiegami!... Anečka, spiegami!».

Lei allunga il passo e gli torna di nuovo avanti, ma Sergej è stanco di questa marcia forzata che gli sta sfinendo l'anima, allunga il braccio a trattenerla e le domanda a bruciapelo: «È per lui?... Per quello lì?».

Perché non dirglielo?... Sì, basta, glielo dico, pensa Anja.

«Vuoi la verità? – ma nemmeno per un attimo ha considerato sul serio l'idea di dirgliela, difatti non gliela dice, gli dice altro, cose meno interessanti – Di quelli che sono venuti a trovarti io non mi fido».

«No, non è questo!».

«Per favore, andiamo. Ho freddo».

E affronta un aperto *boulevard* dove le stille del fiume strappate dal vento arrivano addosso come goccioline di pioggia.

«Mi prenderei a schiaffi!... – esclama Sergej, e tanto è oppresso dal suo patema che, nonostante il gran freddo, deve in tutta fretta slacciarsi qualche bottone del pastrano; cosa che fa con una certa goffaggine dovuta alla cartellina che tiene sottobraccio – Non posso crederci! Non posso crederci!... Sto qui costretto a rendermi conto di tutto, e non essere capace di... di...».

«Ma cosa stai dicendo?».

«Che ti conosco! Tu dici *poco*, invece molto!... Non mi parlare di promesse. Di' che è per lui! È per lui o no?».

Lei si ferma giusto il tempo per ripetergli, staccando le parole, quasi sillaba a sillaba: «Ma cosa-stai-dicendo? – e non appena gli ha voltato le spalle, con premura un po' distratta, gli fa: – Riabbottonati! Ti prenderai una congestione».

«Sono io che non mi fido, Anja! – protesta lui, mentre le sue mani, obbedienti, riabbottonano il cappotto – Non mi fido di te. Posso sopportare tutto: i tuoi segreti, i tuoi silenzi, tutto... ma a patto di fidarmi. Aiutami!... Sarà così difficile?».

Anja ha rallentato il passo. Una volta tanto, senza impeti. Queste ultime parole gliele ha sentite pronunciare osservandolo. E ora che lui la guarda in attesa di una qualche clemenza, la fanciulla contrae i muscoli degli occhi a fissarlo con quella mesta forma di commozione che significa: anche se non fossi tu, a vederti così mi commuoverei lo stesso. *Anche se non fossi tu*. Una commozione caritatevole.

«Io esisto, sono qui... – le dice ancora Sergej – aiutami!».

Lei mormora: «Come?».

Il silenzio che segue è infinito. Il ragazzo le si accosta. Allunga le dita pallide verso lo scuro della veletta e la sollevano. Il volto di Anja non si sottrae, ma per raggiungerlo andrebbe percorsa una distanza infinita. Le labbra di lui dovrebbero essere già lì, subito sulle sue, allora non ci sarebbero dubbi. Subito, però. Adesso. Quandomai, nel corso di quel viaggio lunghissimo, necessario a colmare l'immensità che separa un volto dall'altro, poi all'ultimo quello di lei dovesse scansarsi, ne rimarrebbe memoria per sempre in entrambi e la loro storia non potrebbe mai più essere questa storia che ancora adesso è. Sergej lo sa, e perciò nemmeno prova ad avanzare col busto per sporgersi solo un poco verso di lei, solo un poco. Già questo potrebbe fargli avere il sentore che lei intenda ritrarsi, e sarebbe ugualmente grave e insuperabile. Allora, preferisce limitarsi a spostare la mano dalla veletta a una guancia e, carezzandola, parla d'altro.

«Accetta quel lavoro. Non è una scorrettezza. Perché dovrebbe? Lo sarebbe fuggendo, ma non così. E poi gliene puoi parlare. Non è detto che tu per lui sia l'unica risorsa possibile. Io ti chiedo solo di valutarlo».

«L'ho già sentito questo discorso, Sergej!», il suo tono è freddo, tuttavia Anja non scansa le dita che ancora le stanno poggiate sulla linea del viso.

«Ma non da me! – replica il ragazzo che si sente di nuovo adeguato a darle consigli indubbiamente sensati, a meno che non vi sia di mezzo qualcosa di assolutamente irrazionale – Poi... pensaci, Anečka... anche quella cosa, ricordi, che ti ho detto... della necessità di stenografi, durante le udienze... sì, quella storia della nuova normativa...».

«No, no... non mi ricordo».

Lui le risponde come se non avesse capito che lei si ricorda benissimo, altroché.

«Ma come no? T'ho spiegato!... Il fatto che diventerà obbligatorio stenografare gli interrogatori... be', conosco gente che può dirci qualcosa, se ne potrà parlare, e allora avrai anche la possibilità di scegliere... voglio dire, io per sicurezza mi sto informando. Insomma, non è scontato che se quest'altro impegno alla fine non dovesse piacerti tu debba andare avanti per forza. Intanto, può servire così, come un passo in avanti, un miglioramento. Poi, quando ai tribunali decideranno come...».

Che parole assurde!... Udienze, interrogatori, tribunale... in un momento simile, con quello che sta accadendo tra di loro! Forse è per questo che lei sorride.

«Netočka... cerca di capire il senso di quello che ti sto chiedendo. Chiunque te lo direbbe. Anche tua madre. *Anche tuo padre.* È la cosa più giusta. Per te, e per noi».

Ma fermiamoci. Basta così. Allontaniamoci. Origliare questo dialogo inizia a farsi gravoso. Facile, a non esserne protagonisti, intuire tutto senza che nulla possa restare velato come vorrebbe. E in particolare, la cosa più affliggente nell'ascoltarli è capire che anche loro sanno tutto, da cima a fondo, sia lui che lei, ma dicendosi quello che si dicono non possono tenerne conto o non si direbbero più nulla, mentre qualcosa hanno ancora bisogno di dirsela, tutti e due.

Lasciamo, perciò, che passi poco più di mezz'ora per ritrovare Anja dove è rientrata poco fa, da alcuni minuti. *Qui*. Nella sua stanzetta, dove se ne sta seduta a trascrivere, come d'abitudine fa tutte le sere in attesa della cena per poi riprendere a lavorare anche dopo mangiato. Sullo scrittoio tiene affiancati l'uno all'altro il quaderno usato per la copiatura e quello usato per stenografare. La penna scorre stancamente a operare piccoli tagli e correzioni. Ora la fanciulla pronuncia in un bisbiglio fluente e ben scandito quanto ha appena riportato in corsivo: «La pallina volò lungo la ruota saltando tra le caselle, *punto*. – e mette il punto – La donna trattenne il fiato, e tac... *Zero*!, annunciò il *Croupier*, *punto*. – come prima: mette il punto – Vedi, *punto esclamativo*, disse lei, *virgola*, tu che non ci credevi – ci pensa – *punto esclamativo*. – e mette il punto esclamativo. Rilegge, ci pensa un po', e rilegge ancora, a voce più alta – La donna trattenne il fiato... – corregge – *mi strinse forte il braccio*... e tac...»

Rilegge daccapo una volta di più, sempre in silenzio, solo muovendo un poco le labbra, quasi a mimare le parole una ad una, poi richiude il quaderno e lo sposta d'un lato. Si porta le mani a comprimersi gli occhi, poi le lascia scivolare un poco lungo le guance. La destra è avvolta da una garza. In quelle mani a coppa che le nascondono il viso la fanciulla riversa i propri pensieri mormorando: «È così che funziona. Più vince, più la ama. *E tac*».

## *"Volete?"*

L'orologio, un ippogrifo di marmo che ha incorporato nel ventre il cerchio del quadrante battuto in ferro, segna le nove e cinque. Fëdor Michajlovič è sdraiato sul letto rifatto alla buona. Si è svegliato un po' tardi questa mattina e ha dovuto in tutta fretta rimboccarsi da solo coperte e lenzuola per dare una certa decenza alla stanza quando già la sua giovane segretaria, in anticipo di dieci minuti, stava sistemando cappotto e cappellino all'appendiabiti nello studio. Tra l'altro, lui ha deciso che al più presto è lì che si tornerà a lavorare, l'avrebbe fatto sin da oggi ma non essendo l'ambiente ancora attrezzato con tutto l'indispensabile (a cominciare dal canapè, il mobile più impegnativo da traslocare), non vuole perdere tempo. Inoltre, si è svegliato con un dolore acutissimo alle vertebre cervicali a causa di una cattiva postura assunta durante il sonno (sicché, nulla che abbia a che fare con l'infermità, questo è un accidente che potrebbe accadere a chiunque), e sente il bisogno di consentire ai muscoli della schiena il massimo agio possibile e per forza di cose ha dovuto farsi trovare così, lungo steso sul letto, ma compostamente, in vestaglia, che non è più quella dai bordi sfilacciati, ma una nuova, e non perché sia propriamente nuova, ce l'ha da tempo, ma perché prima d'ora non l'ha mai usata. Ci voleva questa convalescenza per fargliela inaugurare. È una vestaglia dal tessuto lucente e cardinalizio. Se quella dismessa creava un alone di miserabilità, questa eccede nello sfarzo. «Si vede che se l'è scelta da sé» ha pensato Anja la prima volta che gliel'ha vista.

La ragazza è seduta con espressione irrigidita tra il letto e la finestra, col comodino a portata di mano nel caso lui debba chiederle di passargli dell'acqua.

Fëdor Michajlovič sta scorrendo accigliato le pagine trascritte. A intervalli regolari flette in alto la schiena con un piccolo gemito, poi espirando la riabbassa. Terminata la lettura, arriccia il mento.

«Perché avete cambiato?».

«Quasi nulla».

«Non è vero!».

«Solo un poco la grammatica».

«La grammatica può essere stile».

A sentirsi dire così, Anja formula un pensiero che teme possa suonare spropositato ma che ha il coraggio di mettere in parole.

«Mi è sembrato che certe frasi vi fossero venute fuori più che altro per fermare uno spunto narrativo, ma con poco interesse per la forma».

La replica di Fëdor Michajlovič è talmente tempestiva e logica da non far presumere l'intromissione di alcuna permalosità.

«E se avessi voluto ripartire proprio dai miei errori di forma?».

«Una novità che non ho pensato di prendere in considerazione».

«E perché mai?».

«Perché io vi ascolto quando parlate».

«Un po' generico come vanto. Posso chiedervi di essere più precisa?».

«Siete voi a dire che ogni ripensamento è tempo rubato alla scrittura, e considerando i giorni che restano non penso che convenga iniziare i nostri incontri correggendo».

«E quindi avete stabilito da voi la vostra legge!».

«Non è la mia legge, è il vostro modo di fare».

«Il mio modo di fare! – bercia lui – Il mio modo di fare! – e fruga con lo sguardo tra la pagine che sfoglia sgraziatamente rischiando di strapparle – Ebbene, rivoglio i miei errori!... Sì!... I miei errori di forma, li rivoglio!... Dove stanno i miei errori?... Non li vedo! Li rivoglio! Dal primo all'ultimo!».

«Se la vostra scrivania fosse qui con il suo calendario attaccato al bordo, non me lo domandereste».

Tutto ha un limite. Ora sì che il tono di Fëdor Michajlovič si fa irascibile.

«Dico, stiamo scherzando? – e con la mano che smanaccia l'aria, ha uno scatto in avanti che mescola un rantolo di dolore a quel che dice – Neanche fossi uno scolaretto a cui si debba insegnare l'alfabeto!».

«State tranquillo. – fa lei, capitolando – Domani mattina riavrete tutti i vostri errori, dal primo all'ultimo».

«E la vecchia che stringe la mano?».

«Mi è venuta in mente quando ieri l'avete fatto voi con me».

«Tanto forte? Non mi pare».

«Ho detto solo che me l'avete stretta».

«No. L'avete *scritto*!... Anna Grigor'evna, se dovrò guardarmi anche dai vostri trabocchetti, quanto tempo ci metterò?... – lei non replica; sapeva di osare, e ha osato troppo – Meglio che lo sappiate: non so che farmene di un aiuto così!».

Anja non ce la fa a sopportare oltre. Recupera veloce il quaderno e cancella la frase incriminata.

«Ma lasciate stare! – le grida con tono sanguigno Fëdor Michajlovič – Il fatto che vi siate comportata in modo ignobile non toglie che quell'aggiunta stia bene dove sta. Io vi parlo di princìpi!».

«Ignobile?», è lì che è rimasta lei, il resto della frase non conta.

Lui, a ridimensionare: «Poco corretto, via».

«Sì, avete ragione. – e poggia la penna – Non credo di essere la persona più adatta per quello che vi serve. Ho diverse compagne, al corso, che potrebbero essere molto più capaci di me, e che...».

«Vi ho appena detto che quella frase sta bene dove sta» la interrompe lui, ma Anja è intenzionata a non demordere.

«La frase non c'entra!... Lo farei di nuovo, Fëdor Michajlovič. E la prossima volta sbagliando».

«Il che, se permettete, sta a me di valutarlo, non a voi».

La fanciulla intreccia forte le mani tra le gambe tenute strette per lo sforzo di governarsi, se le morde l'una con l'altra quelle mani. Straziandosi le dita. Mai il suo grembiule a righini rossi l'ha fatta sembrare tanto bimba, e proprio oggi, alle nove e un quarto di questa mattinata qui, all'appuntamento con uno dei suoi azzardi più estremi. Ha corretto i Vangeli. Questo le sta dicendo il Dio della Letteratura. No, li ho accuditi. Questo sa lei.

«E se mi ribellassi? – esclama, sempre con le mani strette tra le gambe, con le palpebre sigillate e col viso dritto, puntato innanzi a sé – Se cominciassi a discutere, a dirvi di no, che invece ho ragione io?».

«Ma che parte state recitando? – la sua stupefazione non è atteggiata, è reale – Per piacere, gradirei saperlo. L'assennatezza in persona che gioca a fare l'arrogante!»

«So chi mandarvi. Oggi stesso» e trema tutta di freddo. Il suo corpo vuole negare a ogni costo che sia per altro, e così preferisce sentire davvero freddo.

«No, non posso credere che sia per questo!... Siate sincera, cos'è stato a inorridirvi?... – silenzio – La malattia? – Anja fa di no con un piccolo scatto del capo – Il sudicio di qui dentro? – Anja fa ancora di no – Allora che non vi piacciono i vecchi? È questo? – ma è sempre lo stesso no – Smettetela, su. Aprite gli occhi e guardatemi. – Stessa cosa – Che vuol dire "*No*"?... Oggi non c'è ancora nessuna per sostituirvi. Volete farmi sprecare un'intera giornata?... Non potrei mai recuperarla. – silenzio – Ve lo chiedo per pietà, guardatemi! – e lei lo fa. A questo punto Fëdor Michajlovič si solleva col tronco sulla spalliera – Ci passo davanti di continuo alla mia scrivania, mille volte al giorno, cosa pensate?... Era il mio calendario, è diventato il mio orologio – accennando all'ippogrifo – Il mio calendario, invece, eccolo lì. Con le ore al posto dei giorni. Non vi sembri una metafora troppo articolata, è l'uso che ci tocca fare del tempo, Anna Grigor'evna. – espone allo sguardo di lei una strisciolina di carta strappata che teneva stretta in pugno chissà da quando – Sapete quanti ce ne restano di questi bigliettini?... Sette! Perdendo oggi, solo sette. Con quasi un terzo del libro ancora da scrivere!... Ve ne rendete conto o no?».

«Perciò ho deciso di rinunciare».

Lui la fissa attonito. Da dove tanta implacabile durezza? Risponderle costa a Fëdor Michajlovič uno sforzo immane.

«Debbo implorarvi?... È questo che volete?... Ditemi sì e lo faccio, vi imploro».

La voce di lei è incrinata.

«Per l'amor di Dio... no. Non potrei sopportarlo».

«Oh, sì che lo farò. Eccome se lo farò. – chiude gli occhi – Siate buona, scrivete. – lascia trascorrere alcuni secondi – Pronta?».

Dopo una lunga pausa durante la quale lei resta immobile, lui sibila, senza emozione, totalmente concentrato a tenere sotto controllo l'inanellarsi dei fatti...

«Mi avvicinai a Polina e le dissi: Ecco 50.000 franchi. Andate a gettarli in faccia al francesino.... – apre gli occhi a controllare *ciò che non è accaduto* – Beh?... Non scrivete?... – La ragazza vorrebbe, si capisce che vorrebbe, ma si trattiene, allora lui insiste – E le dissi... Ecco 50.000 franchi. Andate a gettarli in faccia al francesino. Se credete glieli porterò io stesso. Volete?».

Ma Anja ha solo il cuore che le batte forte, lo si può quasi sentire. Lei è la prima a dover sopportare questo obbligo che si è imposta di dover stare ferma. Lui, allora, si tira su a sedere sul bordo del letto, con le mani puntate sul materasso a sorreggere il busto altrimenti cascante.

«Siete pazza. Completamente pazza. E pure bugiarda. Perché io lo so che state mentendo. Lo so».

Semmai in questa storia vi è un momento in cui Fëdor Michajlovič si abbandona a un pianto silenzioso, è questo. Semmai vi è un momento in cui lei lo domina pienamente, è questo. Ma dominare è una pena se non corrisponde a un'intenzione, perciò anche lei è sul punto di piangere.

«Mi avete pure fatto dimenticare quello che ho detto. – mormora Fëdor Michajlovič – E io detesto perdere le frasi».

Anja recupera la penna e finalmente, con mossa lenta, si decide a scrivere pronunciando ciò che va stendendo sulla pagina. Fëdor Michajlovič riapre gli occhi, la osserva.

«Mi avvicinai a Polina... e le dissi, *due punti*, Ecco 50.000 franchi. *Punto.* Andate a gettarli in faccia al francesino. *Punto.* Se credete... glieli porterò io stesso. *Punto*».

«Volete?».

«Volete. *Punto interrogativo*».

«Avevo in animo di darvi una cosa... – Lei, fraintendendo, insiste a scrivere – Ma che fate?... È a voi che sto dicendo, Anečka. Prima di riprendere vorrei darvi una cosa. Il mio unico tesoro di quand'ero carcerato. Ma vi scongiuro: fate che non sia per il nostro addio».

# *“Vieni, ci servi!”*

Un messale malconcio dalla copertina di metallo sbalzato è poggiato sul davanzale della finestrella nella camera della fanciulla. Di fuori vibra una lattiggine aurorale. La Nikolaevna si accosta al libro. È da un paio di giorni che l’ha notato messo lì e si è logicamente domandata cosa mai potesse rappresentare la sua apparizione avvenuta all’improvviso senza nessun commento da parte di Anja. Varie piccole distrazioni quotidiane le hanno sempre fatto rimandare il momento per tentare di capire qualcosa di più. È ciò che sta facendo adesso. Lo apre. Sulla prima pagina, dopo quella del frontespizio, è riprodotta la Madonna Sistina. Lei vi passa sopra il polpastrello, la sente ruvida. Quasi ferita. Allo stesso modo, saggia la granulosità della bordatura d’oro. Quel messale è un evidente scrigno di significati. Lo sfoglia. Tutte le pagine sono un po’ scalfite e screpolate. Come non fossero di carta ma di materia dura e resistente, che sa sopportare i tagli senza disfarsi. Un po’ come il cuoio.

«Non me l’ha regalato».

La donna si volta verso la figlia che è già pronta per andare.

«Mi ha detto: “*Voglio che sia come un’epistola in perenne viaggio tra noi due*”. Un giorno dovrò ridarglielo».

«Sto leggendo quello che ti fa scrivere. E anche le riviste nel baule. Mi son detta: impara a conoscerlo. – Anja le oppone un’espressione chiusa, impermeabile – Lussuria e delitti. Tuo padre sapeva trovarci altro, io no».

«*Batyuška* lo leggeva per capirlo. Tu solo perché pensi di dovermi difendere».

«Stai tornando lì? – la ragazza annuisce – A quest'ora?».

«Ci serve più tempo».

«Ma Sergej mi aveva fatto credere che...».

«Ti ha fatto credere quello che crede lui. Spero capisca».

E scivola via lasciando sua madre col messale in mano, che a quanto pare, da un giorno all'altro, è diventato l'oggetto più prezioso in quella stanzetta... più di tutti i fogli, del cesto da cucito, del teatrino delle marionette, del piccolo *samovàr* che è stato per Anečka bambina il primo regalo capace di farla sentire un poco adulta; e più prezioso addirittura dello scrittoio con quella frangia sdentata, sdentatissima, di linguette di carta. Ne sono rimaste poche. Di integre, solo cinque. Sulla matrice dell'ultima strappata, la 6, è segnato *in rosso* il numero 281. Sulle precedente: 260, su quella prima: 235, e su quella prima ancora: 212. Questo il ritmo a cui hanno proceduto Anja e Fëdor Michajlovič negli ultimi strabilianti tre giorni.

Nella camera matrimoniale dell'appartamento, un dagherrotipo abbondantemente ritoccato a mano ritrae due sposi il giorno delle loro nozze: un uomo dal volto largo e sodo traversato, sotto gli occhi ridenti, dalla folta linea delle sopracciglia e, quasi parallela a nascondere il labbro superiore, da quella di due lunghi baffi neri, a punta; al fianco del marito, *lei*.

La Nikolaevna, prima di iniziare il suo giro nei dintorni nella città per stabilire se un pulcino sarà gallo o gallina, è seduta presso il proprio *boudoir* a scrivere su un foglio sottratto alla stanza della figlia.

«Capisco che i mille impegni della casa possano renderti complicato venirci a trovare, ma ora, ti prego, cerca di fare in modo, la tua presenza è necessaria. Sai quanto la nostra Netočka ti sia legata e non dubito che il tuo consiglio di sorella più esperta possa farla recedere da un progetto sentimentale che temo di intravedere».

Scrivendo, le sue labbra debbono sillabare ciò che diventa calligrafia, ma lo fanno per imperizia e non certo con la svelta destrezza che abbiamo visto in Anja, che adesso fila svelta nella nebbia viscosa... "*Se non possiamo aumentare i giorni, cerchiamo di aumentare le ore*" le ha detto Fëdor Michajlovič, e poi: "*Volete?*" le ha detto. "*Volete?*", come il Precettore a Polina, e lei ha detto di sì. E da quando glielo ha detto, così è stato.

«Molti sono i motivi che mi inducono a sorvegliare con attenzione materna ciò che sta avvenendo. Forse si tratta solo di una mia fantasia, non lo so. Ma semmai non lo fosse, a darmi ansia è soprattutto il catastrofico divario di età».

Anja è intanto arrivata dinanzi a qualcosa che la sconcerta.

«Netočka la conosci, è una sognatrice, perciò ti imploro di non mandare inascoltata questa mia richiesta. Vieni, ci servi!».

Davanti al portone di palazzo Alonkin s'aggira il randagio ferito dell'isola dei morti senza nome. Solo vedendolo qui la fanciulla ha memoria di averlo già visto altrove.

## *L'altro oggetto*

Anna Nikolaevna aveva ragione nel sentire tutta l'importanza del messale trovato una mattina presto sulla mensola presso la finestra nella stanzetta di sua figlia. Un oggetto aureo a cui nessun altro fra quelli lì attorno poteva stare a pari. Tenendolo tra le mani la donna ha avuto la percezione di essere *in un centro*. Nulla di sacro o di trascendentale, per carità. D'altronde, nulla di trascendentale vi è nell'avvertire il fascino di una data persona che abbia la virtù, col suo solo esserci, di farci sentire comodi e sereni in sua presenza, come se ci trovassimo esattamente nel luogo dove ci fa bene stare. Così quel messale, almeno per quel breve tempo, suggerì alla Nikolaevna la medesima sensazione, e se lei pensò: «Ho tra le mani l'oggetto più prezioso della casa» lo poté pensare a buon diritto poiché Anja era appena uscita portando con sé l'unico *altro* oggetto che avrebbe potuto competere con questo, reduce dalla Siberia, e approdato infine tra le mani della donna attraverso sua figlia, alla quale era giunto tramite Fëdor Michajlovič Dostoevskij.

*L'altro oggetto* la piccola Anja lo porta via con sé ogni mattina, sempre più all'alba, quando si carica di quaderni, di boccette, di righelli, della cartella verde, di Puškin, e si reca puntualissima a palazzo Alonkin per prendere servizio.

Da tre giorni il lavoro nello studio ha ripreso a pieno regime come non mai. Oggi lei indossa l'abitino azzurro con cui si presentò in quella casa e in quella stanza in un'epoca remota all'inizio di ottobre. Quasi un mese fa. *Meno* di un mese fa.

«Volete sapere una cosa divertente?... – è di buon umore stamane Fëdor Michajlovič; curiosamente, e *pour cause*, anche lui è vestito come nella circostanza del loro primo incontro, stessi abiti ma rinfrescati – Le vostre smanie di fuga sono state un bene, come spesso le mie convalescenze: mi riforniscono di forze che in condizioni di salute normale me le sogno. Da quando avete minacciato di andarvene abbiamo dilatato le ore in giorni e i giorni in settimane. – indirizza alla giovane uno sguardo di apprezzamento, con degnazione, da vero datore di lavoro; poi, incapace di trattenersi va oltre – E forse oggi, Anna Grigor'evna, non è sicuro ma probabile, ho una sorpresa per voi».

«Quale?» risponde di slancio la solerte segretaria che, seduta al consueto tavolo di lavoro messo un po' di trequarti rispetto alla finestra, si premura di caricare il serbatoio della sua stilografica; ovvero, uno tra i più efficienti strumenti di scrittura riforniti di inchiostro a flusso libero messi di recente sul mercato, e che per lei comprò senza badare a spese suo padre. Col pennino dorato, dalla punta in iridio e rivestita in ebano scuro (blu notte, come da *réclame*). All'Istituto gliel'hanno invidiata in tanti quella penna. Talmente tanti che si fa prima a dire tutti, insegnanti compresi. Ol'chin compreso. Ebbene, proprio questo è *l'altro oggetto* di cui parlavamo, che quando, insieme alla sua padrona, rientra tra le mura di casa non consente al messale di essere, lì dentro, la cosa più preziosa di tutte. La penna di Anja! Quella che l'accompagna dall'inizio di questa storia, ma che fa parte della sua vita sin da prima che questa storia avesse inizio.

«Ho parlato di sorpresa, e le sorprese non si fanno rispondendo a una domanda simile: *Quale?...* Questa sarebbe l'antitesi di una sorpresa! – a tagliar corto – Ma insomma, vi manca molto?».

«Pochissimo».

«Oh! – a mettere le mani avanti – Ho detto "probabile", ma non sicuro».

«Quasi ci sono».

La ragazza, usando una cura particolare nel farlo, indugia nell'assemblare le due parti della sua formidabile penna nel tempo in cui Fëdor Michajlovič per la prima volta nota l'oggetto con sincera curiosità e si sofferma a soppesarne il calibro, la forma, e la bellezza. Durante gli incontri precedenti l'aveva considerato niente più che un attrezzo del mestiere adeguato a una professionista che voglia tenersi al passo con le tecniche più aggiornate. Pagando la mia collaboratrice, ha pensato, pago anche la sua penna. Ma ora si domanda se lui sarebbe mai in grado di usarlo uno strumento del genere, e, nel caso, si domanda quanto e come cambierebbe il suo modo di scrivere, *ergo*: quanto cambierebbero le sue storie e i suoi personaggi. Procedendo nel ragionamento, sorride di sé: in fondo, è con quella penna che scrive, per mezzo della mano che la impugna. Non ha dunque motivo neanche di invidiarla. La magnifica stilografica dall'armatura in ebanite con la sua lingua d'oro scanalata e appuntita è come se al presente gli appartenesse. Lavora per lui quella penna, e con la sua velocità di esecuzione determina una tale miriade di piccole variazioni nell'atto creativo che, una a una, sono impossibili da circostanziare. In breve, quella penna è un tesoro di cui ha senso giovarsi senza perdere tempo a fare troppe indagini.

«Sì, pronta» proclama Anja sincerandosi di aver ben saldato una metà con l'altra.

«*Allons-nous*!».

La stenografa impugna alla sua solita maniera *l'altro oggetto*, e attende. Fëdor Michajlovič va di buon passo alla scrivania (la sua baldanza dice chiaramente che dell'infermo non ha più nulla), consulta alcune carte, si porta una mano a premere contro la parte alta della fronte, rovista tra i capelli radi, sversati sulla sinistra da una gracile riga, e inizia a dettare a velocità crescente.

«Una pioggia di lacrime mi sgorgò dagli occhi... Astley mi disse... sì, sciagurato, Polina vi amava e posso rivelarvelo perché siete un uomo finito... e se anche vi dirò che vi ama tuttora rimarrete qui lo stesso... la vostra vita è finita... credito onore... se non per la *roulette* sarà per altro... potrei darvi... – accorgendosi che lei fatica a tenergli dietro – Su, ragazza mia, forza!».

«Che correte troppo!».

Lui stenta a credere alle proprie orecchie. Sentirle dire una cosa del genere? Ma quandomai!... È la prima volta che accade.

«E quel manuale da 250 parole?... Dicevate: "*L'ho studiato!*"».

«Queste sono più di 250!».

«Se tento un miracolo io, siete pregata di provarci anche voi!... Sempre Astley, andiamo avanti!... – e riprende il progressivo espandersi della narrazione – Potrei darvi mille sterline ma ve ne do solo dieci perché tanto so che ve le giochereste tutte... fosse una... fossero un milione per voi non c'è più altro destino...».

La mano guantata di lei vola freneticamente sul quaderno. Con coordinazione perfetta le pagine vengono voltate come i fogli di uno spartito. È un *passo a due* di impeccabile grazia danzato dalla destra in un armonico *débat* con la sinistra: una dionisiaca, la destra che scrive; l'altra apollinea, la sinistra che volta. Nelle ore si costipano i giorni, mentre nei minuti si assiepano le ore. È di nuovo il gioco del tempo che viene rimodellato dall'azione. Quand'era molto sembrava nulla, e ora che è un margine, in questo margine si estendono territori e si manifestano orizzonti. Il calendario, come predetto da Fëdor Michajlovič, è sfogliato dalle lancette che girano. L'ippogrifo di marmo è stato portato di qua e sistemato su una mensola che prima era colma di libri. L'orologio a pendolo non dava più garanzie, e da giorni, non più ricaricato, segna un'ora morta, perenne, inutile. Il *samovàr* riposa, non c'è tempo per il tè, ma c'è tempo per altro, purché tutto il tempo che resta sia solo per esso. Un tempo finalmente bastante che ha ripreso il passo delle necessità calmierate come belve ammansite.

«Avevo perduto tutto. – incalza inesausto lo scrittore – Esco dal *casinò* e guardo... in un taschino del panciotto mi balla ancora un *gulden...*».

Il pavimento è adesso pieno di carte appallottolate. Fëdor Michajlovič, in piedi, si muove congestionato per la stanza in un'orgia di fumo. Ma le sigarette vanno bene, sono ammesse, non sono tè. Ci vuol nulla ad accenderle e a riaccenderle. E non bisogna preoccuparsi di tenerle in equilibrio come la tazza sul piattino. Non spezzano il ritmo, lo fomentano. Chissà se finora lei avrà mai tossito, e se ne sente la necessità. Anche fosse, tutto preso dal suo furore, Fëdor Michajlovič nemmeno ci avrà fatto caso. Al momento, comunque, sembra di no. Semmai è capitato a lui di tossicchiare ogni tanto, ma per ridare impulso alla voce che urge, sottoponendo la ragazza a un *tour de force* micidiale.

«Avrò di che cenare pensai... ma poi subito mi decisi a tornare indietro per giocarmi anche quello e davvero provi qualcosa di particolare quando... da solo... lontano dalla patria e senza sapere cosa mangerai punti l'ultimo *gulden*... proprio l'ultimo... l'ultimo *gulden...*»

«*Ultimo* due volte?» domanda lei affranta.

Fëdor Michajlovič reagisce con un gesto spazientito della mano.

«Due volte?» insiste, rimarcando, lei.

«Due volte, sì! – e tira avanti – Vinsi... vinsi... e mezzora dopo uscii dal *casinò* a tasche piene... ecco a volte cosa può significare l'ultimo *gulden*... cosa mai sarebbe avvenuto se allora mi fossi perso d'animo e non avessi osato?... Domani... domani tutto finirà».

E si azzittisce. Lei, madida, e perciò lucente, con la treccia che le ricasca in avanti malgrado non abbia fatto che ributtarsela all'indietro sulla schiena, solleva lo sguardo ad osservarlo.

«Poi?» gli chiede.

Lui crolla a sedere sulla *chaise longue*.

«Poi niente».

Incalcolabile è il tempo che i due passano a guardarsi, fermi, stanchi, occhi negli occhi. Un incrocio di sguardi che, da ultimo, fa tornare a Fëdor Michajlovič l'energia necessaria ad alzarsi per andare alla scrivania e strappare con una robusta manata le cedoline rimanenti, tutte insieme, d'un sol colpo. Le brandisce come un trofeo.

«Finito! Con quattro giorni di anticipo. E c'è ancora luce. Ve lo aspettavate?... – abbassa il braccio per ripetere più dolcemente – Anečka... ve lo aspettavate?»

*Orna il tuo capo e cingilo di vastità, le vastità di un paesaggio nordico,*
*terra e mare, non fuga che lascia le cose come stanno.*

Alberto Toni, *Non c'è corpo perfetto*

# III

## Dopo la scrittura

Anja è fuori. Procede barcollante. Fatica a mantenersi in piedi. *Finito. Ve l'aspettavate?... Con quattro giorni di anticipo.*

Cinque, pensa lei. Forse sono addirittura cinque. Stenta a fare i conti, ma è così. Che giorno è? Il 26. Sì, dovrebbe. Tutto nato in ventidue giorni. Prima non c'era nulla, ora c'è tutto. Ciò che ancora a settembre per il mondo non era affatto necessario, da novembre gli diventerà indispensabile.

Sul fondo della piazza, vicino ai magazzini giallo ocra che però si sono fatti talmente sbiaditi da sembrare trasparenti, la fanciulla vede qualcosa che la distrae e si sofferma ad osservare una carrozza sulla cui *capote* stanno caricando bauli e valigie. C'è chi aspetta di salire. Ma lei le conosce quelle persone! Le conosce benissimo. Sono il Generale... l'inglese... sì, Astley... e la francesina... e poi chi altri?... Qualcuno. Sì!... Uno!... Uno che si accorge di lei e che le si fa incontro. Solo quando viene raggiunta a pochi passi di distanza, Anja può individuare, tra le falde del bavero alzato, il volto del Precettore che le offre una borsa di monete sonanti.

«Giocare per voi porta fortuna».

«Ma che dite?... Queste parole non sono destinate a me».

Nessuna replica. Distante, un colpo di sferza e la carrozza parte facendo tintinnare i vetri dei finestrini. La ragazza abbassa gli occhi in terra. Appena in tempo per vedere la borsa dissolversi nel chiarore immacolato della neve, della tanta neve caduta durante la notte, ancora soffice, che scricchiola sotto le suole. Lei la preme per sentirla vera. Solleva nuovamente lo sguardo. Anche la figura melanconica del Precettore sta svaporando nell'aria tersa di questo gelido pomeriggio che fatica a farsi buio. *Più vince, più la ama.* Così le è venuto in mente qualche sera fa, sospendendo la penna dal suo copiare.

Anja, seduta su una montagnola di neve già rappresa in ghiaccio, incurante di bagnare il *manteau* rosso cremisi tornato in auge dopo che è stato fatto riposare per un po' nell'armadio, ha estratto dalla borsa un involto. Dentro vi trova un esile fascio di banconote che mette via. Recupera il grosso quaderno che usa per scrivere sotto dettatura, e la sua stilografica blu notte. La mano guantata verga una parola al centro della pagina che fa da frontespizio, rimasta ancora bianca. *Igrok.* Il titolo. Così.

Dal fondo della strada si intravede una figura di donna incappottata che si avvicina frettolosa. Il cappotto è di *cachemire* grigio, ma indossato malamente, come un soprabito di poco conto. Peggio: con l'approssimazione di una vestaglia. La ragazza si alza di fretta scuotendo l'ampia voluta bagnata del suo *manteau.* L'imbarazzo di farsi trovare così si mischia all'ansia di quell'arrivo del tutto imprevisto.

«*Mamočka*!».

La madre, in palpiti, le mostra una lettera che teneva in pugno.

«È per te! Sulla busta c'era scritto: *Con suggerimento di lettura immediata.* Perdonami, l'ho aperta, ma non ce la facevo... dovevo sapere che fosse! A me sembra una cosa molto... oh, non lo so, guarda tu!».

Anja prende la lettera e inizia a scorrerla.

«Qui c'è uno che vuole farti un processo! – le dice ansiosa la Nikolaevna – Non ho capito male, è così, no?...» e resta ad osservarla con le mani giunte sotto al mento.

E dunque, questo è ciò che sta leggendo Anja: «Gentilissima *Mademoiselle*, Le scrivo per indurLa a tornare sui suoi passi. E di farlo non per guadagno, ma per obbligo di Legge. Un rappresentante dell'autorità costituita si trovava difatti presente al nostro colloquio dell'altro giorno quando, a seguito di una mia proposta di cui detta autorità ha colto il senso, Lei è stata vista intascare il denaro pattuito. – rappresentante?... Quale rappresentante?... Ma certo che c'era, come no!... Nel rievocarlo Anja rivede l'agente che stazionava nell'ombra, presso il banco del caffè; ma torna subito alla lettera... ritrova il segno e continua a leggere muovendo rapida il capo da inizio a fine riga e viceversa – RicordandoLe che la testimonianza di un funzionario in servizio dà a un accordo verbale valore di documento scritto, Le intimo di interrompere oggi stesso ogni collaborazione col signor Fëdor Michajlovič Dostoevskij. Una mia azione legale significherebbe per Lei sconfitta certa. Firmato: Stellovskij».

Solo così, *Stellovskij*. Il nome dello scrittore è redatto per esteso, completo di onomastica e patronimico, il proprio invece no. Come fosse quello di un nume. Di un demonio. La Nikolaevna, sempre più angosciata, aspetta che la figlia le dica qualcosa.

«Non ci pensare, *Mamočka*... – la tranquillizza la ragazza ripiegando il foglio con tutta calma – la cosa è già risolta».

Naturale che è risolta... "*E poi?... Poi, niente. Finito. Con quattro giorni di anticipo*", forse, addirittura cinque.

«*Monsieur*, non intendo spendere parole per giudicare il vostro comportamento sotto un profilo morale. Dico solo che la sua efficacia non mi lascia scampo».

La fanciulla scorre quanto ha già buttato giù senza troppe esitazioni. Non c'è male. Sì, tutto sommato, sta imbastendo una risposta decisamente appropriata. Ma in fondo non è che ci voglia molto. Basta dire le cose come stanno. Essere la semplice cronista della propria vita le dà un profondo sollievo. È il sollievo che sanno dare le cose, al pari dei fatti, quando sono del tutto appagate da sé stesse, senza bisogno di nulla aggiungere, né di nulla cambiare.

«Per cui dichiaro che, a partire dalla data odierna, il maestro Fëdor... Michajlovič... Dostoevskij...».

Ah, che meraviglia scrivere questo nome lentamente, sillaba dopo sillaba, poggiando su ogni scansione. Prima di adesso le era capitato di doverlo redigere solo per sbrigare un po' della sua corrispondenza, in contesti burocratici; cose da segretaria, appunto. Ma ora è lei che sta parlando a nome suo. E riprende a pensare come concludere la frase. Si era un po' persa, rilegge.

«... dichiaro che, a partire dalla data odierna, il maestro Fëdor Michajlovič Dostoevskij... sì... – e prosegue lasciando che l'inchiostro scorra dal piccolo serbatoio lungo il pennino, sul foglio – non si avvarrà più del mio lavoro di stenografa per il suo romanzo intitolato *(in russo, n.d.r.)*: *Il giocatore*», *Igrok*.

Anja, avvolta in una mantella di particolare eleganza, di lana grigio tortora (forse un dono che si è fatta da sé coi suoi primi guadagni), si fa trasportare da una berlina a doppio tiro che percorre di buona lena la Prospettiva. Qualcosa poggiato di taglio vibra traballando tra le sue ginocchia e la paretina frontale della carrozza. Dalla finestrella a lato la fanciulla può scorgere spicchi di città venirle incontro a balzi. Lascia che il suo occhio guardi e che il pensiero sia libero di sentire ciò che vuole.

«*E questo valga come impegno formale, che sottoscrivo per esteso in calce a questa Mia*».

Tutto è alle spalle, tutto è alle spalle. Di fronte, invece, lei adesso ha un *boulevard* spalato da poco per cui passano, se viste da fuori, le criniere strapazzate dal ritmo sollecito dei cavalli al trotto che la stanno trasportando dove solo all'ultimo si è decisa ad andare. Si susseguono lungo la via i fornelli vivacemente accesi dal popolo infreddolito dei mercatini all'aperto. Ai bordi dell'ampio viale, si ammucchiano grossi tocchi di neve ingrigita dalla cenere trasportata a mulinelli ovunque.

«*Voglia gradire l'omaggio delle mie cordialità*, – questa formula l'ha imparata da lui, da Fëdor Michajlovič, che usa concludere così anche le lettere alle persone più invise – *confidando che tutto ciò non debba aggravarci con ulteriori strascichi*».

Anja si è fatta lasciare davanti la porta a vetri di un ristorante. L'insegna a caratteri vermigli ben rifiniti su una lunga tavola di legno biondo porta scritto: *Caffè Wulf & Belanger*. Lei ha con sé la sua cartella e ha il capo coperto con una cuffia dai nuovissimi nastri chiari posata sui boccoli che le scendono lungo le guance. Attenta a non scivolare sulla neve che inizia a indurire si accosta alla vasta vetrata, si porta una mano a visiera sulla fronte e muove l'occhio tra i fregi istoriati sulla lastra per spiare dentro nel tentativo di individuare qualcosa o qualcuno. È l'ora di pranzo, c'è una gran confusione, gente che si alza, si siede si sposta; lo schiamazzo delle voci che si assommano le une alle altre giunge anche di fuori.

«*Pomeriggio, addì 26 ottobre 1866*».

Il tintinnio di una campanella segnala l'ingresso della fanciulla.

«*Firmato, Anna Grigor'evna Snitkina*».

All'interno, tra orpelli pompeiani a simulare raffinatezza, rimbomba un chiasso in cui sta tutta l'effervescenza della città condensata in un sol posto: intensi conciliabili politici e letterari, riviste e giornali che passano di mano in mano, abbigliamenti diurni, da lavoro, ma non stonati anche in un clima di euforia collettiva; a folate erompono alterchi, richiami, dialoghi che vorrebbero essere confidenziali ma per forza di cose fatti con toni sostenuti per essere udibili tra interlocutori seduti fianco a fianco e gente che strepitando chiede ad altri di strepitare meno. Affari avviati in un batter d'occhio e schiocchi continui di bottiglie stappate, e bottiglie spesso di qualità. Un caos che ha ritmo, e in qualche modo, fretta. Pietroburghese, insomma. *Wulf & Belanger* è il preclaro esempio di ristorante vagamente *delabrè*, ma in cui il servizio è noto per la sua efficienza, e perciò prediletto dalle categorie più disparate che qui si rendono contigue, cosa che di fuori non avverrebbe mai: alte cariche amministrative inclini a fare comunella con la crema dello spettacolo e giovani ufficiali con divise nuove di zecca frammisti a intellettuali appassionati che in un altro contesto verrebbero definiti dei perditempo. Tutti fusi dall'ora urbana del pranzo in un curioso scambio di linguaggi, con austeri burocrati a cimentarsi in barzellette da varietà, e pensatori notturni in previsioni finanziarie. L'odore del tè nero che circola a caraffe si mescola, tra possenti nuvole di fumo, all'afrore dell'alcol sprigionato da un barilotto di vodka che, giusto adesso, si è schiantato in terra suscitando l'eccitato sconcerto di chi, in quella zona del locale, ha dovuto stiparsi con le sedie ai margini del disastro. Il ristorante contempla anche un *privè* che, se richiesto con buon anticipo, è possibile riservare: un localino privo di porte, ragion per cui esposto al frastuono della sala principale ma che perlomeno può consentirsi il proprio personale baccano senza troppi scrupoli.

Majkov, con un vasto tovagliolo infilato nel colletto a ricascargli sul *gilè* di seta oro zecchino, è in piedi ad arringare i commensali di una tavolata composta da soli uomini; per lo più, maturi e incanutiti. Fra essi, Fëdor Michajlovič, presso il cui piatto è poggiato un fascio multicolore di fiori d'autunno avvolto mollemente da un nastro rosa.

«Amici, concittadini, romani... vorrei volare basso, ma come farlo? Mi si chiede di battezzare un'impresa fenomenale e dovrei contenermi? Perché? – applausi e incitamenti a proseguire – Quiete, signori, quiete! Dalla quiete sorge l'enorme, l'imperituro!».

«Attento, Majkov! – lo bacchetta qualcuno ridacchiando – Vai fuori tema!».

Lui fa segno con le mani a dire: è tutto sotto controllo, e prosegue.

«Non elogi! Non elogi!... A che servono gli elogi se la semplice cronaca dei fatti è un elogio in sé stessa?... – c'è chi è sul punto di scoppiare a ridere ma Majkov lo fulmina con un cipiglio da autentico istrione alzando al suo indirizzo l'indice vibrante – Se mi si vuole tappare la bocca con queste forme subdole e reiterate di boicottaggio che conosciamo sin troppo bene... ah, se le conosciamo!... – e qui i mugolii di assenso suonano autentici – Se mi si vuole in tal modo frenare dal dire ciò che, comunque, anche a non dirlo è avvenuto lo stesso...».

«Tautologie! Tutte tautologie! Mi fai sanguinare le orecchie, ne stai infilando una dopo l'altra! Serpenti che si mordono la coda».

La protesta fatta a guance rubizze è di tal Durov, autore di versi, pochi ma finissimi, che il suddetto si è pubblicato da sé in un libricino dal titolo: *Settantadue poesie bellissime*.

«Retorica, semmai! – si difende stentoreo l'imperversante Majkov – Alta oratoria!».

«Tanto dire per niente dire!» fa l'altro, tacitato da chi, divertito, vuole che la sgangherata concione arrivi al punto.

«Mi si vuole secco e conciso? – consente Majkov – Senza paludamenti?».

«Senza mutande!».

È la deriva carnascialesca che incombe.

«Che sono pur sempre paludamenti. – riprende il retore – Senza quello che volete ma puntando dritto alla meta, la questione è semplice... *voilà*! – e addita perentorio Fëdor Michajlovič che se ne sta sornione, defilato, a godersi questo panegirico come cosa in cui non intenda profondere nulla di suo – Se ci avessero domandato, ma vi dico solo sino a un mese fa, "*Chi è costui?*", cosa avremmo risposto?... Dimmelo tu, Durov, che fai tanto il censore».

«Censore tuo, casomai, non suo!» controbatte Durov.

«Come che sia, dimmelo tu. Cosa avresti risposto alla domanda delle domande: *chi è costui?*... Un ideologo, ci scommetto».

«Ah, sì! – Durov, stando al gioco, batte un pugno sul tavolo e si alza in piedi con quell'eccesso di determinazione che è proprio dei grandi bevitori – Ma rinnegato!... Un ideologo rinnegato!».

«Un fourierista, dalla testa ai piedi!».

L'esclamazione è di Filippov, un grafomane la cui esuberanza nulla dice degli anni che ha trascorso ai lavori forzati in Siberia per motivi politici, come l'amico Fëdor che si tiene stretto a fianco e che insiste a cingere con un braccio sulla spalla. Insieme hanno condiviso l'esperienza del muro e della finta esecuzione finita nel registro delle spese governative come uno svago dell'Imperatore. Il vincolo tra i due non è perciò da poco.

«Perfetto, non dimentichiamocene! Tu dici rinnegato, tu fourierista. E tu, Aleksei?» insiste Majkov chiamando in causa il più giovane dei commensali.

«Bah, un aspirante monaco, direi» e giù grandi risate.

«Monaco è ottimo, ci mancava. E tu, Pëtr?».

Pëtr sta per dire la sua ma è ancora troppo sobrio per non farsi sovrastare dall'esuberanza di Durov che si rifà sotto.

«Con diritto di copula, però! Monaco sì, ma fornicante».

Battuta che qualcosa smuove in Fëdor Michajlovič, al punto da fargli alzare le mani in segno di resa nel tempo di tirare una robusta dose di fumo dal sigaro che ha in bocca. Un gesto del tipo: "*Lo ammetto!*".

«Ma a compendio di tutto, – riprende Majkov, ben deciso a non mollare il centro della scena – sia pure rinnegato fourierista e monaco alla bisogna fornicante, cos'altro verrebbe da dire di quest'uomo se non che egli è... *uno scrittore?*».

«D'appendice, sia chiaro» fa l'ex deportato stringendo a sé l'amico con più forza di prima.

«Me ne vanto. – conferma mansueto Fëdor Michajlovič, e fuma – Il mio popolo è il popolo».

Borbottii di generico assenso e qualche tenue applauso di apprezzamento accolgono una delle poche uscite del festeggiato da quando la serata ha avuto inizio (poiché di questo si tratta: di un festeggiamento in piena regola).

«Balle! – esclama il solito Majkov, a contraddire sé stesso con suprema raffinatezza dialettica – Altro che scrittore! Egli è ben più di un semplice scrittore, che è titolo smerciabile all'ingrosso. La risposta unanime avrebbe dovuto essere, ed è: *un temerario*. Il Principe dei temerari. Come disse Antonio ai funerali di Cesare: "*Lo vedeste quando io per tre volte gli offersi la corona, ed egli per tre volte la scansò!*"... – Filippov, con gesto goliardico, fa finta di sostenere un serto invisibile sulla testa del più grande scrittore russo vivente (anche per loro, come per Anja, Tolstoj viene in second'ordine, e non parliamo di Turgenev!) – A lui, invece, quante volte abbiamo offerto di distribuire tra noi i capitoli di questo benedetto romanzo in modo da risolverla in fretta scrivendone uno per uno al posto suo?... *Tre*? No, molte di più!... Ed egli che fece?... Rifiutò. In nome della Letteratura! – applausi – "*Non posso difendere ciò che mi appartiene derubando voi del vostro!*", parole sue. Degne di un Attilio Regolo! – Fëdor Michajlovič, pur col capo reclino sul petto e senza mostrare nulla di ciò che prova, dà tutto il peso che merita a questa attestazione di stima, reboante ma vera – Ma oggi, vivaddio, il mostro è sconfitto... – coro di "*Buh!*", di versacci e di pollici versi; Majkov ostenta un calice – e i diritti sono... com'è che sono i diritti? – a fomentare l'empito dei commensali come se si trattasse di una folla da piazza – Com'è che sono i diritti?».

Tutti insieme, chi battendo i pugni, chi lanciando le mani in aria urlano: «*Salvi*!», e ancora applausi, e fischi, e mani picchiate a palmi aperti sul tavolo facendo vibrare piatti e bicchieri.

«Anja!».

Nell'esclamare il nome della sua segretaria, Fëdor Michajlovič si affretta a sgretolare il sigaro in una ciotola di metallo e si alza in piedi quasi di scatto. Si ravvia i capelli e si passa i palmi delle mani sui risvolti della giacca a nettarli dei peluzzi di tabacco. La fanciulla se ne sta un po' nell'ombra, oltre lo stipite, intimidita ad aspettare. Ma da quanto? E perché così? Gli occhi di tutti si appuntano su di lei.

«Ma prego, venite! – le dice lui, che avrebbe una gran voglia di raggiungerla ma sa che se lo facesse la metterebbe in imbarazzo, sennonché, nel frenarsi, una cosa spropositata se la lascia scappare – Vi ho tenuto il posto qui, a fianco a me».

Affermazione fuori luogo: non l'aveva affatto invitata. A una riunione simile, poi! Non ci sarebbe stato nessun motivo per coinvolgerla in una rimpatriata tra vecchi compagni di dispute letterarie e di bevute. Per cui, che senso ha questa accoglienza tanto complimentosa da rasentare l'ipocrisia? A meno che, stavolta, il sembiante dell'ipocrisia non sia la maschera della sincerità. Quel posto vuoto a cui si riferisce lo scrittore in effetti c'è, ma nessuno poteva immaginare che fosse stato lasciato vuoto apposta. Eppure, sin da quando sono entrati nella saletta, qualcosa ha spinto Fëdor Michajlovič, inconsapevolmente forse, a fare in modo che almeno una delle due sedie a fianco a lui rimanesse libera, da usarsi, al massimo, per poggiarci qualche soprabito in esubero, ma basta. Sì, forse inconsapevole, ma c'era un'intenzione. E pure l'amico che gli sta a fianco dall'altro lato lo ha irritato non poco quando a tutti i costi ha preteso di stargli vicino. Ma per affetto e ammirazione, non per altro lo ha preteso. L'ex galeotto, in ragione degli anni passati tra le mura di quell'inferno in terra chiamato *carcere di Omsk*, sente, infatti, una colleganza viscerale con lui, tant'è che ha insistito a tenergli il braccio sulla spalla e a serrargli di tanto in tanto la nuca con la dolce intimità di chi sa cosa sia il martirio, come a ripetergli: «Amico caro! Fratello mio!». Bene, pure l'affettuosa invadenza di un'anima gemella come quella di Filippov è parsa a Fëdor Michajlovič intollerabile per il semplice motivo che, così facendo, essa minacciava qualcosa di segretamente covato in una zona recondita della sua coscienza. C'era un'intenzione. Voleva spazio attorno a sé. E la ragione era questa. Era per lei che lo voleva, magari solo fidando nel fatto di averle comunicato con finta disinvoltura che a quell'ora lui lì sarebbe stato, una disinvoltura ribadita almeno un paio di volte, e adesso quel posto, difeso senza alcuna giustificazione apparente, glielo può offrire come in omaggio a un invito trasmesso sotto forma di richiamo.

I compagni di tavolata si sbrigano perciò a recuperare i soprabiti ammonticchiati alla rinfusa che finiranno addirittura in terra data l'impossibilità di sistemarli altrove. Anja capisce che protestare sarebbe sgarbato. Tutti si stanno profondendo per lei, non può. Nell'accomodarsi con la cartella premuta sul grembo si sente terribilmente inadeguata. Tuttavia, nota i fiori poggiati proprio lì, davanti a lei.

«Spogliatevi, almeno» le dice lui quando è già seduta.

«Oh-oh... spogliatevi...».

«Del soprabito, Durov! – lo rintuzza Fëdor Michajlovič, che volentieri gli darebbe uno schiaffo per questa volgarità, poi rivolgendosi a tutti – Volevate conoscere la mia musa?... Eccola. Lei. *Mademoiselle* Anna Grigor'evna Snitkina».

E *Mademoiselle* Snitkina riceve l'affettuoso, sorridente applauso dell'intero convivio.

«Ma certo! – fa Majkov, ricordandosi di averla già vista circa un mese addietro a palazzo Alonkin – La straordinaria copista».

«Di più, Majkov... mille volte di più! – e rivolgendosi a lei per ribadirle in modo ancor più convincente quanto la sua presenza gli sia gradita – Non aspettavamo che voi!».

«Per mangiare!... – si slancia a dire Durov mostrando il calice rovesciato e vuoto – Quanto al bere, *pardon*... ci siamo comportati indegnamente».

Anja, sempre titubante per il suo sentirsi fuori luogo, si sporge verso Fëdor Michajlovič a sussurrargli: «Se prima, però, potessi lasciarvi a casa l'ultimo capitolo trascritto!... Ce l'ho qui».

«Anečka, – replica lui, con lo stesso tono sommesso di modo che gli altri non sentano – preferisco credere che il capitolo da consegnare l'abbiate messo in conto come una scusa per venire e non per andarvene».

Lei arrossisce. È una galanteria da rivolgersi a una vera *Damočka*, questa. Il manierismo della gentilezza le fa cercare il modo per accordarsi allo stesso tenore dialettico.

«Può essere che... – esita, riuscirà a terminare la frase? Sì, ma velocissima – può essere che sia stata una scusa per entrambe le cose» e d'istinto, sia pure stando seduta, fa una specie di piccola reverenza da bimba per stemperare l'azzardo della sua replica che Fëdor Michajlovič accoglie con meraviglia, senza poterle dare, però, alcun seguito.

«Datemi retta, *Mademoiselle*! Non fatevi scandalizzare da questa marmaglia. Se ci si abitua all'odore è fatta! – interviene Filippov, il compagno di colonia penale, non meno fervido che inopportuno, affacciandosi oltre la spalla dell'amico – Un'orda che è tutta parvenza, credetemi».

«Non dubito, *Monsieur*» si sbriga a dire lei, un po' dissonante nel non voler cogliere lo spirito spensierato della battuta.

Filippov, addirittura sopravanzando con un braccio il festeggiato che sta fra lui e la fanciulla: «A maggior ragione, sopportateci. Non siamo così tremendi come sembriamo!».

Ma lei non sa convincersi, tanto più adesso, dopo quanto ha osato dire a proposito del capitolo usato come scusa per presentarsi al ristorante.

«Con la carrozza ci metto un attimo».

«E quindi, – s'affretta a obiettare Fëdor Michajlovič – che vi costerà stare un poco con noi?».

"*Con me*" è ciò che in realtà avrebbe voluto e dovuto dire.

«Se starete ancora un po', vi prometto che torno».

«Se tornerete, vi prometto che aspetto».

Lo scaltro bisticcio di parole è accolto con un reciproco cenno di sorriso.

«*Pardonnez moi*!» fa la ragazza ai signori che le stanno seduti attorno e che sembrano tanto interessati a lei. Questo mentre, senza osare guardarli, lei già cerca di districarsi dalla sedia.

«Mai sia! – esclama compiacente Majkov impedendole di andarsene – Il nostro brindisi sarebbe orfano senza di voi».

«Il nostro *quinto* brindisi! – postilla Durov – Specifichiamo».

Anja indugia. I bicchieri vengono riempiti e distribuiti. Majkov solleva il suo, e appresso a lui, fanno lo stesso tutti gli altri, compreso Dostoevskij. E lei.

«*Santé*!».

Durov, già abbastanza ebbro, se ne esce fuori tempo con un profano e strampalato: «*Ite Missa est*!».

«*Santé*, Durov!... *Santé*!» lo riprende severamente Filippov, che sotto la giubba porta a diretto contatto con la pelle una Croce di legno. Se l'è intagliata da solo quella Croce. In Siberia.

"*Santé!*"e i calici vengono vuotati all'unisono.

Anja, che si è a malapena bagnata le labbra, nel rimettere sul tavolo il bicchiere si produce in un gesto talmente scomposto da versarne l'intero contenuto tra le stoviglie. All'istante, si spande sulla tovaglia una larga chiazza rosso cupo. Un incidente da nulla che, però, dà forma visibile al suo smarrimento.

«Fatemi andare!» esclama alzandosi.

«Ma davvero tornerete?» le domanda Filippov, l'unico che, pur non volendo, abbia colto i tratti più confidenziali del colloquio fra la fanciulla e l'amico. Lei annuisce con aria incerta e scivola via tra la parete e le sedie. Quando ha già superato d'un passo la soglia del *privè*, Fëdor Michajlovič si decide a raggiungerla trattenendola per un gomito che, appena toccato, si affretta a lasciare. Le dice piano, quasi in preghiera: «*Attendez*!... Solo un istante! Meno... meno di un istante».

L'istante passa e ancora non le ha detto nulla. I due stanno nell'ombra, tra la saletta e la sala, in una piccola striscia di spazio che è terra di nessuno. Anja non se ne andrà fin quando non le giungerà un segno di consenso. L'ombra che li avvolge dà la misura di quanto sia denso il blu dei suoi occhi. La pupilla, laddove dovrebbe apparire spenta per mancanza di una buona luce, sembra dilatarsi irradiando con più energia la tinta dell'iride.

Lui si caccia le dita nella tasca del *gilè* e ne prende delle chiavi che le rimette tra le mani.

«Fedosija non c'è, Pavel non so» le dice. Poi, inducendola a non allontanarsi, di fretta va al tavolo, presso il suo posto. Per alcuni secondi è indeciso se prendere l'intero mazzo di fiori che vi è poggiato sopra, ma si trattiene. Sfila solo un aster di color rosa intenso e torna per darglielo. Lei lo accoglie esitante, con evidente disagio. Dalla saletta giunge l'esclamazione smodata di Durov, che si è fatto decisamente inarginabile e sin quasi molesto.

«Ah, vecchio puttaniere!... Li conosci i tuoi trucchi, eh!».

Anja avvampa. Il *vecchio puttaniere*, mortificato per il fatto che lei anche solo per un attimo lo abbia visto sotto la luce di quella battutaccia, abbassa gli occhi.

«Scusateci per lui, *Mademoiselle*!... – è la voce di Majkov, questa – non ha bisogno di bere per dire fesserie».

«Che guardate?» domanda la fanciulla a Fëdor Michajlovič, ignorando il resto.

«Come mai questa cuffia?».

«Sta male?» si preoccupa lei.

«È come, scusate se mi permetto, se aveste combinato due eleganze diverse. Questo bel mantello e questi bei nastri», non osa chiamare nuovamente in causa la cuffia, meglio riferirsi ai nastri.

«Sta male?» insiste lei, ancora più allarmata di prima.

Sì, le sta male. Ma come dirglielo?

«Oh, la mantella certamente no».

«Fa molto freddo» si giustifica la fanciulla arrossendo.

«Ma io adoro questa cuffia, – la tranquillizza Fëdor Michajlovič – credetemi. – e accenna ai boccoli che, uscendo di là sotto, le incorniciano le guance – Mi trasmettono il saluto che mi arriva dalla vostra bella treccia».

Lei sorride, ma non vede l'ora di fuggire di lì, cosa che lui le consente con un lieve cenno del capo. Quanto basta.

Il doppio scampanellio a distanza della porta d'ingresso aperta e richiusa, e la *silhouette* della piccola Anečka sguscia via nel bianco di fuori, oltre i fregi della vetrata.

Nello studio di Fëdor Michajlovič le ante delle finestre sono accostate, ne trapela una luce attutita. Rumori di una serratura, poi di una porta aperta e richiusa. Passi nel vestibolo. Anja si introduce nella penombra dell'ambiente, tremolante per il freddo. Si aspettava un po' di tepore ma la stufa è spenta e addirittura possono vedersi i piccoli sbuffi del fiato che appaiono e scompaiono a singhiozzi. Il gelo di un interno non scaldato può sembrare più invincibile di quello di fuori, anche se minore. Ma Fedosija non ha pensato che tra poco lui sarà di ritorno? La ragazza ne deduce l'unica cosa logica: il padrone le avrà detto che per alcuni giorni non pensa di frequentare quella stanza, che magari vorrà prendersi un breve periodo di volontario distacco dal lavoro considerata l'iperattività da cui proviene, e fare incetta di legna da ardere, oltre che costoso, è faticoso da quando nella casa non si servono più del garzone per la consegna a domicilio, cosa di cui lei stessa si è dovuta occupare compilando alla bisogna un biglietto da inviare al rifornitore. Altri segni attorno le danno conferma di questa valutazione. Quasi è tentata di controllare la temperatura della camera da letto, dove per circa una settimana lei e Fëdor Michajlovič si sono traferiti a scrivere. Ma se anche la trovasse nelle stesse condizioni di qui, che potrebbe mai fare? Depone la cartella sulla scrivania e ne sfila dei fogli che, dopo averli contati e controllati con cura, lascia lì. Vi poggia a fianco il fiore che ha ricevuto in dono. Fa un passo indietro. Osserva quello che resta delle striscioline incollate. È una clessidra del tutto vuota di sabbia quella lunga fettuccia di carta senza più alcun senso. Pensa come vi siano cose che acquisiscono senso solo così, perdendolo. Si toglie il guanto dalla mano destra per passare le punte nude dei polpastrelli su alcuni bordi smarginati. Un paio di quei ritagli che hanno scandito il loro tempo a scadenza li ha strappati lei. Gli ultimi sei lui, con un sol colpo. Si rimette il guanto, si aggiusta la mantella sulle spalle, controlla che le chiavi siano in una delle tasche interne, dopodiché non le sembra che vi sia da fare altro. Sta per riprendere la cartella, ma a questo punto si trattiene e la lascia dov'è. Prima di andarsene raggiunge il centro della stanza con le mani libere. Fa in modo di collocarsi con la massima precisione possibile *più o meno* dove erano stati sistemati per lei un tavolino di lavoro e una seggiola dalla fodera scolorita. Il corpo anticipa il pensiero con la memoria fisica dello schienale elastico e piacevole. Le farebbe parecchio comodo nella sua cameretta quella seggiola, non ne ha mai trovata una capace di accudirla tanto bene durante le ore di lavoro. Si merita un suo piccolo grazie. Anche l'appendiabiti non c'è più, né le tazze sul tripode col *samovàr*, il che la fa sorridere. Non ha mai capito bene il ruolo di quel *samovàr*. Quando lo vide la prima volta le sembrò in disuso per poi scoprire che non lo era affatto. E adesso? In fin dei conti ne è gratificata. Quegli oggetti l'hanno fedelmente servita per quasi un mese, possono ben dire a pieno di titolo di aver partecipato alla sua peripezia di giovane stenografa al suo primo impiego. Da segretaria di Dostoevskij. Un buon inizio. Pregusta i vari modi attraverso cui potrà vantarsene senza darlo a vedere.

Di quanti centri è fitta la terra! Ora lei ne abita uno. A dirglielo non sono i ricordi, ma flussi di frasi. Un tumulto di voci. Quella di lui che diventa quella di molti. Tutte voci che la urtano, la spingono, la attraversano e che si dissipano lasciandola illesa. Come una carrozza che giunga di lontano al gran galoppo: la senti avvicinarsi con un rimbombo tale che pure a tenerti di molto all'interno della strada tu pensi che con un simile fragore non potrà che travolgerti... ma eccola, arriva, il suolo ne è scosso, ti rasenta, ti supera e via!... Il rullio degli zoccoli sfuma col diradarsi della nuvola di polvere che si lascia appresso... poi però ne arriva un'altra... e poi un'altra ancora!... Tutte che sfrecciano, e via!... Così le voci. E con esse la storia e i suoi personaggi. Così il racconto, compiuto nella sua interezza... la rasenta e via!... L'ultimo *gulden*. Quanto è prezioso l'ultimo *gulden*! Da ciò che sta per finire si può cavare qualcosa che inizia.

Anja si accosta alla finestra. Ha solo la fessura tra le due ante per scrutare fuori il solito panorama. Solito, ma cangiante. Guardare con insistenza la stessa cosa una seconda e una terza volta significa far sì che cambi. È una responsabilità guardare il mondo, poiché questo implica il descriverlo, e dunque il raccontarlo. E nel racconto il mondo prende la sua forma, *e lì sta*.

La segretaria di Dostoevskij si sofferma a guardare come meglio può ciò che da anni vede Dostoevskij: quel paesaggio che è per lui un calamaio in cui intingere quotidianamente la penna. Lei insuperbisce pensando: «Quest'occhiata la sto dando a nome suo» e si concentra sulla piazzetta che si scorge a sinistra presso l'angolo tra Vicolo Stoljarnj e Malaja Meščanskaja di cui, nel suo andare e venire, lei ha spesso fatto parte. Creaturina, anch'ella, immersa ogni tanto nel calamaio.

Dei bimbi vestiti di stracci raccattano rimasugli di cibo per terra e vorrebbero rubarselo a vicenda. Qualche negozietto sta già chiudendo. Strano, è ancora presto. Il balenio di una figura umana simile a quello di una fiammella riflessa nel vetro la fa voltare. Seduto dietro la scrivania, al posto di Fëdor Michajlovič, c'è qualcuno. Ne intuisce la risata stampata sulla faccia, senza suono. In quel ghigno c'è un punto nero da cui la ragazza riconosce il volto prima ancora di distinguerlo nell'oscurità. È quello di Pavel Aleksandrovič. La cauzione è stata pagata. Eccolo. Scamiciato e coi capelli in disordine. La condensa da cui è avvolto in un fiotto improvviso è talmente consistente da farle immaginare che stia fumando. Il ragazzo solleva le sopracciglia ed esibisce i palmi delle mani a confermare che non c'è nulla da sorprendersi, è proprio lui. Anja mostra di tranquillizzarsi per ciò che in realtà la inquieta.

«Sempre nell'ombra, voi!».

Pavel Aleksandrovič le risponde con voce stridente, e soprattutto senza nessuna remora a mostrare la propria zanna, anzi!

«Sarà, forse, che qualcuno mi ci tiene».

«Vostro padre vi ama».

«Mio padre non è mio padre».

«Se lo fosse non potrebbe fare di più».

Quello reagisce con un'espressione di esorbitante meraviglia.

«E questo, tanto per capire, sarebbe un merito?».

«Si preoccupa per voi come il migliore di genitori».

«Ma che bel pensierino! Innovativo».

«In caserma si è fatto umiliare per proteggervi!».

«Parliamone!».

«Di cosa?» reagisce lei, quasi gridando.

«Le sembra pensabile farsi proteggere da un padre che si fa umiliare?».

«Voi non lo vedevate in faccia, io sì!».

«Ah, mi immagino che spettacolo!».

«Sì, enorme. Siatene degno!».

«E lei, *Madame*?... Farà altrettanto? – Anja non capisce, cosa che lui si aspettava – Si preoccuperà per me come la migliore delle madri?».

«Non dite stupidaggini!».

Risoluta, si avvia per uscire, ma Pavel Aleksandrovič, con la velocità d'un gatto, va a tagliarle la strada per ringhiarle contro.

«Come la migliore delle madri, Anečka?» e affonda le mani a rovistarle tra le stoffe del mantello nuovo, ma l'ingombro è tanto e il suo gesto è frustrato, incline dunque a partorirne altri ben più furiosi.

«Fatemi andare!» strilla lei che per sottrarsi è costretta a tornare al centro della stanza dove viene investita da una rabbia cieca, esalata da denti malati, tra cui uno di ferro.

«Donnetta! Patetica donnetta!... Sei venuta a fare le prove per cosa? Per diventare una brava dama di compagnia?... Avevi la tua vita e l'hai mandata al diavolo! *Perché?*».

Anja, da dove sta, gli urla: «Di che parlate? Fatemi andare!».

«Del tuo Sergej, parlo!... Non era abbastanza?».

«Ma che ne sapete voi? Fatemi andare!».

«Tutto so! Anche perché sei qui!... – picchiandosi il pugno contro la fronte – Perché hai testa! L'ho capito sin da quando ti ho vista entrare la prima volta usando le chiavi. Da padrona, come adesso!».

Patetico è difendersi in assenza di qualsiasi colpa, ma lei lo fa lo stesso, senza immaginare sino a che punto l'innocenza possa essere di per sé una colpa, e tanto più lo è il volersi difendere a tutti i costi. Se si capisce questo, tutto torna.

«Me le ha date solo ora che ci siamo visti perché potessi riportare...» ma cercare di spiegarsi, in un frangente simile, lì, in quello studio, con lui, è mettersi in scacco, diminuirsi, farsi mangiare le parole, la voce, ficcarsi dritta nelle fauci del mondo laddove il mondo, in un dato momento e in un dato punto di sé, ha stabilito di sbranarla.

«Ah, questo sì che significa avere testa!... Te le ha date solo *ora*! – con un riso torvo, di chi mastica e rumina – E l'altra volta, invece?... Solo *allora*?».

«Quando?... Ah!... Ma fu Fedosija il primo giorno che mi disse che stava per uscire e che se intanto volevo...».

Non hai capito, non hai capito, Anečka! Sei nel palato del Leviatano che prima di ingoiarti ti vuole assaporare per bene passandoti con la lingua da una parte all'altra, tra denti e gengive. Ma per te è peggio. Sei tra le fauci di un Leviatano smarrito e straziato, di un lupo bastardo, *scabbioso*, famelico, che ha la gola stretta come la cruna di un ago. Per ingollarti dovrà triturarti a dovere, o la sua fame rimarrà per sempre inappagata.

Pavel, pallido come un aspirante suicida, applaude con enfasi da istrione. Smetterà di farlo solo per dimenarsi esagitato, per puntarle il dito contro, e poi per cominciare a toccarsi.

«Pure le sue serve al tuo servizio! Ma che brava! Ma che brava!... – applaude – Sin da subito!... La padroncina degli stracci!... – e applaude – La sua miseria ti piace, vero?... Be', pure a me!... E la sua messa a rischio?... Ti piace la sua messa a rischio, ogni ora del giorno di ogni santo giorno? Pure a me!... Con la differenza che io so cosa sia, tu no! La messa a rischio che può spedirti in galera. O, perché no, sulla forca! – Si porta un dito all'orecchio – capisci? Intendi?... Per te cos'è? Pettegolezzo! Prurito!... Lo vedi che sei una donnetta! Lo vedi!... Non mi interessa quello che sei venuta a periziare, a me interessa questo! E tu vuoi anche questo!... Le sue idee che ha spinto a forza nelle mie, pure quelle!... Combatto contro di lui e che succede? Che mi trovo legato e picchiato e riempito di sputi in una stazione di polizia per quello che ha pensato *lui*!... Urlo che non voglio la sua testa, non la voglio nella mia, e invece mi parlano come se fossi *lui*, e lo chiamano a rendere conto di quel che penso io, perché dicono che è roba sua!... Anche per questo, brava!, – applaude ancora – tu vieni e metti in ordine! Ramazzi, sistemi... che tutte le cose stiano per bene al posto giusto. – applaude – La signorina dell'etichetta!... Con la tua bella gonnellina da mensa dei poveri, coi tuoi grembiulini, con la tua cartellina! – puntandole le dita contro come fossero pistole – Fammelo odiare! Fammelo odiare!.... Che ne sai tu? È quello che vuole!... Oh, certo!... Ci si fa una gran bella figura a essere quella che passa attraverso la vita a mani giunte, vero?... A mani giunte e a gambe aperte! E cos'altro vuoi venirti a prendere di mio? Tutto all'asta! Tutto all'asta!... Cos'altro?... Ce l'hai un padre tu? No, nemmeno ce l'hai!... Be', io sì, e me lo lasci!.... Fammelo odiare e ci farai stare bene a tutti e due!... Non me lo togli!... Donnetta da quattro soldi, santarellina idiota... ma che ti credi?... Che uno ti vede e davvero pensa che sei come ti vede?... Che non si immagina! Che non lo sa!... Davvero credi che se ti spogli non sei nuda pure tu, che non sudi, non puzzi, non fremi, con tutto all'aria, davanti e di dietro? Che se uno vuole non ci mette mica molto a immaginarti così, davanti e di dietro!... Ti conviene pensarci, e non ci provare!... Per poco che sia non me lo togli!... Quell'idiota!... Ha la mia testa, quello! Se a me tocca la sua, vorrà dire che lui ha la mia!... Ti diverte l'idea?... Mi vuoi? Mi vuoi?... Dubito! E allora?... Idiota!... Farsi abbindolare da una ragazzetta che ancora puzza di latte! – si tocca tra le gambe e lancia stride acute come una bestia al macello – Ma c'è una cosa!... C'è una cosa che non sai!... C'è che a me piace, piace, piace la puzza di latte!... Mi piace moltissimo la puzza di latte!» e facendo guizzare la lingua sino a bagnarsi la punta del naso inizia a massaggiarsi con forza.

«Ma che state facendo?».

Pavel Aleksandrovič si slaccia i pantaloni quasi a strapparne le cuciture.

«È casa mia! Quello che mi pare!».

Si stringe con ferocia il membro tra le mani. Anja, in preda a un conato, come spinta da una potente botta alla schiena, va a schiacciare tempia e guancia contro il vetro della finestra. Alle sue spalle si odono i gemiti del ragazzo che si masturba. Lei è stritolata dalla morsa della violenza che le viene imposta. Singhiozza concentrando lo sguardo fuori, su due cani che razzolano tra scarti di verdura. Quasi ne sente gli uggiolii e le zampe che raspano. Ne fiuta l'odore acido del pelo. Nella sua immaginazione si introduce il randagio col fianco lacerato che l'altro giorno non avrebbe mai dovuto trovarsi davanti al portone del palazzo. Quel randagio ha a che fare con suo padre, ma non può pensare a suo padre adesso, raggiunta com'è da quei gemiti, da quello che sta avvenendo alle sue spalle solo perché le è capitato di essere lì. Poche cose si muovono nella piazza su cui la luce pomeridiana già adombra la sera. Vede una sciabola tirata via da uno sgabello su una veranda di legno. Non serve. Vede un pezzente intascare i soldi che ha raggranellato nel berretto. Non serve. Vede l'ipnotizzatore in marsina che sta chiudendo col chiavistello la porta della sua baracca. Non serve. Vede cose che le rilanciano addosso la visione di cose che non intendono essere guardate. Cose che non vogliono intromettersi con quanto le sta capitando. Infine, un rantolo sordo seguito dagli ansimi di un corpo che si accascia. La ragazza, tremante, si volta e vede Pavel Aleksandrovič bocconi con la fronte sul pavimento. Sembra morto. Per andar via sarà indispensabile scavalcarlo. Una cosa tanto orrenda che, se vista o raccontata, si fa ridicola. Basta figurarsi la sequenza dei gesti: lei che solleva con le dita a pinza l'orlo del mantello e prima un piede, poi l'altro, passa da qui a là, magari chiedendo permesso. No, troppo ridicola per poter avvenire, e infatti non avviene.

Appena Anja accenna a un primo passo verso la porta, il corpo di Pavel Aleksandrovič si raggruma tutto e subito poi si estende e si raggruma daccapo iniziando a traslare di lato senza staccare nessuna parte di sé dal pavimento. Giusto un contorsionista provetto potrebbe fare così. O un rettile. Ora il varco è libero, e lui di nuovo fermo. Anja vede strisce d'umido sull'assito di legno. Pavel Aleksandrovič si accorge di lei che ha gli occhi fissi su quella lordura, e allora, incassando la testa nel petto, mugola, non si capisce se di scherno o di vergogna, e al momento in cui la fanciulla gli sta più vicino, la blocca afferrandola a una caviglia.

«Piccola pazza... – le dice con voce impastata – è questo il mondo dove stai entrando... – solleva uno sguardo tristissimo a fissarla da sotto in su – Ti piace?... Benvenuta».

## *Come Amleto*

La cartella l'ha lasciata lì. Ne ha la percezione quando ha già percorso un bel tratto di strada, che è stata tanta, e fatta tutta a piedi. Le mani le ha usate entrambe per tenersi ben stretta sotto al mento i bordi della mantella nuova. Non le accade mai di poterle usare tutt'e due così, per proteggersi dal freddo. Di norma, la cartella sotto il braccio glielo impedisce. Camminando il più veloce possibile, e tutta concentrata su questo suo affrettarsi, ne ha sentito la mancanza per una sorta di automatismo mentale sovrastato da una tempesta emotiva frastornante. Solo adesso, mentre se ne sta discosta dietro lo spigolo di un palazzo da cui può controllare l'uscita del *Caffè Wulf & Beranger*, si sofferma a considerare di averla davvero dimenticata. In questo lasso di tempo ha la giusta quiete per ricordare con chiarezza il come e il dove. Certo! L'ha lasciata nello studio, sulla scrivania, quando ha tirato fuori i fogli su cui ha ricopiato l'ultimo capitolo con devozione infinita. Ricorda di non averla poi recuperata subito a bella posta per quella breve dilazione che ha voluto concedersi prima di andar via, quando ha raggiunto il centro della stanza desiderosa di compenetrarsi appieno con quella porzione di spazio destinata a rimanere uno dei luoghi fatali della sua vita. E appositamente a mani libere. Dopodiché, la fuga non le ha concesso il lusso della minima riflessione. L'unico pensiero a un certo punto è stato quello di correre e basta. Però se lo rimprovera. È stata brava ma vile. Tanto da non immaginarsi alcuna alternativa a quella fuga immediata. Quasi si auspica una seconda messa alla prova in cui dimostrarsi capace di portare in salvo non solo sé stessa, ma anche ciò che le è caro.

Ha lasciato la sua cartella alla mercé di Pavel Aleksandrovič, e anche l'ultimo capitolo. Per un istante teme il peggio e la manca il fiato, poi ragiona. No, non è così grave. A casa c'è sempre il suo quaderno dove comunque è scritto tutto, non c'è pericolo. Se necessario, ha l'intera notte a disposizione per ricopiare quel capitolo altre dieci, venti volte.

Da quando la luce del sole è declinata il buio non si decide a sopravvenire. È la perennità dell'ora pomeridiana. Un'altra cosa la punge: una parola data che deve mantenere. Già per quell'ora dovrebbe essere altrove e invece è lì. Ha promesso a Sergej che l'avrebbe raggiunto e non ha mai dubitato di riuscire a farlo. In effetti, per come aveva organizzato la sua giornata tutto avrebbe dovuto procedere senza impedimenti. Ancora adesso, se si presentasse all'appuntamento nel giro di poco, sarebbe puntuale e non le si potrebbe rimproverare nulla, ma già tra alcuni minuti il suo ritardo inizierà a maturare e qualsiasi cosa farà nel frattempo una parte di sé ne soffrirà. Fare tardi la distrugge. Se solo lo scorrere dell'orologio si adeguasse a questo cielo che non dà seguito all'imbrunire! A questo cielo immobile pitturato da un livore intermedio che ha il sapore di un'opportunità sprecata! Come se il tempo stesso, fattosi generoso, le dicesse: «Io ti aspetto, ma non all'infinito». Sino a circa un'ora fa, quando ha deciso di venire qui, dove è tornata adesso, questa scansione del pomeriggio lei ha saputo governarla minuto per minuto, tutto procedeva secondo i calcoli, poi l'allerta si è come interrotta e non c'è stato più controllo. Le ragioni dell'ansia le tornano in mente adesso tutte assieme. La neve appiattita lungo i bordi delle strade ha perso i suoi riflessi cristallini e sa di poltiglia. Anja ricorda di essere scivolata due volte mentre correva. Si sta quasi assopendo un po' tramortita dentro questi pensieri in cui la realtà le ritorna a stralci rendendole presente ora quanto è avvenuto prima.

Un cicalio distante. Lei si riscuote e si sporge da oltre lo spigolo. Vede la brigata dei commensali rifluire sulla strada. Ecco quello che parlava tanto, Majkov... e lì il tipo volgare, che lei non sa come si chiami, e quell'altro più giovane, abbastanza grazioso... sì, sono loro. Solo in un secondo tempo realizza che al centro dell'attenzione, omaggiata da tutti quegli uomini, c'è la Vassil'evna, probabilmente giunta sul finire del pranzo. La donna ha tra le braccia il fascio di fiori che stava sul tavolo. Fëdor Michajlovič, però, non fa parte del gruppo. Che se ne sia andato prima degli altri?... Ma no, ha detto che l'avrebbe aspettata.

Nel locale, i pochi clienti rimasti stanno consumando i loro caffè mentre i camerieri sono impegnati più a rassettare che a servire. Lei attraversa la sala principale salutata con un contegnoso cenno del capo dal *maître* che vorrebbe chiederle ragione del suo ingresso ma lei, andando, gli fa capire di essere indirizzata verso il *privè*, e il fatto che lui annuisca compassato è un buon segno: se nella saletta non fosse rimasto nessuno, quello, di sicuro, si sarebbe premurato di farglielo presente. Anja non entra difilata ma rallenta il passo prima della soglia, che, per metà, è stata occlusa da un paravento di stoffa rossa a cui non dà importanza. Anche in questo caso, se il *maître* non l'ha fermata vuol dire che non ha avuto mandato di impedire intromissioni, e perciò la ragazza si mostra senza riserve in quel tratto d'uscio che consente il passaggio. Dostoevskij è seduto presso la grande tavola ingombra di piatti sporchi e di tovaglioli ammassati. Fuma un sigaro lungo e ritorto. Filippov gli si sta rivolgendo con aria confidenziale quando, accorgendosi di lei, ammutolisce, fa un segno all'amico e si avvia verso l'uscita. Nel passarle davanti le rivolge un saluto non privo di imbarazzo. Lei si siede al posto che si trova più a portata di mano. Fëdor Michajlovič preferisce fissare il palpito del tabacco che brucia rosseggiando sotto una piccola coltre di cenere.

«Speravo che vi fermaste» le dice.

«Stare con tutti m'imbarazzava».

«A me, invece, inorgogliva».

Anja tace. Lui solleva uno sguardo mite e sincero. La scopre seduta presso il punto del tavolo più distante da lui. Scaccia d'attorno a sé il fumo con una mano e fa per frantumare nella scodellina di metallo il sigaro acceso da poco.

«Fumate pure. – consente lei – Di lì non mi dà fastidio».

Ci sarebbe da ridere. L'aria, nella saletta, è una compatta nuvola di fumo.

«E la vostra tosse?» le domanda lui.

«Se comincerà non potrò nasconderla».

«Le due cose che non si possono nascondere: il genio e la tosse. Così si dice. – Fëdor Michajlovič è senz'altro felice che sia tornata, ma ora gli tocca la sovrumana impresa di comprenderne la ragione – Cos'è? Vi dispiace che io sia orgoglioso di potervi mostrare agli amici?».

«Mi lusinga, ma non ne vedo la ragione».

«Del mio orgoglio? – lei annuisce con una breve scossa del capo – Far sapere che ci siete, che esistete».

«E a loro perché dovrebbe interessare il fatto che io esista?».

«Perché è un fatto che interessa me».

«Siete gentile, ma continuo a non capire il motivo del vostro interesse».

Rispondendole, lui riprende a fissare concentrato la punta ardente del suo sigaro.

«Finalmente, mi sono detto... una persona... – con un cenno della mano le chiede il tempo di fargli trovare la parola giusta – ... capace... acuta... – in risposta a uno sguardo interrogativo della ragazza – sì, sì, siete molto acuta e lo sapete... ma non è questo. Una persona... che si distingue, notevole. – a chiuderla – finalmente una persona importante, questo mi sono detto».

«Io?».

«Tranne quando fate troppo la modesta».

«Ogni volta che mi sono provata a non esserlo vi siete infuriato».

Di nuovo guardandola: «Ad esempio?».

«Ad esempio, se volevo dire la mia».

«Sciocca che siete!... Era sempre con me che m'infuriavo. Non c'è stata una sola volta che non vi abbia dato ascolto».

Lei non si mostra ritrosa nel sentirsi dire così, c'è un'ombra di superbia nel suo tacere, per poi domandargli altro.

«Quando lo consegnerete?».

«Oh... c'è tutto il tempo».

«Non aspettate troppo. E fatemi sapere. Ah... salendo per lasciarvi l'ultima parte mi è sembrato che ci fosse qualcuno in casa. Non vorrei che le carte venissero spostate da dove le ho messe».

«Nello studio, in mia assenza, non si azzarda a entrare mai nessuno» sentenzia Fëdor Michajlovič con certezza lapidaria.

«Sì, ma forse, dato che mi è sembrato fosse molto freddo, può essere che per accendere la stufa, magari...».

«È fuori discussione. Lì non entra nessuno nemmeno per accendere la stufa quando non ci sono. Per questo vi sarà parso freddo. Penserò io ad accendere quando rientrerò».

Anja sa che non può dirgli tutto ma lestamente considera l'ipotesi invece di farlo, sì: di dirgli proprio tutto. Ha urgente bisogno di sapere se la prossima notte dovrà passarla a ricopiare daccapo oppure no.

«Io comunque sono un po' preoccupata. È la prima volta che un capitolo trascritto non lo lascio direttamente a voi nelle vostre mani. Forse avrei dovuto farmi dire come archiviarlo, ma di questo non mi sono mai interessata, di altre cose sì, ma delle varie sezioni del romanzo, no. Siete sempre stato voi che, volendolo rileggere da solo, dopo che me ne andavo...».

«Dove l'avete messo? Sulla mia scrivania? – lei fa di sì – Ve l'ho detto e ripetuto, state tranquilla. Quella scrivania è il punto più vietato della stanza più vietata».

La fanciulla lo guarda con un'espressione compassionevole che nessuno, ignorando la verità, potrebbe decifrare. Sa cose su di lui che lui non sa, il che la sconcerta. Si interroga su quale sia la maniera migliore per proteggerlo.

«Tuttavia, sarò a casa questa sera. Forse... ma non ne sono sicura, questo è un pensiero che mi è venuto dopo, mentre vi stavo raggiungendo... forse, ma temo di sì, può essere che vi sia un passaggio in cui qualche parola, per come l'ho scritta, non si capisca perfettamente».

«Mai successo» dice lui, che non stenta a crederle ma stenta a capirla, e per di più irritato da un argomento che giudica irrilevante.

«Così, un mio scrupolo. Proprio adesso che siamo alla fine, penso... facciamo in modo che sia tutto perfetto».

«Oh, lo sarà».

«Sì, lo so, ma controllate al più presto, ve lo chiedo come un favore personale. Se necessario, mi ci vuole nulla a preparare un'altra copia».

«Perché siete tornata? – la domanda è improvvisa ma lui se la sta ponendo da quando lei è apparsa come un'icona tra lo stipite e il paravento. – E non ditemi per questo scrupolo, visto che, parole vostre, lo avete avuto quando già stavate venendo qui».

Lei si alza e gli va vicino.

«Dovevo ridarvi queste» e poggia il mazzo di chiavi sul tavolo, di fianco al posacenere. Fëdor Michajlovič ne approfitta per abbassare la sua mano su quella di lei e, con delicatezza, le increspa il bordo del guanto sino a scoprire l'alone della cicatrice.

«Sapevo che vi eravate scottata. L'ho capito il primo giorno che non avete voluto sfilarvi i guanti e mi avete parlato di dolori dovuti non so a cosa, al freddo, mi pare. Sì, artrite. – scrollando il capo – Anečka, fanciulla cara, ma questa è roba da vecchi. Li conosco certi dolori, sono diversi. Ancora mi ricordo bene quando ho rischiato di versarvi un po' di tè addosso... siete impallidita per lo spavento e, Dio mio, avete fatto un tale scatto all'indietro che non ho avuto dubbi. – lei si scansa, sistemandosi il guanto – Amo dedurre, lo sapete, e in genere non mi sbaglio. Avete fissato quelle gocce di tè bollente come il vostro incubo. "*Si è bruciata*", me lo sono detto subito. E vedevo come soffrivate. Eppure, ho accettato il vostro sacrificio senza dire nulla. Dovevo farvi capire per forza di non aver capito, perché se ve l'avessi fatto capire avrei dovuto poi fingere un'altra cosa, più patetica ancora. Avrei dovuto far finta di convincervi a riposarvi, e io lo so voi cosa avreste fatto, avreste detto di no, che non ci pensavate proprio, e io allora, fingendo di rammaricarmi per la vostra testardaggine, vi avrei risposto allargando le braccia sconsolato: "*Come volete*". E dopo questa bella recita avremmo ripreso a lavorare, non dico di no, ma non sarebbe stato come prima. Avrei dovuto farvi riposare un po' più spesso, preoccuparmi di continuo... state bene, state male. Non potevo consentirmelo. Così non vi ho detto nulla. Sono imperdonabile» e si china a baciare quel dorso piagato.

«Mi avrete visto stanca, ma non sofferente, Fëdor Michajlovič».

«Giusta considerazione. Ci si ricorda più della fatica che del dolore».

«Forse dipende dai caratteri».

«D'accordo. – fa lui accettando la via della cedevolezza – E poiché il vostro carattere mi consente uno sguardo sulle cose che io da solo non riesco ad avere, è proprio per questo che... – guarda altrove per trovare e poi scandire le parole che dice – ... che è fondamentale il vostro essere adesso qui. – nota con piacere che il sigaro nel posacenere è ancora acceso, si ripromette a breve di tirare una robusta boccata – Cara amica... ci tenevo a dirvi che avrei bisogno... assolutamente bisogno di confrontarmi con voi circa... un certo affare, ecco».

«Non ho molto tempo, ma...».

Lui la sopraffà con un gesto imperioso che già basta a tacitarla.

«Ascoltatemi!... Ci metto niente. Se me lo fate fare di slancio, un minuto e siete libera. – Si passa il taglio interno di una mano lungo le labbra, che siano pronte al meglio per quanto dovranno dire – Anečka... per questo vi ho aspettata. Si tratta di una questione che... – a diminuire la gravità di quel che prova, come se si trattasse di un piccolo impiccio domestico – mi tiene molto sulle spine».

«E appunto, se potessimo con più calma...».

«No! Vi ho detto di no!... Non si può con calma, si può solo adesso. Già domani sarebbe inutile. E non avrei... non avrei neanche più le parole per dirvelo. Avete visto, no, certe fantasie come funzionano? Ore e ore insieme a scrivere, l'avete sperimentato! – lei tende le labbra a segnalare giocosamente tutta la sopportazione che ci è voluta – Appunto, lo sapete!... Vanno, *zac*... trafitte con un colpo di spillo nell'attimo in cui si poggiano sul muro. O in quell'attimo, o addio!».

«E se non fossi tornata?».

«Che domanda!... Non avrei avuto modo di dirvi quanto invece, tornando, mi date la possibilità di fare. Festa a parte, sarebbe stata una pessima giornata».

Le vorrebbe stringere la mano come già altre volte è stato sul punto di fare trattenendosi solo all'ultimo, giacché sapeva di quella bruciatura, lo sapeva benissimo, e forse anche lei sapeva il perché di quel suo trattenersi, come d'altronde si trattiene adesso, ma il tono della voce ha comunque l'impeto che avrebbe avuto quella stretta mancata.

«Vi prego!... Non fatemi credere che con voi sia possibile solo un rapporto professionale. Se volete, per carità, sarà così, ma non voglio crederlo e voi non fatemelo credere!».

Queste ultime parole... "rapporto professionale"... a lei non sono per niente piaciute, ma è chiaro che non se ne andrà. E forse proprio perché non le sono piaciute queste ultime parole. Fëdor Michajlovič può fare ciò che si era ripromesso. Quale che sia la posta in gioco, Anja sta lì, ma va convinta. Lui stringe e allenta i pugni. Si è buttato nell'arena e ha ottenuto qualcosa. Anzi, molto. Ancora da convincere, ma lei sta lì. L'Altissimo, come dicono gli ebrei, lo ha punito esaudendo il suo desiderio, ora deve convincere sé stesso, ma in fretta. Si alza alla ricerca di un difficile equilibrio.

«Di cosa si tratta?» gli domanda la ragazza.

«Come Amleto!» mormora tra sé Fëdor Michajlovič. Recitare per smascherare il vero. *Come Amleto*, che scrive un dramma in cui racconta la morte di suo padre perché venga recitato davanti al suo assassino e scrutare l'effetto che ne deriva. Se la colpa è un sentimento, la formula potrà essere usata per sondare anche altrove nei sottofondi dell'anima. Ma certo!

Il piano si disegna compiuto nella sua testa con pochi tratti risolutivi.

«Di un consiglio si tratta. – inizia a dire lui dominando l'ardore che gli va crescendo dentro come sempre gli avviene all'atto dell'invenzione – Di un semplice consiglio a proposito del prossimo romanzo che vorrei scrivere. – Anja non replica e ascolta aguzzando lo sguardo – La trama è semplice, ma temo di travisarne il senso. Oh, insomma... – e vorrebbe avviare il suo consueto su e giù di quando le detta, ma qui è davvero difficile ingabbiato com'è tra il tavolo e le sedie, però ci prova lo stesso, anche urtando a destra e a sinistra, quel che importa è l'effetto di sfogo che gli è necessario per dare ritmo al suo dire – diciamo che la trama, in poche parole, parla di un maturo pittore innamorato della sua modella. Ragazza giovane, ovviamente. Ora, lui sa... cioè, sente che lei lo apprezza, tuttavia si domanda, *lui* si domanda, se sia più forte l'ammirazione che lei prova per il suo... talento, non diciamo genio... talento, o per ciò che egli veramente è. Ma mi seguite?».

«Il pittore ama la modella, e dunque?».

«E dunque... il mio protagonista non riesce a distinguere tra il bisogno di creare e quello di amare. Per lui è un tutt'uno. Una cosa si trasfonde nell'altra. E più procede col dipinto, più capisce che nulla gli sarebbe possibile se... lei... se... – e cerca un nome... lo trova – Aglaja... se Aglaja non fosse lì».

«Aglaja?» ripete Anja con accento smorto.

«La modella, sì. Dio mio, sto facendo una gran confusione!».

«No... – replica lei, raggelata, distante – niente affatto».

«Sì, invece!... – e riprendendo ad agitarsi – Intendevo... che lui sente necessaria non tanto la presenza di quel corpo che gli consente il ritratto, ma di qualcos'altro. Si sente avvinto da un'affinità, ecco! È questa affinità all'origine della sua ispirazione. Mi immagino a un certo punto il personaggio di un amico che gli dica, ma sono solo appunti... "*Tanto meglio! Fanne il tuo capolavoro!*" "*No!*", grida lui, "*Sarebbe il mio ultimo quadro, e poi? Di che vivrei?... Lei se ne andrebbe e a me resterebbe una spoglia. Un guscio vuoto. Fosse anche un capolavoro, sarebbe un capolavoro che ogni volta, a guardarlo, mi ribadirebbe la sua assenza. Dunque, servirebbe solo a confermarmi tutto ciò che non potrò mai più fare! Mi capisci? Mi capisci?*" – a lei – Mi capite, Anečka?... La questione adesso è... se una volta terminato il tempo delle pose lui, il mio protagonista, sempreché la vera protagonista non sia lei, riuscisse a dichiararsi... secondo voi, ditemi... – si morde le labbra, esita – avrebbe qualche possibilità di essere accettato?... Ce l'avrebbe secondo voi?».

Segue un silenzio. La ragazza fatica a guardarlo.

«Ritengo di sì».

Fëdor Michajlovič le va incontro quasi di slancio, come avendo a disposizione uno spazio che non ha; lo spigolo di una sedia gli si impunta in un fianco mentre l'altro spinge di buoni venti centimetri di lato la grossa tavola producendo un raschio raggricciante che lacera le orecchie, ma la sua perorazione non si cura di nulla, va al di là di tutto, è incontenibile.

«Pensateci bene!... La vostra risposta, Anja, è cruciale. Tante volte avete già dimostrato di sapermi consigliare nel modo migliore, e tutte le volte, *tutte le volte* vi ho ascoltato. – a mani giunte – Ora più che mai ve lo chiedo. Consigliatemi nel modo migliore!».

«Appunto. È quel che conto di fare anche adesso. Ve lo ripeto, ritengo di sì».

«Ma che potrà mai darle... a lei, a una donna nel fiore degli anni, un uomo... non più giovane... pieno di debiti?... Non vi sembrerebbe la richiesta di un sacrificio esagerato?».

Lei, con estrema freddezza: «Se la ragazza ha buon cuore, cosa importa?».

«Buon cuore?... Ma questa sarebbe della carità!».

«Non direi. Purché lo ami, la vostra Aglaja sarà felice della sua proposta».

Più delle parole, vale il tono: rassegnato, senza il minimo calore. Un tono impossibile da contraddire. Un tono convinto, ma non nel senso desiderato da lui, che torna a sedere disorientato. Infelice. Prova a recuperare il sigaro, che nel frattempo si è spento. Lo fa oscillare tra le dita.

«Già, purché lo ami. Capisco».

«Non saprei cos'altro dirvi. – dice lei alzandosi – Mi auguro che questo possa aiutarvi a prendere la decisione più giusta».

Lui annuisce, ma ha l'espressione di uno sconfitto. Come lei, d'altronde, che si allontana senza esitazioni.

*Aquila non captat muscas*

Anche l'ordine può contenere il caos, e nulla monumentalizza l'ordine più del Palazzo di Giustizia di Pietroburgo coi suoi finestroni in sequenza da cui non un bisbiglio potrebbe mai trapelare fuori a riferire qualcosa di ciò che avviene all'interno. Geometria pura. Un'altra forma di caos possibile, giacché può essere caos anche un insieme di linee che si intersecano, tutte a perpendicolo, su una parete gialla, vastissima, sterminata. Come se a destra e a sinistra, di sopra e di sotto, quella superficie sconfinasse in altrettanti eccetera eccetera.

La porta d'ingresso, in rapporto alla facciata, è minuscola. Già di per sé burocratica. Più sportello che porta. Ai lati dell'ingresso, due alti lampioni a gas. Ai lati dei lampioni, due abeti gravati dalla neve.

La voce che risuona nell'aula 16 del terzo piano è quella limpida e asseverativa di un giovane che sta chiamando a raccolta secoli di giurisprudenza a sostegno delle sue ragioni.

«... Poiché nei 48 volumi compilati da Speranskij, in quella che è la *summa* cronologica delle nostre tradizioni tradotte in Leggi, un caso del genere possiamo dire che, per affinità di argomentazioni, sia già più volte contemplato. E, ogni volta, in forma tale da ribadire la nostra tesi. Certo, *est modus in rebus*!».

Sergej, ammantato di nero, col ciuffo altrettanto scuro che sobbalza al ritmo della *consecutio*, sta concludendo la sua arringa dinanzi a uno sparuto uditorio. Di fronte a sé, un tavolo sommerso di fascicoli. C'è chi segue la sua esibizione con un coinvolgimento particolare. Nello specifico, il riferimento è a una signora in tenuta di gala, con pendenti d'argento e coroncina di brillantini infilata nel grigio chiaro dei capelli. Una *mise* decisamente più idonea a una serata all'opera che a un'udienza pomeridiana (è sin dall'alba che il tribunale funziona a pieno regime), ma c'è una spiegazione che in parte giustifica la cosa: costei è la palpitante madre del giovane avvocato chiamato quest'oggi al proprio esordio. La donna ha due occhietti cilestrini che lanciano saette di orgoglio nel vedere il suo ragazzo snudare il braccio facendo ricascare nell'incavo del gomito le maniche svasate della toga e protenderlo come una spada agitata a menare fendenti da una parte all'altra, e a ogni sventagliata è come se frotte di nemici venissero precipitate giù da un dirupo. Questo nell'esaltazione di un coinvolgimento materno che va capito. Eppure, il *casus belli* è squisitamente tecnico, e ha che fare con la discutibile interpretazione di un certo comma in base al quale è stata affrontata e, in prima istanza, risolta una vicenda di plagio letterario. Detta così suona altisonante, e nemmeno è esatto. Il suddetto plagio, già acclarato, è andato sotto giudizio con la menzione "*Furto letterario*" in quanto la controversia si riferisce a due scritti contenenti alcuni paragrafi riportati da un testo all'altro in modo pedissequo. In ambo gli articoli si parla di un nuovo tipo d'ascia per abbattere gli alberi di grosso fusto. L'ulteriore pretesa di chi ha subìto il furto è adesso quella di voler estendere il giudizio (*ergo*, la condanna, con l'aggiunta di un congruo risarcimento) oltre i termini del plagio strettamente letterario a quello tecnico, come se si trattasse del furto di un brevetto, insomma, ed è questa la tesi che tenta di affermare Sergej appellandosi ai tomi di Speranskij. Nulla di più causidico e noioso, come s'è capito, ma per la mamma del giovane è come se suo figlio fosse Cicerone che si scaglia contro Catilina.

Anja, a un altro piano del Tribunale, si è frattanto persa nell'infinita serie di corridoi che, attraverso interminabili svolte ad angolo retto, si rigenerano *ad libitum*, l'uno identico all'altro, in un asettico viluppo assai più inumano dei visceri di palazzo Alonkin. È appunto quella sorta di ordine che, per un eccesso di linearità sin quasi metafisica, sa rendere caotici coloro che vi si avventurano senza la giusta competenza. È la mostruosa geometria dei dedali. Delle scacchiere.

Ogni porta è sovrastata da un numero. Di porta in porta va da sé che i numeri si susseguono in modo crescente o decrescente. O così sembra. Lei li controlla, ribadisce quel che vede in punta di labbra, sbircia un biglietto che ha tra le mani e controlla ancora, ma nulla risulta mai come dovrebbe. Anche il procedere regolare della conta produce anomalie malefiche. Accade che, girando oltre uno spigolo, il nuovo corridoio la riaccenda di speranza, ma se prima era al 35, qui, senza alcuna ragione comprensibile, si parte dal 58, e dopo un altro spigolo ecco che si ritrova alla sequenza numerica di prima. E soprattutto, non c'è anima viva. Sì, dietro le porte, certo, lì c'è gente, la si può sentire. Nello spazio disabitato dove si trova lei giungono mormorii frementi, a volte sovreccitati, ma sarebbe impensabile aprire una di quelle porte e chiedere aiuto, un autentico sacrilegio, anche se la disperazione è tale che Anja sta quasi per farlo.

Al piano di sotto, una porta del tutto simile a quelle tra le quali vagola esausta la ragazza è stata appena spalancata, e i suoni di dentro ne fuoriescono non più schermati. Coi suoni, un nugolo di persone che sfilano via imboccando spediti le scale per andarsene, tranne alcuni che, superata la soglia, si soffermano a fare capannello. Un tizio vispo, che nulla ha a che fare coi tribunali (qui presente in qualità di zio materno di secondo grado, ma la cui facondia lo fa ritenere di primo), non sa come esprimere il proprio entusiasmo all'avvocatino in erba. I suoi modi sono quelli di uno che vada a complimentarsi col prim'attore in camerino dopo lo spettacolo, fiero di poter dire: «Io questo lo conosco».

«Arringa da giurista consumato... m'aspettavo molto, ma non tanto! – e abbatte una sonora pacca sulla spalla di Sergej, che sta ancora coi suoi paludamenti forensi indosso – Qui, ragazzo mio, siamo al troppo. E dopo il troppo cos'altro vuoi? La trascendenza?».

Tanta profusione viene subito scansata dall'austerità di un tipo non alto ma intenso che si tiene i pollici infilati nei due taschini del panciotto traversato da una molle catena d'oro e con un distintivo onorifico spillato al bavero della giacca. Costui non ha bisogno di molto perché gli si lasci il passo. Ha una fronte prominente, pochi ricci scuri in testa, il naso sottile e adunco e il petto carenato. Un fisico infelice, ma la soggezione che tutti manifestano nei suoi confronti è straordinaria. Ora, guardandosi le punte lucide delle scarpe che fuoriescono di sotto le ghette bianco ghiaccio, costui si para di fronte a Sergej per dire la sua con autorità definitiva, e lo fa ponderatamente. Protende di poco la mascella in avanti a mostrare un lieve corruccio e parla beccheggiando col capo, come a convincersi di ciò che dice per il semplice fatto che lo dice.

«*Étonné!... Je suis vraiment étonné.* Le parole ci sono, usiamole, buon Dio. Quella citazione dei quarantotto volumi di Speranskij... un colpo da maestro!».

Sergej, non per atteggiamento, si schermisce, è un complimento che l'ha davvero colpito e sgrana gli occhi a restituire l'effetto dell'emozione che prova.

«Oh, detto da voi, Professore!» e il tipo gracile ma gagliardo gli poggia austero una mano sulla spalla benedicendolo con tutta la solennità della sua approvazione.

«Bello sentire un giovane celebrare con tanta dovizia e pertinenza la sinossi cronologica dei nostri costumi tradotti in leggi. Non da chiunque! Non da chiunque!... Segno di cultura e di morale».

«Ho solo fatto tesoro delle vostre lezioni. Speranskij lo debbo a voi».

Ma c'è pure qualcun altro che vorrebbe accedere al festeggiato, un tipo ben piantato che se scrive d'asce in modo innovativo è perché evidentemente sa farne uso, e si vede. È tutto una scorza, alto e solido, e le mani non c'è verso di vedergliele aperte, ma solo chiuse a pugno.

«Insomma, avvocato mio, come butta, eh?... Come butta?... Mi sembra bene, no?».

Sergej gli corrisponde con un'espressione rassicurante, ma insufficiente. Un funzionario atticciato, di basso rango, a braccia larghe come a fare "*sciò, sciò*", esorta il gruppo a uscire, se hanno da dirsi qualcosa che lo facciano fuori.

«Qui non si può sostare!... Se vossignorie mi fanno la cortesia...», nessuno che gli dia retta.

Lo zio indulgente ai panegirici, dopo essersi ben assestato indosso un pellicciotto di volpe, porge il braccio alla signora in tenuta d'alto bordo (sua biscugina, dunque) come se dovesse aiutarla a scendere da una carrozza.

«E come lodare il figlio senza celebrare la madre?».

E quella in estasi: «Kolja, parlami di lui e io sono felice così!».

«Oh, – fa cerimonioso l'altro – senza dimenticarsi dell'augusto genitore, *ça va sans dire*!».

«Buona prova!... – contrappunta con tono compassato l'augusto genitore – Non dovrei essere io a dirlo, ma buona prova!».

L'usciere, di sottofondo, reitera sconfortato il suo invito a non stazionare nel corridoio, che una regola dettata dalla natura stessa del palazzo vuole venga mantenuto a mo' di luogo mistico, inadatto ad accogliere pulviscoli di umanità.

«*Messiè, medàm, silvuplè*... non si può sostare, non si può sostare!... Sta per cominciare un'altra udienza, *silvuplè*!».

«Ma cos'hai, giovanotto?... – domanda il luminare che insiste a tenere Sergej sotto il governo del braccio che gli ha calato sulla spalla – Non mi sembri davvero molto soddisfatto. Prima sì, e adesso? Qualche resipiscenza, per caso?».

«Ma no, sì... certo!... Molto, molto» balbetta confuso lui, che in effetti ha un'espressione stranita, come se all'improvviso si fosse perso con la testa da tutt'altra parte.

E quello dell'ascia che non molla la presa: «Dunque, avvocato, se posso interloquire solo mezzo minuto... per capire, dicevo, secondo voi come butta la...?» .

«Butta al meglio che può, glielo anticipo io! – decreta il Professore a smorzare l'assillo – Ma non innalzi troppo le sue mire. Confidi, ma non pretenda».

«Però confido?».

«Ma non pretenda!».

«Non si può sostare! Non si può sostare!».

«Quindi, in pratica, quello che dicevo: butta bene!».

«*Ad impossibilia nemo tenetur*».

E l'inventore di nuovi modelli d'ascia non può che assentire esclamativo, «Ah!», e convincersi di avere avuto un'esauriente risposta al suo quesito.

Il luminare, accostando la testa riccia e nera al biondo grigiastro della madre, le sussurra in un orecchio: «Dalla prossima volta, altra clientela! *Aquila non captat muscas*».

In tutto ciò, Sergej ha scorto Anja che, placando a forza l'affanno da cui è scossa, si sta avvicinando al capannello in procinto di sciogliersi. La fanciulla tiene stretto il suo biglietto tra le mani e nell'avanzare lo stropiccia nervosamente. Quel biglietto è tutto ciò che ha per difendersi. Sui volti dei due giovani, al momento in cui incrociano gli sguardi, chiazze di rossore affiorano identiche tanto nell'uno quanto nell'altra, e negli stessi punti delle guance e degli zigomi. Un segno di sintonia fanciullesca che in parte spiega la ragione del loro essersi un poco prediletti.

«Scusami, che ho... – la ragazza è impacciata, si era preparata cosa dire e adesso che sta lì, di fronte a lui, si trova in un vicolo cieco, altro non le viene in mente e non può che sfornare l'unica scusa organizzata in fretta e furia nel tempo di imboccare finalmente il corridoio giusto – ho confuso il numero della porta con l'ora. Ricordavo aula quattordici alle sedici, invece...».

«No! – reagisce lui con un grido strozzato che crea un alone di silenzio attorno – Tu è qualcos'altro che hai confuso!».

«Spiegati, non capisco» dice Anja abbassando la voce nella speranza che lui faccia lo stesso.

«Forse le età».

Distante da loro, ma non troppo, la signora in alta tenuta trova inaccettabile che suo figlio, in un frangente di tale significato sociale e professionale, preferisca starsene appartato con quella ragazzina venuta a portare scompiglio e basta. Il suo richiamo è perciò colmo di affilato disdegno.

«Amore, qui ci dicono di andar via, e comunque c'è il Revisore che ti sta aspettando perché vorrebbe tanto congratu...».

«Sì, un attimo, per piacere!!! – così, con più punti esclamativi. La reazione del ragazzo è talmente sgraziata che se la donna la subisce, gli altri la notano. Poi, tornando immediatamente a lei – Ti meravigli? Figurati io!... E pensare che ero geloso di chi? Di quel balordo! Di quel mentecatto!... No, non guardarmi così!... – ma lei nemmeno ha fatto in tempo a manifestare la minima reazione – *Di Pavel*, di lui!... – ora sì che Anja replica con uno sguardo stralunato – Cos'è? Davvero non capisci?... Con chi pensavi che ce l'avessi quella sera quando ti ho scongiurato di dirmi se lo facevi per lui di non lasciare il lavoro?... Si può essere più idioti!... Vuoi saperlo?... Vedendolo da Besnikov ubriaco fradicio stavo per staccargli la testa, ci mancava solo questo!... L'avrei fatto!... Così finivo in penale e mi venivi a trovare al piano di sopra. Be', è stato proprio quel cialtrone che come ho provato a dirgli qualcosa si è messo subito a piagnucolare: "*Non sono io! Perché te la prendi con me?...*", è stato lui, quello, a farmi capire che invece no... che a te piacciono i vecchi!».

«Sergej, non dire una parola di più!».

«Ragazzate!» biascica lo zio mentre l'usciere geme disgustato.

«La dico, invece! – l'aggredisce Sergej – Ma non l'hai capito che io speravo non solo di vivere insieme, ma anche di condividere lo stesso mondo, magari delle cose di lavoro, era possibile... e lo sapevi, te l'ho pure detto!... Mi stavo informando, cercando di sapere... ho parlato con gente che anche adesso si sta dando da fare solo perché...».

«Io ce l'ho già qualcuno con cui lavorare insieme».

Le parole sono nulla rispetto al pallore marmoreo e subitaneo della giovane e al blu dei suoi occhi che si sono fatti gelidi e metallici. Sergej non ha risposte, o, se ne ha, nessuna che valga il bisogno di formulare la frase che suggella la catastrofe.

«Tu sei malata, Anja. E quell'altro maiale è peggio di te!».

Ormai la cosa è eclatante. La parola "maiale" è risuonata con un clamore che tutto il tribunale è stato costretto ad averne contezza. Attorno si sparge a macchia d'olio il dissesto dello scandalo. Sguardi che cercano sguardi e che al contempo li evitano. La signora coi pendenti si attacca al braccio del marito.

«Igor, digli tu qualcosa!».

«Così davvero non si può! – grugnisce l'usciere ringalluzzito da quell'eccesso di sguaiataggine che ancor di più lo giustifica nel pretendere che sfollino tutti al più presto – Ma è maniera? Che accidenti! Vi sentono anche dentro. Poi chi è che ci va di mezzo? Come al solito chi non c'entra, ecco chi!».

«Ce ne andiamo, Fedòtik! Ce ne andiamo!» lo tranquillizza il luminare ostentando un atteggiamento pacato, quasi padronale.

Solo adesso il suddetto Fedòtik, strizzando gli occhi, riconosce in colui che si è degnato di chiamarlo per nome un'autorità del luogo, per cui subito si cava dalla testa il berretto con sveltezza ossequiosa lasciando spuntare ben dritte sul cranio un paio di ciocche aguzze e biancastre.

«Professore... *pardonnemuà, pardonnemuà*... non vi avevo...».

«Lei ha tutte le ragioni, siamo noi gli inurbani. *Acta est fabula.* – e stavolta ha la compiacenza di tradurre – La recita è finita».

Davvero lo è. Nessuno ha più motivo di alzare la voce. Tanto meno Sergej, visto che Anja non è più lì.

# *"Bentornata"*

È un vero pietroburghese Pavel Matvejevič Ol'chin. In una città nuova, lui sa vivere del nuovo. La sua attitudine principale: lo spirito di iniziativa. Un requisito che è un bel guaio possedere quando ci si trova circondati da gente che ne sia sprovvista, poiché in tal caso il pregiudizio imperera sovrano, e nessuno vorrà mai dar credito alle prospettive future di qualcosa che non abbia già solide garanzie provenienti dal passato. A tal riguardo, non c'è dubbio che Ol'chin abbia trovato nella sua città il più giusto *humus* per impiantare un'impresa che avesse a che fare con ipotesi di reddito ancora inesplorate ma di cui lui era già in grado di cogliere le potenzialità. Così è nato *l'Istituto Ol'chin di stenografia*. Un modo squisitamente pragmatico e *à la page* di vivere la comunicazione fondendo i ritmi del parlato con quelli della scrittura, da cui un ventaglio formidabile di possibili impieghi. Dei tribunali già abbiamo parlato. Se la stenografia fosse un marchio d'azienda quotato in borsa, con le nuove normative processuali in procinto di essere confermate e rese obbligatorie il titolo sarebbe di recente schizzato alle stelle in pochi giorni. Ma non sono escluse applicazioni della scrittura stenografica anche più fatue, come nel caso di chi voglia redigere con la massima fedeltà possibile un fuggevole appunto diaristico facendo coincidere la messa su carta con la velocità del pensiero, o di chi intenda fissare una *tranche* di conversazione, o in ambito giornalistico un'intervista, o non mandar persa una conferenza di cui non circoli la versione a stampa, né, tanto meno, ogni singola parola di un romanzo dettato da un autore pressato da limiti di consegna inderogabili.

Pavel Matvejevič Ol'chin non ha inventato la stenografia, ma ha avuto l'audacia di fondare la scuola più all'avanguardia per apprenderne l'uso. Il suo istituto è il piccolo tempio dove si trasmettono le formule iniziatiche del qualificato *metodo Gabelsberger*, di cui egli per tempo ha avuto la lungimiranza di acquistare i diritti di diffusione in esclusiva. Ha potuto farlo agevolmente dal momento che in lizza, a contendersi la cosa, non c'era nessun altro, sicché quei diritti sono stati pagati il giusto; se consideriamo i fiorenti profitti che stanno producendo, possiamo senz'altro dire che sono stati pagati un'inezia. E visto il ruolo di Pavel Matvejevič Ol'chin nelle vicende che raccontiamo, la sua vita è stata oggetto di viva curiosità da parte di chi scrive, ma nessuna notizia degna di un qualche interesse è stata recuperata a riguardo. Di lui le enciclopedie riferiscono poco o nulla. Tuttavia, non c'è da lamentarsi. Al bando qualsiasi "*Ahimè!*". Quest'assenza di elementi certi è preziosa, va considerata come una formidabile opportunità. Come un autentico sostegno dell'immaginazione. Quando l'esito del suo sapere deve essere un racconto, uno scrittore fatica a sopportare la precisione dei dati biografici. Ma di chiunque. La patirebbe anche se avesse a che fare con Mozart o con Shakespeare. L'impossibilità di eludere il fatto che costoro siano stati *veri* gli darebbe l'asfissia e lo renderebbe balbettante. Volente o nolente, si sentirebbe costretto a fare il ritratto di un ritratto.

*Tutti i personaggi veri sono ottusi*, limitati da ciò che hanno realmente fatto e realmente vissuto. Ottusi poiché rigidi.

D'altronde, ogni altra vita tranne la nostra per noi è così, e lo è poiché solo a ciascuno di noi, singolarmente, è data la possibilità di credere che potremo fare scelte tali da non comporsi mai in una forma compiuta, in un definitivo elenco di dati di fatto. Tanto basta a consentirci di padroneggiare la nostra personale illusione compiangendo quelle altrui.

Questa forma di ottusità, come ormai si sarà capito, riguarda pure Anna Dostoevskaja, che è stata vera e come tale va riverita, ma senza che ci sia perciò alcun bisogno di scomodarla. Inutile atteggiarsi a biografi, se non lo si è. Ben altra cosa è occuparsi della nostra Anja, che da lei deriva, ma senza esserlo. Così come, con lo stesso spirito, vale la pena interessarsi al nostro Ol'chin, che può apparire con la testa di bisonte, che ama carezzare senza malizia un mento tondo e liscio come un ovetto, e di cui conosciamo la bella postura, i *pince-nez*, la parziale sordità, e l'attitudine a essere un po' smodato. Questo è l'Ol'chin che ci sta a cuore, il proprietario, nonché Direttore, dell'Istituto che porta il suo nome, e che ora sta parlando all'intera scolaresca del secondo anno per dare il bentornato alla fanciulla che stamattina ha fatto rientro nella sua vecchia classe.

«Come tutti noi speravamo, non l'abbiamo persa ma riguadagnata» asserisce severo e compiaciuto il nostro Direttore tenendo la ragazza a fianco a sé, di fronte alla lavagna. Lei veste un abitino di lanina grigia che stacca poco sul nero dell'ardesia, il che, per contro, fa risaltare ancor di più la sua gonfia treccia bionda, in parte accoccolata su una spalla.

«Sono molteplici gli elogi che mi sento di rivolgere alla nostra Anna. Innanzitutto, per come ha saputo corrispondere con successo alla responsabilità che le abbiamo affidato. – sporgendosi per accennare all'insegnante che si è mantenuto con spirito di riservatezza presso la porta – Un plauso che è giusto estendere anche al nostro eccellente professor Treplov. – questi, con un atto compunto, puramente muscolare, solleva gli angoli delle labbra a dire "*Grazie*" – Secondo poi... per l'umiltà dimostrata nel voler riprendere le lezioni. Avesse voluto, mi giungono all'orecchio voci che avrebbe anche potuto non farlo, – con un'occhiata complice a lei – e noi questo lo sappiamo, vero, Anna?... – la ragazza non capisce bene a cosa si riferisca il Direttore, forse la sua è un'uscita promozionale a beneficio dell'Istituto; tanto vale fargli piacere ed annuire – Invece no, eccola qui... consapevole di quanto ancora possa apprendere nella nostra scuola di cui ha tenuto alto il nome, i princìpi, *et maxime* quel rispetto per il lavoro che ci preme infondervi non meno di quanto ci teniamo a rifornirvi di strumenti tecnici che possano farvi da viatico a proficui percorsi professionali».

E si interrompe per omaggiare l'eroina di turno con un applauso a cui la classe si accoda con scarso entusiasmo. Anja, nel sopportare questo tributo sforzato, muove lo sguardo su quello che sino all'inizio del mese era il suo banco, e dunque su Varvara, che, come la stessa fanciulla aveva ipotizzato, non ha perso tempo a rubarle il posto al centro dell'aula; è altresì evidente che la florida ragazza quel banco non è più disposta a mollarlo per nulla al mondo. Alla rediviva ne toccherà uno sul fondo, nella stessa fila di Nikolaj (ci mancava solo questo!), che se ne sta tutto accartocciato con la testa tra le braccia conserte sul banco puntandole contro un'espressione scontrosa e maligna.

Ol'chin, non troppo soddisfatto di come è stato recepito il suo entusiasmo, rilancia l'invito a battere le mani, cosa che la destinataria, in verità, sembra patire.

«Su, forza, con giubilo e con sano spirito di competizione!... – gli applausi, sollecitati in modo posticcio aumentano di intensità ma non di calore – La prossima *chance*, ne sono più che certo, sarà per qualcun altro di voi, a dimostrazione che tra queste mura si fabbrica il futuro: quello di ciascuno, e quello del Paese. Con modestia e determinazione. Esagero?... Perdonatemi, ma a impormelo è l'orgoglio. E lei, cara Anja... non così seria! Perché?... Ha dimostrato di poter essere già adulta, ma ora... si regali l'età che ha».

## *"Sei una delizia così"*

Anche la cameretta della ragazza, dopo l'effervescenza della scrittura da cui era stata tradotta in una succursale dell'officina Dostoevskij con sede madre a palazzo Alonkin, ha subìto una sorta di ripristino radicale. Quanti volumi e libricini si erano ammonticchiati a castelletto tutto attorno al ripiano di lavoro! Vocabolari, sussidiari, prontuari di grammatica, compendi di sinonimi, e *vademecum* con la riproduzione di vari caratteri calligrafici. Inoltre, convocati a fare da numi protettori, molti titoli di scrittori amati. Puškin, poi altri a rotazione. Ma non un libro suo, di Fëdor Michajlovič. Forse per scaramanzia. O per non offuscare l'unicità di questa nuova nascita. E, per rispetto a lui, nemmeno uno di Tolstoj, che altrimenti forse ci sarebbe stato, ma in questo caso ad Anja sarebbe parso di fomentare una specie di dissidio muto fra oggetti incapaci di tollerarsi a vicenda, un conflitto da cui lei non avrebbe potuto prescindere avvertendolo costantemente in atto. Pagine contro altre pagine, parole contro altre parole. Senza dire che quando l'affinità tra due individui è molto forte, come quella che nell'arco di un mese si è manifestata tra la giovane stenografa e il suo magnificente datore di lavoro, una segreta sintonia interiore porta spesso a immaginarsi ciascuno dei due come visto dall'altro anche quando l'altro non c'è, e in questo solitario sentirsi visto è naturale farsi la domanda: «Mi apprezzerebbe vedendomi così?».

E cosa avrebbe mai potuto pensare di lei Fëdor Michajlovič sapendola circondata, tra gli altri, anche da *I cosacchi* e dai *Racconti di Sebastopoli*, che la fanciulla comunque adora?

Tant'è, tutti i volumi sono ormai tornati ai loro posti di prima, in massima parte negli scaffali della biblioteca in salotto (il vero *habitat* di Grigorij Ivanovič Snitkin) e alcuni a colmare i vuoti momentanei nella libreriola personale di Anečka, incastonata tra il letto e lo scrittoio della sua stanza, mentre gli utensili di lavoro, per poco più di tre settimane tenuti sempre a portata di mano (pennini, riserve di capsule, tamponcini per l'inchiostro, e la magnifica stilografica in ebanite), sono stati suddivisi e riposizionati nei loro vari contenitori e ogni contenitore è stato rimesso con cura nel suo cassetto.

Quella particolare forma di disordine ordinato fatto di carte arruffate tra cui solo l'autore dello scompiglio può trovare quanto cerca a colpo sicuro, è svanita. Quel disordine capace di testimoniare a vista il procedere convulso di un lavoro con l'ammucchiarsi caleidoscopico di appunti, di fogli appallottolati, di tazze, di bicchieri, di residui d'ogni tipo e dei più impensabili stimoli alla creazione, non c'è più, si è dissolto nello spazio restaurato; ora tutto si è ricomposto nell'ordine consueto di sempre. E quanto già le manca quel disordine vitale in cui tutto le era chiaro! Per contro, quanto la confonde questo tranquillo ordine domestico a cui da sempre ha accordato i ritmi dei suoi giorni e dove ogni cosa adesso le sembra farsi opaca!

Un chiacchiericcio intonato all'insegna del *bon ton* giunge alla fanciulla dal soggiorno di casa attraverso la porta dischiusa. Ai convenevoli scanditi da una partitura senza acuti, si mescola il suono prolungato di un violino che si dà il *la* dell'accordatura.

Anja è seduta sul suo letto, a schiena dritta, con le gambe raccolte presso il bordo del lato più interno. Se ne sta a guardare fuori dalla finestra un po' annoiata. Per quest'oggi ha concluso tutto il suo daffare, non le avanza più nulla. Facendo uno svelto *résumé*: i compiti se li è sbrigati in poco tempo; il *Metodo Gabelsberger – Tomo Due* l'ha prenotato in segreteria, domani potrà avere la sua copia e i soldi per ritirarla stanno nella *pochette* interna della borsa, e sempre nella borsa ha già messo il volume da restituire a Nikolaj (finalmente!); il *necessaire* per le lezioni del giorno dopo, pure quello è già pronto, e poi che altro?... Ah, sì... la sua storia con Sergej l'ha fatta andare a rotoli in via definitiva (ma questa l'ha risolta quattro giorni fa), e *Il giocatore* l'ha trascritto per suo scrupolo personale tutto intero (e questo a cavallo fra due e tre giorni fa). Bene, non c'è che dire, nulla più avanza. A questo punto, sentirsi in pace con sé stessi può essere il più melanconico dei sollievi.

Un paio di corvi svolazzano imprecisi nella volta di un cielo spugnoso.

La Nikolaevna si intromette nello spiraglio della porta senza aprire del tutto. Ha tra le mani un piatto con un fetta di crostata. Indossa un abito di raso lucido color lapislazzulo con un'ampia fascia nera che la stringe alla vita esaltandone il personale.

«Se poi vieni... – dice alla figlia – almeno per farti vedere!».

Anja risponde distratta, voltandosi appena di trequarti.

«*Da chi?*».

«Santo cielo, – replica frettolosa la madre che vuole sbrigarsi a tornare dai suoi ospiti – come "*Da chi?*"... ma lo sai... ci sono quelli del comitato musicale, quasi tutti. T'ho detto che mi sono proposta per il coro. – Anja non replica, guarda fuori – E per fortuna che ho fissato sul presto, tra poco si scatenerà la tempesta! – il campanello della porta la fa sobbalzare – Vado, ti aspettiamo!» e scompare dal taglio della porta.

«Ma non dovrò mica cambiarmi?» fa d'un fiato la ragazza.

«Sei una delizia così!» esclama la Nikolaevna che, diretta altrove, subito vira il tono della voce in un saluto deferente riservato ai nuovi arrivati.

La fanciulla torna a guardare fuori dalla finestra. Il "tra poco" riferito alla tempesta è adesso. Sembra stia iniziando. I corvi non volano più ma vengono sballottati dal vento. Ecco il vero barometro, pensa lei. Zaffate di neve sbattono a schiaffi contro il vetro. La finestra che si è dapprima oscurata, si fa d'un tratto chiarissima, tutta coperta di bianco. La bufera si avventa sulle cose all'improvviso nel giro di pochi secondi, come per il deflagrare di una bolla invisibile covata dal paesaggio. Questo furore repentino viene accolto in salotto con nervosa allegria. Confidando che tanta irruenza sia destinata a durare poco, ci si consola con la soddisfazione di essere arrivati giusto in tempo per evitare di esserne travolti. I convitati, quasi congratulandosi l'un con l'altro, si godono il frivolo piacere, alquanto egoista, di sentirsi tutti in salvo, alla faccia dei ritardatari.

*Sei una delizia così.* Sarà. Anja si controlla distrattamente. Pensa alla cuffia dell'altro giorno male intonata alla mantella nuova. Fëdor Michajlovič non ha avuto scrupoli a farglielo notare. Ma come le è venuto in mente? Quella può andar bene come capo da cerimonia in chiesa, non per un'uscita pomeridiana. Ah, quanto ancora deve crescere! E forse, anche fidarsi un po' più di sua madre che gliel'aveva pur detto: «Con quella mantella ti sta malissimo, non c'entra niente!» e lei proprio per questo se l'è messa. Per ripicca, per affermazione di sé, per idiozia.

Solo alle ragazzine può bastare di essere una delizia *così*, a una ragazza serve ben altro che un semplice "così".

Un violinista allampanato sta eseguendo con mediocre abilità una ciaccona che gli fuoriesce dall'archetto più chiassosa di quanto dovrebbe, ma poco importa, in certi contesti l'ammirazione è implicita, ragion per cui la piccola platea segue l'assolo con un godimento ostentato: ogni suono sarà bene accetto e verrà di buon grado tradotto da mediocre a ottimo, sia pure lo stridio. Colui che quel tardo pomeriggio è stato chiamato a esibirsi *gratuitement* va ammirato senza discussioni, e addirittura senza ragioni. Il musicista, d'altronde, consapevole del suo ruolo, si è attrezzato all'uopo di tutto punto, esattamente come uno che, qualsiasi cosa faccia e comunque la faccia, vada poi applaudito. Ha una capigliatura scurissima resa compatta da una crema trasparente spalmata con tanta generosità da creare l'effetto di una lucida brina; i baffi un po' ingrigiti, lunghi e flosci sul mento prominente, gli procurano un'aria da ceffo simpatico che lui ha ben valutato, e indossa una giacca con le falde a coda di rondine, elegante ma di lungo corso, a quanto fa capire il tessuto liso ai gomiti e sbiadito sui risvolti.

Durante l'esecuzione del Maestro, la Nikolaevna si premura di far circolare bevande e pasticcini senza azzardarsi a emettere un fiato. Per muoversi silenziosa, con la giusta cautela, è costretta a difficili circonvoluzioni tra le sedie a braccioli che ha riunito al centro della saletta recuperandole da tutta la casa. Fra esse c'è pure quella sottratta allo scrittoio di Anja (che non per nulla abbiamo vista seduta sul bordo del suo letto).

Un'ultima rovente pettinata alle corde del violino e la musica tutta d'un colpo cessa. L'inchino del Maestro è atletico e secco, non gli si può dir di no. Più inevitabile di uno spruzzo dopo il lancio di un sasso in uno specchio d'acqua, segue lo scroscio degli applausi, con vivo disdoro della Nikolaevna che non può parteciparvi avendo le mani impegnate dal vassoio e dal bricco pieno di tè nero. Dagli applausi che scemano emerge un misurato diffondersi di commenti a mezza bocca, ed è a questo punto, quando anche la Nikolaevna, versando e porgendo, sta dicendo la sua a proposito di Glinka, («Michail Ivanovič, se non sbaglio!») autore della ciaccona appena eseguita, che Anja (una delizia così: con l'abitino azzurro della sua prima apparizione in questa storia), si decide a raggiungere i commensali.

«Oh, Netočka!» esclama la padrona di casa mostrandosi sorpresa nel vederla, una piccola astuzia mondana per attribuire solo alla figlia la volontà di essere lì con loro senza far capire che lei, la mamma, ci ha messo parecchio del suo esortandola a presentarsi. La ragazza corrisponde ai saluti dell'esigua assemblea e, per dispensarsi dal trovarsi bloccata in qualche conversazione senza via d'uscita, si adopera per aiutare la Nikolaevna a servire gli ospiti in modo da scambiare sì qualche battuta, ma *en passant*.

«Stenografa, se non erro...» la apostrofa una bella signora di mezza età sottraendo un biscotto al vassoio che le viene offerto.

«Conto di diventarlo. Sto ancora studiando, *Madame*» e fa per andare.

«Ma sentivo già di un bell'impiego!» insiste quella.

Anja risponde con un sorriso di compiacenza, e togliendo importanza alla cosa: «Questa è *Mamouška* che fa propaganda».

«Tutt'altro! – interviene il violinista, che sta alle spalle della poltrona dove è seduta la signora interessata ad Anja – Non siete per caso voi la giovane segretaria che per tre settimane... – riponendo lo strumento – ma forse pure qualcosa di più, ha lavorato con Fëdor Dostoevskij al suo romanzo?».

«E a voi questa cosa chi l'ha detta?», una domanda che alla fanciulla sgorga immediata tanto è certa che non possa essere stata sua madre a mettere in circolo informazioni così dettagliate circa il suo lavoro.

«Letteratura e musica sono sorelle» stigmatizza l'uomo facendo scattare le fibbie della custodia.

Lei, lusingata, sta per offrire il vassoio dei biscotti ad altri quando si sente dire, sempre da lui: «Pare sia nei guai! Voi che ne sapete?».

La ragazza è come percossa da un colpo di frusta.

«Io?... Che ne sapete voi, piuttosto?».

«Si dà il caso che pure tra noi musicisti Stellovskij ne abbia rovinati parecchi. – a un amico che gli siede accanto – Di', Vasilij... ti ricordi quello che è capitato giustappunto a Glinka?».

«Ah! Ci è morto di infarto, poveraccio. Avesse potuto perlomeno sentire come gli hai reso omaggio tu questo pomeriggio, be'... – con un sottilissimo sghignazzo ai limiti dell'impercettibile – ne avrebbe avuto qualche conforto».

Il violinista ringrazia ma in modo trattenuto non riuscendo a capire se nella battuta di Vasilij sia adombrato un sentore di presa in giro. Questo gioco di sottintesi laterali non può certo interessare Anja che ha ben altro per la testa.

«E cosa è capitato a Glinka?» chiede a entrambi premendosi una mano sul seno per imporsi il massimo dell'autocontrollo.

«Aveva un mucchio di cambiali in giro che quel porco ha ramazzato dalla prima all'ultima, – spiega l'amico del violinista – dopodiché l'ha costretto a cedere i diritti di tutte le sue opere. E vi dico Glinka: un genio!».

«Ma qui è diverso! – si affretta a specificare lei – Il romanzo è finito!».

«Eppure, non so, circola voce» la rintuzza il violinista.

«Quale voce?» urla lei a fiato mozzo. Un urlo che ha la veemenza di una pretesa.

«Che il romanzo lo abbia finito questo sì lo sappiamo, ma pare che non sia stato ancora consegnato».

«È assurdo! Sono almeno tre giorni, *tre giorni*, che il manoscritto è stato ricopiato e corretto da cima a fondo!».

«*Relata refero*. Io perciò vi domandavo se ne sapevate nulla».

Anja, senza pensarci oltre, deposita malamente il vassoio che rovina in terra spargendo *mignon* sul pavimento ovunque e si precipita nella sua stanza a indossare il primo soprabito che le capita sotto mano. Si ficca qualcosa nella tasca e va. La Nikolaevna, scusandosi con lampeggianti sorrisi di convenienza, molla tutto e le corre dietro.

«Ma che vuoi fare? Dove vai?».

«Ha bisogno di me!» è la scheletrica risposta della ragazza.

«Ma c'è la bufera lì fuori!».

L'avvertimento non viene neppure ascoltato. La ragazza è già per strada. La Nikolaevna, con la testa in subbuglio pensa a due cose in una. Anzi, di più: a tre cose in una. All'incomprensibile comportamento di Anečka, alla presenza degli ospiti che l'aspettano dentro, e al fatto che il suo cappotto di *cachemire* grigio, inopinatamente appeso nell'armadio della figlia mentre lei era certa di averlo nel proprio, rischia di rovinarsi parecchio con questo tempo da lupi.

# *Il plico*

Nevica fitto. La tormenta avvolge la fanciulla come un panno.

Eccola in vista di palazzo Alonkin. Ha i polmoni che le ardono. Giunta davanti al portone rifiata tra sbuffi di condensa prima di entrare nel cortile esterno ed affrontare la scala monumentale che introduce in quel cosmo multiforme che sappiamo.

Ad aprirle è lo stesso Fëdor Michajlovič. In vestaglia, nella sua vestaglia vecchia, con aria pietrificata.

L'illuminazione nello studio è misera: solo quella di una piccola lampada a petrolio sul tavolino a fianco del sofà. Lei resta in piedi, mentre lui, grattandosi come fosse carne viva gli orli delle maniche ridotte a brandelli, va a sedersi dietro la scrivania. Mai, prima d'ora, la ragazza lo aveva visto seduto così: tutto affondato in sé stesso, il busto nelle anche, e la testa nel busto. Preda totale della forza di gravità. È dimagrito ma senza vantaggi tanto la pelle del viso s'è fatta vuota e pendula, e il corpo sciatto e privo di ogni densità. Se è vero che la morte trasforma una creatura in un oggetto, Fëdor Michajlovič ha assunto in buona parte di sé l'impressionante natura di un oggetto informe e fiacco.

Immerso in una piccola brocca piena d'acqua verdastra c'è l'aster color rosa dimenticato da Anja giorni prima in circostanze tumultuose. Lei non può non notarlo. Sta accanto ad alcuni volumi impilati uno sull'altro e a un plico rigonfio di carte che è facile intuire cosa siano.

«Volete più luce?» le domanda con voce sfiatata lui.

Anja fa di no. Con un cenno del capo seguito da una contrazione dello sguardo indica il plico sulla scrivania.

«Che è successo?».

«Mi spiace, non ho voce».

«Vi sento lo stesso. Avanti, ditemi che è successo. Perché il manoscritto sta ancora lì?».

È vero, lui parlando è come se modulasse l'aria, le corde vocali non vibrano, sembrano recise.

«Che è scappato da Pietroburgo, ecco cosa è successo. L'ho cercato ovunque... niente».

«E basterà questo per rovinare tutto? – nessuna risposta – È una follia, non potete rassegnarvi così! L'ultimo giorno è domani, ancora un po' di tempo ce l'avete! – ancora silenzio, Fëdor Michajlovič appare vittima di un abbattimento senza speranza – Fatemi vedere il contratto!».

«Inutile. – recitando a memoria, con enorme fatica – *Sarà cura dell'autore... consegnare l'opera... entro il giorno stabilito.* Cioè, mia. E senza alcuna possibilità di deroga. – con un sorriso dolente – Mai saputa scrivere, io, una frase tanto tremendamente efficace come questa».

«Datemi quel contratto!».

«Ma no, lasciate stare».

«Datemelo! – silenzio – Per cortesia, ho fretta!».

Lui incurva una guancia all'insù sospingendola con un angolo della bocca. Ne viene il più atterrito dei sorrisi.

«Non fatemi infuriare, Fëdor Michajlovič! Me lo dovete!... Non avete il diritto di prendere decisioni di questa importanza come se la cosa coinvolgesse solo voi. – lui schiude le labbra, boccheggia – Non fate le scene melodrammatiche adesso!».

«Ho visto fare scene melodrammatiche... *ahia*!... – deglutisce e riprende – a gente che stava per morire. E che è morta».

«Voi non state per morire!».

«E non sono bravo?... Mi hanno ammazzato e non sono morto».

«Appunto! Ringraziate il Padreterno e datemi quel contratto, voglio vederlo!».

«È come se avessi un pugnale piantato in gola, Anna Grigor'evna!... Vi è mai capitato di dover parlare attraverso una ferita aperta? – e ingoia a fatica un denso grumo di saliva stirando i tendini del collo – Ogni sillaba è un pugno di sale su una vescica sanguinolenta».

«Non vi serve la voce per aprire quel cassetto e darmelo. Sta lì? – silenzio – Sta lì?».

«Mettetevi seduta, piuttosto».

«E dove? La mia seggiola non c'è più».

«Qui, sul sofà. Un po' più vicina».

Lei non sopporta oltre questa rinuncia totale a qualsiasi forma di reazione: brusca, senza nessuna premura, va ad aprire d'un sol colpo i due cassetti. Lui, sorpreso, spalanca d'istinto le braccia facendo sì che la fanciulla quasi gli si stenda completamente addosso, ma al contempo urla un tremendo «Noooo!» che proviene dalla caverna più remota del suo essere, un urlo insopportabile che scaccia la ragazza al centro dello studio dove poche sere prima già si è ritrovata fuggendo da Pavel Aleksandrovič. Sussegue una paralisi. Di tutto. Dello spazio. Se possibile, anche delle cose.

Lei se ne sta chinata in avanti, faccia alla finestra, segata in due, tappandosi con violenza le orecchie per non sentire più nulla di quell'urlo, nemmeno lo strascico dell'eco che si prolunga nel ricordo furioso di ciò che è appena stato. Ha la bocca divaricata, non si può dire quanto a lungo resti così. Lo sforzo che le tocca è quello di rinsavire, ma non è facile rinsavire in pochi secondi, ne passano infatti parecchi; quando infine lo fa, e cautamente stacca le mani dalle orecchie accennando a rimettersi dritta in piedi, sente Fëdor Michajlovič che sta ordinando a qualcuno di andarsene. Per un istante pensa che si stia rivolgendo a lei, ma è un abbaglio. Si volta appena in tempo per scorgere una minuta sagoma scura risucchiata nel buio oltre la porta. Fedosija. La mano destra di lui si solleva con l'indice puntato verso il sofà. Quell'urlo l'ha pagato caro, è stato come una zampa irta di artigli tuffata nei suoi bronchi a lacerare tutto.

E lei che non ci crede! Ma che ne può sapere una ragazzina di come gli è toccato correre appresso a quel demonio senza nemmeno potersi mettere il suo cappotto, finito chissà dove e lasciato chissà perché un'altra volta da lui e che quello non gli ha mai più restituito? Scomparso il cappotto, scomparso Stellovskij!... Ma lui l'ha aspettato lo stesso, Stellovskij... il munifico Stellovskij... l'idolatra del suo genio!... Quel maledetto!... Con temperature sempre più glaciali, per ore e ore davanti alla porta chiusa del suo negozio l'ha aspettato, col paggio dalla testa nera come la penna di una cornacchia a sibilargli da dietro la porta sbarrata, senza neanche apparire: «Andate via, non c'è, non c'è!». Una notte, un'intera notte col suo plico stretto al petto, fuori quella porta, senza cappotto. Sì, certo che ne aveva un altro da mettersi, ma la giornata quando è uscito era talmente mite che e si è detto: «Vado, lascio il romanzo e mi riprendo il mio cappotto. È così semplice».

Niente di tutto questo è però successo. Solo una notte a rovinarsi la salute lì fuori, questo è successo, e il contratto parla chiaro... sarà cura dell'autore... *e l'autore sono io! Sono io!*

Fëdor Michajlovič sente rimontargli dal fondo del palato un liquido grasso, viscoso, dall'odore aspro che gli arriva pungente alle narici suscitandogli ripugnanza. Vorrebbe dirle: «Non lavoreremo più insieme, Netočka. Perché dovremmo? Per un demonio?... Per il demonio?... Scriverò ancora, sì, ma sarà affar mio, *da solo*. Non vi permetterò di essere mai più al suo servizio attraverso di me. Scriverò da schiavo, alla catena, e io non voglio essere oggetto della vostra misericordia nell'accudire uno schiavo alla catena».

Poi, ad alta voce, ma a labbra socchiuse nel timore di diffondere quell'alito che lo disgusta, sussurra: «Ecco... è in questo cassetto. Su, prendetelo, se proprio ci tenete».

«Fëdor Michajlovič, – dice con tono fermo e schietto la ragazza, senza ancora muoversi da dove sta – non fatela passare come una vostra concessione. Ho diritto quanto voi di difendere il lavoro che ho prodotto. Quel libro voi lo avete immaginato, avete trovato le parole, d'accordo, ma sono io che l'ho scritto. Quindi, sì... ora vengo e prendo quel contratto, che voi, sciagurato, avete firmato di testa vostra. *Senza pensare a me*. – gli occhi di lui esprimono il più fanciullesco degli stupori, lei ne interpreta l'obiezione e l'anticipa – No... il fatto che ancora non mi conoscevate è una scusa tanto ridicola che non merita di essere nemmeno considerata».

Si alza e va ai cassetti già mezzi aperti della scrivania. Fëdor Michajlovič si scansa per quanto può col dorso all'indietro e la lascia frugare. Lei non ci mette molto a trovare quello che cerca. Affonda una mano in una tasca del cappotto di sua madre, ne tira fuori qualcosa e la poggia al posto del plico che prende insieme al contratto. È un messale pieno di scalfitture con la copertina di metallo sbalzato. Sul primo foglio dopo il frontespizio è riprodotta la stessa immagine che, coi colori adesso spenti dall'ombra che invade la stanza, campeggia enorme alle spalle di Dostoevskij. Lei lo ha avuto da poco quel messale, ma è già tempo che torni a lui.

«Non è una restituzione, – gli dice – ma è un'epistola in viaggio tra noi, come mi avete scritto. Poi lo riavrò, non intendo affatto rinunciarvi, ma stanotte è qui che serve, è questa la casa che ha bisogno di aiuto, non la mia».

# *La spia*

Tra i sobbalzi del *fiacre* già in movimento, Anja cerca di individuare dall'intestazione del contratto l'indirizzo a cui farsi condurre. Sì, dovrebbe essere questo! Sporgendosi verso la finestrella interna che consente di comunicare col vetturale, fa scorrere lo sportellino di vetro e, investita dalla corrente che la morde in faccia, lancia fuori la voce affannandosi a sillabare il nome di una via di cui non ha mai saputo l'esistenza.

«Al numero 63. – specifica – Dovrebbe riconoscersi dall'insegna di una libreria!».

«Ci vorrà un po' con questa neve, è verso la Fontanka» ci tiene a chiarire, urlando di sguincio, quello in cassetta, che in più commenta: «Bella zona!», ma Anja, che ha già richiuso, si è adagiata sullo schienale del sedile e non può averlo sentito.

Avventurandosi in una foresta di chiose e di specifiche a lei incomprensibili, cerca di cavare qualche briciola di senso dai fogli che ha tra le mani. Leggere sollecitata dalle scosse le ha sempre dato una certa vertigine e l'attuale carrozza, sotto questo aspetto, è parecchio difettosa. Le sospensioni elastiche delle ruote sembrano incapaci di ammortizzare alcunché. Neanche su un carro da fieno si viaggerebbe così. Il colpo a ogni dislivello è brusco e fragoroso, e proprio di questo si sta scusando a gran voce il cocchiere imprecando contro il gelo che, a suo dire, aggriccia le articolazioni "*delle ossa e delle molle*". Ma il brav'uomo, forse convinto che la sua passeggera non abbia richiuso la finestrella, parla al vento, per eufemismo e non. Le raffiche sono forti, ogni cosa che egli inutilmente dice potrebbero ascoltarla tutt'al più i cavalli ma non certo lei, intenta a frugare nelle tasche del soprabito alla ricerca di qualche pastiglia che dovrebbe essere rimasta lì dalla serata alla sala Smolny. Infatti, ecco un malloppetto di carta. È quello. Meno male, c'è. Senza neanche tirarlo fuori, lo svolge alla cieca coi polpastrelli e tasta i tondini duri che auspicava di trovarvi. Ne raggranella all'interno del palmo un paio, se li cava dalla tasca e li butta giù. Il suo ferro. Ci vorrà un po' perché le faccia effetto ma intanto è messo in circolo, e solo il fatto di averlo preso le dona da subito un conforto foriero di benefici immediati. La convinzione che tra poco smetterà di soffrire per virtù chimiche, già la sta facendo smettere di soffrire per virtù illusoria. Tanto può l'immaginazione in una natura sensibile come la sua!

Il cocchiere, col cilindro calzato sino all'arco delle sopracciglia, perscrutando nella luce dei due grandi fanali a cassetta, se ne sta addensato in sé stesso, col volto raggrinzito fisso sulla strada innanzi e, come se lei gli stesse lì seduta a fianco, parla e straparla di strani movimenti sovversivi che hanno di recente messo in allarme la polizia... «E sì! E sì! Mica roba da poco! Qui girano le rivoltelle!»... e impreca contro certe velleitarie ribellioni senza costrutto, per di più codarde, questo il suo parere, perché a lui sta pur bene che il popolo si metta in moto... «Ma che lo faccia allora come hanno fatto in Francia, – sostiene – non c'è altra maniera: uscire allo scoperto, a nome di tutti, e non con questo tramestare nell'ombra, in modo clandestino, come piattole, come scarafaggi nel buio! – e sbottando – il patibolo ci vorrebbe! Il patibolo!». Una litania che, terminata, ricomincia con variazioni minime. Così, lungo la Prospettiva, per i *boulevard* assiderati di Pietroburgo, sfila nella notte, come il pennacchio fluente di una locomotiva, questo sordido proclama antirivoluzionario pronunciato da un animoso vetturale che la rivoluzione la farebbe eccome, ma altro che a nome di tutti: da solo la farebbe, e solamente per sé stesso, a proprio vantaggio.

Lei, di dentro, ne avverte a tratti il bisbigliare concitato che le giunge più dal tettuccio che dall'intercapedine della parete di fronte, per cui ritiene dapprincipio che quello davvero ce l'abbia coi cavalli, ma riuscendo a percepire, tra gli altri, termini come "Granduca" e "barricate" si sente in dovere di gridargli: «Guardi, inutile che parla, non sento nulla!».

Parole che arrivano di fuori vaghe e alterate. Evidentemente, il postiglione deve averle prese a conferma e a rinforzo della sua scombiccherata tesi, giacché l'avviso non lo ha azzittito affatto. A questo punto Anja gli dà il ben servito e torna alle sue carte.

Tutto ciò che di incomprensibile vi è scritto e postillato risulta alla fin fine annichilito da poche frasi chiarissime inerenti la data di consegna, il numero di pagine e la penale a carico dell'autore in caso di inadempienza. Cose che lei già sapeva. In aggiunta, c'è però quella formuletta che è il vero dato luciferino inserito nel contratto. "*Sarà cura dell'autore consegnare l'opera entro il giorno stabilito*". Ragioniamone, pensa, e si domanda: «Ma è davvero così scontato che quelle parolette, inequivocabili e al contempo ambigue se combinate insieme, *cura dell'autore*, non lascino nessuno scampo? In particolare è il termine "cura" che va chiarito. Fëdor Michajlovič, volendo dar credito a quanto racconta (ma perché non si dovrebbe?), è andato, ha aspettato, ci ha provato. Si è, insomma, *curato* di farlo. La parola "cura" definisce una maniera di comportarsi, e non l'obbligo a compiere un'impresa. Sennò, appunto, bisognava scrivere "obbligo", ma in questo caso, forse, lui non avrebbe mai firmato intuendo il tranello, invece no, ha firmato. – poi, sentendosi costretta a dover fare anche l'avvocato del diavolo, cerca di vederla da un'altra prospettiva – Sì, d'accordo, questo sarà pur vero, ma la questione si ripropone nella sua interezza dal momento che, pur avendo firmato queste carte, e pur avendo avuto cura di provare a consegnare il romanzo senza riuscire a farlo, ora se ne sta comunque lì distrutto senza intravedere nessuna scappatoia. Quindi, per lui, quando ha firmato, la parola "cura" l'avrà considerata sinonimo di "obbligo", ed è perciò che adesso non vede via d'uscita. – la testa le scoppia – Dio mio, che ginepraio! – e giunge le mani per un'antica attitudine a pregare, ritenendo la preghiera una maniera già concreta di reagire alle difficoltà della vita – Entro la notte la cosa va risolta, ma in modo assoluto, senza che possa avanzare il minimo dubbio. Entro stanotte o niente! O niente!».

Arrivata all'imbocco dell'appartata stradina di cui già non ricorda il nome, Anja salda il vetturale e si trova a pochi metri da una scritta dipinta su una lunga e pesante insegna di ferro verde inchiodata a un architrave color antracite: *Edizioni Stellovskij, stampe d'arte, partiture e libri*. Mentre si sofferma a leggerla sente la carrozza ripartire e il vetturale che riprende il suo sproloquio con gli stessi argomenti e lo stesso tono. Sicché, stava davvero parlando ai cavalli!

La ragazza non conosce quella specifica strada in cui si è fatta portare, ma crede di riconoscere il quartiere. Per esserne certa si affaccia su una via lì vicino. E sì, c'è la sua scuola due traverse più avanti. La cosa di per sé non significa nulla ma ne è turbata. Due luoghi fondamentali della sua vita così accostati!

Forse non è tanto questo a inquietarla, ma la sensazione di sapersi sotto il governo di Stellovskij sia come segretaria di Dostoevskij, sia come allieva dell'Istituto. A questo proposito le torna in mente qualcosa che le ha detto tempo addietro Fëdor Michajlovič: «Quell'uomo è un ammaliatore», aggiungendo: «Conosce il modo per distrarre le persone».

È vero, la sta distraendo. Malgrado sia assente, il sulfureo editore l'ha quasi convinta che se lui ha voluto impiantare casa e negozio in quel punto della città, l'ha fatto *anche per lei*. Per saperla a due passi da sé, e perché Anja un giorno, vale a dire *adesso*, lo scoprisse, ne fosse sconvolta, quindi distratta.

«Ma no!... Una coincidenza! Una coincidenza!» si dice lei, che va a percuotere con violenza il batacchio di ottone per farsi aprire. Quando stacca la mano dal pomello si accorge dello strano muso ghignante che vi è modellato sopra. Le ricorda qualcosa ma non sa dirsi che. Il suo interrogarsi dura poco. In breve, si apre uno spioncino laterale da cui beccheggia fuori la testa sferica del tizio che l'ha abbordata per strada. Il ghigno ritratto nel pomello del batacchio è lo stesso che si è affacciato ora.

«Mi spiace, *Mademoiselle*, ma gli uffici riaprono domattina alle nove».

Anche questa formidabile somiglianza per un attimo la distrae.

«Debbo vedere il suo padrone, mi apra!».

«*Monsieur* Stellovskij?».

«Il suo padrone, sì!».

«Se intende dire da chi sto a servizio, è *Monsieur* Stellovskij, chiamandolo padrone non gratifica né lui né me».

Lei, moderandosi: «Monsieur *Stellovskij* c'è?».

«Mi perdonerà. Amo rettificare, ma i tratti di identità sono decisivi anche nei colloqui di carattere più spiccio come questo».

«So benissimo chi è lei. Se conoscessi il suo nome la chiamerei per nome, ma purtroppo non lo so. Mi dica se c'è!».

«Oh, *Mademoiselle*, non è questione di nome. Chi sta a servizio di un padrone è un servo, e lui servi ne ha, ma io non sono fra quelli. A ogni modo, come ho già riferito al suo principale, no, non c'è, è via per affari.»

«Lei, però, c'è! Perché non ha voluto prendere il manoscritto del maestro Dostoevskij?».

«Perché pacchi superiori a una certa mole pretendono permessi di recapito che vanno controfirmati direttamente dal destinatario».

«E da quando?».

«Da quando frange sediziose mandano in giro materiale rivoluzionario. Anche bombe, sa?... Piccole bombe con una miccetta collegata alla chiusura della busta, che uno la strappa, dà l'innesco e *bum*. Non sono io che me l'invento, lo dice la polizia, e queste sono le regole. Dolente, ma non intendo mettermi nei guai per chi nemmeno conosco».

Senza aggiungere altro, richiude lo spioncino.

«No!» urla Anja, che si avventa contro l'anta di quel pertugio a picchiare un pugno violentissimo. Una fitta le blocca il fiato: ha colpito con la mano ferita e poco ci manca che il dolore la faccia svenire. Rimesta nella tasca della mantella pescandovi alla rinfusa un fascio di banconote stropicciate.

«La pago! Tutto quello che ho!... Come ha fatto a saperlo che stava terminando? Ha delle spie?... Mi dica solo questo: *chi*?... La pago!... La pago!» e tace affannata col viso avvolto dalla condensa sparata fuori a raffica.

Una serratura che scatta, lei si volta. La porta d'ingresso è stata aperta. Il *factotum* le fa segno di raggiungerlo.

«Favorisca seguirmi... stavo archiviando».

Lei, ancora scossa dall'accesso di nervi che l'ha colta, si dirige verso la soglia. Lo gnomo lascia che l'ampia scampanatura del soprabito di *cachemire* gli frusci contro, e richiude.

Stando di fuori, alla ragazza era impossibile farsi un'idea di come fosse organizzata la libreria all'interno, giacché due grosse tavole di legno sono state armate a oscurare le vetrine. Ora, attraversando il negozio, vede un esubero straordinario di volumi allineati e sovrapposti su più file, e anche le scansie ai muri risultano essere strapiene. O meglio, vede i volumi, ma non saprebbe dirne di più. Nessuna luce è accesa. Con un certo sgomento le sembra che non vi sia alcuna varietà in quell'esposizione e che, in buona sostanza, si tratti di innumerevoli copie di una sola opera.

«Sì, ha ragione. Stiamo puntando molto su quel titolo».

Il sottoposto dell'editore (espressione non più lusinghiera di "servo" ma lui la preferisce) ci ha azzeccato in pieno nel capire a cosa stesse pensando la ragazza.

«Quale titolo?».

«Stia attenta! Lì lo scalino è rotto».

L'avvertimento giunge con un attimo di ritardo, lei inciampa picchiando la punta del piede contro una tavola malmessa e ci vuole la prontezza volpina dell'altro nel sorreggerla per evitarle di cadere. Così, intanto, la domanda sul titolo è andata persa. Come è andata persa qualsiasi curiosità di Anja a tal riguardo. Salite due rampe, sono giunti al pianerottolo del sofà incorniciato dalle piante di *hibiscus* dove lo scorso settembre Fëdor Dostoevskij fu fatto sedere ad aspettare.

Il lacchè ha finito solo adesso di controllare le banconote ricevute e facendo gli ultimi gradini che portano al piano superiore le intasca. Suggerisce alla ragazza di non rimanergli troppo distante. Purtroppo, quell'ultimo transito, si scusa, gode di poca illuminazione sia di giorno che di notte. Lei è così costretta di malavoglia ad accettare un contatto fisico tra la punta della propria mano destra e quella di lui protesa all'indietro per indurla a fare il percorso meno accidentato. Un contatto reso ancora più sgradevole dall'afrore pungente di padella oleosa emanata dal quel minuscolo valletto da strapazzo.

«Eccoci. – dice l'omuncolo annunciando che le rampe sono finite – In fondo al corridoio».

Nell'avviarsi interrompe, lui per primo, il contatto fra le loro mani dando per inteso che non ve ne è più bisogno. Da questo punto, lei basta che lo segua.

L'oscurità è meno forte di quanto lo fosse lungo le scale, non solo per la poca luce notturna che giunge da una teoria di finestrelle intagliate nella parete di sinistra ma anche per dei sommessi bagliori di lucerne che brillano al di là di alcune tende messe a schermo dei varchi aperti nella parete interna, a destra, corrispondenti a delle piccole celle penitenziali. Una di queste tende non è tirata del tutto, o forse è stata da poco dischiusa apposta e lascia intravedere una sagoma corpulenta e contorta che se ne sta gettata straccamente su una branda. Quando i due vi passano davanti, il tipo dietro la tenda mezza schiusa lancia un'occhiata fuori di cui lei coglie l'espressione torva, come un riflesso d'acqua stagna al fondo di un pozzo, e dopo che è passata oltre la campitura del varco, con la coda dell'occhio scorge il tizio che si è sollevato a sedere sul suo malandato giaciglio col respiro sibilante di un malato di enfisema.

«Sa, *Mademoiselle* Snitkina, qui un tempo *Monsieur* Stellovskij teneva i cani. – le dice querulo il *factotum* – Curioso, no?... Allo stesso piano del suo studio... ci stiamo arrivando, è lì. Bellissimi. Per lo più levrieri bianchi. Ma un giorno, d'improvviso, li ha fatti sparire tutti, ci crede? E me l'ha detto senza aggiungere nulla, era chiaro che, dicendomelo, si aspettava un mio "*Perché?*", e io lo feci. Glielo domandai. Perché?».

Nel frattempo sono arrivati alla porta sul fondo. L'omuncolo, prima di farla entrare, si sofferma intenzionato a terminare quel che ha da dire.

«Sa cosa mi rispose? "*Sentire parlare le bestie porta male. Tutti lo sappiamo*", personalmente non lo sapevo, ma da allora... prego, siamo arrivati... da allora lo so».

Con melliflua morbidezza il tirapiedi poggia la mano sulla maniglia che poi deve solo spingere appena per consentire alla porta di aprirsi lentamente da sé. Quindi, arretra a capo chino e lascia il passo alla fanciulla affinché costei possa introdursi con pieno agio nell'ufficio dell'editore. Nel tempo che Anja supera la soglia, la stanza è gradualmente accesa dalla vibrante luce giallognola di un lume a petrolio che l'altro, rimasto alle sue spalle, ha provveduto a mettere in funzione. L'ometto, senza ardire di tenersi dritto, sopravanza prono e ad ampi passi l'ospite per fermarsi all'incirca nel punto mediano tra la ragazza e la scrivania. I suoi salamelecchi sembrano esprimere una deferenza dovuta più al luogo che alla visitatrice.

«Lì, sul tavolo! – le dice – Controlli da sé».

Anja va. Lui ha parlato di tavolo, ma in realtà ha indicato la scrivania. Strano modo di fare: il tipo tiene alla propria qualifica ma non a quella delle cose.

Lei nota una busta lacerata. A fianco, un foglio accartocciato. A occhio e croce dovrebbe trattarsi di una lettera. Sì, lo è. Il subalterno che ha fatto da ispiratore al pomello del batacchio usa toni quasi flautati nel domandarle: «La riconosce?».

Certo che la riconosce: è la lettera con cui la ragazza garantisce formalmente di dimettersi dall'impegno assunto come segretaria presso la casa del maestro Dostoevskij, e lo gnomo sa che quella lettera Anja l'ha riconosciuta al volo, senza nemmeno bisogno di dispiegare il foglio.

«Vuole il nome della spia?... Legga la firma».

Son passati alcuni giorni da quando Stellovskij, seduto lì, sullo scranno padronale, ha lacerato la busta nel modo in cui l'ha trovata adesso lei, e avendo letto quanto scritto nella lettera ha battuto un colpo energico sulla scrivania col palmo della mano emettendo un singulto che voleva essere una mezza risatina. Dopodiché, ha scorso velocemente un'altra volta il foglio e guardando altrove l'ha subito appallottolato (infatti, così è rimasto) per poi dire al suo irreprensibile *factotum* personale: «Deliziosa creatura! Non sa mentire neanche scrivendo. Una letterina che trasuda entusiasmo. Il che significa una cosa sola: quel disgraziato ce l'ha fatta. Un imprevisto che ci impone di prendere immediati provvedimenti».

«Detto ciò... – conclude il paggetto – al galoppo e via!».

Da un'accozzaglia di sillabe miste allo scherno, lei sente stamparsi parole nette e chiare che le rintronano nella testa fattasi vuota. Parole irte come pruni che le raspano l'epidermide della coscienza a ripeterle: "Tu! Sei stata tu!", ma quanto ce ne vuole per convertire questo *tu* in un *io*?... Per aprire gli occhi e riconoscersi in ciò che ha fatto. *Io! Sono stata io!...* È quasi sul punto di svenire premuta dall'abbaglio che la inchioda alla propria identità.

"Al galoppo e via!" ripete ancora quello, mimando stavolta con le dita gli effetti banalmente logici della più deprecabile sprovvedutezza firmata dalla più immacolata delle spie.

# *Una povera anima*

Il vento è forte. Nella piazzetta su cui affaccia il negozio delle Edizioni Stellovskij il nevischio si muove a mulinelli. Anja, appena uscita, cammina svelta valutando quale dovrà essere la sua prossima meta. Sta per imboccare un viale che conduce al lungofiume quando dei tonfi di passi pesanti alle sue spalle la fanno voltare. Un energumeno scalzo che è un ammasso di carne flaccida sorretto da una struttura ossea imponente le viene incontro con andatura sbalestrata e facendosi svolazzare sui fianchi i lembi di una camicia slacciata senza nulla sotto: è l'uomo che stava sveglio sulla branda dietro la tenda.

«Sei la serva di Fëdor Michajlovič?... – le urla il tizio ancora distante rantolando – Oi, di'!... Sei la sua serva?».

La ragazza, inchiodata sul posto, rimane immobile a fissarlo. Ora, sfiatando, Pisemskij incombe a un passo da lei. Ha le cornee di fuoco al punto da rendere indistinguibile il colore delle pupille, e ha la calotta cranica escoriata. Non è la calvizie ad avergli devastato i capelli, la sensazione è che se li sia strappati da sé a viva forza. Parla sguaiato, irridente.

«Se sì... – e boccheggia per stazzare nei polmoni tutto il gelo che li sta riempendo – se sì... ah... – non ce la fa, deve chinarsi con le mani sulle ginocchia – se sì, vagli a dire che Aleksej Pisemskij, te lo ricorderai questo nome?, vagli a dire che Aleksej Pisemskij gli sta tenendo un po' di posto libero nella sua cuccia. – e ansima – Poi digli pure: "*A lui ha preso tutto, e anche a te prenderà tutto*" e digli che non si dia troppe arie perché il tutto mio, ma così devi dirgli... – ansima ancora – ... il tutto mio vale il tutto suo!».

La faccia dell'uomo, in ogni sua piega, in ogni sua ruga, in ogni ammanco, è lo stampo della maschera di un folle impressa su un composto di povera polpa stritolata dal dolore. Appresso a lui, sopraggiunge arrembante l'untuoso *factotum* che si sbraccia e sbraita per qualcosa che sembra essere sfuggito al suo controllo.

«Torna dentro tu! Torna dentro! – grida con violenza a Pisemskij, e, d'infilata, con altro tono a lei – Perdoni, *Mademoiselle*, ma guardi come va in giro... come un miserabile, tutto scalzo e mezzo nudo!... Si ammalerà!... Io è per lui che lo dico, non ci sarebbe altro motivo, lei capisce... non certo perché qualcuno lì dentro ce lo stia tenendo a forza».

«Nessuno mi ci tiene, ma qualcuno mi ci ha spinto!» strepita feroce quel mastodonte derelitto, ridendo ai propri danni.

«Non qualcuno, – replica con la sveltezza di un aspide l'omuncolo – la tua demenza!»

Pisemskij si passa la punta di due dita sulla lingua per imporle sulla fronte dello gnomo a marchiarlo con una lunga strisciata di saliva e rifluisce nel buio, carico, dentro, del suo enfisema. L'ometto, pulendosi, si rivolge ad Anja coi toni della più schietta mestizia per chiamarla a complice in questo sgradevole incidente che lo ha davvero messo sottosopra.

«Lei lo capisce... fa pena, lo so, ma non c'è bisogno che io le spieghi nulla, lo vede da sé. Tutto dice che razza di scellerato sia. Un triste *golem* che ha saputo ridursi così con le sue mani, mi creda!... Accade. Una povera anima che *Monsieur* Stellovskij si è generosamente incaricato di mantenere a proprie spese. Ma che vuol farci? Quello nemmeno è in grado di apprezzare la considerazione in cui lo tiene. Enorme!... Enorme!... Ha fatto caso?... In questi giorni l'intero negozio è dedicato solo a lui» e sulle ultime parole l'omuncolo recupera un'aria di vanagloriosa e festante beatitudine.

Sollecitata da una strizzatina d'occhi lanciatale dal tipo che ora aspetta solo di vederla sbalordire, Anja volge lo sguardo verso la libreria. Le tavole alle pareti sono state tolte e dalle vetrine promana una luce aurea e calda. Gli espositori, e da quel che si intuisce anche le scansie all'interno, traboccano d'un solo titolo ora visibile e per lei riconoscibilissimo: *Le mille anime*, di Aleksej Feofilaktovič Pisemskij.

«Prima le ho acceso apposta per farle vedere cosa è capace di fare *Monsieur* Stellovskij per i suoi pupilli, ma non mi ha dato il tempo. – dice il lacchè premurandosi che non suoni a rimprovero – Le volevo giusto dimostrare sino a che punto la nostra casa è disposta a prodigarsi per le opere in cui crede. – sgranando gli occhi a sottolineare la trovata – Mille anime, mille copie» e lascia che lei rimanga in contemplazione di quella vetrina iridescente colma di un solo romanzo. Anja lo ricorda perfettamente. È il libro che lei stessa ha trasmesso in dono a Fëdor Michajlovič per conto del diavolo in persona.

«Immagino che la strada per ritornare non le sia ignota. So che la sua scuola non è troppo distante da qui. Con ciò, gentile signorina, dorma bene».

Di nuovo, a passo svelto, affrettandosi lungo le spallette del fiume, Anja non può smorzare un'inquietudine alimentata da domande impossibili da zittire: «Ma quando ha avuto il tempo di togliere quelle tavole? E mentre lo faceva, io dov'ero?».

Lo zio Il'ja, fratello della Nikolaevna, maggiore di due anni, è quello che più di chiunque nella cerchia familiare di Anja ha segni somatici trasmessi, per eco materna, alla ragazza, e quando zio e nipote capita di vederli insieme è facile immaginare che tra loro il rapporto di parentela sia ben più stretto. Alla fanciulla più di una volta è accaduto che le venisse fatto notare («Sembri sua figlia!»), o addirittura, da persone con cui era in poca confidenza, di sentirselo domandare («Ma siete sua figlia?»), e con tutta la forza dell'affetto che la lega al padre, questo fraintendimento non le è mai dispiaciuto troppo. Il bello è che lo stesso Grigorij Ivanovič, assai affezionato a quel cognato meritevole di grande stima sotto vari aspetti, non si dispiaceva affatto di una somiglianza che si collegava a quanto di bello egli intravedeva dell'adorata moglie nella sua Netočka.

Il clan dei tre, potremmo definirlo: Il'ja, Anna ed Anja.

Madre/sorella, fratello/zio e figlia/nipote: tra loro gli stessi princìpi di bellezza sono diversamente modulati a creare distinzioni ma non distanze. Quel po' di maschile che c'è nelle due donne è compensato da quanto di femminile c'è in lui, e guardando la Nikolaevna si può immaginare come sarebbe Il'ja se fosse donna, e viceversa. Guardando invece Anja in rapporto a loro, la si può vedere all'incirca come sarà crescendo, mentre osservando lei si capisce come all'incirca debbano essere stati lo zio e la mamma quand'erano ragazzi.

Stiamo parlando dell'ovale del volto, che fratello e sorella condividono, della morbidezza dell'incarnato, naturale per età nella giovane Anja, ma tuttora particolarmente intatto nello zio così come nella madre e che, per deduzione, possiamo a buon diritto profetizzare nella fanciulla allorquando, non più fresca dei suoi vent'anni, si sarà fatta una donna matura nel tempo a venire; simili pure, in tutti e tre, sono le efelidi sulla fronte e sulle braccia. Lo stesso si può asserire delle sopracciglia e dei capelli nordici che ancora allo scoccare dei cinquant'anni allo zio Il'ja sono rimasti tutti, con l'attaccatura ben salda a profilare la fronte e le tempie. Prima che un poco si smorzassero avevano il fulgore della treccia di Anja, dalla capigliatura a sua volta affine a quella materna, che però non è bionda ma fulva. Altra cosa condivisa da Il'ja e sua sorella Anna, e che la ragazza sta iniziando a eguagliare, è il fisico slanciato che, in lui, neppure la lieve prominenza del ventre appesantito riesce a compromettere. Una questione di portamento naturale.

Ed è appunto questo poter mostrare a colpo d'occhio il loro essere dello stesso sangue che spiega in gran parte la sensibile e mutua predilezione istintiva tra la piccola Anečka e lo zio Il'ja. Non di rado, certi riverberi fisici significano anche consonanze interiori profonde dovute a quella gioiosa volontà di sentirsi simili che spesso ha più potere dell'esserlo davvero.

Comprensibile, quindi, che, nell'emergenza di questa notte, lei, malgrado l'ora insolita, non si sia fatta molti scrupoli a raggiungerlo per chiedergli consiglio. Ne ha motivo. Lo zio sa molto di codici e codicilli, ragion per cui c'è da sperare che ne conosca pure le scappatoie.

Stiamo parlando di un notaio di valore, oltre che di un sottile umanista. Il'ja fa un distinguo minimo tra le due nature, e ama citare come in Italia, nel XIII secolo, abbia operato tale Jacopo da Lentini, a cui pare si debba l'invenzione della forma sonetto. Costui era chiamato il Notaro, poiché Notaio, dalla qual cosa Il'ja ha sempre tratto argomento per sostenere che la scansione delle due quartine e delle due terzine di endecasillabi organizzati secondo uno schema metrico prefissato sia stata concepita da un'intelligenza non a caso notarile, addestrata più al culto delle forme che del contenuto. Né più né meno come certi modelli di procedura sono da intendersi alla stregua di forme premesse alle varie negoziazioni che dovranno regolare.

I molti libri di varia specie da cui adesso lo zio e la nipote sono circondati nello studiolo rivestito da pannelli di legno chiaro dove stanno entrambi seduti nottetempo, raccontano al meglio di una cultura che fonde la dottrina delle norme coi cieli della poesia. Molti russi e moltissimi europei. Tra cui Goethe, Marlowe e Shakespeare, autori da Il'ja tradotti e sovente discussi con Grigorij Ivanovič Snitkin, che si è sempre reso disponibile a saggiare, tramite ascolti in diretta, la qualità delle sue trasposizioni in russo dalle lingue originali. Spiritosamente, ma fino a un certo punto, Il'ja sostiene da sempre che ogni buon notaio dovrebbe interessarsi principalmente a Goethe, a Marlowe e a Shakespeare. A suo parere, nessuno più di questi tre geni ha saputo sondare le mille occulte implicazioni filosofiche e morali che possono annidarsi nelle pieghe di un contratto, e tanto più se tendenzioso (come nel caso di quello redatto da Shylock in *The merchant of Venice*) o di natura diabolica (come nel *Faust* dell'altro furente autore elisabettiano, e in quello dell'olimpico pensatore tedesco).

È proprio con questo spirito che lo zio Il'ja, indossando da fine gaudente una calda vestaglia scarlatta intonata alla tappezzeria a fiorami sovrastante la *boiserie* di sandalo biondo che funge da biblioteca, si è accomodato un po' sbilenco su una poltroncina dall'abbondante imbottitura presso la stufa di maiolica verde a occhieggiare i fogli che l'adorata Anečka gli ha rimesso tra le mani.

Dalle tre finestre lunghe e strette dello studio si vedono tetti rossi e bagnati, cortili grigi e pinnacoli. Più distante, una cupola d'oro, e dietro quella un'altra cupola dal profilo appena pronunciato nel buio che l'assorbe.

Anja, mentre lui si va facendo un primo quadro della situazione, valuta che la temperatura deve essersi alzata mutando lo scenario senza migliorarlo. Di fuori la neve si è convertita in un piovasco che le è facile immaginare quanto debba essere gelido. Una forte raffica di vento sibila fra le case facendo scrosciare la pioggia contro i vetri e infilandosi lamentosa nel tubo della stufa. La ragazza è rimasta in piedi trasmettendo, sia pure senza volerlo, la necessità di sapere qualcosa al più presto. Lui se ne accorge, solleva gli occhi dalle carte e le fa segno di accomodarsi con espressione accigliata ma bonaria; non gli dia fretta, per cortesia, deve prendersi il suo giusto tempo se vuole che possa dirle qualcosa di preciso, e si reimmerge nella lettura.

Di tanto in tanto lo zio deve staccare i *pince-nez* dal setto nasale e stropicciarsi gli occhi arrossati dall'acqua fredda con cui se li è appena sciacquati per presentarsi in modo acconcio alla sua ospite giunta improvvisa ed imprevista. Sono grigio azzurri quegli occhi, di un tono che declina in un tenue celeste il blu intenso dell'iride della nipote, ora seduta in pizzo a un'altra poltroncina di fronte a lui premurandosi di tenersi a schiena dritta per non sprofondarci dentro. La ragazza è in avida attesa di un'espressione del viso intento a leggere che lei scruta in modo da poter cogliere un primo responso circa la questione che la opprime. Ma lo zio Il'ja ancora non si espone. Scorre i pochi fogli in un verso e nell'altro, poi va all'ultimo e poi daccapo torna al primo. Emette piccoli mugolii, nicchia, e di nuovo si leva i *pince-nez* e si stropiccia di nuovo le palpebre, che infine tiene per alcuni secondi socchiuse. Riaprendole, poggia le carte sul lucido piano di noce della minuscola scrivania alla sua destra senza bisogno di accudire il gesto con lo sguardo. Raggrinza le labbra per raccogliere le idee e con fare meditativo le domanda: «Innanzitutto, spiegami... che c'entri tu con questo *affaire*?».

«Zio, ma non lo sapete che lavoro dal maestro Dostoevskij?».

«Come segretaria, mi diceva tua madre».

«In linea generale, ma soprattutto come stenografa e copista».

«Ribadisco la domanda. Potrà sembrarti peregrina, ma mi è necessario fartela per inquadrare la vicenda nel suo insieme. Dunque... fare la segretaria è un conto, fare la stenografa un altro ancora, sono ruoli circoscritti per cui è richiesta una competenza che ti stai formando, ma come mai t'impicci anche di certe cose?».

«Mi impiccio?... Che significa: *mi impiccio*?».

Quest'espressione la costerna. Detta da suo zio, poi, le appare tanto deludente da fargli apparire deludente lui, che coglie al volo il subitaneo malumore della fanciullina, al che il brav'uomo si sporge a darle un piccolo rabbuffo col pollice e con l'indice sul mento e si riaccomoda disponendosi a chiarire.

«Sono impicci belli e buoni, Anečka mia, e chi pratica gli impicci vi si impiccia. – allarga le braccia – Consentimelo. I giochi di parole, come i luoghi comuni, ci informano spesso della più ovvia verità. Con tuo padre pure... oh, quanto dibattevamo della poca importanza che siamo usi dare alle cose ovvie solo perché ovvie! – parlarle del padre è sempre una mossa sicura per interessarla – Ma i grandi poeti, e lui su questo punto concordava appieno col sottoscritto, altro non fanno se non insegnarci l'ovvio... la caducità delle cose, la vaghezza delle illusioni, il rimpianto per le occasioni perse».

«Sì, caro zio, sarà ovvio ma non è chiaro».

Lui, sbrigativo: «In pratica, una bella trappola. – tipico dello zio Il'ja vagolare tra le alte sfere e poi, in men che non si dica, ridiscendere a capofitto piedi a terra – Quando qualcuno stringe d'assedio qualcun altro facendo uso di sensi e controsensi messi a maschera di doppi sensi, io questo lo chiamo un impiccio. E anche degli impicci tocca avere competenza se uno ci si vuole immischiare. Ora, non te ne avere a male, ma io dubito che in questo campo tu di competenza ne abbia un granché».

«Infatti, è proprio perché non ho competenza che sono qui. Non è che m'impiccio, ma il Maestro Dostoevskij mi ha chiesto un parere, anzi... a essere più precisi, mi ha chiesto se so di qualcuno in grado di dargliene, e siccome voi, come notaio...».

«Se non consegna il romanzo non la scampa».

È un colpo d'accetta bello e buono abbattuto su ogni residuo di speranza. Ma non basta! Il verdetto è postillato con una formula che lei, pur non avendola mai sentita prima, decifra all'istante nella sua drammaticità: "*Consummatum est*".

«Tutto è già consumato, – le spiega a ogni buon conto lo zio Il'ja – La cosa è stabilita, e in qualche modo già risolta sin dal momento in cui, come amo dire io, l'inchiostro ha concluso l'inchiostro. E l'inchiostro che conclude l'inchiostro è la firma. E qui la firma c'è, netta, – tamburellando delicatamente coi polpastrelli sui fogli del fascicolo – a sottoscrivere tutto ciò che è regolato finemente nel *corpus* del testo. Un contratto, a mio personalissimo giudizio, eccellente».

Lei strabuzza gli occhi, non ci si ritrova.

«Che vuol dire "eccellente", zio?».

«Che a leggerlo così com'è, avrebbe potuto concepirlo uno scrittore, un drammaturgo... senza meno, un poeta drammatico: con ispirazione e maestria».

«No, scusatemi ma non vi capisco! – protesta Anja – Prima avete detto "trappola", e per me una trappola è un imbroglio. Non è un imbroglio?».

«Sì, lo è. Per certi versi il qui presente accordo è stato impostato con una malvagità stupefacente. Addirittura, visionaria. D'altra parte, è il sogno di qualsiasi mercante far firmare per il proprio tornaconto un contratto malvagio, e non è davvero cosa facile; nel senso che questo – recupera e soppesa i fogli per renderne indubitabile la presenza – è preventivamente spietato. Chi l'ha redatto non intendeva sancire un affare, ma avviare un'impresa con audace creatività. Con audacissima creatività. E pare che ce l'abbia fatta. Se il Maestro, ripeto, non consegna il romanzo... entro quando?... – riporta i fogli a ridosso delle lenti, controlla – E già... entro domani... se non lo fa entro domani, non la scampa».

«Oh! E io appunto vi stavo spiegando, zio, ma voi non mi avete fatto dire! Lui certo che glielo vorrebbe consegnare, il romanzo è terminato, solo che quello è scomparso».

Il'ja scrolla il capo levandosi nuovamente i *pince-nez*.

«Figliola mia, ma questo io lo avevo capito benissimo. Qui tutto lo presupponeva. Cioè, che lui sarebbe scomparso era già scritto in queste righe. E proprio qui sta il colpo da vero fuoriclasse. Lui sa... non il Maestro, ma questo, questo... come si chiama?... – si porta di nuovo le lenti agli occhi e legge – Sì... Stellovskij... questo Stellovskij sa che a tal proposito esiste una giurisprudenza, poco nota ma c'è».

«Che vuol dire "giurisprudenza"?»

«Casi già contemplati. Ricordo l'atto di esproprio contro un possidente che si è presentato per pagare le sue imposte sino all'unghia, ma in ritardo di un giorno. La prima volta che era andato aveva trovato l'esattoria chiusa per una festività locale, quando torna, non c'è verso... ormai è in difetto, era l'ultima scadenza, hai voglia a protestare!... Ora, quello dice: "*Signori, mica è colpa mia se mi hanno rimandato indietro!*". Invece sì. Stava a lui saldare il debito prima che scadesse. Doveva pensarci per tempo, controllare il calendario, organizzarsi. Festa o non festa. Così, ci ha perso sia i soldi che cinquecento acri di terreno. E a pretenderlo è stata la Legge».

Terminando di parlare lo zio lancia oltre la porta dello studio una svelta implorazione di tolleranza a una giovane signora in *négligé*, dalla convulsa chioma tizianesca, che ha fatto capolino da dietro lo stipite con tutta l'aria di essersi spazientita ad aspettare non si sa per quanto. Anja, di spalle, è troppo presa dalle sue preoccupazioni per farci caso.

Già, è uno scapolo, lo zio Il'ja, e senza che il fatto sia conclamato (nell'ambito familiare, perlomeno), è un donnaiolo irriducibile, ma di grande discrezione. C'è da dubitare fortemente che l'arrivo della nipote lo abbia colto, come le ha detto lui, nel primo sonno; una comprensibile fandonia per tenere sotto *couverture* una sua faccenducola privata. A maggior ragione, l'ottimo zio Il'ja va apprezzato per la dedizione senza riserve con cui si sta comunque dedicando a una vicenda che si è intromessa con intempestiva scabrosità in un suo programma notturno ben diverso e assai più dilettevole.

«Zio... voi lo sapete quanto *Batuška* amasse Dostoevskij!».

«Con ciò?» replica il padrone di casa messo in subbuglio da quel richiamo oltre la porta e iniziando a sentire l'esigenza di riprendere le fila della sua serata.

«Credo che anche lui sarebbe felice se in qualche modo riuscissimo ad aiutarlo» insiste la ragazza.

«Mi spiace, vorrei. Ma lì, Netočka mia, – dice lo zio additando i fogli che lei ha già recuperato – lì, te l'ho detto, c'è del genio. – reprimendo un sorriso amarissimo – Del genio per catturare un genio, questo è. Il nostro buon Grigorij Ivanovič mi perdonerà, e tu pure, spero, ma sono costretto a dichiarare i miei limiti. L'informazione posso dartela e te l'ho data, la soluzione no, quella va al di là di me. Non avessimo solo poche ore a disposizione, ma così...» solleva le spalle non sapendo cos'altro aggiungere.

Anja reclina il capo sulle braccia conserte che stringono al petto le carte. Parla guardando in terra, con le sopracciglia contratte.

«Pure lui si è arreso. Ma io non ce la faccio».

«*Pure lui*... – pensa Il'ja accorato – intende dire: pure lui *come me*» e si sente muovere in pancia quel gatto randagio e molesto che è l'autocommiserazione. Prova a giustificare Dostoevskij nella speranza di giustificare sé stesso.

«Non confondere, tesorino. Lui non si è arreso. Ha solo dovuto prendere atto che la partita è finita. Sa bene che non si può fermare la mano del *croupier* al momento in cui rastrella la perdita dal tavolo. Sarebbe pura isteria».

«E il tempo che ancora abbiamo?... – protesta la fanciulla risollevando il volto pieno di temperamento – Davvero non può servirci a nulla? Lo dobbiamo buttare via così, come se non ci fosse?».

A dispetto della sua urgenza e della donna in sottoveste che è scomparsa dallo stipite con uno scarto di irritazione, lo zio Il'ja si sofferma a riflettere. Soffre da morire al pensiero di mandar via la piccola Anečka come ora la vede, davvero delusa, delusa dall'adorato zio, delusa dal fatto che, al momento in cui è venuta a chiedergli un aiuto, lui non ha saputo offrirle nient'altro che un po' di pedante e fumosa filosofia, ma quello, d'altronde, cosa può farci? La testa è vuota, non uno spunto, nulla.

Povero zio Il'ja! Fare brutta figura con la prediletta fra le sue nipoti lo strazia. Parla scrollando il capo. A consolarlo, per quel che vale, è pensare alla sua resa come a un'eco nientemeno di quella di Fëdor Michajlovič Dostoevskij.

«Io i contratti so stenderli, ma se me ne devo difendere, ahimè, alzo le mani».

Su queste ultime parole sente la porta d'ingresso che sbatte.

«Ma c'era qualcuno, zio?».

Lui, mentendo, fa segno di no, anche se la sua espressione è più quella di chi intenda: «Nulla di importante».

«Ma la porta?».

Oddio mio, altro motivo d'ansia! Nessuna risposta gli sembra conveniente. Per sviare il discorso meglio rimanere ancorati all'argomento principale, quello a cui deve un bello spasso andato in fumo.

«Qui la sola possibilità è un avvocato dal cervello fino. Ma tra stanotte e domani dimmi tu dove lo trovi!».

Un avvocato. Giusto!... Così, per distrarla dalle sue tresche e quasi senza rendersene conto, lo zio Il'ja alla sua amata nipotina un abbozzo di risposta sensata alla fin fine è riuscito a darla.

# *Oltre il ponte*

Un vento sferzante spinge di sghembo la pioggia. La luce gialla dei fanali a olio, che davanti alla casa dello zio Il'ja sono posti in cima ad alte pertiche e più in giù sono appese a grosse catene tese attraverso la strada, guizza irrequieta.

Non c'è *nessuno* in giro per Pietroburgo. Nessuno. Solo Pietroburgo. Anche i rari passanti fanno parte di Pietroburgo come i fanali, come le cupole delle chiese e le facciate dei palazzi, e sono perciò nessuno. Nessuno, tranne Anja che attraversa la sua città trapassando fantasmi, sola nella vastità di una lucida conca barocca in cui è stato progettato il futuro di cui lei fa parte. Senza alterare la metrica della sua andatura, avvolta di *cachemire* grigio, scuote all'indietro il capo per aiutare le dita a sciogliere la treccia affinché i capelli possano ricascare folti a scaldarle il collo. Non smette di marciare, e di marciare come sa farlo lei. Coi suoi stivaletti foderati di pelliccia. Col suo passo che produce l'unico suono di tutta la città. Senza guanti. Senza nulla, tranne quello che le resta nelle tasche. Qualche banconota spiegazzata, qualche pastiglia al ferro. Così ha affrontato la notte. Attraversa il ponte Aničkov, con la Neva che gioca a fare il mare da una parte e dall'altra, che cerca sponde ovunque e che al suo centro fa presumere l'abisso e strani pesci a riposare sul fondo. Un mare fluido che ogni tanto si diverte a recitare di nuovo la parte del fiume, e anche quella dell'oceano qualche volta. Non c'è acqua, al mondo, che abbia riflessi più metallici della Neva. Non c'è acqua più servizievole, quando vuole, e poi più indomita della Neva. Come i quattro cavalli del ponte Aničkov tra i quali sta ingabbiata adesso lei. Da due si allontana e a due si avvicina, ma ogni breve tratto di strada le appare interminabile. E ha ragione, lo è. Il ponte Aničkov le pare interminabile, e quei cavalli alla doma irraggiungibili. *Liberateli! Liberateli!* Qualcuno ci proverà, e come atto vandalico spezzerà le redini di uno dei quattro, ma il balzo del cavallo sguinzagliato non si conquisterà un solo centimetro in avanti rispetto allo spazio in cui si trova e in cui sempre sarà. Eppure, a ogni istante sembra che quello spazio innanzi a sé lo stia per raggiungere, che il cavallo in volo sia già lì, e poi con un altro balzo ancora oltre, dopodiché più oltre ancora, e ancora, e ancora!... Ma non c'è libertà per chi è condannato a raffigurare il movimento, e non a realizzarlo.

Il cavallo Orlov che apparve a passo leggero, come un ondulato ripiegarsi e distendersi dell'aria, bianco, segmentato dalle betulle tra le quali venne intravisto da Sergej a Tosno, le sta ora a un passo di fronte. Lucente, fermo, con le zampe tanto elegantemente accostate l'una all'altra che sembrano intrecciarsi in un *bouquet* di garretti sottili come ramoscelli; è una leggiadra *silhouette* che sta di guardia allo sbocco del ponte sul lungofiume, col folto ciuffo della coda a oscillare lenta di qua e di là. Quel cavallo dall'infinito collo di dinosauro, elastico e lento nelle sue movenze. Sono animali preistorici i cavalli, diceva suo padre, che fu un grande cavallerizzo. Il loro muso proviene da prima che noi potessimo formulare il nome con cui chiamarli in qualsiasi lingua, poiché quando loro già c'erano, ancora non esisteva nessuna lingua. «Guardalo, *il dinosauro più eletto*!», così le diceva tante volte, il dinosauro più eletto, anche per strada, vedendo dei poveri ronzini attaccati alle stanghe di una carretta. Questo cavallo lei non può scansarlo. Anja deve passarci attraverso per superare i due di bronzo con cui termina il ponte.

«Klodt, fai i cavalli meglio di uno stallone» disse lo Zar allo scultore che tanti per lui ne fece, anche i quattro del ponte Aničkov. Perciò Nicola I lo insignì col titolo di facitore di cavalli per conto dell'Impero, *e ora, da qualche parte qui vicino, lo scultore sta morendo*. Era un ossesso. Ha riempito di cavalli veri la sua casa. Il quartiere addirittura insorse ma non servì a niente. Klodt era sotto la protezione dello Zar, e in tanti dovettero abbandonare i loro appartamenti che la puzza di stallatico aveva reso invivibili. È una storia antica, ancora se ne parla. Nemmeno sapeva dove metterli tutti quei cavalli veri. Si dice che li facesse sedere sulle zampe posteriori mentre lui, rannicchiato in un angolo, si metteva a intagliare rami di tiglio. Adesso sta morendo. Un ossesso, come Michail Aleksandrovič Vrubel', il pittore che ha da poco compiuto dieci anni, a Omsk, dove Fëdor Michajlovič ha vissuto il proprio Gòlgota, e che qui morirà; qui morirà, Vrubel', dopo aver dipinto e ridipinto sino allo stremo un *Demone precipitato* che quando verrà esposto in un museo della città, lui tutte le notti, tutte le notti, lo raggiungerà intrufolandosi come un ladro attraverso una finestra di cui avrà imparato a manovrare il marchingegno per aprirla, e nel silenzio di Pietroburgo, nel buio del museo, armato di colori e pennelli, sgattaiolerà nel salone dove starà appeso il suo quadro per ritoccare le fattezze del demonio all'infinito; tutte le notti vi si recherà a scavare quella faccia, sempre più alla ricerca delle fattezze definitive del maligno, a incidere altri segni nella sua schiena ritorta da cui farà emergere due ali di fuoco da conficcare nei ghiacci del Caucaso.

Lermontov l'ha cantato quel Demonio,Vrubel' l'ha dipinto.

La piccola Anečka sarebbe turbata a sapere certe cose, la impressionano, e non per il loro carico di eccesso, ma perché riguardano l'essenza di ciò che ella è. Che ne sia consapevole o meno, già potrebbe dirne molto. Lei non è nata per vivere di ossessioni, ma per accudirle sì. Avrebbe potuto aiutare Klodt nella fusione dei suoi bronzi, ad esempio, così come tra qualche anno potrebbe macinare le polveri rosse, blu e gialle che serviranno a Vrubel' per dipingere l'angelo crollato, ma in questo tempo presente un impiego di pari valore già l'ha avuto: è stata la segretaria di Dostoevskij. Ha usato il proprio inchiostro per redigere le sue parole.

# *Sino a lì*

La luna si spande sulle masse del gelo. Accettando di patire la sua piccola gogna, la fanciulla si lascia sopraffare in silenzio dalla donna che probabilmente ha svegliato e che non ha la minima voglia di farla entrare in casa. Ad aprire con un certo allarme era venuto il marito, ma poi, visto di chi si trattava, è sopravanzata lei: questa vecchierella, in realtà niente affatto vecchia ma che l'ora e la circostanza mostrano al peggio di sé, coi capelli spampanati dove i rimasugli di ciocche biondicce fanno preferire la sua testa dove è grigia, e coi fori ai lobi delle orecchie sino a tal punto slargati dagli orecchini pesanti che lo sguardo può passarci comodamente attraverso.

«Madre divina, sentite adesso come lo cerca! Sentite! Sentite!... – gracchiare così non le fa bene, la fa sembrare più che vecchia: una brutta vecchia – Cosa vuoi che ne sappia io di dove sta mio figlio?... Lavora dieci ore al giorno e se la sera vuole andarsene con gli amici ne ha tutto il diritto!... Fosse pure alla taverna Besnikov, perché no!?... A divertirsi con chi gli pare e piace. Come se ormai dovesse rendere conto a qualcuno!... E, comunque, di sicuro non a te!... Di' un po', *barišnya*, avrai mica cambiato idea, per caso?... Be', fosse così, sappi che ti sarà difficile farla cambiare a noi!».

Perlomeno l'ha saputo: alla taverna Besnikov, sì. Più nota come *Monastero Besnikov*. A molti piace l'idea che un tempo il luogo accogliesse delle monache. Chi sia stato a inventarsi questa leggenda non si sa, poi leggenda perché? Neanche è escluso che la storia sia vera. Non per nulla le puttane della taverna fanno categoria a sé. Se si è puttane lì, non ci si fa nemmeno chiamare puttane, ma *novizie della locanda Besnikov*, una bettola totalmente disertata finché regge un po' di luce e che poi con le prime ombre diventa una risacca per diseredati notturni, intasatissima e caotica.

Il fumo ha la densità di un banco di nebbia tra cui i corpi si muovono con l'evanescenza di ombre. Baccano di strepiti e percussioni. Anja sbatte contro un ufficialetto arruffato.

«Egor! – è uno che conosce, aveva fatto il primo anno all'Istituto, poi ha preferito l'Accademia militare – Sono Anna».

L'altro, alquanto alticcio, stenta a metterla a fuoco.

«Da Ol'chin» lo aiuta lei.

«Oh, Anja! *Quelle tendresse*! – e la carezza morbidamente su una guancia – Adorabile...».

«Sai niente di Sergej?... Per caso è qui? – ma Egor capisce meno di prima – Ti ricordi Sergej? – quello per il frastuono stenta proprio a sentirla, lei deve quasi urlare – Sergej!... Mi veniva a prendere dopo le lezioni. Tante volte abbiamo fatto un po' di strada insieme. Alto, bruno. Parlavate di cani... e di caccia».

Qualcuno, passando, le rovescia del liquido addosso. Fatto il danno, già è scomparso. Egor, solerte, le tampona con un fazzoletto la macchia e nell'accostarsi, dominando per quanto può la precarietà della sua sillabazione, le mugola in faccia con un fiato ad alta gradazione alcolica che lei non riesce a schivare per tempo: «Mettiti comoda... se non c'è, passerà» e le stringe con una mano la mascella come se fosse tentato da un'impudenza. Lei raggela, lui allenta la presa e dispare.

Anja, penetrando tra volute di fumo, va a sedersi nella convulsione della bettola col contratto ben stretto tra le mani. Qualsiasi cosa le accada attorno, dà la sensazione di non percepirla. Dietro un velario di vapori le sembra di intravedere la sagoma di Pavel Aleksandrovič che le lancia un sorriso stordito. Sì, è lui. Appena si accorge di essere stato individuato il ragazzo si gira verso il bancone dandole le spalle, ma per poco: si scherma una guancia con un tovagliolo lercio e si volta di nuovo a guardarla, di scatto, come in un gioco da bambini. Ripete l'operazione due o tre volte. Poi si volta del tutto verso di lei appoggiandosi sfrontato con la schiena al bancone su cui tira i gomiti allargati e rimane a fissarla, ma di nuovo vergognandosi del suo dente nero che tardivamente si ricorda di schermare con una mano, come già fece la sera in cui andò a comunicarle che Fëdor Michajlovič aveva intenzione di riprendere il lavoro. Con l'altra mano libera impugna un bicchiere e lo solleva verso la ragazza. Quando beve sente il ferro rintoccare contro il vetro. A volte, se non ci sta attento, con quel dente lui i bicchieri rischia di spaccarli, già gli è successo. Anja vede le sue palpebre vibrare con insistenza come le ali nervose di un insetto appigliato dentro un paralume. Il giovane ha l'aria sfibrata. Un ragazzone dall'aspetto gradasso e plebeo gli si mette a fianco e gli dà una spallata spingendolo d'un lato per divertirsi a farlo barcollare, e prima che Pavel scivoli in terra squilibrato lo ghermisce al volo per un braccio all'altezza dell'ascella, quindi lo ritira a sé e lo spinge ancora, e quello sembra che si diverta un mondo a farsi trattare così. Quasi è preso da un convulso di risa squittenti. La storia va avanti per un po', fin quando il ragazzone gli assesta una sonora pacca sul collo e lo lascia in pace preferendo occuparsi di cose più attraenti.

Pavel Aleksandrovič, smaltita la risata, si asciuga qualche lacrima e si rimette come stava prima: con una mano a schermo sulle labbra e col gomito dell'altro braccio poggiato sul bancone. Ogni tanto corrisponde a qualche richiamo, allora si volta di trequarti o di profilo, e in quei momenti, quando il suo sguardo si scosta dalla fanciulla, non si premura di tenere la mano sul volto. Il dente nero è in tal caso a disposizione di chiunque. È solo a quella ragazzina che non vuole mostrare la sua zanna. Lei si alza e va decisa ad affrontarlo.

«Dov'è Sergej? Lo sapete?».

«Oh... lontano da voi, *Madame*» e si profonde in un inchino che rischia di farlo cadere faccia in avanti, Anja fa in tempo a stringerlo con forza allo stesso modo in cui l'ha stretto l'altro, e facendo un grande sforzo riesce a tenerlo sollevato in piedi.

«Molto lontano. – conferma Pavel Aleksandrovič, e indica su, verso il soffitto – Ultima porta a destra».

Lei fa per andare.

«Anna Grigor'evna!», l'ha chiamata così forte che se ne sono accorti in tanti.

Pavel Aleksandrovič aspetta che lei si volti per domandarle con una strana mitezza, quasi sincera: «Ma come?... Non dite nulla?... – allargando le braccia – Ho iniziato a darvi del voi».

Addio, Pavel Aleksandrovič! Con questa tua afflitta discesa all'interno di te, equivalente a un parziale riconoscimento di te, non esci dalla vita di Anna Dostoevskaja (la reale e la vera, certificata da un diario che tutto ferma e definisce): con lei, negli anni futuri, avrai molto da spartire. È invece dalla nostra storia e da quella della nostra Anja che te ne stai per andar via. Ti lasciamo in lotta coi rigurgiti del tuo amor proprio che hai voluto appendere a un uncino da macellaio di tua propria volontà per abbandonarlo lì a colare sanguinante. Hai voluto invertire i termini della ragione: non somigliare a tuo padre, ma far sì che tuo padre somigliasse a te in modo da poter dire: «Vorrebbe tanto pensare i miei pensieri, ma non ce la fa» mentre sei tu che, combattendoli, hai sempre pensato i suoi. In queste pagine hai sostenuto la parte del derazzatore, dello spasimante ribelle ma che mai riesce a trovare né i suoi giusti complici né i suoi giusti nemici. Il titolo di figlio ti sembra troppo e quello di figliastro troppo poco. Sei un diseredato nell'anima. Una creatura che è il rovescio di sé stessa. Ti lasciamo braccato dal lupo che ti vagola dentro e che tu stesso hai messo a guinzaglio tra mani altrui. Mani che vorresti mozzare e al contempo baciare. Mozzarle davanti a tutti, baciarle in segreto. Le mani di un padre a cui mai potrai perdonare di non averti generato.

Anja sale. Passa in rassegna le porte, raggiunge l'ultima a destra. Indugia alcuni secondi prima di bussare. Quando si decide a farlo non ottiene risposta. Aspetta ancora. Senza insistere di nuovo, apre ed entra. Sergej sta a letto con una novizia. Poco importa. Lui, con aria scimunita, non può credere che sia lei. Abbassa un braccio fuori dal letto cercando a tentoni una bottiglia che però urta maldestramente facendola rotolare sul pavimento, a quel punto rinuncia a bere e si porta la mano sul viso per stropicciarselo, come farebbe con dell'acqua. La novizia (guai a chiamarla in altro modo!), che è una donna non più giovane e un po' gonfia, ha la faccia sprofondata contro il materasso, se ne sta con un gambone steso di traverso sul ventre del ragazzo e appare più sfinita di lui. L'ingresso di Anja non l'ha per niente scomposta, accenna a malapena a smuovere la testa volgendo lo sguardo all'indietro giusto un attimo per realizzare chi sia stato ad aprire. Appena si rende conto che quella tizia lei nemmeno la conosce, se ne disinteressa del tutto e ritorna lagnosa con la faccia all'ingiù strattonando scomposta lenzuola e coperte, se le tira fin sopra il capo e vi scompare sotto. Il pudore non c'entra, semplicemente si è accorta di avere freddo.

Anja ostenta i fogli che stringe in mano.

«Devi leggere questa carta e dirmi che si può fare. Ma *subito*. – lui, abbrutito dalla vodka, cerca di dare un senso sia a ciò che vede, sia a ciò che sente – Mi hanno detto che per capirlo c'è bisogno di un avvocato. Tu lo sei. Per piacere, fallo».

Con gesto indecente, il ragazzo solleva il lenzuolo irritando la donna che vi stava sepolta sotto. La voce di Sergej è segnata più dal dolore che dalla rabbia.

«Le consulenze si pagano. Ficcati qui dentro e ne avrai a volontà».

«Cosa preferisci?... Il mio disprezzo o il mio rispetto?».

La donna, a pancia sotto, si gratta platealmente una natica scoppiando in una risata solenne che le scuote l'ampia curva della schiena carnosa e vasta e grugnisce qualcosa tra le lenzuola contro cui preme la bocca.

«Una che ragiona così, ah... me l'immagino proprio...» e ridacchia ancora.

Cos'è che s'immagina ridacchiando in questo modo?

Per pochi istanti Anja è costretta a scivolare nella testa della donna di cui scorge solo la nuca e si ritrova immersa suo malgrado nella sconcezza di quel pensiero inespresso.

Via di lì! Via di lì!... E non c'è altrove. *Consummatum est.* Questa l'esperienza della sua notte: il transito totale del *Consummatum est.* Lettera dopo lettera.

Tiene stretto il baratro tra il pollice e l'indice, la piccola Anečka. Il contratto è uno straccetto che lei si porta appresso come un bene ormai svalutato... come un brandello di stoffa con cui non si possa fare più un bel nulla. Avrebbe voluto disinnescare l'inferno, ma è una cimice l'inferno, una cimice nascosta nel suo anfratto e che lì vive, pasciuta per quanto possa esserlo una cimice. E pensare che tutto si riduce al governo di pochi fogli in cui *l'inchiostro conclude l'inchiostro.* Avrebbero potuto essere usati per fare i conti della spesa quei fogli, o per scriverci dei versi, invece contengono le parole che serviranno a sconnettere un mondo dalle sue fondamenta. Un mondo di cui il mondo sopporterà la sconfitta come fosse poca cosa, nel disinteresse generale. Anja pensa: «Solo io e lui conosciamo sino in fondo il vero significato di tutto questo» e rabbrividisce di dolente tenerezza al pensiero che la sconfitta sarà la più intima delle loro esperienze condivise.

Sul grigio dell'acqua stretta dagli argini che la riducono a una scacchiera di vicoli, le strisce di azzurro scuro in cui inizia ad accendersi la luce dell'aurora sono implicate con quanto sta per accadere. Da esse proromperà il giorno, e il giorno sarà l'esecutore. Che cos'è poi la vita? Che cos'è la felicità? Purché non peggiori, purché rimanga così, proprio come adesso, questa sarebbe la vita, e sarebbe questa la felicità. Ma l'inferno è mutazione, e quel foglio ne fissa le scadenze.

Anja costeggia un canale barcollando per il sonno e la stanchezza. Si appoggia a un muro tinteggiato di giallo chiaro. Lei non lo sa, ma dietro quel muro Fëdor Michajlovič ha immaginato la casa di Sonja Marmeladova, a poche traverse di distanza da dove ha ficcato a vivere l'ex studente pluriomicida Raskòl'nikov, che da Sonja verrà redento; e non distante, due ponti più in là, attraversando il canale, a settecento passi, c'è la casa della vecchia dallo scialletto verde. L'altra Fedosija. L'attuale toponomastica dice: *Lungofiume Griboedova, 104*. Secondo portone. Quarto piano. Interno 74. Al piano di sotto, estremo retaggio del romanzo, c'è a tutt'oggi una porticina celeste incassata nel muro. Potrebbe corrispondere alla nicchia in cui si nasconde Raskòl'nikov durante un suo tentativo di approccio al delitto. Al centro della porticina qualcuno ha graffito, con una penna odierna che Anja non avrebbe mai potuto avere, la parola: *ubiytsa*. Dal russo vero a quello fittizio del nostro libro, la parola suona: *assassino*.

E qui, *qui*, Anja, da dove sta, può scorgere il retro di Palazzo Alonkin. Lei, senza rendersene conto, è sempre venuta qui. Dietro la piazza del Fieno. Il mercatino che quotidianamente attraversava e in cui s'è smarrita, è una propaggine di questo. Anch'esso in attesa che tutto inizi e che qualcosa finisca. Qui la mancanza d'aria, qui il trambusto, qui l'intonaco, qui i mattoni. Qui il fetore. Qui l'accolita di vivi e di morti come se fossero la stessa cosa, e fatti per intendersi. Sono i suoi morti e i suoi vivi, questi. I morti e i vivi di Fëdor Michajlovič. Nemmeno il diavolo glieli potrà sottrarre. È il suo libro, questo. Tutto ciò è il suo libro. *Prestuplénie i nakazànie*. Il suo divino ghetto. *Delitto e castigo*. Anja ha gli occhi fissi sul randagio del cimitero che sta acquattato ansimante tra la neve al centro della piazza. Si è accorta di lui senza il minimo sconvolgimento. Tanta, ormai, è la sua condiscendenza a quanto di sovrannaturale le sta accadendo.

Sullo sfondo, il colonnato metafisico del Corpo della Guardia.

Sì, tutto questo proviene dalle pagine di quel libro. Di quel Vangelo. *Prestuplénie i nakazànie*. È solo a questo punto che Anja trasale pensando: «Ma anche quello appena scritto è il suo libro», e quel libro sono in due a conoscerlo. Solo loro due. Nessuno ancora che abbia potuto indagarlo per cercarvi qualcosa. Solo lei potrebbe. La fanciulla, d'improvviso, capisce che ha bisogno *di quell'altro libro*. Di quell'altro possibile Vangelo. E capisce di averne bisogno subito! Che l'approdo della sua notte è quel libro lì. Questo capisce osservata dal cane che, accucciato a pochi passi da lei, aspetta di vedere cosa si deciderà a fare.

Attraversando di fretta il vano della cucina, Anja scorge la sua dolce e bella madre seduta al tavolo. Indossa ancora il suo abito brillante, color lapislazzuli. La ragazza, malgrado l'urgenza, si sofferma sulla soglia. La Nikolaevna è circondata da pile di piattini e di stoviglie che avrebbe dovuto lavare da un bel pezzo. Cos'avrà fatto nel frattempo? L'avrà aspettata. Pensando a cosa? La sofferenza del mutamento può essere anche semplice vita che scorre e non solo l'inferno che avviene.

All'ingresso della figlia la donna si alza lenta in piedi. Si alliscia con un gesto delicato di ambo le mani la fascia di raso nero sul ventre come se la sua serata dovesse ancora avere inizio. Ma è così pallida!

«*Mamouška*... ti ho rovinato la festa?».

«Non più di quanto l'abbia fatto quel violinista incapace».

«Incapace? Mi sembrava bravo».

«Se tu conoscessi Glinka non diresti così».

Anja vorrebbe dirle quanto conosce Glinka, ma le sembra una cosa difficilissima da spiegare, anche a sé stessa. Accetta l'affermazione mantenendo il segreto. Guarda i piatti ancora da lavare. Così, da ore. Pure quei piatti contengono un segreto. Ma vale la pena, a volte, non comprendere le cose e lasciare che siano. Le due donne si sorridono mestamente. Non per il violinista. Bensì, per tutto ciò che sanno l'una dell'altra in assenza di parole.

«Un giorno me lo spiegherai, Anečka, cosa vuoi fare della tua vita».

La fanciulla tende gli angoli delle labbra come a dire: «Non ho niente da dire, ma mi è chiaro quello che mi hai detto».

Ora è seduta al suo scrittoio. Ha sul ripiano dinanzi a sé l'intero fascicolo stenografato del romanzo intitolato *Il giocatore*. Ne ordina per bene i fogli. Allinea i margini comprimendone i bordi coi palmi delle mani, a dargli misura e compattezza, quasi di volume già stampato. Lo carezza. Si china a baciarne l'ipotetico frontespizio. Poi, senza distogliere lo sguardo da quelle carte, si alza per sfilarsi il soprabito di cachemire grigio che con un gesto distratto della mano adagia sul letto alle sue spalle. Nuovamente si siede, e inizia a sfogliare. Il suo sguardo non mostra più alcuna commozione, ma un'acuta e improvvisa curiosità.

## *All'alba*

Fëdor Michajlovič, riscosso dalla sua lieve sonnolenza che è stato il minimo sollievo della notte da cui proviene, deve ricostruire punto per punto quanto sta per accadere. Convincersi che la realtà sia esattamente quella che è. Univoca, senza alcuna alternativa a sé stessa. Un imbuto con il suo fondo. Essere nella realtà vuol dire questo, dover passare per un imbuto attraverso il suo fondo, e gli imbuti non ne hanno che uno, di fondo.

Ha fatto dei sogni spropositati se si considera quanto sia stato poco il tempo trascorso a dormire. A stento un'ora. Ma i sogni brevi sono così, non necessariamente più intensi di altri, più intenso è però il ricordo che li evoca. Più sconcertante, se repentino, è infatti il viaggio di andata e ritorno dall'altrove.

Ha sognato la bambina stuprata dall'amico fattore dei loro genitori. Quella bambina è stata la sua compagna di giochi in campagna quando le loro famiglie vivevano in una casa di cui si spartivano gli appartamenti. Avevano entrambi dodici anni. Forse lei di meno. O era lui a non averne ancora dodici. L'ha sognata, ma in un contesto tale da fargli capire che la bimba non era ancora stata trascinata nel boschetto di acacie per farle quello che le è stato fatto. Nel sogno stavano correndo in mezzo alle galline, erano galline dalle penne tutte rosse, e lei lo rimproverava di qualcosa. Di ciò che non avrebbe fatto: *avvertirla*. Glielo diceva scherzando ma con aria cattiva: «Perché non mi dici nulla? Perché non mi dici nulla?».

Fëdor Michajlovič nel sogno era muto. Nella realtà non fu molto diverso: da bambino, chiuso in sé stesso, lo si udì parlare pochissimo per quasi due anni dopo che gli fu detta *non* la verità, ma qualcosa che gliela fece capire e fu ancora più terribile. Ha sognato quella bimba cresciuta che lui da allora non ha mai più rivisto, e ha sognato di portarla con sé nell'acqua tiepida di un lago, e lei che gli diceva: «Solo fino qui, dove possiamo stare in piedi, *noi non sappiamo nuotare, Fëdor, non sappiamo nuotare*».

Si tenevano per mano, stando nudi uno di fronte all'altra, poi lui ha cominciato a vederla che andava giù, piano piano, come una sottile statua d'oro che scivoli in una molle pozzanghera di fango. Lentamente. Sempre più giù. Con l'acqua che la cingeva dapprima ai fianchi, poi al seno, al collo, al mento, sino a risucchiare la bocca e il naso, mentre lui non poteva fare altro che vederla scendere così. Ha sognato di chiamare aiuto, ma la voce non gli è uscita. Era come se, nel sogno, i due anni di mutezza non fossero mai passati.

Poi ha sognato Anja che gli ha detto: «Sott'acqua non tutti muoiono», glielo ha detto sorridendo, seduta a una *toilette*, sistemandosi la treccia, mentre lui alle sue spalle era presso una veranda inondata dal sole, alle sue spalle pergolati di pampini luminosi. Il sogno gli dava la certezza di trovarsi in un hotel, in una bella stazione termale, all'inizio dell'estate. Ma lui non era vestito elegante. Portava il suo cappotto coi riflessi di rame e aveva poggiata in terra, a fianco a sé, una borsa da viaggio di pelle color verde. Ha sognato di pensare: «Io intanto vado», avrebbe voluto dirglielo ma non ci riusciva, lei si sistemava con mani abili la treccia avviticchiando tre ciocche tra di loro, e lui non trovava la voce per dirle che se ne stava andando, e per questo non riusciva ad andar via. E nel sogno implorava di non sognare il diavolo. Guardava lei sistemarsi la treccia, solo lei, testardamente, per impedirsi di vedere il diavolo. Eppure, doveva andarsene, non aveva più tempo, ma l'avrebbe fatta soffrire se fosse partito così, senza che lei lo sapesse. Anja si sarebbe voltata per offrirgli in dono la sua treccia, e non l'avrebbe mai più rivisto. «Finché sono muto – pensò nel sogno – non me ne posso andare».

Questo l'impasto di immagini mescolate l'una all'altra dal suo torpore degno di un infermo nell'ora scarsa che esso durò.

Schiude le labbra. Sente la lingua ispessita, la muove contro il palato oppresso dal ristagno della saliva collosa, densa di muco che fatica a inghiottire. Si sforza di prendere le misure a tutto ciò che frattanto il sonno non ha saputo interrompere e che nel mondo attorno a lui insiste implacabile a procedere e ad accadere.

Il tempo. Il prezzo di ogni cosa è il tempo. Sempre nel tempo ci riporta ogni devianza *dal tempo.* Il tempo è uno solo. Non relativo. Relative sono solo le distrazioni *dal tempo.* Ma nessuna distrazione può manomettere il tempo. Figurarsi, poi, se potrà mai abolirlo.

Fëdor Michajlovič si fa l'immagine di quella che sarà la sua giornata. Lo scrittore che consegna la propria penna, e che la spezza. Che nobile racconto ne verrebbe! Ma non lo metterà per iscritto. Sarà questa la prima creatura che scientemente sottrarrà al suo editore. Quindi, fa un calcolo approssimativo di tutti i possibili romanzi che, altrettanto scientemente, non scriverà. Ma li penserà. Prenderà appunti. Affastellerà quaderni, blocchi, diari. Nulla di pubblicabile, per nove anni. Sì, farà così. Come i muti che si addestrano a gestire la propria mutezza per sentirsi adeguati al mondo, ma da muti. Anche un condannato a morte userebbe scaltrezze tali da fargli vivere quanto gli resta da vivere accordando a questo margine di tempo un senso che lo giustifichi. Non è una supposizione la sua. L'ha vissuto. Lo sa. "*... ufficiale degradato Pal'm... ufficiale degradato Filippov... ufficiale degradato Timkovskij... ufficiale degradato Dostoevskij...*".

Ma stamattina non verrà nessun cappellano a chiamarlo fuori dalla cella per accompagnarlo al muro e fargli baciare la Croce, non verrà schierato nessun plotone, non gli si mostrerà il palo a cui verrà legato, né gli si offriranno bende da mettere sugli occhi, né vedrà fucili puntati, né sentirà lo scatto dei cani che verranno tirati su, nulla di tutto questo. Basterà che il giorno proceda e da qualche parte, senza che sia necessaria la sua presenza, l'esecuzione avrà inizio lo stesso, e durerà ben nove anni. Non la Siberia del corpo, ma la Siberia dello spirito e delle opere. Sia quel che deve. Ci si adegua. Ci si adegua alla perdita di un braccio. Ci si adegua alla cecità. Ci si adegua ai lutti più terribili. Ci si adegua sempre a ciò che resta. Anche se ciò che resta è quasi niente. L'ultimo *gulden.* Il quasi niente si trasforma in un tutto. E se diminuisce, ciò che è diminuito si trasformerà a sua volta in un altro tutto. E un tutto non è mai né poco né molto, è tutto. Troverà la maniera, i trucchi, gli stratagemmi. Non c'è cosa, se infernale, che egli non abbia già sperimentato.

Si è buttato sul letto senza disfarlo. Per coprirsi ha usato entrambe le sue vestaglie, quella sfilacciata messa come un *plaid* sopra quella nuova che invece non si è tolto. E sotto non ha il pigiama ma è malamente vestito. Indossa dei pantaloni marroni, frusti e sformati, di lana cruda, una camicia rammendata in più punti, e un panciotto lucido a fitte righe gialle e blu che ha la penosa caratteristica dei capi eleganti declassati al ruolo di indumenti smessi ma a cui non si rinuncia del tutto, quasi sconci, da usarsi solo nella certezza che il giorno in cui ci si risolve ad indossarli non siano in programma visite né da fare né da ricevere.

Si tira su a sedere portandosi la vestaglia malridotta sulle spalle come una mantella che gli rimane un po' ammassata su una scapola e poco sull'altra. Ha i capelli scomposti e pure la barba, che si sta toccando per ispezionarla, va rifilata. La disdetta non deve essere esibita. Anzi, va negata. La pietà sociale è come una grossa cornice messa attorno a un guaio, col pessimo risultato di farlo risaltare al massimo. Meglio evitare.

Si tiene con le mani artigliate alle sponde del letto. È scalzo. Le caviglie nude rivelano l'antico marchio delle catene. Se le massaggia. Guarda fuori dalla finestra il bianco compatto del cielo. La città non dà segni di sé. No, è troppo presto per iniziare una giornata in cui non dovrà fare un bel nulla. Più precisamente, la prima giornata in cui dovrà esercitarsi a non fare un bel nulla. O perlomeno, a vivere la vita di uno che dia mostra di non fare assolutamente un bel nulla. Dovrebbe andare a orinare, si diverte a imporsi il dispetto di non farlo. La stanza è calda. Tutte le stufe sono state accese. Persino quella dello studio. Lo ha dato lui il permesso di entrare lì dentro anche in sua assenza. La sera prima. Perlomeno, un aspetto positivo della capitolazione: niente più censure a difesa del suo luogo di lavoro che non ha più particolari necessità di essere difeso. Fedosija ha obbedito senza chiedere spiegazioni di sorta, ma al momento di chinarsi ad aprire lo sportello della fornace dopo aver spostato d'un lato la griglia di ferro battuto, se qualcuno fosse stato lì invisibile a fianco a lei, l'avrebbe vista sogghignare e avrebbe anche potuto sentirla borbottare sorda una serie di rimostranze da serva insoddisfatta e rancorosa.

Alla vecchia domestica non dispiace neanche un po' che, a quanto sembra, la battaglia combattuta dal suo padrone fianco a fianco con l'usurpatrice non stia prendendo una buona piega. No, non le dispiace affatto.

Sì, d'accordo... ora, è innegabile, lei, Fedosija, non è copista, questo si sa... tanto meno stenografa, ma che significa?... In un certo qual modo segretaria del padrone lo è stata, ecco-me!... E ripensa a certe volte in cui ha dovuto mettergli in ordine i giornali, raggruppare le riviste, ritagliare degli articoli, badare alla biblioteca... ma non solo... per non dire delle volte che è stata mandata a inviare della corrispondenza, o a portare delle ambasciate, o addirittura a mettere dei documenti a posto in certe cartelline di diversi colori, che sbagliarsi sarebbe stato facilissimo... va bene, con una bella sfilza di raccomandazioni e di avvertimenti preventivi, ma l'ha fatto... tutte mansioni, le si venga a dire "*non è vero*"!, che non le hanno mai procurato il minimo rimprovero. Checché se ne dica, almeno qualche spiegazione se la sarebbe aspettata. Essere deposta così, senza ritegno, no... non se lo meritava proprio!... Certo, quando non si hanno più cinquant'anni, ecco come si viene trattate!... Ah, ma se li ha avuti!... E spezza con un *crac* più violento degli altri un duro stecco di betulla costretto a subire così il suo moto di rabbia, di quella rabbia che quando le prende le dà una forza insospettata. Ah, se li ha saputi spendere i suoi cinquant'anni, lei!... Anche lì dentro, perché no?... Forse, e questo sì un po' se lo rimprovera, avrebbe potuto farlo meglio di come abbia fatto, molto meglio, con un po' più di sale in testa, visto le cose come si stavano mettendo, ma... e oltre questo "*ma*" non conviene indagare troppo.

In camera da letto Fëdor Michajlovič ha oscurato la finestra più di quanto non lo fosse prima e si è di nuovo sdraiato, assumendo la postura supina di uno a cui sia riservato il maleficio del soffitto come massima visione possibile. Unica e perpetua. Non si arrende. Nell'assoggettarsi troverà il suo espediente. Sprofonderà dentro sé stesso e racconterà cose che non possano interessare ad altri che a sé stesso. Ecco, questo potrebbe essere un altro buon trucco. Scriverà storie che per lui abbiano senso, ma che non ne abbiano pressoché nessuno per chiunque altro. Storie che qualsiasi editore si rifiuterebbe di pubblicare. Anche Stellovskij. Scriverà quello che gli verrà da scrivere guardando il soffitto. Se nient'altro gli verrà più concesso, lui questo farà, ma convinto di farlo come solo lui potrebbe. E in un lontano futuro, superati i prossimi nove anni, le sue creazioni risplenderanno con la forza eroica della vita che ha saputo tenacemente resistere a tutto, compreso l'editto che, per forza di legge, pretendeva di schiavizzarla. Fa crollare le palpebre. Che il buio equivalga alla perdita dei sensi! Per lui non c'è differenza. E di nuovo sopraggiunge il sonno.

Anja, ritta nella penombra della soglia, fissa commossa quelle cicatrici che sporgono di sotto la vestaglia buona, dal momento che Fëdor Michajlovič l'altra se l'è tenuta stretta tra le braccia. Dopo alcuni secondi, la ragazza, senza indugi, va ad aprire un guardaroba che offre poche scelte. L'oscurità non l'aiuta, ma alcuni capi li riconosce per averglieli già visti addosso durante le ore di lavoro passate a scrivere, e su questo si basa per prendere le sue decisioni che lui dovrà farsi andare bene per forza. Bisognerà sbrigarsi e perciò prepara da subito gli abiti da fargli mettere in modo che in seguito non si debba perdere troppo tempo. Infine, gli si accosta a scuotergli con dolcezza una spalla.

«Fëdor Michajlovič... dovete prepararvi».

Lui, spaesato, solleva di scatto la nuca che poi, a occhi spalancati, fa ricascare pesantemente sul cuscino. Bofonchia qualcosa faticando a raccapezzarsi.

«Perché?... Che succede?».

«Succede che dobbiamo fare qualcosa insieme».

«Dove?».

«Non qui. Usciamo».

Fedosija ha iniziato il suo lavoro con una certa svogliatezza. Quando la giovane la raggiunge in cucina per dedicarsi alla colazione, lei la lascia fare di buon grado. Da segretaria a cuoca è un bella caduta, tanto meglio, che spignatti pure!... A meno che non si sia messa in testa di diventare la nuova *Madame Dostoevskaja*, ma questo è ridicolo solo immaginarlo.

«E non si azzardi a chiedermi dove stanno le cose, – mugugna a mezza bocca la sguattera – se le trovi da sé!».

È quel che avviene. Senza neanche bisogno di levarsi il *manteau* rosso cremisi, di cui è stata decretata l'ultima stagione e perciò usato con terminale regolarità, Anja ci mette poco ad orientarsi assemblando tutto quello che le serve. In verità, c'è da stupirsi, queste cose lei non le fa mai. Sua madre, se la vedesse, stenterebbe a crederlo. Quando sta a casa, a malapena si degna di imburrarsi il pane.

A parte i capelli più allisciati, Fëdor Michajlovič si presenta così come l'abbiamo visto, ancora intorpidito e taciturno.

Sembra quasi più assonnato adesso che dopo il primo risveglio, quando è emerso angosciato da quel sogno convulso e pieno di cupi sentori. Si accomoda al tavolo. Anja porta una caraffa di caffè bollente e, sedendosi, poggia tra le stoviglie un oggetto ricoperto da un generoso ritaglio di stoffa. Una volta scostati i lembi, appare il Vangelo che lui le aveva dato e poi lei riportato.

«Stamane verrà con noi».

«Perché?... Cosa deve accadere stamane?».

Anja solleva un dito alle labbra.

«Oggi sono io a dire quel che va fatto e come».

In camera da letto tutto è pronto per la vestizione, al padrone di casa non ci vuole molto. Preparandosi, si domanda perché non le abbia domandato niente di più. In pratica, non le ha domandato niente in assoluto. Ma sì. Confida nel piacere della curiosità. E della novità. Tanto, questa giornata la parte peggiore di sé già l'ha data con la certezza di ciò che darà.

Ecco il mondo. Ecco l'aria. Anna Grigor'evna e il maestro Dostoevskij appaiono inquadrati dal portone di palazzo Alonkin.

Un convalescente alla sua prima uscita dopo giorni di malattia respira tutto. Anche la luce. Anche i suoni.

«Lei fuori con l'infermo, e io fuori con questa bella signorina a fianco», sorride dentro di sé Fëdor Michajlovič per questo suo schietto piacere di non capire affatto ciò che sta accadendo, se escludiamo, come avvenimento, l'immagine di loro due offerta per la prima volta alla città che, a quanto pare, la accoglie con assoluta compiacenza. Vale a dire, indifferente, senza stupirsene neanche un po'. Nessuna esclamazione dal cabinotto del miscelatore di droghe e tabacchi, nessuna dal baracchino dell'ipnotizzatore che carezza il suo cilindro peloso e ammaccato, nessuna dai venditori di ortaggi né dall'affilatore di lame, nessuna dalle mura delle case attorno, nessuna dalle finestre, nessuna dai ponti, nessuna dai padiglioni più lontani. Nessun sobbalzo del suolo, né dell'acqua nel canale. Niente di niente. Nessuna scossa tellurica per il loro essere usciti uno a fianco dell'altra per la via quella mattina, attorno alle dieci. Disponibili a vedere e ad esser visti. Il paesaggio non registra per questo alcuno scandalo.

Chi passa e li incrocia, se vagamente riconosce lui o lei, accenna un saluto a entrambi senza fare distinzioni, dando per inteso il loro evidente essere in coppia, e senza indugiare con lo sguardo su quei due oggi al loro esordio assoluto in una passeggiata insieme. Si muovono accostati senza osare prendersi sottobraccio, ma talmente accostati che è impossibile, vedendoli, non immaginare che l'uno vada dove va l'altra.

Fra i due, è palesemente lei a dettare il passo. Fëdor Michajlovič si abbandona a questo essere guidato come al primo ristoro che gli sia dato di godere dopo molto tempo, e si abbandona altresì al piacere di non provare alcuna smania di risposte alle tante domande che nondimeno gli sarebbe naturale farle.

Dove, Anečka? Perché? Da chi?

Se è lei a saperlo, a lui basta, e se ciò che lei sa, comporta questa uscita, a lui basta. Hanno entrambi le labbra viola.

Fëdor Michajlovič si è vestito come ha deciso la sua segretaria. Abbastanza bene, una volta tanto coi colori intonati a dovere. E con quella camicia dal colletto alto che non si è mai messo perché aspettava l'occasione. Sarà questa un'occasione? Per cosa? Si carezza al collo il *foulard* di batista che pensava di aver perso. Questa è una delle domande che le vorrebbe rivolgere ma che gli piace tenere per sé. Come avrà fatto? L'ha trovato senza nemmeno cercarlo, e io che mi ci sono disperato!... E non solo l'ha trovato, ma poi, guardacaso, l'ha pure scelto. Pantaloni, *gilè* e giacca fanno parte di un completo che invece lei gli ha visto molte volte. Il soprabito scuro, che ha giaciuto per lungo tempo imbalsamato nell'armadio, odora intensamente di ginepro per le bacche avvoltolate in foglietti di carta velina che erano state infilate nelle tasche. Un'abitudine che a Fëdor Michajlovič deriva dagli anni passati con la sua defunta moglie, la madre di Pavel Aleksandrovič.

«Accipicchia quanta eleganza, Maestro!» ha sibilato Fedosija che, vedendoli uscire, è stata colpita soprattutto da quel cappotto scuro con tanto di pellegrina a doppia falda che lei, negli ultimi anni, ha visto mettere al suo padrone forse un paio di volte, ma neppure. «Quello se l'è preso da sé, – ha borbottato con aria incimurrita – che ne poteva sapere lei?».

Così è stato, infatti. Fëdor Michajlovič, guardandosi allo specchio per non confondersi nell'abbottonarsi il *gilè* armonizzato alla giacca di buon taglio, deve aver reputato l'abbigliamento predisposto per lui da Anna Grigor'evna meritevole di quel soprabito pregiato che ha pensato bene di rispolverare dopo essersi quasi dimenticato di possederlo.

A onta del suo malanimo, Fedosija, quando loro avevano già messo piede sul pianerottolo, si è tuttavia sbrigata ad accorrere per essere lei a chiudere la porta con tutta l'intenzione di sbatterla, sennonché solo all'ultimo, trattenuta da un rigurgito di sottomissione, ha preferito indulgere a un doveroso riguardo prima di far scattare con gesto volutamente cauto la molla della serratura, dandosi così il tempo di stampare un sorriso di servile reverenza nello spiraglio, che per alcuni secondi ha mantenuto aperto.

Fëdor Michajlovič si calca sul capo per la stretta falda la tuba corta da passeggio con cui proteggersi la cute snudata dall'ampia stempiatura che ormai si sta tramutando in calvizie. Lei, che gli si tiene sempre a fianco, al punto che le stoffe dell'uno strusciano contro le stoffe dell'altra, lo precede quanto basta perché lui possa scrutare il profilo della ragazza senza con ciò sollecitare uno sguardo di risposta.

La veletta, scesa ad adombrarle interamente il viso, sussulta al ritmo del respiro. La treccia, in cui sono annodate tra loro tre lunghissime e dense ciocche avvinte in punta da un morbido fiocco di velluto nero, sobbalza a palpiti sul rosso del manteau. Allungando l'occhio, al di là dalla treccia, lui nota la borsa che le ha regalato. Sta lavorando sodo quella borsa. Pensava che l'avrebbe vista poco. È una borsa da usare in società, in contesti feriali e ciarlieri se non proprio mondani, e invece la fanciulla l'ha consacrata quasi totalmente a lui. Ne ha fatto la sua sacca da lavoro passandole tutte le funzioni che erano prima assegnate all'altra malridotta con la cinghia ricucita. Ma cosa ci terrà mai dentro? Oggi, poi, sembra particolarmente gonfia e pesante. No, nessuna domanda. Sa lei.

La giovane donna e il suo maturo accompagnatore attraversano in silenzio la piazza tra cumuli di neve nel gelo tumefatto del mattino. Lei stringe il messale tra le mani. I lampioni a petrolio sono ancora accesi, mentre si vanno estinguendo esili falò in cui bruciano piramidi di sporcizia. Fëdor Michajlovič, tormentato da un'ansia che l'ha colto senza preavviso, si ferma dinanzi a un relitto umano buttato in terra ubriaco e lercio sul sagrato della Chiesa dell'Assunzione (già fantasma, pur essa, del suo non esserci in futuro: non esiste ormai più da decenni questa chiesa). Dacché lui si è bloccato, Anja ha proseguito ancora per una decina di metri prima di fermarsi a propria volta per capire le ragioni di quella sua sosta. Dapprincipio lo pensa affaticato e sta per dirgli che se vuole possono rallentare il passo, ormai non manca molto, ma non è questo. Lo vede opporsi al vento che gli tira di fronte facendogli vibrare tutti gli orli delle stoffe. Se ne sta immobile, con una mano a stringersi il bavero, con l'altra calata a fondo nella tasca e col suo rigido cappello nero ben dritto, lungo l'asse a perpendicolo col suolo, a comprova di una postura eretta a cui lei, durante le ore passate nello studio, quando lo sapeva preso dal convulso dell'ideazione, non si ricorda di aver mai fatto caso. Lo scrittore sta fissando quel miserabile disastro umano difficilmente destinato a vivere meglio di così. Lei guarda lui che guarda, e, attraverso i suoi occhi, vede in un modo che altrimenti le rimarrebbe ignoto, l'oggetto di quella penosa visione.

In tutto ciò si domanda se Fëdor Michajlovič possa essere considerato un bell'uomo.

«La fede in Dio... – lo sente dire – che paradosso! Uno sforzo immane che ci tocca compiere nei momenti di maggiore debolezza. Dio ci chiede: "*Credi in me, che sono tutto e nulla!*" quando non abbiamo nemmeno l'ardire di credere in noi stessi».

Anja lo raggiunge. Cerca di comprendere qualcosa di più scrutando le sue pupille scure indirizzate altrove.

«È per lui che dite così? Per quell'ubriacone?».

«Guardandolo penso a me, e mi dico che scambierei il mio oggi con il suo».

«Vi fareste torto. Su, venite!».

«Ma è l'emozione che provo, Anečka!... – ora sì che si volta verso la fanciulla – Ho sempre cercato Cristo in qualcosa che mi fosse di fronte. – accennando all'uomo – Ieri avrei detto: "*Eccolo, è lui!*". Ora, invece: "*Eccomi, sono io!*" – cerca lo sguardo di lei, che fatica a capire – Dubitare di Dio è lecito. Di Cristo, no».

«Mi spiegherete. Vorrei adesso, ma non possiamo» e gli porge la mano per esortarlo a riprendere il cammino. Lui ancora non si muove. Osserva quella mano che non si abbassa nell'attesa di essere obbedita.

«Non credo che abbiate bisogno di sentirvi dire troppo. Siete un angelo della misericordia. Il compenso al bene che fate non lo cercate altrove se non in ciò che fate. Questo è Cristo».

«Fëdor Michajlovič, questo è catechismo. Sono certa che potrete dirmi di più».

«Catechismo?... Sì. Ostinarsi a voler dire di più significa il rischio di trasformare il Vangelo in filosofia».

Anja, in risposta alla parola "Vangelo", gli mostra il messale che ha portato con sé.

«Non l'ho dimenticato, vedete?... Se non volete separarvi troppo da lui, vi toccherà seguirmi, io vado» e ancora una volta insiste a porgergli la mano.

Non erano affatto quasi arrivati e a più riprese lei, evitando di metterlo a parte dei propri dubbi, ha il timore di essersi smarrita, ma in un modo o nell'altro riesce sempre a recuperare la strada giusta. Dopo un'ulteriore svolta, Fëdor Michajlovič annichilisce nel vedere ciò che vede, tanto da dover arretrare di alcuni passi prima di rimanere pietrificato a guardare con smisurata angoscia qualcosa che gli si para innanzi.

«Ma è lì che dobbiamo andare?» chiede con lo strazio di chi stia per essere spinto sul bordo di un cratere ribollente.

Lei annuisce, non meno illividita di lui, che, senza distogliere gli occhi da quel che lo agghiaccia, le torna vicino. La fanciulla fa scivolare la sua mano sinistra tra il costato e il braccio destro dello scrittore a cui si stringe affinché possa guidarla. È un segnale. Gli affida l'iniziativa. Non che a lei manchi la forza, ma a questo punto, *da* questo punto, è necessario che anche Fëdor Michajlovič si senta protagonista e responsabile di quanto sta per succedere.

Si avviano ad affrontare una grande impresa, poiché, se non è follia, è comunque una grande impresa buttarsi di propria volontà nel fuoco da cui per miracolo già una volta si è riusciti a fuggire. È comunque una grande impresa, se non è follia, rientrare nella fossa dove si è stati precocemente sepolti. Chi potrebbe? Ebbene, questo è quanto l'anziano scrittore e la sua giovane segretaria, tenendosi sottobraccio, stanno per fare.

In una stanza di quella caserma lui è stato picchiato. Lì dentro è stato legato e picchiato un ragazzo che lo scrittore considera suo figlio, e lì, egli stesso è stato obbligato con vergogna a starsene seduto a stropicciarsi il berretto tra le mani; di lì ha visto brutalizzata lei, e sotto gli occhi di lei si è visto umiliato, impotente, incapace di difenderla e di difendere quello strano ragazzo infatuato di idee che tutte da lui gli derivano, da un padre incompleto disperatamente amato. In una stanza di quella caserma ha versato il proprio sangue, e questo appena pochi giorni fa. E stava per morire su un pavimento, lì dentro. È stata Anja a salvarlo, e adesso è lì che lei lo riporta. Non c'è domanda che meriti di esser fatta, poiché non c'è risposta che potrebbe persuadere. Ricorda adesso ciò che altre volte ha già pensato: se la ragione non aiuta, tanto vale aver fede nell'assenza di ragione. La sua testa fa di no, ma i suoi passi hanno ripreso a procedere dritti verso il portone della caserma suggerendo a colei che gli sta a fianco di fare altrettanto.

Non è facile superare quella soglia, inoltrarsi in quel corridoio, passare davanti a quella porta, ritrovare la panca dove stava seduta la fanciulla accorsa lì dentro solo per lui, e accorgersi di gente in divisa che lo sbircia riconoscendolo benissimo, ricordandosi chi egli sia, di cosa lì dentro gli è stato fatto, e ben sapendo cosa di nuovo gli si potrà fare. Non è facile per niente. Ma vanno sottobraccio. Lui non sa perché. Lei sì. Tuttavia, Fëdor Michajlovič insiste a non domandare, e Anja insiste a non spiegare. C'è una forza a sostenerli in questo loro procedere comunque, senza la minima pretesa dell'uno nei confronti dell'altra: sono stati bagnati entrambi dall'acqua dello Stige che rende invulnerabili. La loro acqua si chiama *fiducia*. Un abbandono totale all'intuito dell'altro per cui, in un dato momento, una data cosa, *per fiducia*, la si fa oppure no.

Un grosso plico è poggiato tra le carte di un funzionario in divisa che, seduto a sorseggiare del liquido fumante da un boccale, tiene sott'occhio i due che gli sono di fronte. In piedi. Immobili. La stanza non è quella dell'altra volta, ma identica. Non ci sono finestre, solo uno sfiatatoio in alto. Sul tavolo, stracolmo di mappe, di documenti e di brogliacci vari, è accesa una lampada di paraffina che promana una sgradevole luce candente e circoscritta. Il funzionario è lo stesso che la volta scorsa ha portato gli incartamenti nella stanza dell'interrogatorio e che ha detto ad Anja: «Voi sedete lì e aspettate», quello che poi se ne è andato e che poi è ritornato. Impossibile che non li abbia riconosciuti, ma evidentemente giudica una perdita di tempo starlo a rimarcare. Ci si potrebbe aspettare quanto meno un'allusione, un sogghigno, un minuscolo atto di potere, così, per sfizio, ma niente di tutto ciò. Forse per il semplice fatto che quanto avvenuto pochi giorni fa, esattamente all'interno di questo edificio, è avvenuto in un'altra stanza e non in questa. Qui si trattano le pratiche tradotte in fascicoli, non si ha a che fare con persone in carne e ossa, a eccezione di certi casi particolari, tipo quando si presenta qualcuno che intenda consegnare tra mani sicure qualcosa che altrimenti rischierebbe di finire chissà dove. E quali mani più sicure se non quelle dell'autorità?

Fëdor Michajlovič sembra irretito, parla con un filo di voce.

«Possibile che davvero basti questo?».

«Altroché se basta. – fa la guardia, compiacente – La signorina è già venuta prima e gliel'ho spiegato. – con ciò, gli allunga una cedola con tanto di timbro – Ecco... così è come averlo rimesso sul tavolo del vostro committente, *stessa cosa*. – riferendosi al nome sul plico – Oltretutto, il signor Stellovskij ci è persona nota. Non dovessimo per obbligo, ci sarebbe comunque grato fare cosa utile sia a voi, che a lui».

Dostoevskij replica con un sorriso tirato serrando in pugno la sua ricevuta. Solo a questo punto la guardia ha un rapido ammiccamento nel contrarre i muscoli di una guancia e aggrottando la fronte per mimare un'espressione del tipo: «Picchia pesante, eh!», ma niente di più. Non è questa la stanza per discutere di simili cose.

I due, sulla via del ritorno, procedono sempre sottobraccio. Ormai si direbbe che abbiano preso l'abitudine a camminare così. Ha ricominciato a nevicare. Fëdor Michajlovič si rivolge alla ragazza con espressione vergognosa.

«Ci voleva la semplicità di una fanciullina per arrivarci!».

Anja, offrendogli ostinatamente il profilo, replica come se recitasse.

«*Ma otto croupiers sono lì a controllare le poste in gioco, e quando sorgono controversie, tocca a loro definirle...*».

Sospende la citazione. Lui la osserva cercando di far mente locale. La ragazza di sottecchi se ne accorge e prosegue.

«*Nei casi estremi, quand'è impossibile fare altrimenti, si chiama la polizia e l'affare finisce lì per lì. Gli agenti, in abiti borghesi, possono dichiararsi e svolgere la stessa funzione dei croupiers, ma con autorità di Legge.* – ora i due si sono fermati e stanno ritti uno di fronte all'altra – *Quand'è impossibile fare altrimenti... con autorità di Legge...* Fëdor Michajlovič, non l'ho pensato io. Io l'ho scritto, ma me l'avete dettato voi».

«E questo vi avrebbe fatto venire in mente che andare dalla polizia avrebbe potuto...?».

«*Ha* potuto. – rettifica lei. Poi, non più recitando, né citando – Mio padre una volta mi disse che ogni buon libro, a saperlo interrogare, può darci la risposta che ci serve. Ogni buon libro, Fëdor Michajlovič. Io col vostro ho tentato, e l'ho trovata».

«Beato vostro padre!... Una figliola come voi basta a giustificare tutta una vita».

L'espressione di lei muta in un lampo, come il tono della sua voce.

«E voi è questo che vorreste? Una figlia come me?... No, zitto, non rispondetemi! Va bene così! Va bene così!».

E si allontana di corsa, con la borsa floscia, senza più nulla a pesarvi dentro, e con la treccia che le frusta a singhiozzi la mantella rosso cremisi.

Fëdor Michajlovič, sgomento, si cava con gesto stolido, insensato, la tuba dal capo, neanche l'ha fatto per richiamarla, ma per l'affanno che lo ha preso, e quel che dice non lo dice abbastanza forte perché lei, già lontana, possa sentirlo.

«In nome di Dio, Anna, ma che vi ha preso? – ormai solo, come dicendolo a sé – Ma è davvero tanto difficile potervi dire grazie?»

# *Un intarsio*

(Un intarsio che va messo tutto intero fra parentesi, per dire *adesso* qualcosa che non sta avvenendo adesso ma che avverrà nel pomeriggio di questo stesso giorno.

Mentre in una stanza della stazione distrettuale della polizia di Pietroburgo, che a seconda delle necessità può essere luogo di tortura o ufficio notarile, un dato scritto viene registrato come *Di proprietà delle edizioni Stellovskij, in data 31 ottobre 1866*, in un'altra stanza, nella comoda dacia che si è scelto come rifugio in tempi di fuga, *Monsieur* Stellovskij, l'ardito editore di romanzieri e musicisti, lo stesso di cui le autorità custodiscono come suo un bene di cui egli potrebbe già disporre – parliamo di un romanzo ancora ignoto al mondo –, ascolterà fra alcune ore il suo sgherro lucido e grasso passargli in modo elucubrato, con frequenti avanti e indietro, la notizia di un affare andato – l'avverbio è dello sgherro – parzialmente in porto.

«Parzialmente?» farà eco Stellovskij ridacchiando ai tentativi zufolanti del suo paffuto gnomo che, per quanto potrà ingegnarsi, risulterà del tutto incapace di dire in modo accettabile una cosa per il suo signore inaccettabile.

«La consegna del romanzo pressappoco è stata notificata. Ecco sì... possiamo sostenere pressappoco. E quindi, questo almeno è sicuro, sarà da voi pubblicabile pressappoco quando volete. – e lo sgherro non potrà esimersi dallo spiegare a modo suo come sia avvenuta l'inopinata notifica.

«È tutto?» gli domanderà Stellovskij quando il lacchè avrà esaurito il poco tutto che aveva da riferire.

«All'incirca, questi i fatti, *Monsieur.* Quella fanciulla, fatemelo dire, è un vero demonio».

«Dovevamo, forse, offrirle di più» constaterà l'editore senza dar segni di rammarico.

«Le è stato offerto, a parer mio, moltissimo. *Mademoiselle* non ha saputo apprezzare».

«*Moltissimo* è un concetto inesistente. C'è un limite oltre il quale ogni corruzione è possibile».

Lo sgherro traballerà temendo di essersi lasciato scappare qualcosa di inopportuno. Tenterà perciò di riassestare il tiro.

«Dispiace che abbia fatto i vantaggi altrui, questo volevo dire, ma non vedo come possa aver fatto i propri».

«Ristorandosi lo spirito, semplice».

«Oh, se ne accorgerà nella sua vecchiaia quanto le sarebbe convenuto affidarsi a voi!».

«Stai cercando di confortarmi, per caso?».

«Tutt'altro, *Monsieur.* Mi permettevo una considerazione».

«Vuoi parlar male di lei?».

Il *factotum* maledirà il momento in cui ha pensato di avventurarsi in un colloquio col suo signore. Se non sarà l'altro a dire "Basta", potrà cuocerci a fuoco lento in quel dibattito capace di stritolarlo.

«Notavo solo – si premurerà di chiarire – l'inadeguatezza di questa *Mademoiselle* a confrontarsi con voi. Chiunque altra avrebbe saputo esaminare la cosa con maggiore discernimento».

«Forse avrei dovuto farlo io».

«Oh, *Monsieur*!», il rischio, a quel punto, sarà che ogni sua frase possa tradursi in un appunto al suo superiore.

«Ognuno di noi ha uno spettro di piantone alla propria vecchiaia. Il mio sarà questo. Poca roba. Poteva capitarmi di peggio. Mi domando solo come abbia fatto quella ragazzina a distrarmi. Sì, per forza. Si è trattato senza meno di una miopia da distrazione».

«Siete stato generosissimo» insinuerà rapido e a bassa voce l'altro come uno che getti la sua *fiche* sul tavolo con uno scatto trattenuto del polso senza allungare il braccio.

«Un'osservazione che apre spiragli sul mio errore».

E dunque? Avrà fatto bene o male a dire quel che ha detto? Dentro di sé lo sgherro darà in scalmane. Sentirà di scivolare sempre più in basso nella considerazione di colui a cui deve la sussistenza quotidiana.

«Vuol dire che prenderemo questa esperienza a riferimento. – dichiarerà Stellovskij – Non ce n'è mai abbastanza. Avrò modo di rifarmi altrove».

"*Prenderemo*", "*mi rifarò*". Quindi insieme o quindi da solo? Con me o anche senza di me? Lo gnomo non saprà che pensare. «Mi sta licenziando? Mi sta licenziando?», questo si domanderà il piccolo gaglioffo.

«Bah! – esclamerà il padrone di casa facendo sfavillare l'oro del cranio e lo smeraldo delle pupille col tono di chi voglia scacciar via ogni brutto pensiero – Io perlomeno una buona notizia ce l'ho» e d'incanto, come avendolo già da prima sulle ginocchia, solleverà lo strumento scorticato appartenuto in precedenza al locandiere Yurij, al padre riconosciuto di Yurij, e al famoso musicista che, *forse*, è stato il vero padre di Yurij. E che di recente è diventato suo. Di Stellovskij.

«In questa bella pace che solo la campagna sa offrirmi ho avuto il tempo di imparare a suonare il violino. – dichiarerà l'editore portandosi con grazia lo strumento alla spalla e tenendo sollevato l'archetto sulle corde – Il suo cappotto non mi pare che glielo abbiamo mai restituito, o ricordo male?».

«Oh, ricordate benissimo, *Monsieur*».

«Bene. Decidi tu. Puoi bruciarlo, o, se preferisci, puoi tenerlo».

Lo sgherro, in atto di reverente ringraziamento, chinerà la sua testa a forma di biglia limitandosi a un fievole: «Padrone» avendo capito benissimo di che si tratta. Di una liquidazione.

Con l'animo già volto ad altre cose, Stellovskij, accennando le prime note di una sonata in Re minore, licenzierà il suo fervido sguattero olezzante di frittura rancida giudicandolo indegno, schifosamente indegno, anche solo di starlo ad ascoltare. Se ne vada pure il *factotum*, lo sgherro, lo gnomo, il tirapiedi, e, passo dopo passo, si dissolva in fumo o si sgretoli come calcina! Vada pure a misurarsi il cappotto dai riflessi di rame per capire se varrà la pena, con qualche sistemata, di tenerselo o se gli converrà buttarlo direttamente nel fuoco. Magari venderlo? C'è poco da contarci. Una decina di rubli già sarebbero troppi. Il maggiordomo senza più magione penserà con angoscia che dovrà trovarsi un nuovo impiego se non vorrà morire di stenti.

Stellovskij, anche volendo, non possiamo essere noi a salutarlo, visto che sarà lui a salutare noi. Arretrerà nello spazio suonando. Sul violino che *in primis* fu di Glinka, suonerà la *Sonata in Re minore* dello stesso Glinka. Così delibando il frutto della sua preda. E suonerà in modo insostenibile. Ne verrà la discordia sonora più assoluta. Così, le stonature, una dopo l'altra, lo spingeranno fuori rotta verso una devianza non calcolata, e senza che egli nemmeno se ne possa rendere contro si ritroverà a eseguire un altro brano: un contrappunto retrogrado, il pezzo prediletto dal figlio di Glinka, ma questo brano Stellovskij lo suonerà scivolando all'indietro, senza più trovare la maniera per tornare avanti. Lo suonerà sempre più da lontano, sempre più da lontano. Alle grida del violino si mischieranno quelle fesse della sua pur bella voce, finché tutto quel putiferio di stecche ormai attutito se lo succhierà l'orizzonte. E di là dall'orizzonte può essere che prima o poi l'intraprendente impresario trovi un'asola per cui rientrare a occuparsi delle cose del mondo.

L'ambizione del diavolo, usando il male, è rendere una porzione di realtà più insopportabile dell'idea del nulla. Perciò il diavolo, quando vince, è il diavolo. Quando perde è una macchietta.)

# *La scrittura ad ogni costo*

I vapori sprigionati dall'acqua che bolle fanno della cucina l'ambiente più piacevole della casa. Quello dove è naturale stare. L'odore acidulo della salsa di scalogni fluttua persistente nell'aria intasando ogni ambiente del piccolo appartamento. Marija adora questa salsa e la Nikolaevna, che si aspettava l'arrivo della figlia, si è affrettata a preparargliela e sta ora rimestando nella pentola il bollito a cui quella prelibatezza dovrà accompagnarsi. In attesa che si pranzi, la ragazza, dalla chioma folta di boccoli d'un biondo che più si accosta, rispetto alla sorella, al tono fulvo della madre e con grandi occhi marron bruciato, già se la sta avidamente gustando spalmata su una fetta abbrustolita di pane bianco. Da quando le è nato il secondo maschietto non riesce a placare la fame. La ragazza, in verità una ragazzona più prossima ai trenta che ai venti, tiene stretta la sua fetta in punta di dita tra il pollice e l'indice e la sbocconcella protendendosi in avanti timorosa che qualche goccia di salsa possa colarle sull'abito da viaggio tanto luminoso e ricco di colori che potrebbe tranquillamente essere sfoggiato durante un pranzo in società.

Marija è una giovane signora che, a un primo impatto, può tanto attrarre quanto respingere in ragione degli stessi identici motivi: nel suo essere querula è il segno della sua vitalità, nei suoi modi assennati vi si può leggere una posa. Quale il giudizio, dipende dai momenti e dagli interlocutori. Essere tornata nella sua casa di bimba e di fanciulla la eccita molto.

Scesa dal treno dopo un viaggio di breve durata, già ritrovare il suo vecchio quartiere, poi la strada, poi il cortile le ha procurato un palpito di una tale intensità che non aveva messo in conto. Lei a quel viaggio si era assoggettata per puro spirito di sacrificio affrontandolo indolente e contrariata dal pensiero di sottrarsi alle sue faccende domestiche in un periodo pieno di controversie e di seccature. Ora, però, essere qui le ha messo addosso una irrequietezza febbrile, non da lei, e quasi smania non sapendo che fare. Da un lato vorrebbe starsene a chiacchierare con la madre che non vede da mesi, ma, dall'altro, ha pure una gran voglia di ispezionare la casa piena di ricordi che raccontano la sua vita da quando era bambina sino a quando l'ha lasciata per sposarsi due anni fa e andare a vivere a Novgorod col marito, un mediatore d'affari di notevole intraprendenza, ora in procinto di trasferirsi con la famiglia in campagna dove conta di integrare gli introiti mensili, sino adesso dipendenti da uno studio commerciale discretamente avviato nel centro cittadino, riprendendo anche l'attività paterna di agrimensore.

«Ma questo trasferimento dovrebbe avvenire più o meno fra quanto?» domanda la Nikolaevna costretta a usare una voce sostenuta per non allontanarsi dai fornelli, giacché la figlia, con un secondo crostino fra le mani, se ne è andata a fare un giro di perlustrazione in salotto dove si diverte a passare in rassegna tutto ciò che conosce e a prendere nota di ciò che vi si è aggiunto. Masticando e inghiottendo alla svelta, la giovane fonde, nella sua replica alla domanda circa il trasloco, due discorsi in uno.

«Questi pastorelli me li ricordo. Erano della zia Maša. Sì, se arrivano certe conferme è cosa di poco. Potrebbe già essere il mese prossimo».

Con lo stesso criterio controbatte la madre dall'altro capo della casa (non poi tanto distante).

«Quindi, fra pochissimo. Be', sarà impegnativo. Ma dici quelli in porcellana di Sèvres?».

«Questi sulla ribaltina, che suonano gli strumenti».

«Sì, un regalo di Natale. Perché? Ce li ha uguali pure lei?».

«Non è che ci li ha uguali, mamma, sono proprio gli stessi. – e passando all'altro discorso che più le preme – Ma vi dicevo, già mi ha preso l'ansia. Solo l'idea di catalogare tutto, di preparare le casse, di sistemare i vestiti, di imballare i quadri, di inscatolare piatti e bicchieri... oddio!.. Coi bambini, poi!».

Su queste parole la Nikolaevna, asciugandosi nervosa le mani col grembiale annodato alla vita, appare improvvisa sulla soglia del salotto. È lampante che, in lei, una delle due questioni ha preso di forza il sopravvento sull'altra, e non è quella che più inquieta la sua figliola.

«Fammi capire! Secondo te ci avrebbe regalato i suoi?».

«Eh? – raccapezzandosi – ah, i pastorelli!... Notavo solo che sono gli stessi».

«Ma se mi ha pure raccontato dove è andata a comprarli!».

«Cosa volete che vi dica?... Riconosco il piede sbeccato. – mostrando – eccolo qui! Eh, me lo ricordo bene, l'ho fatto cascare io, e la zia se l'è presa talmente tanto che poi, da un giorno all'altro, li ha fatti sparire tutti».

La Nikolaevna si affretta a controllare. È vero, il tallone di quello che suona i cimbali, all'interno, è sbeccato. Certo che ce ne vuole di occhio per farci caso! Ma, a ragionarci, è spiegabile. La zia Maša, essendosi accorta che la bambina aveva fatto cadere la statuetta, avrà immediatamente supposto il danno e lo avrà cercato sino a trovarlo, altrimenti la cosa sarebbe venuta fuori chissà quando, e forse mai. Senza dir nulla, la Nikolaevna, serrando la mascella in segno di collera verso una parente acquisita per la quale, tra l'altro, non ha mai provato un particolare trasporto, tira via con fastidio l'intera famigliola di pastorelli e donzelle e se la porta con sé in cucina facendo immaginare quale pessima sorte si prepara per quella piccola brigata di figurine sonanti.

«No, *Matuška*, perché? – esclama Marija, che si sente responsabile di una possibile esecuzione sommaria – almeno gli altri sono graziosi! – e fa tenerezza quando aggiunge: – Loro che c'entrano?».

La madre, rossa in viso, riemerge fulminea oltre la porta a domandare: «Tua zia li aveva fatti scomparire tutti o solo questo?».

«Be', no, a quel punto mi pare tutti. Sì, sì, me lo ricordo proprio, perché si era davvero arrabbiata e mi ha detto: "*Adesso mi toccherà eliminarli tutti!*"».

L'altra raggrinza le labbra in una smorfia di sarcasmo a significare: "*Lo sapevo io!*" e proclama: «Se non li reputa proponibili per lei a casa sua, non vedo perché debbano esserlo per me a casa mia!» e via di nuovo, ferita a sangue dal fastidio di quella *gaffe* venuta tardivamente allo scoperto.

La figlia, dopo una breve esitazione si decide a raggiungerla e la vede che ha ripreso a girare con forza il ramaiolo nella pentola come se dovesse rimestare della calcina. La ragazza sbircia attorno per capire dove siano finiti i pastorelli di cui già non c'è più traccia. Tenta un tono salottiero da pacificatrice.

«Ma ha sempre fatto in questo modo, lo sapete. Anche alla zia Vasilìsa, non fa che passare quello che non le serve».

«Ah, bella consolazione!».

«Ma perché è pigra e se la sbriga così».

Non un granché come opera diplomatica di riavvicinamento. La Nikolaevna le lancia un'occhiata da oltre la spalla e riprende senza darsi pace a inveire contro la cognata, oltretutto maledicendosi per i ringraziamenti che si è pure sentita in dovere di farle, «Cretina che non sono altro!», in aggiunta al suo regalo che sul momento, con imbarazzo, «Ma dimmi tu!», ha pure sentito inadeguato: un'ampia sciarpa turchese comprata, quella sì, moneta sonante. Va bene, su un banchetto del mercato, ma comprata, e non tirata fuori dal fondo di un armadio!

«E dovevi vedere come li aveva tutti confezionati, pupazzetti e pupazzette, maschi e femmine!... – l'acidulo della salsa è nulla rispetto all'acido del suo tono – Sembrava li avesse addobbati come si mette lei nei giorni di festa. Ora che ci penso, il sospetto mi era anche un po' venuto. Troppi fiocchi! Troppo colore! – chiudendola lì – Comunque, pietra sopra e via, la gran dama la conosciamo, inutile pensarci!... Dimmi piuttosto di voi, di questo cambiamento, su! – tornando a cose di altro peso, anche il ritmo del suo rimestare si fa più adeguato e ragionevole – Mi sembra una cosa davvero importante!».

«Eh, una bella cosa, sì. – si intona Marija, un po' giocando a fare la signora di società, e un po' essendolo – Certo, quando si cresce, si cresce in tutto, anche nelle responsabilità, dice Anton. Però, importante, sì. Molto importante».

«Ma avete considerato la cosa per bene? Dico, ad esempio, per i bambini. Pensate sia conveniente portarli via dalla città?».

«Se la prospettiva è un aumento dei profitti, alla lunga sarà un vantaggio anche per loro. Poi pensavamo a questa piccola dacia che vi ho detto, molto carina e davvero poco distante dal centro urbano, c'è una linea di calessi pubblici che tutti i giorni fa su e giù... ah, *Matuška*, a proposito! – su questo cambio di rotta del pensiero si mette di slancio a sedere dove stava prima – Mi è venuta un'idea che potrebbe essere interessante. Il giorno che tutte e due abbiamo un po' di tempo e ci va, organizzandoci, potreste insegnarmi a fare quello che fate voi quando vi chiamano nei pollai. Magari una volta potrei accompagnarvi e così cominciate a spiegarmi come si fa».

«Nei pollai cosa?... Mai lavorato in un pollaio, io. Nei pollai si raccolgono le uova» la apostrofa la madre, che ha capito ma vorrebbe che la figlia, parlando, le usasse almeno il rispetto delle parole giuste.

«Sì, scusate, nelle fattorie, nei poderi dove andate. A distinguere il sesso dei pulcini!... Insomma, mi piacerebbe dare una mano anch'io a guadagnare qualcosa, e visto e considerato che stiamo in campagna... lo dico anche perché mi divertirebbe».

«Ecco, brava... di' che ti diverte, se mi dici così ti credo di più» fa la Nikolaevna tirando fuori con un lungo mestolo tocchi di bollito dalla pentola per comporli su un vassoio di terracotta.

La figlia stenta a decifrare questa presa di distanze.

«Be', se una riesce a guadagnare facendo una cosa che la diverte che male c'è? Lo dicevo perché pensavo che anche a voi potesse piacere l'idea di insegnarmelo».

«Se vuoi, si fa. – commenta perplessa la madre – Ma non vedo il piacere. È una cosa, t'avverto, per cui ci vuole tempo. E parecchio esercizio».

«Perché? Voi non credete che io abbia voglia di darmi da fare?».

La Nikolaevna accenna a bella posta un'aria preoccupata per farsi intendere senza troppe lungaggini.

«Ma avete problemi economici, per caso?».

«Ma no, *Matuška*, che dite? State tranquilla!» insorge la ragazza che ha sempre dovuto difendere il marito dalle accuse di essere un po' troppo spericolato e dispersivo nel suo modo di affrontare gli affari e di accumulare svariati progetti tutti insieme per poi trovarsi impelagato in beghe non previste.

«Questo trasferimento in campagna, la tua voglia di metterti a lavorare. Non lo so... tutte cose che francamente mi lasciano perplessa. Ora anche questa novità di fare l'agrimensore non avendolo mai fatto!».

«No, credetemi, ho solo un po' l'angoscia che alla lunga magari, non lo so, potrei cominciare ad annoiarmi».

«Annoiarti? – ripete la madre – Con due bambini da crescere ne passerà del tempo! Ogni minuto di noia ti sembrerà benedetto».

«E per questo ve lo chiedevo! Magari, guadagnando anche di mio, mi pago una governante».

«E magari non la paghi. Stai tu con loro, non guadagni, non spendi, e ti godi i tuoi figli».

Marija è stupefatta. Sua madre che parla così!

«Ma come? Proprio voi che come potete vi inventate di tutto!».

«Secondo il bisogno. Ne avessi di meno farei di meno».

Ma la pillola di saggezza è cascata nel vuoto. La figlia, finendo di sgranocchiare un'altra fetta di pane spalmata di salsa, si sta comprimendo con le mani le rotondità dei fianchi che controlla perplessa con lo sguardo.

«La verità! Sono ingrassata, *Matuška*?».

«Non più di quanto sono ingrassata io dopo che è nata Anečka».

«Eh, ma poi voi, a furia di muovervi, siete tornata più magra di prima!».

«Vedrai tu col trasloco!».

«Che c'entra? Quello mica lo faccio io, ci stanno i facchini».

«Ti basterà il pensiero, non ti preoccupare. – prendendosi una pausa dai tegami, va a sedersi d'angolo al tavolo dove si è messa la figlia in modo da poterla avere vicino – Ma parliamo della nostra Anečka! Io vorrei solo capire, e tu in questo potrai aiutarmi, che cosa sta vivendo tua sorella».

«Ma me l'avete detto, ho capito» e poco ci manca che sbuffi tanta è la superficialità con cui affronta l'argomento Anja, che è poi il motivo della sua venuta.

«Se nemmeno mi fai dire!».

«*Matuška*, è solo per farvi capire che ho capito. Per questo sono qui, almeno vi rasserenate. Comunque non è che non voglia parlarle, figuratevi se non lo faccio! Ma intanto posso provare a dirvelo io quello che è successo, così poi mi dite se mi sbaglio? Posso?... – domanda retorica che non attende solo per un istante una possibile risposta – È successo che si è lasciata coinvolgere un po' troppo da questo lavoro che ha iniziato, tutto qui. Ma è la sua natura, si fa prendere».

Non c'è niente da fare. Anche in questo caso l'attitudine di Marija alla chiacchiera più che all'approfondimento porta la giovane donna a svilire una vicenda che la Nikolaevna vorrebbe venisse presa più sul serio. La madre cerca di intervenire ma non ne ha il tempo.

«Dài, *Matuška*, la conosciamo!... Questa è la sua solita voglia di fare quella che deve sentirsi apprezzata a tutti i costi».

«No, no, no! – la frena l'altra intenzionata a farsi ascoltare con attenzione – Lascia stare i discorsi in generale, quelli li abbiamo fatti mille volte. Tanto per cominciare, l'unica cosa certa, purtroppo, è che con Sergej mi pare sia andato tutto gambe all'aria».

«E vi dispiace?».

«Be', mi sorprende. Gli era così legata! Perché non dovrebbe dispiacermi?».

«Mah!... Non è che voi lo consideraste tutto questo granché!»

«Lascia perdere. Lo stuzzicavo, è un bravo ragazzo. Si dà delle prospettive, poi si stava anche dando da fare per una situazione di lavoro che avrebbe potuto essere molto buona per Anečka, e invece così, tutto sfumato».

«Ma come? Me ne avete dette talmente tante su di lui!... Davvero non posso crederci» e s'attorciglia attorno all'indice, come una bimba, il lungo ciondolo con una bella Croce d'argento da signora di mezza età.

«Comunque, non è per colpa mia che è finita».

«Ah, dunque è cosa certa!».

La conferma della notizia la vitalizza ulteriormente, e non per malevolenza, ma per quel fremito che in taluni comporta apprendere una novità che potranno rendere oggetto di dissertazioni nella certezza di non essere pettegoli anche se lo si è. Ma la Nikolaevna è per ben altro che ha richiesto la presenza della sua primogenita. Addolcendo lo sguardo le stringe con affetto l'avambraccio per stabilire una vicinanza che renda più indubitabile quanto ha da dirle.

«Vi volete bene, questo lo so, e ne rendo grazie a Dio. Altroché! E guarda, non è così ovvio che tra due sorelle ci sia l'affetto che c'è tra voi. – dicendolo, implora che davvero sia così – Malgrado tu ora abbia un'esperienza da moglie e da mamma, siete ancora tutt'e due ragazze. – sulla parola "ragazze" si blocca notando un broncio istantaneo apparso sul volto della figlia – Perché? Non è forse vero?».

«Figurarsi! Che lei sia una ragazza è sicuro... diciott'anni, ma se dite "ancora" riferito a tutt'e due la cosa riguarda solo me, per forza. Cos'è? Vi sembro invecchiata?».

Che domanda frivola e fuori luogo! La madre sente la mano che le guizza, quasi vorrebbe darle uno schiaffo. Ogni volta la stessa storia, con lei! È insopportabile, nella ragazza, questo modo di avere sempre a primo riferimento sé stessa. Il suo io non si appaga di essere il punto di vista attraverso cui guardare il mondo, no: pretende di essere il punto di vista su un altro sé stesso al quale riferirsi per guardare finalmente il mondo. Perciò, lei, per parlare di qualsiasi altra cosa, deve innanzitutto parlare di sé, non può evitarlo. Il che, è molto irritante. Ma la Nikolaevna è bravissima nel trattenersi, e sia pure con voce tesa riesce a evitare che il colloquio se ne vada per i fatti suoi. L'unica chiave, in questi casi, è la compiacenza.

«Tesoro mio, sei un fiore. C'è bisogno che te lo dica?... Ma sta di fatto che tu sei una madre di famiglia, lei no».

Che Marija sia una madre di famiglia lo si vede dai toni che non conoscono vie di mezzo: o del tutto puerili, o da signora che, a giudicare da come si comporta, potrebbe indistintamente avere tanto la sua età quanto il doppio della sua età. In lei sono andati persi tutti quegli atteggiamenti propri dell'adolescenza e che pure da giovani, superati i vent'anni, permangono a lungo, perlomeno fin quando non sopraggiungono i veri cambiamenti. Un matrimonio, i figli, le responsabilità della casa.

Ed è vero che è un po' ingrassata, come forse lo fu anche la Nikolaevna dopo il suo ultimo parto (per tornare poi a essere quella di sempre), ma nel caso di Marija è altresì vero che sua madre è la prima a dubitare di poterla mai più vedere con la linea di una volta. Il percorso a cui è destinato il suo aspetto fisico lo si può facilmente presumere: lo sfascio in tarda età (con complicati tormenti per arginarlo), ma un'allettante formosità nel frattempo, e questo frattempo potrebbe durare molto a lungo.

Colei che al momento siede al tavolo della cucina di quand'era bimba e che comunque è generosamente accorsa non appena la mamma l'ha chiamata a confidente, è una ragazza florida che piace a molti proprio perché s'è fatta così, e non c'è dubbio che in molti, sapendola sposata ed essendo costoro in gran parte sposati, la vorrebbero come amante. È un tipo di femmina, in breve, assai lontana dal quel che potrà mai diventare la sua sorellina. Ciò non vuol dire che abbia già avuto o che abbia degli amanti, ma il suo fiutare d'attorno i segni che il mondo le invia circa la propria appetibilità è già di per sé una strizzata d'occhi lanciata al futuro. Ma questa non è che una sbrigativa illazione consentita dal grado di erotismo effuso dalla giovane donna. Quel che conta, al momento, è saperla totalmente consacrata al suo ruolo di inappuntabile mamma e ad amare e a lodare suo marito potendo, a buon diritto, dire a sé stessa di non farlo per finta.

La Nikolaevna si spiccia a raccomandarle di non far cenno ad Anečka della lettera che ha ricevuto e di far passare la sua visita come un'improvvisata. Marija fa appena in tempo a domandarle: «E come gliela spiegate la salsa allo scalogno?» che Anečka fa ritorno a casa.

Le due sorelle volano l'una tra le braccia dell'altra. Il problema della salsa è liquidata sul nascere dalla stessa fanciulla.

«Hai visto! Una fortuna che proprio oggi *Mamouška* abbia preparato una cosa che ti piace tanto!» ma lo dice in un modo talmente astuto che le due capiscono benissimo come lei abbia capito tutto, a questo punto tanto vale scoprire le carte in modo da affrontare il discorso senza troppi giri di parole.

«Ma questo era mio!» esclama Marija vedendo Anja che, toltasi la mantella, si mostra con indosso l'abitino azzurro, e dilazionando così la questione cruciale.

Certo che era suo. Destino delle sorelle maggiori possedere indumenti di transito che poi toccheranno ad altre. Destino delle minori vestire spesso abiti non comprati per loro. Tra sé, Marija valuta con rammarico quante taglie la separino al presente da quel vestito che alla piccola Anečka calza a pennello. Va bene, ma lei è qui per altro, e non per fare il censimento di un guardaroba condiviso. Battendo le mani la Nikolaevna tende a sgombrare il campo da cose superflue. Ed eccoci *in medias res*.

«Sarei venuta ben prima, – si giustifica Marija, come se ve ne fosse bisogno – ma una casa da accudire, lo scoprirai, pretende tempo. Senza considerare, poi, sia i bambini che la distanza!... Certo, quando ho capito che avrebbe potuto essere utile un mio consiglio...».

«Ah» commenta Anja, laconica e disincantata.

«Ah, cosa?» contrappunta la sorella.

«Se è per questo che ti sei presa il disturbo, tanto valeva che ti risparmiavi la fatica».

«Dio mio, sembra quasi che ti dia fastidio vedermi».

La Nikolaevna a sentir dire certe cose è colta dallo spavento.

«Ma non ditelo nemmeno per scherzo!».

«Cosa ti ha scritto? Che era *una cosa grave*?... Non è così?» incalza la fanciulla costringendo la madre sulla difensiva.

«Che significa "una cosa grave"?... Ci si racconta quello che succede, ci si informa... siamo una famiglia, santo cielo!».

«Potete stare tranquille tutt'e due. Il grande Dostoevskij, se ci tenete a saperlo, sta per sposare una di cui, non c'è dubbio, è follemente innamorato. Anzi, ci ha pure tenuto a chiedere un mio giudizio».

«E chi sarebbe?» domanda la mamma.

«L'avete vista: al concerto. Aglaja Vassil'evna. Quella seduta vicino a me».

«Aglaja Vassil'evna?» esclama Marija.

«La conosci?», Anja, nel domandarlo, sembra più insospettita che curiosa.

«Personalmente no, ma come nome collegato a un certo giro, se dici di lei, sì. Gode di qualche notorietà».

«E tu che ne sai? Che giri?».

«Oh, "*che ne sai*?"... Non ci vuol molto. Nell'ambito letterario, ovvio. Il *côté* in cui opera a quanto mi risulta è quello».

«Opera?», la fanciulla aguzza lo sguardo decisa a capire se il termine intenda essere più maligno che preciso.

«Oh, mettila come vuoi!... – e a tirar via – Agisce, sta. Uno spirito libero, non c'è che dire».

Anja non replica, vuole sentirsi dire di più, tanto lo sa che sua sorella non si tratterrà dall'andare avanti, e infatti.

«Be', ha i suoi intrecci, questo so. E sempre in bella vista. – poi adombrandosi nell'appuntare il pensiero su qualcosa che non le quadra – Strano, però. In società se ne parla».

«Di che?» domanda la fanciulla.

«Della Vassil'evna e di lui. Dello scrittore».

«A Novgorod?»

«Dove ti credi che siamo? All'altro capo del mondo? – fa risentita Marija – I nostri giornali sono i vostri, tali e quali, e le chiacchiere pure».

«E allora?» insiste pressante la sorella per far piazza pulita al più presto di quella stupida permalosità.

«Niente. So che hanno avuto una storia, ma pure che sta per lasciare Pietroburgo. Dovrebbe convolare con un possidente di Mosca. Ora, non credo che il tuo... – storpiando il nome ma non con malizia – Dojevskij...».

«Ti dico invece di sì! – afferma risoluta Anja, alla quale la storpiatura ha lacerato i timpani – Tanto che vuole pure dedicarle il suo prossimo romanzo».

«Oh, credi quello che vuoi! A me basta che tu sia felice. Comunque, quello che so di lei è cosa certa: sta per andarsene».

«Pure quello che so io è cosa certa!» si ribella la fanciulla.

«Ma te l'ha detto chiaramente? – domanda la Nikolaevna alla figlia più piccola, che esita a risponderle – Anečka... che se la vuole sposare: te l'ha detto chiaramente?».

No, non gliel'ha detto chiaramente. E questo pensiero la giovinetta se lo porta appresso per tutta la giornata che passa a discutere con la sorella maggiore delle cose più inutili per limitare la ruvidezza di un'intromissione che rischierebbe altrimenti di farsi deleteria. Futilità affettuose, ma futilità, tranne quando, gironzolando tra le case del quartiere che per Marija ha la stessa forza evocativa delle mura domestiche, Anja si sente raccontare, con una superficialità degna della più banale informazione turistica, una storia formidabile a proposito della cittadina dove l'altra è andata a vivere. La periferica ma tuttavia aggiornatissima e vivace Novgorod. Dire che questo discorso riesca a distrarla dal pensiero che più le preme è sbagliato. Anzi, si tratta esattamente dell'inverso. Se quanto si sente dire risulta in grado di avvincerla, è proprio in virtù del fatto che la fanciulla, ascoltando un cosa tanto singolare, si immagina quando avrà modo di riferirla *a lui*. In quale giorno, se presto o tardi, è difficile dirlo, ma di sicuro lo farà.

Il racconto non intende essere un racconto nel vero senso del termine, tale lo renderà l'intelligenza dell'ascoltatrice. Da principio, anzi, altro non è che una tediosa lamentazione fatta da Marija a contraltare dell'apparente entusiasmo di essersi trasferita in provincia, con l'imminente prospettiva di andare a vivere ancora più isolata.

«La verità, sorellina mia, è che l'idea della campagna mi affligge parecchio. Non credere che quella che abbiamo dalle parti nostre sia una campagna tipo quella che puoi immaginarti tu. Magari!... Sono tutte paludi, tutte paludi. D'altronde, anche la città è paludosa, ma che vuoi farci?... Certi affari in cui si è ritrovato mio marito, oh... niente di losco, sia chiaro... be', vuoi o non vuoi, ci inducono a fare questo passo. *Matuška* è preoccupata e io non voglio che lo sia troppo, ma temo che mi toccherà patire uno strazio insopportabile. Dove andremo, uh... povera me, non c'è un villaggio che sia degno di avere una chiesupola a perdita d'occhio, solo casette sparpagliate, e betulle, ah... quelle sì quante ne vuoi. – di qui l'inizio di ciò che, detto da Marija quasi con distratta incuria, alle orecchie di Anja suonerà meraviglioso – Tra l'altro, le betulle di Novgorod, non so se lo sai, io non lo sapevo, hanno un significato un po' particolare per quelli della città. Lì sembra che secoli fa venissero usate come carta. – Anja si incuriosisce, e il suo sguardo lo dice: *come carta? In che senso?* – Sì, perché tutti scrivevano, tutti, ma siccome per un fatto di povertà la carta vera non potevano procurarsela, usavano la corteccia delle betulle... la ritagliavano a strisce, così mi hanno raccontato, la facevano bollire per renderla elastica, e poi tipo con dei punteruoli ci scrivevano sopra. Così, – e fa il gesto – incidendo. Ma tutto. Dalle poesie alle notizie d'affari. Pure le vendite degli schiavi le mettevano per scritto sulle cortecce delle betulle. – e magari, pensa Anja, anche delle poesie sulle betulle – Qualcuna di queste strisce l'hanno ritrovata. Hai capito come facevano? Con certi punteruoli usati come noi usiamo le penne» e, a conclusione del raccontino, si affida a un sonoro "*Bah!*" con cui, scuotendo il capo, lascia irresoluta la plateale contraddizione di gente tanto edotta quanto misera.

«Imparare a scrivere dovrebbe costare ben più di un foglietto su cui farlo, o no? – ragiona Marija che, furbescamente, subito si risponde da sé rifacendosi a confusi catechismi scolastici – La cosa deve ricollegarsi senz'altro a quando l'antecedente dello scrivere come lo intendiamo noi era il comporre a memoria formule e versi senza il bisogno di un pennino, non vedo alternative».

Anja traduce questo piatto sbarazzarsi del quesito in una risorsa del pensiero che pronuncia impercettibile a suo personale ed esclusivo beneficio: «Il cuore umano non conosce ignoranza. Ogni scrittura è trascrittura».

*Per un fatto di povertà... sulle cortecce delle betulle... tutti... le betulle-libro.* Che storia formidabile!

Dalla stradina per cui stanno passeggiando, Netočka le può scorgere le betulle. Le guarda e pensa che all'interno di quelle bianche cortecce potrebbe trovarsi avvoltolato lungo il fusto sino in cima un romanzo meraviglioso. Un altro libro capace, come ogni buon libro, di offrire, se richiesto, le risposte giuste. «Betulle come Vangeli!» pensa. Ripete tra sé la frase: "*E tutti scrivevano*". Questo racconto non l'ha distratta, tutt'altro. Molto più probabile, casomai, è che lei fosse un po' distratta sin da prima, e che quanto le ha detto Marija le abbia invece fatto tornare in testa con più tenacia il suo vero pensiero. Sentir parlare di libri e di *scrittura ad ogni costo* l'ha riportata al centro di sé. E al centro di sé il suo vero pensiero è la domanda di sua madre: «Ma te l'ha detto chiaramente?».

Dopo cena, con questo interrogativo che continua a insistere dentro di lei, si corica insieme alla sorella maggiore nello stesso letto, come facevano quando la camera era di entrambe. Sullo scrittoio, tenuto con la valvola bassa, brucia lo stoppino di una lampada a olio. Marija con le mani intrecciate sul lenzuolo rimboccato a dovere guarda nella penombra in alto e parla senza consentire di essere interrotta. Di sé. Parla di come funzionano le sue giornate e di quando ha visto per la prima volta il maschietto più piccolo gattonare, e delle differenze con il più grande, e del medico che viene per i piccoli e a cui senza dubbio lei deve aver fatto una certa impressione. «Sì, hai capito benissimo, proprio in quel senso lì. Una certa impressione».

Parlare del medico incline alle sue grazie (e che per forza di cose dovrà abbandonare i suoi piccoli pazienti e la loro mamma il giorno non lontano in cui costoro si trasferiranno in campagna) produce nella ragazza un'interferenza che la fa voltare ammiccante verso la sorella più piccola a domandarle se per caso abbia notizie di un certo professore di letteratura avuto da tutt'e due a scuola come insegnante, naturalmente a vari anni di distanza l'una dall'altra. E qui Marija sorride volendo far capire tutto e il contrario di tutto: forse che quel professore le piaceva, o forse che era lei a piacere a lui, o, forse, ipotesi che intende prediligere, che si piacevano a vicenda.

Anja, quando può, risponde a questo e ad altro con precisione da cronista ma formulando risposte tali da non dare adito a discorsi che sarebbero per lei di nessunissimo interesse. Il suo vero pensiero è lontanissimo da tutto ciò. Marija, come al solito, per parlare di qualcos'altro è dovuta passare attraverso di sé. È di Dojevskij (!) che vorrebbe sapere adesso. Ma Anja, lo abbiamo detto, pensa ad altro. Lei pensa a *Dostoevskij*.

D'un tratto, le sopracciglia le si contraggono come per un collegamento improvviso. Le cortecce. Le bianche cortecce e il loro lato rovescio reso elastico dalla bollitura per farsi pagina senza cessare di essere albero. I punteruoli usati come lei usa la sua penna di ebanite. Comunicazioni chiare e segrete al tempo stesso. Volta lo sguardo sul tavolo. Il quaderno in cui è stenografato *Il giocatore* sta ancora lì. Si alza. Recupera dal cassetto la busta turchina ricevuta tempo addietro. Ne sfila la lettera. Si siede. La scorre.

Marija la vede fare e non capisce, si tira su a sedere ma ha freddo e si porta con ambo le mani la coperta sul petto. «Che fai?» le domanda, senza ottenere risposta.

Anja legge a fior di labbra quanto è scritto nella lettera.

«... Voi sapete penetrare la mia timidezza con una sapienza che supera la vostra età. Se riusciremo a farcela, sarà perché con voi ogni maschera si è fatta inutile...».

Apre il quaderno col romanzo e vi poggia il foglio a fianco. Nel leggere, alla sua voce si sovrappone quella di Fëdor Michajlovič.

«... La malizia di Polina era, in realtà, la sua maniera di leggere a fondo nella mia timidezza!...».

La voce di lui continua a suonare nella testa della fanciulla mentre ammantellata, nel cuore della notte, corre lungo la solita strada, attraversando i soliti ponti.

«... quando si è penetrati così, è perché la confusione del cuore ha reso chiaro il pensiero. *Sì, l'amavo! L'amavo!...* Mai, altrimenti, il suo sguardo avrebbe saputo mettermi tanto a nudo! *L'amavo! L'amavo! L'amavo!...*».

E ancora l'eco permane mentre Anja sale di slancio le scale che la portano da lui.

Ansante e sudata, supera Fedosija che è venuta ad aprirle. La vecchia non ha titubanze nel vederla fare irruzione così. Come le ha aperto, ha subito capito. Ha capito l'inimmaginabile. Ovvero, che quella ragazza non avrà mai più bisogno di chiedere permesso per entrare e che lei, questa notte, ha aperto la porta a una padrona.

Ebbene, abbandonandola con questa convinzione a ruminarle dentro, noi la salutiamo. Il proseguire dei fatti non vedrà più in scena la vecchia serva, sempre memore dei suoi ardenti cinquant'anni, eternata da uno scialletto di flanella verde che la coniuga a un'altra vecchia. Quest'altra vecchia non è lei, ma se lei, Fedosija, doppia e tripla, non fosse esistita, probabilmente quest'altra vecchia, rinominata Alëna Ivanovna in *Prestuplénie i nakazànie*, non sarebbe mai stata raccontata in un certo modo.

Nel suo studio Fëdor Michajlovič è seduto a scrivere. Quando la fanciulla fa irruzione, lui solleva la sua grossa testa aggravata da rughe che sembrano fatte con un punteruolo buono per incidere le cortecce delle betulle, e con le guance striate dalla barba incanutita che gronda incolta e macchiata di bave rossicce. La guarda con occhi sgranati.

Anja, appena un passo dentro la stanza, la prima cosa che fa è tendere il braccio a indicare il fiore che comincia a immiserire nella piccola brocca piena d'acqua dove è stato messo. Non parla, e non parla apposta, indica solo, come se lui avesse il dovere di spiegarsi a prescindere da tutto, da qualsiasi richiesta, da qualsiasi domanda.

«Che c'è?», ecco il massimo che sa farsi uscire dalle labbra Fëdor Michajlovič. Poche pietose sillabe pronunciate così, senza vigore, forse perché vagamente consapevole dell'atto che sta per compiersi.

«Quei fiori... perché li avete dati a un'altra?» gli dice lei. È una domanda ma sembra un ordine.

Lo scrittore si alza vacillando. Non capisce. *Sa*, ma non capisce.

«Non erano per lei!... – geme Anja, e quasi piange nel dirlo – Io lo so che non erano per lei!».

Fëdor Michajlovič le risponde incerto, balbettando, con lo spaesamento di un ragazzino.

«Ma voi... voi... avrei voluto, ma voi siete venuta e fuggita, io... mi sono vergognato, allora ho preferito...».

«E perché non l'avete detto chiaramente che quella proposta di matrimonio non era rivolta né a una modella né alla Vassil'evna, *ma a me*?».

«Cosa c'entra la Vassil'evna?».

«C'entra che, raccontandomi, avete usato il suo nome: Aglaja!».

«Il primo che m'è venuto in mente. Poi, buon Dio... siete stata così fredda nel rispondermi che non ho osato spingermi oltre».

Il volto teso della giovane sembra sciogliersi. Vorrebbe replicare, spiegare, ma il pianto sommerge ogni tentativo di esprimere quel che prova, e dall'inespresso erompe un clamore che strugge e abbaglia. Lui si sente all'origine del mondo. Al di qua di ogni possibile parola. Anche il passo che urge deve inventare sé stesso. E il passo avviene. Fëdor Michajlovič le si accosta a carezzarla con la punta delle dita sugli zigomi, scivolando di poco sul fresco della guancia inumidita.

«Forse quella freddezza non era un no? – per risposta, solo dei singhiozzi inarrestabili – E forse... questo pianto è un sì?».

Ma Anja ancora non ce la fa a parlare. Dostoevskij, commosso, se la stringe forte al petto. Non sa chi stia abbracciando. Se colei che Anja era, o se colei che sarà. La fanciulla solleva il viso. Lui aveva già abbassato il suo nell'attesa di quel gesto.

Lo spazio fra i loro volti sembra vibrare scosso dalle pulsazioni dei cuori prima d'essere annullato dall'incontro delle labbra.

## *"Maestro, quale onore!"*

Un tiro a due si ferma in prossimità della casa dove vive Anja con sua madre. Il vetturino fa schioccare un paio di volte la lingua contro il palato per indurre gli stanchi morelli di bella stazza a percorrere ancora qualche metro in avanti in modo da posizionarsi nel cono di luce del lampione a gas che renderà più agevole il disbrigo del pagamento da parte del passeggero arrivato a destinazione. Tramite la finestrella interna viene stabilito e passato il *conquibus* per la corsa; il cocchiere fa un ampio cenno col braccio per illustrare al cliente quale sia con precisione la casa a cui egli ha chiesto di essere condotto. Lo sportello si apre e a mettere piede sui due scalini di zinco per uscire dalla vettura è Fëdor Dostoevskij immerso in un ampio soprabito dal collo impellicciato. Ha tra le labbra una sigaretta ardente con la scintilla sollecitata dalle folate di vento che tirano a singhiozzi. Lo scrittore porta sul capo un cilindro di rappresentanza, alto, d'ampio volume, e rivestito d'un lucido pelo nero su cui subito s'addensano alcune leggere falde di neve aleggianti nell'aria.

Mentre la carrozza si allontana, lui si guarda attorno con l'aria smarrita di chi sia stato riscosso da una condizione di torpore tutto d'un colpo. E ora? Non sa dove dirigersi. Il bello è che l'ha pure domandato: «Esattamente quale?» ma, curioso a dirsi, la risposta lo ha colto del tutto disattento e ora non riesce in alcun modo né a ricordare le parole né a visualizzare il gesto del braccio. Quel gesto, appunto! Ma che gli ha preso?... Prima lo sollecita, e poi nemmeno muove la testa per notarlo. Ci avesse fatto caso, gli avrebbe tolto ogni dubbio.

Ah, sì, ecco perché... stava pensando, con qualche titubanza, all'elegante *platok* che, in prospettiva della serata, ha provveduto a far recapitare presso quello stesso indirizzo per il pomeriggio. Un omaggio alla padrona di casa da intendersi non come un semplice grazie per la serata (allo scopo, sarebbe bastato un cesto di fiori), ma come il dono, già di per sé impegnativo, proveniente da un futuro genero.

Ci rendiamo conto di aver usato con estrema disinvoltura una parola che, se non in russo, va intesa (come "*мороз*" nel verso di Puškin) tramite un corredo di termini intermedi capaci, tutti insieme, di accostarla per approssimazione. Il *platok* è uno scialle, è una mantella, è un telo per il capo ed è un *foulard* che, senza essere precisamente l'una cosa o l'altra, vale sia da ornamento per le spalle, sia da avvolgere, secondo le necessità, attorno al capo. Allorché una donna lo riceve in omaggio da un uomo è un chiaro simbolo di protezione, ma pure una richiesta di accoglienza, come di chi impetri l'onore di poter offrire a una dama i propri servigi.

Tanto più perciò un dono simile, fatto in particolari circostanze, ha il carattere di una promessa solenne, come quella di cui Fëdor Michajlovič ha deciso di assumersi la responsabilità.

Data la natura inusuale della coppia che si va formando, tutto è stato già risolto per lettera con grande garbo e compostezza, con Anečka a fare da vicendevole messaggera tra lui e la madre.

Che *tourbillon*! Che sostituzione epocale di una vita con un'altra! Di una sua vita, con un'altra sua nuova vita. A volte Fëdor Michajlovič prova la stordente impressione di doverlo ancora comunicare a sé stesso prima che ad altri. E fuma succhiando con piacere, come fosse un boccone prelibato, l'essenza intensa e dolcissima di quella nuova sigaretta inglese suggeritagli da Majkov, che ha anche provveduto a fargliene dono in buona quantità. Niente male, davvero! Addirittura soffice da stringere tra le dita. Dovrà farsi dire, una volta terminata la sua piccola scorta, come procurarsene. Un tabacco ben amalgamato, senza troppi filamenti, lievemente mieloso, capace di mantenersi umido per giorni e che bruciando sopraffà del tutto la punta acre dovuta alla combustione della carta.

Sia chiaro: la pedanteria descrittiva di queste osservazioni sono l'alimento di quanto si ostina a pensare Fëdor Michajlovič per operare un ingenuo inganno a sé stesso e non dare troppo peso all'emozione altrimenti dilagante.

Sa di essere arrivato abbastanza per tempo. Anja si è tanto raccomandata di non comparire prima dei parenti, che infatti la mamma ha convocato con mezz'ora di anticipo rispetto a lui, come d'uso in questo tipo di riunioni non conviviali ma organizzate per introdurre nella cerchia familiare un futuro parente acquisito. Nessun problema, la neve è appena una sfarinata da cui non c'è un gran bisogno di proteggersi e la temperatura è pungente ma secca. Ne approfitterà per finire la sua sigaretta dandosi tutto il tempo necessario, ma pure, *malgré lui*, esponendosi a rovelli che hanno così modo di rimorderlo con odiosa pervicacia. Tra gli altri, ve n'è uno che lo scuote con un soprassalto da cui solo in certe brevi soste di vacanza mentale si può essere colti. Dio mio! Dio mio!... E se nel pomeriggio, a onta delle infinite raccomandazioni, non fosse arrivato nulla? Nessuna scatola con la preziosa stoffa avvolta, come da lui richiesto, in diafane garze di *voile*! Nessun omaggio! Nessun *platok* di lana fine con frange di seta!... Bel risultato! Sarebbe costretto a fare la parte di quello che si presenta a mani vuote. Peggio di un invitato qualsiasi.

Si dà dello sciocco convincendosi che dei fiori, per sicurezza, avrebbe dovuto prenderli in ogni caso senza farsi dissuadere dall'idea che sarebbe stata una piaggeria eccessiva. Così, ha finito col rimettersi alla mercé dell'altrui possibile inefficienza.

Certo, alla peggio potrebbe spiegarsi, rammaricarsi, protestare contro il negoziante, o forse converrebbe prendersela più con lo spedizioniere, che comunque dipende sempre dal negoziante, ma a quel punto, nell'immediato, a disastro compiuto, come correre appresso ai dettagli della disdetta?... D'accordo, prima o poi la sua ragione emergerebbe, e anche il dono emergerebbe, ci mancherebbe altro, ma in un secondo tempo, e il suo non sarebbe di sicuro un buon esordio. Senza dire della preoccupazione, ancora più acuta, a proposito della scelta fatta. Non ha potuto far conto su nessun aiuto. D'altronde, a chi avrebbe potuto chiederlo? Solo ad Anja, ma non se l'è sentita, e lui si fida così poco del proprio gusto in fatto di doni da fare a una donna! Ne ha falliti talmente tanti! O almeno questa la sensazione che ha più volte avuto. Cerca di raffigurarsi il capo prescelto nel tentativo di darsi delle conferme. In assoluto lo rivede bello, abbastanza bello, forse molto, ma sarà così anche rivedendolo nella realtà? Poi, che vuol dire "bello in assoluto"? Dovrà esserlo per lei. Sempre che sia arrivato!

Ipocondrie! Ipocondrie! Forse veritiere, ma non è il momento di mettersi ad ascoltarle. Meglio, se possibile, distrarsene.

Dalla fessura del panciotto tira fuori l'orologio a cipolla. È ancora in lieve anticipo. Come lo è di solito la ragazza quando viene da lui. Sicché, in perfetto orario. Ma sì, via, è tempo di andare!

Già, la casa. Questa o quella? Si fruga nelle tasche per recuperare il biglietto con l'indirizzo, ma le tasche, si sa, sono sempre affamate di carta e, a dargliene, se la divorano con una sveltezza impressionante. Niente, non lo trova. E sia, cercherà di cavarsela lo stesso. Fëdor Michajlovič si è sempre attribuito notevoli capacità deduttive, è il caso di usarle. E fa bene. Come le mette in moto, la soluzione sembra cascargli tra le mani.

Le tendine alle finestre sono la risposta. Sapendo che l'appartamento è sulla strada e che è provvisto di un piccolo giardino (così gli è stato detto; il primo a dirglielo, ora che ci pensa, è stato Pavel), quelle tendine di trasparente organza color crema tolgono ogni dubbio: lì non possono che vivere due donne senza nessun maschio nei paraggi; e anche la guarnizione argentata di rampicanti in ferro lungo il telaio: una frivolezza di gusto. Lui vi riconosce la sua Anja; soprattutto, riconosce una sua certa predilezione per le superfici riflettenti, e quella cornice così elaborata, dalle mille sfaccettature, sembra fatta apposta per rendere più acceso, nelle notti propizie, ogni riverbero lunare. Forte di ciò, va.

«*Cerca chi?* Ma forse la svedese con la figlia! – si sente dire di malomodo lo scrittore da un tipo corpulento col naso camuso che non ha per niente gradito quella bussata a un'ora decisamente inurbana – Provi lì, non qui!».

Nemmeno il tempo di un "*Pardon*" che la porta è già richiusa. Qualcosa deve essergli sfuggito. Ma perlomeno ha incamerato quel "*lì*" che sgombra il campo da qualsiasi incertezza.

Poi pensa: «La svedese? Perché la svedese?», bah, come che sia, alla peggio si farà dare da questa svedese un altro *lì*. La strada è breve, di *lì* sbagliati non gliene potranno toccare molti. Comunque no, stavolta è giusto.

Da oltre la porta dischiusa la Nikolaevna, che è un fuso di velluto rosso cupo con le pesanti chiome fulve a incorniciarle il viso acquerellato di efelidi sulla pallida fronte, si sente dire «*Madame*» nell'attimo stesso in cui lo scrittore, chinando il capo si toglie il cilindro dandosi il tempo per occhieggiarla.

Sulle spalle di lei, intonatissimo al colore sanguigno del velluto e all'ardore della chioma, fa mostra di sé, adagiato con la leggerezza di un'onda tra una scapola e l'altra, il *platok* scelto da Fëdor Michajlovič per la madre della sua fidanzata, di un grigio perla che appena sfiorato dalla luce si fa d'argento, con ampie rose *bordeaux* e altre oro antico sparse e sovrapposte l'una all'altra in un viluppo di fregi variopinti.

«Maestro, quale onore!».

Da quant'è che Fëdor non faceva un baciamano come si deve! Con la Vassil'evna è in corso ormai una disinvoltura tale che quelli tributati a lei gli vengono sciatti e a volte teatralmente morbosi, alla ricerca voluttuosa della parte più sensibile del polso o del taglio laterale della mano più che del dorso, come a sottintendere: «Vi ricordate io e voi un tempo, quando ancora ci davamo del tu?».

Ad Anja, se ci riflette, non gli pare di averlo mai fatto un baciamano. Ora, invece, sta poggiando con garbo infinito le sue labbra contornate dalla peluria appena pungente dei baffi morbidi e ben pettinati sulle venature azzurre che si irradiano dalle membra delicate di quella donna che ha meno della sua età ed è madre dell'altra donna in ragione della quale è venuto a conclamare, innanzi alla famiglia riunita apposta, la propria volontà di averla in sposa.

Nell'attimo in cui Fëdor risolleva il capo lasciando andare le dita della Nikolaevna, lui raggiunge il colmo del sollievo vedendo con quanta grazia costei si premuri di tranquillizzarlo circa la scelta del dono, che, sembra dirgli, non poteva essere migliore. Nemmeno servono parole da aggiungere al sorriso di femmina appagata con cui quella bella signora gli trasmette la pienezza della propria gratitudine.

C'è, però, un altro pensiero che urtica l'ospite nel profondo. «*Maestro, quale onore!*». Una frase di convenienza, viene da pensare a Fëdor Michajlovič! Una frase che porta innestata dentro di sé la ragione del suo disagio nell'essere chi è, e nel trovarsi lì. Un saluto così gli sarebbe stato rivolto comunque, anche se gli fosse capitato, che so, di essere invitato per un'abituale situazione mondana, magari nell'occasione di un cenacolo letterario a parlare di Puškin o di Gogol. Ma stasera, per quanto cordiale, un simile benvenuto colmo di compunzione gli sembra molto poco pertinente. Quale altro fidanzato o pretendente sarebbe stato accolto in questo modo?

E mentre fa le sue considerazioni per una sorta di messa in allarme, l'eminente scrittore corrisponde con gentile affettazione al garbo della padrona di casa cogliendo un pimpante chiacchiericcio provenire dal salotto, che con tutta evidenza è a un passo da loro, appena superato lo spazio angusto dell'ingressetto. Si tratta del tipico chiacchiericcio caratterizzato dalle sonorità dei botta e risposta che sogliono intercorrere tra persone in totale confidenza l'una con l'altra. È quel modo di parlare consueto di chi si conosce alla perfezione. In genere, così avviene tra parenti, o tutt'al più tra amici ritenuti alla stregua di parenti, per i quali sia ormai divenuta una norma consolidata darsi certe repliche prefabbricate nei ritmi e nei toni, come secondo un copione collaudatissimo.

E quelli, così allegri, stanno tutti lì dentro ad aspettarlo. Ad aspettare che lui giunga a interrompere la loro armonica allegria. Bella storia! Fëdor Michajlovič, presentandosi, spezzerà *ex abrupto* quell'avviato concertino che tanto si soddisfa di sé per imporvi il dissesto della sua personale sonorità a cui ognuno, gli piaccia o no, dovrà accordarsi il più presto possibile, anche al prezzo delle più sgradevoli dissonanze.

«Siamo solo noi. Tutta gente di famiglia» si premura di rassicurarlo la Nikolaevna.

Ma il vero conforto per Fëdor è l'apparizione nel riquadro della porta che introduce al salotto della figurina snella e guizzante di Anja, vestita con un abitino di seta color lilla. La fanciulla gli sorride radiosa, e pure lei non perde occasione per dirgli, quasi si fosse messa d'accordo con la madre: «Maestro, quale onore!», ma con risonanze tali che a Fëdor echeggiano nell'anima con l'accento della più incantevole intimità.

## *A capotavola*

A emiciclo, seduti sulle stesse poltroncine chiamate a raccolta la sera del convivio musicale, personaggi legati alla cerchia familiare di Anja ma ancora ignoti al nuovo arrivato, fissano con varie modulazioni di sguardi – chi più propenso, chi più curioso, e chi smaccatamente indagatore –, il maestro Dostoevskij sistemato tra loro («Maestro!... Nientemeno!» ha squillato la Vasilìsa al momento della presentazione, «Accade» le ha risposto lepidamente lui).

Si racconta che un tizio abbastanza autorevole, sentendosi accolto da una tavolata piena di commensali con l'invito: «Sedete qui, a capotavola» abbia robustamente risposto: «Dove siedo io è capotavola!», ecco, questa più o meno la situazione nel salotto della Nikolaevna. Per quanto, nel frangente specifico, la cosa sia avvenuta in modo involontario.

Fëdor Michajlovič ha fatto di tutto per accomodarsi in un punto defilato dell'emiciclo, e pur essendoci riuscito, la manovra non è bastata a garantirgli la minima opacità: quel punto laterale e affatto dominante dell'assemblea dove il maturo scrittore ha trovato da sedere si è tramutato a tutti gli effetti nell'autentico capotavola, e l'intera *séance*, estinto come previsto il collante della chiacchiera polifonica, non fa che puntare sguardi e orecchie lì, ormai dedita totalmente a lui, che appare alquanto inamidato nel sentirsi così al centro dell'attenzione. Detta con più chiarezza: nel suo ruolo di inquisito.

L'elenco dei presenti, oltre Anja (che gli sta seduta a fianco tenendo morbidamente poggiata una mano sopra le sue, sovrapposte l'una all'altra sul ginocchio di una gamba accavallata), e la Nikolaevna (indaffarata a rinnovare posate e piattini, in porcellana, bordati da un filo d'oro), contempla Ivan e Mitja (agghindati da bravi ragazzi ma con l'aria, Mitja soprattutto, di essere stati calati dentro due armature), le due zie (la Vasilìsa, tutta grigia come un'acciuga e con un cappello da pastorella del Settecento, e Maša, corrispondente in pieno alla definizione della Nikolaevna da cui è stata apparentata ai fiocchi usati per impacchettare le statuette che la zia Dama ha cacciato come reprobe da casa sua); non mancano, inoltre, Marija (con un abito prodigo di stoffe architettato a falde alterne grigie e azzurre, dalle maniche a sbuffo strette all'avambraccio da lunghi polsini di merletto) e suo marito Anton Petrov (un tipo ben piantato, con un paio di occhialetti tondi e *fumé* che ne celano lo sguardo); né manca lo zio Il'ja, che qualche parte ha avuto nelle ultime peripezie vissute dalla nipote (veste di scuro, o, come dice lui, *di buio*, per far meglio risaltare le fattezze chiare, di famiglia). Avendo già mangiato a sufficienza, lo zio notaio avrebbe una gran voglia di slacciarsi almeno un paio di bottoni del panciotto, ma finché non trova la complicità almeno di Petrov non si azzarda.

La zia Dama è già un paio di volte che si scusa per l'assenza del marito, caduto preda della risipola. «Oh, niente di grave – specifica – ma non lo si può vedere».

I vassoi per le degustazioni, colmi di focaccine, di pani con l'uvetta e di budino di semola al ribes, sono sparsi ovunque su molteplici ripiani agglomerati in modo da consentire un *buffet* che non obblighi nessuno ad alzarsi troppo, mentre il *samovàr* bolle su un fragile tavolino che ci vorrebbe poco a rovesciare.

Al momento in cui l'ospite di riguardo si è seduto al suo posto facendone, come detto, il capotavola di una tavola ideale, la zia Dama, per non ingenerare nell'ultimo arrivato il sospetto di essere importuno (cosa che per lei, in effetti, è), dopo le presentazioni di rito si è sentita nell'obbligo di tornare a quanto stava già dicendo, solo che lo fa con un cambio totale di passo. Prima il suo discorrere aveva il piglio pontificante di chi, entro una cerchia di competenza, sa che a proposito di alcuni argomenti precisi può dettar legge, ora, invece, ha messo la sordina a quanto stava dicendo come a buttar via qualcosa di poco conto. L'oggetto della disquisizione, per dirla tutta, è il suo modo di cucinare le carpe, di come vadano tagliate a tocchetti per ammorbidire le lische durante la cottura, e, se fatte al vino rosso, di come e quanto vadano usate le cipolle, i funghi secchi e i chiodi di garofano. Poi, certo, ci vuole la teglia adeguata, ma in particolare ci tiene a far sapere, «Purché resti fra noi!», quale il suo segreto nel preparare il sughetto mescolando al vino, e qui abbassa la voce, un po' di sangue dell'animale. Ma a questo punto, con la ritrosia dell'attrice che si sottrae alla scena quando ancora la si vorrebbe lì, lascia declinare la faccenda come a dire: «Mi sono dilungata sin troppo, abbiamo ben altro di cui discutere».

«Mio genero, – trilla con una nota amena nella voce la Nikolaevna a Fëdor Michajlovič per introdurre un tema di dibattito a lui più consono – prima di questa brillante dissertazione sulle carpe, – la zia Dama inarca sospettosa le sopracciglia – ci stava raccontando di un interessantissimo viaggio d'affari che si appresta a fare in Europa».

L'ospite di riguardo coglie con benevolenza questo spunto che gli consente di farsi parte attiva nella conversazione.

«Ah, sarà un'ottima esperienza. Vi ho soggiornato a lungo ma spostandomi poco».

«E quali le città che conoscete meglio?» domanda l'aspirante agrimensore Petrov.

«Parigi... Roma... ma soprattutto Berna».

«Berna?... – entra in argomento lo zio Il'ja – E cos'altro vi si può fare se non andare al *casinò*?».

«Appunto: praticamente nulla» conferma con un motto di spirito lo scrittore.

«Ne desumo che vi piaccia il rischio» commenta Petrov, soprassedendo sul tono da facezia usato dal Maestro.

«Oh, *sans doute*!... Non foss'altro perché in ragione di quanti ne ho dovuti correre, se non mi facessi piacere il rischio dovrei arrendermi alla nevrastenia».

«Una *boutade*?» domanda ilare la zia Dama che in effetti non ha chiaro il peso da dare a una risposta che le risulta un po' cervellotica.

«*Madame*, accade che spesso una *boutade* sia il modo più naturale per riferire la realtà» le fa notare pacatamente Fëdor Michajlovič.

«A quanto mi consta, – azzarda lo zio Il'ja – e ne parlo, beninteso, poiché tutto è *bien passè*, dicevo: a quanto mi consta il vostro ultimo giro di giostra sembra sia stato davvero rocambolesco, *Monsieur*, ma ottimamente risolto, sempre a quanto mi è stato, grazie a Dio, riferito».

A sentir dire così, Anja non può esimersi dall'intervenire in prima persona.

«Ah, sì... – spiega a Fëdor Michajlovič – lo zio è il primo a cui ho chiesto un parere quella famosa notte, quando son venuta via da voi col contratto».

«Ne ho dato di disturbo, a quanto pare!» fa lo scrittore.

«Una bella lezione, invece! – puntualizza lo zio Il'ja, sia per cortesia, sia perché ci crede – Il modo in cui la faccenda è stata *tout à fait* risolta avrei dovuto farmelo venire in mente io! – schiocca le dita – Come non pensarci?... Roba da notai, nemmeno da avvocati, cosa che peraltro le avevo scioccamente suggerito, e difatti s'è visto come l'avvocato non sia servito a un beneamato nulla».

Questo accenno all'avvocato accende d'un lampo in Fëdor Michajlovič la visione piena di quanto si sia data da fare per lui la piccola Anečka; Il'ja, intanto, non perde occasione per ribadire una delle sue tesi da squisito umanista, fra le predilette da Grigorij Ivanovič Snitkin.

«Meglio allora perciò dire: *roba da poeti*! E sì!... Spesso i poeti, cosa che non mi stancherò mai di ripetere, hanno una scienza tutta loro dinanzi alla quale la vera scienza ha solo da inchinarsi. – e puntando dritto l'ospite appena arrivato – Ah, come l'avete risolta voi non avrebbe potuto farlo nemmeno un principe del Foro. Con semplicità ed eleganza. *Chapeau*!».

«Risolta *io*?».

Un'occhiata di Anja gli fa capire che la fanciulla non si è voluta prendere nessun merito circa la faccenda del contratto, cosa che dunque è sul punto di fare lui nel riconoscerglielo, ma la fermezza di un'ulteriore occhiata che gli giunge dalla ragazza lo blocca, e allora capisce: se dovrà diventare suo marito (e sì, la cosa è stabilita) sarà bene non farsi, presso la famiglia di lei, la nomea simpatica ma poco lusinghiera di persona poco accorta.

A dare una brillante sterzata alla conversazione è sempre la ragazza.

«Ma a proposito di rischi, se ne stava accennando prima, volevo dire che, non per nulla, l'ultimo romanzo scritto dal maestro Fëdor è proprio di questo che parla! Di *casinò*».

Prima il titolo onorifico, Maestro, e poi il nome battesimale, Fëdor: strana connessione tra compostezza e confidenza. Per quanto lo facciano in modo diverso l'un dall'altro, è quel che tacitamente notano tutti.

«Sappiamo, sappiamo!... Il famoso romanzo, la *dernière création*» fa Marija che non dismette un attimo di scrutare l'ospite con un piglio distaccato e sostenuto. Al contempo, la zia Vasilìsa entra nella questione quasi fisicamente dovendo sporgersi col busto in mezzo agli altri il più che le riesce in modo da poter accogliere nel proprio cornetto acustico il massimo del suono possibile.

«Mi raccomando, *Monsieur*... misura!... Non trascinerete mica la nostra Netočka in quei postacci, spero!».

Mitja, che le sta seduto a fianco, comincia a ridacchiare ancora prima di dire la sua.

«Tranquilla, zia, che tanto lì, prima di una certa età, non la faranno entrare» e sembra dar di gomito a Ivan.

La battuta è colta da Petrov, che vuole aggiungerci del suo.

«Diavolo... ciò vuol dire che per un po' non potrete andarci insieme!».

La replica di Anja è decisamente aspra, al punto da farle addirittura usare il patronimico nel rivolgersi al cognato.

«Caro Petrov, abbiamo altre mete per i nostri primi viaggi».

Ivan, a mezza bocca: «Sì, qualche stazione termale».

La Nikolaevna lo fulmina con uno sguardo di fuoco che lampeggia per un istante e poi subito si smorza, quanto basta, comunque, perché se ne accorga la zia Dama, per nulla in vena di apprezzare questa reprimenda, sia pure mimica, fatta da altri al proprio figliolo.

«*Excusez-moi*, cara Anna, ma non è solo il nostro gentile Maestro, qui, – e a lui, deferente – non prendetela come cosa diretta a voi, il riferimento è generale. – di nuovo alla cognata – Dicevo, non è solo lui, qui, ad avere l'esclusiva sulle *boutade*! Se vengono, vengono».

La Nikolaevna, nell'avere a che fare con Maša, si impettisce all'istante, pur trattenendosi per quieto vivere.

«Non mi pare di aver detto nulla».

E l'altra, più scivolosa, indulgendo all'armistizio: «Avrò frainteso io. E anche se non avessi frainteso – scalcando una porzione di budino al ribes che, avendo fatto il giro dei commensali, la compunta signora si ritrova di fronte a sé – il tuo *dessert* ti scuserebbe di tutto» e pilucca la gelatinosa crema zuccherina dalla punta del cucchiaino. Le due cognate si stampano contro due sorrisi tirati che sembrano infissi sulle labbra con gli spilli. La Nikolaevna, non mutando di nulla la sua espressione, ci mette il ricarico di un lieve gesto della mano a smuovere l'aria. Più che dissipato, l'intenso sentore di *patchouli* emanato dall'altra è così proposto all'attenzione di tutti.

«Sapete che nostro padre era un vostro accanito lettore?».

La domanda che Marija rivolge a Fëdor Michajlovič sembra che la ragazza se la tenesse in serbo sin da quando è entrata in casa con l'intenzione di farla qualsiasi piega avesse preso la conversazione. E ora che l'ha fatta, potrebbe addirittura suonare lusinghiera, solo a leggerla, però; ad ascoltarla è tutt'altra cosa. Il tono con cui viene rivolta ha un sottofondo di severità. Una di quelle velature che a rimarcarle fanno sembrare permalosi ma che riescono comunque ad annunciare ben più di una semplice curiosità, addirittura un giudizio.

«Sì, la nostra Anuška mi ha raccontato».

«E non temete che questo possa averla condizionata nella sua... infatuazione?».

«Moltissimo» asserisce Fëdor Michajlovič, e tace accettando il bicchierino di *kvas'* che la Nikolaevna gli sta offrendo.

Il silenzio che segue a questo "Moltissimo" è un silenzio che pesa.

La padrona di casa, nel ritrarsi, guarda in tralice la figlia maggiore non avendo ben chiaro cosa sottintenda il suo curioso richiamo alle passioni letterarie del padre, cosa di cui la ragazza è stata sempre poco partecipe, e, mentre i due cugini ritengono di aver sacrificato già troppo del loro tempo a un'insulsa riunione di famiglia in cui, *buffet* a parte, non trovano niente che giustifichi la loro presenza lì, Anja non scosta la sua mano da quella di lui, che non sembra stia cercando altre parole per dir meglio quanto ha detto, malgrado Marija continui ad ostentare con una certa protervia l'espressione di chi sia in attesa di qualcosa che ancora le manca.

«Non avete altro da aggiungere?... – insiste la ragazzona – Solo "*moltissimo*"?».

Lui si riscuote mostrando di riprendere contatto con un argomento che sentiva ormai alle spalle.

«È una consapevolezza di cui mi sono premurato di metterla al corrente».

«Oh, be'... per questo sarebbe bastato l'ufficio anagrafico. – motteggia Petrov, come se quell'affondo improvviso della consorte fosse stato concordato in precedenza – Ma vede Maestro... mi permette il *lei*?, – suggendo qualche briciola residua di focaccia dai polpastrelli – mia moglie, da sorella maggiore premurosa quale è, credo si riferisse a una consapevolezza di cui un uomo maturo, proprio perché tale, dovrebbe rendere persuasa una giovane coscienza ancora poco avvezza a certi discernimenti».

«Discernimenti? Che discernimenti? – si inalbera Anja, senza aspettarsi alcuna risposta e stringendo ancora più forte la mano di Fëdor Michajlovič – Mio padre sono io che l'ho perso, o ritieni di averla fatta tu quest'esperienza da darti il diritto di sapere cosa ci sia da *discernere* in ragione di un lutto che non ti appartiene e che non intendo discutere con nessuno. E scusami per il tu! Anzi, *scusatemi*!».

«Lutto non solo tuo, Netočka» si permette di dire Marija, e mai l'avesse fatto!

«Non chiamarmi così, che non sai neanche cosa significhi!».

«Com'è che l'ha chiamata?» domanda la zia zitella indirizzando il suo cornetto verso la zia Dama, che, sostenutissima, sembra disdegnare fieramente la caduta di tono causata da quest'ultimo battibecco tra ragazzine.

«Netočka, – spiega con tutta pacatezza Fëdor Michajlovič per sedare un bisticcio dai risvolti inutilmente scabrosi – è il nome di un mio personaggio. Netočka Nezvanova. Che è anche il titolo del romanzo. Il papà della nostra Anja ha avuto la compiacenza di apprezzarlo e, a quanto so, per questo amava usare "Netočka" come diminutivo per chiamare la figlia».

«Altro *kvaś*, Maestro? Qualcuno ne gradisce?» propone con voce contratta e niente affatto conciliante la Nikolaevna che non sa come entrare nel dialogo senza portare danno. Girando con la caraffa, tirata in volto, prega tra sé che nulla di inopportuno debba mai uscire dalle labbra di Maša. In questo caso, forse, non saprebbe davvero come trattenersi.

«A parer mio, – dice bonario lo zio Il'ja – stiamo ponendo un problema che si fa inconsistente se, escludendo di volerlo vedere come un problema, ci concentriamo sull'opportunità in cui può tramutarsi. In tal modo potremo farne il fondamento di questa ragguardevole unione, che ritengo sia meglio favorire più che discutere».

La zia Dama ha un sorriso di sprezzo che in molti colgono, ma che in pochi capiscono.

«Gentilissimo zio, – si intromette Petrov – è possibile chiederle di essere, come dire?... Meno notarile. – e agli astanti, con repentina frivolezza – Oh, vi prego di levarmi queste focaccine di torno o, vi avverto, le finisco tutte», ma nessuno si prende la briga di dargli ascolto, sicché lui continuerà a trangugiarne una dopo l'altra e nel farlo, mentre Il'ja già ha iniziato ad articolare la propria risposta, sussurra piano alla suocera, per non disturbare troppo: «Sì, grazie... un bicchierino di *kvaš* lo gradirei volentieri».

«Intendo semplicemente dire che se prescindiamo da eventuali umori personali, sempre che ve ne siano e in cui non voglio intromettermi, e se ci limitiamo a vedere la vera *quaestio* come un presupposto e non come un ostacolo, ebbene... vi garantisco che la luce sull'*affaire* cambia all'istante».

«Ah, Il'ja! Il'ja! – nicchia Maša, atteggiandosi a quella che non vuol dir tutto – Facciamo il doppiogioco. Non è corretto».

«Io?... Quando?».

«Va' là! Va' là!», il sottinteso dice: ringrazia la mia discrezione.

«C'è qualcosa che dovrei capire?» azzarda Anja, disorientata.

«Figurarsi!... Appunto... – farfuglia lo zio – quello che si diceva... la *quaestio*... considerazioni di diverso tenore».

«Ma zio, – fa Marija con aria stralunata – si può sapere voi di quale *quaestio* parlate?».

«Sì, gradirei saperlo anch'io?» si accoda ma con altro spirito la fanciulla, temendo di non trovare sostegno nemmeno in quel parente che le è tanto caro.

«Ma si è capito benissimo!» sopravviene la zia Dama, passando il mignolo a nettarsi l'angolo delle labbra da gocciole di ribes.

«Capito cosa?» sbotta inarrestabile la Nikolaevna mettendosi immediatamente sul piede di guerra nel sentire quella voce già di per sé detestata, e tanto più se intonata a quel modo.

«Età. Si parla di età», parole che la zia Dama lascia cadere piatte e referenziali, come a significare: «Non son cose che c'è bisogno di alluderle per sapere che le si pensa».

Seduti un po' arretrati rispetto alla madre, i due cugini sembrano aver ripreso tono tanto se la godono, come fossero a teatro. Ivan, che non resisteva, ha fatto saltare il bottoncino del colletto, mentre il fratello non si fa scrupolo di appiccicare qualche porcheriola sotto un mobile. La Nikolaevna, da parte sua, sente che le manca il fiato. Anja stringe forte le mani di Fëdor Michajlovič, determinato a non farsi scomporre da nulla e il cui contegno nel consentirle di stringergli la mano a quel modo trasmette alla fanciulla un grande senso di fiducia.

A questo punto, in un clima già saturo di tensioni incrociate, la zia zitella irrompe a far strame di tutto proclamando stonata: «Caro Maestro, i meriti letterari sono una gran cosa, non metto in dubbio, ma, perdonate la brutalità, – e brandisce il suo cornetto come in segno di potere – non si può andare a letto con l'*Odissea*, se capite che intendo!».

«Vasilìsa!» esclama la Nikolaevna che proprio da lei non si sarebbe mai aspettata un'uscita tanto villana.

«E con ciò? È quello che diciamo tutti qui dentro!.... E quando dico tutti intendo proprio tutti!».

«Tutti? – geme Anja, che di slancio si rivolge a Il'ja gettandolo in una grande confusione – Zio, pure voi?».

«Mah... mi si è chiesto un parere così, in linea generale...».

«Pure voi?» si impunta a domandargli di nuovo.

«Ma perché mi è stato inviato un bigliettino a riguardo... neanche più mi ricordo che cosa posso aver risposto».

«Un bigliettino *da chi*?» pretende di sapere la Nikolaevna.

«Ma una cosa giusto per farsi un'idea, *Matuška*... – a rispondere è Marija – per renderci conto di come la si pensasse diffusamente tra di noi in famiglia».

«Fra di noi, dunque: fra tutti?» fa sempre la madre.

«Eh, tutti! Tutti! Quello che dico io» gracchia la zia zitella muovendo attorno il suo cornetto che ormai gestisce in piena autonomia essendosi liberata della cordicella che glielo teneva vincolato al collo.

«Normale, *Maman*, – biascica Petrov, che ha ancora sulle gambe il *plateau* delle focaccine ormai vuoto – Un atto cautelativo fatto senza malizia. Se a venirne fuori è un pensiero comune, come si fa a non tenerne conto?».

Ma Anja ancora aspetta di saperne di più da quello zio che suo padre ha sempre tenuto nel massimo rispetto: «Quindi, anche voi!».

«Santo cielo, Anečka, neanche ricordo cosa posso aver scritto. Ti dico, due cosucce buttate giù in tutta fretta».

«Ce l'ho! Il suo biglietto di risposta con le due cosucce... ce l'ho. – esclama giubilante Maša – Ora non so se proprio qui con me...».

«Sì che ce l'avete, *Maman*! – la rassicura servizievole Ivan, alle sue spalle – Vi ho sentito che lo dicevate prima di uscire: "*Il biglietto l'ho preso*"».

«Ecco! – fa lei – Non ci inventiamo nulla. Se volete è a vostra disposizione».

«Ma risposte generiche, – fa Il'ja, a sminuire – che si danno quasi di getto, per non infocolare troppe diatribe!».

L'autodifesa reiterata di Il'ja assume toni sempre più piagnucolosi. Lo zio sa bene che quanto ha fatto non lo rappresenta ma ormai l'ha fatto, e sentirsi visto così dalla sua nipote più amata lo piega in due dall'angoscia.

«Un bigliettino, ripeto, scritto in tutta fretta tra i mille impicci che avevo da sbrigare!».

Ma il famigerato bigliettino è già tra le mani della zia Dama, comparso in un lampo grazie alla sveltezza di Mitja che, a seguito di un'occhiata della madre, è corso a recuperarlo dalla borsa di lei. Anja assiste a tutto questo assommarsi di piccole agnizioni, di gesti improvvisi, di piagnucolii e sotterfugi come alla messa in atto di un agguato.

«Nessun processo, per carità, ma solo perché non si creda che noi le cose ce le inventiamo... – asserisce la zia Dama e, impugnando una lente che le pende a termine di una lunga collana a maglie dorate, scorre con voluta sufficienza alcune righe dell'inoppugnabile biglietto – *Breviter*... confermo le diffuse perplessità e *tanto più confermo*... – staccando occhio e lente dal biglietto – ripeto: tanto più confermo... – tornando a leggere – ... e tanto più confermo che secondo il mio punto di vista sarebbe stato addirittura preferibile quell'avvocatuccio... – esibendo il cartoncino – "*quell'avvocatuccio*"... carta canta!».

La contrizione del notaio è evidente. Lo sventato, esprimendo in tutta fretta un parere che forse va ben oltre le sue reali opinioni, è caduto nel tranello di chi voleva assorbirlo in un fronte compatto nell'esibire la piena riprovazione familiare per quel fidanzamento giudicato decisamente poco edificante. E la zia zitella, come assaporando il ruolo di colei che prima fra tutti ha avuto l'ardire di far venir fuori la vera *quaestio*, riprende a berciare col tono che si dovrebbe usare casomai con lei quando si trova sprovvista del suo cornetto.

«Tutti lo dicevano! *Tutti*!... La natura ha le sue regole: l'età è l'età! Eh, belli miei... mica sarò solo io ad invecchiare!».

Anja, giunta al culmine della sopportazione, va a picchiare con forza un gran pugno sulla tastiera della pianola addossata al muro, anch'essa adoperata per poggiarvi sopra dei vassoi dai quali, per il contraccolpo, viene sparato fuori un getto di *bisquit* che ricascano attorno come espulsi da una piccola eruzione. Il soprassalto è generale.

«Fra i tutti ci sono anch'io! – grida la ragazza – E io non ricordo di averlo mai detto!».

La zia Dama, con studiatissima suadenza: «Ma, *mon amour*, se è proprio a te che bisogna aprire gli occhi!».

Anja neanche le fa caso. Va a piazzarsi di fronte a sua madre, che, stravolta da questo repentino precipitare delle cose, guarda la figlia quasi implorante, sperando che sia lei (e così sarà) a prendere in mano la situazione.

«Mamma, non pensavo dovesse essere questo lo spirito della serata, per cui... o la proseguiamo noi tre restando soli, o io e il Maestro andiamo via».

Una stasi di cocente imbarazzo. La Nikolaevna si alza in piedi. Ribadendo un gesto a lei consueto, si alliscia con le mani la stoffa sul grembo per fare in modo che la gonna le cada bene a piombo e va a mettersi, eretta, al centro del salotto, tra i convitati annichiliti. Facendo caso che la zia Dama, pur nel trambusto, punta di sguincio la ribaltina priva delle statuette che vi sono sempre state dal Natale in cui gliene ha fatto dono, senza bisogno di guardarla, si porta le mani congiunte palmo contro palmo all'altezza del mento e proclama con voce luttuosa: «Sì, Maša, ahimè, non ci sono più. Purtroppo a un pastorello si è sbeccato un piede, e se non posso esporle tutte, meglio nessuna. – quindi, rivolgendosi all'intera accolita – Credo sia necessario... cari cugini, care zie... caro genero... caro Il'ja... credo sia necessario chiedervi di andare».

Non una parola di più, nonostante per qualche secondo venga attesa. Niente. Non una. Né da lei, né da Anja, né da Fëdor Michajlovič.

Tra sguardi smarriti e mezze esclamazioni di disappunto, inizia a snodarsi una processione di gente che si alza ed esce alla spicciolata dalla stanza lasciando cadere qualche saluto a mezza bocca. Nel salotto rimangono solo la Nikolaevna, Anja e Dostoevskij. Dal corridoio si ode ancora per alcuni secondi il tramestio sommesso degli ospiti che recuperano i loro soprabiti e se ne vanno.

«Vigliacchi!... – esclama Anja – Dal primo all'ultimo!»

«Tesoro caro, – le dice Fëdor Michajlovič – non ti arrabbiare. Io è da tempo che ho accettato di convivere con lo scandalo».

«Tu! Ma la mia vita non è stata la tua, Fëdor!... Io ho l'età che ho e non puoi pretendere che mi comporti con la forza di uno che si è visto puntare contro i fucili di un plotone di esecuzione» e si allontana per rifugiarsi nella sua stanzetta. Lui appare sorpreso da questa fiera ammissione di immaturità.

La Nikolaevna, pallida in viso ma forte del rosso che la fascia, con una mano premuta a sorreggere sullo sterno la morbida lana grigio perla del *platok* che le cinge nuovamente le spalle, da un punto distante del salotto mormora: «Probabilmente, *Monsieur*, non la conoscete ancora del tutto. A carezzarla è morbida; dentro, granito puro».

Fëdor Michajlovič, voltandosi a guardarla, ha di lei l'impressione che ne ebbe Anja la sera in cui, quando la madre le apparve sulla soglia della stanza con la pelliccia bianca di *lapin* e gli stivali alti di cuoio, pensò: "*Come una Zarina*".

# *La mano*

Una mano è intenta a vergare delle frasi sul foglio di un quaderno. Già l'abbiamo incontrata questa mano e le abbiamo dato un appuntamento a cui non si è sottratta.

Eccola. Riappare. È la mano di una donna matura.

Di fianco al quaderno e alla boccetta di inchiostro con cui ricaricare la stilografica di ebanite è poggiato un *ex libris* con l'effige di un Patriarca. Non possiamo distinguere il ripiano dello scrittoio, né possiamo dire se ci sia noto al pari della mano oppure no. Vediamo solo la mano, il quaderno, la boccetta e l'effige.

La mano scrive e la bocca mormora, *come dettando a sé stessa.*

«Il quindici febbraio mi alzai molto presto. La cerimonia era fissata per le sei del pomeriggio. Avevo un giorno denso di cose da fare davanti a me. La messa, l'incontro col mio confessore, e una visita sull'isola, da mio padre, ma tutto passò in fretta. Verso le quattro ero già pettinata e ornata per le nozze. Il mio abito era bianco, con una lunga coda. Quando ancora stavo nella mia stanza mi benedissero, abbracciai la mamma e mi avvolsero in una grande pelliccia. Fuori, c'erano molte persone. Tutti gli inquilini delle case vicine erano venuti a salutarmi. La strada mi parve piena. Non l'avevo mai vista così piena. Chi mi baciava, chi mi carezzava il velo, chi mi gettava addosso del luppolo, simbolo di felicità».

Dolce mano, che vorrà dire rileggere un giorno ciò che adesso stai scrivendo?... Riviverlo?... Accorgersi di qualcosa che la memoria nel frattempo potrebbe avere offuscato?... O, meglio ancora, scoprire del nuovo che, senza saperlo, vai nascondendo nelle righe?

«Appena Fëdor mi vide entrare nella Cattedrale, tra spallate di fiori, mi si avvicinò dicendomi: "*Finalmente! Da oggi non ti lascerò mai più*". Io gli risposi: "*Non ho nessuna intenzione di fuggire*"».

Da tempo la mano scrive, e per molto ancora scriverà.

Di fuori, nella penombra di un tardo pomeriggio, la neve sui tetti di Pietroburgo emana un bagliore sommesso. Stiamo parlando di *oggi*, del giorno in cui è da poco avvenuto ciò che le labbra suggeriranno alla penna quel giorno futuro.

Stiamo parlando della sera susseguente al pomeriggio che ha visto entrare la fanciulla di Pietroburgo in una Cattedrale colma di fiori. *Ora*, nel declinare di quella stessa luce, ci troviamo tra pareti che non vanno descritte, pareti discrete, con pochi segni preziosi velati dall'oscurità, presso un letto che riluce del chiarore offerto dal paesaggio all'esterno. Le spoglie dei vestiti da cerimonia stanno da parte, scansate agli angoli della stanza, vicini, su un divanetto con la spalliera bassa, in legno traforato. Le stoffe sono scivolate via dalle schiene rivolte l'una all'altra per non derubarsi di nulla da far avvenire prima del momento dovuto, nemmeno tramite la fuggevolezza di uno sguardo.

Per prima si volta la fanciulla stringendosi tremante ai gomiti con le braccia incrociate sul seno. Poi, l'uomo.

Nell'ombra, in cui fruga nitido il filamento lunare al punto che uno spillo sul pavimento brillerebbe, il torace tribolato di lui, bugnato da solchi e da grinze, esita di fronte al petto biancolatte della ragazza.

Due corpi nudi si erigono a breve distanza l'uno dall'altro, incerti a cagione delle reciproche presenze; e si raggiungono. Quello di un maschio vessato che porta la propria storia incisa ovunque nelle carni, e quello di una giovane sposa che ha fatto di sé un mistero: la parola che non può essere pronunciata, ma solamente accolta. Lui sostituisce le proprie mani a quelle di lei. La vergogna è reciproca. Come il pudore.

Non c'è giovinezza, non c'è vecchiaia.

Fëdor Michajlovič le carezza il volto pronunciando: «Netočka... mia piccola Netočka».

Fëdor Michajlovič!... Nostro grande, tremulo, rovinoso, sommo Fëdor Michajlovič, che per la tua Anečka, quando ancora la chiamavi Anna e lontano era il tempo del tu, hai rinunciato alle tue sigarette senza bisogno che lei te lo chiedesse, che per lei hai scelto un infuso medicamentoso di tiglio affinché le calmasse l'irritazione alla gola, e che sei andato a comprarle una bella borsa nuova per non farle dolere la spalla, e che qui hai giocato a essere anche il *non nostro*, tremulo, rovinoso, sommo, e *vero* Dostoevskij... grazie.

# *Quando*

Non siamo più in quel secolo, ma agli inizi di quello trascorso. Abbiamo spostato il nostro oggi sino a qui. In una giornata brillante e secca di luce splendente.

Un uomo sui quarant'anni rasenta i parapetti della Neva. Porta un cappotto di lana blu scuro lungo sino alle caviglie. Il capo scoperto esibisce una capigliatura folta, ben pettinata, ma un po' spenta. Sottobraccio l'uomo ha una cartella di pelle brunita dalle grosse fibbie che tamburellano allentate sul cuoio duro al ritmo dei suoi passi. Le suole scricchiolano comprimendo i cristalli di neve inazzurrati da tanta pienezza solare. Intorno nella strada c'è un gradevole affaccendarsi. Da un venditore accovacciato sul bordo del marciapiede a scaldarsi presso il suo fornello l'uomo compra un piccolo cartoccio di crocchette di patate, si sfila il guanto della mano con cui pesca nel cartoccio per prendere le crocchette che inizia a mangiare lungo il cammino. Quando ha ingoiato l'ultimo boccone, si pulisce meglio che può la mano dapprima con la carta, poi immergendo le dita nella neve e stropicciandole ben bene, e rindossa il guanto che si era tolto.

Si infila dentro un portoncino che introduce in una corte su cui si aprono altri ingressi sormontati, ciascuno, da un lampione agganciato all'architrave da una corta catena. Il ferro battuto delle armature è decorato di fregi e nero, sa di pittura appena data. Tra una porta e l'altra, ampi cespugli gemmati.

L'uomo entra in una palazzina le cui rampe sono di mogano lustro, e sale sino a un pianerottolo su cui si affaccia una porta verniciata di verde cupo. Sull'anta spicca un battente di ottone liscio. Lui picchia e aspetta. In simultanea con lo scatto della serratura, il nostro sguardo sopravanza di poco la sua spalla, si volta a fissarlo bene in viso e ce lo fa riconoscere a onta dei ragguardevoli favoriti.

Di quinta, la nuca di colei che ha aperto: una nuca bionda carezzata dalla tenue luce dell'interno.

«Cara Anja» dice lui.

La donna si scosta per farlo entrare pronunciando niente più che il nome dell'uomo, e corrispondendo così fievolmente al saluto che le è stato rivolto. «Sergej».

Non siamo più a palazzo Alonkin, e non siamo più in quello studio, ma *in questo*. Meno spazioso ma più ricco di cose. Le pareti sono tappezzate di raso color carta da zucchero. Alte scaffalature sono piene di registri e di faldoni allineati con cura. Sui dorsi di ciascuno, date e titoli dei materiali raccolti. Per quanto riguarda la corrispondenza, sulle etichette dei vari fascicoli è segnato: "*di quando*", "*da dove*", "*con chi*". La calligrafia è minuta e perfetta. *La sua, di lei.*

Alle pareti, infisse con minuscoli chiodini dalla capocchia sfavillante, miniature, grafiche e foto. Immagini color seppia di Dostoevskij, di lui con sua moglie e di entrambi con i bimbi.

Lo scrittoio che abbiamo visto nella stanzetta di Anečka è presso la scrivania che stava nell'appartamento di palazzo Alonkin. *La sua, di lui.*

Una scrivania colma di carte impilate e ben distribuite a formare una geografia di cui si potrebbe fare la mappa. Sarebbe quella di un intero continente. Tutte le opere di Dostoevskij, manoscritte, sono lì. Compresenti. Contemporanee l'una all'altra.

Sergej, come corrispondendo a un'abitudine, è andato a sedersi su quella stessa seggiolina che un tempo era rivestita con della stoffa rosa un po' stinta e che ora ha una fodera blu, in armonia con le pareti.

Anna Dostoevkaja è seduta invece sul sofà che ricordiamo altrove. Lui smuove con gesti addestrati il contenuto di un ricco *dossier* ingombro di documenti tirati fuori dalla cartella che ha poggiato in terra, presso le gambe dello scrittoio.

«No... rispetto al mese scorso, non ci sono novità. – dice con l'occhio sulle carte – Dalla Francia sono in ritardo di un anno sulla rendicontazione dei diritti. – e sfila via un foglio tra gli altri – Ecco, ho qui una nota del traduttore... dice che è normale».

«Parla bene! Lui intanto è stato pagato».

Anja è vestita con un abito di panno marrone, guarnito di polsini e colletto bianchi. Ha sempre la sua treccia, ma un po' diversa, le ciocche che la formano sono due e non tre, quindi è più sottile di come la portava da fanciulla. Ora è un serpentello d'oro che, stando lei ferma come adesso, le riposa leggero tra collo e spalla. La donna ha tra le mani, che tiene accoccolate sul grembo, due lenti cerchiate da una montatura esile come un filo d'argento. Ascolta con aria un po' severa cosa ha da dirle l'amico e consigliere.

«Comunque, dovrò essere a Parigi entro il mese prossimo per una causa. Una volta lì mi sarà più facile venirne a capo. Poi... – e sfoglia – Ah, sì!... Ho chiesto l'anticipo dall'Italia per i *Karamazov* che pubblicheranno a settembre. Al cambio, sono settemila rubli meno le provvigioni. Da quando abbiamo recuperato tutti i diritti pregressi da Stellovskij, anche quelli degli ultimi romanzi vincolati al suo marchio, si comincia a respirare. I rinnovi automatici di cui Fëdor non si è mai occupato sono stati un po' duri da disimpegnare ma, *voilà*, è fatta. – accennando a una cartella che sottopone all'attenzione della donna ma senza bisogno di aprirla – Qui ho tutte le carte delle risoluzioni. Le tengo in studio da me?».

«Preferisco, sì» mormora lei, come un'ovvietà.

«A proposito... – dice con levità Sergej aggiungendo il fascicolo ad altri che ha già ordinato nella borsa recuperata da terra e poggiata sullo scrittoio – sapevi che quell'idiota si è ridotto a pubblicare i bollettini dei concorsi di Stato?».

«Potessi vendere altrettanto io coi romanzi di Fëdor!... Hai avuto altre notizie per la Fondazione?».

Nel risponderle l'uomo continua con gesti regolari a sistemare per bene i vari incartamenti che ha compulsato.

«La biblioteca è d'accordo sul patrocinio, ma quanto ai capitali, devi pensarci tu».

«Ma sì, sì, questo lo so, amico mio. Perciò vorrei un prospetto delle spese iniziali».

«Dammi ancora tempo, mi sto informando».

«Se penso a Tolstoj!... Scoppia di salute, e gli dedicano musei!».

«Anja, ma cosa pretendi?... Già hai compiuto un'impresa straordinaria saldando tutti i debiti che ti ha lasciato tuo marito. Ma che guardi?» .

Guarda la scrivania, Anja, e se la immagina quando ancora non era un deposito di carte ma ne era l'officina.

«Lì... è lì che guardo, Sergej. È sempre lì che guardo. Lì da dove non voleva mai alzarsi, neanche durante gli ultimi giorni della malattia».

E guarda più nell'ombra, la parete dietro. Guarda qualcosa che non c'è più, che è andato perso.

Ah, i traslochi sono veri esodi, transiti da un universo all'altro. Possono salvarsi le minuzie, e si può perdere l'enorme. Guarda un quadro stupefacente che solo lei può vedere. Solo lei può sapere che c'è. La Madonna Sistina di Raffaello. Un'Ascensione. In quale Paradiso? È poi così gioioso il Paradiso?

Quel che Anja dice forse si limita a sussurrarlo, o forse solo a pensarlo. O forse è l'amico che, guardandola, pronuncia tra sé parole che si è già sentito dire. *Sue, di lei.*

«Il giorno in cui è morto mi ha chiesto di aprire il suo Vangelo e di leggere a caso. Capita il passo in cui Cristo dice a Giovanni: "*Non trattenermi, debbo andare*". Allora lui mi ha stretto forte la mano sussurrandomi: "*Vuol dire che sarà per oggi. Povera Anuška... mia povera Anuška...*"».

Sergej, silenziosamente, riallaccia le fibbie della sua cartella.

Pulviscoli bianchi galleggiano nell'aria di una giornata dal cielo meravigliosamente limpido ma sferzata dal vento. L'uomo sta uscendo dal portoncino, sulla strada. Costeggia gli argini del fiume. Rabbrividisce, si stringe il bavero al collo e affronta la via del ritorno. Cammina guardando in terra carico di pensieri. È faticoso non essere corpo ma ombra. A lui questo ha riservato il destino. Essere la docile ombra di un corpo poderoso.

Anja è sola. *Adesso* ha ancora trentacinque anni.

Seduta sul bordo del sofà, insiste a immaginare quel quadro che non le parve una copia, ma assolutamente vero. Stringe delle piccole lenti tra le mani. Non gliele vediamo usare quelle lenti, ma è evidente che già cominciano a servirle.

Nel suo sguardo, componendosi in una visione fluttuante, filtra un velo di fumo seguito dal profilo di una mano che tiene una sigaretta, poi quello di un braccio e di una spalla che infine si completa nel trequarti di un uomo intento a osservare la scena. Un uomo che non possiamo nominare poiché non sapremmo più dire chi egli sia. Dostoevskij?... Fëdor Michajlovič?... E quale?... Il nostro?... Il suo?

Anja si alza e va al piccolo scrittoio dove è rimasto poggiato uno spesso quaderno dalla copertina di carta rigida un po' grinzosa che ha il colore chiaro delle betulle. Carica il serbatoio della sua stilografica a flusso libero d'inchiostro. La scuote due tre volte con delicatezza facendo sprizzare alcune dense gocce di liquido scuro su un ritaglio di carta tenuto pronto apposta e già picchiettato di macchioline secche. La carezza per pochi istanti con lo sguardo per distrarsene ben presto. Apre il diario al segno dell'*ex libris* col Patriarca, aduna presso di sé figure del passato a costituire il mondo in cui si avventura, e riprende a scrivere.

Il suo ieri la spinge verso il suo domani. Il presente non è che una cruna.

Quando, tra molto tempo, nei giorni della grande Rivoluzione, a Jalta, bruciante di febbri per la malaria, morente, stringerà sudata il lenzuolo del suo letto e lo sentirà bianco come la neve di cui, oltre la finestra, i campi accaldati non avranno traccia, la magra pallottola di stoffa straziata dalle esili dita si farà gelida e farinosa, e la mano si farà pugno. Quel giorno, il suo braccio scarnito si solleverà un po' dal materasso e lei sognerà di scagliare, con la violenza con cui si scaglia una pietra, una manciata di friabile neve contro la schiena della compagna che la prese in giro dicendole smorfiosa: «L'uccellino prende il volo!».

Era tutta una risata quella mattina di inizio ottobre. Anche la rabbia era una risata. Anche l'invidia. Anche la sofferenza del mutamento di cui per la prima volta, lì, con quel gesto, lei ebbe piena consapevolezza. Con quel gesto Anna Grigor'evna è nata alla sua autentica vita che avrà compimento solo all'ultimo istante, all'estrema propaggine dell'ultimo istante, in quella misteriosa forma del pensiero nominata: Anima.

# Appendici

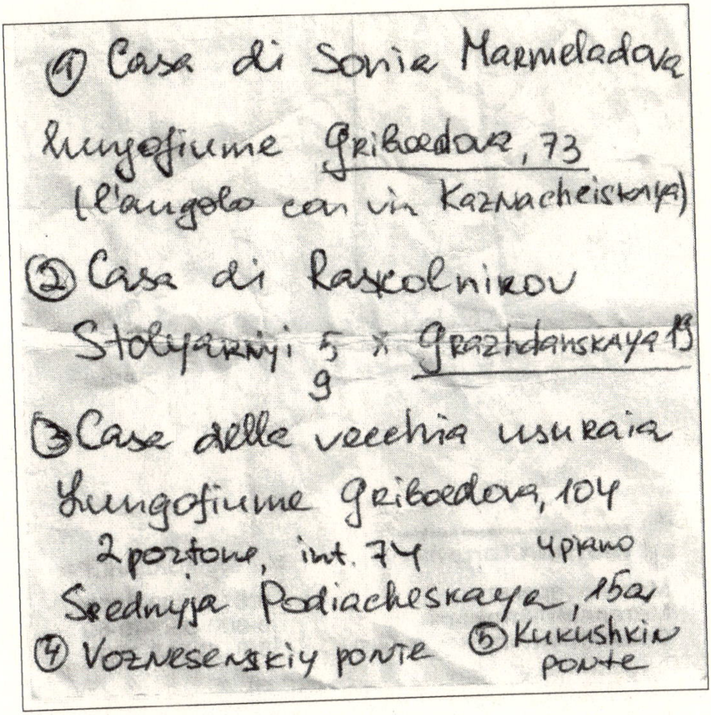
(1) Casa di Sonia Marmeladova
lungofiume Griboedova, 73
(l'angolo con via Kaznacheiskaya)
(2) Casa di Raskolnikov
Stolyarnyi 5/9 x Grazhdanskaya 19
(3) Casa della vecchia usuraia
lungofiume Griboedova, 104
2 portone, int. 74 4 piano
Srednyja Podiacheskaya, 15a
(4) Voznesenskiy ponte (5) Kukushkin ponte

*La mappa:*
Il foglietto riprodotto in appendice lo offro ai possessori di questo libro come un piccolo dono. Su quel foglietto Irina Cherkasova, fra le migliori guide che si possano avere per conoscere profondamente Pietroburgo, mi ha appuntato la geografia dei luoghi di *Delitto e castigo* secondo la nuova toponomastica della città. Vi troverete, fra gli altri, l'indirizzo della vecchia usuraia Alëna Ivànovna, uccisa da Raskòl'nikov a colpi di scure, ma vi troverete anche le indicazioni dei ponti attraversati dall'ex studente nel corso dei suoi tormentosi andirivieni prima di decidersi a commettere il delitto. E c'è anche l'indirizzo di Sonja Marmeladova, la redentrice.

*In memoria:*
Anna Grigor'evna, oltre una sorella, Marija, ha avuto anche un fratello, Ivan, a cui in questo romanzo non si fa mai cenno dando per intesa la sua *non esistenza.* Annullarne l'anagrafe ha significato un fatto naturale prodottosi da sé in ossequio ai criteri della finzione; come naturale, nella acclarata verità biografica, è il fatto che Ivan sia invece nato e vissuto, con sogni, aneliti e delusioni.
Nel 1869, il ragazzo, allora studente presso il Collegio agricolo di Mosca, andò a visitare l'autorevole cognato a Dresda, e nella circostanza gli raccontò con grande fervore di un suo compagno di corso, tale Ivan Ivanov, che aveva di recente abiurato le proprie idee nichiliste. Di lì a poco, il 21 novembre dello

stesso anno, Ivanov venne ferocemente assassinato da cinque suoi ex compagni di fede politica. Per questo omicidio fu in seguito incarcerato Sergei Nechaev, un *leader* nichilista, discepolo di Mikhail Bakunin. Insomma, colui che è stato il latore inconsapevole del germe creativo da cui, appena tre anni dopo, deriverà il romanzo *I demoni*, si è trovato escluso per esigenze letterarie dalle pagine di un racconto dove sua sorella è contemplata come personaggio principale, messo al centro di un minuscolo gineceo.

Questo essere persuasi di una doppia realtà che annovera un Ivan Snitkin esistito e, *al contempo*, un Ivan Snitkin mai esistito allude, distinguendole, a due dimensioni sovrapposte e inconciliabili tra le quali non si dà soglia né transito.

Una è terrestre (e non ha alternative a sé stessa), l'altra è astrale (e può prodursi in molteplici forme).

Nella prima, laddove Ivan esiste e agisce, Anna Dostoevskaja, *quella vera*, ha gli occhi grigi; nella seconda, se corrispondente a quella in cui Ivan è abolito, Anja Snitkina, *la nostra*, ce li ha blu.

*Alcuni prestiti:*

A *The Master of Petersburg* di J.M. Coetzee debbo lo spunto narrativo che mi ha suggerito di scrivere il capitolo *I cani*.

"La tormenta che l'avvolge come un panno" l'ho sottratta a *Frost* di Thomas Bernhard.

Al Thomas Mann dei *Buddenbrook*, oltre un perdurante alimento per lo spirito, debbo, nello specifico, tre spunti, diciamo così, da costumista e un paio da arredatore.

"Tutto è simbolo e analogia" è il primo verso del *Faust* di Fernando Pessoa.

"Sentir parlare le bestie porta male" viene da *Arenaria* di Paolo Teobaldi, per tramite di una magistrale recensione a firma di Gualberto Alvino.

Altre cose, me le tengo per me.

*Alcuni grazie:*
A Oksana Rab, alla mia Oksanočka, che ha contribuito, per mesi, nei giorni e nelle ore, a farmi scrivere tutto ciò che era necessario scrivere (senza responsabilità sul superfluo), e lo ha fatto essendoci, ascoltandomi e dicendomi dei "no", poi dei "forse" e poi dei "sì", e ricordandomi le emozioni vissute a Pietroburgo, dove già di questo parlavamo.
A Gualberto Alvino, che richiesto di una semplice lettura da amico, si è spontaneamente adoperato con filologica competenza a una preziosa revisione del testo, pagina per pagina.
A Emanuela Strina, cugina cara e grande amica, che ha letto, consigliato e ripulito.
A Claudio Giovanardi, per un paio di suoi preziosissimi "tocchi" da finissimo lettore.
A Giancarlo Scarchilli, che per primo ha capito quale dovesse essere il titolo giusto di questa storia.
A Paolo Pelliccia, per la carica di passione profusa nel voler accudire questo libro da prima ancora che nascesse.
Ad Alessandro Orlandi, che è stato ben più di un editore consentendomi di scrivere, senza limiti, come a lui piaceva e come io desideravo.

INDICE

*Finito di stampare nel mese di febbraio 2022*
*presso Services4Media – Roma*